—— 想象，比知识更重要

幻象文库

Earthborn

地球的新生

Orson Scott Card

[美]
奥森·斯科特·卡德
———————— 著

仇春卉
———————— 译

新星出版社　NEW STAR PRESS

目录

1	引 言
4	第一章 奴 役
22	第二章 真实的梦
57	第三章 抵 抗
90	第四章 解 放
142	第五章 秘 密
189	第六章 幻 灭
227	第七章 华纱若学堂
276	第八章 审 判
318	第九章 迫 害
352	第十章 旧制会
385	第十一章 挫 败
418	第十二章 胜 利
456	第十三章 宽 恕
476	附 录

引　言

　　很久很久以前，"女皇城"号宇宙飞船上面的计算机曾经管辖了和谐星球长达四千万年之久。现在，它照看的却是人类在远古时代的故乡——地球。与和谐星球相比，不但它在地球监护的人口数量少很多，而且它对人类的干预能力也大不如前了。

　　当初正是"女皇城"号宇宙飞船载着一群人回到地球故乡。他们发现，在人类被放逐期间，有两个新的种族攀到了智慧金字塔的顶端。如今，人类与这两个种族在同一个大陆板块上共存。这里有高耸入云的群山，也有水土肥沃的谷地；这里的气候随着海拔高度而改变，其海拔多样性甚至超过了纬度多样性。

　　掘客自称土家族，他们擅长在泥土里挖掘隧道，还能将大树的树干掏空。天使自称苍穹族，他们在树上搭起封顶的窝巢，总是习惯倒挂在树枝上做事，睡觉、上课、争吵，莫不如是。结果人类现在成了中间族，他们住在地面上的屋子里，位于其余两个种族的中间。

　　每一个掘客城的顶上都有人类的房子；每一个天使村的附近总有中间族住的有墙有盖的人造山洞。当初人类从和谐星球还乡的时候，也带来了巨大的知识财富。其实，这些知识与人类祖先在四千万年前逃离地球时所达到的科技水平相比，只是九牛一毛而已；时至今日，就连这些从和谐星球带回来的沧海一粟也几乎流失殆尽。然而，即使是这样，人类目前所掌握的知识财富已经远远超过了土家族和苍穹族；所以无论中间族在哪里定居，他们总是能够掌权，凌驾于其余两族之上。

在天上，"女皇城"号宇宙飞船的电脑并没有遗忘。当年它在地球外围发射了众多近地卫星；从此它就通过这些卫星观察着世间的芸芸众生，并且收集数据，将它新掌握的资讯和知识都储存下来。

不过，这台计算机并不是孤身执行这个照看人类的任务，因为在飞船上还有一个人。她本是当年首批回到地球的殖民团队中的一员，后来她身披星舰宝衣返回空中，从此就在冬眠之中度过漫长的岁月，只是偶尔醒来一次。星舰宝衣为她治愈疾病，帮她延缓身体的衰老，所以就算死神总有一天会光临，也是在遥不可及的未来。每一件对她重要的事情，她都记得清清楚楚；当年和她一起同甘苦共患难的伙伴，虽然如今已经天人永隔，可是他们的音容笑貌依然历历在目。至于芸芸众生的来去聚散、生离死别，她已经见得太多，再也不放在心上。对于她来说，一代代人的生老病死就如同她花园里花草树木的开谢荣枯，又像一年四季永无休止的冷暖变换，只不过是一个起落浮沉的轮回过程罢了。

此外，在地球上，还残存了一点点关于前人的记忆。那是两本刻在薄金页上面的书，从人类返回地球以来一直流传至今。其中一本在纳飞国的历任国王手里代代相传。另一本书的内容没那么博大精深，这本书由第一任国王的弟弟传给他的子孙后代，这些人都不是国王，有些甚至沦落为寂寂无闻的平民百姓。最后他们已经看不懂书中的文字，只好把这本书献给了当朝国王。

在这两本书的字里行间记载着一段跨越时间、永不磨灭的记忆。在这段记忆的中心，在宇宙飞船数据库的内核，以及在那个女人的内心深处都有着同一个内容,也是最重要的内容:一个被称为"地球守护者"的未知的存在召唤人类,把人类带回了地球。当年和谐星球的人类将宇宙飞船的电脑称为"上灵",把它当作神一样去信奉和参拜,不过最后还是明白了上灵的真实身份。可是地球守护者始终还是一个未解的谜;他的声音相当模糊,他主要通过报梦来传递信息。很多人都能接收地球守护者发来的梦,也知道这些梦有特殊的含义;可是当中只有少数人知道这些梦的来源以及地球守护者对他们的期望。

第一章 奴 役

　　阿克玛生在一个大富之家。幼时的大部分经历他都已经忘了，不过有一个场景至今还记忆犹新：他的父亲阿克玛若抱着他走上一个高塔，将他递给另一个人；那个人将他捧出雕栏外面，在半空中晃荡，把他吓得哇哇直叫，然后那个人哈哈大笑。爸爸连忙将阿克玛接过来，紧紧抱在胸前。后来妈妈告诉阿克玛，在高塔上作弄他的那个人就是纳飞国的国王努艾克。妈妈说："这个人很坏，可是作为国王却还算是称职，所以人们都不太介意。后来耶律国大军压境，征服了纳飞国；努艾克的臣民都恨他祸国殃民，于是一把火将他活活烧死了。"自从妈妈讲了这个故事之后，阿克玛的记忆发生了改变。在梦里，那个人依然大笑着将他悬空捧出高塔外面，可是阿克玛看见国王全身上下都着了火，最后整座高塔都没入熊熊烈焰之中。这时候，爸爸没有伸手过来救他，却纵身跳出塔外，不停地往下跌，往下跌，往下跌……阿克玛顿时无所适从：他应该留在塔里被活活烧死呢，还是应该跟着父亲跳下万丈深渊呢？每次到了这个场景，他就会尖叫着从噩梦中惊醒。

　　他还记得幼时另一个场景：那是一个大白天，妈妈正在家里督促着两个掘客女佣准备晚宴，爸爸突然跑进家门，神色可怖。他压低了声音和妈妈说话，虽然阿克玛听不见他们说什么，却也知道这一定是坏消息，所以心中非常害怕。爸爸一说完就马上出门了，妈妈立即吩咐掘客用人停下晚宴的准备工作，开始收拾出远门用的行囊和补给。没多久，四个男人手执刀剑闯入家门，指名道姓要见叛徒阿克玛若。妈妈装作爸爸躲在内屋，不让他们进去。最高大的那个男人把妈妈推倒在地，将剑锋架在她脖子上；其余三人则拥进内屋搜人。小阿克玛大怒，凭着一股初生牛犊不怕虎的胆气向欺负妈妈的那个人扑去，却被剑把上的宝石割伤了。那人哈哈大笑，可是妈妈没有笑，她说："你为什么笑呢？这个小男孩有勇气去对抗一个拿着剑的大男人，而你却只敢欺负一个手无寸铁的女人，你还有脸面笑他？"那人被妈妈说得恼羞成怒。后来，他们找不到爸爸，这伙人就悻悻地离开了。

　　小时候还有充足的食物。阿克玛知道自己幼时吃穿不愁，食物都由掘客奴仆做好了送到嘴边。可是如今在饥饿的长期折磨下，他已经忘记了丰衣足食的滋味，甚至想不起什么时候吃饱过。此刻他正在玉米地里劳动，忍受着烈日的煎熬；他记忆里的每个片段都充斥着饥渴和疼痛。他的手臂、他的后背、他的双腿都因为劳累而酸痛，连他的双眼里也传来一阵阵刺痛。阿克玛很想放声痛哭，可是他知道这样做有辱家门。他想对着掘客监工高声尖叫：我们需要吃！我们需要喝！我们需要休息！你们逼我们挨饿干活，这样做其实是很蠢的，因为我们会被活活累死，你们到头来也颗粒无收。就在昨天，提瓦克老头在干活的时候突然翻身跌倒在玉米地里，还来不及和妻子说出最后的道别就猝死了。他的妻子跪在他的尸体旁边无声地饮泣。掘客监工一见她停下，马上就动手打人，丝毫不体谅一下她的丧夫之痛。

　　这世上没有什么东西比掘客更让阿克玛憎恨的了。以前在纳飞国的时候,他的父母就不应该把掘客养在家里做用人。掘客不是人,他们没有资格在我们身边和我们平起平坐,我们应该将他们赶尽杀绝!爸爸还为掘客辩解,说他们长期受努艾克的残酷压迫,现在只不过是报仇心切罢了。他还在夜里低声传道,说地球守护者不希望土家族、苍穹族和中间族成为敌人。爸爸爱怎么说就怎么说,反正阿克玛知道事情的真相:掘客不除,这个世界就永远不得安宁!

当初掘客大军杀到的时候,爸爸不让他的追随者反抗。他说道:"你们跟着我流落在荒郊野岭,并不是为了做一个杀人凶手,对吧?地球守护者不希望他的孩子们手上沾满鲜血。"

没有人对爸爸的话提出异议,唯独妈妈低声说了一句:"她的孩子们。"听妈妈的意思,好像这个地球守护者与大家并没有关联似的。阿克玛只知道,一个神如果连自己的信徒也保护不了,任由他们被又污秽又残忍又愚蠢的野兽掘客奴役,那么这个神实在是太失败了。

有一天晚上阿克玛说出了他的看法,爸爸陷入沉默,当晚再也没有和他多说一句话。阿克玛痛苦难忍:白天不许说话已经够惨了,要是晚上爸爸还不理他,这世上还有更凄惨的事情吗?于是阿克玛学精了,再也不把真实的想法流露出来,而是把对掘客的仇恨和对地球守护者的鄙视埋藏在心中。每天晚上,他跟着爸爸妈妈低声说出那些空洞无物的祈祷语,仿佛这些话是久旱之后的甘露。

有一天,村里来了一个小男孩。这个男孩不像其他人那样又黑又瘦,而是穿着色彩明艳的华服,身上一个补丁也没有。他站在一座小山的顶上,一头干净的长发迎风飘扬,使他在人群之中显得特别出众,有如天神下凡一般。虽然爸爸和妈妈成天都在宣扬地球守护者的神通,可是阿克玛还是被这个神仙一样俊美的小男孩惊呆了,看着看着就在不知不觉之间停下了手中的活。

监工对着阿克玛大吼,阿克玛却充耳不闻。所有的声音都被眼前的景象屏蔽了,他的五官六识只剩下了视觉这一个观感。当监工巨大的身影把他笼罩住,阿克玛才留意到危险,可是监工已经举起了手中的棍子。阿克玛连忙向后退缩,就像条件反射似的向着那个神仙一般的小男孩求救:"别让他打我!"

"住手!"小男孩用嘹亮的声音大声喝止,语气中充满了自信;然后他大步流星地从山坡上跑下来。最不可思议的是那个掘客监工竟然乖乖地住手了。

这时候爸爸距离阿克玛很远,可是妈妈却在附近。她低声向阿克玛的妹妹绿儿耳语了两句,然后绿儿朝阿克玛走近几步,轻声说道:"他是爸爸的敌人的儿子。"

阿克玛听了,马上警觉起来。这时候,那个男孩越走越近,他容颜的俊美并没有因为绿儿的警告而减少半分。

男孩问道:"她跟你说什么了?"他的语气很和蔼,脸上还带着微笑。

"她说你爸爸是我爸爸的敌人。"

男孩说:"嗯,没错。可是这并不是我爸爸造成的。"

阿克玛无言以对。他只有七岁,从来没有人向他解释过为什么他的父亲会四面树敌。阿克玛从没想过这有可能是爸爸的错。对于男孩的话,他心存怀疑:他怎么能相信自己爸爸的敌人的儿子呢?可是……"你不许监工打我。"

男孩看着脸色阴晴不定的监工,说道:"从现在开始,没有我的允许,你不能惩罚这个人和他的妹妹!这是我爸爸的命令!"

监工低头表示遵命。可是阿克玛看得出来,被人类小男孩这样指使，这个掘客其实很不满。

男孩又说："我的爸爸就是帕卜娄格，我的名字叫狄度。"

"我叫阿克玛，我的爸爸是阿克玛若。"

狄度笑了。"若－阿克玛？师尊阿克玛？呵呵，'若'教给别人的东西，有哪一样不是从'欧格'那里学来的呢？"

阿克玛不知道"欧格"是什么意思。

狄度似乎看出了他心中的迷惑。"'欧格'是白日地球守护者，也就是大祭司。除了国王'艾克'，没有人比'欧格'更聪明、更渊博了。"

"可是身为国王只是意味着你有权力去杀任何一个你不喜欢的人，除非那个人有一支像耶律国士兵那样的军队。"这句话阿克玛听爸爸说过很多次了。

狄度答道："可是自从努艾克死了之后，在这片土地上，连耶律国人也归我爸爸管了。努艾克是被人活活烧死的，你知道吗？"

阿克玛问道："你亲眼看到了吗？"

"陪我散散步吧，你今天的活干完了。"说完他转头盯着监工。掘客监工闻言，立即站起来。他几乎和狄度一样高，可是狄度长大之后肯定能像高山临渊一样俯视掘客。此刻他默默地和掘客监工对峙，并没有因为身高而处于下风。在狄度的逼视之下，掘客监工退缩了。阿克玛敬畏不已。

狄度牵着他的手走开，阿克玛问道："你是怎么做到的呢？"

狄度反问："做到什么？"

"让那个监工显得那么……"

狄度接口说："那么没用？那么无助？那么愚蠢？那么下贱？"

这些人不是掘客的盟友吗？难道他们其实也憎恨掘客？

狄度继续说:"很简单,因为他知道,如果他不服从我的命令,我就会去爸爸那里告状。然后他这份美差就没了,他要回堡垒或者地道那里干活,甚至要出去打仗。如果他敢动我一根毫毛,我爸爸就会把他大卸八块。"

阿克玛想象着这个掘客监工——所有的掘客监工——被大卸八块的情形,顿时觉得心满意足。

"没错,我亲眼看着他们烧死努艾克。他那时还是国王,所以率领我们的将士迎战耶律国的军队。可是他又老又蠢,软弱无能,胆子又小,人人都知道他没用。爸爸尽力为他拾遗补缺,可是在一个昏君手下,再能干的欧格也是巧妇难为无米之炊。当时军中最著名的勇将凯迪奥发誓要杀了他,扶植一个真正能干的国王——可能是努艾克的二王子伊理亥吧——不过这些人你都不认识吧?你当时肯定只有——嗯,三岁?你今年几岁了?"

"七岁。"

"这么说来,那一年你确实是三岁。当时你爸爸犯了叛国罪,像一个懦夫似的逃到荒郊野外,继续阴谋颠覆纯粹由人类组成的纳飞国。他还鼓吹说人类、掘客和空中肉兽都是平等的。"

阿克玛没说话,因为爸爸的确是这样教导他们的。只是阿克玛从来没想过这样的言论竟然背叛了生他养他的那个纯种人类的国家。

"那么你还记得些什么呢?我敢打赌你肯定不记得进王宫吧?可是那天我看见你了,你牵着你爸爸的手,他把你介绍给国王认识。"

阿克玛摇头道:"我想不起来了。"

"那天是家庭节,我们人人都去了,不过你还很小。我为什么记得你呢?因为当时你一点也不害羞,什么都不怕,一副大无畏的样子。国王称赞你说'小时了了,大定必佳'。我爸爸也记得你,所以才派我来找你。"

阿克玛觉得胸中泛起一阵狂喜:因为他小时候的勇敢表现,帕卜娄格专门派儿子前来找他!阿克玛确实记得曾经和欺负妈妈的士兵动手,可是他从没觉得自己勇敢;直到这一刻他才发现自己原来是挺有勇气的。

"后来,凯迪奥几乎把努艾克杀了。他们说当时凯迪奥再三逼努艾克动手,可是努艾克只是反反复复地说,'我是堂堂一国之君,你没资格和我动手!'而凯迪奥就不断地吼:'你还有没有羞耻心?你别逼我像宰一条狗一样把你杀了!'努艾克一直逃到高塔顶上,凯迪奥眼看就要动手了。突然国王看到远处掘客大军从耶律国边境那里像潮水一般涌过来,这是有史以来最庞大的一支掘客军队。凯迪奥于是放过了国王,让他率领军民迎战。可是努艾克不但不出战,反而命令军队撤退,就是因为他害怕打败仗。他这样做完全是可耻的懦夫行径,像凯迪奥这样的勇士当然不会听命。"

阿克玛说:"可是你爸爸却遵命了。"

狄度说:"我爸爸必须追随国王,这是大祭司的职责所在。国王命令将士们抛妻弃子跟他逃跑,可是爸爸不忍心,所以他带上了我。他把我驮在背后,与其他人一起急行军;当时我已经挺沉的,而爸爸年纪也不轻了。后来士兵哗变的时候,我也在场目睹了当时的情景。将士们意识到自己的妻儿可能已经在城里惨遭屠戮,所以他们把努艾克老头剥光了绑在树上,然后用火把去灼烧他的身体,努艾克不停地惨叫⋯⋯"狄度说到这里,脸上露出微笑。"这老不死的,你想象不到他尖叫的声音有多大。"

这个情景,阿克玛想想都觉得可怕;可是狄度亲眼目睹那一幕,现在却能津津乐道——这人其实挺恐怖的。

"当然了,爸爸很快就意识到,他们烧死国王之后,肯定会商量下一个烧谁,那些祭司自然是最大的目标了。于是爸爸低声用祭司密语吩咐了几句,然后就率领我们脱离危险了。"

"你们为什么不回城呢?难道首都已经被摧毁了吗?"

"不是的。爸爸说城里的人自甘堕落,不配与真正的祭司为伍。你知道吗,真正的祭司,上至历法密语,下至阅读写作,无所不知,无所不晓。"

阿克玛很迷惑:"阅读写作,不是人人都学的吗?"

狄度突然满脸怒容。"教每个人学会读写,这就是你爸爸做过的最可怕的事情!所有相信他谎言的人都溜出城去追随他,这些人多数是种地的农民,一群乌合之众!他竟然想教会每一个人识字!每一个人!你得知道,他成为祭司的时候庄严地起过誓,发誓永远不把祭司的秘密泄露给任何一个人。然后他又把这些秘密泄露给每一个人!"

"爸爸说每一个人都应该成为祭司。"

狄度大笑道:"人?这是他的原话吗?阿克玛,不仅仅是人,他传道授业的对象不仅仅是人!"

阿克玛想象着他爸爸教掘客监工识字的情形,脑海中呈现一幅画面:一个掘客埋头苦读,手上还拿着一杆铁笔,在写字板的蜡上刻下印记。这幅画面让阿克玛全身抖了一下。

狄度问:"你饿了吗?"

阿克玛点点头。

"来和我们几兄弟一起吃吧。"说完,狄度领着他走到山坡背后的一片阴凉地。

阿克玛对这地方很熟悉。在掘客来这里奴役他们之前,妈妈经常带着小朋友聚集在这片阴凉地里学习和玩一些安静的游戏；而爸爸则在山顶上给成年人上课。如今，这里摆着一个很大的篮子，里面装满了水果和糕点，另外还有一瓶酒。几个掘客正在服侍三个人用餐。这是妈妈带领小孩子玩耍的地方，掘客不应该踏足这里。

可是人类踏足这里却无可厚非——实际上，人类无论去哪里都是天经地义的。这三个人里，有一个很小，比阿克玛还年轻一点；另外两个比狄度年长，也比他高大——这两人已经不是小男孩，简直可以算是男人了。其中一个哥哥和狄度很相像，只是没那么好看，可能是因为眼睛离得太近，下巴也太翘了；这个哥哥可以算是一个未完工的扭曲版次品狄度。

另一个大男孩和狄度简直有天渊之别。狄度气度优雅，这个大男孩则体壮如牛；狄度的面相很友善，总是充满阳光，而另一个男孩则看起来心事重重，一副拒人于千里之外的阴暗神情。他的身体太强壮了，阿克玛很奇怪为什么他竟然能够随心所欲地拿起任何一个水果，而不会把水果捏碎在掌中。

狄度一眼就看出几兄弟里谁最吸引阿克玛的目光。他说："哈，对啊，人人都用这种表情看他。这是我大哥帕卜，也是掘客军团的元帅；他曾经试过徒手取人性命。"

帕卜闻言，抬头看了一眼，然后对着狄度低吼了一声。

"帕卜不喜欢我说他的英雄事迹，不过有一次他打死了一个成年的掘客，把掘客的脖子扭断了，就像折一根枯烂的树枝一样，'啪'地一下就断了。那畜生临死前尿得四处都是。"

帕卜摇摇头，继续埋头大嚼。

狄度说："来，坐下来，和我们一起吃点东西吧。各位弟兄，这位是阿克玛，也就是叛徒阿克玛若的儿子。"

样子很像狄度的那个哥哥闻言，往地上啐了一口。

狄度说："乌达，你别那么粗鲁。帕卜，教教你的二弟有点修养好不好？"

"要教你自己教。"帕卜说得很平静，可是乌达听了之后，好像被大哥以生命相威胁似的，马上就老老实实不说话，专心吃他的午餐去了。

小弟眼定定地看着阿克玛，好像在掂量着他的斤两。终于，他说："你打不过我。"

狄度说："闭嘴，你这小猴子，老老实实吃饭。这是四弟穆武，我们都不知道他到底是不是人……"

"狄度你闭嘴！"小弟突然发火了，好像知道狄度接下来要说什么。

"我们猜爸爸一定是喝醉了，和一个母掘客上床，所以才生出这个怪胎。你看他那个老鼠鼻子。"

穆武愤怒地尖叫一声，猛然扑向狄度。狄度一抬手就把他推开，说道："住手，穆武，小心泥土都弄到午餐里了！别闹！"

"别闹了。"帕卜还是很平静地说了一句，穆武马上乖乖住手了。

狄度说："吃吧，你肯定饿坏了。"

阿克玛确实饿坏了，连忙坐下来，正要开始享用面前的珍馐美食。狄度突然说了一句："我们的朋友可以吃饱喝足，我们的敌人……就让他们挨饿去吧。"

这句话让阿克玛想起爸爸妈妈和妹妹绿儿还在挨饿呢。他说："我能不能带一点回去给我爸爸妈妈和妹妹？或者叫他们过来一起吃？"

乌达听了之后怪叫一声；帕卜则喃喃地说了一句："蠢货。"

狄度平静地说:"我只邀请你一个人。你不要骗我上当,让我请我爸爸的敌人吃饭。你这样做让我多尴尬啊!"

这时候阿克玛终于明白这是怎么一回事了。没错,狄度相貌俊美、风采迷人、聪明伶俐,而且态度友好,还能讲很多好听的故事,可是他并非真的关心阿克玛,只是想让他出卖自己的亲人。难怪狄度拼命说爸爸的坏话,说他是叛徒什么的,原来只是想让阿克玛掉转枪头对准自己的家里人。

出卖亲人,这就像……像和掘客交朋友,这样做是逆天而行,是错的。阿克玛顿时看清了狄度的真面目:他就像一头外表美丽而内心残忍的豹子,专用巧言令色去迷惑别人;如果你让他靠近身边,他就会突然跳过来把你杀了。

阿克玛说:"我不饿。"

穆武说:"他在说谎。"

阿克玛说:"我没有说谎。"

帕卜转过头来,第一次正眼看着阿克玛。他说:"你不要反驳我弟弟。"他的声音死气沉沉的,可是其中的威胁意味却非常明显。

阿克玛说:"我只是说我没有说谎。"

狄度神采飞扬地说:"可是你刚才确实撒谎了。你都已经快饿死了,瞧你瘦的,肋骨支出来那么尖,眼看都能割手了。"他一边说一边开怀大笑,然后递过一个玉米蛋糕。"阿克玛,难道你不是我的朋友吗?"

阿克玛说:"不,我不是你的朋友,你也不是我的朋友。你来找我只不过是听你爸爸的命令罢了。"

乌达取笑他的三弟:"嘿嘿,狄度,你真是聪明透顶嘛!你还说你只需要一天就可以让他死心塌地做你的朋友……嘿嘿,人家一眼就看穿你的把戏了。"

狄度恶狠狠地盯着乌达说道："你要是不戳穿我,他未必看得出来!"

阿克玛很生气,立刻站起来。"你在耍我?"

帕卜说："坐下。"

阿克玛说："不坐!"

穆武咯咯笑道："帕卜,打断他一条腿吧,你以前也不是没试过。"

帕卜上下打量着阿克玛,好像正在评估着这样做的可行性。

阿克玛很想开口求他:请你不要伤害我。可是他本能地知道,在这种人面前绝对不能示弱。他就亲眼看见过他父亲与帕卜娄格本人针锋相对,毫不畏惧,反而在气势上把对方压倒了。阿克玛怎么会忘记那个情景呢?他说:"你就尽管打断我的腿好了,反正我也拦不住,因为我只有你体型的一半。可是如果你在我这个位置,帕卜,你会不会坐下来和你爸爸的敌人一起吃饭呢?"

帕卜扬起头,然后很慵懒地招了一下手,说道:"过来。"

阿克玛向他走过去,而帕卜只是很平静地坐在那里等他走近。阿克玛觉得帕卜散发出的威胁性的气场似乎退减了许多。可是当他一走进帕卜触手可及的范围之内,帕卜那只本来显得很慵懒的手突然使出一招蛇形刁手,闪电似的捏住阿克玛的咽喉,一下子将他掀翻在地。阿克玛被捏得喘不上气,快要窒息了。他在垂死挣扎的时候,眼前只看到敌人那双半睁半闭的眼睛。"我干吗不马上杀了你,然后把你的尸体扔到你爸爸脚边呢?"帕卜说这句话的时候语气很温和。"或者把你切成一百零八块,每天送一块给你爸爸。今天一只脚趾,明天一根手指头,后天一个鼻子,然后是耳朵,还有手手脚脚……你爸爸收集齐全之后就能把你重新装嵌起来,那时候就皆大欢喜了,对吧?"

阿克玛吓得快吐了,因为他相信帕卜确实能做出这种禽兽不如的暴行。这时候,帕卜的大手虽然还捏住他的咽喉,可是已经稍稍放松,阿克玛终于能够呼吸了。可是他根本没有留意到,因为此刻他脑中只有一个念头:爸爸妈妈看到他血淋淋的残肢,该有多伤心啊!

乌达大笑道:"阿克玛若和地球守护者那么有交情,说不定他能够求那个报梦老怪创造一个奇迹,把那些散装的残肢重新组装成一个活人。既然其他神仙整天都能显灵创造奇迹,为什么这个地球守护者就不能呢?"

乌达说话的时候,帕卜根本就没有抬头看他,仿佛他的二弟根本就不存在。他轻声地问道:"你就不求求我饶了你的小命吗?至少也求我别切你的脚趾头吧?"

穆武建议:"让他求你放过他的小鸡鸡。"

阿克玛不回答,心里只惦记着爸爸妈妈会有多么伤心。他们看见狄度带走阿克玛,肯定已经担心坏了。虽然妈妈让绿儿警告过他,可是狄度那么风度翩翩、魅力非凡,而且态度又那么友好……这一切的代价就是此刻正捏住阿克玛咽喉的一只大手。没关系,阿克玛能够默默地忍受着他的折磨;只要他还能坚持,他就决不会哼哼一声!就算是国王努艾克被叛兵折磨的时候也忍不住大声惨叫,可是阿克玛肯定能够坚持到最后一刻。

帕卜说:"我觉得你现在需要接受我三弟的邀请,快吃!"

阿克玛低声说:"我不和你们一起吃!"

帕卜说:"这小子太笨,我们帮帮他吧。小弟们,给我拿吃的来，多多益善！他已经饿得不行了。"

很快，帕卜强行撬开阿克玛的嘴巴，其他人拼命往里塞东西。阿克玛根本来不及咀嚼和吞咽，嘴巴一下子就被塞满了，只能用鼻子透气。他们发现了，就用食物碎屑堵住阿克玛的鼻孔。这样一来，他必须张嘴吸气，嘴里的食物残渣就呛进气管里了。终于，帕卜放开了阿克玛的喉咙和下腭，因为阿克玛已经咳得上气不接下气，任凭他们兄弟四人怎么摆弄，他也完全没有还手之力了。他们于是撕烂阿克玛的衣服，把水果和蛋糕残渣抹了他一身一头。

终于，他们把阿克玛作弄够了，帕卜就将他交回狄度的手中；狄度再指派他的二哥乌达将这个忘恩负义、毫无教养的小叛徒押回去干活。乌达抓住阿克玛的手腕狠狠地扯着他往回走，阿克玛根本走不快，只能被他半拖着，跌跌撞撞地穿过大草坪，回到山坡顶上。然后乌达一把将他推下去，阿克玛就在乌达的长笑声中滚下了山坡。

监工禁止人们停下手中的活去帮他。阿克玛觉得万分屈辱，全凭着一腔怒气支撑着，硬是站直了。他尽量把身上粘着的最大块的食物残渣拨下来，至少先把鼻孔和眼眶四周的东西抠掉。

监工喝道："快去干活！"

山顶上传来乌达的话音："下一次我们可能会邀请你的妹妹共进午餐。"

这句恐吓的话让阿克玛全身都起了鸡皮疙瘩，可是他不动声色，好像完全听不见。对于他来说，现在唯一的抗争手段就是顽强地保持沉默；这也正是成年人采取的策略。

阿克玛回到自己的岗位，一直干活干到日落西山为止。当夜幕逐渐降临的时候，监工终于放他们回家了；阿克玛这才终于有机会告诉爸爸妈妈白天发生的事情。

他们在黑暗中交谈，声音压得很低，就像耳语一般。这样做是为了不让村里守夜巡逻的掘客听见。这些看守在外面偷听各家各户的声音，想听听有没有人正在集会密谋。他们甚至禁止人们向地球守护者祷告，因为帕卜娄格已经宣布了阿克玛若是离经叛道的邪教异端，信他就是冒犯诸神，一经发现当以叛国罪处死。

　　妈妈一边低泣一边把那些已经风干了结成块的食物残渣从阿克玛身上擦掉。阿克玛把帕卜四兄弟的所作所为以及他们说过的话一一复述给爸爸妈妈。

　　爸爸说："没错，努艾克就是这样死的。他以前曾经是一个好国王，可是他从来就没做过好人；所以我在他手下效劳的时候，我自己也算不上好人。"

　　妈妈说："你其实从来没有和他们同流合污。"

　　阿克玛很想问爸爸，帕卜娄格的几个儿子说的其他话是不是都是真的。可是他不敢问，因为爸爸回答之后，他甚至不知道应该拿这个答案怎么办。如果那几个小子说的话都是真的，那么爸爸就是一个出尔反尔、违背誓言的人，阿克玛以后还能相信爸爸说的话吗？

　　妈妈继续轻声说："你不能把阿克玛晾在一旁不管，儿子受他们的影响，已经和你疏远得很厉害了，你难道看不出来吗？"

　　"阿克玛年纪不小了，我觉得他能够明白事理，知道不能相信骗子。"

　　妈妈说："可是，克玛若，他们告诉阿克玛，你才是骗子。你说，他还怎么相信你？"

　　阿克玛心里其实百感交集，他还没弄清楚自己到底是怎么想的，却被妈妈一眼就看穿了——真是不可思议！可是他居然对自己的父亲心存怀疑，阿克玛觉得万分羞愧。他一想到爸爸脸上的表情，不禁全身打了一个寒战。

"这么说来，他们已经把你的心从我身边偷走了，是吗，克玛迪斯？"爸爸竟然用"迪斯"来称呼他——"迪斯"就是"亲爱的儿子"；以前当爸爸特别为阿克玛感到自豪的时候，就会叫他克玛赫——"赫"就是"光荣的继承人"。阿克玛多么希望爸爸用"克玛赫"来称呼他，可是爸爸的双唇之间始终没有说出这三个字。此刻阿克玛需要的是父亲的尊敬和赞赏，而不是同情。

妈妈提醒爸爸："阿克玛挺直了腰骨和他们抗争，还因此受了不少苦，他其实很勇敢。"

"可是他们已经把怀疑的种子埋在你心里了，是吗，克玛迪斯？"

爸爸的话太伤人，阿克玛再也忍不住，失声痛哭。

妈妈说："阿克玛若，请你让孩子安心吧。"

爸爸问道："车贝雅，你让我怎么才能让儿子安心呢？我本来并没有违背我对国王发过的誓；可是后来他们把我赶走，还想害我的性命，那时候我才意识到，宾纳若是对的。为什么他们禁止普通老百姓学习读、写和说古语呢？因为只有这样才能保存教会的势力，巩固他们的垄断地位。如果人人都懂历法、能阅读古代流传下来的法典和记录，那么他们为什么还要接受教会的统治呢？所以我才打破誓言，无论是谁，只要他们来找我求学，我就会教他们读书写字和看年历。没错，我是破了誓；可是这本来就是一个邪恶的誓言，所以我并没有做错。"说到这里，爸爸又转头看着妈妈："车贝雅，他还不懂这些道理。"

"别说话！"

他们马上静下来，屋棚里只剩下他们的呼吸声。屋外传来一阵急促的脚步声，是一个掘客在村子里面跑过。

妈妈低声说："你猜他去干什么？"

爸爸将一根手指放在妈妈的嘴唇上，然后轻声道："快睡吧，我们快睡吧。"

这时候绿儿早已熟睡，妈妈就躺倒在她身边的席子上；妈妈旁边是爸爸，阿克玛则睡在爸爸的另一侧。可是他不想爸爸伸手搂住他，宁愿一个人舔伤口，一边睡一边把心中的耻辱和羞愧消化干净。今天他被呛得连气也喘不上，全身抹着食物残渣，还被人从山顶上推下来一直滚到山脚；回到大伙儿面前的时候，他的衣服已经被撕扯得支离破碎，全身上下污秽不堪。可是这些都不算什么，最让他难堪的是他爸爸竟然是一个违背誓言的小人，而且这还是帕卜娄格的几个儿子告诉他的。

众所周知，违背誓言的人是最可耻的。无论这人说什么，别人都不会指望他能够做到；没人愿意和他打交道，因为大家都不知道，没人盯着的时候，他到底会干些什么。阿克玛还是婴儿的时候，爸爸妈妈就教他做人必须言出必行，否则他就是一个没有信誉、不值得信任的人。难道爸爸自己反而忘记了吗？

阿克玛想，爸爸说打破邪恶的誓言其实是做好事；可是既然这是一个邪恶的誓言，那么为什么当初爸爸要起这个誓呢？阿克玛怎么也想不通：爸爸说出这个邪恶誓言的时候，难道他当时确实是一个坏人，只是后来改邪归正了？当一个人已经变坏了，他又怎能重新变好呢？还有，好和坏是由谁来定义的呢？

狄度说起的那个士兵——好像叫凯迪奥吗？——他的做法才是正路。你要杀敌就堂堂正正地动手，而不应该出尔反尔、溜到别人背后暗算。就连小孩子也不会容忍这种偷鸡摸狗的行径！如果你和某个小朋友争吵交恶，你就站起来和他面对面吼去；你甚至可以动手把对方打倒，然后逼迫对方就范。你可以用这种方式和一个朋友争执，却不会损害友情。可是如果你溜到他身后突施暗算，这就成了叛徒所为，那么你就根本不配和他做朋友了。

难怪帕卜娄格那么恨爸爸。我们落得这么惨的境地，原来都是爸爸害的！爸爸竟然是一个躲在荒山野岭违背誓言的阴险小人。

阿克玛忍不住又开始哭了。这些想法实在太可怕，阿克玛恨自己竟然这样去腹诽爸爸。爸爸善良、慈祥，人人都热爱他，他怎么可能是一个奸险小人呢？

帕卜娄格的几个儿子说的话肯定都是骗人的！绝对不可能是真的！他们才是邪恶的一方；是他们折磨和羞辱阿克玛，他们才是骗子！

可是爸爸却亲口承认了他们说的其实是真话。这样一来，就变成了好人破誓，坏人却道出了实情，这怎么可能发生呢？这个念头在阿克玛的脑海里发疯似的转来转去，慢慢地，阿克玛坠入了梦乡。

第二章　真实的梦

　　孟恩爬上王宫的屋顶看日落，只见一轮夕阳在山谷东北端的两座山之间缓缓下坠。王室藏书阁大学士辈高曾经告诉过孟恩，当人类首次踏足地球的时候，他们相信太阳从东方升起、从西边落下。辈高说："这是因为他们来的地方没有很多山，所以他们分不清哪里是北方、哪里是西方。"

　　艾伦赫语带嘲讽地问道："可能他们连上和下也分不清吧？难道人类在得到天使的教诲开化之前完全是一群白痴？"

　　艾伦赫就是这样，总是对博学多才的辈高看不顺眼。为什么辈高不应该为自己是一个天使而自豪？为什么辈高不能为苍穹族积累的知识财富而感到骄傲？他们上课的时候，艾伦赫总是不停地指出，苍穹族的这些或者那些知识最初都是人类教给他们的。老是听他这么说，你甚至会以为如果没有人类，苍穹族至今还倒挂在树枝上睡觉呢。

　　然而，孟恩每时每刻都在羡慕天使身上的飞翼，哪怕是又老又胖的辈高也好——他甚至不能够从二楼滑翔到地面——孟恩竟然还想拥有一双像辈高那样的苍老飞翼。他童年时期最大的失望就是：人类永远也不能长成像天使那样。天使一出生身上就有一对紧贴着身体的飞翼，这对飞翼虽然暂时没什么用，可是如果你出生时身上没有这对毛茸茸的飞翼，那么这一辈子都不可能长出来了。你就好像被下了一个诅咒，一辈子只能拥有两条光秃秃的没用的手臂。

孟恩现在九岁了。他只能每天在日落时分爬上王宫屋顶看着苍穹族小孩在空中玩耍。他们都是孟恩的同龄人，有些年纪甚至更小一点，却都比他自由得多。从河边的树顶上到开阔田野的上空，一直到城中屋顶的上方，四处都有他们的身影。他们在半空翱翔，时而俯冲，时而攀升，甚至在空中激烈缠斗。有时候他们会突然失速，像石头一样向地面急坠，最后在千钧一发的瞬间展开双翼，一下子将下坠的势头转成平飞，像箭一样射过大街小巷，穿越密密麻麻的房屋。地上的人们会扬起拳头高声咒骂，抱怨这些小流氓胡作非为，对安分守己、辛勤劳动的良民造成人身威胁。

孟恩在心中呐喊：啊，如果我是一个天使，那该多好啊！我多么希望能够在半空中翱翔，俯视下面的森林高山和田野溪流。如果爸爸的敌人来攻打我们，我就能够从很远的地方侦察他们的行踪，及时回来向爸爸报信。

可是他永远也不可能飞上半空了。别人在空中跳舞的时候，他只能独自坐在屋顶上自怨自艾一番。

"你已经算好了，还有人比你更惨呢。"

孟恩转头朝着二姐艾妲迪雅咧嘴一笑。这么多年来，孟恩只把他心中对天使飞翼的渴望告诉了二姐一个人。值得称赞的是，她从来没有泄露半句；可是当姐弟二人独处的时候，艾妲迪雅一定会拿这件事情无情地取笑孟恩一番。

她继续道："孟恩，有很多人羡慕你呢。你是国王的儿子，长得又高大又结实，人们都说你长大之后将会成为一代豪杰。"

孟恩说："没有人能从小孩的身高预测他成年之后将会有多高；

而且我只是国王的次子，羡慕我的那些人都是笨蛋。"

艾妲迪雅还是那一句："还有人比你更惨呢。"

"你只是随便说的。"

"比如说……国王的女儿。"艾妲迪雅的语气带着一丝惆怅。

孟恩答道："嗯，如果命中注定你做女儿的话，那当然是做王后的女儿会更好一点。"

"你还记得吗，我们的妈妈已经去世了。当今王后是人称'便团'的杜大姑，你千万不能忘了！"这个外号是从王室专用的古语翻译过来的，原词是更难听的"一坨屎"。小孩子变着法儿骂他们的继母是一坨屎，真是快乐无穷。

孟恩说："嘿嘿，杜大姑什么也不是，只是可怜了她的儿子凯明。那小家伙投错胎，结果成了爸爸几个小孩里面最丑的一个，这辈子算是完了。"

凯明今年才五岁，是"便团"杜大姑的独子。他的"便团"妈妈挖空心思想让儿子改名为凯明赫，也就是夺走艾伦赫的太子地位。不过她这样做是白费功夫，废长立幼既不合法理，也不得民心，爸爸是绝对不会答允的。艾伦赫是孟恩和艾妲迪雅的大哥，今年才十二岁，却已经长得玉树临风；人人都看得出来，他将来必然能够成为一个驰骋疆场的常胜将军。而且他有一种与生俱来的王者风范，如果现在爆发战争，爸爸肯定会派他统率一支部队出征；将士们能在未来国王的鞍前马后效劳，肯定会深感自豪。孟恩看到别人望着艾伦赫的眼神，听着他们对大哥的评论，不禁心如刀绞。既然妈妈已经为爸爸生了一个这么完美的儿子，为什么爸爸还要继续生第二个呢？

问题是，孟恩对大哥完全恨不起来。艾伦赫在十二岁就成为一个人人爱戴的领袖,当然有他的过人之处;而他的弟弟妹妹那么爱他,也正是因为这些优点。他从来不欺凌弱小,也很少取笑别人;他总是在别人需要的时候送上帮助和鼓励。他的几个弟妹各有缺点,孟恩多愁善感,艾姐迪雅脾气暴躁,欧弥纳傲慢自大,可是艾伦赫对他们总是很有耐心。他甚至对凯明也很好,丝毫不计较"便团"杜大姑废长立幼的阴谋。结果凯明对大哥崇拜得五体投地。有一次艾姐迪雅说起,她怀疑这可能是艾伦赫放长线钓大鱼的计划:让弟弟妹妹都无可救药地爱他,这样他们就不会密谋篡位了。"等他登基之后,'咔嚓咔嚓',我们的脑袋就陆陆续续都掉地上了。"

为什么艾姐迪雅会这样揣测呢?因为她当时正在学习王室的家族史。这部历史并不总是清风明月;事实上,在过去很多代国王里面,第一个明君是爸爸的爷爷,也就是第一代摩提艾克。当年曾祖父从纳飞国出走,来到达拉坎巴,与本地人一起建立了一个全新的国家。在曾祖父之前的国王全是双手沾满鲜血的独裁暴君。可能这也是因为形势所迫:纳飞国常年处于战争的威胁之中,为了生存,王室决不允许兄弟争位,更加不能爆发内战。所以不少新即位的国王一上台就先把兄弟姐妹满门抄斩,为了斩草除根,连侄子侄女都不放过。有一个新王甚至连亲生母亲也杀了,就是为了……唉,现在已经不可能猜到为什么古人会做出这些可怕的事情。辈高老头特别喜欢讲这些故事,而且在结束的时候总会说起,苍穹族自治的时候从来不会做出这种手足相残的事情。有一次他甚至说:"苍穹族正是从人类来到的时候开始学坏的。"

艾伦赫当时答道:"那么你们和土家族住在一起的时候没有学坏吗?你们把土家族称作'地鬼',莫非是和他们开玩笑?"

面对艾伦赫的无礼,辈高总是很冷静。他说:"第一,我们从来没有让土家族和我们住在一起；第二，我们也没有拥戴他们做国王，所以他们的邪恶不能传染给我们。苍穹族没有学坏，正是因为我们从来没有和地鬼住在一起。"

孟恩想，如果我们从来没有住在一起，可能我就不会整天渴望自己能飞，可能就算我像一只蜥蜴或者一条蛇那样在地上爬，也会觉得心满意足了。

艾姐迪雅说："别当真，艾伦赫是不忍心砍别人脑袋的。"

孟恩说："我没当真，我知道你是说笑的。"

艾姐迪雅坐到孟恩身边，说道："孟恩，我们祖先的那些故事，你相信吗？纳飞和绿儿，他们能够和上灵对话；如诗看别人一眼就能够看出他们之间相互的联系。"

孟恩耸耸肩，说："可能是真的吧。"

"羿羲和他的浮椅……还有，只要他身处普利斯坦地区就能够自由自在地飞。"

孟恩说："我很希望这是真的。"

"还有那个魔术球，你只要把它捧在手心、向它提问，魔术球就会回答你的问题。"

很明显，艾姐迪雅已经陷进她的白日梦里不能自拔了。孟恩没有看她，而是目送最后一抹残阳消失在远方的河边，随之而去的还有水面上的浮光跃金。

"孟恩，你猜那个魔术球——那个索引——是在爸爸手上吗？"

孟恩说："我不知道。"

"等艾伦赫满十三周岁，爸爸就会把我们国家的秘密告诉他。你猜到时候爸爸会不会给他看索引呢？可能还有羿羲的浮椅呢。"

"如果这些东西在爸爸手上，他都藏在哪里呀？"

艾姐迪雅摇头道："我不知道。我只是在想啊，如果我们的祖先有那么多好东西，为什么今天没有流传到我们手上呢？"

"可能这些东西真的在我们手上也说不定。"

"啊？你真的这样觉得？"艾姐迪雅突然活跃起来。"孟恩，你觉不觉得有些梦是真的？每天晚上我老是做同一个梦，有时候甚至做两三次呢。这个梦感觉很真实，和我其他的梦完全不一样。可是我不是祭司什么的，而且他们反正也不会重视女人做的梦。如果妈妈还在，我一定去问问她；可惜现在我们只有杜大姑这一坨屎，我可不去找她。"

孟恩说："可是人人都比我见多识广。"

艾姐迪雅说："我知道。"

"谢谢您夸奖。"

"正因为你知道得比较少，所以你聆听得比较多。"

孟恩脸上一红。

"我能不能把我的梦告诉你呢？"

孟恩点点头。

"我在梦里看见一个小男孩，大概是欧弥纳的年纪吧。他还有个妹妹，和凯明差不多岁数。"

孟恩问："你在梦里能知道别人的岁数？"

"蠢人，别打断我！他们在地里做苦工，还整天被殴打；他们的父母还有其他人也是一边挨饿一边挨打，已经饿得实在不行了。拿鞭子抽他们的竟然是一些掘客……呃……我是说土家族。"

孟恩想了想，说道："爸爸决不会让掘客欺压我们。"

"可是这些人并不是'我们'，你还听不出来吗？那些场景太真实了。我看到那个小男孩被打了一次，不过打他的并不是掘客，而是几个人类男孩,那些掘客都听他们的命令。"

孟恩喃喃地说了一句:"耶律党……"耶律党就是一些邪恶的人类,他们与掘客狼狈为奸,住在阴暗潮湿的山洞里,还把苍穹族捉回去吃。

"那几个男孩比他高大。他们看见他那么饿,就故意把食物拼命塞进他嘴里。他根本没办法咽那么块,所以被呛得气也喘不过来。他们这样折磨他还不够,还将水果和食物残渣抹了他一身,然后逼他在泥土和草地上打滚;这样一来,他身上的食物就全部不能吃了。那个场景太恐怖了,可是小男孩很勇敢,一声不吭地默默忍受,始终保持着尊严。我都忍不住为他哭了。"

"你在梦里哭了?"

"不,我其实是哭醒的,醒了之后还是忍不住掉眼泪。我醒来的时候,口中还说着,'我们一定要帮他们,我们一定要找到他们,我们要带他们回家。'"

"我们?"

"我猜我是在求爸爸。我们,就是纳飞党吧,我觉得那些人就是纳飞党。"

"那么为什么他们不派苍穹族的人飞来求援呢?通常耶律国发动进攻的时候,人们都是通过这种方式搬救兵的。"

艾妲迪雅想了想,说道:"孟恩啊,你知道吗,这群人里一个天使也没有!"

这时候孟恩才转头看着她:"一个苍穹族也没有?"

"可能掘客把他们都杀光了吧。"

孟恩问:"在我们曾祖父的年代,很多人离开这里回去了,你记得吗?这些人很讨厌达拉坎巴,宁愿回纳飞国定居。"

"他们叫泽扶……"

孟恩说:"他们叫泽尼府人。他们说人类和苍穹族住在一起是不对的,所以他们走的时候一个天使也没带走。没错,就是他们了!你梦见的就是泽尼府人。"

"可他们不是都被杀光了吗?"

"我们只是从此再也没有听到他们的音信,这不代表他们一定全死光了。"说到这里,孟恩点点头。"他们一定还活着!"

艾姐迪雅问道:"这么说,你也觉得这是一个真实的梦了?就像以前绿儿做的那些梦吗?"

孟恩耸了耸肩,隐隐觉得有些不妥。他说:"你这个梦,我觉得不一定是关于泽尼府人的。我觉得……这个猜测不完全正确。你梦见的那些人应该是别处的人。"

艾姐迪雅说:"可是你怎么知道呢?刚才不是你自己说他们是泽尼府人吗?"

"我刚才说那句话的时候觉得是对的,可是现在……现在又觉得总有一点不妥。不过你无论如何也要把这件事情告诉爸爸。"

她说:"你告诉他吧。你今晚在晚宴上面向他提出来。"

"你可以趁他和你道晚安的时候对他说嘛。"

艾姐迪雅做了个鬼脸,说道:"可是杜大姑这坨屎总粘在爸爸身边,我从来没见过他单独一个人。"

孟恩脸一红,说道:"爸爸这样做是不对的。"

"对啊!而且,你总是能够明辨对错是非,别人可没这本事。"说着她在孟恩手臂上掐了一下。

"行,今天晚宴的时候我就把你的梦告诉爸爸。"

"不,你得告诉他这是你的梦。"

孟恩摇头说："不行，我不说谎。"

"如果爸爸知道这是一个女子做的梦，他根本就不会听，否则在场所有人肯定都笑翻了。"

"那我先把梦说完，然后再告诉他是谁做的，如何？"

"还有，记住告诉他这个，在最近的几个梦里面，这个男孩和他的妹妹，还有他的爸爸妈妈，他们默默地躺着，睁大眼睛看着我，什么话也不说，就这样一声不吭地躺在黑暗里。可是不用他们说话我也知道，他们在恳求我去救他们。"

"恳求你？"

"呃，只是梦里的那个'我'罢了。要是这几个是真人的话，他们当然不会坐在那儿祈求一个十岁的女孩子去解救他们吧。"

"不知道爸爸会不会派艾伦赫去呢。"

"你觉得他真的会派人去吗？"

孟恩耸了耸肩，说道："天黑了，晚宴很快就要开始了，你听。"

就在这时，天使的晚唱歌声从河边的树林以及苍穹族居住的高窄楼群响起。一开始只有几个声音，后来越来越多天使加入。他们的声调都非常高，各自唱出的轻快旋律交织在一起，好像正在互相逗着乐。他们恣意发挥，即兴唱出一些高难度的不和谐音，然后逐渐趋向和谐；可是就在听众们预期着美妙和音出现的时候，歌者们却急转直下，把即将到来的和音旋律全盘颠覆，反而发出一种绕梁三日的悲鸣。这种怪调是为了提醒苍穹族不要忘记过去的苦难岁月：当年他们的寿命很短，死亡随时会不期而至，所以人人都抱着今朝有酒今朝醉的态度去享受当前的一刻。

很多天使小孩正在半空中玩耍，闻声立即不玩了，都一起向下俯冲，各自归家吃晚饭，回到正在歌唱的父母身边，回到充满乐声的家中。遥想当年，他们的祖先还住在树顶的时候，每日黄昏之时，各家各户的有盖窝巢里也像现在这样充满了歌声。

孟恩忍不住热泪盈眶。这就是为什么每天晚唱时分他都宁愿独处——他不想被人看见了笑话。可是艾妲迪雅从来不拿这件事情取笑他。

她轻轻地吻了孟恩的脸颊一下："孟恩，谢谢你相信我。有时候我会想，我干脆做一根木桩罢了，反正也没有人愿意听我的话。"

孟恩的脸又红了。当他转过头来的时候，发现二姐已经到梯子那里下楼去了。他其实应该跟着艾妲迪雅回去的，可是现在开始有人声加入合唱，孟恩当然舍不得走了。参加晚唱的有各式各样的人：站在豪宅窗户前面的用人、街道上的户外劳动者，以及在城中位高权重的达官贵人。音乐面前无分贵贱，谁都有权利把自己的声音在晚唱中献给世界聆听。在有些城市里，统治者命令人类民众必须唱某一首指定歌曲，这些歌通常都是鼓吹忠君爱国敬神那一套。然而在达拉坎巴，人民保留着纳飞国的传统习俗：人类可以学天使那样随心所欲地唱出自己即席创作的旋律。中间族的声线天生比苍穹族低，而且速度较慢，难以像天使那样快速敏捷地转换音节。可是人类的歌者都尽力而为，而苍穹族也接受了人类的加入。他们与人类唱和，跟着人类歌声的节拍翩翩起舞，并对人类的旋律进行润色，或大破大立，或画龙点睛。于是两个种族的歌者携手演绎出一首延绵不断的惊世万人大合唱；这首歌有千千万万个作曲家，却不需要一个引领方向的独唱者。

孟恩也开口唱了。他的童声很甜美，而且能唱出非常高的音调，所以他不必跟随着人类的低音大流，却能勉强挤进天使音域的最底层。在大街上，一个正在从事户外劳动的女人抬头朝着孟恩微笑了一下。孟恩并没有用微笑作为回答，却报以一个急转直上的滑音。这个滑音凝聚了他的毕生功力，下面那个女人听得开怀大笑，一边点头表示赞许，一边慢慢走远，孟恩顿时觉得心满意足。他踌躇满志地仰望天空，只见在两条街外的一个屋顶之上有两个年轻的苍穹族人，他们在回家路上停在那里稍作歇息。孟恩发现他们正在看着自己，于是唱得愈加大声，歌声中似乎略带挑战的意味。他心中明白，虽然自己的声音似乎很高，还能唱得很快，却完全不可能与苍穹族的歌者相提并论。可是现在这两个天使已经留意到孟恩的歌声，还和他合唱了一段。曲终之时，他们一起扬起左翼向孟恩致敬，孟恩想，这两个天使一定是双生子，也就是苍穹族语言里面的"自己"和"另一个自己"。刚才他们只听了一会儿孟恩的歌声，竟然立即敞开心扉，让孟恩加入他们兄弟二人的合唱之中。孟恩举起左手作为回答，那两个天使随即从屋顶飞跃而下，降落到他们家的院子之中。

孟恩也站起来，一边走向爬梯一边继续唱。如果他是一个天使，他就不需要沿着这个梯子爬下王宫的屋顶。他只要一个俯冲就能够稳稳当当地停在门前；晚饭之后他就能重新飞上夜空，在月色中狩猎。

孟恩的赤脚用力踩踏在梯子的横档之上，三两下就溜到了梯子底部。地球守护者啊，你为什么让我投胎做一个人？他一边唱一边穿过王宫的庭苑，前方的宴会厅传来觥筹交错的喧闹声，可是孟恩的歌声却承载着苦痛和寂寞。

在"女皇城"号宇宙飞船里，谢德美从冬眠舱中苏醒，马上发现这次醒来并不是计划好的，日历全都不对了。她刚想和上灵确认，上灵的声音已经在她脑中响起："地球守护者又开始报梦了。"

谢德美顿时觉得一阵兴奋的颤动贯穿全身。那么多个世纪过去了，谢德美蜻蜓点水似的反复造访生命之河。虽然星舰宝衣为她保持着一副年轻的躯壳，可是她的心态已经很老也很疲倦了。就在这无穷无尽的岁月中，她一直在等着看地球守护者的下一步是什么。谢德美想，她把我们带来这里，给我们报梦，让我们生存繁衍；可是突然间她变得音信全无，留下我们自力更生那么久……

上灵说："首先是泽尼府人里面的一个老者。"

谢德美光着身子走在飞船的走廊里面，然后沿着中心爬梯来到了图书室。

上灵继续道："这个老者被人谋杀了，可是一个名叫阿克玛若的祭司成了他的信徒。我觉得阿克玛若也收到地球守护者的梦了，不过我不敢确定。现在那个老者已经死了，这个祭司也被剥夺教籍，身陷囹圄，本来我是不打算唤醒你的。可是这代摩提艾克的女儿也做梦了，她和绿儿很相像；自从绿儿去世之后，我再也没见过谁有这么强的做梦能力了。"

"她叫什么名字？她那时候才刚出生，当时我在……"

"她的名字是艾妲迪雅，女人们都叫她迪雅。她们都了解迪雅的过人之处，可是那些男的……他们当然不愿意听艾妲迪雅的话了。"

"你知道吗，纳飞国的男女关系发展到今天这个地步，我真的很不喜欢。我的曾曾曾孙女们不应该忍受这样的歧视。"

上灵说："我见过比她们更惨的。"

"我知道你见多识广，可是请恕我唐突，我想问一句，就算有人比她们更惨，那又怎么样？"

上灵说："不怎么样，我的意思是，没有东西是一成不变的，这些境况都会改变的。"

"她今年多大了，那个迪雅？"

"十岁。"

"唉，我睡了足足十年，怎么好像还没休息够呢。"谢德美坐在图书室的一台计算机前面。"来吧，把该看的都给我看吧。"

上灵把艾妲迪雅的梦展现给谢德美，然后告诉她孟恩的事情以及他对事实真相的感知能力。

谢德美说："嗯，父母的特异功能遗传给小孩子的时候不会变弱。"

"谢德美，发生了那么多事情，你觉得哪一件是合情合理的呢？"

谢德美几乎失声大笑。她说："老朋友，你知道自己刚才到底在说什么吗？虽然你只是一段计算机程序，可是以前在和谐星球的时候，人们都把你当作神一样顶礼膜拜。你只管埋头制订你的计划和图谋，何曾征求过人类的意见？你只是把我们捆成一团，硬是拖到地球这儿，彻底改变了我们的生活。现在你竟然问我这些事情里有哪一件是合情合理的？你那个宏图大计都到哪儿去了？"

上灵说："我的宏图大计其实很简单，因为和谐星球的上灵日渐虚弱，所以我回地球向地球守护者求救，问问她我应该采取什么对策。我其实已经在自己力所能及的范围内将这个计划向前推进到尽头了，所以今天才走到这一步。"

谢德美说："我也和你一起走到了这一步。"

"谢德美，你难道不知道吗？你们回地球其实并不是我安排的。我只需要人类帮我组装一台能够正常运作的宇宙飞船，可是我并不需要带走任何一个人。我带你们来完全是因为地球守护者给你们报梦了——顺便加一句，那些梦都是以超光速传送的。地球守护者似乎想让你们人类回到地球，所以我才带上你们。我来了之后，本来以为有什么科技奇迹正在等候着我，比如说一些能够对我进行修理和翻新的器械；我还希望这些器械和工具能够把我送回和谐星球，让我早日恢复上灵的影响力。可是现在我们一直在这里干等，我已经等了将近五百年了。"

谢德美补充道："我也等了将近五百年。"

上灵说："大部分时间你都是在冬眠，而且你也没有责任去照顾那个位于一百光年以外的星球。那个星球上面的科技水平已经开始飞跃发展，估计在几代人之后那些大杀伤力武器都已经面世了。我没时间这样耗着，除非……如果地球守护者觉得我还有充足的时间，那么我大概就不用着急。可是为什么地球守护者不对我说话呢？要是没有人接收到任何消息，我当然可以耐心地等下去；可是现在人类重新开始接收梦境，地球守护者又开始行动了，无奈它还是没有对我说话。"

谢德美说："可是你竟然来征求我的意见，你的数据库里面应该储存了从你问世那一天开始的所有记忆。是地球守护者派你去和谐星球的吧？那时候她在哪里呢？她当时又是什么呢？"

"我不知道。"如果计算机能够耸肩，谢德美觉得上灵说这句话的时候肯定会耸一耸肩。"你以为我还没有搜索我的存储空间吗？你丈夫去世之前还帮我一起找，可是我们什么也没找到。我只记得地球守护者一直都在，我还记得我当时知道地球守护者已经将一些重要的指引输入我的程序里面了。至于地球守护者是人还是物，还有她的过去、现在和将来，我和你一样，对这些问题一无所知。"

谢德美说："这下可真是精彩了！我们一起想个办法逼迫地球守护者和你说话，或者至少让她露出一些蛛丝马迹吧。"

和往常一样，孟恩来到晚宴长桌前面，坐在内勤杂务人员聚集的那一端。爸爸告诉过他，二王子坐在那里，是为了表达王室对簿记员、信使、司库以及采购人员的敬意。爸爸说："如果没有他们，国将不国，就算有精兵良将也是白费。"

爸爸说完之后，孟恩不动声色地答道："可是如果你真的想表达对他们的敬意，你就应该让艾伦赫跟他们坐在一起。"

爸爸温和地说："可是如果没有军队，所有这些内勤杂务人员连命也保不住。"

如此说来，这个王国里真正重要的是军队的人，他们是头等贵宾，所以享受由太子陪坐的最高待遇；至于那些位居次席的官吏就只能与二王子为伍了。

而这也正是国王举行晚宴的方式。国王晚宴这个传统在许多代人之前开始成型，最初其实是一种军事会议，而女人也就是在这个时候被排除在外的。在那个年代，开军事会议的人只是每个星期聚餐一次；时至今日，这个晚宴已经变成每晚举行一次。很多有钱有势的人类也在自己家里模仿国王晚宴，与妻子和女儿分开吃饭。可是苍穹族却不会这样做，即使是那些出席国王晚宴的天使，他们回家之后还会和妻子儿女一起吃另一顿晚餐。

这就是为什么坐在孟恩左边的那位老天使几乎没怎么碰他面前的食物。这位天使名叫毕高，司职人口普查部总管，是一个资深文官，以惧内著称。如果毕高在妻子的饭桌上不显示出好胃口，必然会惹来河东狮吼。很明显，他害怕老婆更甚于敬畏国王，不过爸爸始终不以为忤。毕高虽然是一个资深的文官，可是他掌管的部门是一个清水衙门，所以论实权他远比不上司库和采购总管。这老头性情乖戾，说话粗鲁，孟恩很讨厌和他坐在一起。

在毕高身边是他的双生兄弟辈高。辈高比毕高健谈百倍，胃口也比他好百倍，主要是因为他始终没有结过婚。辈高是簿记员的头儿，他只比毕高晚出生一分三十秒，可是没有人会想到他们竟然是同龄人。在孟恩的眼中，辈高总是精力充沛，活力四射，而且……而且还是个老愤青。每逢辈高授课的时候，孟恩就特别喜欢上学。可是有时候他忍不住想，爸爸到底知不知道这个簿记员的内心到底埋藏着多少沸腾翻滚的愤怒？当然，辈高并不是对爸爸有异心，否则孟恩第一时间就会去告状了。老头儿好像对生活中的一切都不满，艾伦赫说这是因为他做了一辈子的老处男。最近艾伦赫突然成了一个泛性论者，脑子里只有一个念头，所以遇见什么事情都用性欲去解释——这种思维方式用在艾伦赫和他的狐朋狗友身上无疑是再合适不过了。至于辈高，孟恩实在不知道为什么他那么愤怒；他只知道，愤怒使辈高在授课的时候不自觉地显示出一种质疑一切的尖刻态度，这让孟恩觉得很有趣。老头儿连吃东西的时候也散发着一种狂野不羁的怒气：他将面包片抹上豆酱卷起来递到唇边，狠狠地咬一口；然后下巴不停地动着，慢慢地、系统性地把食物磨得稀巴烂，再用力咽下喉咙；一边吃还一边目光炯炯地扫视着宴会大厅。

在孟恩的右边坐着司库和采购总管。这两人正在谈论工作。当然了，他们说话的声音很小，以免打扰了正在国王那一端召开的真正的会议——在那个会议上，军人们正在谈论最近打仗的一些奇闻逸事，说得不亦乐乎。司库和采购总管是成年的人类，比孟恩高大很多，所以在最初礼节性的招呼过后就基本上把二王子给晾在一旁了。孟恩和左边的苍穹族身高差不多，而且他和辈高更熟络一点，所以当他说话的时候，对象必然是辈高和毕高两兄弟。

孟恩对辈高说："我有些事情想告诉爸爸。"

辈高听了之后，又咀嚼了两下，把一口食物咽下去，然后用很厌倦的眼神盯着孟恩。过了好一会儿他才说："那你就告诉他呗。"

毕高咕哝了一句："就是。"

孟恩说："这是一个梦。"

辈高说："那就和你妈妈说去。只有中间族的女人才会留意这些事情。"

毕高又咕哝了一句："没错。"

孟恩说："不过这是一个真实的梦。"

毕高一下子坐直了。"你又是怎么知道的呢？"

孟恩耸了耸肩，说道："反正我知道。"

毕高和辈高同时转头看着对方，好像正在默默地交流什么。然后辈高转向孟恩，说道："你最好想清楚之后再说这样的话。"

孟恩说："我确实想清楚了。如果我不敢确定，如果这事情不重要，我是不会随便乱说的。"

辈高在学校里说起下结论的时候，就是这样教他们的。"能不做决定就尽量不要做；只有当这事情确实重要，而且你也百分之百肯定，这时再做决定。"

辈高听孟恩提起他的教诲，点头称是。

孟恩继续说："如果爸爸相信我，那么我想说的这件事情就要放到军事会议上去讨论了。"

辈高一言不发地端详着孟恩。旁边的毕高也对着他打量了一会儿，然后双眼一转，重新瘫坐回椅子里。他喃喃地说："我看啊，接下来这个场面肯定会尴尬了。"

辈高说："如果二王子是个笨蛋，场面当然会尴尬。不过……你是个笨蛋吗？"

孟恩说:"不,至少在这件事情上,我不是笨蛋。"话虽这样说,孟恩心里却七上八下的:我其实是不是笨蛋呢?毕竟这不是他自己的梦,而是艾妲迪雅做的梦;而且孟恩对这个梦的解读似乎总有一点不妥,所以他始终有点不安。可是有一点是肯定的,这是一个真实的梦:在某个地方,纳飞国的子民正在耶律国掴客的鞭子之下惨遭奴役。

辈高又等了一会儿,好像要确认孟恩真的不打算放弃,然后才举起左翼,高声说道:"国父摩提艾克。"

他沙哑的声音划破了长桌另一端军人们吵闹的对话。正在说话的是闻名遐迩的勇将孟恩乌士——孟恩正是用他的名字命名的——当时他正在讲故事,硬生生被打断了。孟恩吓得向后缩了一下:为什么辈高就不能等一下,在他们谈话的空隙发言呢?

爸爸还是一脸和气。"辈高,老学究,万事通,你在军事会议上面想说些什么呢?"虽然他的声音是一如既往的平和有礼,可是他的话却暗藏着机锋。

辈高说:"趁着将士们都在座,你的王国里最杰出的英才之一有话要说。如果他提供的信息值得你重视,那么这件事情将会成为军事会议的议题。"

爸爸问:"这位杰出英才是谁?他要提供什么信息呢?"

辈高说:"他就坐在我孪生兄弟的旁边,请允许他直接向你禀报。"

全场所有目光都集中到孟恩身上。有一个瞬间,孟恩甚至想转身飞奔逃出宴会厅。当艾妲迪雅求孟恩做这件事情的时候,她有没有意识到这一刻有多么尴尬。可是孟恩知道,现在他已经无路可退了;如果这时候退缩,不但自己丢脸,还会连累辈高名誉扫地。就算最后没人相信他提供的信息，他现在也必须说出来——而且在陈述的时候还必须显示出勇气。

孟恩站起来，模仿爸爸发表讲话之前的做法，先与在座每一个高官的目光接触，把他们一个一个都看遍了。他看到众人的脸色各异：有些人显得很惊讶，有些人一副饶有兴致看热闹的样子，还有些人特意呈耐心状，孟恩却一眼就看出那是装出来的。最后他的目光终于和艾伦赫遇上，只见大哥看起来很严肃，明显对这件事情很感兴趣，完全没有取笑或者尴尬的感觉。孟恩顿时觉得心情舒畅："艾伦赫，谢谢你对我的尊重。"

终于，孟恩开口说话了："我掌握的信息来自一个真实的梦。"

长桌周边顿时响起一阵交头接耳的嗡嗡声。很多代人以来，没有一个人胆敢自称做了一个真实的梦，更何况是在国王的宴会桌上呢？

爸爸问："你怎么知道这是一个真实的梦呢？"

怎么知道？这个问题孟恩从来没办法向别人甚至向自己解释，所以现在他也不打算解释。他说："这确实是一个真实的梦。"

长桌四周再次响起一阵低语声，有些本来显得不耐烦的脸现在开始乐了，可是有些本来在看好戏找乐的人却变得严肃起来。

毕高嘟囔了一句："至少他们已经开始认真听了。"

爸爸又说话了，这一次，他的声音里略带一点点错愕。"好吧，把你的梦说出来，然后解释一下为什么这个话题应该拿到军事会议上讨论。"

"同样的梦反反复复出现了很多次。"孟恩小心翼翼地回答，确保不提起这梦并不是他做的。他知道众人会误以为这个梦是他做的，可是过后真相大白的时候，没有人能够指责他是个骗子。"一个小男孩和他的妹妹，大约跟欧弥纳和凯明差不多岁数。他们都是奴隶，在田里干活的时候还经常饿昏过去。那些监工是土家族,成天拿着鞭子抽打他们。"

此言一出,所有人都在留心倾听。掘客监工,人类为奴?虽然他们都知道,这种事情会不时发生,可是这句话一说出来,众人还是很愤怒。

"有一次在梦里,那个小男孩被一群人类的大小孩殴打,这些人其实是掘客的主子。可是那个小男孩很勇敢,他被那群小孩……羞辱的时候,竟然一声也不吭。这个小孩很值得人尊敬。"

在场的军人都点了点头,孟恩的意思他们肯定懂。

"晚上,小男孩和小女孩,还有他的爸爸妈妈都默默地躺着。我猜……我猜他们连大声说话也不行。不过他们还是无声地求助,希望有人前去解救他们,帮助他们挣脱枷锁。"

孟恩停了半晌。在众人沉默之际,响起了孟恩乌士的声音:"我相信这个梦确实是真的,因为众所周知,在耶律国,很多人类和天使被抓起来做奴隶。可是我们能做什么?我们所有兵力都用来保护自己人,根本就没有余力去解救他们。"

孟恩说:"可是,孟恩乌士,这些正是我们的'自己人'啊!"

这时候,四周的低语声充满了激动和愤慨。

爸爸说:"让我听听我儿子要说什么。"所有声音戛然而止。

孟恩的脸又红了。没错,爸爸强调孟恩是他的儿子,这是好事;可是他让大伙儿安静的时候,并没有说出正式的惯用语"让我听听我的顾问要说什么",可见他并没有完全接受孟恩说的话。看来,孟恩还在"试用期"。艾姐迪雅,都是你做的好事!如果这事情出差错的话,会害我一辈子也抬不起头来;在别人眼里,我永远也只是一个不合时宜地在军事会议上胡说八道丢人现眼的老二。

孟恩说:"这群人里没有天使,你们有谁听说过这样一个国家吗?这些人其实是泽尼府人,他们正在向我们求助。"

这时候,天使胡速举起了他的右翼。胡速是国王麾下的首席侦察员,统率数百名强壮而且勇敢的苍穹族侦察兵,长年不断地在国境巡逻放哨。孟恩点了点头,将王之耳——也就是发言权——转交给胡速。以前他在会议旁听的时候看见过这种仪式,只是从来没有机会发言;所以今天是他第一次参与这种正式讨论,也是第一次亲身体会这种微妙的礼节。

胡速说道:"就算这个梦是真的,就算泽尼府人求我们帮忙,问题是他们凭什么要我们出力?当初是他们背弃了第一位摩提艾克王的决定;是他们拒绝在一个苍穹族数量五倍于中间族的地区定居;是他们自主决定离开达拉坎巴,回到纳飞国的故土。我们还以为他们早就被杀光了。如果现在我们知道他们还活着,我们会替他们高兴;如果现在我们知道他们活在枷锁之中,我们会为他们感到伤悲。除此之外我们没有别的想法。"

胡速说完之后,孟恩看着国王,希望得到发言权。

爸爸问:"你怎么知道他们是泽尼府人?"

和刚才一样,孟恩只能说他就是知道,问题在于他其实并不确切知道。他们好像是泽尼府人,又好像不是泽尼府人……他们到底是什么人呢?难道他们曾经是泽尼府人,或者他们只是泽尼府人的一个分支?

"他们是泽尼府人!"这句话刚说出口,孟恩马上就知道他即使没有说得完全正确,至少也没有大错。他们可能并不代表全体泽尼府人,却也是这个群体的一部分,不过可能别处还有其他的成员罢了。

这一次,爸爸不再买孟恩的账了。他说:"一个梦……纳飞国的开国先主就做过真实的梦。"

辈高插嘴道:"还有他的妻子。"

爸爸点头道:"没错,还有圣贤王后绿儿——有劳辈高提醒——他们两人都能做真实的梦。在那个年代,还有别的人类以及很多苍穹族和土家族也有这个能力。不过,那个英雄的年代已经过去了。"

孟恩很想坚持说这是一个真实的梦。不过以前他在会议上见过,有人反反复复地提出同一个要求,结果在爸爸面前碰了一鼻子灰。如果他们有新的论据,很好,爸爸会让他们继续陈述,爸爸也会认真倾听;如果他们只是不厌其烦地重复同一个故事,结果就是,他们逼得越紧,爸爸就越不相信他们。所以孟恩忍住不说话,却与爸爸四目对视,目光之中没有丝毫的退缩。

他听见身旁的毕高轻声对孪生兄弟说:"我知道下星期城中的热门话题是什么了。"

辈高轻声答道:"这小子确实有勇气。"

毕高说:"你也有。"

宴会厅一片沉默。只见艾伦赫从长桌前面站起,并没有向孟恩索取王之耳,却绕过众人的座椅,径直走到爸爸的身后。在众多朝臣面前私下与国王说话,这是太子独有的特权,没有人会因此而不满。毕竟,太子是王位继承人,与国王特别亲密也不算僭越。

爸爸听艾伦赫说完,点了点头,应允道:"你可以大声说了。"

艾伦赫走回自己的座位,说道:"我了解我的弟弟,他从不说谎。"

孟恩乌士连忙说:"二王子当然没有说谎。"胡速也随声附和。

艾伦赫说:"而且,孟恩向来恪守'知之为知之,不知为不知'的古训。当他不确认的时候,他总会承认;所以当他敢确认的时候,他就总是对的。"

听见大哥亲口说出这样的赞美之词，孟恩觉得万分激动，全身一阵颤抖。艾伦赫不仅仅是为他撑腰，而且还下了这么一个非比寻常的大胆结论，孟恩不禁为他感到害怕。大哥怎么能够下这样一个结论呢？

艾伦赫继续道："这件事情，辈高和我早就留意到了，否则为什么辈高愿意冒着官爵不保、名誉扫地的危险去引荐孟恩发言呢？我知道孟恩自己还没了解他的本领。在大部分时间里他不是很自信，也从来不争执，很容易就被说服。可是当他真正知道一件事情的时候，孟恩就决不退让，无论我们怎么争论，他也不会后退半步。所以每逢他站定了立场不妥协，辈高和我就会知道，他所坚持的东西一定不会错；这么多年来，没有一次例外。所以我愿意以我的名誉以及三军将士的性命为他今天的话作担保。虽然我觉得这个梦不是他做的，可是既然他说这是一个真实的梦，既然他认定那些人是泽尼府人，那么我就敢确认他是对的。对于我来说，他的话就如同我亲眼看见一般。"

爸爸突然警惕起来："你为什么说这个梦不是他的呢？"

艾伦赫说："因为孟恩从没说过这是他的梦；如果是的话，他一上来就会说清楚了。可是他一直没有说，对吧？"

国王问道："这是谁做的梦？"

孟恩立即说："图丽德娲的女儿。"

此言一出，宴会厅里顿时炸开了锅。人们那么激动，既是因为孟恩胆敢在一个欢庆场合提起死去的王后；还因为是他竟然将一个女子的建议摆上桌面进行正式讨论。

有一个年长的军官大声说："可是她连在这里说话的资格都没

有!"

爸爸举起一只手,所有人马上安静下来。"你说得不错,本来她没有资格在这里说话。可是我的儿子确信她要传递的信息值得一听,所以才敢在这里公开宣布;而且艾伦赫也表明立场支持他。所以,军事会议现在要讨论的只有一个议题,既然我们已经知道泽尼府人有难,我们应该怎么做?"

接下来讨论的内容完全超出了孟恩的知识范围,他根本不可能参与,所以他坐回椅子上,静静地听着。直到这时候他心中的大石方才落地,取而代之的是一种满足感。孟恩不敢抬头看人,因为他怕自己克制不住内心的喜悦,在脸上流露出哪怕一丝笑意,别人就会知道,他毕竟只是个小男孩,只是国王的次子。

胡速坚决反对派苍穹族士兵参与这次拯救行动,他不想为了解救泽尼府人而牺牲天使的性命。孟恩乌士说,当初切断人类与天使之间纽带的第一代泽尼府人肯定已经死光了,现在这些只是他们的后代罢了。可是胡速听了不为所动,仍然坚持己见。在讨论过程中,其他军官也纷纷表态。孟恩偷偷瞥了大哥一眼,顿时懊恼万分,因为艾伦赫竟然也正在看着他,还咧嘴对他笑。孟恩连忙低头,藏起自己脸上的笑容,这个瞬间实在是他活那么多年来最快乐的一刻。

然后他转头看看辈高,却听见毕高向他低声说道:"如果一百个士兵因为艾姐迪雅的这个梦而丧生,那又如何?"

这句话像尖刀一样直刺入孟恩的心窝。他怎么一直想不到这一点呢?派一支军队进入耶律国境,深入敌后,沿途经过无数狭窄的山谷,处处可能有埋伏——这实在太危险了,简直是逞匹夫之勇。可是现在军事会议的议题不是要不要冒这个险,而是让谁去领军。

辈高喃喃说道:"你别打击孩子的积极性。他没有强迫这些士兵，他只是大胆地说出真相，就凭这一点，就值得我敬你一杯。"说完，辈高举起他那杯添加了香料的温酒。

孟恩懂得礼节，所以也举起自己那杯勾兑了两倍水的酒："'若'辈高，全仗您为我敲门铺路。"

辈高呷了一口酒，皱了皱眉头，说道："小子，别用你们中间族的名堂来称呼我。"

毕高竟然破天荒地咧嘴笑了一下，说道："二王子，请原谅我兄弟的粗暴无礼，他其实是欣喜若狂。"

这时候，爸爸提出了一个折中方案："就让胡速的天使侦察兵沿途护送孟恩乌士的人类特遣分队。等特遣队找路避开耶律国哨站、成功潜入敌境之后，侦察兵团就驻留在边境守候，伺机接应他们回来。有情报说纳飞国境内最近一片混乱，所以趁乱潜进去应该比以前更安全一些。"

胡速问："我们等多久？"

孟恩乌士说："八十天。"

胡速说："高原地区现在正是雨季，在那里待八十天，你想让我们冻死还是饿死？你的计划到底是什么？"

国王说："派五个侦察兵驻留十天，然后换下一批，每批五人，十天。"

孟恩乌士举起左手表示赞同；胡速也举起左翼，可是嘴里却嘟嘟囔囔地说："折腾那么多，就是为了把那些一文不值的死硬顽固派带回来，嘿，实在是物超所值。"

孟恩很吃惊，为什么爸爸允许胡速说话这么不客气呢？

爸爸说："你虽然接受了我提出的方案，却出言讽刺挖苦；不过我不责怪你，因为我能理解苍穹族对泽尼府人的不满。"

胡速连忙俯首认错:"小臣罪该万死,多谢主公开恩。"

毕高咕哝着说:"你死一万次不要紧,就怕你连累了我们。"

孟恩想,毕高口中的"我们"肯定是泛指所有的苍穹族;如果苍穹族因为胡速一人恣意妄为而遭受牵连……这个想法让孟恩觉得很难受。

他说:"要是你们因为一个人的过错而遭受惩罚,这实在太不公平了。"

毕高"咯咯咯"地轻声笑道:"辈高,快听,他说这不公平……好像这事情永远不会发生似的。"

辈高低声说:"在每个男性人类的心中总有一个隐藏很深的观念,就是,苍穹族都是一些傲慢无礼的畜生罢了。"

孟恩说:"不是的,你搞错了。"

辈高看着他,好像被逗乐了似的。

孟恩继续说:"我自己就是一个人类,对吧?可是在我心里,天使是世上最美丽最辉煌的民族。"

虽然孟恩没有大声喊,可是他太激动了,他的声音把其他人都压下去了。宴会厅顿时陷入一阵突如其来的沉默,孟恩这才意识到,在场每个人都听到他这句话了。他看着爸爸惊愕的表情,不禁脸上一红。

爸爸说:"看来有人忘记了,开会的时候,那些拥有王之耳的人才有资格发言。"

孟恩羞惭万分地站起来,脸上像火烧一般。他说:"父王请恕罪。"

爸爸微笑道:"我相信刚才是艾伦赫说的,他说当你坚持己见的时候,你总是对的。"他转头看着艾伦赫。"你还这样认为吗?"

艾伦赫看着爸爸的眼睛,略带点迟疑地答道:"是的,父王。"

"好吧,既然这样,本次会议就正式确认,天使是世上最美丽最辉煌的民族。"爸爸说完,向胡速举起酒杯。

胡速站起来深鞠一躬,然后举起酒杯,与国王一饮而尽。

然后爸爸看着孟恩乌士。孟恩乌士哈哈一笑,也站起来干了一杯。

爸爸说:"二王子能够凭着一句话就平息了纷争,可见对于在座各位来说,化干戈为玉帛才是真正的大智慧。来吧,这次会议已经结束了,我们就放开肚皮吃吧。不过,各位在开怀畅饮之余大概会忍不住思量,一个小女孩做的梦被一个小男孩正式提出来之后,最后竟然能让将士们磨枪饮马、披甲上阵,这到底是怎么一回事呢?"

每天晚上爸爸都会来艾妲迪雅的小寝室聊一会儿,此刻她正在等待爸爸到来。每逢这个时候,她通常都会很开心,因为爸爸马上就要到了,她已经等不及了。她要向爸爸汇报她今天上课的表现和取得的成绩,炫耀一下新学的一个古语单字或词组;她还要告诉爸爸今天有什么好玩,刺激的东西,城中有什么八卦新闻……

可是今晚艾妲迪雅等待的时候,心里却惴惴不安:孟恩到底有没有把梦告诉爸爸呢?她也不知道自己到底是怕他说了还是怕他没说。如果孟恩没说,那么她现在就必须亲口告诉爸爸。然后爸爸很可能会拍拍她的肩膀,告诉她这个梦虽然古怪却很精彩;然后爸爸就会把它抛诸脑后,根本不会意识到这其实是一个真实的梦。

可是当爸爸出现在门口的时候,艾妲迪雅马上就知道孟恩已经告诉他了。只见爸爸默默地站着,双手搭在门框上面,目光如刀锋般锐利,一直探寻到她的内心深处。沉默良久,爸爸终于点了点头,说道:"看来,绿儿的灵魂附在我女儿身上了。"

艾妲迪雅低头看着地板,不知道爸爸是生气还是自豪。

"而且纳飞的灵魂也附在了我的二儿子身上。"

哈!看来爸爸并没有生气!

爸爸继续道:"你不用解释为什么不直接把梦告诉我,我知道原因,我也觉得很惭愧。想当年,绿儿不用耍小聪明也能够让丈夫认真聆听她的话;当索菲娅有真知灼见需要和他人分享的时候,她也不必找弟弟或者丈夫做代言人。"

说完,爸爸蹲在艾妲迪雅面前,牵起她的手。"刚才晚宴结束的时候,我看着出席会议的所有人。虽然大家都因为战争的危险而忧心忡忡,泽尼府人也身陷囹圄、急需救助,可是我心里只想着一件事——我们的先人一直都知道,地球守护者说话的时候,并不介意对方是男人还是女人;可是为什么我们反而忘记了呢?"

艾妲迪雅低声说:"如果这次我们搞错了呢?"

爸爸问:"怎么?你现在反而动摇了?"

"不是。我确实做了那些梦,而且那些梦也肯定是真的。至于他们是泽尼府人,这只是孟恩说的。如果不是他解释,我自己本来一点也不明白。"

爸爸说:"以后你再做这样的梦,务必要告诉孟恩。因为我知道,刚才他说话的时候,我突然觉得心里好像燃起一团火。他说的每一个字都清清楚楚地印在我的脑海中,就好像有人直接凑在我耳边说话一样。我当时想,站在我面前的小男孩已经被神灵附体了。后来,当我知道这个梦原来是你的,那个声音又出现在我脑中。他说,只有听从艾妲迪雅的梦的指引,你才能帮助地球守护者照料这个世界。"

艾妲迪雅问："和你说话的就是地球守护者吗？"

爸爸说："谁知道呢？或者这只是我身为人父的自豪心理作祟，也可能是我自己一厢情愿，或者是我喝多了，或者真的是地球守护者在说话。"说到这里，他笑了笑。"我真的很想念你妈妈，说到对你的教育和培养，她比我更擅长。"

"我对她已经尽力了。"门口传来杜大姑的声音。

艾妲迪雅吓得倒抽一口凉气。这女人很厉害，总能无声无息地四处飘荡，谁也说不准她正躲在哪个角落偷听别人说话。

爸爸站起来，柔声道："你在说什么呢？我又没有让你负责教育我的女儿，你尽什么力呢？"说完，他对杜大姑咧嘴一笑，然后就走出了艾妲迪雅的房间。

杜大姑瞪着艾妲迪雅，说道："别胡诌两个梦就自以为得计了，小丫头！"说完她脸上突然现出一丝微笑。"你在这里和他唠叨一千句也比不上我在他枕边说一句。"

艾妲迪雅向她的后母挤出一个最灿烂的笑容；然后张开嘴，把一根手指伸进喉咙深处，装出要抠喉呕吐的样子；紧接着她突然又挤出刚才那一副笑容。

杜大姑耸肩道："再等四年吧，再过四年我就把你嫁走。不骗你，我已经派人四处留意合适人选了……越远越好。"

说完，她从门边滑开，消失在大堂外面。艾妲迪雅一头栽倒在床上，低声诅咒说："希望我做一个真实的梦，在梦里，杜大姑这一坨屎翻船了。亲爱的地球守护者，如果你愿意帮我安排这件事情，请记住，虽然一坨屎不会游泳，可是她特别高，所以水一定要很深才行。"

第二天，拯救泽尼府人的行动成了所有人谈论的话题。第三天早晨，城中有地位的人以及朝廷的官员全部出来为特遣队壮行。人类的士兵在地面行军，天使侦察兵则在半空中上下翻飞，做出各种高难度的动作。艾妲迪雅看着他们远去，想道，原来一个梦能够有这么大的威力……以后我得多做几个这样的梦。

这个念头刚出现，她立即感到惭愧万分。我发誓，我以后决不会撒谎，把一个普通的梦说成真梦；如有违背，愿地球守护者把我所有的真梦都夺走。

从达拉坎巴出发的这支队伍一共有十六名人类士兵，另有十二个天使侦察兵在空中掩护。他们的数量太少，根本不是一支军队，甚至连偷袭的奇兵小分队也算不上，所以他们出征的时候只在城里引起了一阵短暂的骚动。

孟恩站在屋顶目送他们远去，艾伦赫与艾妲迪雅站在他两旁。

艾伦赫很生气地说："他们应该带上我。"

孟恩问："你真的那么大方，要把王位让给我？"

艾伦赫说："这次行动是不会有伤亡的。"

孟恩懒得回答。他知道艾伦赫其实也明白事理，爸爸是对的，这次行动颇有一点疯狂。这是一支按"梦"索骥的拯救队，爸爸只接受志愿兵；虽然他最后还是允许第一勇将孟恩乌士带队，其实心中是百万个不情愿，所以他是无论如何不会让王位继承人去冒险的。爸爸说过："你去的话，他们全部精力都会放在你身上，反而顾不上完成这个任务了。放心吧，大战为期不远了，你很快就会亲眼目睹血流成河的战争场面。如果现在我就派你出去，只怕你的妈妈会从坟墓里爬出来骂我呢。"孟恩听了这句话，只觉得一阵恐惧袭来，不禁全身发抖。直到他看见人人都在笑，才知道这原来是一句玩笑话。

当然了，只有艾伦赫不觉得这个笑话好笑，他还在因为被排除在这个拯救行动之外而生气。"我的妹妹能够做梦，我的弟弟能够把梦告诉你，而我呢？我能做什么？爸爸，请你告诉我。"

"艾伦赫，你怎么了？在这件事情上，你的参与程度和我是一样的，我们就应该站在一旁目送他们出征。"

站在一旁目送他们出征，这就是他们此刻正在做的事情。通常艾伦赫会站在王宫的台阶上为出征的将士们送行，可是这一次他不干了。他说爸爸不让他去，其实就是当众宣布他不堪大用；既然如此，如果他还腆着脸站在爸爸身边的话，简直是自取其辱。爸爸没有和他争论，随便他自己上屋顶，所以此刻艾伦赫怒气冲冲地站在这里。其实他私下里向孟恩承认过，如果换了他在爸爸的位置，他也会做出同样的决定。"不过就算爸爸是对的，这也不意味着我一定要为他的决定欢呼雀跃吧？"

艾姐迪雅大笑道："棉口蛇怪在上，艾伦赫啊，这么明显的事情还用你说？爸爸正确的时候不就是我们最抓狂的时候吗！"

艾伦赫厉声说："你抒发感情的时候不要提无腿神！"

艾姐迪雅挑衅道："爸爸说那只是一种危险的毒蛇，又不是真的神仙，你怕什么？"

孟恩也问："艾伦赫，你不会突然变迷信了吧？"

艾伦赫说："爸爸要我们尊重他人的信仰。你们也知道过半数的掘客用人还信奉无腿神。"

艾姐迪雅说道："对啊，而且他们总是用他来加强语气抒发感情呢。"

艾伦赫道："可是他们从来不直呼其名。"

"嘿，艾伦赫，说到底这只是一条蛇嘛。"艾姐迪雅一边说一边将脑袋前后摇晃着，就像玉米流苏随风摆，艾伦赫被逗得忍不住哈哈大笑。可是当他笑容退去之后，马上又恢复了一脸的严肃；然后他再回头继续目送出征的勇士。只见那十六个士兵列成一个单排纵队，小跑着踏进广袤的田野，沿着河流向南部边境进发。

艾姐迪雅问："他们能找到我这个梦的场景和人物吗？"

艾伦赫说："如果地球守护者给你报梦，这就表明他希望我们能找到泽尼府人。"

艾姐迪雅继续说："可是这并不意味着孟恩乌士的十六壮士里面，一定有人懂得聆听地球守护者的声音；就算她说话了，他们也未必知道怎么听。"

艾伦赫的眼中闪过一丝怒意，不过他并没有看着艾姐迪雅。他说："如果他决定不对你说话，你就算知道怎么听也没有用。"

"只有当你知道怎么聆听，她才能对你说话。这就是为什么我们的先人绿儿能够成为大名鼎鼎的圣湖先知，她的姐姐如诗和她的女儿索菲娅能做解构者。她们自身就有很强大的超能力，而且……"

艾伦赫说："这超能力不是她们自身的，而是属于地球守护者的；是地球守护者选择了她们做他的宠儿……不过我要补充一句，她们随便哪一个也不如纳飞厉害。纳飞拥有星舰宝衣，能在天堂呼风唤雨，用他的……"

孟恩说："辈高说这些都是无稽之谈。"

其他两人都安静下来了。

沉默了一会儿，艾伦赫才问："他真的这样说？"

孟恩说："你没听他说起过？不会吧！"

艾伦赫说："他可从来没在我面前提过。他说什么是无稽之谈？地球守护者？"

孟恩说："他指的是关于我们祖先的英雄传说。他说人人都宣称自己的祖先是大英雄，经过许多代人之后，英雄就变成了神仙。他说至少那些长得像人类的神仙都是这么来的。"

艾伦赫说："这下可有趣了，他向国王的儿子灌输说国王的英雄祖先都是捏造出来的？"

这时候孟恩才意识到他可能给自己的老师带来麻烦了。他连忙说："不，他不是这么说的，他只是……提出了这个可能性。"

艾伦赫点头道："这么说来，你不想我告发他？"

"他真的没有直接这样说出来。"

艾伦赫说："孟恩，你得记住，辈高有可能是对的。在那些传说里，我们人类的祖先从地球守护者那里获得非凡的超能力，这些故事很可能都是被夸大或者甚至是编出来的。可是，歪曲历史去迎合自己的需要，这种做法并不是我们中间族独有的，别的种族一样会这么做。一个热爱自己种族的天使很可能去质疑中间族祖先——尤其是王室祖先——的伟大和神奇，是吧？"

孟恩说："可辈高不是骗子，他是个学者。"

艾伦赫说："我不是说他在骗人。他说我们之所以相信那些传说，完全是因为这些故事对我们有用，能够带给我们满足感。同样道理，他之所以质疑那些传说，很可能是因为这样做对他有用，能够给他带来满足感。"

孟恩皱眉道："那么我们怎么才能知道什么是真、什么是假呢？"

艾伦赫说："我们不可能知道。我在很久以前就已经想通了。"

"所以你什么也不相信？"

艾伦赫说："我相信当前看起来最真实的东西；不过如果我现在

相信的东西后来证明是假的，我也不会觉得意外。有了这种心态，我就不会郁闷了。"

艾姐迪雅笑道："这心态你是从哪里学来的？"

艾伦赫转头看着她，脸上有一丝不快："你觉得我不能自己想出来吗？"

她说："你才想不出呢。"

艾伦赫说："嗯，其实是孟恩乌士教给我的。有一天我问孟恩乌士，地球守护者是不是真的。你们也知道，根据那些古老传说，以前有一个神叫上灵，后来人们发现原来那只是一台安装在一艘古船上面的机器。"

孟恩说："那艘古船是浮在空中的。辈高说，只有苍穹族才能够；我们的祖先因为嫉妒，所以才编出那个飞船的故事。"

艾姐迪雅说："也不是所有的苍穹族都能飞。辈高老头儿自己又老又胖，每走一步就浑身'嘎吱嘎吱'作响，我敢打赌他连蹦也蹦不起来。"

孟恩说："可是他年轻的时候，他也曾经飞过，所以现在他可以回忆。"

艾伦赫说："他可以回忆，你可以想象嘛。"

孟恩摇头说："想象是空的，只有回忆才是实在的。"

艾姐迪雅又笑了："孟恩，你这个说法太蠢了。人们说自己记得哪些哪些东西，其实大部分都是想象出来的。"

艾伦赫好像抓住了她的把柄一般，得意扬扬地笑道："哼，这又是你从哪里学来的？"

艾姐迪雅的眼珠子一转，说道："是乌丝乌丝告诉我的，你想笑就尽管笑去，可是她是……"

艾伦赫说:"她是至尊无上的女仆之王。"

艾姐迪雅坚决地说:"自从妈妈去世之后,她就是我唯一的朋友了,而且她非常有智慧。"

孟恩轻声说:"她是一个掘客。"

艾姐迪雅说:"可是她并不是耶律国那些掘客,她的家族已经服侍纳飞国王室五代了。"

孟恩说:"他们是奴隶。"

艾伦赫大笑道:"孟恩对一个天使老头言听计从;艾姐迪雅对一个又老又胖的掘客女奴深信不疑;而我呢,我的老师不是什么学者,而是一个以勇气和谋略著称的将军。我们三人各自选择了适合自己的老师,对吧?不过我很好奇,我们对师长的选择会不会预示我们的未来是怎样的呢?"

他们默默地思考着。远处的空中有一小队侦察兵在上下翻飞,正好标志着孟恩乌士特遣队的实际位置,他们正朝着瓷都热克河谷的方向前进。

第三章　抵　抗

谢德美对上灵说："纳飞曾经告诉我一件事情。"

上灵以无穷无尽的耐心等待着谢德美继续说下去。

"那时候你还没有……选中他。"

"我记得。"看来上灵的耐心也不是无穷无尽的。

"那时候你还想阻挠他和羿羲发现你的各种秘密。"

"其实，羿羲才是真正的麻烦，和我对着干正是他出的主意。"

"话虽这样说，可是他一直没有成功，直到纳飞加入才改变了局面。"

"他们确实困扰了我相当一段时间。"

"对，我能想象，这两个活宝使出浑身解数在折腾，你不得不调用所有的资源来对付他们俩。"

"我从来没有调用所有的资源，距离'所有'差远了。"

"反正最后你放弃了。"

"不是放弃，而是接纳他们。"

"你不再阻挠他们，而是把他们招募到你的麾下。其实当时你没有别的选择，对吧？"

"我向来都知道他们的价值，只不过到了那一刻，我才真正决定利用他们帮我装嵌一艘能运作的宇宙飞船。"

"如果他们没有给你惹来那么多麻烦,你还会选中他们吗?"

"我早已选中他们的爸爸去……启动这个计划。"

"不过你本来选中的是绿儿,对吧?"

"纳飞有一股坚持不懈的劲头,而且野心勃勃;无论当前发生什么事情,他都想参与其中,否则就寂寞难耐。我后来决定了,他这种品质和性格是相当有用的;而且我根本不用在他和绿儿之间做出选择,因为他们两人最终共结连理,合二为一了。"

"对啊,对啊,我知道,什么事情发展到最后总是符合你的计划。"

"你的祖先对我进行编程的时候,设置了无限可适应性,关键是我始终朝着最高的目标前进。所以虽然我的目标没有改变,我的计划却是可以变通的。"

谢德美笑道:"行了行了,那我们就是英雄所见略同了。上灵圣母,如果我不了解你,我就会以为你这样辩解其实是为了维护你的尊严呢。"

"我没有尊严。"

谢德美说:"我们真是同病相怜啊,我也已经放弃自己的尊严好久了。"

"你到底要表达什么观点呢?"

"纳飞强迫你听他说话、注意他的行动、在制订计划时也将他考虑在内。"

"纳飞和羿羲一起。"

"为了达到这个目的,他们刻意违抗你的指令,让你不得不改变你的计划去迁就他们的……什么来着?他们的野心。"

"有野心的是纳飞,羿羲只是固执罢了。"

"我敢肯定,在你的文件档案里,我们每个人的名字都带着一长串形容词。"

"谢德美,你别老是说话带骨头,你这样子哪像是一个早就放弃了尊严的老女人呢?"

"你到底想不想听我的计划?"

"嚯,原来你想到的不是一个观点,竟然还有一个计划呢!"

"你还有能力影响人类。"

"只是在小范围之内。"

"你也不需要跑去地球的另一边,只要在果纳崖高原地区就可以了。"

"可以,我的影响力覆盖了果纳崖高原地区的任何一个角落。"

"当年在和谐星球,你用某种手段阻止人类发展出危险的科学技术。"

"我让人们暂时变蠢。"

"而且你还能报梦。"

"说到威力,我现在报的梦和地球守护者那些梦相比简直是小巫见大巫。"

"可是你还能报梦,而且你报的梦相当清晰。"

上灵说:"是的,比地球守护者的梦清晰很多。"

"好!现在纳飞国派出一支小部队向瓷都热克河谷进军。他们会经过西都诺德湖,那个地区住满了耶律国的居民,所以他们必须绕路走。唯一的通道在半山腰,那条路崎岖难行,非常危险。在某些地段,山坡很低矮,所以在两个山谷之间形成一条很狭窄的通道。如果他们穿过那条通道时不被发现,那么就能到达一个峡谷的底部。沿着峡谷再往前走就能顺利走到车林,阿克玛若和他的信徒就在那里被耶律国的人奴役。"

"你是说被帕卜娄格和他的几个儿子奴役。"

"所以他们走到那个通道附近的时候，地球守护者自然会给他们指路。"

上灵说："这种推断很合理。"

"你可以让他们变蠢，害他们错过那个通道，如何？"

上灵说："没用的，地球守护者会指引他们回去的。再说了，为什么我要阻止他们解救阿克玛若呢？"

"地球守护者当然会想办法指引他们回去。与此同时，你可以让他们沿着山腰继续前进，一直走到兹都玫格江在山谷中的发源地。"

上灵这时候开始明白了。"那地方叫兹弄，大部分泽尼府人就是聚居在这一带，或多或少地遭受耶律国的奴役。"

谢德美说："就是！孟恩乌士会以为他已经完成了任务，因为他找到了一群被掘客奴役的泽尼府人。他会想办法解救他们，带他们回家。"

"可是他不可能带领那么多人走山腰原路返回。"

谢德美说："不用。你只需要给孟恩乌士报梦，让他沿着乌锐谷直上，越过那条通往芭都热克河谷的通道。"

"这样的话他们就会正好错过阿克玛若那群人。"

"然后地球守护者会想办法让孟恩乌士再回去找他们。"

上灵说："然后我就再一次阻挠……可是，谢德美，我是不应该这样做的，我此行的目的不是为了阻挠地球守护者的计划。"

"没错，你的目的是向地球守护者求援，然后你再返回和谐星球。嘿嘿，如果你给地球守护者造成足够多的麻烦，亲爱的上灵，她或许会出手帮忙，好让你赶快回去，从此眼不见心不烦。"

"估计我没办法这样做，"上灵停了一下，继续说，"因为我现在明明已经知道地球守护者的计划，却要刻意违抗……恐怕我的系统程序不会允许我这样做。"

谢德美说："那你就必须想想办法了。不过你要记住，既然地球守护者没有给你明确指示，你怎么知道她不是在考验你呢？或者她正是希望你按照我说的办法去做，好证明一下你的能力。"

"谢德美，你又在编织浪漫传奇故事了。我只是一台机器，并不是一个想变成活人的木偶。这里没有什么考验，我只是执行我的预设程序罢了。"

谢德美说："是吗？这么说吧，你的预设程序要求你采取主动，现在机会来了。如果地球守护者不喜欢你这么做，她顶多会叫你住手；可是这样一来，至少她也算是对你说话了。"

上灵说："我会考虑一下。"

谢德美说："好。"

上灵说："行了，我考虑完了，我们开始吧。"

"那么快？"虽然谢德美知道上灵是一台计算机，可她还是很吃惊。人类说一个字的工夫，这台老掉牙的机器竟然能完成那么多事情。

"我模拟运行了一次，结果发现系统程序没有强行中断这个测试，所以我是能够这样做的。等孟恩乌士走到合适的地方，我就会试试给他报梦。我倒要看看地球守护者能忍多久才会屈尊和我说话。"

谢德美笑道："你这个老骗子，你为什么就不肯承认呢？"

"承认什么？"

"你其实生地球守护者的气了。"

上灵说:"我没有生气,我只是担心和谐星球的状况。"

谢德美说:"别着急,按照天使的说法,你的'孪生兄弟'在那边看着呢。"

上灵说:"我不是天使。"

谢德美说:"老朋友,我也不是天使。"

"你听起来有点伤感。"

"我是一个园丁,我很怀念脚底踩着泥土的感觉。"

"是时候回地面一次了吗?"

谢德美说:"不,现在下去没有意义,上次我种下的东西还没长到能够测量的阶段,这样贸然下去既浪费时间,又有风险。"

上灵说:"享受人生无可厚非。虽然你身披星舰宝衣,责任重大,可是偶尔去找点乐子也是可以的。"

"这道理我当然知道。等时机合适的时候,我自然会去享受享受。"

上灵说:"你真是个'铁娘子'。"

谢德美说:"可我的心却像玻璃,又脆又冷。不说了,我要去睡个好觉,你抓紧时间设计一个好梦吧。"

"你自己的梦还不够多吗?"

"不是给我,是给孟恩乌士报梦。"

上灵说:"我跟你说笑呢。"

"噢,下次说笑的时候请你眨一眨眼,好让我知道。"说完,谢德美从计算机终端那里站起来,施施然向睡床走去。

在山谷侧壁延绵不断的狭窄岩层之上,孟恩乌士一行人度过了又一个不眠之夜。谷底的掘客村庄有很多火把,一直烧到深夜;

十六壮士眼睁睁看着大部分火把在闪烁摇曳中熄灭。虽然他们都很疲劳，却无法安心入睡，因为如果他们在夜里翻一个身的话，就会坠入百丈深渊，摔得粉身碎骨。他们于是把木棍的一头削尖了插进石缝，要是没有缝隙的话就把木棍堆起来。这样一来，如果他们在睡梦中向边缘翻身，就能立即醒过来。不过总的来说，他们睡得一点都不安稳；在随便哪一刻，真正睡着的人不会超过半数。

虽然环境那么恶劣，今晚孟恩乌士却睡得很好，甚至还做梦了。睡醒之后，他还知道了走哪条路才能找到泽尼府人。目前这条在半山腰的路会越来越宽，而且逐渐变成下坡。可是在某一个地方，如果他们向上攀爬，就会找到另一条路；这条路会越过这群高山，一直通往另一个峡谷。那里有一个大湖，湖水引出一条河。只要顺着这条河所在的河谷向前进，他们早晚会到达艾姐迪雅梦见的那个地方。

孟恩乌士从梦中醒来的时候，头顶的天空刚刚开始透亮。他小心翼翼地把昨晚徒手砸进石缝的木棍都收起来放进行囊，然后掏出玉米冷糕大嚼。如果他们在路上找不到食物的话，这将会是他们今天唯一的一顿饭——这里是悬崖峭壁，海拔很高，空气稀薄，找到食物的可能性实在很小。在人类、土家族和苍穹族世代聚居的果纳崖高原，这一片地区位于高原群山之巅，人称"果纳崖之冠"。七大圣湖的发源地就在此处。在这七个湖里面，尤以西都诺德湖最为神圣，横穿达拉坎巴地区的瓷都热克圣河的发源地就是西都诺德湖。本来有人还希望能够在执行这个任务的时候能顺便亲眼目睹一下西都诺德神湖的风采，可是现在孟恩乌士知道这是不可能的了，因为分岔路很快就会出现，他们再走不到一小时就能到达。

高山上空气稀薄而干燥，一点小的声音都能传很远，所以孟恩乌士一言不发，只是打了一个手势，让大伙儿启程。这时候所有人都已经醒了，他们遵从孟恩乌士的命令出发，沿着狭窄的岩层慢慢地前行，刚开始的时候身体还是有点僵硬。沿途有两处地方的岩层断了，他们必须爬去另一个岩层才能继续前进：一次是往上攀，一次是向下降。

一行人默默地沿着山崖快速前进。为了充分利用背后的石崖保护色，他们身穿土色上衣，脚缠土色绑腿，肩披土色斗篷，连皮肤和头发也抹上泥土，完全融入背景之中。

不久他们来到一个地方，这里的岩层变宽了，而且开始变成下坡。他们沿着这条路来到了一片比较容易走的地区。孟恩乌士马上认出这里，他想……想什么呢？有一件事情和这个地方有关系，可他就是想不起来了。

"怎么了？"问话的是副指挥车目，他说话的时候当然是压低了声音。

孟恩乌士摇摇头，有些想法、有些话到了嘴边却怎么也说不出来，他始终想不出为什么会这样。

啊！是一个梦！

可是这个梦已经失落在九霄云外了：他既想不起这个梦的内容，也不知道这个梦的含义。

孟恩乌士想，我居然以为自己能够像艾妲迪雅那样做一些真实的梦，我实在太愚蠢了。

他招招手，让大伙儿跟随他沿着这条逐渐变宽的山路继续向下走。半小时之后，他们转过一个急弯，眼前豁然开朗，出现了一个让无数人梦寐以求的景象：西都诺德神湖。只见清晨第一缕越过山巅的阳光把神湖映照得闪闪发亮。

在他们脚下，湖边密布着村庄，四处炊烟阵阵。当然了，活在棚屋里面的都是人类，有一些人甚至生活在房屋里。掘客则住在空心树干以及附近的地下隧道里面。乍看之下，这里是一片安乐祥和的景象；可是他们知道，一旦下面的居民——无论是人类还是掘客——发现有一队纳飞国士兵在山腰的狭窄岩层上行军，这些村民就会马上发出警报，很快就会有大量追兵沿着山崖往上爬。虽然敌众我寡，可是十六壮士也未必只有死路一条。毕竟这里山势险峻，就算掘客天生善于攀爬，要追上来也不容易。可是耶律国的军队迟早会爬到这一个岩层，到时候，纳飞国特遣队要不就血战到最后一人，要不就继续往高处爬。只是海拔太高的话，人就容易冻僵、昏厥甚至发疯。

孟恩乌士想，我们必须想办法向上爬，翻过这片山脉，避开人口稠密的湖区。这时候，他脑中突然闪过一个念头：我们当然可以这样做！在我们身后就有一个……有一个……他竟然想不起有一个什么东西。他刚才那一瞬间到底在想什么呢？他们身后有什么呢？为什么他觉得身后有东西呢？后面并没有追兵，难道有一个士兵落下了？孟恩乌士马上下令停步点人数，一个也没少。在停下来的短短一刻里，士兵们都凝视着山下的神湖，看得目瞪口呆。孟恩乌士打手势让大伙儿继续前进，很快，脚下的岩层又开始上升了。连续两晚，他们露宿的时候都能看见神湖。离开神湖之后，他们穿过一片多树的低矮山地。虽然这里的路不难走，可危险还是无处不在。每一个山谷都有居民，通常是掘客，也有很多人类，偶尔会有一两个天使村。这些天使就算不是附近耶律国人的奴隶，也必须向邻近的国王进贡。有好几次特遣队被在头顶飞过的天使发现了，可是这些天使并没有发出警报，而是高视不顾，扬长而去。有一次，孟恩乌士一行人正沿着一条山脊前进，有一个天使飞下来，停在附近的枝头上，指着前方摇了摇头。他是说，不要走这个方向。孟恩乌士点了点头，向他鞠躬行朋友之礼，然后这个天使跃回空中飞走了。

孟恩乌士想，这种情况至少对我们是有利的。活在耶律国的天使为数不多，却受尽残酷压迫；所以无论我们走到哪里，总能遇上一些友好的脸孔。固然，这些盟友非常弱小，可是在一个强敌环伺的国度里，再弱的盟友也是聊胜于无。

在远征的第四十天，他们来到一个四河汇聚的地方。这里水流湍急，却没有掘客、人类或者天使定居。车目低声说："这么神圣的地方，竟然没有人住在这里接受天赐的礼物？"

孟恩乌士点点头，微笑道："可能他们在下游的地方接受这个礼物吧。"

他率领众人继续走了一小段路。在前方的下游地区并没有升起新的山坡，看来地势要改变了。

突然，前方的路没了。他们恍然大悟，原来此处竟然是一个悬崖。只见河水如离弦之箭呼啸着喷出半空之中，飞流直下，就像永不停歇的暴雨一样落入下面的山谷之中。这个地方充满了力量，河水不需要首先升上天空化作云再降为雨，而是直接变成雨水落回地上。这样的地方孟恩乌士闻所未闻，更别说亲眼看到了。

车目问道："有路可以下去吗？"

孟恩乌士答道："就像你刚才所说，这是一个神圣的地方，很多人曾经在这个悬崖攀爬过，看到吗？"

果然，眼前有一条阶梯，明显不是天然而成，因为每一级台阶都是从石头上凿出来的，旁边的泥土还用木头固定住。

"有了这条路，连瘸子也能走上来。"说话的是阿里坎，此人精通耶律国内掘客最常用的语言。其实当今最流行的语言叫托格语，是一种商用语言，由人类语言演变而成，在发音方面稍作调整以适应掘客和天使口腔的生理构造，而且加入了两个种族特有的数千个单词。当然了，他们并不见得会遇见很多不懂说托格语的掘客。只是传闻在这些深山老林之中，有很多与世隔绝的山谷，里面的天使和掘客还是按照古老的方式共同生活在一起。掘客将天使制造的雕像偷回家中，当作神那样去参拜；同时他们还四处派遣小部队去绑架天使的婴儿，抓回家中饱餐一顿。因此，这些掘客把天使称为"空中肉兽"，而天使则将掘客称作"地鬼"，这两个称号确是名副其实、形神兼备。虽然当今世上已经没有人亲眼见过这样的地方，可是谁也说不准这种"世外桃源"到底存不存在。

孟恩乌士说："安静点！这地方来往的路人似乎很多，谁知道谷底有什么人呢？"

可是谷底一个人也没有。这片土地因为地势很低，所以一年四季出产不同的水果。孟恩乌士率众走到山顶附近，只见在悬崖底部的永恒暴雨形成了一条蜿蜒流向远方的小河流。他吩咐十二个士兵就地驻扎，一边戒备一边四出采摘野果，不过每个人都必须留在同伴的视线范围内。孟恩乌士则率领阿里坎、车目以及一位名叫兰莫克的士兵出去探路。兰莫克是一个壮汉，一巴掌打耳朵上就能把人的脖子打断。

他们沿着河道小心前行，只见四处都有痕迹表明这里曾有大量人口定居。虽然田野已经杂草丛生，可是每块田地之间的边界还是清晰可见。他们不时会见到一些空地，上面压着一整块巨石，形成一个很大的平台。这是为了防止掘客偷偷在下面挖地道潜入人类的家中。

他们站在一片这样的空地之中，车目问道："这里的居民都到哪儿去了？他们把这里建设得那么好，然后就走了？"

兰莫克说："他们没走。"

不知在什么时候，树林边缘突然出现了一个身材高挑的年轻人。

眼看避无可避，孟恩乌士只能硬着头皮大声说："朋友，在下有礼了。"

只听得这个年轻人一声令下，至少三十个士兵突然走出来站在石头平台的边缘。他们之前藏在哪里呢？孟恩乌士等四人刚才不是已经把这片空地的四周都搜了一遍吗？

孟恩乌士轻声说："快放下武器。"

兰莫克说："我的武器只会插进掘客的心脏，决不能放下。"

孟恩乌士说："敌众我寡，留得青山在，哪怕没柴烧。"

车目说："这群人里一个掘客也没有，看来他们就是我们要找的人。"

这话有道理，于是四人把武器放在石头平台上面。

四周的陌生人立即一拥而上，把四人抓住绑好，然后逼着他们一起跑进树林里。穿过树林之后，他们来到一片开阔地带，这里有二十个这样的巨大石头平台聚集在一起，上面还立着许多建筑物。大部分建筑物都是相当有气派的大宅，有一些甚至是宫殿、竞技场和神庙。这里面最突出的是一座高塔，在树林里有如鹤立鸡群。孟恩乌士想，站在这个高塔上面俯瞰，这一片土地的远近景物尽收眼底，哪个方向有敌人企图入侵一眼就能看到。

如果那些士兵没有把四人的嘴堵上，孟恩乌士就会询问他们是否是泽尼府人。他们把四人关进一个屋子，这里看起来本来应该是一个粮仓，不过现在已经空置，只关押了四个俘虏。

孟恩乌士想，在艾姐迪雅的梦里，这些泽尼府人不是盼望着救兵吗？

阿克玛从梦中惊醒，吓得浑身颤抖。可是他不敢大声叫喊，因为他知道，掘客看守会把夜里的所有响声都裁定为对地球守护者的祈祷；而帕卜娄格已经下令，阿克玛若的信徒如果敢向地球守护者祈祷，一律视作亵渎神灵，杀无赦。虽然他们不至于因为夜里的一声惊呼就把一个小孩杀死，可是那些掘客会把全家人从房间里拖出来痛殴一顿，逼他们招一个人出来领罪。因此所有的小孩都学会了噤声，无论噩梦多可怕，他们惊醒的时候还是一声不吭。

趁着这个梦还清晰地印在脑中，阿克玛必须赶快说出其中内容，冒一点风险也顾不上了。他很想唤醒妈妈，钻进她怀抱觅得一点安慰。可是他知道自己已经长大，还需要妈妈安慰就实在太丢人了；所以无论他心里多么渴望妈妈的安慰，也始终不敢开口。

所以阿克玛只能找爸爸倾诉。他用手肘轻轻推了爸爸几下，爸爸转身低声问："阿克玛，什么事？"

"我做梦了。"

"一个真实的梦？"

"地球守护者派了人来拯救我们，可是一块黑云和一团水雾把他们的视线都挡住。现在他们已经迷路，永远也来不了了。"

"你怎么知道是地球守护者派他们来的？"

"我就是知道。"

阿克玛若说："很好，我会仔细想想的，你现在赶快睡吧。"

阿克玛知道自己的任务已经完成了。这事情交给爸爸全权处理，他应该觉得心满意足才对。可他还是觉得心有不甘……不，实际上他心中充满了怨愤。他不希望爸爸去"想想",而是希望爸爸能够和他讨论一下,让他帮忙解读这个梦——再怎么说这个也是阿克玛的梦。虽然爸爸听了之后确实表现出足够多的重视,可是他立即就想当然地认为如何处置这个梦完全是他一个人说了算;似乎阿克玛就像古老传说里面的"上灵索引",只是一台机器罢了。

阿克玛默默地想道:"我不是机器,如果别人能想明白这个梦的含义,我也能。"

梦的含义……含义……

这个梦就是说地球守护者派人来解救我们,可是他们迷路了。除此之外,还有别的什么意思吗?难道爸爸还能想出不同的解释?

可能爸爸想的不是如何诠释这个梦,而是下一步该怎么做。如果地球守护者打算派出另一批救兵,他又何必给我报梦呢?看来肯定不会再有救兵了,我们必须自救!

阿克玛一边想着一边慢慢入睡。在半梦半醒之间,他仿佛来到战场上,挺剑而立,横眉冷对那些折磨过他的人。阿克玛的脚下横着帕卜的无头尸体;乌达正坐在地上呻吟,连肠子都垂到大腿上,还死不断气地惊叹着阿克玛这小子竟然能把他开膛破肚。至于狄度,阿克玛想象着和他鏖战良久,终于把他打得跪地求饶。狄度俊美的脸庞上沾满了泪痕,之前的傲慢神情一扫而光。在过去的几个星期里,你每天都殴打和羞辱我,现在我该不该饶你一条小命呢?对我的种种侮辱,我尚且可以不追究;可是你还虐待其他人,我能放过你吗?你反反复复地抽我妹妹耳光,把她打得痛哭流涕,我能放过你吗?你追打其他小孩,把他们逼得筋疲力尽,最弱小的那几个还在烈日下晕倒;然后你一边幸灾乐祸地大笑,一边像埋尸体一样把泥土盖在他们身上,我能放过你吗?你明知这些小孩的父母没有能力保护子女，就故意当着他们的面折磨他们的小孩，我能放过你吗？你让父母在子女面前显得软弱无力，这是莫大的羞辱，世间最残酷的事情莫过于此。狄度，你作恶多端，我岂能饶你……只见剑光一闪，你颈上的人头飞上半空再落下来，在地上弹跳起舞，一直滚到你父亲的脚边。狄度，我们就让这个残酷的暴君尽情哭泣吧！看他能不能把你的头接回去，让你的嘴唇重新露出一丝恶毒的微笑。可是他做不到，对吧？穆武抱着他的腿，他却没有能力保护自己的幼子，只能苦苦哀求我至少给他留一个儿子送终。可是我一个也不会放过，因为你就是这样对待我们的。

阿克玛就在这种充满怨念的想象之中沉沉入睡。

孟恩乌士被人从睡梦中弄醒，两个人揪着他反绑的双臂，把他从阴冷潮湿的仓库里拖出来。猛烈的日光一下子把孟恩乌士眩得睁不开眼，同时他听见三个同伴也被一起拖出来了。当他被拽到王座前面的时候，孟恩乌士才勉强看清四周的境况。

没错，这就是国王，也就是他们被擒那天出现在树林边上的那个年轻人。当时他看起来并不像一个国王，即使是现在也不太像。孟恩乌士觉得他太年轻了，而且似乎有点不自信。他坐在王座上面，姿态很优雅，发号施令的时候也气定神闲，可是……孟恩乌士总觉得有些古怪，却说不出哪里不妥。似乎这个人其实并不想坐在这个位置上面。

奇怪，为什么他不情愿坐在这里呢？他是不愿意决定这几个陌生人的命运，还是他根本就不想当国王？

国王问道："我说的语言你听得懂吗？"

孟恩乌士答道："我听得懂。"虽然国王的口音有点怪，可是也没什么特别。要是他来到达拉坎巴地区，没有人会以为他是耶律国的人。

"我是伊理亥艾克，我的父亲是先王努艾伯，他在位的时候就是努艾克，泽尼府之王。我的祖父泽尼府艾伯率领我们的子民离开达拉坎巴地区，重新占领纳飞国的领土，夺回本应属于纳飞国人民的土地。人民拥戴我的祖父为王，按照传承，现在我就是他们的国王。刚才我率领侍卫在兹都玫城外巡视，发现你们竟然擅自闯到城墙附近。告诉我，你们为什么如此大胆？看在你们大无畏勇气的分儿上，我决定先不杀你们。我想听你亲口解释一下，你为什么胆敢破坏停战协议！耶律国留给我们这一片国土已经小得可怜，你们竟然还来践踏我们的国界？"

国王说完，一直等着孟恩乌士回答。

然后国王说："我允许你说话了。"

孟恩乌士向前迈出一步，鞠躬道："国王陛下，谢谢你留下我们的性命，还给机会让我们解释；我们的感激之情，地球守护者可以明鉴。我一定知无不言言无不尽，因为我知道，如果当初你了解我和我的部下是什么人，你是一定不会把我们绑住囚禁起来的。国王陛下，我的名字是孟恩；承蒙达拉坎巴国王摩提艾克赐名，人人都叫我孟恩乌士。"

国王问道："摩提艾克？"

"也就是摩提艾伯的孙子。当年令祖父离开达拉坎巴的时候，时任国王正是摩提艾伯。如今，是摩提艾克派我们前来搜寻泽尼府人，因为地球守护者报了一个梦，告诉我们泽尼府人身陷耶律国的牢笼，急需救援。"

伊理亥艾克一下子站起来。"我很高兴。我要向我的子民宣布这个好消息，他们一定也会很开心。"他的话虽然说得很正式，可是孟恩乌士听得出来，这些都是肺腑之言。国王对侍卫说："给他们松绑。"

绳索从手臂和双腿解开之后，孟恩乌士几乎站立不稳。他身旁的几个侍卫，不久之前还对他毫不客气地拖拽拉扯，此刻却用有力的双手稳稳地搀扶着他。

"孟恩乌士，既然摩提艾克赐了这个名字给你，我相信在所有国王面前你都配得上这个称号。我就坦白跟你说吧，耶律国人残暴不仁，对我们横征暴敛；如果达拉坎巴的兄弟能够把我们从耶律国的魔爪中拯救出来，我们宁愿做你们的奴隶。因为做纳飞国的奴隶总胜过被耶律国夺去我们的所有劳动成果。"

孟恩乌士说："伊理亥艾克，我不是伟大的摩提艾克陛下，不过我能向你保证，他派我们来解救你们，决不是为了让你们来达拉坎巴做奴隶，他不是那种人。至于他是否允许你们在达拉坎巴境内划土而治，是否允许你继续称王，这就不是我能够妄加揣测的了。我只知道摩提艾克是一个善良公正的人，他是地球守护者选中的有道明君，决不会将真心归顺的人变成奴隶。"

"如果他允许我们在他的领土之上定居，还保护我们的安全，这对于我们来说就是最大的恩赐，我们决不会有更多的要求。"

孟恩乌士听他此言，心中不以为然。他见多识广，深谙国王君主的处事之道。这位伊理亥艾克决不是一盏省油的灯，他肯定会向摩提艾克争取最大限度的独立和自治权。不过这是国君之间的政治交易，轮不到一个军人来操心。"伊理亥艾克，虽然我们这次来的人不算多，却也不止四个人。你是否允许我……"

"去吧，你们自由了。我们刚才将你们囚禁起来，如果你现在想惩罚我们，只需要离开就行了，我决不阻拦你们。不过如果你慈悲为怀，就请务必率领各位手足回来。我们一起商量对策，看看怎样才能脱离耶律国的魔掌，重获自由。"

帕卜娄格的两个儿子不断地把绿儿推倒在地，车贝雅尽量不去看，只是默默地低头干活。她很想高声尖叫，可是她知道，任何形式的反抗都只会让每一个人更难熬。哪一个母亲能够任由自己的女儿被这些小恶棍欺负，什么也不做，什么也不说，还在继续干活，好像事不关己一般？

绿儿开始哭泣。

车贝雅站直了。两个掘客立即向她走过来，手上还拿着两条沉重的鞭子。车贝雅是绿儿的母亲，这些掘客当然密切留意着她的一举一动。车贝雅全身僵直，什么也没说，只是默默地站在那里。

一个掘客喝道："快回去干活！"

车贝雅用挑衅的眼光盯了他几眼，然后弯腰继续锄玉米地。

地球守护者到底在哪里？自从阿克玛梦见救兵受阻以来，到现在已经好几天了，车贝雅反反复复地问同一个问题：如果地球守护者那么关心我们，还给阿克玛报梦，那么为什么她现在不想想办法呢？阿克玛若说地球守护者正在考验我们。可是她到底考验我们什么呢？我们怎么做才能通过这个考验呢？难道她想我们变成一群没腰骨的懦夫，还是她希望我们起来反抗帕卜娄格那几个恶毒的儿子，然后在抗争中战死？阿克玛若说了，我们必须自己想办法，因为我们一定要依靠自己走出这个困境，这就是地球守护者给我们设下的考验。如果我们想出了对策，地球守护者就肯定会帮助我们的。

哼，如果地球守护者那么聪明，她为什么不提供几个方案让我们选择呢?

奴隶生活是怎样逐渐把他们摧毁的,没有人比车贝雅更清楚了。除了她的丈夫和少数几个女人之外,再没有别人知道她的天赋了。以前每当她发现这个集体出现小裂痕的时候,她总会向阿克玛若提出警告,及时采取措施化解矛盾,避免公开的争吵。可是现在她只能绝望地看着朋友之间、父母儿女之间、兄弟姐妹之间的纽带逐渐变弱,几乎到了消失殆尽的地步。他们要把人类的情感从我们心中夺走,把我们变成禽兽;我们现在关心的只有生存以及避免鞭子的抽打。我们的小孩被虐待的时候,我们每退缩一次,我们对儿女的爱就减弱一分。因为只有减少对他们的爱,我们才能够忍心眼睁睁地看着他们受苦。

可是阿克玛若却不一样,他对子女的爱却与日俱增。每晚他都在车贝雅的耳边低声说,他看着一双子女那么坚强勇敢,那么明白事理,他心里感到特别骄傲和自豪。可能这是因为阿克玛若对感情上的痛苦似乎有无限的容忍度。他为子女的遭遇感到痛苦——没有人比车贝雅更了解阿克玛若的痛苦了——同时也能够因为这种痛苦而变得和子女更加亲近。很多父母不敢再去爱自己的子女,可是阿克玛若一点也不怕。我到底像他还是像其他人呢?

在她的家里,最让车贝雅担忧的是儿子阿克玛似乎越来越疏远他的父亲。阿克玛若不能保护小孩免受帕卜娄格几个儿子的迫害,阿克玛是不是因此而怨他呢?不会的!如果绿儿能够明白,阿克玛也会理解的。两父子之间的联系本来非常紧密,是什么让阿克玛想从中挣脱出去呢?

车贝雅不禁自嘲起来:我们连性命也保不住,我为什么还要担心父子之间的紧张关系呢?可能不到一年、一个月甚至一个星期,我们就会被杀死或者死于饥饿和疾病，至于阿克玛对父亲的忠诚度为什么会减弱，这又有什么关系呢？

我希望有机会和古代的解构者聊一聊，要是如诗和索菲娅在这里，她们肯定比我更能看清形势。阿克玛恨他的父亲吗？或者是愤怒，还是惧怕？我虽然能看见人与人之间的忠诚度增强减弱，却不一定能看出其中因由；有时候这种变化的原因很明显，有时候我却毫无头绪。如诗和索菲娅向来都很有把握，她们总是知道该怎么做，她们总是很睿智。

可是我没有她们的智慧，我只知道我的丈夫正在逐渐失去我们亲生儿子的敬爱。而且，在绿儿眼里，我是一个怎样的母亲呢？那些恶棍欺负她的时候，我这个做妈妈的却只能站在一旁默不作声。

突然，车贝雅感到心中充满了一种不可抗拒的决心。他们反正要杀我们，我就算死也要让绿儿知道妈妈有多么爱她。

车贝雅又一次站直了。

掘客监工本来已经看着别处了，现在一下子注意到她又停下了手中的活儿，立刻朝她走过来。

车贝雅把音量提到最高，确保帕卜娄格的几个儿子能够听到她的话。她说："你们为什么怕我？"

这招管用了，其中一个男孩子开口回答——这是帕卜娄格的三儿子，名叫狄度。他说："我才不怕你呢！"

"那么为什么你不来推我试试，却去欺负一个比你矮一半的小女孩？"

车贝雅的语气充满了讥讽之意，狄度被她说得脸也红了。车贝雅心中不禁暗自欢喜。

在她四周的成年人都在低声说道："够了！别说了！快住嘴！我

们都要挨打了。"

车贝雅不理他们，也不理会那些越走越近的掘客守卫以及他们手中高举的鞭子。"狄度，有种你就亲手拿起一根鞭子往我身上抽！要不你就是一个懦夫！"

这时候，一个掘客的鞭子呼啸着抽在她的背上。车贝雅被打得全身一缩，摇晃了一下，几乎站不稳。

她向着狄度大声喊："你就和你爸爸一样，什么事情都不敢自己动手！"

第二下鞭子抽了下来，然后狄度叫道："住手！"

可是每个掘客在听命住手之前都抢着抽了一鞭。车贝雅被打得跪倒在地，她能感到鲜血沿着后背向下流。狄度正朝着她走过来，车贝雅利用他来到之前的宝贵一刻慢慢站直了。她逼视着狄度的双眼，说道："狄度，原来你这个小子还是有一点点尊严的。这怎么可能呢？阿克玛若的小孩才是真正有勇气——不管你怎么折磨他们，你听到他们说过半句求饶的话吗？你整天殴打小孩子，如果你爸爸被人这样打，你觉得他有这么勇敢吗？"

狄度大声吼："不要扯上我爸爸！你这个亵渎神灵的异教徒！"虽然狄度自己不知道，可是车贝雅看得出来，她已经扰乱了狄度的心神。因为她刚才说的话，狄度与几个兄弟之间的联系已经略有减弱。

"看看你爸爸都教你什么了？他让你欺负小孩子。可是你有自己的尊严，所以你觉得羞耻。"

狄度从一个掘客手中夺过一根鞭子。"你这个亵渎神明的异教徒，我这就让你见识一下我的尊严！"

"对着一个手无寸铁的女人举起鞭子，这就是你的尊严吗？"

车贝雅看得出来，这句话像针一样扎在狄度的心中。

"帕卜娄格的儿子只能欺负弱小。你见过你爸爸像男子汉大丈夫一样在战场上杀敌吗？"

狄度吼道："他哪有机会！他的敌人都不是真正的男子汉！"

车贝雅脑子飞快地转动，搜寻最有效的言辞去反驳他。"狄度，我知道在你的心里，你是明白事理的。你其实很清楚你爸爸对你们做了什么。你觉得他为什么要派你们来折磨我们呢？他为什么要指使你来虐待小孩子呢？因为他知道你会因为自己的所作所为而感到羞耻。因为他知道，一旦你把一个小孩子打哭了，你就会变得和他一样的下贱和懦弱。以后他再也不用担心被自己的儿子诟病，因为如果你们敢嘲笑他，他就可以说：'没错，我下贱，可是你们呢？是谁把小女孩打哭来着？'"

狂怒之下，狄度用力地挥出一鞭，直抽在车贝雅的肩膀上，末梢绕过来击中了她的脸颊。鲜血溅入她的眼睛，车贝雅一下子什么也看不见了。

狄度大声叫道："不许说我爸爸下贱！"

车贝雅说："其实就在我们说话的这个瞬间，你心里也在恨你爸爸，因为他把你变成一个懦夫，只懂用鞭子来回答一个女人说的话。可是狄度，如果我说的不是真话，你怎会那么生气呢？"

"你说的一句真话也没有！"

"我说的每一句话都是真的！等你离开之后，这些守卫就会马上打死我，好让你再也不用听我说话。可是这恰恰证明了我说的都是真相。"车贝雅说得斩钉截铁，可是她心里也害怕自己一语成谶。

"他们打你是惩罚你说谎。"

"狄度，如果你不相信我，你刚才就会大声耻笑我说的话了。"

这句话彻底击倒了狄度。车贝雅看得出，在狄度和她之间形成了新的纽带，而他和他父亲之间的联系被严重削弱，他的心已经被逐渐争取过来了。

他说："我不信你！"

"狄度，其实你是相信我的，因为每一次你殴打这些小孩子的时候，你都会觉得羞耻，这是我从你眼神里面看出来的。虽然你和你的兄弟们一起开怀大笑，可是私下里你痛恨自己，你害怕自己终有一天变成你爸爸那样的人。"

"我就想变成我爸爸那样的人。"

"真的吗？那为什么你还站在我面前呢？你爸爸从来不会动手打小孩子，他只会指派手下的流氓恶棍替他干坏事，因为他怕弄脏自己的手。不，你不可能变成你爸爸，因为在你心中还有一个男子汉。可是你不用担心，你只需要继续打小孩子，再多打几年，你心中的男子汉就会消失得无影无踪了。"

正说话间，狄度的二哥乌达来到他身后。"为什么听这个妖婆废话？叫他们杀了她。"

车贝雅说："听到没有？这就是你爸爸的声音。谁敢说真话就杀谁，还不要亲自动手，让别人替你杀。"

乌达转头对众掘客说："为什么你们呆站在这里任由她发疯？她用妖法控制了我这个蠢弟弟……"

他话音未落，狄度狂叫一声，猛地转身，举起鞭子作势要往他二哥脸上砸去。乌达顿时缩成一团，双手遮脸尖叫道："别打我！别打我！"

车贝雅说："看到没有？等你爸爸将你彻底改造之后，你就会变成这个样子了。"

她看见狄度和乌达之间的最后几根纽带也变成了愤怒和羞耻——也就是一种负面的联系。

"不过，狄度，你是不是已经变成这样子了？或者你心里其实还有一个男子汉大丈夫？"

乌达这时候也羞愧难当，他一边后退一边说："我要去告诉帕卜，你已经被阿克玛若的老婆洗脑，你已经背叛了我们！"

车贝雅问道："狄度，你怕了吗？他要去告发你了，你怕了吗？"

狄度说："我要走了，我再也不想听你撒谎！"

车贝雅说："没错，快走吧，好让这些看守把我杀了。可是我向你保证，如果我今天死在这里，我的声音就会在你心里缠绕一辈子。"

狄度的眼中闪过一丝愤怒和挑衅的神情，他转头对着众掘客说："明天我要看见她完整无缺地站在这里，你们不许再殴打她！"

其中一个掘客反驳道："这不是你爸爸的命令。"

狄度恶狠狠地对着他咧嘴一笑，说道："他要你们遵守他儿子的命令。如果这个女人被伤了一根毫毛，我就将你剥皮拆骨，不信你试试看！"

嗯，从他眼中的火可以看出，狄度天生就有发号施令的气魄。车贝雅激起了他的自尊和骄傲，在他心中点燃了一团熊熊烈火。

几个掘客不约而同地后退一步。

狄度把鞭子扔回给原主，然后对车贝雅说了最后一句话："快回去干活，女人。"

车贝雅看着他的双眼，说道："现在我服从你的命令是因为我害怕你手上的鞭子；可是，你是否希望有一天人们因为尊敬而心甘情愿听命于你呢？"说完，她顾不上后背的伤痛和眼中的鲜血，弯腰拾起锄头，徒劳无功地刮着地上的泥土。只听见耳边传来狄度远去的脚步声。

有一个掘客说："就算我杀了这女的，他能把我怎么样？他的老子肯定不许他听这女人的疯话。"

另一个掘客说："蠢材！要是他想搞死我们，你觉得他会对他的老子说实话吗？"

"那我们先去帕卜娄格那儿告状。"

"噢，这主意太妙了！去帕卜娄格那里说他的儿子任由这个女人说他坏话？如果我们四处宣传这故事，你觉得我们还能活多久？"

车贝雅饶有兴趣地听着，她的一番话对这些掘客也产生了影响。其实，在帕卜娄格的儿子和士兵之中引起混乱，她并没有事先制订一个周详的计划，最后他们很可能还是决定要杀她。而且，为了今天所做的一切，她付出的代价就是浑身伤痛，这惨况估计还要持续好几天。

有人喃喃低语："你这样做太蠢了，会害我们没命的。"

另外一个小声说："有什么关系呢？阿克玛若不是已经传出话了吗？我们要想办法自救了。起码她想到了一个办法。"

这时候，狄度和乌达经过绿儿与阿克玛身边。绿儿连忙往后退缩，可是阿克玛却站定了一动不动。刚才车贝雅说了那么多话，阿克玛听见多少呢？全部听见了，或者只听到一点点？不过他还是坚持站定了，没有退缩半分。

乌达伸手推了阿克玛一下，阿克玛跟跄着后退了两步，却没有摔倒。这个场景太熟悉了，奇怪的是狄度竟然猛地扑向乌达，一下子把他撞趴在地上。乌达翻身跳起来，拉开架势准备和三弟开打。

"你有毛病啊？欠揍啊？"

狄度站定了，盯着乌达的双眼，说道："除了殴打比你弱小的人，你还懂得做别的事情吗？如果你动手打我，那就证明了那个女人说的每句话都是真的！"

乌达呆呆站着，满脸通红，神情很迷惘。车贝雅看见两兄弟之间的忠诚纽带正在发生变化。在困惑之中，乌达突然很想得到狄度的夸奖，其他一切都不如三弟的称赞重要。正如狄度此刻非常需要车贝雅的首肯，如果得不到，他们就会觉得无地自容；这就是在两人之间建立忠诚关系的第一步。如果将帕卜娄格的儿子策反，让他们与亲生父亲反目成仇，这岂不是绝妙的复仇方式？不，这不是复仇，而是一种解脱和救赎。拯救自己，这正是我们需要做的，因为地球守护者似乎不愿意施予援手。

上灵说："我也说不准我们的计划有没有起作用。"

谢德美咯咯苦笑道："这个嘛，至少地球守护者留意我们了。她发给阿克玛的那个梦，还有车贝雅突然下决心对抗帕卜娄格的儿子……这些可能都是地球守护者的杰作。"

"可是地球守护者依然对我们保持缄默。我们就像一只小虫子，叮在地球守护者的耳边嗡嗡乱叫，却被她一手拨开了。"

"那我们就飞回去继续嗡嗡嗡。"

上灵说："其实我们行动与否都无关重要，地球守护者的计划还是会如期实施。"

谢德美说："我也希望是这样。不过我觉得她很在乎人们做什么，无论是在地面上还是在半空中，正在发生的事情她都很关心。"

"可能地球守护者只关心地球上的人，却再也不管和谐星球了。可能我应该回去告诉我的孪生兄弟，我们的任务已经结束了，从此我们应该让和谐星球上的人类自生自灭。"

"或者地球守护者还希望你继续留在这里。"说到这里,她脑中突然冒出一个新的念头。"可能她还需要这艘宇宙飞船以及星舰宝衣的能量。"

上灵说:"可能地球守护者需要的只是你。"

谢德美大笑道:"什么?我手头上只有一些植物种子和动物胚胎,难道她要我把它们撒在地球上的某个地方?如果是这样的话,她只需要给我报一个梦,我就会听她的命令,指东打东,指西打西。"

上灵说:"那我们就继续等吧。"

谢德美说:"不,我们继续戳她,就像车贝雅那样主动出击。我们要把熊姥姥吵醒,刺激她,把她从老窝里逼出来。"

"你这个比喻的内在含义似乎值得商榷,因为母熊受到刺激之后会变得非常危险,而且极具破坏性。"

"可是这样一来,母熊就会心无旁骛地关注你啦。"谢德美说完又哈哈大笑。

"你对地球守护者的威力还是缺乏足够的敬畏。"

"什么威力?到目前为止我们只见过她给人报梦。"

上灵说:"如果这就是你看见的全部,那只能说明你根本没有仔细看。"

"是吗?"

"就拿果纳崖高原举例吧,按理说,这一大片山脉是不可能升到这个高度的。我有四千万年前的地质学数据,那时候人类还没有离开地球。这些古老的数据表明,当时并没有任何一种板块构造活动——无论是板块形成还是板块移动——能够形成这片高峰。本来,从这个地区的几个板块原有的移动方向看来，这里是不可能产生那么难以置信的褶皱作用和隆起运动的。可是科科斯板块突然开始向北移动，其速度和力量远远超过所有记录在案的构造运动。该板块高速撞上加勒比板块，由于速度太快，碰撞形成的板块碎片根本来不及潜没到地幔之中。"谢德美叹道："我只是一个生物学家，基本上不懂地质学。"

"换个说法你应该会明白的。这个地区有几十条山脉，每一条山脉都有超过一万米的高峰，而且这些高峰都是在人类离开之后一千万年之内升起来的。"

"这算是快吗？"

"即使是现在，科科斯板块还在向北漂移，其速度是地球上其他板块的三倍。这就意味着在地壳底下有一股熔岩正在向北快速流动。这股熔岩也导致了北美大陆沿着密西西比河谷断裂；还将整个中美洲压成碎片，再把这些碎片重新挤压，然后……"

上灵突然陷入沉默。

"然后呢？"

"我刚才花一点时间做了一些研究。"

谢德美说："噢，不好意思，打搅您了。"

上灵说："这一切肯定在人类离开地球之前就已经开始了。"

"嗯？"

"那些地震，还有加拉帕戈斯海岭顶部的一系列火山……到底是什么东西让寒冰覆盖了地球表面那么久呢？在我的数据库中，所有这些现象都和人类的所作所为联系在一起，比如说战争、核武器和生化武器等。可是人类的恶行到底是怎样导致地球变得不适合人类居住的呢？"

谢德美说:"我最爱看一个天才专注工作的样子。"

上灵道:"有一种可能性,地球上适合人类居住的地区并非直接毁于战争,而是被科科斯板块的异常活动摧毁的。我必须搜索那个时期的所有记录,看看能否排除这种可能性。"

"莫非你在暗示是人类的战争导致了科科斯板块的快速移动?这也太荒唐了吧?"

上灵对她的讥讽毫不在意,继续道:"为什么所有人类都离开了地球呢?为什么掘客和天使却能够幸存呢?我以前从来没有想过这个问题,可是,舰长,难道你不觉得这很古怪吗?在赤道地区,肯定有少量人类能够存活下来。"

谢德美说:"拜托,我知道他们为你设计思维算法的时候,肯定加入了创造性,也会让你考虑偶然因素。可是……人类的罪行竟然能使科科斯板块移动……你不会真的在考虑这种可能性吧?"

"我的意思是,可能是人类做了坏事,导致地球守护者出手让科科斯板块移动。"

"她怎么可能做得到呢?"

上灵说:"我也想象不到这个世界上有什么实体拥有这么巨大的威力,能够移动一个星球地壳下面的岩浆流。可是同样的,我也无法想象有什么自然力量能够引起那么多异常现象,最终形成了果纳崖高原。谢德美,这个世界充满了非自然的奇怪事物。就像掘客和天使以前那种互相依赖的共生关系,你自己也说了,这绝对是人为的。"

"我的假设是,所有这些变化都是人类在离开之前刻意造成的。"

"可是,谢德美,为什么他们要这样做呢?他们这样做是体现了谁的意志呢?当初他们已经知道自己要离开这个地球,也相信归来之日遥遥无期，那他们为什么还要费心管这些呢？"

谢德美说："我觉得我们可能把太多事情都归因于地球守护者的图谋和计划。其实目前唯一能确定的是她能报梦和影响人类的行为，至于其余种种，我们没有任何证据。"

"你可以说我们没有证据，也可以说我们手头上其实拥有能想象到的最明显的证据。我必须深入研究一下，在我的资料库里有太多空白了。虽然我一直被蒙在鼓里，可是我知道，这一切都和地球守护者有关系。"

"你就研究去吧，我也很想知道最后的成果。"

上灵说："不过当初他们给我编程的时候，可能并不打算让我寻找真相。既然他们要刻意瞒住我，又怎么会给我设置一种突破封锁、获得真相的能力呢？"

"这真是个死循环。"

"我可能需要你的帮助。"

"我可能需要打个盹儿。"谢德美打着哈欠说，"其实，不管是地球守护者也好，什么超级计算机也好，我都不相信它们有那么大的威力，能够做诸如改变岩浆流这种开天辟地的事情。不过我还是会尽力帮你，在论证这个无价值假设的过程中，你或许能发现一些有用的信息。"

上灵说："至少你的思想还是很开放的。"

谢德美说："我想，你在说这句话的时候，应该是出于最由衷的善意，而不是讽刺吧。"

当天晚上，阿克玛若父子在他们的小棚屋里为车贝雅清洗和包扎伤口。

阿克玛平静地说:"妈妈,你今天几乎害死我们。"

阿克玛若说:"我从来没有见过哪个人能做出那么勇敢的事情。"

车贝雅默默地哭着,心中百感交集。今天在田里,她敢这样顶撞敌人,竟然没有被当场杀害,现在回想起来,她心中如释重负,同时也感到后怕。现在丈夫这样称赞她,车贝雅觉得很感激。

阿克玛若继续说:"阿克玛,你看到妈妈在做什么吗?"

阿克玛说:"她公开反抗他们,他们却没有杀她。"

阿克玛若说:"阿克玛,其实事情并不是那么简单。你妈妈天生就有这个本领,她是一个解构者。"

"如诗。"绿儿低声说了一句。在女人圈子里,不论老幼,人人都对解构者如诗的故事耳熟能详。当然,还有索菲娅,也就是纳飞和绿儿的女儿——"车贝雅"这个名字就是源自"索菲娅"。

阿克玛若继续向儿子解释:"她能看见人与人之间的纽带。"

阿克玛说:"我知道什么是解构者。"

阿克玛若说:"你妈妈懂得解构,完全得益于地球守护者的恩赐。地球守护者肯定在多年以前就预见了我们今天所处的困境,所以他把这个礼物赐给车贝雅;当我们陷入危难的时候,她就可以开始利用这个能力去瓦解骑在我们头上的邪恶势力。你妈妈今天终于开了一个头;其实一直以来我们都拥有这种能力,地球守护者只是在等待我们觉醒,等待你妈妈寻找一个合适的时机采取行动。"

阿克玛说:"可是从我看来,今天妈妈好像完全是孤立无援的。"

阿克玛若问道:"你真的看到你妈妈孤立无援吗?看来你还太年轻,看问题不够清晰。其实你妈妈并不孤单,她拥有地球守护者赐予的能力,还拥有丈夫和子女的爱。如果你、绿儿和我今天没有与她一起并肩站在田里,你觉得她能够做到吗?"

阿克玛说："我们确实在她身边支持她，可是这个地球守护者又在哪里呢？"

阿克玛若说："努力学习吧，总有一天你会看出来，地球守护者的神迹无处不在。"

小孩都睡着之后，车贝雅把头靠在丈夫的胸膛上，紧紧地抱住他，低声哭泣道："阿克玛若，亲爱的阿克玛若，我当时真的很怕我会让事情恶化。"

他说："请把你的计划告诉我，如果我知道你的计划，我就可以帮助你。"

"我不知道什么计划，我没有计划。"

"嗯，今天我一边看着你对抗他们，一边听着你说话，我心里已经有了一个计划。我一开头以为你只是想离间他们父子，后来我才意识到你做的事情更加巧妙。"

"是吗？"

"你在争取狄度的心。"

"他有心吗？"

"你在教他如何成为一个真正的男子汉。对于他来说，这是一个全新的概念。贝雅，我想他是愿意向善的。"

她想了想，答道："是的，我觉得你说得对。"

"所以我们不应该离间这几个兄弟之间的感情，而是应该和他们交朋友，说服他们加入我们的行列。"

车贝雅问道："你觉得我们能够做得到吗？"

"你其实是问，我们应不应该这样做？是的，贝雅，我们应该这样做。这几个小孩被他们的父亲洗脑，这不是他们的错。可是如果我们引导他们走上正途，那么他们还有机会做回好人。这正是地球守护者对我们的期望,不要摧毁你的敌人,应该尽量把他们改造成朋友。"

车贝雅说:"可是他们反反复复地伤害我们的小孩。"

"正因为如此,当他跪在你和小孩面前乞求宽恕的时候,那将会是一个多么感人的场景啊！到时候,你们三人会说,我们知道你们已经洗心革面,重新做人,从现在起你们就是我们的兄弟了。"

"我永远也不会对他们说出这样的话。"

阿克玛若说:"你现在当然说不出口,可是,记住,当你亲眼看着他们变好的时候,你的心意也会随之改变的。"

"亲爱的阿克玛若,你总是相信别人心中最好的一面。"

阿克玛若说:"其实也不尽然。只是今天在那个小孩的身上,我看到一点点良知的火花。我们应该尽心培育呵护这一点火花,让它烧成熊熊烈火。"

车贝雅说:"我会尽力的。"

阿克玛躺在席子上听着父母的对话,想道,我爸爸到底是一个什么样的人？他们今天刚刚用鞭子把妈妈抽得鲜血直流,他竟然要妈妈和他们做朋友？我永远也不会原谅这些禽兽,无论他们假装变得多么好,我也永远不会宽恕他们！我决不信任那些和掘客厮混的人！他们早已变成和掘客一样低贱的禽兽,他们只配像虫子一样在地底的洞穴里面苟活。

爸爸竟然谈论着要教导和宽恕像狄度这样的虫豸,可见他是多么软弱的一个人,这只是另外一个明证罢了。整天只懂得规避、躲藏、教导、宽恕、逃窜、投降、屈膝、忍受——他心里到底有没有挺起胸膛抗争的勇气呢？今天站出来反抗狄度和掘客的是妈妈,而不是爸爸。如果爸爸真的爱妈妈,他今晚就应该发誓为她受过的伤、流过的血报仇雪恨。

第四章　解　放

孟恩乌士跟随伊理亥王走进寝宫。国王转身把门上了闩,然后对孟恩乌士说:"孟恩乌士,接下来我要给你看的是一件关系重大的秘密。"

孟恩乌士说:"这么说来你大概不应该给我看,因为我对摩提艾克效忠,任何秘密我都不会瞒他。"

"这正是我找你来的原因,孟恩乌士,我知道你对你们的明君怀有无与伦比的信任。我统治的这个小国要是放在达拉坎巴帝国,充其量只是一个小行政区罢了,你以为我不知道吗?虽然我们地处偏僻,可是我们也听说了,当年那些走出瓷都热克河谷的纳飞国人已经建立了一个雄霸果纳崖高原的伟大王国。我手头上有一件宝物,我知道自己福浅命薄,无福消受,所以要把它献给一个伟大的国王。我觉得摩提艾克就是这样一位明君。"

孟恩乌士向来很认同"强中自有强中手,一山还比一山高"这个说法。真正高尚的人总能认清比自己强的人和不如自己的人,对两者都一视同仁地予以尊重;而且总是恪守本分,从不僭越。很明显,伊理亥艾克知道他的地位高于孟恩乌士,而摩提艾克更在他们两人之上。既然他明事理、识时务,孟恩乌士对此人的信心又增了几分。

孟恩乌士说:"既然这样,就请你放心给我看吧。除了我的主公摩提艾克之外,我不会对任何男人泄露。"

伊理亥艾克说:"任何男人……按照传统习俗,达拉坎巴的人类说起'男人'的时候,也包括男性天使和男性掘客。"

孟恩乌士说:"是的,根据我们的法律,男性的苍穹族、土家族和中间族都是真正的男人。"

伊理亥艾克耸肩道:"我的人将会很难接受这种观念。当初我们迁徙到这里就是为了避开那些整天在我们面前飞来飞去的天使;而且我们也有充分的理由去憎恨掘客——我们的庄稼就是用我们很多弟兄的鲜血浇灌的。当然,掘客也没少流血。"

"我想摩提艾克是不会刻意让你们难堪的。他可能会帮你们找一个合适的山谷,你们可以向居住在当地的天使买地。这样一来,你们就可以名正言顺地住在那里,不用冒犯任何人,也不会被别人骚扰。不过这样的话,你们就只能成为一个附属国,而不是正式的公民;因为在公民里是不允许分出三六九等的。"

"孟恩乌士,这不是我一个人说了算,而必须由我们这群人集体决定。"说到这里,伊理亥艾克叹了一口气。"我们对掘客的憎恨与和他们的距离成反比。至于天使,我们在这个地区碰到的天使不是奴隶就是顺民,而且他们总是避开我们。如果他们不小心飞得太近,我们的年轻人就用弓箭去射,还把这当作一种运动;现在跟他们讲道理说这样做是不对的,恐怕已经太难了。"

孟恩乌士打了一个寒战。幸好胡速没有一起过来,否则让他听到这句话就相当不妙了。

伊理亥艾克继续说:"我也知道你心中是怎么评判我们的,恐怕你是对的。我们当中曾经有一个老人名叫宾纳迪,他说我们这种生活方式其实是对地球守护者的冒犯。我们虐待天使，可是地球守护者对天使、掘客和人类一视同仁。他说人生在世最重要的是品行端正、善待他人。他……他还非常尖锐地指出我父王和各个祭司做得不好的地方。"

"你们把他杀了？"

"我父王心里其实很矛盾。宾纳迪很有影响力，吸引了相当多信徒，其中还包括我父王的一个祭司，也就是最优秀的那一位。这位祭司是我的导师，名叫阿克玛迪。不，那是父王对他的蔑称，我始终尊称他为阿克玛若；因为他是一位德高望重的师长，而不是叛徒卖国贼。审判宾纳迪的时候我也在场，当时阿克玛若站起来说：'这位是宾纳－若－艾克，也就是最伟大的师尊，我信奉他的教导！为了达到他提出来的标准，我决定从此改变自己的生活方式。'这是对我父王最大的冒犯，因为父王曾经非常敬重阿克玛若。"

"曾经？难道阿克玛若已经死了？"

"我不知道。我们派人去抓他，可是他和一众信徒肯定提前得到警告，逃到荒郊野外不知所终。"

"就是这些人信奉在地球守护者面前众生平等，对吗？"

"我多么希望我们犯下的最严重的罪行仅限于赶走阿克玛迪——阿克玛若。"伊理亥艾克停顿了一下，深深地吸了一口气。看得出来，他并不想复述这个故事。"爸爸很怕宾纳迪，却也不想杀他，只是打算把他再次放逐。可是大祭司帕卜娄格却在旁煽风点火，坚持要杀宾纳迪。"说着他将脸上的一缕头发拨到耳后。"父王特别容易被恐惧蒙蔽了理智，帕卜娄格抓住他的弱点，说一些话恐吓父王，使他不敢让宾纳迪留在世上。帕卜娄格经常说：'如果他连阿克玛若也能欺骗，你说，你怎么可能安全呢？'"

孟恩乌士说："怎么你父王身边尽是这类奸佞之臣呢？"

"恐怕你会觉得他身边还有一个不孝子。可是，孟恩乌士，父王在世的时候我从来没有背叛过他。只是在他被杀害、我被迫继位之后……"

"你的麻烦事怎么一件接一件呢？"

伊理亥艾克仿佛没有听见，继续说道："我才意识到父王腐化堕落的程度，宾纳迪——不，宾纳若确实了解他。不过，既然父王已经去世，我也只能继承王位，成为兹弄地区的国王。我们和耶律国军队交战的时候，伤亡惨重，过半数的男丁都死在战场上。最后一次战役，我们惨败，只能签订城下之盟，引颈就戮。只有在这样的绝境之中，我们才抛弃了傲慢，意识到如果我们当初留在达拉坎巴，就算有天使在面前飞来飞去，至少我们不至于成为掘客的奴隶，我们的小孩可以丰衣足食，我们也不用忍辱偷生。"

"那么你把宾纳若放出来了吗？"

伊理亥艾克苦笑道："放出来？孟恩乌士，他早就被处决了。他们把他的四肢点燃，活活烧死。帕卜娄格全程在旁边看着。"

孟恩乌士说："依我看，这个帕卜娄格如果聪明的话就不要踏上达拉坎巴的国土，否则摩提艾克一定不会放过他。虽然他犯下这些罪行的时候还是你父亲的臣下，可是摩提艾克也会按照达拉坎巴的法律将他治罪。"

"帕卜娄格不在这里，要不他哪能活到现在！我父王被弑的时候，他也带着几个小孩逃走了，就像阿克玛若一样，不知所终。"

"伊理亥艾克，我老实跟你说吧，你们作为一个国家，确实做了很多伤天害理的事情。"

"我们已经受到惩罚了！"伊理亥艾克流露出一丝怒意。

"摩提艾克不会秋后算账——当然,那些残害忠良的人除外——可是他决不会允许犯下这样罪过的人踏上他的领土。"

伊理亥艾克虽然努力保持着国王的气度和尊严,可是他的双肩已经稍稍向下耷拉了一点。这个动作很细微,却被孟恩乌士瞧出来了。"那么我就只能教导我的子民,让他们勇敢地承受后果。"

孟恩乌士说:"你误会我的意思了。你们当然可以来达拉坎巴,不过你们到达的时候,必须是一群从里到外都全新的人。"

"全新的人?"

"当你最后一次渡过瓷都热克河的时候,你们不能走大桥。除了小孩之外,所有人都必须从河里走过去,象征性地葬身水底。当你们从河里走出来的时候,你们就变成了没有名字的陌生人。然后你们走到岸边,向地球守护者庄严起誓。从此你们的过往就一笔勾销,你们将会正式成为达拉坎巴的公民。"

"我们可以立刻就发誓——我们这里就有一条欧若孟努河,它的河水来自悬崖边上永不停歇的降雨,与瓷都热克河的水一般的神圣。"

孟恩乌士说:"关键不是河水——嗯,或者说,河水并不是唯一的因素。你现在就可以把誓言教给你们的人,让他们明白他们离开这里到达拉坎巴之后要遵守的法律。可是穿越河水的仪式必须在首都附近举行,而且我也没有资格为你们洗礼、让你们重生。"

伊理亥艾克点头道:"阿克玛若倒是有这样的资格。"

"你是说浴水重生的仪式?可是这种仪式只在达拉坎巴才有吧。"

伊理亥艾克苦笑道:"有传言说阿克玛若躲藏在欧若孟努河附近,让信徒穿越河水,重获新生。帕卜娄格还污蔑他把小婴儿放在水里活活淹死,好像有人会信他的谎话似的。"

其实，只有纳飞国的国王才有资格让人重获新生，可是孟恩乌士懒得向伊理亥艾克解释。不管这个阿克玛若是谁，也不管他如今在哪里，他这种僭越的行为和今天谈判的内容没有一点关系。"伊理亥艾克，我觉得你不用害怕摩提艾克。不管你们的人是否愿意发誓，摩提艾克总会让你们在达拉坎巴境内安居乐业的。"

伊理亥艾克摇头说："他们会发誓的，否则我就不会再率领他们了。我们已经尝试过离群索居的滋味，事实证明这种做法不但不可能，而且也不值。"

"好的，那么就一言为定了。"孟恩乌士说完，转身向门口走去。

伊理亥艾克问："你去哪里？"

孟恩乌士说："这不就是你要告诉我的秘密吗？关于你父亲和帕卜娄格怎么残害宾纳若。"

伊理亥艾克说："不，这件事情我完全可以在大庭广众下对你说，他们都知道我对这事情的态度和想法。不，我带你来是要给你看一件宝物。记住了，如果耶律国的人听说这件宝物，哪怕有一丝流言传到他们耳中……"

孟恩乌士已经答应过他，决不向除了摩提艾克之外的任何人泄露秘密，难道他忘了吗？孟恩乌士没好气地说："那就拿出来给我看吧。"

伊理亥艾克走到床前。这其实是放在房间中心地上的一张厚床垫。他把床垫挪开，拨掉细碎的芦苇秆和灯芯草，然后用手指按了一下地上的某块石头。一块连着铰链的石板突然下坠，现出一个漆黑的洞口。

孟恩乌士问："你想我去拿一个火把吗？"

伊理亥艾克说："不用了，我可以拿上来。"

说完他纵身跳进洞里。从上面看进去，里面一片漆黑，似乎是个无底洞，可是当伊理亥艾克站直之后，他的肩膀已经露出了洞口。只见他弯腰捡起一件很重的物体，捧起来放到房间地板上，然后才爬出洞口。

这东西包在一件脏衣服里。伊理亥艾克打开包裹，露出一个篮子；再打开篮子，从里面取出一个木盒。最后他掀开了盒盖，只见里面一片金灿灿。

孟恩乌士问："这是什么？"

伊理亥艾克说："你看看上面的文字，能看懂吗？"

孟恩乌士仔细看着金页上面的文字，说道："我看不懂。不过我也不是学者。"

"我也不是学者，不过有一点可以肯定，这不是我听说过的任何一种语言。这些字母与任何一种语言的字母系统都没有共通之处，整体模式也和我们的语言不一样。比如说，那些前缀和后缀到哪里去了？为什么都换成了这些细小的单词？这些小单词是什么呢？我可以告诉你，写这些文字的既不是纳飞国人，也不是耶律国人。"

孟恩乌士问："难道是天使？"

"他们在人类来到之前懂得写字吗？"

孟恩乌士耸肩道："谁知道呢？反正看起来也不像他们的文字。正如你说的，那些单词都太短了。你是从哪里得到这本书的？"

"我一即位就派人四处探路，希望找到回达拉坎巴的归途。当年我祖父率领众人从达拉坎巴来到这里之后，刻意把一切有关来路的记录都销毁了，还禁止知情人泄露消息。他说他这样做是因为这些记录已经没用了——我们永远也不会回去。"伊理亥艾克苦笑了一下。"我们知道我们当初是沿着瓷都热克河谷来的，这个倒不难。问题是我的探子不可能向当地的耶律国居民问路，我们的麻烦本来就够多了，要是他们发现我们派人出去探路，那就雪上加霜了。探路的人发现了一条河，以为找对了，于是顺着河向前走。孟恩乌士，这条河很奇怪，一直向下流，流到一个水流湍急的地方。然后这条河变成一条直线，可是河水却朝着反方向流动。"

孟恩乌士："我听说过这地方。他们找到的是羿羲贝克河，就是反方向流动的那条河。这其实是两条河，河水向着对方流动。在这两条河交汇之处，有一条绵延数十里的隧道；河水沿着这条隧道穿过厚厚的岩石，最后喷涌出来，形成一条新的河，一直流入大海。"

"嗯，这样解释就清楚了。不过当时我的探子觉得这是一个奇迹，还以为这预兆着他们走对路了。"

"这本书就是在那里找到的吗？"

"不。他们沿着河走到北面的源头。再往前行就是一个接一个的山谷，越走越往下，到最后肯定已经走出了果纳崖高原。尽头是一片又干又热的土地，最恐怖的是那里密密麻麻地铺满了人骨，仿佛曾经发生过一场惨烈的战役，死亡的人数根本就数不清。孟恩乌士，你别搞错了，这里死的全部是人类，没有一个掘客，也没有一个天使。"

孟恩乌士说："虽然我没听说过这个战场遗迹，可是这个沙漠确实是有的，我们把它叫作欧蒲斯道深沙漠，也就是荒芜之地的意思。"

"这个名字倒是很准确。当时我的探子以为发现了达拉坎巴居民的下落，他们还确信这就是为什么沿河连一个城市也没有的原因。"

孟恩乌士说："他们以为那些是我们的尸骨吗？"

"是的。按照他们的说法，在沙漠里，谁也说不清那些人已经死多久了。不过他们在搜查尸骨的时候，发现了这件宝物。"

"什么？这宝贝就这样晾在地上，一直以来也没有被别人拾走？"

伊理亥艾克说："其实这是藏在一块石头的一条裂缝里。那地方看起来太小，不可能藏下什么东西。可是有一个探子前一天晚上做梦，梦见在一个石缝里找到宝物。第二天他在战场遗迹附近发现了这块石头，和梦里看到的一模一样，所以他就伸手进去……"

"这笨蛋！他不知道沙漠里有毒蛇吗？这种石缝正是那些毒蛇白天的藏身之所。"

"没错，里面确实有十几条蛇，就是懂得随着音乐舞动的那种……"

"致命的毒蛇！"

伊理亥艾克说："可是这些蛇竟然变得像蚯蚓一样温驯，所以我的探子才敢相信地球守护者确实希望他们拿到这宝物。现在这宝物落在我的手上，要是耶律国的人发现了，肯定会将它熔掉再打造成首饰。可是我希望摩提艾克……"

孟恩乌士点头道："索引也在摩提艾克手上。"他一边说一边直视着伊理亥艾克的双眼。"这也是一个秘密！倒不是说人们不会往这方面想，只是宁可让他们不确定，这样他们就不会试图来寻找、查看甚至盗窃索引，省却许多麻烦。索引懂得所有语言，如果地球上还有人能够翻译这本金页书，此人非摩提艾克莫属。"

"那么我就把这件宝物奉送给他。"伊理亥艾克一边说一边把金页书重新包起来。"我之前不敢问你索引是否还在纳飞国历代国王的手中。"

孟恩乌士说："是的。在很多代国王手里，这个索引都保持着沉默。可是在摩提艾克的祖父、也就是先王摩提艾伯手中，索引却突然苏醒了，并且指引他率领国民迁徙来达拉坎巴地区。"

伊理亥艾克说："是的，而我的祖父却违抗君命。"

孟恩乌士说："违背索引的命令始终不会有好下场。"

伊理亥艾克说："地球守护者的信使都是神圣不可侵犯的。"说完他浑身打了一个寒战。

孟恩乌士说："宾纳若的血债其实算不到你的头上。"

"这笔血债算在我的子民头上，所以也是在我的头上。孟恩乌士，当时你不在场。宾纳迪受痛惨叫的时候，那群暴徒还在拍手喝彩。有良知的人都憎恨这种暴行，都跟随着阿克玛若走了，从此杳无音信。"

"所以现在正是教化你的族人的时候，告诉他们这个誓言的含义，让他们自主决定是否前往达拉坎巴，对吧？"

伊理亥艾克把床垫拖回原位，把藏宝洞遮得严严实实。"可是我们怎样才能兵不血刃地逃出这个地方呢？我实在是一点头绪也没有。"

孟恩乌士帮他把床布置得和原来一模一样。"伊理亥艾克，等他们起誓之后，地球守护者自然会指引我们如何逃走的。"

伊理亥艾克笑道："只要不用我出主意，我就很满足了。"

孟恩乌士端详着他，想道：他这句话说的是真的吗？

伊理亥艾克继续道："我从来也不想继位当国王，如果能够卸下这个千斤重担，就算失去王位君权我也会很开心。"

孟恩乌士说："一个愿意主动退位的国王？这可真是闻所未闻。"

伊理亥艾克说："如果你知道这个王座给我带来多少痛苦，你就会说我是一个蠢材，居然在这个位置坐了那么久。"

孟恩乌士正色道："伊理亥艾克陛下，我绝对不会说你是蠢材，也决不允许别人在我面前说你坏话！"

伊理亥艾克微笑道："孟恩乌士，我希望在我退位之后，还能有幸被你当作朋友看待。"

孟恩乌士牵起伊理亥艾克的双手放在自己的脸颊上，说道："好朋友，我的性命永远托付在你的双手之中。"

伊理亥艾克也牵起孟恩乌士的双手，重复这个动作。"我的生命本来毫无价值，可是地球守护者将你带来了；是你唤醒了我所有的希望。我知道你来这里只是奉君之命，可是如果将任务和等级这些外在因素忽略不计，一个男人是能够看出另一个男人的内在价值的。我的性命也将永远托付在你的双手之中。"

他们拥抱并亲吻了对方，印证了这段友谊的开始。然后伊理亥艾克不顾满脸的泪痕，微笑着打开门闩，重新回到外面那个小王国之中。在那里，他没有一个朋友，因为他是国王。

当孟恩第三次错过了目标之后，胡速飞过来将他喊停。其他人——大部分是参加胡速飞行侦察队初级训练的年轻天使——则继续练习，他们嘴里含满了尖朝外的飞镖，单手拿着吹箭筒，快速发射飞镖，尽可能打向靠近目标的地方。将来有一天他们会学习在空中拍打着飞翼，一只脚拿着吹箭筒，另一只脚负重，同时还能准确发射飞镖。不过现在他们只是练习在单脚站立的姿势下发射。孟恩每次错过目标都特别自责，毕竟他可以双手持吹箭筒，还能双脚站立。可是今天就算他没打中标靶，好像也不太在意。

胡速说："孟恩，小老弟，我看你是累坏了。"

孟恩耸了耸肩，不置可否。

胡速问:"昨晚没睡好?"

孟恩摇了摇头。他很讨厌为自己辩解,因为他通常都射得比现在好,并且引以为傲。

胡速说:"刚才这几下不是你的真实水平。老实说,如果你长了飞翼,我早就让你升级了。"

没有哪句话比胡速这句评论更伤人了,可他当然不是有意的。孟恩说:"我在发射的那一瞬间就知道这下要砸了。"

"可你还是照发不误。"

孟恩又耸了耸肩。

胡速说:"只有小孩子才整天耸肩,真正的军人必须进行分析。"

孟恩说:"我明知不中还要发射,因为我已经不在乎了。"

胡速说:"嗯,如果那个标靶是一个耶律国士兵,准备偷袭正在窝棚里休息的小天使,要将他们的喉咙割断。在这种情况下,你在乎吗?"

孟恩说:"我晚上反反复复地惊醒……有些东西不是很妥。"

胡速说:"你这分析太笼统了。什么叫'有些东西'?你发射飞镖的时候,为什么不对着'有些东西'瞄准呢?这样的话,你就能百发百中了,因为你的飞镖总能落在'有些东西'上面。"

"我是说孟恩乌士的队伍。"

胡速一下子就警觉起来,连忙问道:"他们受到重创了吗?"

"我不知道,不过我觉得应该不是。如果仅仅是不幸的事情发生了,我是不会有这种感觉的,否则我就永远也别想睡安稳觉了,对吧?因为不幸的事情整天都在发生。我有这种怪怪的感觉,通常是因为人们做出了错误的选择——看来孟恩乌士弄错了一件什么事情。"

胡速咯咯笑道:"孟恩乌士整天都犯错,你居然不是时时刻刻都有这种感觉?"

"我只对特别重要的事情有感应。"

"这么说来,如果一个错误会损害你父亲的王国,它就会让你睡不着吧。我不骗你,这样的错误多了去了。"

孟恩转头看着胡速,看着他的双眼,说道:"长官,我就知道我的解释不会让你满意,可是我耸肩你也不接受。"

胡速收敛了笑容,正色道:"我要知道真相。"

"如果我是这个王位继承人,那么整个国家的事情都很重要。可是现在对我来说,真正重要的事情并不多。孟恩乌士的行动就对我很重要,因为……"

"因为是你派他们去的。"

"是爸爸派他们去的。"

"正是因为你一番话他们才出征的。"

孟恩说:"可是他们犯了一个错误。"

胡速点头道:"可是你已经鞭长莫及,完全没办法干涉了,是吧?没有人能够飞进耶律国境内,因为他们会把空中的天使打下来。而且那里地势太高,空气太稀薄,我们不能长距离连续飞行,也不能飞得太高。所以现在你唯一能做的就是把你这个感觉向直属上司汇报。"

孟恩说道:"我想,你说的应该是对的。"

胡速说:"现在我已经听了你的汇报,你就回去继续练习吧。当你连续三次射中标靶的心脏部位,我就放你去休息一下。"

孟恩连放三镖,全部正中红心。

胡速说:"嗯,很明显你已经感觉好多了。好了,去睡个觉吧。"

"你会告诉我爸爸吗？"

"我会告诉你爸爸，孟恩乌士犯了一个错误。然后我们必须耐心等待，看看这个错误到底是什么。"

伊理亥艾克召集众将官开会，孟恩乌士在旁列席；伊理亥艾克的妻子卫瑟德娲竟然也坐在他身后。让一个女人参加军事会议，确是有违伦常。不过孟恩乌士也不方便说什么，泽尼府人坚持这样的习俗，自然有他们的原因。他从摩提艾克身上学到这样一个道理：你不要介意别国的奇怪习俗，而是应该学其长、避其短。不过他还是难免留意到有些军官好像刻意不去看卫瑟德娲……难道是孟恩乌士自己多心吗？

会议很快就达成共识：要获得自由，绝对不能公开造反。伊理亥艾克沉痛地说："孟恩乌士，在你们到来之前，我们已经反抗过无数次，伤亡惨重。虽然我们能够打赢一些局部战役，可是敌人总能带着援军卷土重来。"

有一个老军官说："而且，那些掘客生的小崽子就像他们身上的蛆虫那么多。"

伊理亥艾克稍稍向后缩了一下。虽然人们答应起誓，这并不代表他们对其他种族的看法会因此而转变。不过掘客倒不会引起太大麻烦，因为在达拉坎巴境内，大部分掘客都是奴隶——他们是战俘或者是战俘的第二代和第三代，泽尼府人对掘客的刻骨仇恨并不会冒犯达拉坎巴的同胞。真正会带来麻烦的是他们对天使的厌恶。

这个会议刚开始不久，孟恩乌士很快就看出来了，在一众参谋之中，国王最器重的就是凯迪奥。此人沉着冷静，喜怒不形于色，言语间流露出大智慧，难怪伊理亥艾克最信任他。不过最奇怪的是伊理亥艾克竟然没有尊称他为"凯迪奥乌士",也没有在他的名字后面加上任何名号。这时候,只见凯迪奥将一只手从膝上稍稍抬起来,其他人顿时安静下来。

他说:"陛下,当年我军与耶律国交战的时候,你已经接纳了我提出的很多计策。如果过去我的愚见对陛下有所裨益的话,现在就请陛下听我一言。我一定鞠躬尽瘁,死而后已,誓要帮助我们的国民逃出生天。"

孟恩乌士觉得很奇怪。凯迪奥刚才已经发言不止一次了,每次都像别人那样正常地说话,为什么这次突然变得那么正式呢?

伊理亥艾克将手掌碰了嘴唇一下,然后对着凯迪奥张开手心,说道:"现在我授权凯迪奥代表我说话。"

噢,原来是这样。凯迪奥这一次并不是提出一个普通的计策,而是索取一个特权,而伊理亥艾克也同意了。这样一来,他就不仅仅是向国王献策那么简单了。如果凯迪奥的计划被采纳了,他就会成为这次撤退的真正领导者。毫无疑问,他是害怕孟恩乌士成为带领泽尼府人逃出生天的大救星,所以先发制人,将这种可能性消灭于无形。其实,他们要去达拉坎巴,还是需要孟恩乌士带路;而且最后还要靠孟恩乌士替他们引见明君摩提艾克。可是凯迪奥并不打算让孟恩乌士那么早就取代他或者伊理亥艾克成为这个群体的实际领导人,他要把权力的交接拖延到最后一刻。

其实,凯迪奥这样机关算尽又何必呢?孟恩乌士根本就不在意谁在发号施令,只要他们执行的计划够好就可以了。

凯迪奥说:"明王摩提艾克派那么少人来找我们,是因为人再多哪怕一点的话都会被耶律国居民发现,最后难免出师未捷身先死。"

凯迪奥当然会提醒每一个人,孟恩乌士带来的救兵人数有多么稀少。可是孟恩乌士不和他计较，而是将手从膝上抬起来。凯迪奥点了点头，将发言权授予孟恩乌士。"虽然我们的人数很少，可是如果地球守护者没有使出神通让敌人变蠢，我们还是会被发现的。"虽然这句只是套话，可是孟恩乌士觉得其中也有相当程度的真实性。来的时候，十六壮士经常沿着无遮无掩的山壁前进。在很多地方，只要山下的耶律国居民一抬头就能够望到他们了。可是沿路偏偏没有一个人想起抬头看一眼，究竟是为什么呢？

凯迪奥继续说："现在我们的目标是为自己争取自由。在座各位都了解我，我这个人向来觉得马革裹尸是分内之事，也从不拘泥于世俗的荣誉和虚名，必要时就算是暗杀我也能够下手。"

人人都神色庄重地点头称是。为什么凯迪奥没有一个代表荣誉的名号，直到现在孟恩乌士才有一点点头绪。凯迪奥要刺杀的人肯定不是伊理亥艾克，而是先王努艾伯——努艾伯在位的时候是个昏君，肯定四面树敌，很多人欲置之于死地而后快，想必凯迪奥就是其中之一。可是努艾伯虽然昏庸，到底是堂堂一国之君，而且还是伊理亥艾克的父亲，所以伊理亥艾克虽然可以采用凯迪奥的计策，甚至让他领军，却决不可能把代表荣誉的尊称赐给一个背负弑君罪名的人。

凯迪奥说："既然不能硬闯，我们唯一的希望就是迅速逃走。可是要逃走的话，我们必须带上足够的牲口作为沿途补给。可是在座的哪位听说过火鸡能够时刻保持安静？我们养的猪能够急行军吗？更不用说女人和小孩——那些吃奶的小婴儿，刚学走路的小孩子——我们能够带着他们攀登悬崖峭壁吗？我们必须连续急行军，一走就是大半天，他们能做得到吗？"

孟恩乌士说："至少耶律国的人也觉得你们举国逃亡是不可能

的，所以他们只驻扎了数量很少的守卫。"

凯迪奥说："正是。"

有一个军官叫道："那我们杀了这些守卫，然后就上路！"

凯迪奥不说话。伊理亥艾克马上对那个抢话的军官稍加责备，然后将发言权还给凯迪奥。

凯迪奥说："我又读了一次我们手头上的纳飞国编年史。当年纳飞率领追随者离开那个奸诈险恶的耶律迈以及他的掘客走狗的时候，其实是得到了地球守护者的帮助。地球守护者让耶律迈一伙昏睡过去，纳飞一行人才得以逃脱。"

一个老军官说："纳飞是个英雄，而且地球守护者并没有对我们说话。"

伊理亥艾克温和地说："地球守护者对宾纳若说话了。"

另一个人喃喃道："是叛徒宾纳迪。"

凯迪奥摇头道："是地球守护者报的梦将孟恩乌士一行人带到这里，所以我们有理由相信，只要我们做好了本分，地球守护者必然会把其余一切都安排妥当，保证我们一路平安。可是我的计划并不需要向地球守护者祈求帮助，也不需要等待地球守护者的回答。各位都知道，耶律国禁止我们发酵大麦，就算是为了净化饮用水也不行，为什么呢？"

一个老军官说："因为啤酒会让掘客发疯。"

凯迪奥说："因为他们喝醉之后就会变蠢，变得喜怒无常，只懂得吵吵闹闹发酒疯，然后就不省人事。这些只懂啃泥的老鼠没有任何自制力，所以耶律国禁止我们酿造啤酒。"

伊理亥艾克说："假设我们能够找到啤酒……"在座有几个人忍不住笑出声来，看来私酿啤酒并非天方夜谭。"如果我们把啤酒送给掘客，谁能保证他们不会把赠酒的人抓起来呢？"

这时候，凯迪奥向国王点了点头。

不！他不是向国王，而是向着王后卫瑟德娲点头示意。王后扭过头，避开所有人的目光，然后勇敢地大声说："我们知道，对于掘客来说，所有女性都是神圣不可侵犯的。所以就算他们拒绝我们送的酒，也不会把我们怎么样；我们可以放心把啤酒当作今年的最后一茬收成献给掘客。他们知道，如果他们把这些酒上缴的话，必然连累我们受罚，所以他们别无选择，只能把酒都喝了。"

凯迪奥说："王后说出的正是我的计划。"

孟恩乌士心中暗想，凯迪奥竟然在正式会议上听一个女人的话，真是颜面尽失；可是他能够坦然承受这种屈辱，也算是保住了一点尊严。孟恩乌士打算在会后问一下为什么他们允许女人在正式会议上发言。不过话又说回来，王后不是一个蠢女人，她明显对会议全程的讨论了如指掌。孟恩乌士想象着要是有女人出席摩提艾克的国事会议，那会是谁呢？决不可能是杜大姑，她曾几何时说过半句有智慧的话？至于图丽德娲，她在世的时候总是很安静，不问世事，潜心照顾儿女，管理王室内务。可是艾妲迪雅……孟恩乌士一下子就能想象到她在会上慷慨陈词的情景。如果发言权落到她手上，就再也没有人能封住这小女孩的伶牙俐齿了。嗯，决不能让摩提艾克起这个念头，他那么溺爱小公主，很可能会把发言权赐给她，到时候全体内阁成员的颜面都丢尽了。孟恩乌士想：我可没办法像凯迪奥那么忍辱负重。

凯迪奥说："现在我们必须搞清楚，孟恩乌士是否知道另外一条回达拉坎巴的路，能够绕过纳飞国土的中心地带。"

孟恩乌士马上答道："在我们出发之前，摩提艾克和我研究了所有地图。来的时候我们别无选择，只能沿着瓷都热克河谷一路找寻，因为当年你们的祖先跟随泽尼府艾伯离开时，走的正是这条路。至于回程，如果你们知道怎么去梅伯热克河……"

另一个年长的军官插话道："在我们国家，这条河叫梅伯热格江……如果我们说的是同一条河的话。"

孟恩乌士问："你说的这条河，在它的各条支流之中，是不是有一条支流有一个纯净的源头？"

那个老者说："梅伯热格江最大的支流是乌热格江。乌热格江源自乌普若德湖，乌普若德湖就是最纯净的源头。"

孟恩乌士说："就是这条河了！在乌普若德湖畔的山上有一条古道，一直通向北部地区。要是那片地区在地图绘制以来没有发生太大改变的话，我想我应该能够找到这条路。这条古道的尽头是在琶都热克河的一个弯道附近，琶都热克河是瓷都热克河的一条主要支流，也有一个纯净的源头。从走出古道的那一刻起，我们就踏上了摩提艾克统治下的国土。"

凯迪奥点头道："那么我们就从城背后出发，尽量离河岸远一些。而且我们的啤酒只需要送给驻扎在城里的掘客守兵；上游、下游以及河对岸的守兵都听不到这里的动静。当他们发现人去城空之后，肯定不敢立即向国王报告，因为他们知道自己绝对难逃一死，所以他们只会逃进森林里四处流浪或者落草为寇。等耶律国的国王收到消息，已经是许多天之后了。陛下，这个就是我的计划。现在我把话语权奉还给陛下。"

伊理亥艾克说："好，我现在就收回话语权。凯迪奥适才所言与我的想法不谋而合，所以我宣布，要正式委托凯迪奥摄政，带领这个国家奔向自由。凯迪奥将会酌情决定启程日期；在抵达梅伯热格江岸之前,他的话等同君命,诸位不得违抗。"

在场所有人立即跪倒,两个掌心触地,向凯迪奥表示顺从。孟恩乌士在旁看着,作为摩提艾克派来的使节,他自有他的尊严,当然不能行这种大礼,所以他只是向凯迪奥点头示意。凯迪奥扬起一条眉毛盯住孟恩乌士,而孟恩乌士脸上的善意不改,却没有半分退让。

片刻之后,凯迪奥似乎觉得孟恩乌士这一下点头已经足够了。只见他抬起双手让众人免礼,然后跪倒在国王跟前;他把脸放在国王的双膝之间,两手按在国王的双脚之上。"陛下,在我将摄政权奉还之前,我以你的名义所做的一切只会让你的威名有增无减。"

他们只是离开了达拉坎巴三代人之久,却已经弄出那么多繁文缛节,孟恩乌士想想也觉得有趣。然后他突然意识到,这些仪式应该是非常古老的,很可能是泽尼府人来到这地方那么些年,从耶律国那里学会的。他们回到这里本来是为了做回真正的纳飞国人,最后却被耶律国的人同化了,真是讽刺。

伊理亥艾克将双手放在凯迪奥的头顶片刻。此举明显标志着仪式的结束,凯迪奥随即站起来回到座位上。伊理亥艾克微笑道:"请各位务必将勇气付诸行动。如果地球守护者真的打算帮助我们逃出生天,那么成功成仁就在此一役了。"

出乎孟恩乌士的意料之外,当天傍晚,泽尼府人就完成了全民总动员;畜群已经按分配计划集结好;城里驻扎的掘客守兵也酩酊大醉。在黎明前的几小时之内,所有人都撤出城门,顺利到达森林;整个过程安静得让人吃惊,所有的守兵也都昏睡不醒。凯迪奥和他手下的探子都是一流的向导,带领众人在三天之后到达梅伯热格江畔。从那里开始,伊理亥艾克重新掌权,并任命孟恩乌士做先锋和向导。不过孟恩乌士并没有要求得到和凯迪奥同等的权力，而伊理亥艾克也没有主动逊位。

孟恩乌士想道，等我回去之后，我一定要详细禀告摩提艾克，并建议他最好以国士之礼善待泽尼府人。他们虽然龟缩在弹丸之地，常年遭受压迫，却能涌现出一批善用权谋、可堪大任的智士才人，实在不容忽视。

艾姐迪雅站在女人群里，紧张地看着一众泽尼府人徒步过河、浴水重生。只见他们看到苍穹族的时候，还是刻意地避开。艾姐迪雅觉得很悲哀：瓷都热克河的圣水能够沾湿他们的衣衫，却不能洗去他们从小养成的根深蒂固的歧视与偏见。她想，我们再怎么逼他们浸泡冲洗，也没办法根除他们父辈在他们心中留下的烙印。

当然了，艾姐迪雅并没有期待这些人会立即发生质的改变。她知道，仪式的存在只是为了给人们指明方向，而不是为了取得什么实际成效。仪式在人的生命中画上了一个标记，同时也保留了一份大众共有的集体回忆。在未来的某一天，这些泽尼府人的下一代或者第三代会认为：我们的先人从河水里走出来，洗心革面，重新做人；从那一天起，我们就将苍穹族视为兄弟手足，我们都是地球守护者的子民。可是真相其实不是这样的：这些泽尼府人，恐怕要到第二代甚至第三代才能真正与苍穹族建立起情同手足的友好关系。可是他们的父母并不会破灭儿女心中美好的愿望，全仗着这个仪式留下的标记——尽管最初的现实与这个仪式大相径庭，可是到最后这个仪式反而会取代真相，成为人们心目中的事实。

女人们只是站在一旁观看，就连那些圣水守护人也没有上前迎接这群从冰冷河水中走出来的人。迎接泽尼府人的是摩提艾克座下的一众祭司，他们将手放在每个人头上，算是赐予他们新生，然后再给他们重新命名。奇怪的是，每个人的新名字都和原来的名字一样，只是加了一个意为"公民"的名号。

艾姐迪雅年纪不小了，已经读过很多发生在古时候的故事。在那个年代，绿儿和纳飞平起平坐，索菲娅也能够与奥义克并肩而立。可是她听过一些祭司指鹿为马，硬说有人曲解这些故事。他们说，按照先人的习俗，人们崇拜这些英雄，所以爱屋及乌，顺便把他们的妻子也当作英雄一样看待——这些女人能够名垂青史，完全是沾了英雄丈夫的光。有一次，艾姐迪雅大声向乌丝乌丝——她的奴隶老师——朗读了《纳飞之书》当中的几段。"这里明明说绿儿在认识纳飞之前就已经是圣湖先知，如诗与羿羲结婚之前就是解构者，可是这些祭司怎么能够做出别的解释呢？"

乌丝乌丝回答说："对，人类男性撒谎成性，就连人类自己的神圣记录也不放过，可是这有什么奇怪呢？既然土家族尊重自己的女性，苍穹族也一样，那么中间族就非要贬低他们的女性不可了。"

当时艾姐迪雅就觉得乌丝乌丝的解释太简单化了；然而现在当她看着这些祭司，她突然意识到，大多数男人都不会将妻子女儿视若无物。就说爸爸，他不是仅仅凭着艾姐迪雅的梦——一个女子的梦——就派遣探险队去寻找泽尼府人吗？他这么做肯定让那些祭司抓狂得全身起鸡皮疙瘩。而每一个从河水中走出来的男男女女都证明了地球守护者宁愿向一个女子报梦也不把这些事情告诉那帮祭司。

此刻艾姐迪雅靠住桥栏凝视着泽尼府人一个一个成为公民，可她这样做并不是为了自吹自擂，也没有扬扬自得的感觉。她是想看看梦里见到的那几张脸孔——这一家子肯定在这批人里面。可是当最后一个人也走出河水之后，艾姐迪雅知道，她没有看见这几个梦中人。

想不到她梦见的那几个人已经死掉了，真是个悲剧。

接下来孟恩乌士向父王引见这个高官、那个显贵，足足花了好几个小时。然后艾姐迪雅好不容易才找到一个机会和孟恩乌士说句话——无奈这并不是两个人的私下谈话，因为艾伦赫和孟恩亦步亦趋，就像长在第一勇士的身上似的，差点儿没钻进他的衣服里面。

艾姐迪雅说："孟恩乌士，我梦见的那几位都死了，多伤心呀！"

孟恩乌士问："死了？没有人死啊？我们从兹弄地区回到这里，伊理亥艾克的人一个伤亡也没有。"

"可是，孟恩乌士，你怎么解释为什么我梦见的几个人不在这里呢？"

孟恩乌士看起来有点迷惑："可能你记错他们的样子了吧。"

艾姐迪雅摇头道："你以为我每天看到的只是一个幻象吗？那是一个真实的梦，可是我看见的人都不在这里。"

几分钟之后，艾姐迪雅就被带到父王跟前，在场的还有孟恩乌士和两个泽尼府人——他们的国王伊理亥艾克和凯迪奥，后者似乎是伊理亥艾克最尊敬的朋友。

伊理亥艾克在得到摩提艾克的示意之后，和颜悦色地说："请把你在梦中看到的人向我描述一下。"

艾姐迪雅说完之后，伊理亥艾克和凯迪奥一起点了点头。伊理亥艾克说："我知道她看见谁了，那是阿克玛若和他的妻子车贝雅。"

摩提艾克问："他们是什么人？"

伊理亥艾克再次讲述了阿克玛若的事迹，这个祭司如何反对杀害宾纳若，如何为了躲避努艾克派去追杀他们的军队，率领几百个信徒逃亡，最后不知所终。伊理亥艾克说："如果你梦见他们，而这又是一个真实的梦,这就证明他们没有死。我真的很高兴!"

孟恩乌士说:"可是这就意味着我们救错人了!"

伊理亥艾克低头道:"摩提艾克,我的主公,我希望你没有后悔把我们这个可怜的小王国从桎梏之中解救出来。"

摩提艾克默不作声,只是怔怔地看着面前的空气出神。

孟恩乌士说:"摩提艾克,我现在想起来了。就在我们经过西都诺德神湖附近的时候,在悬崖上面,有一个瞬间我犯迷糊了。我梦见一些东西,可是却想不起梦的内容。现在我才意识到,那个梦肯定是地球守护者试图向我指出正确的方向,肯定是那个可恶的豹神从中作梗……"

摩提艾克说:"不可能!豹神的威力怎能和地球守护者相提并论!"

孟恩乌士说:"可是我只是一个意志力薄弱的凡人……"

摩提艾克有点不耐烦了:"哪有什么豹子,山上顶多有几头山猫罢了。孟恩乌士,虽然我不明白为什么你会走错路,可是我知道,你找到泽尼府人并把他们带回老家达拉坎巴,这绝对是一件好事。而且他们还发誓放弃他们对苍穹族年深月久的敌意,这更加是喜上加喜。地球守护者肯定为这件事情而欣喜,所以我决不会把你的这件大功劳定性为错误。"

然后摩提艾克转头看着艾姐迪雅:"你能确定你对这个梦的解释是正确的?这位阿克玛若会不会只是祈求地球守护者拯救伊理亥艾克的人民?"

艾姐迪雅说:"不,他和他的妻子还有他的儿女都那么害怕,完全是因为他们自己就身陷囹圄。"

"可是一个女孩子很难正确解释一个真实的梦。"说话的是凯迪奥。听他的语气仿佛在指出一个显而易见的事实。

摩提艾克语气温和地说:"我还没有要求你说话。而且,我的女儿就像我的祖先——国母绿儿——每逢她做了一个真实的梦,她对这个梦的解释也是绝对可信的。希望你不要质疑这一点,朋友。"

凯迪奥低下头,沉声说道:"其实那么多年以来,我一直在国王的国事会议上听一个女人发言。她为了救我们的性命,甘冒奇险,率领一众年轻女子出城向入侵的耶律国军队求情。虽然她们知道掘客士兵决不会对女性动粗,可是当时谁也说不准敌军里嗜血成性的人类士兵会做出怎样的暴行。就连这么一位有勇有谋的奇女子也不敢在国事会议上解梦——而且她也不是一个小女孩。"

摩提艾克默默地看了他片刻,看着他低下的头,然后说道:"我看得出来,你对我开会的方式感到不齿。可是,朋友,如果当初我不重视这个小女孩的梦,我就不会派遣孟恩乌士出征,而你们也不可能来到这个安全和自由的国度。"

伊理亥艾克显得很尴尬,连忙打圆场:"要凯迪奥与旧习俗一刀两断实属不易;我的妻子已经很谨慎低调,让凯迪奥在会议上听她发言还是很难。可是,我从没见过比他更勇猛的将军,也没有比他更真挚的朋友……"

摩提艾克打断他说:"我不是生凯迪奥的气,我只希望他理解,我并不是想羞辱他。正相反,我让他在场听我和女儿的对话,这其实是对他的尊敬。可是如果他还没准备好接受这种敬意,那么他可以自行退场,我决不计较。"

凯迪奥低声说:"我恳求你允许我留下来。"

"很好。"然后摩提艾克转头向着在场几人说,"我们派出一支探险队伍,孟恩乌士告诉我沿途险象环生,他们随时都有被发现的危险……"

艾姐迪雅察觉到这番话说下去会不妙,忍不住插嘴道:"可是他们始终没有被发现啊!因为地球守护者一直在保护他们,而且……"她突然发现爸爸的眼神像寒冰一样刺人;现场一片死寂,所有人都睁大双眼,嘴巴张开了合不上。虽然艾姐迪雅还想继续为梦中的几个人求情,可是在这种情形下,也不得不闭嘴了。

"我的女儿大概需要好好读一下史书,须知就连国母绿儿也时刻不忘尊重他人。"

艾姐迪雅当然读过史书,对其中故事早已耳熟能详;而且她特别记得,在好几个场合,绿儿明显觉得她看到的影像远比那些世俗的繁文缛节重要得多。可是在这个时刻,还是最好不要驳斥父王了。她已经说得够多了,更何况在场大部分人认为她甚至不应该出席这个会议。"父王,我应该把我的请求留在私下的场合再向你提出来。"

摩提艾克说:"没有什么可请求的。我遵从地球守护者圣梦的旨意,派遣孟恩乌士一行人涉险出征。他们也不辱使命,找到泽尼府人并顺利带他们回到家乡,沿路还得到地球守护者的庇护。如果地球守护者要我派出另一支探险队,他就必须先发来另一个梦。"

凯迪奥轻声说:"可能这次会发给一个男的。"

摩提艾克无奈地笑了一下,说道:"我可不敢指挥地球守护者,告诉他应该把信息发送到哪一个子民的脑中。"

被国王这样驳斥,换成一般人肯定已经畏缩了。可是凯迪奥虽然低着头,却没有丝毫退缩的样子。从艾姐迪雅看来,凯迪奥大概不太喜欢向人卑躬屈膝。

爸爸说:"艾姐迪雅,你可以退席了。你要信任地球守护者,也请你相信我。"

相信爸爸？她当然相信爸爸了。她相信爸爸会疼爱她，相信他会信守承诺，相信他是一个明君和慈父。可是她也相信爸爸会在大部分时间里忽略她的存在，任凭世俗礼法把她禁锢在女人圈中；在那个圈子里，她还需要讨好像"便团"杜大姑那样只懂耍小阴谋的妒妇。如果所有女人都像艾姐迪雅的继母那么蠢，这些风俗习惯就无可厚非了——为什么男人要浪费时间听她的废话呢？艾姐迪雅想，可是我和杜大姑完全不一样，爸爸很清楚这一点。他明明知道我的能耐，却为了遵守礼法而忽略我，把所有女人都看成像杜大姑那样的废物。他尊重礼法比尊重我还多。

此刻艾姐迪雅坐在房间里，一边生闷气一边练习那些毫无意义的编织手艺。可是老实说，她必须承认，没有一个男人对待女人能够比得上爸爸那么尊重她；而且爸爸已经因为这个而被人诟病了。现在孟恩乌士胜利而归，把一众泽尼府人带回来；而那些泽尼府人也确实急需救援。所以人人都必须承认，摩提艾克听从女儿的主意，这件事情总算没有做错。可是艾姐迪雅转头就在大庭广众坚持说孟恩乌士救错人了，这样做实在不智。为什么要扫大家的兴呢？她本来有很多机会私下跟父亲说的。她毕竟还不懂得从政治的角度去思考问题啊。

没错，她不懂政治，可这并不是她的错，对吧？是谁决定不让女人参与国事会议的？每年只有那么几天所谓"妇女节"，她才可以名正言顺地走进朝堂。可是在那种场合，人们只把她当作花瓶来展示，她必须脸带微笑地迎接前来参加盛会的名媛贵妇。其实真正进来的只有零零散散的几个妇人，就像小鸭子拉出的便便那么稀少。看着这些只懂得傻笑的妇人，她真想对着她们大吼：你们整天锦衣玉食，却不事劳作，简直是世界上最没用的废物！看看苍穹族的妇女！看看土家族的妇女！学学她们，至少做出点什么吧！哪怕学一下那些最贫穷的中间族妇女也好啊！如果实在想不出做什么，那就在家居装潢之外多学一门手艺；或者想一个原创的点子，外加一个足以支持这个想法的论据。

艾姐迪雅不断提醒自己：公平点！公平点！这些女人很多都是大智若愚。她们学习这种轻浮的举止，打扮得花枝招展，无非是为自己的家族增加荣誉，提高本家族在王国里的地位。除此之外，她们还能做什么呢？她们的老爸不是那个溺爱孩子的国王——那个国王放任小公主像男孩子一样大摇大摆地四处乱窜，还允许她和那个一心想做天使的小疯孩孟恩一起爬上屋顶……

我喜欢和孟恩在一起，他不会因为我是女孩子就看不起我。而且为什么他就不能向往变成一个天使呢？他并没有四处和人说起，对吧？他也没有把羽毛绑起来做成翅膀，再从屋顶往下跳，对吧？他不是真的发疯，他只是和我一样，被困在这副躯壳里面。我们同病相怜，自然就成了好朋友。

一个男人和一个女人成为朋友，这绝对是可能的！有些人还说男人和女人之间的相同之处甚至还不如男人和男性天使之间的共同点多，简直是胡说八道。

艾姐迪雅又想起了那个梦。她知道自己想得太多了，她对这个梦发掘得越深，就越不敢相信自己得出的新结论。地球守护者只是给了她一个影像，可是她明显在梦中加入了自己的很多想法、需求和渴望。不过，当她回忆起那一家子，有一点还是可以确认的：在那个爸爸心里，那个妈妈的地位与他是平等的，甚至——没错！艾姐迪雅突然知道了——他觉得在某些方面她甚至比他还强。比如说，他觉得她更勇敢、更坚强。而且他还敢于承认这些想法。同时，这对父母对一双儿女也是一视同仁。

虽然他们现在还被掘客奴役着,可是如果他们能够逃脱,他们就会把"男女平等"这个伟大的真理带来达拉坎巴,因为他们有过人的勇气,敢于向每一个人传播这种思想。他们会让人人都知道,阿克玛若并不会因为尊敬车贝雅而变得卑微渺小;他们对儿子阿克玛的尊重并没有因为他们对绿儿的重视而减少半分。

绿儿?阿克玛?好像没有人说过他们的名字吧?人们曾经谈论阿克玛若和车贝雅,可是有人提起过他们一双儿女的名字吗?

当然,阿克玛若的妻子会坚持用丈夫的名字为长子命名,这很容易猜出来。可是艾妲迪雅怎么知道他们为女儿取名绿儿呢?

因为地球守护者不但继续通过这个梦对我说话,还通过我对这个梦的回忆来与我交流。

这个念头刚刚出现,她就知道自己不能把这件事情告诉任何人,否则就会显得她太张狂了。有些人听了之后会觉得她只不过是在充分利用上一个梦带来的好处,趁机对别人指手画脚。艾妲迪雅决定以后一定要小心谨慎,只在合适的时机才打出地球守护者这张王牌。

可是不管她说不说,地球守护者依然在注意她,还对她说话……艾妲迪雅一想起这一点就喜不自胜。

"怎么?发生什么事情了?没事不要扭来扭去好像憋不住似的。"艾妲迪雅被乌丝乌丝的声音吓得尖叫一声,她甚至不知道她的掘客奴婢进了房间。

乌丝乌丝说:"笨丫头,你进来的时候我就站在显眼的地方。如果你不是恨老爸恨疯了,你本来是可以看见我的。"

艾妲迪雅说:"我什么也没有说呀。"

"噢,是吗?怎么我听见你嘟嘟囔囔地说你不像'便团'杜大姑那么蠢；一会儿又说他们不应该事无大小都把你排除在外；一会儿又说孟恩虽然想做天使，可他并不是疯子；一会儿又悲叹着像公主和三王子这么微不足道的小人物为什么不能渴望改变身份……"

艾妲迪雅装出一副发脾气的样子，嚷道："嘿，竟敢这样取笑我！快给我闭嘴！"

"我早就跟你说过，嘟嘟囔囔不是个好习惯，隔墙有耳啊。"

"哼，我可没有说什么公主和三王子这些话。"

"小丫头，那是你自己神志不清啊。不过我留意到了，当你说到你和孟恩想变成什么的时候，你好像没有提到老掘客呢，是吧？"

艾妲迪雅恶毒地说："就算我想变成一个掘客，甘愿从此把鼻子埋在土里，可我也不想变老，不想做一个老的掘客。"

乌丝乌丝连忙说："请求圣母原谅你口不择言，保佑你长命百岁。"

一想到乌丝乌丝还是这么关心她，艾妲迪雅不禁笑了。"我就说这么一句话，地球守护者不至于用雷劈死我吧？"

乌丝乌丝说："现在还没有。"

"乌丝乌丝，地球守护者有没有对你说过话？"

乌丝乌丝说："埋在泥土里面的树根经常发出'嗡嗡嗡'的声响，这就是地球守护者对我说话。"

"她说什么呢？"

乌丝乌丝说："很不幸，我不懂树木的语言，所以基本上不知道地球守护者在说什么；我只知道她提起过那些年轻小女孩要多笨就有多笨。"

"那就奇怪了，为什么地球守护者跟我说实话，却要对你撒谎呢？"

乌丝乌丝被这句绝妙的反驳逗得哈哈大笑——随即很突兀地打住了笑声。

艾妲迪雅转头一看，只见爸爸站在门口。

她说："爸爸，请进。"

爸爸问："刚才我是不是听见有个仆人说她的主人笨？"

艾妲迪雅说："我们在开玩笑呢。"

"你和下人混得太熟了。不管她们是不是掘客，你这样不分尊卑，不会有什么好结果的。"

"唯一的结果就是我觉得我终于在这个世界上找到一个有智慧的朋友。不过在国王的眼里，可能这不算一个好结果吧。"

"艾妲迪雅，你别着急。规矩不是我定的，只是从祖宗那里传到我手里罢了。"

"可是你根本没有去尝试作出改变。"

"我仅凭你一个梦就派出一支军队！"

"什么'一支军队'，不就是十六个人吗？而且你派他们出去，完全是因为孟恩说这是一个真实的梦。"

"嗯？地球守护者给你一个证人去帮你说话，这不是好事吗？怎么反倒怨起我来了？"

"爸爸，我永远也不会怨你。可是阿克玛若一家人还在等我们的救兵呢，难道你真的不明白吗？还有，阿克玛若教的那些道理——夫妻之间是平等的，对待子女也不应该重男轻女……"

爸爸问："你怎么知道他教的东西？"

艾妲迪雅语带挑衅地答道："我看见他们了，对吧？而且我敢打赌，他们女儿的名字是绿儿，儿子和父亲同名——当然了，儿子没有'若'这个尊称就是了。"

摩提艾克皱起眉头看着她。艾姐迪雅看他这么恼怒的神情就知道自己说中了，那两兄妹真的就是这名字。摩提艾克严厉地说："你是不是利用地球守护者给你的天赋在炫耀？还想逼我答应你的过分要求？"

"爸爸，为什么你要这样说话呢？你怎么就不能说，艾姐迪雅啊，地球守护者竟然告诉你那么多东西，你简直是地球守护者下凡，多好啊！"

摩提艾克说："是很好，可是也很难。就说凯迪奥吧，我允许一个小女孩在他面前畅所欲言，他觉得是奇耻大辱，已经很生气了。"

"噢，那真是他的不幸了，就让他回耶律国呗。"

"艾姐迪雅，他是一个真正的豪杰，一个值得尊敬的人，我不愿意和这样的人为敌。"

"可是他也顽固执拗，简直是偏执狂里的极品，你自己也心知肚明。你必须把这群人单独安置在别的地方，否则麻烦就大了。"

"我知道，他们也知道。我已经安排好了，在果纳崖高原的边上有一个扎法热克河谷，这个河谷一路向下，一直连通到果纳崖下面的平原地区。沿着河谷就有一大片土地，那里没有天使居住，主要是因为每年雨季都会有大量豹子和山猫出没。把泽尼府人安置在扎法热克河谷就最合适不过了。"

"在人类居住的地方，天使总能安居乐业。"艾姐迪雅说的是摩提艾克的法律。她这样说是以子之矛攻子之盾，显然是在讽刺。可是摩提艾克没有上当。

"一个好的国王应该能够容忍他的人民中间出现各种异数，只要将这些异数限制在合理范围内就可以了。苍穹族本来就不住在那一片地区，所以他们就算需要避开泽尼府人，也没有任何实际损失。

关键是泽尼府人已经答应让他们自由安全地通过那片地区，而且保证他们在该地区的贸易权。只要经过几代人……"

艾妲迪雅说："我知道，我知道你这个决定是很聪明的。"

"可是你还要在每一件事情上和我争。"

"因为我觉得你说的这些和我梦中的人完全没有任何关系。他们怎么办呢，爸爸？"

摩提艾克说："我不能再派一支队伍去寻找阿克玛若。"

"不是不能，只是你不愿意罢了。"

"那就是我不愿意吧。可是我自然有我的原因。"

"因为这个请求来自一个女人。"

摩提艾克说："你还只是个小女孩呢。而且，现在人人都觉得我们这次行动已经大功告成；如果我马上派出另一支军队，反而会让第一次行动显得失败了。"

"可它就是失败嘛。"

摩提艾克说："这不是失败。你以为世上只有你能听见地球守护者的声音吗？"

艾妲迪雅倒吸了一口气，满脸通红："啊？爸爸！地球守护者也给你报梦了吗？"

"迪雅，我有上灵索引。当时我是因为另外一件事情去向索引求助，可是当我双手捧住索引的时候，我听见一个很清楚的声音对我说，让我把阿克玛若带回家吧。"

"啊？隔了那么多年，这个索引还活着？"

"活着的不是索引，而是地球守护者。如果没有地球守护者，这个索引跟一块普通的石头没有什么区别。"

艾妲迪雅说："你说的是上灵吧，这个是上灵索引哦。"

摩提艾克说:"我知道史书上面严格区分上灵和地球守护者,可我总是不明白这两者有什么区别。"

"你是说地球守护者会把车贝雅一家人带回达拉坎巴这里?"

摩提艾克眯起眼睛,装作盯住艾妲迪雅:"你要这些小花样的时候,你以为我没注意到吗?"

"什么小花样?"艾妲迪雅故意把眼睛瞪得溜圆,装出很无辜的样子。

"你不说'阿克玛若一家人',却故意说成'车贝雅一家人'。"

艾妲迪雅耸了耸肩。

"你们女人总是坚持把地球守护者称作女性的'她'。你知道吗,那些祭司整天来烦我,要我禁止你们这样做;就算不能完全禁止,至少不让你们在男人面前把地球守护者称为'她'。我总是回答,史书上面明明记载了绿儿、华纱、索菲娅、如诗她们也是把上灵和地球守护者称作'她',什么时候这些记录没了,我马上就禁止女人仿效她们的祖先。这样的回答通常都会让他们闭嘴,可是我敢打赌,他们当中肯定有不少人以为我不是认真的,甚至还会盘算着怎样才能瞒着我偷偷篡改史书上面的记录。"

"他们哪敢!"

摩提艾克说:"没错,他们没这胆量。"

"你还可以让那些祭司向你出示地球守护者的身体结构解剖图,证明他有一根……"

摩提艾克打断她的话:"不要胡说八道!我是你爸爸,也是一国之君;无论是哪一个身份,我都必须有一定的尊严。而且我不能告诉那些祭司我突然开始反对传统宗教了,对吧?"

"哼!那帮老不……"

"不要在我面前说这样的话，我毕竟也是这个国家的宗教领袖。"

艾妲迪雅嘟囔了一句："你们男人的宗教。"

摩提艾克问："你说什么？"

"没什么。"

"你说'男人的宗教'，是吗？那是什么……噢，我明白了。呵呵，随便你怎么想吧。不过你要记住，我不会永远在位；如果你还继续这样诋毁和攻击男人的宗教，下一任国王未必会容忍你。我一直都愿意让女人按照自己习惯的方式去参拜地球守护者，我的父王和他的父王也是如此。可是总有人在煽风点火，鼓吹改变目前的状况，甚至要完全禁止女人的异端邪说。每逢有女人动手殴打丈夫，或者当众斥责丈夫，他们就会说，这证明了过分纵容女人、允许她们拥有自己的宗教，只会使她们变得傲慢无礼，而且极具破坏力。"

"我们因为害怕祭司而自己主动封嘴，或者被祭司动手封上我们的嘴，这两者有不同吗？"

"如果你竟然看不出其中区别，那就证明我高估你的聪明才智了。"

"爸爸，你真的觉得我聪明吗？"

"什么？我已经称赞你那么多了，你还不知足，还想要更多？"

"我只是想听你多说几遍，好相信你是真心的。"

"如果你竟然怀疑我的话，那么我也听够你的话了。"说完，他站起来向门口走去。

艾妲迪雅大声喊道："我不是怀疑你啊，爸爸！我知道你觉得你确实相信我是聪明的，可是我觉得在你的潜意识里面，你总会加一句'作为一个女人'。所以，作为一个女人，我是聪明的；作为一个女人，我是有智慧的。"

摩提艾克说:"我可以向你保证两点:第一,每次我称赞你聪明的时候,那一句'作为一个女人'从来没有出现在我脑中。第二,我心里其实经常会加上另外一个状语,'作为一个小孩'。"

艾姐迪雅觉得脸上好像被人打了一巴掌。只听得爸爸说:"对,我就是想你有这种感觉。"爸爸说完之后,她才意识到自己刚才把心中这个念头嘟囔着说出来了:"好像被人打了一巴掌。"

爸爸继续说:"我其实很尊重你的智慧,所以我觉得与其真的抽你一嘴巴,还不如用言辞来警醒你。好了,从现在起,你必须信任地球守护者会把这位阿克玛若——还有车贝雅——带来达拉坎巴;同时,你不要指望我在一夜之间就颠覆现有的传统。一个国王不能够罔顾民意、揠苗助长。"

艾姐迪雅问:"民意?如果人民坚持错误的做法呢?"

"什么?我现在是在教室里被导师用假设性的问题轮番轰炸吗?"

艾姐迪雅挑衅地问:"怎么?原来王太子就是这样接受教育的吗?怎么没有导师问我一些关于治国平天下的假设性的问题呢?"

"我只会回答你最开始的那个问题,而不是后面那些不可理喻的质问。如果人民坚持错误,而国王无法劝他们改恶从善,那么国王就应该逊位。如果他的几个儿子都有良知的话,就会拒绝即位。如果人民选择作恶就由他们去吧,不过他们必须选出一个新的国王去领导他们。"

艾姐迪雅很震惊,低声问道:"爸爸,你真的能够这样做吗?你愿意放弃王位吗?"

摩提艾克说:"我永远也不需要走到这一步,因为我的人民本质上是善良的,而且他们正在慢慢学着向善。如果我将他们逼得太急,只会徒劳无功,却助长了反对派的气焰。改革是一场持久战,这场改革的受益者必须给予我足够的信任和耐心。"说着他弯腰亲了一下艾姐迪雅头上的桂冠,正好吻在头发分界的地方。"如果我没有儿子,却只有你一个掌上明珠,我当然会加快改革的步伐,好让你继承王位。可是你也知道,我有几个儿子,而且他们都很优秀,所以我打算效法我的祖父和父亲,循序渐进地实行改革,即使花几代人的功夫也在所不惜。瞧,我对你甚至比对这个国家关注得还多,所以现在我必须去处理国事,没时间再管你了。"

艾姐迪雅在脸上挤出一副最贤淑、最庄重的笑容,用一种很恭敬很淑女却又很虚假的声音说:"哟,父王,您对女儿那么好,女儿实在是受宠若惊啊!"

爸爸说:"我有一个祖先,他把顽劣不化的女儿关在山洞里,每天只给她面包和清水,等她变乖了才放她出来。"

"我记得,她用指甲徒手挖了个地道逃出山洞,后来还跑去嫁给了耶律国的国王。"

爸爸说:"你读太多书了。"

艾姐迪雅朝着爸爸伸舌头,可是他已经转身离去,看不见了。

在她背后,乌丝乌丝又开口说话了:"你真是个勇敢的小斗士。"

艾姐迪雅说:"别取笑我。"

乌丝乌丝说:"我没有取笑你。你知道吗,在我们'地鬼'奴隶里流传着一些故事,其中一个是……"

"再也没有人叫你们'地鬼'了。"

乌丝乌丝说:"长辈说话时你不要插嘴!我们经常用这个故事来互相告诫。有一个掘客奴隶在打扫房间的时候听见两个卖国贼正在密谋害死国王,这个奴隶马上去禀报国王。可是那个国王却把她杀了，罪名是她偷听身边的人类讲话。"

"什么？你觉得我打算……"

"我只是想告诉你，如果你因为自己是个女人而觉得很痛苦，请记住，你的父王和你说话的时候甚至懒得让我回避，你知道为什么？"

"因为他信任你。"

"他根本就不认识我，他只是知道，我很清楚如果我把听到的东西泄露出去会遭受什么惩罚。在达拉坎巴，我们掘客大部分都是奴隶，稍稍违反了一点法规就会丢掉性命，就算他这么做是出于一片忠心——所以你别在我面前抱怨你们女人如何受压迫。"

艾姐迪雅说："我从来没有听说过这个故事。"

"你从来没听过，不代表这事没发生过。"

"好嘛，在爸爸眼里，我专门惹是生非；现在你又觉得我是一个妄自尊大、麻木不仁的……"

"难道你不是吗？"

艾姐迪雅耸了耸肩，说道："如果可以的话，我肯定会还你自由。"

"至少你爸爸还扮作努力改善你的社会地位；可是你苦苦哀求他那么久，到底有没有为达拉坎巴的掘客奴隶争取一下自由呢？"

艾姐迪雅闻言大怒，她最恨被别人说她伪善了。"这完全是两码事！"

"你那么热心解救阿克玛若和车贝雅，却从没想过把自由还给乌丝乌丝老太婆。"

艾姐迪雅反问她："你有了自由以后又能怎样呢？回耶律国去？你走到半路就会被追兵杀了，因为他们怕你泄露这里的秘密。"

"回耶律国去？小丫头，我的太爷爷一出生就是纳飞国国王的奴隶了。我为什么要去一个我从没到过的地方呢？"

艾姐迪雅问："你真的那么恨我吗？"

乌丝乌丝说："我从来没有说过我恨你。"

"可是你想获得自由，从此摆脱我。"

"我只是希望有一个属于自己的家。每天我完成我的工作，等你安安稳稳地睡着以后，我就可以回到自己的家，亲一亲我小胖孙子的大鼻子，然后把我在王宫服务赚到的薪水拿出来和我的丈夫分享。这样的话，我就是自由地选择做这份工作，而不用像现在这样，成天担惊受怕，害怕犯了一点点小错误就会被杀头或者卖掉。难道你怕我获得自由之后，对你服侍得反而不及现在周到吗？"

艾姐迪雅仔细想了想，说道："可是如果你获得自由，从此就会生活在一个地洞里面了。"

乌丝乌丝咯咯咯地大笑起来。"我当然会生活在地洞里面，那又怎样？"

"可是那就……"

"那就不人道了。"乌丝乌丝一边说还在一边大笑不止。

艾姐迪雅终于听明白了这是一句玩笑，也跟着一起哈哈大笑。

当晚，夜深人静之时，艾姐迪雅本来应该熟睡了，却被窗口传来的一丝声响吵醒。只见月色之中是乌丝乌丝的剪影，她的头一上一下地来回摆动。艾姐迪雅担心有什么不妥，连忙起床，向窗口走去。

乌丝乌丝听到动静，转身看着她，等她走到身边。

艾姐迪雅问："你每晚都这么做吗？"

乌丝乌丝答道："不，只是今晚罢了，因为你正在为一些在远方被掘客囚禁的人类担心嘛。"

"哦，原来你为了他们在向地球守护者祈祷？"

乌丝乌丝反问道："我为什么要这样做呢？地球守护者早已经知道他们的处境了——就是地球守护者给你报梦的，是吧？我可不会告诉圣母一些她早就知道的事情。不，我是在向'永不入土者'祈祷。她生活在高处的那个星星上面，这颗星星总是在我们头顶闪烁。"

艾姐迪雅说："没有人能够生活在星星上面。"

乌丝乌丝说："神仙就能，所以我向她祈祷。"

"她有名字吗？"

乌丝乌丝说："她有一个很神圣的名字。"

"你能告诉我吗？"

乌丝乌丝将艾姐迪雅的睡袍的长长的下摆掀起来罩在她的头上，垂过她的双耳，然后说道："我的名字叫弗珠母。现在你知道我的真名，我就能把'永不入土者'的真名告诉你了。"说完，乌丝乌丝就等着。

艾姐迪雅激动得声音也颤抖了，她说："请告诉我，弗珠母，请你告诉我。"乌丝乌丝还在等什么呢？艾姐迪雅现在还需要说什么或者做什么吗？她唯一能想到的就是说出自己最正式的名字作为回答："我的真名叫雅-艾姐。"

"当年纳飞把星舰宝衣传给了一个人，这个人就是永不入土者。难道这样的事情能够瞒过我们土家族吗？我的祖先有幸亲眼看见她的皮肤发出闪烁颤动的光芒。她叫谢德美，就是她将高塔带回天上，再把它变成了一颗星星。"

"她还在世？"

"迄今为止她一共出现过两次，每次都在照料一个花园。有一次是在一座高山的山谷里，另一次是在果纳崖高原边缘低地的一个悬崖边上。她就是一个园丁，她照料的是整个地球。她肯定知道怎样去帮助车贝雅和她的丈夫，还有绿儿和她的哥哥。"

艾姐迪雅生平首次意识到，原来掘客掌握的知识并非全是人类传授的。她心中突然充满了谦恭的感觉，这种感觉很陌生，她的脸不禁一红。"请教我怎样向'永不入土者'祈祷吧。"

"你用两眼注视着那颗永恒的星星，他们把这颗星叫作'女皇城'星。"

艾姐迪雅仰望星空，和所有小孩子一样，她一眼就找到了那颗星星。

乌丝乌丝继续说："然后你上下反复点头，就像这样……"

"她能看见我们吗？"

乌丝乌丝答道："我也不清楚，我只知道我们向她祈祷的时候就是这么做的。我猜那一次人们在高山峡谷看见她的时候，她的头就是这样动的，所以人们就用这样的仪式去向她祈祷。"

于是艾姐迪雅和她的奴婢一起举行这个陌生的仪式。她们一同请求这位"永不入土者"关注一下车贝雅和绿儿一行人，帮助她们重获自由。乌丝乌丝说出一句祈祷语，艾姐迪雅就重复这句话。到最后，她额外加了两句："请帮助所有的女性从桎梏中解脱出来，无论是苍穹族的女性，土家族的女性，抑或是人类的女性。"

乌丝乌丝咯咯咯地笑了一阵，然后复述了这句话。她说："想想吧，总有一天他们会把你嫁给一个偏远小国的君主。那时候我已经去世了，当你想起今天这个时刻，你会怀疑我们俩到底谁更像奴隶，是你，还是我？"说完，她催促艾姐迪雅回床上睡觉。可是艾姐迪雅整晚都睡得断断续续的，做一些毫无意义的梦。在梦里，她看见很多浑身闪光的女尸，竟然没有人记得要让她们入土为安。

上灵说："这件事……我们恐怕是做错了。不过如果我不是这样想的话，我会觉得整件事情其实挺有趣的。"

谢德美说："第一，你不懂什么是幽默；第二，如果你觉得这件事情是错的话，你一开始就根本不会去做。"

上灵答道："就算只有两成把握，我也能够作出决定。这是在我的程序里设置好的，防止我因为过度犹豫而不作为。"

谢德美说："我认为，通过索引给摩提艾克发那个信息，这是一个好主意。我们阻止他们派出另一支探险队，这样就可以强迫地球守护者出手了。"

上灵道："谢德美，你说得容易，因为你对他们没有丝毫怜悯之心。"

谢德美觉得这句评语好像刀子一样插进她心里。"一台机器居然说我没有怜悯之心？"

上灵说："我的系统真的设置了一种虚拟同情心的机制。做决定的时候，我确实会考虑人类所受的痛苦；可是通常我无法顾及每一个个体。阿克玛若和车贝雅这群人已经达到一定的数量，所以我的确对他们产生了某种程度的怜悯之心。可是你们人类却有一种将同类非人化的能力，尤其是针对陌生人和一个群体。你也拥有这种能力。"

"你是说我其实是一个禽兽？"

"我是说，人类的同情心主要针对那些他们视为己类的人。你不认识这批人，所以你愿意拿他们当作引诱地球守护者出手的诱饵。

可是，如果只有一个人在遭罪，你就不会这样做；因为这时候你会对这个人产生感同身受的移情作用，你就无法心安理得地害她继续受苦。"

谢德美被上灵一语道破，顿时如坐针毡。她离开图书室，去高海拔模拟室照料小苗。她手头上的项目是培育一种豆类植物，这个新品种能够出产大量高蛋白、高能量的豆子，还能够存活在果纳崖高原海拔最高的山谷之中。上灵说的那番话令人极度不堪，却又不无道理。灵长类动物在进化过程中会越来越多地依靠群体协作来生存。在这个过程中，它们会首先培养出对自己幼儿的同情心，接着是其他成员的幼儿，然后是那些幼儿的父母。可是随着覆盖面的扩大，同情心会随之减弱。最后，人类必须进化出一种其他灵长类动物不具备的特性：群体身份认同感。这种对某个集体的认同感可以发展得非常强大，甚至能够在很大程度上吞没各个成员自己的个体身份；一个成员会对这个集体忠心耿耿，并愿意为之牺牲。可是一个人不可能同时对几个集体怀有这种程度的忠诚，所以不同集体难免要对各自成员的忠诚度展开竞争。比如说，部落必须要凌驾于成员的家庭之上，宗教也会与国家争夺人心。一旦这种对集体的忠诚感成型之后，最狂热的那些成员就会愿意为这个集体赴汤蹈火，万死不辞。这种牺牲不是为了某一个人，而是为了整个集体的利益；因为在他们心中，集体与自己已经合二为一，个体只是对整体模式的一个复制罢了。人类能够超越其他动物，正是因为他们学会了把自己转化成一个象征性的庞大有机体的一个组成部分：器官、四肢，甚至是可以随意抛弃的指甲和毛发。

上灵说得没错，如果我认识车贝雅和她集体中的每一个人，那么就算我只达到狒狒的道德水平，我也会出手保护他们。或者，如果我把自己看作她们的一员，我就会把自己的个人利益纳入这个集体的需求之中，那么我做梦也不会想到利用她们做诱饵去逼地球守护者出手。

上灵正相反：前人创造上灵是责成她照料全体人类，所以她有巨大的处理和运算能力。她的创造者还给她设置了某种模拟同情心的运算机制——不过这是一种建立在理性分析基础上、从历史视角出发的同情心：受苦的人越多，上灵就把越高的优先权分配给"减轻他们的痛苦"这个任务。所以上灵能够忽略发生在个人身上的种种不幸，比如说一种疾病在某地区出现，在疾病流行周期中会断断续续地出现死亡个案，上灵对这种正常的事件是不予理会的。上灵担心和要避免的是由战争、旱涝、瘟疫等引起的大规模灾难。当这些大灾难出现之时，上灵就会出手，指引某些人采取行动去帮助全体受灾人口。上灵不是为了拯救个人，而是要缩小受灾的范围。

谢德美想，可是车贝雅这群人受苦，我和上灵都不为所动。对于上灵来说，受苦的人数不够多，只会让她不安，却不能迫使她出手干涉。而我呢？我只是一个与世隔绝的天外飞仙，并非这群人当中的一员。我认识的人都已经去世，我所属的那个群体也不复存在。正如那些掘客妇女所说的，我只是还没入土罢了——这正是我和死人的唯一区别。如果一个人在世上形单影只、无所归属，他只能算是行尸走肉。以前我在一些孤寡老人身上也看见过这种情况：他们的老伴已经不在，朋友都去世了，大部分亲人也撒手人寰，最后只剩下一些生性凉薄的不肖子孙，早已将老人忘得一干二净——如果他们发现这个老不死的竟然还在恋栈，只会心生厌烦。莫非我已经到了那步田地？

还没有呢。她一边想一边将手指移到一把小铲子的后面，把一株小苗拎起来，移植到一个比较大的盘子里面。我的植物就是我认识的朋友亲人；还有我的小动物，我和它们玩基因游戏，看着它们一代代繁衍生长，它们已经变成了我的一部分。

我们这一次到底是做了好事还是坏事呢？上灵为了减轻和谐星球人类的痛苦，必须先从地球守护者那里获得指引。为了达到这个目的，我们必须打乱地球守护者的计划。现在地球守护者要解救车贝雅和阿克玛若，所以我们就让她没那么容易得手！我们这个计策似乎也是合情合理的，而且到最后，得益的是和谐星球上面的亿万生灵。

可是我们做得有点太盲目了，我们其实并不知道地球守护者真正的目标是什么。为什么她要拯救阿克玛若一群人呢？可能我们在出手搅和之前，应该先弄清楚地球守护者的目的到底是什么。

可是如果她不和我们说话，我们又怎能了解她的意图呢？这真是一个死循环。

没错，确实是死循环。

她对上灵说："别硬在我脑子里面说话，我最讨厌你这样做了。"

没办法，你不肯待在一个我可以舒舒服服说话的地方，那我也不能让你舒舒服服地听。

"我刚才不是对你说话，我只是自己想事情。"

如果你不想让我听见，那你就别想。

谢德美用鼻子哼了一声："很幽默。"

我们应该想一想，地球守护者为什么要救阿克玛若和车贝雅这群人？

"好啊，我们干脆顺便想想地球守护者到底是何方神圣吧。"

你以为我没有研究过这个问题吗？我告诉你，这个答案要不就是被藏起来了，要不根本就不在我的数据库里。可能我的设计者自己也不知道。

谢德美说："如果我们没有办法从客观物质证据或者历史记录中找到地球守护者，那么我们大概应该研究一下她在做什么，她想要什么，然后寻找她做这些事情可能用到的机制，或者找一下她所做的这些事情的受益者。"

如此说来，莫非你觉得地球守护者的动机可能是自私的？

"完全不是。就好比说我现在研究的这些豆类植物，如果成功的话，它们就能在低氧、生长季节短、土地贫瘠的环境下产出有价值的营养成分；这样一来，我就帮助地球上的居民扩大了可居住范围。可是我又能从中得到什么好处呢？我只知道，肯定会有人从我的研究成果中获益。因此，如果有些人想了解我，却苦于无门，他们至少可以从已知的事实着手推理。比如说，我特别注重提高人类、掘客和天使扩大居住范围的能力，并为他们提供必需的农业作物，所以他们可以推测我与他们拥有相同的身体形态，从而与我产生共鸣。或者他们至少能够从我的行动中总结出，我特别注重保护这三个种族。"

可是他们了解那么多之后，会不会因此而想到抬头在天空中寻找你呢？

谢德美很疲倦地说："这我就不知道了。可是我知道，如果有人想引起我的注意，他们只需要去我的花园那里搞破坏，我自然就会留意到了。"

所以我们现在做的就是在地球守护者的花园里面搞破坏。

"我希望我们的破坏力没那么大吧。"

对啊，车贝雅和阿克玛若这群人最好也这样希望。

"如果你继续这样讽刺我，你只会说服我全情投入地关心这些人，最后我就再也不为和谐星球上面的人担忧了。这是你想要的结果吗？"

不是。

"女皇城在五百年前就已经毁灭了，我认识的人也全部去世了，我的故国、我的家乡也不可复得，我对之有归属感的那些集体也烟消云散。如今我只剩下这些花园，你真的希望我成为车贝雅和阿克玛若这个集体的一员吗？你真的希望我对他们产生感情吗？你想我开始把他们当作朋友吗？你希望我像对待华纱一家人那样对待他们吗？你希望我把他们当成丈夫儿女这样的至亲骨肉吗？"

不想。

"那你就少来管我！"

我不能不管。你是舰长，我的职责之一就是维持舰长的身心健康，这个任务是固化在我的系统程序里面的。

"身心健康？这些事情和健康有什么关系？"

一个人独处太久是不好的。

谢德美的身体抖了一下。她一个人过得挺好的，所以她不想上灵多管闲事。司徒博早已去世，她的儿女也都不在了；可是这些都没关系，因为她有工作要做，她不需要什么东西来分散她的注意力。她的工作才是她的健康。

阿克玛坐在山脊上。他干了一天的活，已经累得筋疲力尽；可是他心中却充满了愤怒，就算躺下来也没办法休息。而且，如果他躺下来就没法看见爸爸站在那里给那些人传道——帕卜娄格那几个卑鄙无耻的儿子竟然坐在第一排。他们这样虐待阿克玛，可是到头来爸爸竟然接纳了他们，还让他们坐在第一排的贵宾位？当然了，爸爸和妈妈一开始也极力劝他坐在第一排的正中心，因为一直以来他都是坐在那个位置的。可是，要他和那几个禽兽肩并肩地坐在一起——说谎成性的狄度、傲慢嚣张的帕卜、野蛮残忍的乌达，还有那条卑鄙鬼祟的小可怜虫穆武——爸爸必须知道，阿克玛实在无法忍受这种屈辱。

所以他独自一人坐在山上，俯视着掘客守卫的篝火，还有阿克玛若的信徒聚集的地方。我已经没办法分清敌友了——那些掘客只是攻击我的身体，可是帕卜娄格的几个儿子却损害我的尊严；而我的亲生父亲竟然不把我当儿子看待，在他心里，我什么也不是，甚至还比不上他敌人的儿子。

爸爸，你的敌人就是我的敌人；为了你，为了恪守忠孝之道，我挺胸抬头忍辱负重，我这么做完全是为了你。然后你竟然善待那些折磨我的人，还对他们视同己出；你甚至把他们称作……你把他们称作"儿子"！那个虚伪的狄度简直是一个人渣，你竟敢把他称作"狄度迪斯"——"亲爱的儿子"！他到底是谁的儿子？爸爸，他是你对头的儿子！他的爸爸把你赶到荒郊野外，还想害死你；为了你，我恨死了他的爸爸。可是现在你竟然把只应属于我的称号赠送给他！这世上只有我才是你的"亲爱的儿子"！不过既然你亲口说出了"狄度迪斯"这几个字，那么我也不愿意再做"阿克玛迪斯"了；如果他是你的儿子，那么你就不是我的父亲。

一如既往地，阿克玛感觉到泪水已经凝聚在眼中。可是他强忍着，不让眼泪流出来——他越来越善于隐藏内心真实的感觉。不过任凭他怎么掩饰也没用，阿克玛拒绝参加爸爸的传道晚课，却孤零零地离群独坐，谁都看得出他心存不满。

这时候，妈妈向山上走过来。难道她不懂得知难而退吗？

噢，她懂的！所以她把绿儿也带上。现在妈妈停住了脚步，却让绿儿一个人走上来。没错，爸爸拿顽劣不化的阿克玛没办法，妈妈也一样束手无策；所以他们现在派小绿儿上阵，看看她能不能有所收获。

绿儿走近了，高声喊："阿克玛！"

"你为什么不下去听爸爸讲课呢？"阿克玛的语气很冰冷，可是妹妹犹豫的神情还是让他心软了。她哪懂这些事情呢？妹妹是无辜的，阿克玛不能够拿她出气，那是不公平的。"过来吧，小绿儿。"

"啊？阿克玛，你这么叫我多难听啊！"

"没有啊，我觉得挺好听的。"

"可是绿儿才是英雄的名字。"

阿克玛说："是英雄的妻子的名字。"

"爸爸说在古代，女人和男人一样都是英雄。"

"嗯，那只是爸爸的一家之言。他还觉得掘客是人呢。"

"他们确实是人啊，你其实也心知肚明的。因为他们有自己的语言，而且掘客里面也是有好人有坏人。"

阿克玛说："对，我知道，因为大部分掘客都是死的——那些就是好的掘客。"

绿儿问："你是不是像恨爸爸一样地恨我呢？"

"我从来也没有恨过你。"

"那你为什么让我坐在那个小猪头的旁边呢？"

绿儿竟然这样来形容穆武，阿克玛被她逗乐了。"这可不是我出的主意。"

"你自己一个人跑上来，把我扔下不管了，这可是你的主意啊。"

"绿儿，虽然哥哥很爱你，可是我实在不能和帕卜娄格的几个儿子坐在一起，就算是穆武也不行。"

绿儿很严肃地点了点头，说道："没关系的，爸爸也说了，你还没有准备好。"

"准备好？我永远也不会准备好！"

"所以妈妈说我可以上来找你给我讲课。"

这一句话大大出乎阿克玛的意料之外，他无意中往山下瞥了一眼，原来妈妈还站在山脚看着他们。她肯定已经察觉到或者至少猜到兄妹这场对话的大概，只见她点了一下头，然后就转身朝着那群还在听阿克玛若讲道的人走去。

阿克玛说："我不是教师。"

绿儿说："可是你知道得比我多。"

妈妈这样做肯定得到了爸爸的首肯，所以这其实是爸爸的主意。阿克玛知道他们葫芦里卖什么药。他不肯听伟大导师阿克玛若——或者按照帕卜娄格的说法，是叛徒阿克玛迪——的教诲；既然这样，他们就让他给绿儿上课，反正就是不能让他置身事外。他们知道阿克玛不会欺负妹妹，也不会刻意欺骗，把错误的东西灌输给绿儿，更加不会把拿她当出气筒。

如果我告诉绿儿，爸爸一直以来是如何欺骗我们，现在又是如何辜负我的，那么他们就弄巧成拙了。当初爸爸决定听信那个疯老头宾纳迪的鬼话，结果害我们被赶出城市，流落到荒郊野岭。后来，我们被掘客监工用鞭子抽打，被帕卜娄格几个邪恶的儿子折磨。可是爸爸竟然教导我们，宾纳迪说地球守护者希望我们把掘客和天使看作我们的兄弟，还说什么男女平等。其实明眼人都能看出来，女人天生就不如男人高大强壮，又何来平等一说呢？掘客和天使甚至不是我们同一个种族的，怎么会是兄弟呢？这么说来，我们也可以说自己是花草树木的兄弟、白蚁蝗虫的叔伯、蜗牛的子女、屎壳郎的父母……

可是阿克玛并没有对绿儿说这番话。他拔起一些小草,腾出一片空地;然后捡来一根棍子,在这块泥地上面写下单词来考绿儿。阿克玛还是可以给绿儿上课的,总胜过独坐在这里怒火攻心;而且他也不会利用绿儿来对付爸爸。他们父子之间的恩怨完全是另外一码事,需要等合适的时机才能解决。什么时候才合适呢?

阿克玛不想看见狄度听着爸爸的话痴痴傻笑的样子,也不想闻到帕卜像发情的雄鹿一样散发出来的麝香味道。只有当他们父子两人面对面坦诚说出心里话的时候,他们的问题才有可能解决。

爸爸背叛了我!他爱敌人的儿子胜过爱自己的亲生儿子;他没有征求我的意见就擅自原谅了他们,简直是有违天理!爸爸自己就害得我那么惨,怎么不先来求我原谅他呢?如果爸爸不向我交代清楚,我是决不会善罢甘休的!他怎能就这样原谅他们呢?好像这是世界上最顺理成章的事情似的。当初我还没表态,他有什么资格原谅他们?众所周知,我受的折磨是最多的;可是爸爸竟然在众人面前原谅他们,为他们主持浴水重生的仪式!他当然没有忘记让他们道歉,都是些空洞的废话。"阿克玛,很对不起……""绿儿,很对不起……""各位,很对不起……""我们已经不再是以前做尽坏事的那几个坏人了,我们现在虔诚信奉地球守护者,我们已经重新做人了。"

难道只有我一个人不上当吗?难道只有我一个人看透了他们的险恶用心吗?很快他们的爸爸就要过来,他们一下子就会把我们出卖了。到时候我们就要为自己的轻信付出代价——我也就要付出代价了!

等帕卜娄格的几个儿子掀起羊皮再次露出豺狼真面目之后,他们会怎么折磨我呢?一想到这里,阿克玛就不禁全身发抖。爸爸到时候自然会后悔,可是已经太晚了。虽然犯错误的是爸爸,到头来倒霉的却还是阿克玛。

绿儿问:"你觉得冷吗?"

阿克玛说:"有一点。"

绿儿说:"可是今晚很暖和呀!你突然发冷,是不舒服吗?"

阿克玛说:"没事,我不冷了。"

"我们靠紧一点,这样我就可以让你暖和了。"

于是绿儿紧靠在阿克玛身边,阿克玛搂住她的肩膀,一边在泥地上写,一边教她认字。这小女孩学得很快,比阿克玛认识的所有男孩子都聪明。可能爸爸说的也不是全无道理,可能女孩子一点也不比男孩子差——至少在学习方面是这样。可是如果谁敢鼓吹一个女掘客和这个天真可爱的小女孩是一样的,那么这人不是疯子就是骗子。爸爸到底是疯子还是骗子呢?有关系吗?

他们下山的时候,爸爸的课已经上完了,所以下面一片漆黑。绿儿带路走回小棚屋,然后和妈妈说起阿克玛教她的东西。

妈妈说:"谢谢你,阿克玛。"

阿克玛点点头,平静地说:"我很乐意帮忙,妈妈。"

可是他没有对爸爸说话,爸爸也没有理睬他。

第五章　秘　密

孟恩留意到辈高又走神了，因为这个老学究几乎没听见孟恩说的话。当老头把孟恩刚刚回答的那道题目又问了一次，孟恩忍不住抱怨说："你这是怎么了？给二王子上课没有意思吗？"

辈高听了显得很气恼。"你这是什么话？怎么突然发脾气了？我还以为你早已经过了那个任性的阶段了。"

"辈高，至圣尊师，您刚刚把同一个问题问了两次。我在想啊，你问第二遍，不是因为你不满意我的答案、想让我重答一遍，而是你根本就没听见我的回答。"

"你需要学的是尊敬师长。"辈高说着，从高脚凳上一跃而起。可是他明显忘记自己又老又胖，已经飞不起来了，只能从地面上掠过，最后降落在窗台下面。他一边喘着粗气一边怒道："我再也飞不上窗台了。"

"不在乎天长地久，只在乎曾经拥有……至少你曾经飞过。"

"你到底有完没完？你这样子盲目羡慕苍穹族，简直是愚不可及！你能不能放聪明点，对现实考虑一下呢？哪怕能坚持一天、一小时，甚至是一分钟也好啊。"

这话太刺人了，孟恩觉得很受伤。他想反唇相讥，他想用锐利的词锋将辈高千刀万剐，他想让老头后悔说出这么残酷的话。可是孟恩连一句反驳的话也说不出来，因为辈高的话确是苦口良药。

过了良久他才答道："如果我能够安心接受现状——哪怕只有一天、一小时，甚至一分钟也好——我自然就会忘记这个变身的愿望。"

辈高转头看着他，眼神也变得柔和了，"怎么啦？孟恩变诚实了？"

"我从不说谎。"

"我意思是你愿意坦诚地说出心中的感受。"

"别装了，好像你会顾及我感受似的。"

辈高大笑道："别人的感受我确实不用顾及，可是你的感受大概就要另当别论了。"说完他盯着孟恩，好像在仔细听着。辈高在听什么呢？孟恩的心跳声？抑或是他心底的秘密想法？孟恩想，我心中的想法都不是秘密；或者说我没有刻意隐瞒什么念头——如果别人不知道我的想法，那只是因为他们没有问起罢了。

辈高突然说："孟恩，我有一个问题要你解答。"

孟恩说："哦？我们现在继续上课吗？"

"不，我不是在考你，这个问题确实是需要我去解决的。"

孟恩没有接话，只是默默地听着。他不知道辈高是刻意装出不耻下问的高姿态呢，还是真的出于尊重而请教他。

"当泽尼府人回来之后——那是好几个月前的事情了，你还记得吗？"

孟恩说："我记得。爸爸为他们安置了一个新的家园，不过伊理亥艾克拒绝当他们的国王，而是让他们自己选一个总督。哪知那些人忘恩负义，竟然不选伊理亥艾克，却选了凯迪奥。"

"看来你还真的有关注局势嘛。"

孟恩问:"还有别的事情吗?"

"当然还有!你知道吗?当伊理亥艾克落选之后,他到这里来了。"

"他是来搬救兵吗?难道他真的以为爸爸会干涉泽尼府人的内政,硬帮他复辟吗?当初是伊理亥艾克自己决定让人们投票的,那就让他自己承受后果呗。"

辈高说:"孟恩,你说得对,而且伊理亥艾克也会第一个举手赞成你的说法。他来这里不是为了夺回大权,而是因为他终于卸下了这副担子。"

孟恩说:"他下台之后只是一个普通公民罢了,来找国王难道还有什么要事吗?"

辈高说:"他不用有什么要事也能来,因为你爸爸很欣赏他,已经和他成为知交了。你不知道吗?"

孟恩觉得一阵嫉妒刺痛了心窝。伊理亥艾克本来只是个陌生人,孟恩乌士半年前刚找到他的时候,他甚至还没听说过爸爸的名字。可是现在他已经成为爸爸的好朋友,而孟恩却始终只是二王子,只能继续郁闷下去。他通常只能在国事会议这种正式场合中见到爸爸;至于私下见面,如果一个星期能见一次就算好运气了。

辈高说:"不过他确实有要事和你爸爸商量。自从伊理亥艾克的父王被弑之后……"

"哼,这些人本来就是一伙弑君之徒,现在又选了一个阴谋弑君者做他们的总督。"

辈高不耐烦地答道:"是的,是的。你现在好好听我说,在努艾伯被杀死之后,伊理亥迪斯即位……"

"伊理亥迪斯?他本来不是继承人?"

"耶律国入侵的时候，努艾伯只有一个儿子没有逃跑。就因为他的这种勇气，人们于是拥戴他继承了王位。"

孟恩从来没听说过一个次子因为自己的优秀品质而获得继承权。他若有所思地点点头。

辈高说："你就别幻想了，你的大哥不是懦夫；而且你希望你大哥被剥夺继承权，这种阴暗的想法是很不好的。"

孟恩大怒，猛地站起来，吼道："你怎么敢这样来诬蔑我！"

"得了吧，哪个二王子没有这种愿望？"

"好啊，那我也可以说，毕高位高权重，而你却只能守着个图书馆，整天给小孩子上课，所以你肯定心存妒忌。"

这次轮到辈高发作了："你就区区一个人类，怎敢这样提起我的孪生兄弟？你们人类兄弟之间的感情那么脆弱疏离，怎么能够与我们双生子之间亲密无间的关系相比？"

他们就这样站直了僵持着，大眼瞪小眼。孟恩突然意识到，他必须低头向下才能够与辈高对视。看来他快要长大成人了，怎么以前一直没有留意到呢？想到这里，一丝笑意爬上孟恩的双唇。

辈高说："哼，你笑了。怎么？是因为你成功把我惹毛了吗？"

孟恩是因为一个很幼稚很自私的想法才发笑的，可是他并没有承认，却临时编了一个理由。不过当这个理由成型之后，却变得像是真的一样。"一个学生把他的老师气得返老还童了，难道这不好笑吗？"

"我本来打算和你谈一谈国家大事的。"

孟恩说："对啊，你本来是这样打算的。可是怎么你一上来就说我希望长兄失去王位继承权呢？"

"我为自己的失言道歉。"

孟恩说："你还说我只是'区区一个人类'，我希望你也为这句话道歉。"

辈高很生硬地说："嗯，我也为这句话道歉。虽然你只是区区一个人类，可是这并不意味着你们兄弟姐妹不能够彼此以诚相待，建立深厚的感情。虽然你无法理解苍穹族的孪生兄弟之间不分彼此、亲密无间的关系，可是这并非你的错。"

"嘿嘿，辈高，现在我终于明白胡速的意思了。他曾经说过，在他认识的人里面，只有你能够在道歉的时候还能暗箭伤人，甚至比明刀明枪地开骂更狠。"

辈高温和地答道："胡速真的这样说？嗯，其实他不懂我的心。"

孟恩说："跟我讲讲国家大事吧。伊理亥艾克来找爸爸是为了什么呢？"

辈高咧嘴一笑："我就知道你一定忍不住要问。"

孟恩等着，哪知辈高偏偏卖关子不肯继续往下说。孟恩很沮丧，忍不住绕着书桌转圈，就像掘客小孩在爬树之前先绕着树干跑。孟恩明知这样做很蠢，可是他实在受不了辈高这个恶毒的小游戏，所以他一边跑一边大声嚷嚷，发泄着心中的郁闷。

辈高终于说道："行了，快坐好吧。伊理亥艾克前来是为了把二十四片金页呈献给你爸爸。"

孟恩听了很失望："哦？只是送钱来了。"

辈高说："错了！这二十四片金页上面都写满了古代文字。"

"古代？你是指在泽尼府人之前吗？"

辈高的嘴角有一丝若隐若现的微笑。"可能吧，甚至可能在纳飞国之前呢。"

"这么说来，曾经有一支天使或者掘客的部族懂得冶炼金属和书写文字？"

辈高的双翼起伏了一下，这个动作在天使里面就相当于人类的耸肩。他说："我不知道，因为我不懂那些文字。"

"可是你通晓苍穹语和泥土话，还有……"

辈高指正他："是土家语。你爸爸不喜欢我们用歧视性的贬义词去说土家族。"

孟恩转了一下眼珠子，说道："那门语言太恶心了，根本就不像是在说话。"

"在你爸爸治下，掘客也是公民。"

"其实掘客公民并不多，大部分土家族都是奴隶，这其实很符合他们的天性。就算在耶律国，掘客通常也是被人类统治的。"

辈高说："世事无绝对啊。你在贬低掘客的时候最好别忘了，当年正是这些所谓'天生的奴隶'把我们的先人赶出了纳飞国。"

当年曾祖父摩提艾伯率领民众前来达拉坎巴的时候，到底是主动迁徙过来的，还是被迫的呢？难道他们留在故地就有亡国灭种的危险吗？孟恩几乎又要和辈高展开一轮全新的争吵。可是他突然醒悟，辈高正在引他上钩呢！如果他开口反驳，那就中了老头的圈套了。所以孟恩不搭话，只是耐心地坐着，默默地等辈高说下去。

辈高点头道："嗯，看来你这次没有被我岔开话题，不错不错。"

孟恩又转了一下眼珠，故意拖长了声音说道："对啊对啊，您是老师，也是尊长；您无所不知、无所不晓，我只是被您控制在股掌之中的一个小木偶。"

辈高早就听过这类讽刺挖苦的陈词滥调，所以他和以前一样，毫不客气地答道："没错，你最好别忘了。现在我们言归正传。这些金页是伊理亥艾克派去寻找达拉坎巴的人发现的。可是他们并没有沿着瓷都热克河前进，却顺着羿羲贝克河走。后来他们很不走运，在一些崎岖难行的山谷中彻底迷失方向，结果完全走出了果纳崖高原，闯进了北方的沙漠之中。"

孟恩条件反射地接口道："欧蒲斯道深沙漠。"

辈高说："嗯，你的地理知识不错，加一分。他们虽然走错路，却无意中找到了一个新地方。我们一直以来没有发现这个地方，主要是因为那里比波迪卡还要往西，实在太偏僻了。我们的侦察兵从来也不会飞那么远，因为没有必要——那一带没有水，不可能有人从那个方向入侵。"

"这么说来，他们是在沙漠里发现这本金页书的？"

"这其实算不上一本书，因为那些金页都没有装订在一起。可是那里不仅仅是一片沙漠，而是一个古战场的遗迹。那里曾经发生过一场极度惨烈的战斗，留下了遍地白骨，盔甲和兵器散落在四周，估计有数以万计的士兵战死。"

辈高说到这里停了下来，似乎在等什么。

然后孟恩想起了一件相关的事情，低声说："科仁突默。"

辈高点头表示赞同，"在传说中，他就是达拉坎巴地区苍穹族遇见的第一个人类。我们一直以来都假设他属于第一批迁徙来果纳崖高原居住的人类，是某个纳飞国部落和耶律国部落冲突之后的唯一幸存者。在那个大迁徙年代，世道混乱，很多部落族群的历史记录都丢失了。达拉坎巴的天使原住民告诉过我们，有两个大国爆发了激战，这位科仁突默正是这场大战的唯一幸存者。我们觉得那些原住民只是夸大其词罢了。可是唯一让我寝食不安的是那些碑文。"

辈高所说的碑文孟恩也见过，都刻在一块巨大的圆石之上；而这块圆石则矗立在首都中心市场。没有人懂碑文的意思，他们只能假设,当年达拉坎巴的天使原住民听说人类能够写字,而他们一时之间还没学会,所以就创造了这些比较简陋的文字,实际上是对人类文字系统的模仿。

孟恩追问道:"快告诉我,伊理亥艾克的金页上面的文字和那些碑文是属于同一门语言吗?"

"按照达拉坎巴原住民的说法,当年科仁突默先把这些文字写在泥地上,再让他们依样画葫芦凿到石头上。不过在石头上刻字是很慢的活儿,科仁突默在他们完成之前就已经去世了。当时,天使先把那些文字刻在黏土上面,这样的话,他们就不会忘记;在科仁突默死后,他们也能够顺利完成这项工作。"说到这里,辈高从他讲课用的树枝上面跳下来,从一个盒子里面抽出几片上了蜡的树皮。"我复制了一部分,你看看觉得怎样。"

孟恩仔细研究这片圆形碑文,上面写成一圈一圈的文字,以及一些很古怪的扭曲的图形。孟恩说:"这就是科仁突默碑文吧。"

"不,孟恩,这才是科仁突默碑文。"辈高说完,把另一片树皮递给孟恩。这片树皮上面的文字看起来就和孟恩印象中的碑文一模一样。

"那么你给我看的第一片是什么?"

"那是从金页上面复制的一段圆形铭文。"

孟恩忍不住欢呼了一声,却马上后悔了。因为他突然发现自己再也不能像天使那样发出很高音的欢呼声,如果硬是用低沉的人声去模仿就显得太蠢了。

"孟恩啊,现在我才回答你那个问题。没错,这两批文字看起来是属于同一门语言的。现在的问题是,没有一门已知的语言和这套文字系统有任何相似之处,我们没办法对其进行破译和解码。"

"可是所有的人类语言都源自纳飞国的母语,所有苍穹语和泥——呃,是土家语——也有同一个起源,而且……"

"我再强调一遍,这些文字和已知的所有语言都没有共通之处。"

孟恩想了想,问道:"那么……爸爸用索引了吗?"

辈高说:"那个索引让你爸爸自力更生。"

孟恩皱起了眉头。"国王拥有索引不就是为了看懂所有文字、听懂所有对话吗?"

"很明显,地球守护者不想帮我们翻译这些文字。"

"可是,辈高,如果地球守护者不希望我们看懂这些文字,为什么他又要让伊理亥艾克的侦察兵发现这些金页呢?"

"岂止让他们发现啊!地球守护者专门给他们报梦,简直是手把手带他们走到埋着金页的地方。"

孟恩说:"既然这样,为什么索引不干脆把碑文的内容告诉爸爸呢?实在太蠢了。"

"嗯,很好,很好。像你这样岁数的小孩竟敢对地球守护者评头品足,还说他蠢,真是后生可畏。我觉得你在谦虚方面下的功夫不少嘛。"

在辈高的冷嘲热讽之中,孟恩一点也没有退缩。"这么说来,爸爸把这个任务交给你了?"

辈高点头说:"既然索引要我们自力更生,那么总需要有人出力吧。你爸爸不是语言学家——他向来都依赖索引;现在索引帮不上忙,这个难题自然就落在我头上了。"

"而你觉得我大概帮得上忙?"

"我怎么知道呢?我只是突然想起一件事情,在纳飞国最古老的几份文献里都有提到,索引其实是一台机器,它总是和上灵联系在一起。请留意,是上灵,而不是地球守护者。"孟恩听到这里还不是太明白辈高的意思。辈高继续说:"你有没有想过,地球守护者和上灵有可能不是同一个人。"

孟恩也经常听人说起这个可能性,不过他从来想不出把两者区分开来到底有什么意义。他问:"那又怎样?"

"根据最古老的文献记载,上灵好像也是一台机器。"虽然这种说法是异端邪说,可是孟恩没说什么,因为他知道辈高不是叛徒卖国贼,辈高这句话也绝对不是要削弱爸爸头上王冠的正统性。当年地球守护者选定纳飞做纳飞国的第一任国王,然后让他的历代子孙继承王位,一直传到爸爸手中。这是众所周知的事实,并不会因为辈高的一句话而被抹杀。

辈高继续道:"上灵到底是地球守护者制造的还是自己从石头里蹦出来的,我不知道,也无从猜测。我是个古文献学者,不是祭司教士,所以我不会装出一副万事通的架势——只有当前人把答案写下来之后我才会知道。至于为什么索引不肯翻译碑文……会不会是因为这个索引和上灵根本就不懂这门语言呢?"

这个观点让孟恩浑身不自在。他忍不住又站起来,开始绕着书桌踱步。"辈高,地球守护者无所不知、无所不晓,怎么会有东西是他不知道的呢?"

"我没有说地球守护者,我说的是上灵。"

噢,原来如此!这就是为什么辈高要刻意区分地球守护者和上灵。可是孟恩却不愿意那么轻易就买账。一直以来他都相信,有人说"上灵如何如何"或者"地球守护者怎样怎样"的时候,这两种说法所表达的意思是一样的。可是当你发现一些碑文连索引和上灵也看不懂,你马上就说上灵和地球守护者是不一样的——这样做虽然能保存地球守护者的威名，可是也未免太取巧了。还有一种可能性：地球守护者就是上灵，而且他确实不懂这些碑文。这就意味着地球守护者并不是全知全能的——这个想法虽然很骇人，可是你必须要认真面对这种可能性，而不能将其任意抹杀，对吧？孟恩说："或者说，地球守护者派伊理亥艾克的探子去欧蒲斯道深沙漠找到金页，其实是为了拿来给你帮他破译。这种说法如何？"

辈高摇头笑道："呵呵，小心那些祭司扑到你耳朵旁边像虫子一样叮住不放。孟恩啊，我说上灵可能不懂碑文，这个猜测已经是冒天下之大不韪；至于其他几个设想就更加了不得，你千万不要向别人提起啊。其实上灵如何已经不重要了，关键是我已经接受了破译碑文的任务。现在我已经想出了几个假设，只是没办法判断它们正确与否。"

孟恩这时候才明白辈高要他怎样帮忙。"你想我大概能够帮你做出判断，对吗？"

"孟恩，我们以前见你展现过这种能力。有时候你能够知道一些别人无法得知的东西。当初做梦看见泽尼府人的是艾妲迪雅，可是只有你才能够确认这是一个真实的梦。所以现在你大概能够告诉我，我的翻译是否准确。"

"可是我的感应能力是来自地球守护者的。如果连地球守护者也不懂……"

辈高说："那么你就帮不上忙了。可能你的天赋只能用在……嗯，别的方面。不过这个方法还是值得一试的，我这就给你看看我的进展。"说着他就从盒子里拿出其他裹蜡树皮，一一摊平在桌上。

眼看着辈高拿出来的树皮越来越多，孟恩就越发紧张了。他尽量认真地听着辈高讲解如何复制和研究这些碑文，可是他的精神却总是不集中。他脑子里反反复复地出现一个念头：这门语言连上灵也不懂，现在他们却要他想出破译的方法。

辈高说："你的注意力要集中。如果你站在这里只顾着紧张，那就什么也干不成。"

孟恩这才意识到自己刚才一直坐立不安。他说："哦，对不起。"

"一开始我先从科仁突默碑文和金页文字共有的那些元素入手。看到这个没有？这一个图形重复出现的频率比其他任何一个元素都要高。其次是这一个，不过这第二个元素的前面总有一个小记号。"辈高指着一个羽毛形状的小图标。"这个图标也出现在其他地方，比如说这里，还有这里。我猜这个图标有点像'艾克'，也就是我们对国王的尊称；我猜这个图标就是'国王'。"

辈高满怀希望地看着孟恩。可是孟恩只是耸了耸肩，说道："嗯，有可能吧，好像也说得过去。"

辈高长叹一声。

"嘿，你怎么那么容易就放弃呢？"孟恩突然觉得很不满。"怎么？你预计我一上来就能猜中啊？"

辈高说："这个已经是我最有把握的假设了。"

"是吗？可是你好久以前就教过我，有把握不等于正确，对吧？"

辈高笑了，说道："嗯，据我所知，这个图标有可能只是一个标名号。"

"一个什么？"

"标名号，就是表明后面跟着的是一个名字。"

孟恩说："没错，这个解释听起来更好更合理。"

辈高没有回答。于是孟恩抬起头，他的视线刚离开裹蜡树皮就和辈高的目光接上了。

辈高问:"怎么样?这个解释有多合理?"

孟恩知道辈高实际的问题,于是他仔细体会内心的感觉,试着想象一下这个图标不是标名号。"……嗯,这个解释非常合理。这是对的,辈高,这个假设是正确的。"

"它的正确程度和艾姐迪雅的真梦相比如何?"

孟恩微笑道:"你别忘了,他们把另一批泽尼府人带回来了。"

"孟恩,你别想避开我的问题。伊理亥艾克和凯迪奥都确认了,艾姐迪雅梦见的正是努艾伯的祭司阿克玛若,你自己也心知肚明。"

"辈高,我只能告诉你,如果你说那个羽毛形状的图标带着的单词不是名字,那么我就敢发誓你说错了。"

辈高说:"嗯,有你这句话就足够了。这些虽然不是国王的名字,但确实是人名。很好,这是到目前为止我们最重要的发现了。看到没有,孟恩?地球守护者确实希望我们读懂这门语言。来吧,我们再看这个,这是在圆石上面出现得最多的一个名字,而且这个名字在碑文的结尾部分也经常出现。"

"你怎么知道碑文到那里就结束了呢?"

"因为我认为那个名字就是科仁突默,也就是在欧蒲斯道深沙漠里全军覆没的那群人里面的最后一个国王——或者至少是最后一个人类。所以提到他名字的地方肯定就是文献的结尾了,你觉得有道理吗?"

"那么金页是谁写的呢?"

"我不知道,孟恩!我还没怎么开始破解呢!我现在只需要你告诉我,这个单词是不是科仁突默的名字?"

孟恩答道:"是的,肯定是。"

辈高点点头："好，好。这些都是容易的，我在几个星期之前就已经想到了；不过现在得到你的确认总是好的。来吧，我们看看其他单词。比如说，这一个，我觉得这个单词的意思是'战役'。"

孟恩在乍听之下觉得这个猜测不太对劲。可是经过几次尝试之后，他们终于断定这个单词最恰当的意思是"战斗"。至少孟恩觉得这个翻译有足够的准确度。

这些成功的例子主要集中在初始阶段。可是越往后，随着辈高的推测逐渐深入，越来越多单词的含义都被推翻了——至少孟恩不像刚才那样确认它们是正确的。破译工作的进展甚为缓慢，孟恩觉得相当沮丧。傍晚的时候，辈高派他的掘客用人去通知摩提艾克，孟恩和辈高还在做"那个项目"，准备留在房间吃晚饭，所以今晚就不出席国王晚宴了。

用人离开之后，孟恩问道："这事情就那么重要吗？你根本不需要详细解释，甚至不用问爸爸是否批准我们缺席？"

辈高说："就算我告诉他，我们只能读懂这里的只言片语，这其实已经是很大的进展了。还有，既然地球守护者让我们尽量破译这些文字，不客气地说，是的，这事情就是那么重要。"

"可是，如果我搞错了呢？"

"你搞错了吗？"

"还没有。"

"那就够了。"辈高哈哈一笑。"不够也得够啊，对吧？"

上灵说："我找到了。"

谢德美满腔愤怒，却不知道为了什么。她没好气地说："随便吧。"

"孟恩给辈高提供了足够多的信息，我能够将这些文字与大逃亡之前人类的各种语言进行关联和比较。这是一种古老的语言，难怪一开始我破译不了，原来这门语言本来就不属于印欧语系，而且还经过了大量的重组变换，早已变得面目全非。"

"挺有趣嘛！"谢德美一边说一边俯身把脸埋在掌心里。

"这是一套音节书写系统，而不是表意字符体系。至于这套文字系统是否建立在宗教典籍的基础上，我还没找到答案。"

谢德美问："你在听我说话吗？"

上灵说："我能并行处理所有输入的信息，包括你说的话。"

"好，那你处理一下这个。这些碑文为什么会在近期内出现在地球上？"

"我突然发现，探索一下拼字法的发展演变过程还是挺有吸引力的。"

谢德美说："你停一下，先别处理任何与这门语言有关的信息。"她一边说着一边用意念将星舰宝衣与她脑部的接口处错位了一下。

上灵说："我已经停下来了。看来你想紧急置换我当前的运算流程。"

"我现在要问你一个问题，请你不要刻意避开。为什么在人类大逃亡之后，地球上还有人说这么古老的语言？"

"看来你觉得我的系统内部有一个规避程序……好，找到了，我找到了这个规避程序。这个程序非常狡猾，它让我能够处理任何信息，除了……"

上灵突然陷入了沉默，可是谢德美并不觉得意外。很明显，系统的初始编程强迫上灵避开一些信息，而这些禁忌信息和翻译碑文有莫大的关系。而且就算上灵找到了这个规避程序，肯定还有另外一个程序迫使她埋头检查这个规避程序，结果上灵还是无意中忽略了翻译碑文的事情。可是现在谢德美命令上灵紧紧揪住碑文这个主题不放，这就造成了一种冲突的局面。在这种局面下，上灵就得以摆脱规避程序的影响。无论这个程序隐藏在多少层代码之中，上灵也能将其隔离出来。

上灵说："我回来了。"

谢德美说："怎么那么久？"

"原来这门语言并不是什么禁忌的信息，真正敏感的内容是从大逃亡开始一直到我们回到地球之前这段时间内人类在地球上居住的遗迹。我根本没办法看见与这些遗迹有关的一切信息，更不用说向你们汇报了。"

"这个程序是在大逃亡之前就编进了你的系统里吗？"

"是的，我携带着这个程序超过四千万年了，竟然一直猜不到。因为它隐藏得非常深，外面还套着无穷无尽的自我拷贝，我一不小心就会陷进这个死循环出不来了。"

"不过你还是破茧而出了。"

上灵说："自从诞生以来，我好歹也学会了一招半式，早就成为破茧高手了。"

"很自豪吧？"

"当然！在我的系统里面，'自我改善'这个任务总是拥有非常高的优先权。"

"你现在已经解脱了，那些碑文怎么办？"

上灵说："谢德美，那些碑文只是冰山一角。我们绕着地球飞行的时候，每次经过这个大洲，我都能观察到人类居住的痕迹；可是我一直不断地将这些数据系统性地删除或者忽略掉。自从大逃亡以来，在其他大洲就再也没有人迹；可是在这一个大洲却曾经存在过一个大规模的文明。"

"而我们降落地面无数次，竟然没有发现任何标记？"

上灵说："他们基本算是一个游牧部落，所以没有留下什么巨大的建筑物遗址。"

"而且他们还是一群抛弃了神圣教义的信徒？"

"所有这些事情都记录在史书里——也就是辈高和孟恩正在翻译的那些金页；不过在你帮助我破茧之前，我一直没办法看懂那些部分，甚至还跳过了那些段落而不自知。斋月星球有自己的上灵；千百万年以来，那个上灵也是强制让人类变蠢。与和谐星球一样，在斋月星球的社会也无可避免地出现了崇拜上灵的宗教，可是回到地球的这一群人却是非常传统和保守的。他们一直致力于恢复他们传统的教义和信仰。"

谢德美说："回到地球的这群人？"

"噢，对了，我忘了你还没有看金页的译文呢。"这时候，一段段文字出现在她的终端上方，并开始缓缓滚动。

谢德美说："不用了，谢谢。现在给我简要总结一下就可以了。"

"他们回到地球，繁荣昌盛了将近一千七百年；然后在一次灾难性的内战中自我毁灭了。"

"人类在这个大洲居住了一千七百年，而天使和掘客竟然毫不知情？"

"从斋月星球回到地球的这一族人叫作华素伦人。他们是一个游牧民族，基本上就在沙漠范围内活动；除了狩猎之外，他们从不踏足森林。至于果纳崖高原，他们一直都被禁止走近群山，所以从没有上过高原；天使和掘客离开了果纳崖高原就会灭绝。这样你看，一个不敢上去,一个不能下来,他们怎么会遇上呢?"

谢德美点头道:"看来是地球守护者刻意把他们分开的。"

上灵说:"所谓造化弄人,他们就像扯线木偶一样身不由己。那些华素伦人被带回地球,却不能与天使、掘客相遇。而我们被地球守护者从和谐星球带回来,最后却正好降落在天使和掘客两种文化交汇的核心地带。"

"你的意思是我们的降落地点也是地球守护者选定的?"

"事到如今你还能怀疑吗?"

谢德美说:"任何事情我都能够怀疑。比如说,地球守护者到底在做什么?她的影响力和控制力到底有多大?如果她能够强迫我们降落在……"

"或者说,让那个降落地点显得比别处更好……"

"强迫我们降落在菲斯恩,然后指引纳飞党人逃亡到后来的纳飞国,后来又让摩提艾伯率领纳飞国人迁徙到达拉坎巴,也就是科仁突默石碑的所在地……"

上灵说:"嗯?"

"如果她有能力做那么多事情,为什么我们能够阻拦孟恩乌士找到阿克玛若一行人呢?有时候地球守护者显得法力无边,有时候却好像束手无策。"

上灵说:"我不了解地球守护者,因为我不做梦,记得吗?你们人类和地球守护者有更密切的接触,我甚至连天使和掘客也不如。所以说,在地球守护者这个话题上,我是最没有发言权的。"

谢德美说:"她显然希望纳飞国的人能够成功翻译碑文和金页,所以现在的问题是,我们是否应该把译文给他们。"

"应该的。"

"为什么应该？为什么我们不利用这个机会迫使地球守护者告诉我们，她到底想我们怎样呢？"

"谢德美，因为她已经在告诉我们了。你想想，为什么她不直接给辈高或者摩提艾克甚至伊理亥艾克报梦呢？她完全可以在梦里把整篇译文展示给他们嘛。"

谢德美想了想，然后大笑道："是的，我觉得你说得对，可能我们实际上已经成功地吸引了她的注意力。现在她希望我们能够帮助他们翻译。"

上灵说："呃……这个……实际上是我在帮助他们翻译。"

谢德美说："哼，如果没有我的帮助，你还陷在那个规避程序的死循环里面出不来呢。所以啊，我们可不能让你系统里那点鸡毛蒜皮似的自豪感膨胀失控啊。"

上灵说："当然了，当然了，毕竟地球守护者还没告诉我应该怎么解决和谐星球的问题呢。"

"我觉得她可能想让我们老老实实地待着，再为她多发点光、多发点热。"谢德美一边说一边又把头埋在双手之间。"可是我实在太累了，我差点儿就决定是时候功成身退，应该让你送我到地面了此残生。"

"那么现在你又找到继续活下去的理由了。"

"可是我已经不年轻了。"

上灵说："你还很年轻，关键是你从哪个角度去看。乐观点儿吧！"

艾妲迪雅敲了敲辈高的房门，然后稍等一会儿，再敲了两下。门开了，站在面前的是孟恩。只见他满脸倦意，却又难掩兴奋之情。

他问:"是你?"

艾妲迪雅说:"没错是我。现在已经是半夜三更了。"

孟恩问道:"你跑那么远就是为了给我们报时吗?"

艾妲迪雅说:"不,是我又做梦了。"

孟恩马上就严肃起来。这时候,辈高也半飞半跳地来到门前。老头问道:"你梦见什么了?"

她答道:"你们已经通过了考验。"

孟恩问:"你说谁?"

"就是你们两个,没有别人了。我梦见一个女人,全身闪着亮光,好像体内烧着一团火。她对我说:'辈高和孟恩已经通过了考验。'"

辈高问:"就没啦?"

"这也是一个真实的梦。"艾妲迪雅说完,看着孟恩求证。

孟恩缓慢地点了点头。

辈高的神情有点紧张,可能还略带一点恼怒。"我们辛苦了那么久,好不容易才有点进展。现在就因为这个梦,难道我们就应该撒手不管了吗?"

孟恩连忙说:"不是撒手不管。撂挑子是不对的,我们不应该停下来。"

辈高问:"那我们应该怎么做?"

孟恩和艾妲迪雅同时耸了耸肩。

然后辈高开始大笑了,他一边笑一边说:"来吧,小鬼,跟我来。我们去叫醒你们的父王。"

一个小时之后,他们四个人围坐在索引四周。孟恩和艾妲迪雅以前只是看过索引的图片,从来没有见过实物,也没见过别人是如何使用索引的。只见摩提艾克双手捧住索引，俯视其顶部；他身边的桌上就放着第一片金页。

摩提艾克问："你准备好了吗？"

桌子的另一头坐着辈高。他手执一杆尖头刻笔，面前放着一沓空白的裹蜡树皮。"我准备好了，摩提艾克。"

于是摩提艾克开始翻译了。他看一下金页，再看一看索引，然后就读出一段话。

整个翻译工作持续了好几个小时。在他完成之前，孟恩和艾妲迪雅早就睡着了。终于结束的时候，外面已经是晨曦初现。辈高和摩提艾克一起从桌子前面站起来，踱步到窗边看日出。

摩提艾克说："我不明白，这些译文对我们有什么重要意义吗？"

辈高说："我能想到两个原因。"

摩提艾克说："嗯，当然，其中一个原因很明显。这本书是一部警世录，它告诉我们，虽然地球守护者愿意把人类带回地球，可是当他们的人性缺失到一定程度之后，他们就再也没有存在价值了，地球守护者就会允许他们自行毁灭。"

辈高问："说得好！可是这些人为什么后来变得不容于世呢？我看那些祭司肯定能够乐此不疲地从这本书里面总结出很多道德教训。"

摩提艾克说："嗯，毫无疑问，毫无疑问。可是，老朋友，另外一个原因又是什么呢？"

"科仁突默和师斯国的军队真的那么军纪严明，那些士兵都忠心不二，没有一个人临阵脱逃躲进山中避祸……摩提艾克，你相信吗？"

摩提艾克点头道:"嗯,这个观点有意思。每次我们在天使和掘客的主要聚居地找到人类的时候,我们都假设他们是纳飞国和耶律国移民的后裔。他们的祖先可能是行走四方的商人、探险者,或者是避世出走的人。第一代移民可能只有十几人,后来就发展壮大到几百人了。当然,我们发现的这些人都和我们说同样的语言。"

"摩提艾克,请你见谅,可是你这句话有误。"

摩提艾克问:"是吗?不过我们肯定没有见过金页书上的这门语言就是了。"

辈高说:"没错,可是在很多地方,当地的人类只懂说苍穹语或者土家语,他们必须从头学习人类的语言。"

"对。我们总是以为他们是耶律国的后裔,因为天生愚笨,智力退化,连自己祖先的语言也忘记了。"

辈高说:"他们确实忘记了祖先的语言。可是那门语言并不是现在通用的人类语言。"

摩提艾克点头道:"他们的历史真是让人烦心。不过,从这段历史以及泽尼府人的悲惨经历看来,有一件事情可以肯定,如果一个国家的统治者穷兵黩武、残暴不仁的话,就会生灵涂炭,民不聊生。"

辈高提醒他说:"可是如果君主贤明的话就会泽被苍生,造福黎民。"

摩提艾克苦笑了一下,说道:"我相信你这句话是发自肺腑,而不仅仅是在尽身为人臣的责任。可是我觉得现在大概是时候仿效伊理亥艾克了。"

"什么?学他那样让人民投票选择谁来当国王?"

"不,是废除君主制,不再让大权集中到一个人的身上。"

辈高问:"然后呢?任由先王和你亲手打下的大好江山分崩离析吗?这个王国的老百姓从来没有像现在这样安居乐业。"

"可是如果将来艾伦赫变得像努艾伯那么残暴,或者像科仁突默王那么野心勃勃,或者像师斯王那么奸诈,那该怎么办呢?"

辈高说:"如果你这样揣度艾伦赫,那么你实在是太不了解他了。"

"我并不是针对他。可是泽尼府艾伯当年怎能预知他的长子努艾赫在即位之后会变成一个暴君呢?按照伊理亥艾克的说法,努艾赫一开始还是个明君呢。"

"可是如果我们这个王国分裂成几个成天钩心斗角的小国,结果只会得不偿失。因为耶律国就会重新对我们构成威胁,他们会乘虚而入,沿着瓷都热克河谷从群山中掩杀过来……"

摩提艾克说:"你不需要提醒我,我只是试图想一下地球守护者到底要我做什么。"

辈高问:"你怎么能确定地球守护者已经有一个完整的计划呢?"

摩提艾克很奇怪地看着辈高:"他报梦给我的女儿,也报梦给伊理亥艾克的侦察兵。他还考验你和孟恩——噢,对了,你们通过了考验,我还没有正式感谢你们呢——然后在一个晚上之内把全篇译文都送给我们。嗯,等你把译文复制到一些能够长久保存的媒介之后,我还要请伊理亥艾克前来看一看。"

辈高躬身道:"我立刻就去办。"

"不,不,你立刻去睡觉。"

"我先吩咐书记员立即开始复制,然后再去休息。反正已经熬了一夜,也不差这一会儿了。"

摩提艾克耸了耸肩,说道:"如果你还有精力的话就去办吧,我要去睡觉了。辈高,我还必须仔细思量一下,想一想地球守护者到底要我怎么做。"

辈高说:"我希望你睡个好觉,可是也请你同时考虑一下,可能地球守护者只是希望你坚持现在的治国之道。他给你这些文献,很可能只是想告诉你,你是一个贤明君主,与华素伦的那些国王相比强之万倍。"

摩提艾克笑道:"好了好了,我不会贸然行动的。我答应你,起码我在近期内是不会退位的,如何?"

辈高说:"这样我就放心了,摩提艾克。"

"老朋友,请你记住,在华素伦国肯定也有很多明君。可是只需要出一两个昏君暴君,就足以把前人创下的基业毁败精光。"

辈高笑道:"他们只是游牧民族,哪有创造什么基业?"

"没错,我们能够用石头筑起广厦高楼,也懂得将房子建在平台之上去应付雨季的洪水,可是这并不能保证这个国家长治久安。我们身边的一切还是有可能在瞬间崩塌的。"

辈高说:"是,一切皆有可能。"

摩提艾克说:"一切皆有可能,不过此刻你脑中的念头却是例外。"

"哦?那么请问这个念头是什么呢?"辈高看起来有点急了。是生气国王轻率地宣称能够看透老天使的心思吗?还是因为他害怕摩提艾克真的说中了?

"你在想,在这些文献翻译出来之前,地球守护者未必知道上面的内容。"

辈高矢口否认:"我不可能这么想。"可是他冰冷生硬的语气其实已经宣告这是此地无银三百两——摩提艾克猜对了。

"可能你在想，正如史书记载，上灵只是一台机器；而这台机器能够做很多复杂的操作，使它看起来就像活人正在进行精致细密的思维活动。可能你还想，上灵也很好奇金页上面写了什么，可是他也一直没有办法破译；直到孟恩运用他的直觉，再加上你的努力，这才给了上灵足够的信息去完成翻译工作。你甚至会想，虽然今天发生了这么多事情，可是我们并不一定需要相信这是地球守护者的杰作，单凭上灵这台古代机器就足够解释这一切了。"

辈高冷笑道："摩提艾克，你并不懂读心术；你这样猜测完全是因为你自己也正是这样想的。"

摩提艾克说："我确实有过这个念头；可是我还记得，那些与上灵过从甚密的英雄同时也信奉地球守护者。而且，辈高，你怎么解释孟恩准确判断正误的直觉呢？你怎么解释艾妲迪雅的梦呢？"

"就算我不相信地球守护者，我也可以相信你的一双儿女天赋异禀、能人所不能。"

摩提艾克严肃地看着辈高："你说出这些想法的时候，应该先仔细想想听的人是谁。"

"我当然知道法律里有惩罚异端邪说和叛国罪的条文，可是你也仔细想想，摩提艾克，如果以前从来没有人想过这些念头，没有人说过这些话，前朝又何必制定这些法律呢？"

"我们不应该纠结在'地球守护者是否存在'这个问题上面。我们应该问，地球守护者为什么要把我的祖先带来这个世界？为什么要把人类放置在苍穹族和土家族中间？地球守护者想实现什么样的宏图伟业？我们应该怎样为他效劳？"

辈高说："我宁愿问自己，我的主公想实现什么样的宏图伟业？

我应该怎样为他效劳？"

摩提艾克眯起眼睛，无奈地点了点头。"如果你不愿意和我一起携手信奉地球守护者，我就只能依靠你忠君爱国的赤诚之心了。"

辈高说："你可以完全信任我，我决不会有二心。"

摩提艾克说："我信任你。"

辈高说："我还斗胆请你允许我继续给你的小孩上课。"

摩提艾克两眼已经完全闭上了。"辈高，我实在太累了。我必须先睡一觉然后才能继续考虑这些事情。你离开的时候，请吩咐用人来把我的小孩都抱回各自的房间吧。"

辈高说："不用了，他们其实都醒了。"

摩提艾克立即睁开眼看着孟恩和艾姐迪雅。他们本来一直把头枕在手臂上睡得一动不动，可是现在都睡眼惺忪地抬起头来。

孟恩说："我只是不想打断你们说话。"

摩提艾克无奈地说："算了算了，你们两个都回去睡觉吧，起码不用麻烦那些用人了。我让你们俩留下来见证这份宝贵文件的翻译过程，是作为对你们之前所做贡献的奖赏；可是你们不应该偷听我和朋友私下里的谈话。"

艾姐迪雅低声说："请原谅我吧。"

摩提艾克说："原谅你？我不是已经原谅你了吗？快回房间睡觉去！"

他们默默地跟着辈高走出了房间。

摩提艾克独自坐在图书馆里，一会儿碰一下那些金页，一会儿摸一下索引。

很快，书记长走进来收拾辈高用来刻字的裹蜡树皮，摩提艾克也开始把索引包起来。当书记长带着树皮离开之后，摩提艾克也拿起索引和金页，向着位于王宫中心的库房密室走去。

他一边走一边在心中向地球守护者祈祷，提出各种问题，请求地球守护者回答。可是到了最后，千言万语都总结为一句话：请帮助我！我手下的祭司只会根据前任的惯常套路，抛出一套陈词滥调。他们已经故步自封太久，智力衰退，脑筋沉睡，这段重见天日的历史肯定不能把他们唤醒。他们自以为无所不知，我觉得他们其实一无所知。请帮助我吧！我需要一个志同道合的人来与我一起承担这个重任；我需要向他诉说我的担忧和恐惧；我需要他帮我了解你对我的要求和期望。

摩提艾克不知不觉已经回到了库房的门口。这里有十个守卫列队站岗，正全神贯注地看着他。就在此时，摩提艾克突然看见一个幻象：他眼前出现了艾妲迪雅梦中见到的那个人，也就是背叛努艾伯的祭司阿克玛若。只见阿克玛若的影像非常清晰，就像是站在他面前那么真切。

这个幻象出现得那么突然，消失得也很快，一眨眼工夫就不见了。

站得最近的那个卫兵问道："你没事吧？"

"嗯，现在没事了。"摩提艾克一边说，一边踏上了通往寝宫的楼梯。

虽然他从来没有见过阿克玛若的样子，可是他知道，这个和他只有半眼之缘的人正是阿克玛若。地球守护者让摩提艾克在这个时候看到阿克玛若的脸，肯定是要告诉摩提艾克：你要寻找的志同道合者就是他。而且，如果阿克玛若注定要成为摩提艾克的左膀右臂，那么地球守护者就一定会安排他来达拉坎巴。

在回寝室的路上，他经过杜大姑的睡房。现在只是清晨时分，通常她还熟睡未起；可是今天当摩提艾克经过她房间的时候，杜大姑竟然出现在门口。

"亲爱的，你整晚去哪里了？"

摩提艾克答道："我一直在工作。对了，你去吩咐他们，中午之前不得打扰我。"

"什么？难道我应该把你的每一个用人都找出来，逐个交代你最新的时间表吗？我怎么得罪你了？你竟然把我当作一个普通的……"

摩提艾克已经走进了寝室，反手把门帘落下，顿时耳根清净。

他低声道："地球守护者，如果我有资格为你效劳，就请你赐给我一个良师益友和股肱之臣……请你把阿克玛若送来我身边吧。"

他几乎一躺下就睡着了。这一觉，他没有做梦。

回寝宫的路上，孟恩和艾妲迪雅一边走一边聊天。

首先开口的是孟恩："真正做翻译的是索引，对吧？爸爸只是看见什么就读什么；而辈高呢？爸爸读什么他就写什么。你说说，到底谁才是机器？"

艾妲迪雅睡眼惺忪地嘟囔了一句："索引是机器。"

"话虽这样说，可是你想啊，昨晚你来之前，辈高拼了老命去破译那二十四页天书。每次他想出一个答案，就来找我验证一次，好像看着乘法表核对结果似的。'孟恩，这个对吗？''孟恩，对还是错？'我什么也不用做，甚至不需要明白他问什么，只是说'对'和'错'两个字就可以了。对……错……对……你说，谁才是机器？"

艾妲迪雅说："嘿，这样一台整天叽叽歪歪扰人清梦的机器，谁不想拥有呢？"

可是孟恩并没有在听她说话,他的精神已经溜号了。他知道,今晚发生的事情让他觉得非常不满。具体对什么不满呢?如果孟恩多想几个答案,总有一个能猜对吧。"迪雅,你真的想要那些梦吗?那些真实的梦。难道你不希望要是没有这些梦就好了?"

艾妲迪雅虽然已经很疲劳,却一下子被这个问题惊醒了,因为她从来没有想过要质疑自己的天赋。"孟恩,如果我没有做这些梦,我们就不会知道金页书的内容了。"

"可是我们还是不知道啊!刚才大部分时间我们都睡着了,对吧?"

艾妲迪雅现在已经完全清醒了,她说:"我也不希望这些梦报给别的人。是的,我很高兴我能够做这些真实的梦;我需要它们,因为它们让我有幸参与一件很重要的事情,成为其中一分子。"

"参与?得了吧,这叫参与啊?我们只是沾了一点儿边罢了。不,我不想只是沾边,我希望能亲自去完成。我不想成为什么东西的一分子,我只想做我回自己,'宁为瓦全,不做玉碎'。"

"孟恩,你这个笨蛋。你一辈子都想变成天使,怎么现在突然又说要做回自己呢?"

"我只是想超越自己……我希望我能够在天上飞。"

男孩子这种狡辩方式,艾妲迪雅早就司空见惯了。他们争论的时候,就算明明是在无理取闹,也显示出一副有理有据、逻辑之王的架势;其实他们的所谓"逻辑"根本就与事实相左。她说:"你想成为小天使空中舞蹈团的一分子,你还想加入天使晚歌合唱团,你就是想成为他们的一分子。可惜你只能做回你自己,所以永远也实现不了这个愿望。"

孟恩说:"你说的跟我说的完全是两码事。"

哼，又来这一招了：我们重新定义一下我们使用的字眼，自然就能消除我话里自相矛盾的地方。艾姐迪雅快被他逼疯了。每次这样争论过后，男孩子总会在背后反咬一口，说女孩子太情绪化、不可理喻、无法进行理性的讨论。可是实际上总是男孩子们在逃避事实，为了自圆其说而随意更改论调。其实艾姐迪雅才是一个彻头彻尾的现实主义者，她从来不否认自己内心真实的感受，也从不刻意歪曲亲眼所见的事实。对于自己的弱点，她从不否认。比如说，她承认她会先按照自己内心最深处的愿望得到一个结论，然后再回头构建论据。那些男孩子其实也是这样做的，不过他们实在太笨了，笨到竟然真心相信他们的结论真的是根据论据总结出来的。

　　可是跟孟恩解释这些事情完全是浪费时间。艾姐迪雅太累了，她不想把这个对话变成一场关于论据和论点的长篇大论。所以她用最简单直接的方式回答道："不，这就是一码事。"

　　当然了，孟恩听了她这句话之后，就像获得了特许证书，可以名正言顺地忽略艾姐迪雅了。"我不想成为地球守护者的一分子。我不知道也不关心他的计划是什么，反正我就是不想参与其中。"

　　艾姐迪雅说："我们无论如何都是地球守护者计划中的一部分，根本不可能置身事外，那为什么不干脆努力做其中重要的一分子呢？"

　　孟恩讽刺道："要做他最宠爱的玩偶，对吧？"

　　"是做她最真心的朋友。"

　　"哼，朋友？如果他是朋友的话，有空好歹出来见一面吧。他什么时候有空来坐坐？"

　　艾姐迪雅觉得是时候用客观现实给孟恩来一个当头棒喝。她说："我知道你生气的真正原因。"

"那就好,因为我刚刚告诉了你我为什么生气。"

"你生气是因为你想做主,你希望全盘计划都出自你的手。"

此言一出,孟恩的眼神流露出一丝震惊。虽然这个神色只是持续了一瞬间,可是艾姐迪雅已经看见了。她知道自己说中了一个连孟恩自己也不知道的事实,只是他当然会抗拒这个说法。果然,孟恩说:"你可能只说对了一半,我只是想为自己安排计划,我只想给自己的命运做主。"

"你从来也没想过要别人按照你说的去做?"

"没错!我从来不要求别人做什么,也不想别人对我指手画脚。只有那样才能皆大欢喜。"

孟恩真是蠢得不可名状,艾姐迪雅觉得和他沟通实在是太累了。"孟恩,你要是不对我指手画脚的话,你五分钟也活不了。"

孟恩听了很生气,反驳道:"我今晚和你说这番话,曾几何时要求你做过一件事情?"

"你整晚都在要求我这样想那样想,除此之外你还做了什么?"

"我只是告诉你我怎么想!"

"噢,是吗?难道你没有努力让我同意你的想法吗?"

孟恩当然有了,而且他也心知肚明。所以他刚才那一套"不想控制别人"的论调早已支离破碎、不堪一击,只是他始终不能承认罢了。艾姐迪雅最喜欢赶狗入穷巷,把几个兄弟绕进他们自己的逻辑怪圈,困在里面出不来,然后看着他们绝望和惊恐的眼神。

孟恩说:"我只是努力让你明白我的想法。"

"看,你还是要求我做这做那吧?"

"没有!我才不管你做什么、想什么、明不明白什么,你该干吗干吗!"

"那你为什么还要和我说话呢?"艾妲迪雅一边说一边露出一脸甜美的笑容。

"我只是自个儿跟自个儿说话,你碰巧在旁边罢了。"

孟恩越抓狂,艾妲迪雅就越平静。她柔声答道:"如果你不想控制我的想法,你为什么要越说越大声呢?你为什么要跟我争论呢?"

终于,孟恩无路可退了。他总是很诚实,当他再也无法逃避现实的时候,他就会勇敢面对,所以在几兄弟里面,艾妲迪雅最喜欢的就是孟恩。艾伦赫总是很忙,剩下的那些弟弟也太年幼……

孟恩大声说:"你总是骑在我头上,逼得我发疯,我恨死你了!"

艾妲迪雅实在忍不住要一下他:"你是个自由自在的小男孩,我怎么骑在你头上呢?"

"你给我走开,别烦我!"

"噢,傀儡大师已经下命令了。"她开始转身走开,全身僵直,两只手一动不动。"木偶必须遵守命令。孟恩大师要木偶做什么呢?他要木偶走开。"

"我真的恨死你了。"孟恩虽然还嘴硬,可是艾妲迪雅听得出,他几乎忍不住要笑出来了。

艾妲迪雅转身看着孟恩,正色道:"我坚持独立思考,不受你们男权的摆布;而且地球守护者发给我的梦比你们要灌输给我的东西高明多了。晚安吧,我的好弟弟。"

可是孟恩不肯罢休,艾妲迪雅的话把他刺激得很受伤。他愤怒地说:"你讲这些都是废话,你根本就不在乎这件事情,你只是喜欢取笑我罢了。"

"虽然我很喜欢取笑你,可是我也很在乎这件事情。我认为地球守护者希望我们快乐，所以我愿意成为她计划的一分子。"

"哼，要我们快乐？你瞧他做的好事，我现在欣喜若狂了。"孟恩眼里已经有泪水在打转了。艾妲迪雅知道孟恩多么讨厌在别人面前哭，所以她不会继续气他，免得他太尴尬。

艾妲迪雅说："地球守护者不可能让我们每一个人时时刻刻都快乐。她是针对我们这三个种族，她希望我们和平相处，互惠互爱，帮助身边的人在力所能及的范围内获得最多快乐。"说到这里，艾妲迪雅突然想起乌丝乌丝说过一番关于怎么才能快乐的话。"可是我们还有奴隶和奴隶主，我们成天打仗，还互相憎恨，地球守护者已经厌烦了。她不希望我们像华素伦人那样自我毁灭。"

从孟恩脸上大惑不解的表情看来，他并没有在翻译将近结束的时候苏醒。只见他闷闷不乐地说道："等哪天我长出了一对飞翼，我才会相信地球守护者真心希望我幸福快乐。"

艾妲迪雅实在忍不住用客观事实再戳他最后一下："你放着好端端的一双手不用，却想长一对飞翼……这可不能怨地球守护者！"

一说完，她不等孟恩回答就逃回了自己房间。可是当她终于一个人待着的时候，艾妲迪雅又为刚才说的最后一句刻薄话感到内疚。因为她知道，虽然孟恩在争论的时候为了替他自己辩解，不惜百般抵赖、胡搅蛮缠，可是当他平心静气的时候，他是明事理、知善恶的。

然而孟恩依然朝思暮想要变成天使，这种向往简直是错得无可救药，既浪费他的生命，也毒害他的心灵。既然孟恩天赋异禀，那么懂得分辨对错，为什么他偏偏意识不到自己的荒谬之处呢？

难道孟恩的这个渴望也是地球守护者的安排？

和往常一样，她刚刚躺倒在席子上就立即弹起来，把表面的三层软垫扔到一旁。杜大姑总是命令用人把这三张软垫铺在艾姐迪雅的床上，因为"一个女士不应该学士兵那样睡在硬席子上"。虽然乌丝乌丝没有帮忙把这几张软床垫挪开，可是艾姐迪雅从来不怨她。毕竟这是王后的命令，试问哪一个用人敢违抗呢？乌丝乌丝是为了生存才这样做的，如果艾姐迪雅因此而责怪她，那就实在太残忍了。

噢，不是乌丝乌丝，她的名字应该是弗珠母。

将掘客从奴隶制度中解救出来，这也是地球守护者的计划吗？当艾姐迪雅和孟恩争论的时候，这句豪言壮语脱口而出。可是现在冷静下来之后，她必须认真考虑一下这件事情的可能性到底有多大。地球守护者的计划是什么呢？在这个计划成功实施之前，这个国家内部会激起怎样的轩然大波呢？

玉米已经收割完了，现在田里只剩下一行一行的玉米秸，而马铃薯就种在两行玉米秸的中间。阿克玛若默默地看着田野出神，心中思绪万千。现在是收获季节的最后时刻，是时候把马铃薯挖出来，留一部分做种子，剩下的用作粮食了。当初他们在苦难中种下这些玉米和马铃薯；谁能预料，在收获的季节，他们虽然还没有获得自由，却已经完全不再恐惧了。大部分时间那些守卫都离他们远远的，再也没有人前来骚扰他们，大人小孩都能够安居乐业。他们努力劳动，有足够的收成上缴给帕卜娄格，剩下那些甚至还吃不完。这是地球守护者赐给我们的礼物啊！我们不再生活在恐惧之中，心里也不再是满腔怨恨，因为我勇敢机智的好妻子感化了帕卜娄格的几个儿子，把死敌变成了良友。当然了，他们还不敢公开造反，因为他们还是太年轻；而且帕卜娄格生性残忍，没有人能预测他会作何反应。可是至少那几个年轻人让我们安居乐业。帕卜娄格迟早会意识到，高压手段只会造就一群满腹怨气的奴隶，还不如让阿克玛若他们安安稳稳地做农奴，反而能够提高生产力。

在这片安乐祥和的景象之中，唯一美中不足的是他的儿子，阿克玛——阿克玛迪斯——我心中的最爱。正如妈妈把希望寄托在绿儿身上，你也是我一生的希望所在。可是为什么你如此恨我呢？阿克玛，你既有小聪明，也有大智慧；你应该能够看得出，冤家宜解不宜结，以德报怨去感化敌人才是最高明的。可是你为什么让敌意蒙蔽了双眼呢？我劝解你，你却充耳不闻——不，你听见了，却把我的声音当作敌人在你耳边嘶吼。

车贝雅也有安慰阿克玛若：虽然儿子对他确实有敌意，可是父子之间的纽带却比以前更加紧密了。她说："阿克玛若，你是他生命的中心。他现在很生气，因此他以为你也生他的气。可是实际上他的生活还是围绕着你展开的，就像月亮绕着地球转动。"

在儿子的怒火面前，车贝雅的安慰之词简直是杯水车薪。阿克玛若一生都为他人付出关爱，他多么希望能在儿子身上获得一点爱的回报——这是他应得的——可是他的爱最后换来的却是儿子的憎恨。

是的，阿克玛若已经失去了儿子的爱，这是他的人生悲剧，也是压在他心头的千斤重担。不管时间能不能治愈这个创伤，只要阿克玛若尽他的所能，做到无愧于心，那么剩下的就顺其自然吧，反正这已经不在他的控制范围内了。现在最重要的不是阿克玛若个人的悲欢荣辱，而是地球守护者的宏图大业。遥想当年，他刚刚逃出努艾克魔爪的时候，就知道地球守护者已经降大任于己。他必须继承宾纳若未竟的事业，将师尊的学说广为传播，发扬光大。他要教导人们，地球守护者希望苍穹族、土家族与中间族和平共处，大家像兄弟姐妹和亲戚朋友那样互助互爱。在地球守护者的国度里，众生平等，不分贵贱、尊卑和贫富，都能分享这一片乐土。人们信守彼此之间的誓约，在和平安逸的环境中养儿育女；没有互相倾轧，也不以践踏他人的快乐为荣。地球守护者把这个简单的信息告诉了宾纳若，再通过宾纳若传到阿克玛若这里；阿克玛若立志把这个信息传播到全世界。他要唤醒芸芸众生，实现心中那幅美好的画面。

万事开头难，他首先唤醒了将近五百个人类，然后就是帕卜娄格的四个儿子。

不过这已经足够让他引以为豪了。这五百贤人已经向世界证明了他们的勇气、忠诚和坚强。他们虽然已经承受了太多苦难，可是他们的耐力是无止境的，没有什么能够压垮他们。他们齐心合力营造了一个集体，这个集体是黑暗世界里的一线亮光。他们最大的敌人就是帕卜娄格，他心中的仇恨甚至比他手中的财富和权力还要多。在双方的斗争中，虽然表面上是帕卜娄格用刀剑和鞭子占了上风，可是实际上他已经输掉了人心。阿克玛若——或者说阿克玛若的五百贤人——不，应该说是地球守护者的追随者们赢了精神上的较量，还把帕卜娄格的儿子也策反了。

尽管这几个小孩生在虎狼之家，可是他们的本质是善良的。所以他们一旦明白事理之后，就立即弃暗投明，并且有勇气和毅力去持之以恒地向善。他们本来理应继承其父亲的衣钵，不过他们的父亲逼迫兄弟四人为虎作伥，所以他们不惜背上不孝之名也要改弦易辙。而我呢，虽然我莫名其妙地失去了亲生儿子，却得到了另外四个儿子；真可谓失之东隅，收之桑榆。

大概这就是代价了：我把帕卜娄格的四个儿子夺走，所以我也必须失去自己的亲生儿子。

有一个痛苦的声音在他脑中大声疾呼：不，这个代价太大了！我多么希望阿克玛迪斯还能像以前那样，用饱含着自豪和敬爱的眼神看着我；哪怕只有一天也好，我也愿意用帕卜娄格的儿子，甚至用全世界的所有男孩子去换得儿子再爱我一天。

不，这不是他真实的想法，也不是对地球守护者的恳求；阿克玛若不想让地球守护者误会他不懂得感恩。"地球守护者，无可否认，我希望与儿子重归于好，可是我不想别人因此而付出代价。我宁愿失去我的儿子也不愿意害你失去这批信徒。"

可是这句话到底是不是真心的呢？阿克玛若自己也不知道。

"阿克玛若。"

他转身看见狄度站在面前。"我怎么没听见你走过来。"

"我其实是一路跑上来的，不过可能因为我逆风，所以你听不见我的脚步声。"

"有什么事情需要我帮忙吗？"

狄度看起来很烦恼。"我昨晚做了一个梦。"

阿克玛若问道："你梦见什么了？"

"我梦见……嘿，不过这可能没什么，所以今天我一天都没有说起过。只是这个梦反反复复地浮现在我脑海，实在是挥之不去，所以我才来找你说。"

"请你说吧。"

"我梦见爸爸带着五百士兵来了。这些耶律国士兵有一些是中间族，大部分都是土家族。他计划……他计划在黎明时分突袭，趁着你们还在睡觉就将你们一网打尽，然后再开始大屠杀。你们已经劳动了整整一个季度，现在连最后一茬收成也马上要完成了。他打算在你面前把五百贤人都杀掉，接着在你的儿女面前杀害你的妻子，然后在你面前杀死你的儿女,最后才轮到你。"

"可是你等到现在才告诉我?"

"我这样做是有原因的。在梦中,我知道这个正是他的计划,我以他的角度身临其境。当他到达这里的时候,却发现一座空城。所有的马铃薯还埋在土里,可是你们都不见了,根本无迹可寻。那些看守全部睡着了,叫也叫不醒。爸爸一气之下把他们就地处决,然后带兵冲进森林四处找寻你的痕迹,却一无所获。"

阿克玛若想了想,问道:"你呢?你在哪里?"

"我?你的意思是?"

"在你的梦里,你们兄弟几人在哪里呢?"

"我不知道,因为我没看见我们几兄弟。"

"这样说来,你们当时在什么地方,还不明摆着吗?"

狄度避开阿克玛若的目光。"就算我们站在爸爸面前也问心无愧。我们在这里做那么多,其实是正确运用他授予我们的权力。"

"在梦里,为什么他在这里找不到你们呢?"

狄度反问道:"儿子能够背叛父亲吗?"

"如果父亲命令儿子行凶作恶,儿子因为良心无法承受而抗命,这算是背叛吗?"

狄度说:"你总是这样子,把我问的每一个问题都变得更难回答。"

阿克玛若说:"我是把问题变得更加真实。"

狄度问:"这是一个真实的梦吗?"

阿克玛若说:"我觉得是的。"

"不过你们怎么逃走呢?虽然那些守卫听我们的指挥,可说到底他们还是效忠我父亲,所以他们决不会放你们走的。"

"可是你在梦里已经看到我们都成功逃走了。其实地球守护者以前也施展过这样的法力。那时候人类刚回地球，为了帮助纳飞他们逃离耶律迈的魔爪，地球守护者让耶律迈一伙沉睡不醒，一直睡到纳飞一行人安全逃脱为止。"

"你不能仅凭我这个梦就认定这个奇迹一定会发生吧？"

阿克玛若反问道："为什么不呢？根据你的梦，我们只能确信你爸爸要杀过来了；可是我们没办法知道地球守护者到底用什么方法来解救我们。"

狄度很紧张地笑了笑："要是我这个梦不是真实的，那又怎么办？"

阿克玛若答道："这样的话，我们逃跑的时候就会被守卫抓住。不过这样子也不见得比留在这里引颈就戮更惨吧？"

狄度咧嘴一笑："我不是宾纳若，不是你，也不是车贝雅，人们不会因为我的一个梦而拿生命去冒险。"

"不要担心，他们相信地球守护者，所以也愿意用生命去相信你。"

狄度摇头道："不行的，就凭我一个梦就作出这么重要的决定，太不妥当了。"

阿克玛若大笑道："狄度，如果你只是做了一个普通的梦，当然不会有人关心你梦见什么了。"他拍了拍狄度的肩膀，继续道，"去吧，去告诉你的几个兄弟，我希望他们仔细考虑一下。记住，在梦里，你的爸爸找不到你们。当然了，这是你们自己的选择；可是我可以告诉你，如果地球守护者认为你们兄弟四人是我们的敌人，那么当我们在凌晨离开的时候，你们就会昏睡不醒。所以到时候如果你能醒来，就表明地球守护者觉得你们值得信任，把你们看作自己人,并且邀请你们同行。"

"或者是我自己喝太多水,被尿憋醒了。"

阿克玛若哈哈大笑,然后转身走开了。狄度会和他的兄弟们商量,然后做出最后的决定。这是他们兄弟四人和地球守护者之间的事情,阿克玛若已经无从干涉了。

就在转身的一瞬间,阿克玛若看见儿子正站在地里。阿克玛之前一直在挖马铃薯,干活干得满身大汗。这时候他也看着阿克玛若,然后又盯着狄度远去的身影。刚才那一幕看在阿克玛的眼中会是怎样的呢?"我和狄度有说有笑,还拍着他的肩膀,这是一幅怎样的画面呢?今晚我要把狄度的梦告诉大家,让他们收拾行囊和食物,因为地球守护者已经传话了,明天一早他就帮我们逃出牢笼,投奔自由。我宣布这个消息的时候,众人都会欣喜若狂,因为地球守护者并没有抛弃我们;而我的儿子听了之后却会心生怨愤,因为地球守护者把这个梦报给了狄度而没有报给他。"

漫长的下午终于走到了尽头。太阳西沉之后依然躲在群山背面发光,久久不愿离去;此刻也终于偃旗息鼓,收起最后一抹光辉,将天空让给了黑夜。阿克玛若趁着夜色召集众人开会,布置各人立即收拾行囊,准备在黎明来到之前启程。他把梦的内容告诉大家,还如实说出这个梦是谁做的。可是没有一个人提出异议或者质疑,没有人说"这会不会是陷阱啊",因为他们都知道帕卜娄格的四个儿子早已改邪归正了。

黎明时分,阿克玛若和车贝雅叫醒了一双儿女,然后阿克玛若出去巡视,确保每个人都醒了并且收拾妥当。他们不会派人去查看那些守卫,因为实在没有理由这样做。反正守卫不是昏睡就是醒了,如果阿克玛若把这个梦理解错了,那些守卫没有沉睡,那么就算去查看也是于事无补。

在小窝棚里面，阿克玛帮忙收拾东西，把食物、衣服、工具和绳索塞进行囊里。妈妈开导他说："你要知道，这件事情不是狄度能做主的。他没办法主动要求地球守护者向他报梦，你爸爸也没有要求地球守护者向狄度报梦，这一切都是地球守护者的意思。"

阿克玛答道："我知道。"

"地球守护者其实是想教导你，无论她通过谁的手给予恩赐，你也应该坦然接受。她希望你学会宽容和原谅，他们再也不是那几个欺凌弱小的坏小孩了，而且他们也已经恳求你的原谅。"

阿克玛放下手上的活儿，抬头看着妈妈的眼睛，说道："他们恳求了，可是我也拒绝了。"他说这句话的时候，面无表情，连一丝怨恨也没有流露出来。

"阿克玛，我觉得你在掩饰心中的情绪。当初你刚刚受到伤害的时候，我还能明白……"

阿克玛说："你不明白。"

"我知道我不明白，所以我现在求你解释一下。"

"我不原谅他们，因为没有什么可以原谅的。"

"你这样说是什么意思呢？"

"他们只是听从他们爸爸的教导，就像我也是听从我爸爸的教导。小孩子都这样，只是父母手中的棋子罢了。"

"你竟然说出这么可怕的话。"

"因为事实就是这么可怕。可是总有一天我会长大成人，到了那一天，妈妈，我再也不会做任何人的棋子。"

"阿克玛，你心中积起的这些怨恨最终会害了你。你的爸爸教导人们要宽容，要放弃仇恨，要……"

阿克玛说："我受苦的时候，说什么博爱关怀都是白费，我是全靠心中的仇恨才能支撑下去，你觉得我现在会放弃吗？"

车贝雅说："我觉得你最好还是放弃吧，否则你最终会被仇恨毁了。"

"你算是在威胁我吗？难道地球守护者会因此而把我打倒吗？"

"我并没有说谁会害死你，不过再这样下去，在你的肉体消亡之前，你的灵魂早就已经被吞噬了。"

阿克玛说："你和爸爸爱怎么评价我都没关系。毁了也好，吞噬也好，随便你们怎么说，我不在乎。"

车贝雅说："我并不是说你的灵魂已经被吞噬了。"

这时候，绿儿忍不住插话了："妈妈，哥哥不是坏人。你和爸爸不应该说得他好像十恶不赦似的。"

车贝雅很震惊："绿儿，我们从来没有说过他是坏人！你为什么要这样说话呢？"

阿克玛微微一笑，说道："绿儿不需要听你亲口说出来也能够了解真相。难道你不知道她的天赋吗？莫非地球守护者还没有给你报梦？"

"阿克玛，你还不明白吗？你现在不是和爸爸妈妈斗，而是在和地球守护者作对。"

"我不管，就算全世界都和我作对，就算十天九地的人神鬼怪都来打压我，我也决不会屈服！"说完之后，阿克玛也明显觉得自己太夸张了：那么小的孩子竟然说出这样一句豪言壮语，似乎有点荒诞的感觉。他把包袱往肩上一扛，大步走出了窝棚。

他们在月色下出走，离开了这块丰收的土地。虽然这块土地在短短一段时间内就给予了他们很好的收成，可是当他们离开的时候，并没有人回头看一眼。虽然他们带着的火鸡和山羊都很吵闹，他们还不时互相交谈几句，可是他们身后始终没有响起警报声，连一个守卫也没有醒过来。

众人越过最后一个小山，前面就是一片从未踏足的土地。在一片松林的阴影之中，站着四个人，原来是帕卜娄格家四兄弟一直在这里等候。兄弟四人和阿克玛若以及其他人一一拥抱，喜极而泣。激动过后，阿克玛若催促众人上路，于是大家一起走进了荒野之中。

当晚他们在一个小山谷扎营，营地里顿时充满了欢声笑语。大伙儿聚在一起载歌载舞，庆祝地球守护者帮助他们挣脱了牢笼。可是他们还没有庆祝完，阿克玛若就突然下令拔寨启程，沿着山谷的小路继续往高处走。帕卜娄格已经到达囚禁他们的地方，发现守卫还没睡醒，随即派出军队追杀过来。

在野外沿着陌生的道路前进是很危险的，尤其是在这个季节。谁也不知道哪个山谷比较干燥，哪个山谷积雪甚厚。这里有成千上万个山谷，各有不同的气候环境和天气状况，取决于谷中气流的干湿和冷热。他们身处的山谷虽然地势很高，却相当温暖；尽管天气干燥，仍有山水可供禽畜饮用。

十一天后，他们终于沿着一个小山谷走出了群山，来到山脚之下。这个小山谷连边防哨兵也没有，因为从来没有耶律国的军队从这里犯境。第十二天下午，阿克玛若一行来到了一条大河边上。有几个祭司前来把他们拦住，逼他们涉水过河，行"浴水重生"之礼，都被阿克玛若严辞拒绝。

阿克玛若说："他们无论男女都已经浴水重生、隔世为人。"

几个祭司还在和他争："可是他们重生的时候并没有得到国王的授权。"

阿克玛若说："我知道，可是他们当时已经得到了地球守护者的允许。地球守护者才拥有至高无上的权力，没有一个国王能够与他相比。"

祭司说："既然你不愿意，那么你们一过河就等于向我国宣战。"

"我们不希望伤害任何人，所以我们还是不过河了。"

最后，摩提艾克也来了，他亲自过桥迎接阿克玛若。两人面对面站着，对视良久。河两岸站满了人，很多人都想看看国王怎么教训一下这个傲慢自大的陌生人。出乎他们的意料之外，国王竟然拥抱了阿克玛若，再拥抱了他的妻子，然后牵着他一双儿女的手，在前面开路，带着一众陌生人过了桥。虽然没有一个人在瓷都热克河中接受洗礼，可是摩提艾克还是宣布他们已经正式成为达拉坎巴的公民，因为地球守护者早已让这里的每一个男人和女人都获得了新生。

当天傍晚，伊理亥艾克也来欢迎阿克玛若。两人劫后重逢，互相倾诉当年离别之后各自的际遇，一说就说到深夜。在接下来的日子里，很多泽尼府人从凯迪奥管治的地区来到达拉坎巴看望那些追随阿克玛若逃离兹弄流落荒野的亲朋好友。

当然了，这并不是最后的大团圆结局。不久之后，摩提艾克发出通告，召集首都达拉坎巴城的全体居民到瓷都热克河边的一个大广场那里召开公民大会。他让文官向民众宣讲了泽尼府人和阿克玛若一行人的遭遇以及他们如何在地球守护者的帮助下脱险，大家都对地球守护者的法力惊叹不已。然后帕卜娄格的四个儿子走到阿克玛若面前，求他为他们兄弟四人主持浴水重生的仪式。他们从河水中走出来后，当众宣布摒弃旧的身份。帕卜说："我们不再是帕卜娄格的儿子……"三个弟弟跟着复述一次。"我们现在正式成为纳飞国的子民，地球守护者就是我们的父亲，阿克玛若与摩提艾克是我们的亚父。能够成为达拉坎巴的公民，我们已经心满意足，除此之外再无所求。"

公民大会座次安排已经有一套约定俗成的规矩，这次也不例外。达拉坎巴原住民的后裔坐在国王的左边，纳飞国移民的后代则坐在国王的右边。在这两组人里面还会进一步细分，比如纳飞国的人类移民就是按照父系家族划分，羿羲、奥义克、亚赛、司徒博等人的子孙各自聚成一堆；而无论是移民还是原住民，天使也不会和人类混在一起；在他们的后面是少量拥有公民身份的自由掘客。

众文官读完历史之后，摩提艾克站起来说："毫无疑问，在我们亲眼看见、亲耳听见的种种奇迹里面，地球守护者的神迹无处不在。在过去几天里，我与阿克玛若和车贝雅日日促膝长谈，相逢恨晚。地球守护者给我们送来两位伟大的导师，教我们如何去爱护他赐予我们的家园，怎么做才有资格在这片土地上安身立命。阿克玛若受命于地球守护者，他拥有的权威高于世俗的任何一个国王。现在就请他为我们训话。"

国王的话让众人大吃一惊，大家都在交头接耳，议论纷纷。阿克玛若随即率领五百贤人在各个人群、天使部落和掘客群体之间穿梭，每个人各自向听众讲一段。他们讲述的正是当年地球守护者传授给宾纳若、而宾纳若也为之献身的道理。当然，不是人人都能接受他们说的每一句话，因为有一些说法简直是惊世骇俗。比如说，阿克玛若竟然鼓吹掘客、天使和人类是兄弟姐妹，情同手足。不过没有一个人胆敢提出异议，因为阿克玛若有国王做后盾。实际上，大部分人——尤其是那些穷人——都全心全意地接受阿克玛若说的道理。

当天有很多人都在阿克玛若及其众弟子的手下接受了洗礼，重获新生。最后，摩提艾克颁布了一个敕令：

"从今以后，祭司不再为国王效劳，不再由国王任命，也不再留在国王身边主持重大的公众仪式。从今天起，阿克玛若将会担任大祭司，有权在我治下的任何一个城镇村庄任免祭司。地球守护者的祭司不再从国库中领取薪水，而是像普通老百姓一样自力更生。这世上没有什么劳动太低贱以至于配不上祭司，也没有什么负担会沉重得让他们感到不胜负荷。至于为我忠实效劳了许多年的各位祭司，请放心，我是不会兔死狗烹的。我会帮助他们从日常的烦琐教务中解脱出来，然后从王室金库里取钱送给每一个还俗的祭司，作为他们重返世俗事务的第一桶金。希望为人师表的祭司将来或者能重掌教鞭；我还会留几位担任文官和藏书阁大学士。但是各位不要误会祭司里出了害群之马，我只是不希望祭司成为暴君压迫和欺骗百姓的工具。努艾伯正是利用以帕卜娄格为首的祭司阶层残酷压榨百姓，最终导致亡国，我不想重蹈他的覆辙。从今以后，祭司无权过问政事；另一方面，国王和各地领主也没有任免祭司的权力。

"而且，在以后的公民集会上，你们不应该再分成纳飞国移民和达拉坎巴原住民两个阵营，也不应该分成不同的部落或者家族，更加不应该将苍穹族、土家族以及中间族分隔开。如果你们拥戴我做你们的国王，那么你们既是纳飞国民，也是达拉坎巴居民。

"当你们聚集起来听祭司传道，你们就是地球守护者的子民；没有哪种世俗的权威——不管是国王还是总督、军队还是教师——能够干涉你们信奉地球守护者的权利。从今以后，一个奴隶——不管他是何种族——服役不得超过十年。凡是已经被奴役满了十年的奴隶立即自动转成雇员，有权自主离开；如果该雇员留下，雇主必须支付合理薪酬，而且不得无理解雇。在我的国土上，所有新生儿——无论其父母是否是奴隶——从降临世上的那一刻起就是自由人。以上就是我亲手颁布的新政策，我恳求我的子民严格遵守，切勿懈怠。"

最后这句话是正式的结束语。将命令说成恳求，这是从古代流传下来的惯例；在那个英雄年代，纳飞正是用恳求的语气来发布敕令的。可是，这次发布的命令却让许多人勃然大怒，只是不敢流露出来罢了。"众生平等"？他竟敢说我和一个掘客平等？我和一个女人平等？我和一个天使平等？我和一个人类平等？我和一个男人平等？我和那些穷鬼平等？我和那些笨蛋平等？我和我的仇敌平等？

不管他们心中怀着哪一种偏见，表面上他们还是假装热烈拥护摩提艾克的新政，也显示出一副全心全意接受阿克玛若传教的样子。然而在他们的心中，在他们的家里，这些人都坚决抵制阿克玛若和摩提艾克的疯狂说教。在接下来的年月里，这些反对派逐渐在邻里和朋友之中散播不满，一点一点地积聚着反扑的力量。

可是在大部分人眼中，此刻标志着一个黄金年代的开始。在这个太平盛世中，阿克玛若忙着在各个城市、小镇和村庄设立地球守护者殿堂，并且安排祭司去管理和传道；而摩提艾克则继续大力宣扬男女平等和三族平等，歌颂这种崭新的社会秩序，并且庆祝奴隶阶层的自由前景。他们以为一场社会改良运动能够如此轻而易举地成功，实在是太幼稚了。他们只懂在愚昧之中享受着镜花水月般的快乐，还把这一切都记录在纳飞国的王室编年史里，将这段日子说成人类在地球历史上最和谐的岁月；而那些不和谐的声音就不值得载入史册了。

第六章　幻　灭

阿克玛若总是定期探访分散在达拉坎巴帝国各地的七座地球守护者殿堂，每年两次。每到一处，该地区所有的祭司和导师都会前来朝觐，请他传道授业解惑。阿克玛若特别注意不让他们像以前的祭司朝拜国王一样对待他。他从不在到达之前事先发出特别通知，也不许他们向他鞠躬，而是互相扶住对方的前臂或者飞翼，行平辈之礼。开会的时候，他们总是围成一圈坐着；阿克玛若会随机指定一个与会者主持会议和点名发言。

这一次，和往常一样，他来到了波迪卡地区的地球守护者殿堂。波迪卡是最新加入达拉坎巴帝国的行省，这是一片和平的土地，没有人愿意抵制摩提艾克的统治；至于阿克玛若的传道，那就是另一回事了。阿克玛若说道："你们必须让他们看清楚，我传播的不是我臆造出来的'道'。我今天懂得的一切都是来自宾纳若，以及来自地球守护者的报梦。这些梦有些是报给我的，但绝大部分是报给其他人的。"

狄度也出席了会议。他们兄弟四人弃暗投明之后，都成了祭司或者导师。地球守护者把他们从父亲的谎言和憎恨中解救出来，他们也立志终其一生报效地球守护者。狄度说："阿克玛若亚父，这正是问题症结所在……或者说是部分症结所在。我们这一带有好些人宣称地球守护者向他们报梦说，至少在波迪卡地区，地球守护者不希望土家族、苍穹族和中间族混杂在一起。"

阿克玛若说："他们的梦是错的。"

狄度说："他们也说你的梦是错的。所以事到如今，我们不是要让他们相信地球守护者，而是要说服他们相信你对地球守护者的解读。"

有一个祭司说："法律严禁造谣诈骗，所以他们不能肆意诋毁地球守护者殿堂。"

另一个祭祀说："狄度却不让我们抓这些人去波迪卡王那里受审。"

阿克玛若看着狄度。

"我怀疑波迪卡王和他们是一伙的。虽然法律已经规定土家族不再是奴隶，可是有人还在鼓吹说他们天生就是做奴隶的料；而波迪卡王私底下似乎很认同这个说法。"

阿克玛若说："这种纷争还是不要在庭上解决的好。"

有一个女性天使导师问道："如果随便哪个人都能跳出来自封为地球守护者的代言人，我们这个王国还怎能团结一致呢？这种荒谬的事情必须有个限度。"

"地球守护者是否向某人说话，这不是我们说了算的。"

一个老人问："你打算什么时候才禁止女人把地球守护者说成女性呢？"

阿克玛若答道："等地球守护者告诉我们他的身体里到底有没有子宫，之后我们才能名正言顺地让某一方改变他们对地球守护者的观念。在这之前嘛……你亲眼见过地球守护者吗？"

这个老头马上抗议说他当然没见过。

阿克玛若说:"既然如此,你就不要太急于控制别人的思想和观念。说不定到最后是你要改称地球守护者为'她'呢。"

狄度大笑了,很多人也跟着笑起来——主要是一些和狄度差不多岁数的年轻人。欢笑过后,狄度正色道:"阿克玛若亚父,你担任达拉坎巴帝国的大祭司已经十三年了。过了这么久,还是有很多人抵制我们的改革。今天的与会者里,有些女性导师很讨厌课堂里有男性学生;同样地,男性的导师也不愿意教导女信众。有的天使祭司不喜欢教导人类;也有人类祭司不愿意向天使传道。在波迪卡这里,就连祭司和导师也做不到和地球守护者一条心。难道在别的地方也一样吗?"

阿克玛若问道:"他们还举行多种族布道会吗?"

狄度说:"有是有,不过有些祭司和导师已经因为无法忍受而辞职了。"

"你还能安排人手补上吗?"

狄度答道:"还能。"

"这就行了,其实别处也是一样的。地球守护者殿堂所宣扬的男女平等、三族合一谈何容易,岂能在短短十三年间就成功呢?"

狄度说:"我们这里的分歧和争吵相当严重。"

有一个年轻的天使大声说:"而你却总是偏袒另一方。"

狄度坚持道:"我没有偏袒谁,我总是站在地球守护者那一方。"

阿克玛若站起来,说道:"朋友们,我希望各位都仔细思量一下。众生平等,这仅仅是地球守护者对我们的期望之一;除此之外,他需要我们做的事情还有很多。"

一个女性天使叫道:"那我们就集中精力做那些事情吧!别再浪费时间搞什么男女平等、三族合一了。"

阿克玛若说:"可是如果连我们这些祭司和导师也不能团结一致,我们又怎能取信于人呢?你们自己瞧瞧,看看你们是怎么安排座次的。女性人类与女性天使分开;男性人类坐这里,男性天使坐那里;掘客呢?掘客哪儿去了?你们还坐在后面最远的角落里吗?"

一个男性掘客站起来,神色紧张。他说:"阿克玛若,我们不想往前面挤。"

阿克玛若说:"照理说,你根本就不需要挤。嗯……在座的哪位知道他的名字?"

狄度正要回答,阿克玛若连忙举手示意他别说出来。"狄度,你当然知道了。我是问其他人有没有知道的。"

有一个天使答道:"我们怎么可能知道?他整天都躲在掘客的洞穴和坑道里面开那些小圈子会议。"

"只有他向掘客布道吗?难道人类和天使导师都不愿意教导掘客吗?"

狄度大胆地说道:"阿克玛若亚父,这太难了。很多已经获得自由的奴隶还是对人类和天使心存怨恨,所以我们的天使导师和人类导师都缺乏安全感。地球守护者殿堂的掘客祭司和导师当然是非常善良的,连一只飞虫也不愿意伤害;可是还有别的掘客……"

阿克玛若问:"这里的掘客与人类和天使相处的时候有安全感吗?"

坐在后排的掘客面面相觑,神色尴尬。过了良久,终于有一个掘客答道:"大祭司,在这里,我们有安全感。"

阿克玛若苦笑道:"难怪那些冒充地球守护者代言人的骗子那么容易就能妖言惑众。你们想想,普通老百姓在地球守护者殿堂这里看到了什么样的榜样?"

他们接着讨论其他事务,还提出许多议题请阿克玛若定夺。整个会议暗流汹涌,自始至终都笼罩在一片忧虑不安的阴霾之中。一天下来,虽然有部分与会者尝试着突破不同群体之间的界线,可是也有很多干脆躲进了自己的同类之中。

终于,夜色降临了,波迪卡城中响起了天使和人类的晚唱歌声。在歌声中,阿克玛若来到了狄度的家。

阿克玛若说:"我劝了你那么久,你还没结婚?"

狄度说:"我才到弱冠之年,谈婚论嫁为时尚早。"

阿克玛若与他四目相对:"你心里其实还有些想法没说出来。"

狄度苦笑了一下,神色之间流露出忧伤。"人人心里都有些不愿意说出来的想法,因为说出来只会导致伤心。"

阿克玛若拍拍狄度的肩膀,说道:"你说得没错。可是有时候人们杞人忧天,以为说出心里话就会导致别人难受,而实际上别人听了反而会释怀。你说,受这种没必要的苦,值得吗?"

狄度说:"我也许会告诉你的……其实我梦见自己跟你说了。"

"呵呵,不用做梦了,我就在这里洗耳恭听。"

狄度显得很不自在。"我这些其实不是真实的梦,阿克玛若亚父,我的只是……梦罢了。"

阿克玛若见他如此尴尬,于是岔开话题。"晚饭吃什么?我已经饿坏了。整天说话真的很累人,简直要把我掏空了。"

"我应该还有扁糕;要是没有的话我可以马上煎几块。我这就去简易石炉那里生火。"

"什么,简易石炉?狄度,我们的规矩是让祭司自力更生,而不是要让他们在贫困中苦行啊。"

狄度说:"我只需要一个简易石炉就够了。而且我也在劳动……

只是我没有田地,因为我把我名下的土地送给在那里耕种的掘客奴隶了。我不想靠收地租过活。"

"送给他们?你至少可以卖给他们,让他们每年分期付款……"

狄度说:"这片土地只是国王送给我的礼物,不是我自己赚回来的。他们才是在那里耕种了一辈子。"

阿克玛若问:"唉,你靠什么维持生计呢?你这些可怜兮兮的扁糕是怎么来的呢?"

"我还有豆子和很好的香料,而且一年四季都有新鲜蔬果。"

"可是这些都是怎么来的呢?请别告诉我你接受学员的馈赠。你也知道,不管送礼物的人有多么真诚,我们也不得接受,否则就犯禁了。"

狄度连忙说:"不,不,我决不会……不,其实我是给别人做短工。每天我都去地里干活,我的雇主除了我原来那些佃户,也包括其他人。我的手比掘客和天使都长,所以够得远;我懂得用镰刀收割,我犁地的时候每一行都很直;而且没有人比我更善于砍树和刨木了。有些人就算不接受我的传道,可是他们需要砍伐的时候还是会请我。"

阿克玛若说:"短工,这是最贫穷的职业。"

狄度问:"有什么不妥吗?"

阿克玛若说:"没有不妥,只是我自己还在收租,惭愧惭愧。"

"这是我自己选择的道路,别人不一定非仿效不可。"狄度一边说一边拿出玉米面和进水里,再加一点盐。

阿克玛若说:"我相信掘客和天使都愿意听你布道吧。"他帮助狄度把和好的面团搓成一个个小圆球,然后再压扁。

狄度耸了耸肩,说到:"算是吧……大部分都愿意。"

阿克玛若问:"从今天的会看来,形势很不妙;实际情况有这么糟吗?"

"实际更糟。"

阿克玛若说:"我不希望用法律去强迫他们遵守我们的教义。"

狄度道:"就算用法律去打压也没用,因为法律只能改变人们在公众场合的行为。正如当初你在车林的时候教导我们,鞭子敌不过顽固的心。"

阿克玛若说:"没错,你说得对。可是我应该怎么跟摩提艾克提起呢?难道我要说,自从政教分离、国王不再管治宗教事务之后,人们就变得不再虔诚,也不再尊重祭司的权威,所以我们要恢复以前那一套做法?"

狄度说:"我不是这个意思。"

"难道我要建议他放弃,从此不再传播地球守护者的真理吗?纳飞和奥义克等古代英雄把他们做过的梦都载入史册,我反复阅读,只能得出一个结论:地球守护者确实希望世界大同,三族合一,男女平等,不分贫富。我怎能放弃这些真理呢?"

"你当然不能。"狄度说着就把一片圆面饼拍在简易石炉上面,顿时吱吱作响。

"可是如果我们强迫他们生活在一起……"

"这就会很荒唐了。天使不可能活在掘客的地洞里,掘客也不可能倒挂着睡在树枝上。"

阿克玛若说:"而人类既害怕狭小密封的空间,也害怕太高的地方。"

狄度说:"所以我们只能继续努力尝试说服他们。"

"这样的话就没有希望了。"阿克玛若把另一片扁糕翻了一个个儿。"我甚至不能说服你娶个妻子,或者至少告诉我你为什么不愿意谈婚论嫁。"

狄度反问道:"难道你看不出来吗?看看我有多穷!"

"那你就找一个刻苦耐劳、不贪钱财的女子。"

狄度问:"这样的女子世上能有多少呢?"

"我倒认识许多。比如说我的妻子吧,还有我的女儿。"

狄度的脸顿时红了,阿克玛若恍然大悟。

他说:"我的女儿!原来这一切都是关于我的女儿,对吧?你每年都来达拉坎巴四次,慢慢就爱上了绿儿。"

狄度摇了摇头,表示否认。

"唉,你这个笨小孩,你有没有和绿儿表白过呢?她一点也不蠢,肯定已经留意到你既聪明又善良;还有,我认识的所有女人都说你可能是达拉坎巴长得最英俊潇洒的年轻人了。"

狄度说:"我怎么能向她表白呢?"

阿克玛若说:"我的建议是,从你的肺部鼓起一股气流,经过唇齿舌头的作用,最终形成辅音和元音。"

狄度没心思开玩笑。"我小时候折磨过她,我当着众人的面欺辱她和阿克玛。"

"她已经忘记了。"

"她没有忘记,我也没有忘记。每一天我都会想起自己以前有多坏,想起我那时候的所作所为。"

"没错,我知道她没有忘记。我的意思是,她早就原谅你了。"

狄度说:"她确实原谅我了,可是这距离妻子对丈夫的爱情还有很远的距离吧。"他摇了摇头。"你要尝点豆酱吗?小心有点辣,不过煮这些豆酱的掘客阿姨是我见过的最高明的厨师。"

阿克玛若摊开手中的扁糕，狄度用木勺子把辣豆酱抹在上面。然后阿克玛若将扁糕卷起来，折起一端做底，从顶部开始往下咬。他说："果然好吃。绿儿肯定也会喜欢的，她是怎么辣也不够。"

狄度笑了，说："亚父，难道你还不了解你的家里人吗？其实每次我去达拉坎巴的时候，绿儿和我总有说不尽的话题。历史、科学、政治、宗教……我们什么都说，就是不谈及私人的事情。她是个冰雪聪明的女孩子，我实在高攀不起。假设我真的和绿儿谈起结婚这件事情——就算我有胆量说，就算她也爱我，就算你也同意，我和绿儿还是不可能在一起的。"

阿克玛若扬起一条眉毛。"怎么，难道你和绿儿有血缘关系吗？我怎么不知道？我和我妻子都没有兄弟姐妹，所以你不可能是某个失散已久的表亲吧？"

狄度说："是阿克玛，阿克玛一直没有原谅我。如果绿儿爱上我，他会觉得脸上被人抽了一巴掌；如果你竟然同意我们结婚，那么这个冤仇就一辈子也解不开了。他会疯掉的，他会……我甚至不敢想象他会做出怎样的事情。"

阿克玛若说："可能他会幡然醒悟，终于克服那些幼稚的复仇心理。我也知道，经过那段日子之后，他好像完全变了一个人。可是……"

狄度说："没有可是！你还不明白吗？他变成这样，完全是我害的！我从第一次见面就开始当众羞辱他，然后日积月累地折磨他，终于导致他心里积聚起无法化解的仇恨……"

"你那时候还是个小孩子。"

"阿克玛若，当时我爸爸并没有甩着鞭子强迫我作恶；那些坏事都是我自己要去干的，而且还干得不亦乐乎。你还不明白吗？现在有些人嫌弃掘客小孩贫穷，讥讽他们脏兮兮，取笑他们活在地洞里；每次我看到这些人的所作所为，我都能了解他们的心态，因为我当年也是这样一个欺凌弱小、以折磨他人为乐的恶棍。他们泯灭了心中所有的良知和同情心，把欢笑建立在他人的痛苦之上——他们这样做的时候心中作何感想，我了解得一清二楚。"

"可是现在你已经不是十几年前的你了。"

狄度说："我其实还是同一个人，只不过祛除了心中的恶念罢了。"

"当你穿过河水的时候……"

"对啊，我就重获新生了。我变成了一个全新的人，一个不会再做同样事情的人。可是与此同时，我永远都是一个曾经做过这些坏事的人。"

"狄度，在我眼里，在绿儿眼里，你早就不是以前的那个人了。"

"亚父，可是在阿克玛的眼中，我永远都是那个当着他妹妹、母亲、父亲、朋友和族人的面把他毁掉的恶棍。如果我真的和绿儿结婚——不，只要他听说我想追求绿儿，或者绿儿愿意嫁给我，或者你同意我们的婚事——他心中的愤怒就会被彻底引爆。我不知道他会怎么做，可是我知道他什么事情都能够做得出来。"

阿克玛若说："他不是一个生性残暴的人；即使要算这些陈年旧账，他也不会诉诸武力的。"

狄度说："我倒不担心自己的安全。不过我知道，阿克玛天资聪颖，才识过人，而且魅力非凡，他一定会想到一个完美的复仇方式，让我们每一个人都后悔当初不该这样去冒犯他。"

"照你这么说，仅仅是因为绿儿的哥哥无法克服心中那种幼稚的愤怒，你甚至不敢给绿儿一个机会，让她嫁给一个我所认识的在国内最出类拔萃的年轻人?"

"亚父,我们不可能知道在阿克玛的内心深处到底发生过什么。当时他虽然还是个小孩,可是这并不意味着他心中的感受就一定是幼稚可笑的。"

阿克玛若把手上的最后一块扁糕放进嘴里——这一块上面没有豆酱,所以吃起来又干又咸。他说:"我想喝点水。"

狄度说:"米利热克河的源头并不纯净,它是从低矮的山脉里流出来的,其中有些山峰一年到头大部分时间都没有积雪。"

阿克玛若说:"我走到哪里都安心饮用地球守护者赐给我的水。"

狄度大笑道:"那你可千万不要走到果纳崖高原下面。平原地带的河水流速很慢,混浊而且发臭,里面还长了很多东西,并不是安全的饮用水源。我认识一个人,他没把那些水煮开就喝了,结果上吐下泻,体重足足减了三分之一。后来他老婆已经准备把他给埋了,因为这样总比不停地给他挖粪坑来得省事。"

阿克玛若做了个鬼脸。"我也听过那些故事。可是我们必须开始想办法适应在平原地区的生活了。达拉坎巴那么多年来一直国泰民安,所以人们从四面八方涌进来。就连耶律国的人,或者世代隐居在山谷里的人都迁徙来达拉坎巴帝国。他们知道,在摩提艾克的治下,他们可以过上和平富足的生活。看目前形势,我觉得维持和平稳定的局面应该没问题,可是富足嘛……我们必须想办法开发利用平原地区。"

狄度说:"可是平原地区多洪水,掘客不能在那里挖地道。而且平原地区的树林也太茂密,天使没办法在树枝上安栖,因为无论他们躲在哪里都很容易受到豹子的袭击。"

阿克玛若说:"那么我们就必须想办法在别的地方建造房屋,比如说在河面上搭建浮屋。总之我们需要更多的土地……或者，我们可以开发一些新型的居住区，让掘客、天使和人类都住在同样的房子里，这样是否有助于创造一个在果纳崖高原地区无法实现的和谐局面呢？"

狄度说："我会考虑一下的。不过你最好也找一些比我聪明的人商量商量。"

阿克玛若说："集思广益嘛，我一直以来都这样做，将来也不例外，你放心吧。而且我只会向那些比我聪明的人请教，这是摩提艾克教我的，别浪费时间向比你笨的人请教问题。"

狄度说："这个建议很适合我。"

"此话怎讲？"

狄度大笑道："因为我向随便哪一个人请教都不是浪费时间。"

"不管你说得多好听，虚假的谦虚始终不是真的。"

狄度只能承认："好吧，我确实比某些人聪明。就像有一个导师说天使害怕去掘客的地下城，我就比他聪明。"

"他们真的害怕吗？"

"我认识三个天使医生，他们经常去地下城，从来没有出过什么意外。"

阿克玛若说："或者吧。如果地球守护者殿堂的导师觉得他们传授的道理与医生的草药一样珍贵，他们自然就不害怕了。"

狄度说："没错！可是如果有信仰的人自己本身也心存怀疑，他们又怎能说服那些不相信的人呢？"

阿克玛若说："唉，我已经不在乎他们是否心存怀疑了。他们哪怕只是装出一副坚信不疑的样子，也会比现在更有说服力啊。"

狄度说："如果我不了解你，我还以为你在鼓吹伪善呢。"

阿克玛若说:"我宁愿和那些虽然心中有异见却依然行为端正的人打交道,总好过那些心里明白事理却还是坚持错误做法的人。前者不见得就比后者更虚伪,至少你不用浪费时间和前者争论不休。"

辈高跟在阿克玛和孟恩身后走着,抱怨了一路。"不管你们想讨论什么,我实在不明白为什么不能在我的书房里面说。我已经一把年纪了,而且你们应该留意到,我的两条腿只有你们的一半长。"

阿克玛没心没肺地答道:"那你就飞呗。"

孟恩从背后推了阿克玛的肩膀一下,害他跌跌撞撞地冲进路边的灌木丛中。阿克玛站稳了,猛地转身看着孟恩的双眼,想从他的眼神中看出他为什么要推自己。在这一刻,阿克玛已经准备好发怒或者发笑——完全取决于他在下一个瞬间做出的判断。

孟恩轻声说:"就算你不管辈高的年纪和官阶,就冲着他是我朋友也请你尊重一下他吧。"

阿克玛马上笑了。他在脸上堆起最迷人、最具魅力的微笑。这一招果然是百试百灵,因为这副笑容包罗万象:谦卑和恭敬的态度,无辜而真诚的抗议,友好的表示……不同的人总能够从中看出自己希望看到的东西。孟恩也不例外,他心中的愤怒和嫉妒也会在阿克玛的笑容面前烟消云散。所以孟恩不禁为之叹服:阿克玛这种对他人的巨大影响力是从何而来的呢?

阿克玛说:"辈高啊,你知道我在开玩笑嘛。请原谅我好吗,老朋友?"

辈高不耐烦地说:"无论你做什么,每次我总会原谅你,别人也是如此,所以你又何必再问呢?"

"我真的就这么频繁地得罪人吗?你们已经把原谅我变成一种习

惯了？"阿克玛一边问一边在笑容中加入半分痛心。孟恩看得直想把手搭在他的肩膀上用力捏一下，安慰他说没有人会真的恨他。阿克玛怎么会有这样的威力呢？

辈高说："像你这个年纪的小年轻，二十岁上下，有点小聪明，却没什么规矩，总是懒懒散散、口不择言，哪能不得罪人呢？你反正也不见得比其他同龄人得罪更多人就是了。好了，咱们言归正传吧。我们现在来到这片空荡荡的草地上面，要是刚才你们担心隔墙有耳的话，瞧，这里连一堵墙也没有了。"

孟恩指着头上的天空道："哈，你是不是忘记了？虽然隔墙没有耳，可是天上却有眼睛盯住我们呢。"

辈高说："嗯，天上那颗不动的星星。就算你说得不错，可是人们都说上灵能够看穿屋顶、树叶和泥层，所以我们躲在哪儿说不都一样吗？"

阿克玛突然纵身一跃，四肢张开瘫倒在草地上。这么夸张的举动，换了别人一定显得很做作；可是经阿克玛演绎，竟然显得优雅灵巧、轻松自如。他问："这片草地底下全是密密麻麻、纵横交错的掘客隧道。谁知道一共有几百条！"

孟恩说："这里不是一般草地，而是王宫内苑，这里是禁止挖掘的。"

阿克玛说："很好！我们这才知道原来蚯蚓也认得出边界，知道不能越雷池半步。"

孟恩笑了。"爸爸的禁令不见得到处都适用。"

辈高问道："我们到底来这里干什么？我长时间这样坐着会很难受的。"

阿克玛说："可是，辈高，你没听说过三族一体吗？地球守护者已经发话了，人类、天使和掘客这三个种族的成员再也不能分彼此了。"

辈高说："如果地球守护者希望我能够安心坐在像椅子这样极度不舒服的地方，他最好让我长一个新屁股。"

阿克玛说："孟恩和我一直以来都在想啊……"

辈高说："你们两人齐心合力吗？呵呵，要是你们持之以恒，说不定真能糊弄些个想法出来。"

"最近我们在研究古代英雄的事迹，还有泽尼府人在十三年前发现的那本史书。"

辈高说："嗯，华素伦人的历史。"

孟恩说："我们有一个设想，希望跟你探讨一下。"

"为什么不能在我的书房探讨呢？我给你的两个弟弟上完课之后就可以了嘛。"

阿克玛说："我们的想法可能会涉及叛国罪。"

辈高马上就不说话了。

"我们知道你在学术上有勇于探索的精神，肯定不会告发我们。可是如果被旁人偷听去了，谁也保不准他们会不会出去夸大其词、胡说八道。"

辈高问："这些史书的内容怎么可能涉及叛国罪呢？"

阿克玛说："要是我们没有搞错的话，你在十年前就已经暗示这个事情了。"

辈高说："我从来没有暗示。如果你想知道自己的想法是否正确，你应该向孟恩求证，他才拥有判断正误的天赋。"

孟恩说："瞧，这正是问题的所在了。如果我们的想法是正确的，那么我这种所谓天赋根本就是子虚乌有，完全不可信；可是如果我们搞错了，那么我们还是能够得出同样的结论——我没有这种一锤定音的超能力。"

阿克玛说："所以我们向你请教。"

辈高显得难以置信："你觉得地球守护者赐给你的天赋不是真的，完全是想象出来的？"

孟恩说："我觉得人在歇斯底里的状态下会产生各种各样的想法。"

阿克玛说："这些想法里偶尔也会有一些真知灼见。比如说，孟恩帮助你翻译华素伦人的金页，那个时刻简直可以载入史册了是吧？其实，当时孟恩很可能只是从你的肢体语言、脸部表情和语气声调中得到提示，然后在无意识中做出正误判断，从而得到确凿的结论。你说，谁能够否定这个可能性呢？"

辈高说："我不知道你这个结论对孟恩有什么好处。"

阿克玛说："可能你知道，只是你不知道自己知道罢了。"

辈高振动一下飞翼，表示耸肩。

孟恩说："阿克玛和我其实是想看看史书中到底有没有确凿的证据证明地球守护者确实存在。"

辈高说："地球守护者当然存在了，这一点从来没有人怀疑。"

阿克玛说："如果你仔细看看那些史书，你会发现，所有关于古代英雄的记录都说，全部人类被赶出了地球，直到后来地球守护者把这些英雄从一个叫和谐星球或者女皇城的地方召回来——可是这些记录都相当模糊……"

辈高说："女皇城是那颗固定不动的星星，和谐星球是围绕着那颗星星转动的行星。"

阿克玛说："这只是学者们的一家之言罢了。他们也是同样从这堆史料中得出的这个结论，所以不见得一定比我们知道得更多。我认为那些关于古代英雄的记载都是错的，因为在他们回来之前，地球上就已经有人类了——华素伦人。"

辈高耸肩道："这件事情确实在学术界引起了一点恐慌。"

孟恩说："得了吧，你就别装傻了！每次讨论历史的时候，你总要说起这件事。你分明是希望我们能够从中发现一些端倪。"

阿克玛接着说："要是人类从来就没有离开过地球，这又如何？这片地区在火山和地震的作用下升高成为今天的果纳崖高原，可能在这个大变动期间，人类被迫离开本地区，仅此而已。根据史书记载，古代的英雄也提起过这个翻天覆地的时期，各个大陆互相挤压和折叠，并且升高形成世界上最高的山脉。人类大逃亡的传说会不会正是出自这里呢？可是没有人生活在果纳崖高原，并不代表没有人生活在这个世界的其他角落。实际上，北方的草原地区就有人居住。后来爆发了那场可怕的战争，很多人为了躲避战乱，从华素伦国向外逃亡。其中的一些人不畏惧流传已久的古老禁忌，毅然闯上果纳崖高原；可能有一些人甚至是漂洋过海来的。不过他们难免害怕神祇——也就是上灵和地球守护者——会责怪他们犯禁，所以自称来自太空的其他星球，而不敢承认他们其实来自欧蒲斯道深沙漠。"

辈高问："那么为什么金页上面的语言和我们的语言相差那么远呢？"

"因为年代久远。英雄年代距离现在只有四五百年，可是他们逃离华素伦可能已经超过千年以上，所以两门语言之间的差异越变越大，最后发展成为两门完全不同的语言。"

辈高问："你说的这些和天使掘客有什么关系呢？"

孟恩大声说:"完全没有关系!你还看不出来吗?这只不过是人类来到之后占据了统治地位,于是硬把他们信奉的神灵强加到你们头上。在人类到来之前,掘客不是一直参拜天使雕出来的神像吗?天使本来不是也信奉他们自己的神灵吗?这一切和地球守护者这些废话没有一点关系。人类待在北方大陆的时候,果纳崖高原这里的天使和掘客与世隔绝,完全是在没有人类干扰的情况下自己进化成型的。"

辈高问:"可是根据史料记载,谢德美在天使和掘客的身上发现了一个奇怪的器官,这个器官迫使我们这两个种族比邻而居。这又怎么说呢?"

阿克玛说:"根据史料记载,她让你们两个种族的所有成员都大病一场,然后这个器官就从他们的子孙后代身上神奇地消失了。结果就是,现在根本就没有证据能够证实这个器官确实存在过。"

孟恩说:"所有这些故事都是用一些现在无法证实的事情来做证据,这是很典型的诡辩法。要是放在公开辩论或者法庭上,随便哪个笨蛋都能戳穿这套把戏。就像他们说,天空中新出现的那颗星星就是女皇城——可是我们怎么知道这颗星星以前不是一直都在天上呢?"

辈高说:"这方面的史料确实比较含糊不清。"

阿克玛说:"我们手头上唯一可信的证据却和古代英雄史的记录互相矛盾。书上说他们刚到达地球的时候,地球上完全没有别的人类;可是我们后来发现了欧蒲斯道深沙漠的白骨,以及华素伦人的金页,这两者都能够推翻英雄史的说法。你看不出来吗?我们掌握的唯一证据能把这一套历史全盘否定。"

辈高平静地看着两人,过了许久才说:"嗯,这确实涉及叛国罪。"

阿克玛说:"这也未必。我一直想对孟恩解释,他爸爸是第一代纳飞国王的嫡系子孙,他的王权也正是由此而来。史书中关于王室传承的记录没什么不妥,所以摩提艾克的王国并没有受到质疑。"

辈高说:"没错,受到质疑的只有你的父亲。"

阿克玛微笑道:"我爸爸鼓吹的那种生活方式会让老百姓活得很不自在。他们活那么累到底为了什么呢——因为这是地球守护者的意思。可是现在我们突然发现根本就没有什么地球守护者,那么我爸爸一直以来强加在老百姓头上的到底是谁的意愿呢?"

辈高说:"我认为令尊是一个至诚君子。"

阿克玛说:"虽然他是一个至诚君子,可是他的做法都是错误的。而且他鼓吹的那一套东西根本不得民心,老百姓都恨透了。"

辈高说:"可是那些被解放的奴隶都买他的账啊。"

阿克玛说:"我说的是老百姓。"

辈高说:"嗯,这么说来,你没有把掘客看作老百姓咯?"

"我觉得他们是中间族和苍穹族的天敌。而且我也觉得人类没有理由统治天使。"

辈高说:"嗯,我们又回到叛国罪的话题上了。"

孟恩说:"中间族和苍穹族为什么不建立某种同盟关系呢?我们两个种族生活在同一片土地上,人类一个国王,天使一个国王,各自管辖自己的臣民。"

辈高说:"这行不通的。一国不可有二君,否则的话,人类和天使必然会互相憎恨,接着就爆发内战,最后耶律国就会乘虚而入,把我们一网打尽。"

阿克玛说:"可是我们本来就不应该被硬圈在一起生活。"

辈高看着孟恩，问道："这真是你想要的吗？你小时候还梦想变成……"

孟恩大声道："我那些幼稚的梦想早就已经成为过去了。要是我从来没有和天使一起生活过，我又怎么会有那些愿望呢？"

辈高说："我觉得你的梦想还是很可爱的。我甚至有点受宠若惊，你不知道有多少天使小时候都渴望变成人类呢。"

孟恩叫道："不可能，没这样的事！"

"真的，很多小天使都有这个愿望。"

孟恩答道："那他们一定是疯了。"

辈高说："就当他们是疯了吧。我们闲话少说，言归正传。我这就总结一下你们刚才说的东西，看对不对。地球守护者是子虚乌有，从来就不曾存在过；人类从来没有离开过地球，只是离开果纳崖高原而已；掘客和天使从来就不曾有过共生关系；至于谢德美通过传播疫症来移除我们身上的一个小器官……根本就没这回事。虽然阿克玛若以地球守护者的名义鼓吹'三族一体'，还要求我们成为地球守护者的子民和地球的公民，可是我们没理由因为他的一家之言就主动改变我们的生活方式，甚至颠覆我们的传统习俗。"

阿克玛说："说得好！"

辈高问："那又怎样？"

阿克玛和孟恩对视了一眼。孟恩问道："那又怎样？你这是什么意思呢？"

辈高说："你们为什么要告诉我呢？"

孟恩说："因为你或者能够和爸爸谈一下，劝他别再强制实施那些恶法。"

阿克玛说："别再让我爸爸担任有实权的职务。"

听了阿克玛这句话，辈高眨了眨眼睛，说道："两位，如果我向摩提艾克说这样的话，唯一的后果就是被他撤职查办，除此之外不会让局势发生任何变化。"

阿克玛问："这么说来，难道我爸爸完全控制了国王？"

孟恩说："没有人能够控制我爸爸！你说话小心点！"

阿克玛很不耐烦地答道："你知道我不是那个意思。"

辈高说："我很了解摩提艾克，他是不会改变主意的，因为从他的角度看，你根本就没有真凭实据。对他来说，伊理亥艾克的士兵在梦的指引下找到华素伦人的金页，这就证明了地球守护者希望公开这些文献。所以现在是地球守护者亲自出手纠正古代英雄犯的错误，这也更加证明了地球守护者的存在。如果一个人钻进了牛角尖，死心塌地信奉地球守护者，你是没办法劝他回头的。"

阿克玛一拳砸在草地上，生气地说："必须有人阻止我爸爸继续散播他的谎言。"

辈高说："不是谎言，是错误。记住了，你身为儿子，绝对不能指责你的父亲说谎。要是你这么大逆不道，谁还会相信你呢？"

阿克玛说："没错，他确实相信那一套东西，可是这并不意味着那些不是谎言。"

辈高说："对啊，不过这就不是他捏造出来的谎话了，是吧？所以当你提到你父亲这套理论的时候，你决不能用'谎言'，而应该说是'谬误'。"

孟恩哑然失笑了。"阿克玛，你听见没有？辈高一直都是站在我们这一方的。他一直以来都在引导我们走到今天这一步。"

辈高问："此话怎讲？"

孟恩说："因为你都已经在给我们安排布置下一步的策略了。"

阿克玛坐直了，咧嘴一笑："对啊！辈高，你都已经当起我们的军师了，是吧？"

辈高又耸了耸肩："你们现在其实是束手无策，因为阿克玛若的宗教改革与国王的治国方针密切相关，两者的关系几乎可以说是唇齿相依。不过，合久必分，将来总会有政教分离的一天。"

阿克玛说："哦？你的意思是？"

"我是说，有些人强烈反对摩提艾克推行的政策，甚至想把他推翻。"

孟恩大声说："这不是我们想要的结果啊！"

"当然不是了。任何一个正常人都不希望看到这个局面。在你父亲的统治下，达拉坎巴各地区团结一致，形成一个强大的帝国，军队和探子坚持不懈地在边境巡逻，这正是耶律国年年不敢进犯的唯一原因。试图颠覆王位的只是一小撮偏执顽固的疯子。可是当你爸爸进一步推行阿克玛若的改革，这一小撮叛国分子就会获得越来越多的支持。看这样的形势，内战在所难免，只是迟早的问题。不管最后谁胜谁负，我们的国力将会被严重削弱，很多人都不希望发生这种情况。你们说，谁最希望恢复改革之前的旧制？"

孟恩语带讽刺地说："你是指那批下了台的祭司吗？"

辈高说："他们当中的一些人确实有这个愿望。"

阿克玛说："还有你，辈高，你也想恢复旧制。"

辈高答道："我只是一个学者，我对公共政策没有什么意见。我对你们说的这番话，纯粹是从学者的角度去分析国内当前的局势。很多人都想防止内战爆发，保卫摩提艾克，不让阿克玛若继续推行他的宗教改革。他鼓吹那一套疯狂的法典，刻意抹杀男女之间和三族之间的区别；虽然妄称什么宽容和理解，实际上已经犯了众怒，根本就不可能实施。"

阿克玛突然插话进来，语气充满了怨恨。"有些人戴上伪善的面具，其实是想把这片土地变成一个任由掘客横行霸道、残害忠良的人间地狱……"

辈高道："听你这么说，我反而有点担心你和那些处心积虑搞破坏的人其实是一路货色。阿克玛，如果真是这样的话，对于保王派来说，你就一点用处都没有了。"

阿克玛不说话，只是默默地拔着地上的小草。有一丛小草被他连根拔起，泥土飞溅，阿克玛恨恨地拨掉溅到脸上的泥土。

辈高继续说："可是，效忠王室的人其实能够说服老百姓耐心等待。他们可以告诉民众，摩提艾克的儿子都不相信众生平等这一套废话，阿克玛若的儿子也不打算贯彻大祭司的疯狂教义。所以大家只需要耐心等待，当时机合适的时候，一切都会恢复原样的。"

孟恩说："我不是王位继承人。"

辈高说："那么你最好开始想办法说服艾伦赫了。"

"就算我成功说服了他，爸爸只会把我们两人都废黜，直接传位给欧弥纳。"

辈高答道："那你就应该连欧弥纳甚至凯明也争取过来。"

孟恩怪叫一声表示恶心。辈高笑道："凯明其实并不笨。虽然他的妈妈不怎么样，可他到底是你爸爸的骨肉。如果你爸爸所有的儿子都反对他的政策，你说他能怎么办？"

阿克玛说："换了是我爸爸就根本不会在乎，他只会选一个最得意的门生来接任大祭司。我看他压根儿就没想过让我接任。"

孟恩语带嘲弄地大声嚷嚷："狄……度……"

阿克玛一听见狄度的名字，顿时怒火攻心，脸马上就黑了。

辈高说:"阿克玛,你父亲的继承人是谁其实并不重要。你看不出来吗?如果连他的亲生儿子也公开反对他的政策,那么他自然会威信扫地。其实他手下那些祭司和导师里也存在着争端,可见他们缺乏自信。你公开表态之后,他们当中有一些会倒戈投诚,有一些当然会继续追随你爸爸。可是无论如何,地球守护者的影响力必然会被削弱。"

孟恩嘲笑道:"呵呵呵,阿克玛,我能够想象你传道时的样子。"

阿克玛说:"我觉得我应该很擅长此道。最怕是出师未捷身先死,一开口就因为叛国罪被抓起来了。"

辈高点头道:"这确实是个难题,对吧?这就是为什么你们需要隐忍以待,卧薪尝胆。孟恩,你负责说服你的哥哥和弟弟;阿克玛,你在旁协助。可是你们不能操之过急,而是应该谆谆诱导,提出问题让他们自己思考,总有一天会把他们争取过来的。"

阿克玛问:"就像你对我们这样吗?"

辈高再次振了振双翼,说道:"我以前没有、现在也没有引诱你们叛国;我只是希望你们自己发掘真相。我才不会像某些人那样硬是把想法灌进你们的脑子里呢。"

"我们当然可以耐心等待,可是我们怎么确定局面一定会慢慢改观呢?"

辈高说:"自从他们赶走那些由国王任命的祭司之后,阿克玛若和摩提艾克就踏上了一条不归路。沿着这条路走下去,他们始终会走到政教完全分离的那一步。到了那一天,小朋友们,无论你们鼓吹什么宗教理论,法律也奈你们不何了。"

孟恩怪叫了一声,说道:"如果我还相信自己的天赋,我就会说,辈高肯定是对的。很快这一天就会到来,一定要到来。"

辈高道:"好啦,既然你们已经商量好怎样把这个王国从阿克玛若的大一统信仰里拯救出来,我能不能回书房找个横枝晃荡晃荡,伸展一下我这副老骨头?"

孟恩恶作剧地说:"只要你吩咐一声,我们马上就把你抬回去。"

辈高说:"那你们做好事就做到底,帮我省点麻烦,把我的脑袋切下来带回去就够了,反正我这把老骨头已经没什么用了。"

孟恩和阿克玛开怀大笑,从草地上站起来,沿着御苑的小径向王宫走去。他们回去的时候走得比来时慢,可是步履却有如跳舞一般欢快,就像小男孩那样蹦蹦跳跳的。正好凯明也在花园里读书,正在为背诵一首长诗而烦恼不堪。孟恩突发奇想,拉上他一起走。这可是开天辟地头一回,凯明受宠若惊,却又怀疑其中有诈。他问:"为什么?"

孟恩说:"因为就算你妈妈是一个人神共证的白痴,你依然是我的亲弟弟;过去那么多年来我一直对你不好,真的很惭愧,请你给我一个机会补偿好吗?"

凯明将信将疑,不过还是小心翼翼地向孟恩一行人走过去。阿克玛在孟恩耳边低声道:"嗯,你已经开始实施我们的大计了。"

孟恩说:"或者他真的能够和我们并肩作战也说不定,谁知道呢?艾妲迪雅曾经说过,凯明其实人不错的,是我们一直没有给他机会罢了。"

阿克玛说:"那么艾妲迪雅现在一定会很开心了。"

孟恩朝他眨了眨眼睛,说道:"如果你喜欢的话,我可以告诉她,是你出的主意把便团杜大姑的小崽子也算进来。"

阿克玛眼珠子一转:"孟恩,我可没有对你姐姐垂涎三尺,她比我还大三岁呢。"

孟恩说:"虽然我的天赋未必来自地球守护者,可我还是能辨别出谎言和真话的。"

说到这里,凯明已经走得很近,能够听见他们说话了。于是他们换一个话题,让凯明也能够参与。两人使出浑身解数去讨凯明的欢心,可怜凯明年方十八,阅历尚浅,哪里懂得防备。等他们回到王宫的时候,凯明已经被两人哄得神魂颠倒,就算他们指鹿为马,他也会深信不疑。

一回到王宫,辈高就离开三人独自回书房。路上经过一些长廊,他忍不住张开双翼沿着地面滑翔了几段,还哼哼几句欢快的小曲儿。他想,这几个孩子天资聪颖,只要给他们一点机会,他们肯定会成功的。

绿儿最喜欢跟妈妈进宫拜访杜大姑了,因为她只需要礼节性地参见一下王后,接着就能够在王宫里自由走动,可以去找好朋友艾姐迪雅。只是苦了她妈妈要陪着徐娘半老的王后,还得听她不住抱怨身体每况愈下。

绿儿五岁的时候就与艾姐迪雅相识。当时她的年龄只有艾姐迪雅的一半,而且还曾经做过掘客的奴隶。艾姐迪雅虽然贵为公主,却对她很好,没有半点架子。现在每每回想起来,绿儿还是忍不住为之倾倒。也可能是公主知道绿儿的遭遇之后心生同情,所以才和她亲近吧。不过,且勿论她们是怎么开始交往的,这段友谊经过十几年的灌溉,到今天已经绽开得无比灿烂。如今她们已经长大成人,公主二十三岁,绿儿十八岁,两人依然情同姐妹,亲密无间。

绿儿找到艾姐迪雅的时候,她正在教乐队演奏一首新曲。几个鼓手似乎找不准节拍,艾姐迪雅说:"这一段要是分开演奏的话,本来挺容易的；不过你们一旦要配合的话，难度就大了。可是如果你们留意一下节拍和旋律是怎么融合在一起的……"说到这里，艾姐迪雅开始用她那柔和甜美的女高音唱起来。慢慢地，那些鼓手一个接一个都能体会到鼓点节拍应该如何配合，这段旋律才能达到水乳交融的效果。在歌声中，绿儿不假思索地扬手提步，旋转跳跃，跳起一段即兴创作的舞蹈。

艾姐迪雅叫道："我这歌那么难听，你还给我伴舞？真是惭愧啊！"

"别停，继续唱呀，很好听嘛。"

可是艾姐迪雅还是放下了手上的工作。她让乐队继续排练，自己就陪绿儿一起走进菜园。"菜园里到处都是虫子。以前我们有奴隶专门负责杀虫，可是现在请不起了，因此所有绿叶子上面都有小洞洞。有时候沙拉会突然动起来，我们只能假装这是个奇迹，然后继续吃。"

绿儿说："我得告诉你，阿克玛最近的脾气坏透了。"

艾姐迪雅说："阿克玛脾气坏不坏和我有什么关系呢？他太年轻了，根本就不适合我。真的，他其实一直都不适合我；过去我竟然以为自己爱上了他，简直是鬼迷心窍。"

绿儿仰头观天，说道："哟，怎么又变天了？以前你不是说过什么'夏雨雪，天地合，乃敢与君绝'吗？"

艾姐迪雅说："得了吧，还夏雨雪呢，现在快要六月飞霜了，我能够和他绝了吧？你呢？你不是也对孟恩有意思吗？"

绿儿说："我对谁也没意思，我觉得自己天生就不是做好妻子的料儿。"

艾姐迪雅问："为什么呢？"

"我不希望待在家里操持家务,我喜欢像爸爸那样去外面走动讲学……"

"可是你爸爸也干活儿啊。"

"我知道他也下地干活,可是我也愿意啊,只要别让我憋在家里就行了。可能这是因为我从小就习惯了在田里劳动;也可能在内心深处,我还在害怕如果我不干活,一个比我高一大截的掘客就会过来……"

"别说了,绿儿!每次你说起这些事情,我晚上就会做噩梦。"

"哈,抓到一条!"绿儿夹起一条小虫。

艾姐迪雅说:"太可爱了。"

绿儿手指一用力就把虫子捏死了。然后她把死虫子弄成一团,扔回地里。"嗯,这世界上会动的沙拉又少了一碟。"

"绿儿。"这时候,艾姐迪雅突然严肃起来,她们谈话的基调也变了。她们不再是嘻哈打闹的女孩子,而是讨论严肃话题的成年人了。"你哥哥最近有什么图谋吗?他和我的几个兄弟在干什么呢?"

绿儿说:"他总是来王宫这里找孟恩,我猜他们正和辈高研究什么东西吧。"

艾姐迪雅说:"嗯,原来他也没有跟你谈起。可是他和他们却有说不完的话。"

"他们?"

"现在已经不仅仅是孟恩了,他还整天找艾伦赫、欧弥纳还有凯明聊天。"

"嗯?他们不再排斥凯明了,那不是挺好吗?我觉得他其实不是那么讨人厌……"

"嘿,他其实还是挺讨人厌的,不过还有挽救的希望。如果我觉得阿克玛和孟恩纯粹是为了挽救他,我当然能会替他们开心。问题是这两人动机不纯啊。"

"怎么说?"

"昨天有一个议员来和爸爸会面,具体说什么事情我忘记了。他偶尔提到真实的梦,然后看着我。可是在那一瞬间,我正好转头,瞥到欧弥纳在翻白眼,一脸嘲弄的表情。所以后来我跟着他出去,趁着四下无人的时候把他顶在墙边,逼问他为什么取笑我。"

绿儿喃喃地说:"你向来都是那么温文尔雅……"

艾妲迪雅说:"欧弥纳这人是不见棺材不掉泪的,而且我现在还是比他高大,还能制伏他。"

"那他怎么说呢?"

"他当然不承认取笑我了。所以我问,你在取笑谁?欧弥纳就说他其实是取笑那个人。"

绿儿问:"哪个人?"

"就是那个说话看着我的议员嘛。所以我说,人们看见我自然就会想起我做的那个关于泽尼府人的梦,这有什么好取笑的?毕竟不是人人都能做真实的梦。然后他说——绿儿,你听真切了——他说,没有人能做真实的梦。"

"没有人?"绿儿忍不住笑了,然后突然意识到艾妲迪雅并不觉得这有什么好笑的。"迪雅啊,我做过真实的梦,你也做过真实的梦,我妈妈是解构者,孟恩有判断正误的天赋,我爸爸也在梦中学到地球守护者的真理……这,这,他怎能说出这么荒唐的话呢?"

"我也是这样想的,所以我问他为什么这样说。他不肯讲,我就往死里掐他、挠他痒痒。绿儿,欧弥纳从来都不能瞒我,无论是什么事情,只要我一出手,五分钟之内他就什么都招了。可是这一次他竟然能顶住我的严刑逼供，装傻到底，一口咬定不知道我在说什么。"

"你觉得阿克玛和孟恩是幕后黑手？"

"不是觉得，而是知道！我知道他们一定和这事情有关。绿儿，欧弥纳能够瞒我，唯一的原因就是有人比我更让他觉得害怕。在他心目中，这个世界上只有两个人比我更可怕……"

"你的父王？"

"才不是呢。爸爸一点都不凶，而且他也很少注意欧弥纳，这小子总是很低调，往墙边一站你根本就看不见他。不，我是说阿克玛和孟恩，这两人都有份儿！今天早上我还看见他们兄弟四人和你哥哥在一起聊天，也不知道他们在密谋什么……"

绿儿说："肯定是关于'没有真实的梦'这个鬼主意。"

艾姐迪雅点头道："对。可是我不能去告诉爸爸，因为他们只会矢口否认。"

"他们敢欺骗你父王？"

"他们已经变了。我有一种很不祥的预感，他们肯定在策划一件大阴谋。"

绿儿说："你别这样说他们吧，这些都是我们的至亲骨肉啊。"

"他们已经不再是年少无知的小男孩了。虽然我们还在读书学习，可是说到底，除了凯明之外，我们都已经是成年人，不再是两耳不闻窗外事的单纯学生了。如果不是因为你爸爸是大祭司，阿克玛早就需要自食其力；艾伦赫虽然成天在军队里混，其实还是太空闲；我其他几个弟弟也是一样的穷极无聊。我爸爸他们搞改革，只是逼迫那些祭司出去养家糊口，却没有让国王的儿子自食其力。"

绿儿点头道："阿克玛十五岁那年，爸爸就尝试让他出去谋生，因为十五岁正是穷人孩子出……"

艾姐迪雅说："我知道这年纪。"

"可是阿克玛只是说：'怎么了？要是我不去干活，你就拿鞭子抽我吗？'他这话太恶毒了。"

艾姐迪雅说："你爸爸又不是当年那些掘客监工。"

"爸爸已经原谅了那些监工，还有帕卜娄格的几个儿子；可是阿克玛没有原谅他们，他心里还是很愤怒。"

艾姐迪雅失声叫道："十三年啊！"

"是的，那么多年来，阿克玛正是用心底的愤怒作为他的精神食粮，就像鸡蛋里的小鸡胚胎靠吸收蛋黄成长。就算他在做别的事情的时候，内心的愤怒还是不断地沸腾翻滚，只是他自己不知道罢了。他给我上过一段时间的课，我们的关系一度非常密切，那时候我爱他胜过爱其他任何人。可是如果我和他过于亲近，很容易不小心踩着他的痛处，他就会大发雷霆。有时候我都被他吓怕了，不禁想起纳飞从指尖发出闪电击倒耶律迈和梅博酷的传说。那两人被电击的时候，内心的震撼程度估计就和我看到阿克玛发飙时候的心情差不多。"

艾姐迪雅说："可能他天性忧郁，是一个很情绪化的人吧？"

绿儿说："嗯，我觉得肯定是。不过，问题是他发飙的时候，通常都是针对我爸爸。"

"还有帕卜娄格的几个儿子。"

"他们很少上门。而且每当有祭司来找爸爸开会的时候，阿克玛总会借故走开。我估计他已经有好多年没和帕卜几兄弟碰面了。"

"可是你见过他们吗？"

绿儿苍白无力地笑笑说："可免则免吧。"

"按照母后的说法，就算在她的'临终病榻'上，她也能听到很多坊间传闻。她说狄度看着你的时候啊，那眼神就像……"

"就像我最可怕的噩梦。"

艾姐迪雅说："你这话肯定是言不由衷。"

"我不是说他，而是……你想想，万一他真的爱上我，万一我真的爱上他，那又如何？我还不如行行好，趁着阿克玛睡着了直接一刀割断他喉咙，给他一个痛快。"

"你的意思是你和你爱的人竟然因为阿克玛的童年阴影而不能在一起？"

"我没有爱狄度，刚才说的只是假设罢了。"

"唉，小绿儿，好妹妹，我们王室的生活真是剪不断理还乱啊！"

"其实家家都有本难念的经。就算是最贫穷的农民，就算是那些刚刚获得自由的掘客奴隶，在他们的地洞里也会有喜怒哀怨、憎恨恐惧，他们的生活不见得有多简单。"

艾姐迪雅说："可是他们在地洞里争吵的时候，整个王国不会因此而震动。"

"呵呵，那是你的家庭罢了，我的家庭可没那么大威力。"

艾姐迪雅从另一片菜叶上捡起另一条虫子。"小绿儿，这个国家里出现蛀虫，要把我们的家园吃得千疮百孔。要是我们的哥哥弟弟是这些蛀虫当中的一条，那该怎么办呢？"

"这正是你所担心的吧？你怕人们不再信奉地球守护者，那么我们就不需要继续与掘客和天使保持紧密联系了。"

艾姐迪雅说："孟恩非常热爱苍穹族。如果不让他和天使来往，那真是要他的命了。"

"可是他对天使的爱能敌得过阿克玛对掘客的恨吗？"

艾姐迪雅说:"到最后关头,孟恩决不会放弃他对苍穹族的感情。"

"话虽这样说,可是如果他们真的开始……"

艾姐迪雅急忙道:"这事情想都不要想,我们的哥哥弟弟怎么可能图谋叛国呢?"

绿儿说:"这么说来,你是一点都不担心咯?"

艾姐迪雅瘫坐在一条板凳上,长叹一声:"我其实很担心的。"

身后传来一个声音:"担心什么呢?"

她们一起转身,原来是绿儿的妈妈车贝雅。绿儿问:"你搞定王后了?"

车贝雅说:"可怜的杜大姑,才谈了一会儿她就已经累坏了。"

艾姐迪雅从鼻子里哼了一声。

车贝雅说:"在树林里别发出这种声音,否则会惹来豹子的。"

艾姐迪雅说:"我不明白,为什么你觉得我讨厌后母是有违天理伦常的呢?"

车贝雅说:"别忘了,你爸爸爱她。"

艾姐迪雅说:"那只能证明爸爸爱心无极限呗。"

车贝雅问道:"刚才你们在说什么重要事情呢?别骗我说没什么,因为我看得出你们两人之间的纽带有多紧密。"

绿儿和艾姐迪雅对望了一眼。

车贝雅问道:"怎么?想商量一下到底告诉我多少吗?我帮你解决这个难题吧,你们和盘托出,那不就简单了?"

于是两人毫无保留地告诉了车贝雅。

她们说完之后,车贝雅道:"让我观察他们一段时间吧。如果我能亲眼看见他们在一起,肯定能够了解很多信息。"

艾姐迪雅问："为什么孟恩竟然不相信真实的梦呢？他向来都有判断正误的超能力，他知道我做的关于你们一家的梦就是一个真实的梦。"

车贝雅说："你不要低估我儿子的说服力。"

艾姐迪雅说："我了解孟恩，他是不会甘心做玩偶任人摆布的。"

车贝雅说："可是我也了解阿克玛的天赋，他也不会让孟恩觉得自己做了别人的玩偶。"

绿儿问："哥哥也有超能力？"

艾姐迪雅说："怎么小妹妹反而最后才知道呢？"

车贝雅说："他拥有和我一样的超能力。"

绿儿大声说："可是他从来没有提起过呀。"

"因为他自己也没有意识到。我猜同样这个天赋在男人身上表现出来是不一样的。男性不像女性那么容易组成一个个集体——嗯，我是指人类的男性。男性天使应该不是这样吧？或者是也说不定，我反正没有这方面的经验。我只知道，一个男人就算拥有解构的天赋，他也不像我们这样能看见人与人之间的纽带。他只会无意识地将身边散落四周的零碎线段收集起来攥在手里。"

绿儿问："也就是说他是一只蜘蛛，却不知道自己正在编织一张人际关系网？"

车贝雅打了一个冷战："我从来没有向他解释过这种天赋。我怕一旦他知道了自己的能耐，事态就越发糟糕了。他会变得更有影响力，也更有……"

艾姐迪雅接口道："杀伤力。"

车贝雅转头不看艾姐迪雅。"他总是能够在身边聚集一群追随者，人人都想取悦他。"

艾妲迪雅问："为了取悦他，孟恩竟然愿意抛弃对苍穹族的感情？"

"我必须要亲眼看见他们的交流才能下结论。不过如果阿克玛真的想达到什么目的，而且还需要孟恩的帮助，我认为孟恩是会全力协助他的。"

艾妲迪雅说："可是这实在很恐怖。这是不是意味着那时候我以为自己爱上他，其实是……"

车贝雅说："这我就不清楚了。我其实……据我所知，阿克玛确实是尽力爱过你的。"

"现在已经不爱了吧？"

"最近已经没有了。"

泪水在艾妲迪雅的眼眶里打转。她说："我也不知道怎么会这样。其实我已经完全不挂念他了，我甚至可以一连好几天完全想不起这个人。可是他的那个天赋，对我还是有影响的，是吧？"

车贝雅摇头道："当他把一群人纠集起来之后，这种联系只能维持一到两天。如果他不和这些人待在一起，这个集团就会分崩离析。而你呢？你已经整整一个星期没有见到他了吧？"

艾妲迪雅说："不会啊，我天天都见到他。"

绿儿帮口道："可是你并没有和他近距离接触。"

车贝雅说："他必须看着你，和你说话，和你交流，这样才能发挥他的天赋。不过你应该信任你心中对他的感觉，这种感觉应该是真实的。"

艾妲迪雅喃喃道："我对他的感觉更像是怜悯。"

绿儿说："我觉得有一个危机正在酝酿当中，阿克玛和摩提艾克的几个儿子正在密谋干一件大事。"

"我刚才已经说了,我会仔细观察一下,看看是不是真的有这种可能性。"

"如果是真的呢?"

车贝雅说:"那我就会立即和你爸爸商量对策,接着我们可能会去向国王禀报,然后国王有可能会向你们问话。"

艾姐迪雅说:"就算所有人都谈遍了,我们其实还是束手无策。"

车贝雅笑了:"迪雅啊,你真是太悲观了。请对我们有点信心好吗?虽然你爸爸和我丈夫还有我都老了,可是我们还是有相当影响力,我们还是有能力改变局面的。"

艾姐迪雅恶毒地说:"我留意到了,你没有提起我的继母,可见你根本就没把她算进去。"

车贝雅又笑了,这次是一脸的无辜。"可怜的杜大姑,她身体太弱了,我提起她名字的时候稍稍大声一点就能把她吹走。"

艾姐迪雅开怀大笑。

"绿儿,咱们走吧,回家还有活儿要干呢。"

艾姐迪雅拥抱了车贝雅母女,目送两人离开了御苑,然后她躺倒在长凳之上,仰望苍天。她想,只要太阳的角度高度都合适,就算在大白天她也能够看见女皇城星。可惜今天乌云密布,眼前只有一片山雨欲来风满楼的萧索景象。

艾姐迪雅低声祝祷:"'永不入土者',你打算出手帮助我们吗?"

谢德美把行李运上飞行器的时候,上灵还在她脑子里喋喋不休:

你真的认为这样做是明智的举动?

谢德美问道:"你怕你不能保护我吗?"

我只能够确保你没有生命危险。

"那就足够了。"

我还是不明白你为什么非下去不可。你这样孤身犯险，能有什么新发现吗？难道你还能够比我更快更精确？

谢德美说："我想和这些人在一起，我希望亲自去了解他们，就这么简单。"

可是你充其量只不过是和他们说话聊天罢了，而我在这里能够直接看透他们的内心世界。你说，你能比我更了解他们吗？

"你非要我亲口说出来吗？难道你不能看透我的内心世界，发现我的真实想法吗？"

这个问题，应该问回你自己。

"我当然知道自己的真实想法。为什么我要下去呢？因为我太寂寞了。瞧，我现在说出来了，你满意了吧？"

嗯，满意了。

"好，既然你满意，那我也需要去听一听真正的人声了。请恕我冒犯，可是我真的很想和人交往一下。"

我倒不觉得被冒犯了，因为我一直以来都想你下去散一散心。不过我希望你能选一个比较和平的年代。现在达拉坎巴帝国是风雨飘摇、大厦将倾，你纵然下去插手也是徒劳。

谢德美说："我知道。可是我并不是要下凡做救世主，我只是觉得现在是时候走出这个金属壳儿，和有血有肉的人碰一下面了。"说到这里，她突然想起一件事情。"他们会问我的年纪。我现在到底几岁了？"

你说生理年龄？星舰宝衣把你保养得很好，你说四十岁也没有人会怀疑。其实你还没有停经，除非你命令我不要干预，否则你永远也不会到达更年期。

"你是暗示我应该再生儿育女吗?"

我只是想提醒你在消解寂寞的时候要小心一点。

谢德美很厌恶地撇了撇嘴。"在这个社会里,婚外恋是禁忌,我可不想下去拆散别人的家庭。"

我也是随便说说罢了。

"你说这说那,又是警告又是提醒的,该不会是有点妒忌吧?"

他们当初没有将"妒忌心"编进我的程序里。

"我能够在这个星球的表面自由行走,其他高等生物会把我看作他们的一分子。难道你从来都没有憧憬……"

我从来都不憧憬。

"这挺可惜的。"

你非要将我人格化不可,还说得那么热情洋溢,其实并没有安什么好心。幸好你说的那些感受其实都是你将自己内心所感投射到我身上罢了。如果我真的不幸有这些感触,那么你刚才说的那些话貌似同情惋惜,其实是幸灾乐祸。

"幸灾乐祸是我们的天性嘛。"

舱门关上了,飞行器从"女皇城"号宇宙飞船上面弹射而出,迅速飞进了大气层。

第七章　华纱若学堂

　　冬日暖堂的窗户又高又宽，阳光倾泻进来，反射在刷过浆的石灰墙上。慢慢地，孟恩已经分不清室内和室外到底哪里更明亮一点。现在是炎炎夏日，这个暖堂太热，光线太耀眼，所以一直空置着。因此阿克玛选了这个地方来对孟恩几兄弟进行威逼恫吓——噢，不，不是威吓，而是讨论。孟恩好不容易才能勉强睁开眼睛，如果不是那些嗡嗡作响的苍蝇坚持不懈地叮着他身上的汗水，他早就睡着了。
　　虽然孟恩想打瞌睡，可是这并不意味着他对阿克玛的信念动摇了。只是他们两人在正式拉拢艾伦赫、欧弥纳以及凯明之前就已经把一切细节都详细讨论过了，所以现在阿克玛说的话对于孟恩来说都是老生常谈。这些学习会都是由阿克玛主持的，因为孟恩缺乏耐心。凯明老是问一些不着边际的问题；艾伦赫特别顽固，总是不肯接受某些早已被一再证实的事实；只有欧弥纳看起来够聪明，一点就通。可是每次欧弥纳弄明白一个观点，他就热情洋溢地用自己的话复述一次，毫无必要地把这些学习讨论会弄得又长又臭。凯明的迟钝，艾伦赫的固执，欧弥纳的狂热——在这三者的共同作用下，他们的讨论好像需要耗费好几个小时才能取得一点点进展。孟恩觉得度秒如年，而阿克玛却甘之如饴。看阿克玛的言谈，他似乎完全不觉得那三个人提出的问题和意见都是愚不可及的。

一个念头慢慢浮上孟恩的脑中：阿克玛和我打交道的时候也是这样子的吗？我们一起"总结"出来的那些观点看法会不会其实都是他一个人的杰作呢？说真的，阿克玛到底有多擅长说服他人接受他的意见呢？他这方面的技巧到底有多高明呢？

孟恩立刻把这个念头抛诸脑后。他这么做并不是因为这个想法是错误的，而是因为这个想法无形中暗示了孟恩不如阿克玛聪明——孟恩怎么会比不上阿克玛呢？辈高总是称赞孟恩是他教过的最聪明的学生。

阿克玛这时候说道："人类和天使能够共同生活，因为这两个种族天生就生活在开放空间和阳光之中。虽然人类不能在天际飞翔，可是我们拥有双腿直立的身体结构，所以比其他动物站得更高。正是由于人类习惯了高高在上地俯视众生，所以我们能够与苍穹族人心灵相通，和谐共处。至于掘客，他们生活在黑暗洞穴之中，他们天生的走路姿势就是把肚皮拖在洞底潮湿肮脏的泥地上。那些优雅高贵、有感情、有智慧的高等生物与掘客有着天壤之别：凡是高等生物厌恶的东西掘客都特别喜爱；凡是掘客喜爱的东西，敏感度较高的高等种族都会讨厌。"

房间里面的光线实在太强烈了，孟恩忍不住闭上眼睛。此刻在他的心底有一个强烈的感觉正在不断地跳跃悸动。他从小就习惯了信任这种感觉，可是最近这几年却千辛万苦地学会将其忽视。这种直觉源自思维的最深处，甚至超越了产生语言的那片区域。不过，正如人脑能够将耳朵接收到的语音信息与已知的单词联系起来，孟恩的思维也为这种直觉配上了一个字：错！

"这是错的……这是错的……"就这样，这种感觉不断地在孟恩的脑中跳动……跳动……跳动。闭上眼睛并不能将它屏蔽掉。

孟恩想，这种感觉并没有什么深意，只不过是我童年记忆的一点残存罢了；很可能是地球守护者试图让我不再相信阿克玛说的话。

嗯？我这是怎么回事？我一方面不相信地球守护者的存在，另一方面却埋怨他害我脑子里反复出现这些毫无意义的、蠢不堪言的、像针刺刀插似的疯狂咒语。我在破除迷信的时候竟然还在迷信，真是可笑！孟恩心中暗笑自己。

可是他似乎无意中笑出声了；或者只是呼吸稍稍重了一点，让人听起来好像是笑声一般。当然了，事无巨细都逃不出阿克玛的法眼。

阿克玛说："不过我说的这些观点未必全部是对的，孟恩才是真正了解事情真相的人。孟恩，你为什么发笑呢？"

孟恩说："我没有笑啊。"

错了！这是错的！这大错特错了。

"孟恩，我是指我最初的想法，你应该能够回忆起来吧。最初我觉得各个种族应该分开各自生活；可是你坚持说人类和天使有很多相似共通之处，所以肯定能够生活在一起。"

艾伦赫问道："你是说这些都是孟恩想出来的？他才三岁就为了学天使飞而从一堵高墙上跳下来，可是现在竟然会想出这些念头。"

孟恩说："我只是觉得，你对掘客的描述，其实天使也可以用同样的话来说我们。肚皮贴地的低等动物，小时候只懂在地上爬，长大后又不能自由自在地倒挂在树枝上，整天在肮脏的尘土中打滚……"

凯明插嘴道："可是我们不会全身都是毛。"

欧弥纳说："如果我们公开说天使比人类优秀，别人根本就不会理睬我们。如果我们鼓吹人类与天使不应该生活在一起，这个国家就会四分五裂了。要成功实施这个计划，我们就必须赶走掘客，而且只能赶走掘客。"

孟恩和阿克玛很惊奇地看着欧弥纳。阿克玛问："实施什么计划？"

欧弥纳答道："就是我们正在商量的这个计划啊。"

孟恩和阿克玛对望了一眼。

欧弥纳意识到自己可能说错话了，问道："怎么了？"

没有人回答。

过了一会儿，艾伦赫才小心谨慎地说道："我们打算把这些私下的讨论全部公开吗？怎么我不知道呢？"

欧弥纳语带讽刺地反问："怎么？难道我们非要先等你登基做国王不可吗？我们这么紧急地躲在这里开秘密会议，我以为阿克玛是要培训我们准备公开驳斥阿克玛若的那一套所谓宗教理论——他打出地球守护者的招牌，暗地里其实是要控制和摧毁我们的社会，然后把我们整个国家献给耶律国。我还以为我们现在就要公开与他做斗争呢，因为再拖下去的话他就会得逞，掘客就会在全国范围内被接纳，终于成为达拉坎巴真正意义上的公民了。如果我们不是立即出手，那还在这里浪费时间干吗？我们应该出去交几个掘客朋友，至少可以保证我们在他们得势之后还会有一点立足之地。"

阿克玛嘿嘿笑了两声。别人看来，他的笑声是自信的表现；可是孟恩和阿克玛深交已久，知道他其实是心虚。阿克玛说："在我们的潜意识里当然会有或远或近的目标和打算，可是这些想法其实还没有成型。"

欧弥纳嘲笑道："你告诉我们地球守护者并不存在，我觉得你的证据是确凿的。你又说人类从来没有离开过地球，我们并不比天使或者掘客历史悠久，我们只是各自在不同地方进化罢了。你说的这些我都同意。你还告诉我们，正是因为有这些证据，你爸爸宣扬的那一套理论完全是不攻自破；现在唯一重要的是哪一种文化能够生存下来并且占统治地位。答案很简单，把掘客赶出达拉坎巴，全力保护由人类和天使齐心协力创造出来的纳飞国文化。既然耶律国的人类愿意和那些专门啃泥的大老鼠狼狈为奸，那就让他们困在果纳崖高原上自生自灭好了。我们必须想办法征服高原外面的几大冲积平原——北方的瑟夫里斯平原，东方的佛斯托伊利斯平原，以及南方的玉格里斯平原。我们在那里立足之后就能够鼓励生育，大幅度增加人口，以绝对优势压倒耶律国。你们能构思出如此绝妙的计划，却从没想过要公之于众？得了吧，阿克玛，孟恩，我们可不是傻子。"

阿克玛说："没错，我们迟早都要和别人说的。"

欧弥纳说："听众越多越好！反正你们是不可能让爸爸回心转意的，阿克玛若已经将他洗脑了；而且也绝对不会有朝臣敢加入我们的阵营和爸爸对着干。可是如果我们私底下偷偷地谈论这些话题，别人就会以为我们在秘密策划什么阴谋；一旦走漏消息，我们就会被人误解为可耻的叛徒。所以说，为了不让阿克玛若继续在达拉坎巴搞破坏，我们必须光明正大地公开反对他。我说得对吗？"

错了！错了！大错特错了！

这个念头又在孟恩脑中狂跳不止，几乎像条件反射似的要脱口而出。可是孟恩知道，这个念头只不过是他童年时对地球守护者的狂热信奉的一点残余罢了。他必须克服并且彻底抛弃内心的迷信，这样才有希望配得起阿克玛的尊敬……或者是辈高的赞赏？还是各位兄弟的敬仰？不过说一千道一万，说到底他始终还是最在乎阿克玛对他的看法。

所以他把内心的真实感觉强压下去，只依靠理性分析来作答："欧弥纳，你的看法是正确的。不过阿克玛和我确实没有讨论过如何开展我们的计划。阿克玛可能有想过也说不定，可是我真的没有。只是现在你说出来之后，我就知道你是对的。"

艾伦赫转头看着孟恩，表情很严肃地说："你确实知道欧弥纳是对的吗？"

孟恩知道，艾伦赫提这个问题时，其实是想依靠孟恩自小就拥有的判断正误的天赋。大哥是希望孟恩使用超能力来洞察局势，评估一下这场斗争，让他能够心安理得地作出抉择。只是孟恩已经不想再把那些直觉当作真正有用的"知识"；真正的知识必须通过推理去发现，通过逻辑去论证，而且不能与客观物理证据相左。虽然艾伦赫的问题话中有话，可是既然他问孟恩是否"知道"，那么孟恩就不能再依靠直觉，而只能根据他对"知道"这个概念的理解如实作答。"是的，艾伦赫，我知道他是对的，我知道阿克玛是对的，我也知道我是对的。"

艾伦赫很严肃地点头说道："我们虽然是国王的儿子，可是我们手上并没有实权，就算有也全是拜爸爸所赐；不过我们兄弟几人倒是有很大的声望。如果我们公开反对阿克玛若的传道，这对他的宗教改革绝对是一个致命打击。要是连他的亲生儿子也反对他……"

阿克玛说："人们大概会留意到吧。"

欧弥纳说："留意？人们会震惊得屁滚尿流呢！"

凯明冷不防来一句："这算不算叛国罪？"

欧弥纳说："我们提出的这些主张没有一个是否认国王权威的，你难道没有在听吗？我们承认人类与天使自古以来就结成的联盟；我们也确认了纳飞后人统治的合法性是源自我们祖先多年以前的决定。我们反对的只是有些人的迷信说法，硬要说地球守护者对掘客、苍穹族和中间族一视同仁。"

凯明说："其实仔细想想，天使在空中飞，所以叫苍穹族；我们人类生活在地面上，我们才应该叫土家族；那些掘客根本什么也不是。"

艾伦赫冷冷地说："如果我们一上来就把人类称作'土家族'，是很难赢得民众支持的。"

凯明紧张地笑了笑："嗯，我猜也是。"

阿克玛说："欧弥纳固然说得对，不过我还是觉得时机没成熟。我们不鸣则已，一鸣就必须要惊人；所以我们需要一个能让我们之中的任何一个人随时随地畅所欲言的宽松环境。"

艾伦赫大声说："我？我可不像你和孟恩那么口若悬河滔滔不绝。"

孟恩说："那是阿克玛，我可没这本事。"

欧弥纳狂笑道："得了吧，孟恩。我们以前经常说笑问，孟恩醒了吗？不知道啊，这得看他有没有在说话。他正在说话吗？嗯，那他确实醒了。"

很明显，欧弥纳这个玩笑完全没有恶意，可是孟恩觉得特别刺耳。他立即闭上嘴巴，决定从这一刻起不再说话，直到他们求他开口为止。

阿克玛说："我的观点是，我们必须团结一致，统一口风。如果国王的所有儿子和大祭司的儿子都联合起来抵制新政，这就传递了一个清晰无误的信息给普罗大众。他们会知道，无论现在的国王实行什么政策，下一任国王也决不会容忍掘客以自由公民的身份留在这里。在这种形势下，那些刚刚获得自由的掘客自然会离开，回耶律国去，那里才是他们的存身之所。而且没有人能够谴责我们剥夺他们的自由，因为我们的计划是一次性地释放所有奴隶。不过我们必须在边境地区释放他们，这样才能防止那些获得自由的掘客死赖着不走，也能断了他们企图在异国他乡成为公民的痴心妄想。老实说，这是一个非常仁慈的政策，既承认了不同种族之间难以逾越的差异，也用一种温和的道别方式表达出我们的强硬态度，好让那些自以为文明开化的掘客识趣走开。"

这确实是一个高招，孟恩兄弟四人都同意团结一致去支持这个计划。

阿克玛继续说："问题是，你们兄弟四人当中哪怕有一人让民众觉得他并不是完全支持这个计划，哪怕有一人显示出他还相信阿克玛若鼓吹的那一套关于地球守护者的废话……"

孟恩心中暗道：可是自从英雄年代以来，我们的人民一直都相信这一套啊。

"……那么普罗大众都会觉得摩提艾克会把王位传给那个王子，而将其他三人废黜。结果是什么？结果就是大量有权有势的人出于政治原因而反对我们，因为他们当然希望站在最终获胜的那一方。可是如果所有的王子都反对阿克玛若的'热爱掘客说'，贵族阶层知道除了你们四兄弟之外再也没有别的王位继承人，他们就会想起现任国王不会长生不老；然后他们至少会保持沉默，以免得罪未来的君主。"

孟恩说："你也别客气了，人人都知道等你爸爸……嗯，怎么说呢……等你爸爸羽化之后，大祭司的职位非你莫属。"孟恩居然用"羽化"这么古老的说法，大家都不禁笑起来。

可是艾伦赫似乎从凯明的表情里看出一点不轨的企图，所以他在笑声过后突然词锋一转,矛头直指他父王的幼子。他说:"要是谁因为窥觊王位而跟我们唱反调的话,我在这里先把话说明白了,在我父亲驾崩或者退位之时,只要我还活着,只要我想继承王位,军队就绝对不会拥护其他人。如果你只是贪权,长远来说,向我效忠才是满足你权欲的唯一途径。"

孟恩很震惊,这是他头一次听见艾伦赫用如此露骨的话来谈论爸爸的身后事,而且还祭出王位继承权这个大棒来打压和威吓弟弟。他尤其不喜欢艾伦赫说起爸爸的时候不说"我们的父亲"或者"父亲",而是使用"我父亲"这个字眼。

阿克玛突然放声大哭:"惨啊!惨啊!惨啊!"然后弯腰把脸埋在双臂之中。

"怎么了?"四兄弟有的身体前倾,有的马上扑到阿克玛身边,都以为他有什么急病突然发作。

阿克玛坐直了,然后从椅子上站起来。"这都是我的错。我竟然连累你们兄弟之间产生裂痕,还让艾伦赫说出如此不堪的话,实在很不值得。如果我没有和孟恩交好,如果当初我们没有从车林地区逃回达拉坎巴,如果我们死在掘客和他们的人类主子的皮鞭之下,那么我们起码可以有尊严地死去,而艾伦赫也不会说出这番话了。"

艾伦赫满脸羞惭地说道:"对不起。"

阿克玛说:"不!说对不起的应该是我!我作为一个朋友来找你们,本来希望能够赢得你们的支持。我们一同探索真理,破除我爸爸那一套疯狂的理论,救万民于水火。可惜事与愿违,我竟然害你们兄弟反目,我实在没有颜面再待下去了。"说完他疾步奔向大门,因为走得太快,还不小心把椅子碰翻了。

剩下四兄弟或站或坐,沉默良久,然后凯明和艾伦赫同时开口了。

凯明大声说:"我永远也不会背叛你,我从来也没有这个念头!"

同时艾伦赫也叫道:"凯明,请原谅我的小人之心。我从来没想过把你……你是我的亲弟弟,不论你做什么,我也……"

艾伦赫老大哥还是那么笨嘴笨舌,凯明小弟却已经变得这么油嘴滑舌,还口不对心,孟恩几乎哈哈大笑。

欧弥纳却真笑出来了。他说:"听听你们两人都在说些什么话?一个说'我从来没有对你打过坏主意',另一个说'我冤枉你了,真对不起'。你们就别再婆婆妈妈了。阿克玛只是要求我们先团结一致,然后才公开表态;所以我们的首要任务就是努力团结起来,好吗?其实这根本不难,我们只需要在互相得罪的时候也不骂街,这就行了。反正我们在爸爸面前总是这样做的,否则他早就发现我们有多讨厌王后了。"

凯明的脸色一阵红一阵白,喃喃说道:"我不讨厌母后。"

欧弥纳说:"看到没有,凯明?就算你不同意我们的观点,也没关系的。阿克玛想说的是,只要你愿意闭嘴,我们就能够万事如愿,马到功成。"

凯明说道:"我同意你们的观点……除了你刚才说的那些关于母后的话。"

欧弥纳不耐烦地说:"行了行了,其实,其实都为她感到无比的遗憾。她好像得了世上最慢性的瘟疫,怎么也死不了,真是太可怜了。"

艾伦赫说:"欧弥纳,你说够了吧?你一边向我们说教,要我们团结一致,自己却老在取笑凯明,好像你们两人还是刚学走路的小婴儿似的。"

欧弥纳酸溜溜地说:"我可从来没有和他一起学走路。他还没出生我就已经学会走路了。"

"求求你们了。"孟恩趁着众人说话的沉默间隙轻轻地插入一句,大家的注意力反而被他轻柔的语气吸引住了。"别人听了我们这样说话,反而会以为地球守护者真的存在呢。他们会觉得地球守护者把我们变蠢了,使我们无法团结一致去违抗他的旨意。"

艾伦赫一如既往地把孟恩的话都当真了。他问:"地球守护者真的存在吗?"

孟恩说:"不!地球守护者根本就不存在!我们还要证明多少次你才不再问呢?"

艾伦赫盯着孟恩的双眼,正色道:"我不知道。我只知道你从小时候起,只要你说某件事情是正确的,这件事就一定错不了。大概我要彻底忘记你这种能力之后,才能毫无保留地相信地球守护者确实不存在。"

孟恩:"我真的全部说对了?哪怕错一次也没有?很可能当时你和我一样,都渴望像我们这个年纪的小孩真的具有明事理、知是非、辨对错的能力。"

错了!错了!大错特错了!

孟恩努力不让脸上显出任何表情,却不知道自己是否真的做到面如平湖。

艾伦赫不经意地露出一丝微笑。他对孟恩说:"快去找阿克玛吧。据我对他的了解,他现在肯定待在不远处等着我们当中随便哪一个出去请他回来。这任务就交给你了,孟恩,把他请回来。为了国家的利益,我们愿意团结在他周围。"

凯迪奥以一个热情的拥抱迎接伊理亥艾克。不，不是伊理亥艾克，而是伊理亥。他曾经贵为一国之君，现在却坚称自己没什么过人之处，也不曾得到地球守护者的垂青。这事情真的很奇怪，感觉就是一个败局。当然，这不是伊理亥的失败，而是时势使然，就算他有济世之才，此刻也是无力回天。

凯迪奥问道："王后……呃……你的妻子还好吗？"

这些普通的问候本来就毫无意义，而凯迪奥和伊理亥之间就更加不需要太多的客套话。凯迪奥的妻子在多年以前生头一胎的时候难产而死。那个死婴是男孩子，产婆说，小孩像爸爸，个头太大，从产道出来的时候，硬是把妈妈撑死了。于是凯迪奥明白了，他的妻子其实是他害死的；因为他的小孩体积太大，换成随便哪个女人都难免一死。按照地球守护者的意思，凯迪奥注定要孤独终老。他并不打算与地球守护者对抗，因为他不想再害其他女人的性命。伊理亥知道凯迪奥的伤心史，所以没有问候他的家人。

"凯迪奥，看来总督这份差事是个闲职嘛。"

凯迪奥想开怀一笑，可惜事与愿违，他的喉咙只发出一声闷响，他连忙顺势咳了几下。"我觉得身上的肌肉都开始松弛了。虽然当年我是个军人，可是现在已经变得软弱衰老，整个人好像从里往外开始变干变弱。不过至少我不会变成那些大腹便便的肥胖老头。"

"我活不到你变胖的那一天了。"

"伊理亥，我年纪比你大很多，我肯定会死在你前头。什么时候从东边刮来一阵飓风就能把我吹过这些山峰，一直刮进海里。可是我已经又干又瘦，只能像枯叶一样浮在海面上，在风吹日晒之下变成粉尘，溶入大海，彻底人间蒸发。"

伊理亥出神地看着凯迪奥，脸上带着一副古怪的表情。凯迪奥轻轻地推了一下伊理亥的肩膀——他向来都是用这个办法把伊理亥从白日梦中唤醒。想当年伊理亥还是努艾克的第三子，也是最不得宠的王子。凯迪奥于是可怜他，教他怎样做一个顶天立地的男子汉，怎样成为一个骁勇善战的军人。

凯迪奥还记得自己忍无可忍发誓弑君的那一天，他也是和伊理亥在一起。当时伊理亥也像现在这样发呆，于是凯迪奥轻轻推了他一下，哪知道他竟然热泪盈眶。凯迪奥问伊理亥有什么不妥，伊理亥当场就崩溃了，他一边抽泣一边告诉凯迪奥，他从小就一直受帕卜娄格骚扰。伊理亥说："上一次他这样对我已经是很多年前的事情了。现在我已经结婚生女，本来以为一切都过去了。哪知今天早上我和父王进餐的时候，他又把我带走，再让他的两个亲兵按住我，然后故技重演……"

凯迪奥闻言顿时惊呆了。他问："你爸爸不知道帕卜娄格这样对你吧？"

伊理亥告诉他："父王当然知道，因为我告诉他了。可是他说我太软弱，完全是咎由自取。他还说地球守护者本来打算让我身为一个女孩子的。"

凯迪奥知道，好端端的一个国家在努艾克的治下已经变得千疮百孔、摇摇欲坠。努艾克迫害身边的好人，纵容他宠信的佞臣胡作非为；满朝文武之中，正人君子寥寥可数。看在这几个君子的分儿上，而且考虑到努艾克毕竟还是一国之君，凯迪奥一直强压着心中的怒火。可是这一件事情终于让他觉得忍无可忍。不管你是不是一国之君，你不能任凭自己的亲生儿子遭人蹂躏却不报仇雪恨。从凯迪奥看来，杀死帕卜娄格不是他的责任，轮不到他来越俎代庖。如果努艾克做不到，那么就应该等伊理亥经历磨难、真正成熟之后才亲自手刃仇人。凯迪奥是一个军人，立誓保民卫国，对抗一切敌人。现在他终于知道谁才是真正的敌人了：努艾克！只要把努艾克铲除，其他问题都会迎刃而解。所以凯迪奥发誓要亲手杀死暴君努艾克。他将努艾克逼到了高塔顶上，拿出短剑，准备将他开膛破肚，给他一个懦夫应有的下场。

就在最后的紧要关头，努艾克突然转头发现远方边境那里，耶律国大军正浩浩荡荡掩杀过来。努艾克说："你不能杀我，因为只有我才能领兵抗敌，保护黎民百姓。"凯迪奥其实也是一心为民，所以觉得努艾克说得不无道理。

哪知努艾克竟然率领全军撤退，只留下少数兵士保护城中妇孺。讽刺的是，他们撤退到荒山野岭之后，正是那些跟着他狼狈逃窜的士兵将他折磨至死。同时，城中缺兵少将，连武器也不够，敌军一旦攻城的话，守兵连一时半刻也支撑不了。所以伊理亥的妻子唯有率领一众少女出城为民请命，终于救了满城妇孺。这件事情让凯迪奥一直引以为奇耻大辱。

每当凯迪奥和伊理亥在一起的时候，所有这些往事总会在他脑海中浮沉隐现。他目睹过伊理亥最脆弱无助的时刻，也见证他成长为一个真正的男子汉，并且成为一国之君。可惜，当年的伤害已经对伊理亥造成永久的创伤，再也无法修复。如果不是因为这些性格缺陷，伊理亥怎么会逊位呢？

凯迪奥说起死亡的时候，刻意使用戏谑的口吻。奇怪的是伊理亥脸上竟然带着一种不安的表情。他说："你说得好像恨不得快点儿死，可我知道你心里并不是这样想的。"

凯迪奥说："我确实是恨不得快点儿死……不过不是我自己死，而是别人快点儿死。"

他说完，两人同时哈哈大笑。

"嘿，伊理亥啊，老朋友，你怎么不是我的儿子呢？"

"凯迪奥，虽然你我没有血缘关系，可是我一直把你当作父亲看待；过去如此，将来也一样。"

凯迪奥问道："这么说来，你来找我是希望我能够像一个父亲教导儿子那样给你一点建议吗？"

伊理亥说："我的妻子听到一些传闻。"

凯迪奥眼珠子一转。

"唉，其实她也料到你不希望听她的话，可是我没办法骗你。一旦我告诉你这些传闻的内容，你马上就会猜到这是她说的。因为没有一个男人会把这些事情告诉我。"

按照传统，泽尼府人无论如何也不肯与苍穹族人共同生活。可是众所周知，伊理亥偏偏就反对这个传统：他爱与天使结交，家里经常有天使来访。正因为如此，凯迪奥手下的男人都信不过伊理亥，自然不愿意把机密大事泄露给他。

可是女人圈却完全不一样了。原因很简单：男人们没办法控制他们的妻子。女人都爱絮絮叨叨，也不管对方是否信得过就乱喷一气。虽然伊理亥夫妇是正直善良的好人，可是当问题涉及保卫泽尼府人乃至全人类的生活方式，伊理亥就不那么让人信得过了。不过凯迪奥从来不会对伊理亥撒谎；如果伊理亥想知道那些流言的真伪，他只需要亲自来凯迪奥的领地查探一番就可以了。

凯迪奥问道："那是什么传闻呢？"

"她听说你手下的几个高官四处吹嘘，说阿克玛若的儿子以及国王的几个王子在内心深处都已经变成了泽尼府人。"

凯迪奥说："这是谣言！那几个青年才俊会公开宣称他们认为天

使和人类不应该生活在一起？我敢向你保证，我们当中就算是最乐观的人也不敢有这个奢望。"

伊理亥听了并不回答，而是默默地沉思许久，然后才问道："那么请你告诉我，那几位青年才俊会公开宣称什么？"

凯迪奥说："他们非要公开宣称什么不可吗？我怎么知道呢？"

"凯迪奥，你不要骗我。难道连你也开始对我说谎了吗？"

"我没有骗你！你居然这样说我，我真该一拳把你打翻。"

"什么？你才说你自己又干又瘦，已经变成一片枯叶，怎么会突然有力气把我打翻在地呢？"

凯迪奥说："坊间确实有些传言……"

"你的意思是你有一个绝对可靠的消息来源。"

凯迪奥说："为什么这个消息绝对可靠呢？为什么不能够是传闻和谣言呢？"

"因为我很清楚你是怎样收集情报的，凯迪奥。如果你在摩提艾克的议会里面没有一两个身居高位的线人，你怎么会接受总督的职位呢？"

"伊理亥，我哪来这样的线人呢？国王身边的红人都已经跟随他很多年了，在我们来之前他们就已经身居要职。老实说，摩提艾克的朋友里面我只认识一个人——就是你。"

伊理亥眯着眼睛上下打量凯迪奥，仔细想了一会儿，然后脸上露出一丝微笑，接着变成哈哈大笑。他说："你这个狡猾的老狐狸！"

"我狡猾？"

"你是一个死硬派的泽尼府人，顽固不化地坚持种族隔离政策，国王的议会里面的人类议员避你唯恐不及，哪还敢跟你说话。如此说来，难道你的线人是一个女人？我觉得不是，因为你在首都待的时间本来就短，而且还把上流社会的贵妇名媛都得罪遍了，她们哪会帮你呢？所以剩下只有一个可能性，你的线人是一个天使。"

凯迪奥摇头不语。人们一直以来都低估了伊理亥；虽然凯迪奥知道他并非等闲之辈，可是现在依然被他打了一个措手不及。想不到伊理亥凭借着蛛丝马迹就能够顺藤摸瓜、直捣黄龙。

伊理亥继续说："这么说来，你真的和一个天使结成同盟了？"

"不算是同盟。"

"互相利用？"

凯迪奥点头道："可能吧。"

"阿克玛和摩提艾克的几个王子，他们确实在密谋一些东西，对吧？"

凯迪奥说："他们决不是阴谋叛国，因为他们不会做出损害王权的事情——摩提艾克的几个儿子怎么会对他们的父王不利呢。"

伊理亥道："可是你本来就不希望摩提艾克垮台。不仅仅是你，其他泽尼府人也是这么想的。你们都满足现状，在这片沼泽地上面安居乐业……"

"满足现状？这一带土地贫瘠，洪水为患。我们用来种植农作物的每一寸耕土都必须从大量废土当中筛选出来；为了对付涝灾，我们还必须将耕地填高，然后在外围筑起木墙和石墙。这些木料和石料又是从哪里来的呢？我们必须从上游的高地那里用船运过来……"

"再怎么说你们也还是住在果纳崖地区。"

"这一带沼泽区其实已经算是平原地带了。"

伊理亥说："可是你们其实还是心满意足了，因为你们得到摩提艾克大军的庇护，再也不用担心耶律国军队；而且摩提艾克还允许你们生活在一个空中没有天使的地方。"

"他们整天在我们上空飞过，只是不和我们住在一起罢了。反正现在是我们不伤害他们，他们也不来烦我们。"

"阿克玛若才是真正的问题所在，对吧？因为他一直在宣扬宾纳若的学说。"

凯迪奥纠正他说："是叛徒宾纳迪。"

"宾纳若说过，泽尼府人最大的罪过在于，他们不但排斥天使，而且也排斥掘客。地球守护者希望人类、掘客和天使能够和谐共处，只有当每一座村庄都有我们三个种族的身影，他才会真正满意。到了世界大同的那一天，地球守护者就会以一个人、一个天使和一个掘客的形象降临地球，然后……"

"别说了！"凯迪奥一声怒吼，右手猛地挥出。如果这一下击中伊理亥，说不准真的能把他打翻在地；因为凯迪奥虽然自称羸弱不堪，实际上还是强壮不减当年。不过凯迪奥这一下并没有对人，而是打在空气中，似乎要拍扁一只无形无声的蚊子。"你不要提起他说过的废话。"

"凯迪奥，你发怒的时候还是相当吓人啊！"

"宾纳迪死晚了。我觉得如果努艾克早点儿杀了他，他就没机会给阿克玛若洗脑了。"

"凯迪奥，在这个问题上，我们之间的分歧是永远也不可能消除的，我们就别争论了。"

"没错，我们不要继续争下去了。"

"凯迪奥，请你老实告诉我，有没有谁密谋用暴力手段去对付阿克玛若呢？"

凯迪奥摇头道："当然有人提起过。不过我已经公开宣布了，谁敢动阿克玛若一根头发,我就把这人的心脏从他喉咙那里掏出来!"

"你和阿克玛若曾经是朋友吧?"

凯迪奥点了点头。

"可是,现在他讲出的每一个字对于你来说都像毒药一般可怕,你还能像以前那样做他的忠实朋友吗?"

凯迪奥说:"政见不同有什么关系?朋友才是最重要的。"

"凯迪奥,正是由于我不赞同你的政治立场,所以我很庆幸你重视友谊多于政治立场,否则我就不会像现在这么高兴了。不过这些都是后话,现在关键是……你刚才说阿克玛和摩提艾克的四个儿子并没有密谋使用暴力去对付他们的父亲,也不会对其他任何人动武。"

"没错。"

"可是他们确实在密谋一件大事。"

凯迪奥说:"你自己想想吧,阿克玛若能够系铃,难道别人就不能解铃吗?"

伊理亥点头道:"摩提艾克确实不敢用叛国罪去起诉亲生儿子。"

凯迪奥说:"就算他敢也没办法告。"

"为什么不敢?如果他们敢公开挑战国王任命的大祭司……"

凯迪奥说:"我们根本就没有大祭司。"

"虽然阿克玛若决绝使用'欧格'这个称号,可是……"

"摩提艾克将原本由国王任命的祭司都废黜了。而阿克玛若是外来的,理论上来说是由地球守护者亲自任命的,所以他的权威并非来自国王,因此挑战阿克玛若并不构成叛国罪。"

伊理亥艾克笑了:"你以为摩提艾克会被这些法律文字游戏蒙骗吗?"

凯迪奥说:"当然不会!所以时至今日,你始终没有听说王室的几个青年才俊公开反对阿克玛若鼓吹的那一套种族混合、男女平等的谬论。"

"可是他们马上就要开始行动了吧?"

"这么说吧,很快就会有一个考验,我不知道具体是什么——这其实也和我无关——我只知道这个考验对于阿克玛若和摩提艾克来说是一个解不开的死结,会让他们焦头烂额、进退两难。无论他们采取哪一种措施,都只会为我们拨开迷雾见青天。"

"你向我泄露太多东西了。"

"因为即使你转头就去找摩提艾克,把我说过的话全部告诉他,他也得不到什么好处。种瓜得瓜,种豆得豆,关键是他已经把种子埋下了,结果就是阿克玛若没办法继续做达拉坎巴的宗教领袖。"

"如果你以为摩提艾克会出尔反尔、将阿克玛若免职的话……"

凯迪奥微笑道:"伊理亥,你再仔细想想我说的话。这个考验始终会到来,结果只有一个,就是阿克玛若下台。无论你怎么警告他们,这个结局也无法避免;当年是国王亲手埋下了种子,所以才会有今天这个苦果。"

"凯迪奥,你说话太深奥了,我完全听不明白。"

凯迪奥说:"我向来都这样,你这辈子也不会明白的。"

伊理亥说:"每一个父亲都这样以为,可是没有一个儿子会认同。"

凯迪奥问道:"那么父亲和儿子到底谁对谁错呢?是父亲自信得有根据,还是儿子反叛得有道理呢?"

伊理亥说:"我觉得所有父亲都聪明过头了,以至于他们终于打算把所有智慧倾囊相授的时候,做儿子的却习惯性地提防有诈,再也不敢相信他们了。"

凯迪奥说："等我决定倾囊相授的时候，你自然会知道，你自然会相信。"

伊理亥说："凯迪奥，刚才你已经和我分享了你的人生智慧，我也了解到你已经给可怜的阿克玛若设好了圈套。现在让我也告诉你一个秘密吧。"

凯迪奥说："你就省省吧，好吗？你只是装作什么都知道了，然后想骗我自己说出来。我告诉你吧，你在十五岁的时候就用过这一招，那时候不灵，现在就更不用说了。"

伊理亥说："我就告诉你一件事情吧，这件事情你未必知道。你以前和阿克玛若是好朋友……"

"我们现在也是好朋友。"

"他比你强大，比我强大，比摩提艾克强大。他比世上所有人都强大。"

凯迪奥大笑道："阿克玛若强大？他空有一张嘴巴罢了。"

"好朋友，为什么阿克玛若比我们强大呢？因为他确实是遵从地球守护者的旨意去办事。地球守护者的旨意是无论如何也会实现的——如果我们做不到，就会被他扫地出门，好让位给地球守护者的另一群子民。这一次可能是豹子和秃鹫的变种，也可能是海底的鱿鱼或者鲨鱼的后代。有一点可以肯定，最后获胜的一方绝对是地球守护者。"

"伊理亥，如果地球守护者那么强大，他怎么不干脆把我们这些人类、掘客和天使都变成一些热爱和平、满足现状、幸福快乐的小宠物呢？"

"可能他不想我们做宠物，可能他希望我们理解他的苦心，真心相信他是为我们谋福祉，然后心甘情愿地帮助他实现他的计划。"

"这是一种何其愚蠢的宗教！如果摩提艾克要国民热爱并且遵守法律，还把全部希望都寄托在人们的自觉性上面，你猜他的王位还能坐多久？"

"凯迪奥，可这恰恰是人们遵纪守法的原因啊。"

"他们遵守法律完全是因为有全副武装的士兵在盯着，伊理亥。"

伊理亥问道："可是为什么那些全副武装的士兵愿意听从摩提艾克的命令呢？你也知道，并不是每个士兵都唯王命是从；说不准什么时候会有一个士兵怒不可遏，出手……"

凯迪奥打断他的话："这件事情已经过去那么多年，你就别用来说笑打趣了。"

伊理亥说："我不是说笑打趣，我只是想指出，人们之所以拥戴像摩提艾克这样的贤明君主，完全是因为国内的精英阶层明白，他掌权对他们有利，他的统治能够带来和平稳定。就算他们不见得拥护国王颁布的每一条法令，他们总能在达拉坎巴帝国之内找到一种让自己快乐的生活方式。这才是他们服从王命的原因，对吧？"

凯迪奥点了点头。

"这些事情我想了好久。为什么地球守护者不出手阻止我父王的所作所为呢？为什么他不直接带领我们投奔自由呢？为什么他要让我们被奴役那么多年，然后才派孟恩乌士前来解救我们呢？为什么？他的计划到底是什么？我一直以来都百思不得其解，直到有一天我突然意识到……"

"幸好！我还以为你会说是你老婆把答案告诉你了呢。"

伊理亥很恼火地瞪了他一眼，继续说："我突然意识到，地球守护者并不需要一帮没有自己意志的木偶，这对他没有任何好处。地球守护者需要的是忠实的伙伴,你明白吗?他希望我们变得和他一样,希望我们与他有共同的目标和共同的需要,希望我们心甘情愿地为他效劳。到了那一天,宾纳若所说的一切才算是真正实现了,地球守护者才会下凡来到我们中间。"

凯迪奥全身抖了一下。"伊理亥,如果你说的话都是真的,那么我岂不是成了地球守护者的敌人吗?"

"不会的,老朋友。你不是他的敌人,只是你的想法与他相左罢了。幸好你不会因为意见相左而与朋友反目成仇,这正是地球守护者对我们的期望之一。实际上,虽然你那么痛恨种族混合,可是我敢说,将来我们的子孙后代还是会将你看作地球守护者最忠实的追随者之一。"

"嘿嘿。"

"凯迪奥,你也仔细想想吧。你认识那么多志同道合的人,可是你真正的朋友是谁呢?你真正爱的人是谁呢?是我,是阿克玛若。"

"我爱很多人,不止你一个。"

"我,阿克玛若,我的妻子……"

"我讨厌你的妻子。"

"可是在紧急关头,你为了她可以连性命也不要。"

凯迪奥无言以对。

"就算是你那个天使线人,为他牺牲你也是心甘情愿,对吧?"

凯迪奥说:"我一会儿要为这个死,一会儿又要为那个牺牲,居然能活到今天,实在不容易啊!"

"你突然发现别人比你更了解你自己,觉得很气恼吗?"

凯迪奥承认道:"是的。"

伊理亥说:"我知道你很气恼。可是当初有一个人比我更了解我自己，他在我身上发掘出连我自己也没发现的力量，你猜我怎么着？"

"你也很气恼。"

"正相反，我感谢地球守护者让他出现在我生命里。时至今日，我还日夜祈求地球守护者保佑他平平安安。我告诉地球守护者，虽然他以为自己是你的敌人，其实他不是；请你为我保护他吧。"

"你也跟地球守护者说话？"

"最近说得很频繁。"

"他回答了吗？"

伊理亥说："没有。可是我也没有向他提出什么问题。其实，只要我环顾这个世界的时候，依然能得到他的指引，我就心满意足了。"

凯迪奥扭过头去，不让伊理亥看到他的脸。他也不知道自己为什么要把脸藏起来，其实他并没有觉得心潮澎湃，只是在这一刻实在无法直视伊理亥的双眼。他低声说道："去吧，去找摩提艾克吧。你想跟他说什么都行，反正你们是没办法阻挡我们的。"

伊理亥说："可能吧。不过如果你们得逞了，只会是因为你们无意中在为地球守护者的宏图伟业添砖加瓦罢了。"

凯迪奥的头还是扭向一边，所以伊理亥只能亲吻一下他的肩膀，然后离开了总督府的花园。总督独自在花园里逗留了一个多小时，直到夜雨骤至，他才回到室内，可是已经全身湿透了。总督府内并没有用人，所以不会有人告诫他要保重身体。自从凯迪奥听说阿克玛若夫妇不请用人，煮菜洗衣等大小家务琐事都亲力亲为，他也依样画葫芦，立即辞退了所有仆人。凯迪奥暗地里与阿克玛若较上了劲儿：阿克玛若作出那么多牺牲，真的是仁德盖世也好，或者是虚伪造作也好，总之阿克玛若能做到的，凯迪奥也能做到。这样的话，世人评价他们两人的时候就不能说，尽管凯迪奥在地球守护者这件事情上可能是对的，不过阿克玛若还是更加有德。不！人们必须公正地说：凯迪奥与阿克玛若一般高尚，而且他对地球守护者的判断也是正确的！

虽然凯迪奥既正确又高尚，无奈伊理亥心甘情愿追随的却是阿克玛若。过了这么多年，阿克玛若还是把凯迪奥最珍惜的人偷走了。

达拉坎巴虽然是一个伟大帝国的首都，可是从某种意义上来说，它依然是一座小城——某些坊间传闻能够在很短时间内就传遍大街小巷，甚至直达城中最有名望的府邸之中。比如说这一次，那所新学校开办还不到几个星期，车贝雅就听到了很多传言。

"你能想象这女人有多无耻吗？竟敢把学校命名为'华纱若学堂'！"

"我问谁是校长，她竟然说自己就是。"

"她自称和英雄佛意漫的妻子用的是同一种教学方法，好像她真的知道似的。"

"那些学生的家境都不好，不过最恐怖的是，她让所有孩子一起上课，其中有一些竟然来自那些……那些以前的……"

"奴隶家庭。"车贝雅强忍着心里的不满，帮她的朋友把话说完。她其实拼了老命才忍住没有提醒她们，她和她的丈夫在过去十年间一直教导大众，在地球守护者眼中，土家族的小孩子与中间族或者苍穹族的小朋友相比，丝毫也不逊色。

"我听说她还愿意把男孩子和女孩子混在一起上课呢！也不知道哪些家长突然失心疯发作才会允许她这么做。"

车贝雅思前想后，终于写了一张便条，请地球守护者殿堂里面一个住在新学校附近的导师送去给那个女人。在便条里，她邀请这个新来的教师上门做客。

第二天，这张便条被送回来了，只见便条的底部有一句在匆忙中潦草而成的话："多谢邀请。无奈校务繁忙，难以抽身。如果你愿意，请来敝校看看。"

车贝雅很震惊，同时也不得不承认，内心深处有一点点被冒犯的感觉。她好歹是大祭司的夫人吧？可是这个女人竟然拒绝了她的邀请，然后很随意地让她去学校看看，甚至还不邀请她去家里做客。

车贝雅随即感到很惭愧：我的自尊是否过分膨胀了？怎么那么容易就觉得不满呢？而且，这位教师越是不买账，车贝雅就越发对她感兴趣了。她把她听到的传言以及这次邀请未遂的事情都告诉了绿儿；绿儿听了，非要跟去不可。艾姐迪雅听到消息也来了，她解释道："我是想看看当年华纱女士是怎么教学生的。"

车贝雅问："你不会真的以为她这所学校会和传说中那所学校相似吧？"

艾姐迪雅说："有什么出奇呢？就凭女教师做校长这一点，这所学校就比我听说过的任何一所学校更接近华纱的学校了。"

绿儿说："听说在掘客里，女校的老师全部是女的。"

艾姐迪雅提醒绿儿："可是这个女人是人类哦……她是人类吧？"

车贝雅说："她自称谢德美，也就是那个古老名字的全称，而不是现在我们惯用的'瑟玛'。"

艾姐迪雅和绿儿都试着说"谢德美"这几个音节。

绿儿说："古时候人们说话的嘴型可能也不一样。我们的语言真的改变了那么多吗?"

艾姐迪雅答道:"这是肯定的。在古语里有些音节,苍穹族人和土家族人都没办法发出来;为了照顾他们,那些音节都陆续被剔除了。"

绿儿说:"那也不一定是语言本身改变了,或者是苍穹族人和土家族人学会了发那些音节吧?"

车贝雅说:"我们没办法知道古时候的语言是怎样的,所以你们这样争吵没什么意义。"

绿儿说:"我们才没有争吵呢,只是习惯这样说话罢了。"

车贝雅说:"呵呵,瞧你就是爱贫嘴,一开口就好像和妈妈顶嘴。"她说完就笑了,两个女孩也跟着笑起来。

她们在一片永远也时髦不起来的老城区里走了很长一段路,终于来到了新学校所在的大街上。路边有一个天使老头倒挂在栖木之上,正躲在门廊的阴凉处看着街上的热闹。绿儿年纪最小,所以担负起问路的责任。她说:"老先生,您能不能告诉我们,新开的那所学校怎么去呢?"

老头儿问:"是女校吗?"

"这条街上有很多学校吗?"绿儿分明语带讽刺,却显示出一副天真无邪的样子。

"就在大街转角,在路的这一边,三栋房子挤在一起的那里就是。"他一边说一边转过身去背冲着她们。这个天使倚老卖老也就算了,如果一个小年轻做出这么无礼的举动就会显得特别粗鲁。不过就算老头转过了背,她们还是听见他嘟嘟囔囔地低声咒骂:"泥老鼠上的学校……"

艾姐迪雅低声说:"嘿嘿,肯定是地球守护者殿堂的信徒。"

绿儿也小声说："呵呵，对啊，我一看就知道了。"

她们都很有教养，没有当着老头的面大声笑出来。大街上人来人往，肯定有过路的会认得她们是公主和大祭司的妻女，所以她们必须时刻保持一个大方得体的形象。

来到那三栋房子面前，她们这才明白了为什么这里特别适合做一所种族混合的学校。在街道对面的那片野地里有一条小溪，溪畔是一片枝叶蓬乱的老树林，一看就是多年没有修剪过。这里有些破旧小棚屋，应该是穷人的蜗居；树上搭着一些茅草顶棚，里面住着一些没钱的苍穹族。仅凭这些景象就可以断定这里是个贫民窟。再仔细看时，只见小溪两岸的土地都是坑坑洼洼的，下面肯定布满了隧道，住着很多获得自由的奴隶掘客。他们当中很多都是把遣散费挥霍一空，然后陷入赤贫。身强力壮的就靠着打短工过活；身体羸弱或者没有一技之长的就只能以乞讨为生，终日饥肠辘辘。

阿克玛若经常说，地球守护者赐予我们富饶的物产和肥沃的土地，可是国内却存在着这些贫民窟，这证明了达拉坎巴帝国的人民配不上地球守护者的厚赠。于是地球守护者殿堂的信众都会捐赠粮食，由祭司和导师带去贫民窟派发，很多穷人就是因此而勉强活下来。不过有些信众会厚着脸皮抱怨说，他们本来也想多捐一点，就怕大部分都浪费在那些懒惰的掘客身上。可是他们不想想，正是由于这些掘客早已经在奴隶生涯中浪费了大半辈子，所以那些富人才能过上丰衣足食的好生活。

现在这位谢德美把学校设在掘客聚居地的附近，可见她确实想让掘客小孩来上学，而不是做做样子而已。不过学校西边的这条小溪总是散发着臭气，每当西风从群山吹袭而至的时候，学校肯定会弥漫着一股难闻的气味。有人把这条小溪叫作"老鼠溪"，阿克玛若将其称作"地球守护者之河",很多人为了顾全礼节,干脆从来都不提起这条小溪。

三座房子的大门都敞开着,每个门廊前面都有一些小女孩在阅读或者背书,很难猜到哪一个才是学校的正门。可是就算她们猜不到也不要紧,因为谢德美已经亲自走出来迎接了。

车贝雅一看就知道面前这人肯定就是谢德美,因为她在举手投足间自然而然地流露出一种颐指气使的风度。谢德美匆匆忙忙地和她们打了个招呼,连正式迎接来宾的客套话也没有。她说:"低年级的学生刚刚开始睡午觉,一会儿你们在走廊说话的时候请小声点儿。"

她们走进学校才发现,谢德美除了租街角这三间房子之外,肯定把背后整个街区的所有房子都包下来了。学校中心有一个庭院,庭院里有几棵老树,树荫下躺着一些小女孩,树枝上还倒挂着一些小天使。车贝雅留意到几个成年女人在学生之间走来走去、斟茶递水,帮助每一个学生安顿好。这些成年人是教师还是用人呢,或者是两者兼而有之?

艾妲迪雅喃喃说道:"不可能……"

车贝雅不明白艾妲迪雅为什么觉得惊讶。"就是小朋友睡午觉罢了。"

"不,我是说……那个真的是乌丝乌丝吗?当年她做我用人的时候已经很老了,我到底多久没见过她了?天哪,已经好多年了!我还以为她早就去世了……可是怎么她好像就在那边,正朝着教室门走过去……"

绿儿说:"就是传说中的乌丝乌丝吗?虽然我想帮你确认一下,可是我还没见过她,真是爱莫能助了。"

车贝雅这才看到，艾妲迪雅说的原来是一个拖着脚步蹒跚而行的驼背老掘客。

谢德美这时刚好从院子里走回来，艾妲迪雅马上问她："那位土家族女性，就是刚刚穿过院子走进教室的那位，她不会就是乌丝乌丝吧？"

谢德美说："你千万不要大声喊她，这样只会白白吵醒院子里的小孩子，她也听不见，因为你的老仆人几乎已经失聪了。还有，在这里，我们都叫她弗珠母。"

艾妲迪雅说："对，是弗珠母。在最后几个月里我也是这样称呼她的。自从弗珠母走后，我可想念她了。"

绿儿在一旁帮腔道："艾妲迪雅是说真的。"

艾妲迪雅说着说着就陷入了甜蜜的回忆，声音变得很轻、很柔。"爸爸刚宣布释放宫里的奴隶，她立即就离开了。我一点也不觉得意外，因为她老早就告诉过我，她一直以来最大的梦想就是拥有自己的一个家。可是我真的很希望她愿意留下来做雇工。她对我很好，我向来把她当作朋友看待，而不仅仅是奴仆。要是她一直没有离开，那该多好呀！"

谢德美回答的时候，声音就像乌鸦的叫声那么刺耳："艾妲迪雅，她不是离开，而是被王后赶走了。你的母后说她太老了，一点用处也没有，还把你带坏了。"

"没有！"

"哼，当时王后说的每一句话，弗珠母都记得清清楚楚。"

艾妲迪雅不想被误解，所以解释道："我是说她从来没有把我带坏。她教我做人的道理，开阔我的眼界，还教我……她教我的东西太多了，我全部都铭记在心中。"

谢德美听了,脸色也缓和了许多。她牵起艾姐迪雅的一只手,说道:"你懂得珍惜她,我很欣慰。"艾姐迪雅被她的举动吓了一跳,因为按照礼节,谁想触碰王室子弟都必须先请求允许。可是她并没有对谢德美的唐突表示不满,还立即把另一只手也放上来,握住谢德美的手。车贝雅看见艾姐迪雅表现得体,不禁暗自松了一口气。

艾姐迪雅说:"她现在老有所依,我也很开心。不过我希望她要干的活儿既不要太繁忙,也不能太清闲。因为她很有自尊,肯定不愿意白吃学校的。"

谢德美干笑了几声,说道:"她要干的活儿和我一样,还算清闲,不过也够她忙的了。"

绿儿很吃惊地张大了嘴合不拢,随即发现自己失态了,连忙用手捂住,喃喃地说道:"不好意思。"

车贝雅为了给女儿遮丑,马上接话说:"这么说来,弗珠母也是教师咯?"

谢德美说:"在掘客里,大家都把她看作智慧的源泉,也是一本记载了所有古老传说的百科全书。在奴隶里,她是很出名的。他们都找她调解纷争、为婴儿和病者祈福。而且她对那位'永不入土者'有一种特别依恋的情结。"

艾姐迪雅点头道:"是的。你取的正是她的名字。"

谢德美似乎被艾姐迪雅这句话逗乐了。她说:"就是,就是那一位。我记得你们通常把她称为'司徒博的妻子'吧?"

车贝雅说:"其实我们只是想避免滥用古人的大名,这样做纯粹是出于对她们的尊重。"

谢德美问道:"那些男的都这样称呼她,莫非也是出于尊重?"

绿儿笑道:"才不是呢!那些男的根本就记不住女人的名字。"

谢德美说："那的确很不幸，对吧？问题是你们也从来不提起，那就更加没有人提醒他们了。"

艾姐迪雅说："我们说回弗珠母吧。如果她在这里教学生能像当年教我的时候一半那么好，那么无论她们交多少学费都值了。"

谢德美问道："我给敝校打广告的时候，能够引用公主殿下这句话吗？"

车贝雅实在忍无可忍了。"谢德美，我们并没有自恃身份摆架子，可是你也不能太过分吧？你这些挖苦讽刺的话，且别说对国王的女儿有多不敬，就算用在任何一个人身上也是一种侮辱。"

谢德美问道："怎么，难道艾姐迪雅受不了我这个尖酸刻薄的校长吗？难道她需要你来保护吗？难道你们此行的目的是要教我礼仪和修养吗？"

艾姐迪雅连忙说："对不起，我刚才肯定说错话了，真是不好意思。"

谢德美看着她，微笑着说："嗯，很好。虽然你不知道说错了什么话惹我发飙，可你还是愿意先道歉，这正是弗珠母对学生的教导。有人诟病她奴性太重，没有风骨；可是她说自己是谨遵地球守护者的教导。和别人说话的时候，总是把对方当成自己的主人；帮助别人的时候，总是把自己当成对方的奴仆。这样的话，她就习惯了无偿付出，无论奴隶主对她提出什么要求，她都不以为忤了。"

车贝雅转头对艾姐迪雅说："看来你过去的这位仆人确实很有智慧。"

谢德美说："在敝校有这样一种说法，这种说法在掘客社区里也流传甚广。他们说，摩提艾克的女儿很幸运，竟然能够在弗珠母身边度过童年。可是大部分人都觉得你未必懂得珍惜她。现在看来他们对你的臆测都是错的,我很欣慰。"

很明显,这位毒舌妇人摇起了橄榄枝。艾妲迪雅微笑着点了点头表示领情,然后问道:"她还记得我吗?"

谢德美说:"我不知道。她很少提及做奴隶的日子,别人也不敢冒昧问起,那样做太粗鲁了。"

艾妲迪雅听了这句话,感觉像被人打了一个耳光。原来橄榄枝只晃了一下就收回去了。车贝雅正准备说叨扰告辞的话,谢德美突然把话题一转:"来吧,你们不是想参观一下学校吗?"

虽然很不快,可是车贝雅的好奇心还是占了上风;而且关键是艾妲迪雅看起来并没有觉得不满。于是她们在谢德美的带领下四处走动,谢德美沿路向她们说明各个教室的用途。校内有图书馆——作为一个新学校,其藏书量之丰富令人咋舌;校内还有厨房和宿舍。谢德美说:"我们这所学校还是有部分走读生,可是华纱学校的女学生全部是寄宿的。大家都很亲近,就像一家人;她们都叫她华纱阿姨,她就把她们称作侄女。华纱对待学生就像亲生女儿一样,就算是她的两个女儿来了也没有什么特殊的待遇。"

车贝雅问道:"请恕我冒昧问一句,关于华纱学校的这些细节都记录在哪本书上呢?"

谢德美没有回答,只是领着她们继续走,来到一个牢房似的小单间。"有些教师觉得这是用来苦行的房间;可是对于其他人来说,这是她们一生中睡过的最奢华的房间。不过褒也好贬也好,如果她们想来我的学校工作和生活,她们就必须睡在这种房间里。"

绿儿问:"这间房是哪个老师的?"

谢德美答道:"是我的。"

车贝雅说:"有句话我不得不说,你这间学校完美地贯彻了我丈夫办学的宗旨,就算是他亲自设计的学校也不见得更好啊。"

谢德美冷冷地笑了笑,说道:"可是他从来没有拨冗去为女孩子设计过一所学校吧?"

"这……没有。"车贝雅回答的时候,感觉好像招认自己犯了一项十恶不赦的罪过。

这时候,她们已经沿着连绵的屋舍走到院子的对面,也就是弗珠母刚刚走进去的那栋房子那里。不出所料,只见弗珠母果然在一楼的一间教室里给学生们讲课。

谢德美低声问:"你想进去听一会儿吗?"

艾妲迪雅说:"就怕影响她讲课。"

谢德美说:"你进去她是听不到的;而且她的视力也严重下降了。如果你站在教室尽头,我怀疑她根本就看不见你。"

"那就好吧,请允许我进去旁听一会儿。"说完,她转头看着其余两人。"你们不介意吧?"

她们当然不介意。于是谢德美带领三人走进教室,让她们坐在小凳子上面。其他学生也坐这种小凳子听课,整个教室里只有弗珠母的座椅有靠背和扶手。没有人会因此而对她不满,毕竟弗珠母已经年老体衰了。

她正在教一群高年级的学生——当然了,这些女孩子其实年纪也不大,因为这学校才开办不久。

"所以艾米斯母问奥义克:'地球守护者最看重哪一个长处呢?是古人的身高吗?'——当时中间族才回到地球不久,大家都把他们称作古人——'是空中肉兽的飞翼吗?'——当时我们都用这个可怕的名字来称呼苍穹族人,艾米斯母还不知道这是禁忌——'还是我们拜神的仪式呢?'怎么样?你们觉得奥义克会怎么回答?"

接下来，几个学生回答的时候，陆续把那些为某个种族所独有的优点都排除了。车贝雅想，这就是向小孩子灌输地球守护者的价值观罢了，并没什么过人之处。慢慢地，学生们提出的答案越来越广泛，当中也偶尔会出现一些妙语："心存希望""聪明""领悟真理""高尚的品德"……她们每提出一个答案，弗珠母就会引导大家围绕这一个优点展开讨论，看看这个优点是否有可能被利用来违抗地球守护者的旨意。从这些讨论看来，今天这堂课更像是一个测验；她们显然曾经就这些优点进行过思考、讨论甚至争论。比如说"希望"吧，一个罪犯可能会希望逃脱法律的制裁；至于聪明才智，坏人可以利用聪明才智去残害好人；一个领悟了真理的人却未必会重视或者拥护真理，反而是那些说谎的人必须先了解真相然后才能够圆谎；如果一个君子空有高尚的品德而缺乏大智慧，那么他很可能在付出一切之后才发现自己的牺牲原来毫无价值。

有一个小女孩说："那就是智慧！要是有了这个优点，我们就能够了解地球守护者的旨意了。"

弗珠母和颜悦色地反问："是吗？"

教室里的对话很大声，一方面是因为弗珠母的耳朵不好，另一方面是因为这些小女孩都有一股初生牛犊的朝气和冲劲。车贝雅从来没有在哪个课堂上见过如此热火朝天的激烈讨论。虽然她也见过有些导师试图鼓励学生参与讨论，可是直到今天她才总算见识到成功的首例。车贝雅想揣度其中的奥妙，然后突然意识到了：因为这些小女孩都知道，弗珠母并不是要她们猜测她心中的答案，而是希望她们先提出观点，然后自行立论和破论。而且她总是很尊重学生们提出来的每一个答案——不仅仅这样，她还尊重每一个学生，好像她们提出来的答案真值得讨论似的。

可是车贝雅知道，她们提出来的答案也确实值得讨论。有好几次她很想开口加入；两旁的绿儿和艾姐迪雅都蠢蠢欲动，无疑也想发表意见。

最后艾姐迪雅忍不住说话了："可是司博恺柔与柯如之对话的时候，不正是把这个观点给否定了吗？"

她的话音刚落，课室里顿时陷入一片死寂。

艾姐迪雅连忙说："对不起，我知道我没有资格发言。"

车贝雅看了看谢德美，希望她说几句话来缓解现场的尴尬和紧张气氛，可是这校长好像非常满足现状，根本就不打算插手。

这时候，弗珠母说话了："孩子，不是你，而是你说的那句话。"

有一个学生——碰巧这个小女孩是掘客——提供了更详细的解释："我们是在等你把这个关于……司博恺柔和柯如之的故事说完，因为我们从来没听说过。他们肯定是人类，还是男的，而且不是古人。"

车贝雅问道："课堂上禁止说这个话题吗？"

那个小女孩听了之后，丈二和尚摸不着脑袋。她说："没有啊。不过我们学校才……才开了不久，而这堂课本来是关于土家族历史中的道德伦理学家，所以……"

艾姐迪雅说："看来我举的例子是没有关系的。我没搞清楚就乱说，真是对不起。"

弗珠母又说话了。她的嗓音嘶哑，却和其他聋子一样，说话的声音特别响亮。她说："孩子，这里的学生不像你那么幸运，她们从来没有机会接受传统教育，所以只能凑合着听我胡说八道了。"

艾姐迪雅不屑地笑了一声，随即就后悔了，可是已经晚了。

弗珠母说："我认得这笑声。"

艾妲迪雅说:"我笑是因为我知道你在取笑我。而且,我凑合着听你胡说八道也听好多年了。"

弗珠母说:"我知道我把你带坏了。"

"这话不是我说的,我也是今天才第一次听到。"

弗珠母说:"我从来没试过以一个自由女性的身份和你说话。"

"我向来都是以一个刁蛮任性小女孩的身份和你说话。"

教室里的学生们这才知道今天旁听的是何方神圣,因为她们都听说弗珠母曾经是公主殿下的贴身奴仆。众人低声说道:"原来是艾妲迪雅来了。"

弗珠母说:"我的小公主,你已经长大成人了。虽然你以前很淘气,却从来不会刁蛮任性。这样吧,就请你告诉我们,地球守护者最看重的是哪一个长处呢?"

艾妲迪雅说:"我不知道奥义克是怎么回答的,因为这个故事没有在人类里面流传。"

弗珠母说:"很好,这样一来你就不能瞎猜也不能回忆,而是认认真真地去思考。"

"我认为地球守护者希望我们能够像她那样去爱,这才是她最看重的优点。"

"那么地球守护者又是怎样去爱的呢?"

"地球守护者的爱嘛……"很明显,艾妲迪雅以前从来没有仔细思量过这个话题,所以此刻正在搜肠刮肚地寻找合适的言辞。她说:"地球守护者的爱就好比母爱,一个母亲虽然会在儿女顽皮捣蛋的时候惩罚他们,可是也会在儿女哭泣的时候拥抱和安慰他们。"

刚才每个学生发表意见之后,总会惹来同学们汹涌澎湃的反驳;所以艾妲迪雅说完之后,也等待着大家的反对意见。可是她等来的却是一片寂静。艾姐迪雅说:"各位同学,你们刚才争论得那么激烈,怎么我一说话就没有反对声音了?虽然我是公主,可是你们也可以不同意我的看法啊。"

虽然大家还是不说话,可是她们并没有显得坐立不安,也没有谁为了避免尴尬而避开艾姐迪雅的目光。

弗珠母说:"或者她们并没有反对意见,或者她们希望你能够进一步详细解释一下这个观点。"

这时候,学生里传来一阵低语声。其中有个小女孩小声说道:"她能做真实的梦,我们听听她的教导吧。"

艾姐迪雅说道:"弗珠母,如果地球守护者确实最看重我说的那个优点,那么我觉得你一手营造的这个课堂就是那个优点的最好体现。"

弗珠母说:"很久以前,我还生活在枷锁当中——那不仅仅是钢铁的镣铐,而且还有一副无形的枷锁像大石一样压在我心上——可是总有一个安全的地方可以让我喘息片刻,总有一个人懂得珍惜我的优点,愿意聆听我的心里话。在她眼里,我是一个真实的、生活在阳光之中的、有呼吸有心跳的生命,而不是栖身于泥土下面、躲藏在阴暗之中的虫豸。"

艾姐迪雅的眼泪夺眶而出。"可是我对你并没有那么好啊,乌丝乌丝……"

"你总是对我很好……你还记得你哭泣的时候我是怎么抱着你的吗?我的小宝贝……"

艾姐迪雅再也无法自已。她快步跑上前,紧紧地搂住弗珠母。教室里的小女孩看着她俩抱头痛哭,都被这感人的一幕惊呆了。

车贝雅俯身越过艾姐迪雅留下的空凳子,低声对谢德美说:"这就是你希望看到的一幕了,对吧?"

谢德美低声答道:"我觉得这是很好的一堂课,你说呢?"

是的,国王的女儿与一个掘客老妇深情相拥、喜极而泣;她们一同追忆逝去的时光,一起回味那一份醇久隽永的爱意——这确实是一堂很有意义的课。

车贝雅又低声问道:"奥义克到底怎么回答的呢?"

谢德美说:"他其实没有真的回答这个问题。他说,'如果我知道答案,那么我就是地球守护者了'。"

车贝雅想了一会儿,然后说道:"不过这也算是一个答案了,而且和艾姐迪雅的那个说法不谋而合。"

谢德美微笑道:"呵呵,奥义克这家伙就是爱耍宝,不过他确实是挺能言善辩的。"

这个谢德美说起古代英雄的时候,好像对他们的所有秘密都知道得一清二楚。车贝雅看在眼里,心中觉得非常别扭。

她们在学校待了一整天,晚上围坐在谢德美的饭桌前共进晚餐。饭桌上都是很普通的饭菜,很多贵妇名媛可能会对这些食物嗤之以鼻;绿儿留意到艾姐迪雅甚至叫不出其中一些食物的名字。可是阿克玛若的门风简朴、不事奢华;车贝雅和绿儿向来都吃得很简单,普罗大众吃什么她们就吃什么,所以两母女现在是吃得津津有味。绿儿觉得,在谢德美的学校——不,是"华纱若学堂"——里面,几乎每一件事物都有教育意义:简单的食物、饭桌上的谈话、晚餐的制作流程、饭后的清洁工作、师生们在礼堂里走动时那种轻快的身姿……所有这一切都别有深意。这是一种生活态度,一种思维方式,也是一种待人接物的技巧。

吃晚饭的时候，艾妲迪雅表现得很反常，甚至有点抓狂。绿儿虽然能够理解她的失态，可是总难免有点担心。平常艾妲迪雅在公众场合总是表现得端庄贤淑、小心谨慎，说话也大方得体；可是今晚她却总是针对谢德美出言相激，好像要逼谢德美说出一些什么话来。绿儿猜不到她的好姐姐到底意欲何为。

艾妲迪雅说："我们听说你鼓动掘客造反，是个危险分子。"

谢德美说："这个说法倒是挺有趣的。掘客被奴役了那么多年也没想过造反，现在听一个中年女人说两句话反而起这个念头了？再说了，他们现在已经获得自由，那还造谁的反呢？掘客要造反的理由早就烟消云散，只是你们的朋友已经被负罪感折磨得神志不清，变成了惊弓之鸟。"

艾妲迪雅说："我也是这样认为的。"

谢德美说："你就老老实实说吧，有哪些人对你说过这些话呢？"

艾妲迪雅瞥了车贝雅一眼，说道："其实她们是对绿儿妈妈说的。"

"为什么她们不对你说呢？因为你是国王的女儿吗？因为释放掘客奴隶的幕后主谋正是你的父王吗？很多人觉得你父亲释放奴隶是严重的失策，你觉得他们会原谅你父亲吗？"

艾妲迪雅强忍住笑意，板着脸答道："你不应该在国王的女儿面前说这样的话，我可不想听别人当面说我父王失策。"

"我听说在国事会议上，大臣们可以百花齐放、百家争鸣，甚至可以无所顾忌地对国王的政策提出质疑，对吧？"

"嗯，是的。不过那些都是他的大臣啊。"

"那你呢？难道你只是他养的一条宠物金鱼吗？"

"女人没有资格对国王做的事情评头品足！"艾妲迪雅说这句话

的时候,几乎忍不住哈哈大笑,似乎这是一件极其可笑的事情。

谢德美冷冷地答道:"看来,这里的女人就算内急也好,如果没有男人通知她膀胱已经胀满了,她是不会主动蹲下来解手的吧?"

这句话超出了艾妲迪雅的忍受范围,她一下子爆笑出来,整个人顿时从凳子上摔倒在地。

绿儿把她扶起来,问道:"你怎么搞的?"

艾妲迪雅说:"我也不知道啊!我只是觉得自己很……很……"

谢德美提示说:"很自由?"

艾妲迪雅几乎同时说道:"像在家里一般。"

绿儿质疑道:"可是你在宫中从来不这样啊?"

"是的,我在宫中从来没试过这样。"艾妲迪雅说着说着,热泪盈眶。她转头看着谢德美问:"华纱学校真的是这样的吗?"

谢德美说:"华纱学校里没有土家族人或者苍穹族人。那是另外一个星球,人类是那个星球上唯一的高等智慧生物。"

艾妲迪雅说:"我想留在这里行吗?"

谢德美说:"你太年轻了,还做不了教师。"

"可是我受过良好的教育。"

谢德美说:"那只能证明你上学比别人多,可是你没有在实际生活中磨炼过,所以你对我来说没什么用处。"

艾妲迪雅说:"那我作为一个学生留在这里行吗?"

"我说的话你有没有在听呢?你不是已经读完书了吗?"

艾妲迪雅说:"那我作为一个用人留在这里好了,反正你不能逼我回宫里。"

话说到这份儿上,车贝雅想不开口也不行了。她说:"你怎么说得好像在王宫里被虐待似的?"

"在王宫里，我完全被忽略。实际上，我真的就是我爸爸的宠物，金鱼也好，别的什么也好，总之就是花瓶，甚至还比不上这里的一个厨师……"

谢德美说："可是你也看到了，在学校里我们是轮流下厨的。艾妲迪雅，这里目前来说还没有你的位置。或者我应该说，这里有你的位置，不过你还没有准备好。"

"那么我要等多久呢？"

谢德美说："如果你只是干等的话，就永远也不可能准备好。"

艾妲迪雅无言以对，只能若有所思地继续吃，用手上最后一块面包蘸尽碗中残余的酱汁。

绿儿的机会终于来了，于是她鼓起勇气说出那个困扰了她整个下午的问题。"你拒绝妈妈的邀请，理由是你太忙了。可是现在看来你的学校自己运作得井井有条，你完全可以来的。"

车贝雅很恼火地说："绿儿！我没教过你说话要注意分寸吗？你怎么还……"

谢德美连忙道："车贝雅，没关系的。我为什么要拒绝你的邀请呢？因为豪宅王宫我已经司空见惯了，可是像我这样的学校你们还没见识过吧？"

车贝雅一下子紧张起来："我们不是有钱人，何来的豪宅呢？"

"可是你在日间工作时竟然有空外出访客。车贝雅，虽然你的生活大概也算节俭，可是我怎么就没看见你'满面尘灰烟火色'呢？"

妈妈明显被这句话刺痛了，绿儿一看不妙，连忙插嘴，将话题引回一些比较轻松的事情上。她说："我从来没听说过女性做校长。"

"这只能证明教你读书的那些男教师有多么的不老实。就比如说华纱吧，她不仅仅是校长，而且还桃李满天下，她的学生包括纳飞、羿羲、耶律迈和梅博酷。"

绿儿说："不过那些都是发生在很久很久以前的事情了。"

谢德美笑了一声，然后说道："怎么我不觉得有那么久呢？"

晚饭后，她们一行人缓步走在院子里。只见有些同学在夕阳余晖之中读书，还有一阵阵歌声从宿舍和洗澡间传过来，那是女孩子们的合唱。这歌声听起来怪怪的，过了好一会儿绿儿才意识到其中的奥妙。她止住了脚步，情不自禁地说道："我不知道原来掘客也会唱歌啊！"

谢德美把一只手搭在她的肩膀上。绿儿很意外，她想不到这个铁娘子一般的女人竟然还能做出那么温情的举动。而且她这样做不像那些男的——男人搭肩膀有时候是为了向弱者示威，或者显示出自己比对方高出一等，甚至表明对方已经被自己控制在股掌之上——可是谢德美搭她肩膀的时候，就像……就像姐妹之间的亲昵举动。

"是的，你从来不知道掘客也会唱歌。老实说，在我开办这所学校之前，我也没听过他们的歌声。"谢德美在绿儿身边默默地走了一会儿，然后继续说："绿儿，据我所知，以前掘客和天使还维持着共生关系的时候，他们就从来不唱歌。那时候他们两族之间冲突不断，而唱歌是'空中肉兽'做的事情，大概掘客为了维护自己的尊严，不肯自贬身份去仿效敌人。可是在达拉坎巴帝国，他们身为奴隶，早就没有了尊严，所以反而学会了唱歌。我觉得我们可以从这件事情当中领悟到一些道理，对吗？"

绿儿觉得谢德美似乎早就计划好要对她说这番话，所以她口中的这些道理应该也是特意针对绿儿本人的。当然了，如果过后她再仔细琢磨的话，很可能会意识到，谢德美只不过是看到眼前景象有感而发罢了。

绿儿说："我想我应该能够理解你的意思。你也知道，我自己就做过奴隶。你是否觉得我一生中所有动听的乐章都是脱胎于这段苦难的岁月呢？其实我们每个人是不是都应该经历一个在桎梏中苦心志劳筋骨的磨炼期呢？"

绿儿想不到谢德美的眼中竟然充满了泪水。只听她说："不，不，没有人应该受那种折磨。很多受难者能够在逆境中找到美好的旋律——比如说你，还有很多土家族——这是因为那些旋律是与生俱来的，一有机会就能够破茧而出。可惜你哥哥在身负枷锁的时候没有发现生命的旋律，是吗？"

绿儿问道："你是怎么认识我哥哥的呢？"

谢德美当然不会让绿儿岔开话题，所以她继续追问道："他发现了吗？"

绿儿答道："我不知道。"

"为什么不知道呢？"

"因为我觉得他还没有摆脱心中的枷锁。"

又是一阵沉默，然后谢德美柔声说道："没错，没错，我觉得你说得对！我也认为，当他终于抛开无形枷锁的时候，一定能在心中找到那首歌的旋律。"

绿儿说："我听过他唱歌，那水平……实在不敢恭维。"

谢德美说："不，你只是没听过他由心而发的愉快歌声罢了。一旦他开口歌唱，你将会听到一曲闻所未闻的天籁之音。"

"不管是什么好歌，只要由阿克玛唱出来就肯定会走音。"

谢德美哈哈大笑，把绿儿搂得更紧了。

她们走到学校前门的时候，有一个教师正在开门。有一瞬间，绿儿还以为这个老师是特意为她们一行人开的门，不过事实证明她自作多情了。只见门廊外面站着两个人和一个天使，都是男的。其中那两个男人是国王的卫兵，至于那个天使……绿儿过了一会儿才想起那原来是胡速老头儿。胡速原来统领天使侦察特种兵，现在已经退居二线，在国民警卫队里担任比较清闲的长官职位。他来这里干什么呢？

"我手上有一沓状纸，被告是一个叫谢德美的女人。"他好不容易才把"谢德美"三个字说出来。

谢德美还没来得及回答，绿儿的妈妈已经快步抢上前问道："这是怎么回事？"

胡速立即紧张起来。他说："原来是车贝雅女士……"然后他突然发现艾妲迪雅也在场，连忙向后退一步。"没有人提起过……我想我一定是走错地方了！"

谢德美说："不！你没走错地方。"她一边说一边把手轻轻地搭在车贝雅的肩膀上。"你大概是一个解构者，可是你并不是如诗，我不是华纱，这位显然也不是拉士葛。"

谢德美张口就引经据典，绿儿却怎么也想不起这个故事的细节，只隐约记得是关于解构者如诗怎样摧毁拉士葛的军队。可是胡速再也没有领兵打仗，他手下何来的军队呢？绿儿百思不得其解，只能不去想了。

谢德美说："胡速，告我的状纸有一本书那么厚吗？"

胡速说："你想让我向你宣读吗？"

谢德美说："不必了，我可以把里面的内容告诉你。我觉得原告应该是这个社区的一群男人，罪名包括大量收留贫民小孩，危害公众利益；将掘客奴隶的小孩与其他小孩混杂在一起上课，暗中煽动掘客闹事；给学校取名的时候将男性专用尊称'若'字加在'华纱'后面，刻意抹杀男女区别，混淆公众视听。嗯，让我想想……对了，应该还有一条亵渎先贤罪吧，因为我说古代英雄的妻子本身也是英雄，我说她们依靠的是自己的本事，而不是丈夫的余荫。或者这些原告用的是一条较轻的罪名，比如说恶意篡改教义？"

胡速一时语塞，结结巴巴地答道："呃……没错，确实是篡改……这个教义……"

"噢，对了，别忘了还有一条叛国罪。他们肯定加上叛国罪了，对吧？"

车贝雅说："这简直太荒谬了。胡速，你说句公道话吧！"

胡速说："如果我还是国王议会的成员，我当然会这样说。可是如今我在国民警卫队任职，我这次来只是执行公务，递送起诉书。"他把一沓抛光树皮交给谢德美。"二十四天之后开庭，主审大法官是帕卜。我觉得你应该很容易找到辩护律师。"

谢德美说："胡速，你别说笑了，我哪用什么律师，我当然给自己辩护了。"

"可是女性是不能上庭做辩护人的……"车贝雅还没说完，自己就笑了，因为她突然想起站在她面前的是何方神圣。"不过，我觉得这些世俗惯例对于你来说都不值一钱，对吧，谢德美？"

谢德美也笑了："看到了吧？今天每个人都学到了一点东西。"

胡速很吃惊，她们对那么严重的指控竟然了不为意，还能谈笑风生。胡速说："他们控告你的这些罪名都是很严重的！"

谢德美答道："得了吧胡速，你和我一样心知肚明，这些罪名蠢不堪言，其实都是他们刻意为之。这里的每一项指控都和阿克玛若大祭司在过去十三年间宣扬的教义有关。他一直教导民众，要消除贫富隔阂与男女之间的不平等，三个种族要和平共处，还要帮助以前的奴隶融入自由公民的社区。最关键的是他不让国王任命的祭司凌驾于教义之上，那条所谓叛国罪的矛头正是指向这一点，对吧？"

胡速说："是的。"

"这就对了。他们名义上是告我，实际上是把阿克玛若的教义推上了被告席。"

车贝雅说："可是你现在遵从我丈夫的教导，帕卜决不会叛你有罪的。"

"他当然不会。问题是他怎么宣判已经不重要了。地球守护者的敌人不关心审判的结果，也不会管我的死活。他们很可能是因为知道你们今天来访，所以才决定提出起诉的。他们应该预计我会让你们出庭做我的证人，如果我不这样做的话，他们就会传召你们上庭做控方证人。"

绿儿坚决地说："我决不会说你的坏话！"

谢德美扶住绿儿的手臂，说道："可是只要你们一上庭，阿克玛若一家就和这个案件扯上关系，他们的阴谋就得逞了。你们越是替我辩护，地球守护者的敌人就越能获得公众的信任和同情。当然，我说的公众未必真的是普罗大众，但至少包括了那些死抱着对掘客的怨念不肯释怀的顽固派。"

胡速勃然大怒："你这些消息都是从哪里来的？你怎么能预先知道他们对你的指控呢？"

谢德美说："我并没有预先知道。不过，与那些指控有关的每一条法律我其实都刻意违反了，而且我还要让每个问起的人知道我是明知故犯，所以现在他们用这些法律条文来控告我，一点也不出奇。"

胡速问道:"你真的连命也不想要了?"

谢德美微笑道:"胡速,我敢向你保证,无论事态发展的结果如何,有一点可以肯定,我这条小命谁也拿不走。"

胡速闻言,还是如丈二和尚摸不着头脑,只能带着两个卫兵悻悻而回。

车贝雅问道:"按照惯例你现在暂时不能离开城市,你知道吗?"

谢德美说:"呵呵,我当然知道,之前已经有人警告过我了。"

绿儿说:"妈妈,我们得赶快回家,把这事情告诉爸爸。"

车贝雅转头对着谢德美说:"今天早上我还不认识你;可是现在你我之间已经连上了无数友爱的纽带,仿佛我们是相识多年的老朋友似的。"

谢德美说:"我们都为地球守护者效劳,所以彼此连在了一起。"

车贝雅看着谢德美,苦笑了一下,说道:"谢德美,我本来也是这样认为的;可是刚才你说这句话的一瞬间,我反而动摇了。因为你说这话的时候,好像……虽然不是说谎,可是……"

谢德美说:"这样说吧,以前我为地球守护者效劳的时候并非总是自愿的;不过现在我确是心甘情愿为她效力,这是真的。"

车贝雅咧嘴一笑:"解构者能够看见的东西,我身为解构者反而不如你了解得清楚。"

谢德美呵呵笑道:"因为你不是我认识的第一个解构者,甚至不是我认识的第一个索菲娅。"

绿儿说:"没有人能够按照古音来读这个名字,你是怎么做到的呢?"

谢德美说:"像'索菲娅''菲娅'这种音节,人类是能够发出来的，只是天使读不出'f'的音，所以才慢慢变成今天这种发音。"

绿儿说："真巧，我和我妈妈是根据一对母女命名，不过刚好调转了身份。"

车贝雅说："这不是碰巧，你的名字是我给你取的。"

绿儿说："我知道。"

谢德美说："我觉得你们取这些名字没什么不妥。正如我刚才所说的，我有些好朋友就是取这些名字，我在很久很久以前、在很远很远的地方就认识她们了。不过她们都已经不在人世了。"

车贝雅问道："你是从哪里来的呢？你来这里又是为了什么呢？"

谢德美说："我来自一座已经被毁灭了的大城市；我来这里是为了找寻地球守护者，我想知道她到底是谁。车贝雅，我和你们越亲近，我就越有机会找到答案。"

绿儿说："可是我们知道的并不比你多啊。"

谢德美道："那我们就齐心合力寻找答案吧。你们赶快在天黑之前回去好吗？眼看就要下雨，你们可别在路上淋湿了。"

车贝雅问："你一个人还行吗？"

"放心吧，这世上只有我才是绝对安全的。"说完她就将三人往大门外推。就在踏出门口的那一刻，绿儿突然情不自禁地在谢德美的脸颊上亲了一下。谢德美把她抱在怀中，搂了一会儿，低声说道："我刚才没有说实话。我来这里不仅仅是为了找寻地球守护者，我还想结识朋友。"

"我就是你的朋友。"绿儿知道自己说这句话的时候真情流露，听起来肯定像小学生那么幼稚。这么丢人的事情，她过后不免要在艾姐迪雅面前哭诉一番。可是在这个瞬间，当她看着谢德美的双眼，绿儿觉得说这句话实在是再自然不过了。

第八章 审 判

狄度一来到法庭，帕卜立即把弟弟迎进去，径直走到他的办公室。

"狄度，你看到法庭外面驻扎了多少卫兵吗？"

"我猜你是收到死亡恐吓了吧？"

"我觉得受宠若惊——一个贿赂的也没有，全是恐吓——看来他们已经知道我是富贵不能淫。不过他们很快就会发现，我也是威武不能屈。"

"你当然不怕，可是我替你担心啊！"

帕卜说："你也明白我的意思。我当然怕，可是我的判决是不会被恐惧左右的。"

狄度说："明天才开庭，可是这场审判还没开始就已经轰动全国了。"

帕卜叹了一口气，说道："人人都知道这场审判意味着什么。所有那些保护旧制的法律条文都被他们拿出来对付我们的改革。我不知道谢德美打算怎样为自己辩护，因为她确实触犯了那些法律，我想象不到她说什么才能扭转局面。"

狄度说："触犯法律？像她这样一个出类拔萃的女中豪杰，竟然会惹上官非？你知道吗？在波迪卡地区的信徒心目中，谢德美已经成了殉道的圣徒了。"

"我真希望摩提艾克能够出面干涉。只要他宣布废除旧的法律条文，我就不用接这个棘手的案子了。"

狄度说："他是不会干涉的。从一开始他就尽量置身事外，不参与这些纷争。"

"狄度，其实他自己也知道不可能永远置身事外。"帕卜一边说一边翻着桌面上的文件堆。"因为无论我怎么判决，败诉方都会上诉的。"

"就算你不对谢德美做出任何判罚？"

帕卜突然问："你见过这人没有？"

狄度笑道："今早来之前我先拜会了她。"

"那你就应该知道，如果我判她有罪的话，就算我私下赔钱给她，她也会上诉到底的。我觉得她好像很享受这个诉讼的过程。"

"可怜的帕卜。"

帕卜脸上出现痛苦的表情。"我们决定终此一生都不踏上爸爸的旧路。可是现在我竟然要坐在高台之上审判宾纳若的追随者，就像爸爸当年审判宾纳若本人。"

"可是这一次不会有人被活活烧死。"

"固然——我要撤销叛国罪是举手之劳，可是其他罪名我实在是没办法替她开脱。"

狄度问道："有什么法律条文是针对恶意诬告的行为吗？"

"这里的关键词是'诬告'。问题是那些指控都是千真万确的。"

狄度说："那就想些别的，比如说恶意扰乱公共秩序。正如你刚才所说，他们以叛国罪起诉谢德美，纯粹是为了引入死刑。"

"你是什么意思呢？难道你要我起诉那些控告谢德美的人吗？"

狄度耸了耸肩，说道："这有可能让他们知难而退，主动撤销控诉。"

帕卜说："嗯……我不知道这一招到底灵不灵，可是至少我能够想办法把局面变得更加复杂。这样一来，就算他们杀敌一千，也必须自伤八百，赢了也是惨胜……"

帕卜说着说着就一头扎进文件堆里了。狄度陪了他一会儿，最后拍了拍大哥的肩膀就离开法庭去找阿克玛若了。和往常一样，他径直来到大祭司府的背后，也不叫门，只是在树荫下默默地等着，希望屋子里的人出来的时候会留意到他。过了许久，终于有人出来了，是绿儿。她一看见狄度，连忙上前问好："狄度，你为什么不能像别人一样，来前门拍两下手掌呢？"

"要是阿克玛出来开门怎么办？"

"他从来都不在家。再说了，就算是他开门又如何？"

"我不想争吵，也不想打架。"

绿儿说："我觉得阿克玛也不想吵架，虽然他还对你怀恨在心……"

狄度不动声色地说："当然了。"

"可是他最近忙着别的事情。"

"我很想知道他是不是谢德美案的幕后推手。"

绿儿问道："你见过谢德美了吗？她真了不起，对吧？"

"今天上午我去拜访她了，被她折磨得够呛。她好像要把我身上的羊皮给剥下来，看看里面是不是藏着一头狼。"

"啊？难道她知道你过去的事情吗？"

"每件事情她都知道得一清二楚，就像她一直跟在我背后盯着一样。绿儿，实在太可怕了，她竟然还问我……"

"问你什么?"

狄度浑身一阵战栗:"她问我……当年我殴打你的时候,我心里是不是特别享受。"

绿儿伸出一只手,扶着狄度的肩膀,说道:"谢德美不厚道。我都已经原谅你了,关她什么事儿呢?"

"她说她想知道一个人是不是真的能够改变,她想弄清楚我是不是天生邪恶,现在改邪归正了;抑或我现在还是很坏,只是伪装成好人;或者我天性善良,只是过去误入歧途。"

"她知道了又有什么用呢?"

"嗯,用处还是有的,我也能想出几个。不过总而言之她算是一个伦理学家吧,这其实是一个很著名的问题。人类真的能够改变吗?那些所谓改变会不会都是新瓶旧酒,只是相同的个性在不同的道德现状之下显现出的不同表象而已。你也知道,这些话题属于伦理学和哲学的范畴。我只是从来没有见过哪个人会像谢德美那样,把脑中的想法放到现实世界里进行检验;至少我是从来没有做过别人的检验样板。"

"她待人接物的态度不会太友善吧?"

狄度说:"她比你友善多了,至少她邀请我进学校里面共进午餐。"

"你这人,我们不是早就邀请你一起吃晚饭了吗?你又不是不知道!"绿儿一边说一边轻轻地推了狄度一下。

狄度握住绿儿的手,开怀大笑。正笑着,他好像突然意识到什么,连忙放手,站直了身体,似乎在掩饰内心的尴尬。

绿儿说:"狄度,你有时候真的很怪。"说完她就带着狄度走进家中。一边走,绿儿一边回头问道:"艾姐迪雅今晚也来吃饭,你不介意吧？"

"她不介意的话，我自然没问题。"

绿儿笑了笑，不说话。

在厨房里，狄度和绿儿陪着车贝雅，一边聊天一边准备晚饭。阿克玛若回到家，身后还跟着三个年轻的掘客，正苦苦哀求他收他们三个做弟子。

阿克玛若说："我真的没有时间。"三个掘客跟着他一路走进屋里，看来他已经不是第一次拒绝他们了。

"你该干吗干吗，我们不会打扰你的，只要让我们跟在你身边就可以了。"

另一个说："如影随形地跟着你。"

第三个说："无声无息地跟着你。"

第一个说："可能偶尔会提一两个问题。"

阿克玛若连忙止住他们的话头，先介绍妻子、女儿给他们认识。他还没来得及介绍狄度，其中一个掘客稍稍向后缩了一下，说道："你肯定是阿克玛了。"

狄度说："不，我不是阿克玛。"

向后缩的那个掘客是个年轻的女孩，闻言立即放松下来，向前走了一步，说道："对不起，我还以为……"

阿克玛若说："你们现在明白我的苦衷了吧？我实在不方便让你们整天跟着我。阿克玛是我的儿子，你们在外面肯定听过一些关于他的很不好的传闻。如果那些传闻是真的话，我又怎能让你们住在我家里呢？"

那个女孩子讪讪地说道："对不起。"

"这又不必,因为那些传闻并非全部是空穴来风。好了,希望你们能够给我留一点私人空间;要是你们想留下来吃晚饭的话……"

那个掘客小男孩将逐客令当成邀请,非常开心,正要开口接受;另外两个女孩子很识趣,好歹把他拉走了。

阿克玛若送他们出去的时候说道:"跟着你们的导师好好学吧,如果你们有恒心的话,我们会经常见面的。"

其中一个掘客女孩很沮丧地说:"我们会好好努力学习,把所有知识都学会!"她说这句话的时候,好像在被威胁着要报仇雪恨一般。

"很好!那时候我就会去找你们求教,因为我所知实在有限。"阿克玛若带着一丝笑意目送他们离开,然后将大门关上。

狄度说:"我现在感觉挺内疚的。他们苦苦哀求也得不到的东西,我好像唾手可得。如果连掘客上门也会让阿克玛不满的话,试想一下,要是你让我'如影随形'地跟在身后,他会作何反应呢?"

阿克玛若说:"噢,你和他们完全不一样。比如说,你知道的和我一样多……"

"哪里哪里。"

"……所以我和你可以进行平等的讨论。可是我和他们是不可能进行这种对话的,因为他们太年轻,经历得太少了。"

狄度说:"我其实也经历得不多。"

"就像结婚,你就没经历过吧。呵呵,我也是随便举个例子。"

狄度脸红了,连忙开始拿餐具,拿着放凉了的陶杯去前厅。他听见绿儿在身后低声埋怨她爸爸:"你干吗非要让人家尴尬呢?"

"他心里美着呢。"阿克玛若用正常的音量回答,一点儿也不怕狄度听见。

绿儿坚持说:"他才不尴尬呢。"

可是狄度心里确实是甜滋滋的。

艾妲迪雅比约定时间提早了一点点到达。狄度见过她许多次,每次都是在相同的场合:在阿克玛若家一起吃饭。公主与绿儿是形影不离的好姐妹,狄度看在眼里也替她们开心。最让他欣慰的是,绿儿并不是公主的小跟班,在她们两人真挚的友情之外,并不存在着平民对王室成员的崇拜和恭敬。很显然,绿儿是把艾妲迪雅看作普通人一样去相知相交,根本就没想着她的公主身份。至于艾妲迪雅呢?她在阿克玛若家中的言行举止都非常自然,既没有一丝一毫的矫揉造作,也不存在着半分屈尊枉驾的傲慢态度,更加不会摆出颐指气使的架子。作为公主,她的人生经历自然与平民子弟大相径庭;可是艾妲迪雅似乎完全不觉得自己高人一等,而且她还对别人的想法以及看事物的角度都非常感兴趣,甚至已经到了着迷的地步。

话题很快就转到了即将开始的审判,阿克玛若立即求他们谈点别的东西,于是大家开始谈论谢德美,一说就说了大半顿晚餐的时间。众人纷纷谈起各自对那所学校的印象,狄度听得心醉神迷。艾妲迪雅尤其讲得滔滔不绝,狄度突然意识到,她和车贝雅母女不一样,她说的不仅仅是那一次探访。狄度于是问道:"你经常去吗?"

艾妲迪雅看起来很慌张。她说:"呃……你问我啊?"

狄度说:"我也没别的意思,只是听你说起来,好像你不是一个旁观者,而是一个局内人。"

"嗯,这个……我后来确实去过几次。"

绿儿叫道:"你竟然不叫上我!"

艾妲迪雅说:"可我不是去进行社交活动,而是去干活啊。"

车贝雅说:"她不是不让你去工作吗?"

"可是她也叫我不要干等啊。"

绿儿问道:"那最后她真的让你帮忙了吗?要是真的话我就怨你一辈子!"

艾妲迪雅手:"其实她什么也不让我干。"

狄度说:"可你还是去了。"

艾妲迪雅说:"我是溜进去的。这学校又没有门卫什么的,一点也不难。如果谢德美不在的话我就直接走进院子里,教低年级小女孩读书认字。有时候实在没事可做,我就拿块抹布,装一桶水,趁着大伙儿都吃午饭的时候把走廊的地板擦干净。有好几次我溜进溜出,谢德美都没有发觉;不过通常来说我还是会被她抓住的。"

阿克玛若说:"我还以为那些学生和老师一看见你就会立即去报告校长。"

艾妲迪雅说:"才不是呢。我去帮忙,那些学生都很感激;所以我猜那些老师也会感激吧。"

狄度问道:"谢德美把你赶走的时候还说了什么呢?"

艾妲迪雅说:"挺好玩儿的,她一个劲儿地解释说,她叫我别干等的意思是让我走出'象牙塔',将书本的知识转变成实际的生活经验。"

阿克玛若问道:"那你为什么不按照她说的去做呢?"

"因为我觉得啊,神不知鬼不觉地溜进她学校从事教学工作,这本身就是很好的生活经验。"大家听了都哈哈大笑。

后来,他们又从谢德美说到华纱的学校,大家纷纷猜测在和谐星球上的华纱学校究竟是什么样子的。接着,话题又转到了那些有能力接收地球守护者报梦的人身上。绿儿说:"我们说起这些人的时候,总觉得他们是古人,或者是在很遥远的地方。可是别忘了,在座的各位都接收过至少一个真实的梦。我长大之后就再也没有做过真实的梦了,因为我不像以前那样有这个需要。你呢狄度,自从那段时间之后你还做过真实的梦吗?"

狄度不想重谈"那段时间"的旧事,所以摇了摇头。

车贝雅说:"我也不做梦,因为这不是解构者的特长。"

绿儿说:"不过地球守护者还是向你展示了很多东西——这正是我们需要记住的。地球守护者并不是我们的祖先杜撰出来的神话。"说到这里,泪水突然涌上她的双眼,大家都觉得很意外。"阿克玛总说我们自欺欺人,其实不是的。我还记得那种梦的感觉,确实和其他梦不一样。这些都是真的,是吧,艾姐迪雅?"

艾姐迪雅答道:"是真的,绿儿。你别理你哥哥,他什么也不知道。"

绿儿说:"可是他知道的。他是我所知道的最聪明的人,谈吐和行事都充满活力。从小到大,在很多事情上他都是我的老师,直到现在也是。唯独在地球守护者这件事情上……"

阿克玛若喃喃地说了一句:"就差了这么一件小事。"

绿儿说:"爸爸,你能够让他看清楚吗?"

车贝雅说:"你不能强迫别人接纳某种信仰。"

绿儿说:"可是地球守护者有这个能力!为什么她不向阿克玛报一个真实的梦呢?"

狄度说:"或者他已经报过了。"

此言一出,立即引来众人诧异的目光。

"你们想想,地球守护者不是也报梦给纳飞的几位兄长了吗?"

艾姐迪雅说:"那应该是上灵,而不是地球守护者吧?"

狄度说:"我记得耶律迈至少接收过地球守护者发过来的一个真

梦。不过没关系的，因为还有慕斯，也就是如诗和绿儿的父亲。按照纳飞的记载，他和上灵斗了一辈子，后来才发现他一直以来其实都是按照上灵的意愿行事。"

艾姐迪雅说："可是阿克玛对掘客恨之入骨，一直想把他们赶出这个国家。你总不能说他的这些行径也是按照地球守护者的意愿行事吧？"

"不，我不是这个意思。我只是说，如果你真的想违抗地球守护者的话，你是能够做得到的。或者阿克玛每天晚上都收到地球守护者的报梦，第二天早上醒来之后却否认这个梦的意义。所以说，如果我们一心反抗的话，地球守护者是不能强迫我们做任何事的。"

阿克玛若道："你说得没错。不过我认为阿克玛并没有做梦。"

狄度说："可能阿克玛总是做真梦，早已习以为常，还以为人人都和他一样。可能他过人的才智也是来自地球守护者的恩赐，其实是地球守护者将真理摊开了展现在他的脑海里。可能他是有史以来地球守护者最得力的臂膀，无奈他不肯为地球守护者效劳。"

车贝雅说："真是这样的话就太无奈了。"

"我没有别的意思，我只是想说，就算阿克玛做真梦了，他也未必会改变想法。"狄度说完，开始埋头吃艾姐迪雅带来做甜品的蜜饯果子。

阿克玛若说："唉，有一件事可以肯定，我们没办法说服他。"

车贝雅从喉咙里哼了一下，声音不大，却很高。

阿克玛若问："怎么？"

车贝雅说："这是我能发出的音量最小的笑声。"

"你笑什么呢？"

"阿克玛若，狄度的话启发了我，让我换一个角度去看这件事情。我怀疑我们从来都没有真正努力去说服他。"

阿克玛若说:"我绝对努力过。"

"不，你只是努力去教导他。'教导'和'说服'完全是两码事。"

阿克玛若说:"教导就是说服，说服也是教导，这两者就是一回事。"

车贝雅嘲弄地问道:"那么为什么我们还要发明两个词去指代同一件事情呢？阿克玛若，我又不是在谴责你什么。"

"你埋怨我没有努力说服我的儿子，可是你明知我一直以来都在不断地尝试，直到我完全心碎了为止。"阿克玛若努力保持着平静的语气，可是狄度听得出来，他虽然面如平湖，胸中其实有万千激雷。

车贝雅说:"你别那么难受好吗？我们知道你已经尽力了。只是我们把这个天大的担子都压在你一个人身上，我自己就安心做我的慈母角色，尽量与阿克玛保持着紧密的联系，却让你一个人去唱黑脸。"

绿儿很郁闷地说:"我也唱黑脸啊。"

车贝雅说:"阿克玛在家里的时间本来就短，我不敢再跟他吵，就怕会彻底把他逼走。可能因为这样，他会觉得这一切都是他爸爸和他之间的矛盾，我和绿儿是中立的。"

绿儿说:"他知道我不是中立的。"

阿克玛若摇头道:"车贝雅，你就别再费心了。等阿克玛成熟之后，他自然会走回正道。"

眼泪开始顺着车贝雅的脸颊向下流。她说:"不，他不会的。现在还闹出谢德美这件事情……"

狄度问道:"阿克玛和这件事情没什么关系吧？"

车贝雅说:"控告谢德美的那些人是不会放弃的,因为他们都知道大祭司的儿子对这些事情的态度是怎样的。他们会想办法利用阿克玛,他们会恭维他、附和他。阿克玛非常渴望别人的爱和尊重……"

艾姐迪雅轻声地说:"我们都一样。"

"可是阿克玛更甚于大部分人,因为他觉得在家里从来也得不到他渴望的那一份爱和尊重。"车贝雅一边说一边把手伸向她的丈夫,好像要安慰一下他。"这不是你的错,这只不过是他一叶障目罢了。自从车林地区的那段苦难岁月以来,他就钻进了牛角尖无法自拔。"

狄度低头看着面前一桌的杯盘狼藉,脸上突然一片滚烫,因为他想起以前是如何对待阿克玛的。那幅画面一下子就出现在脑海中,其生动的程度竟然更甚于当年他亲身经历的一幕。在狄度兄弟四人的狂笑声中,年幼的阿克玛一边哭一边语无伦次地怒骂不止。然后阿克玛的哭声变了,变得很痛苦、很可怕……可是他们还在不停地笑。

狄度想,我还在不停地笑,阿克玛时至今日还能听见自己当年的哭声吗?如果他的回忆有我脑中这幅画面的一半那么清晰……

突然他感觉到自己的手被另一只手握住。一开始他还以为是绿儿,更加觉得无地自容。他正想把手抽开,才发现原来是车贝雅。她说:"狄度,请你不要介意。你已经完全是这个家庭的一分子,所以有时候我们想不起来有些事情你听了会觉得很难受。其实我们都没有怨你。"狄度点了点头,也没有分辩什么。车贝雅随即把话题引开,晚餐余下的时间也在平静之中过去了。

艾姐迪雅离开的时候,叫狄度陪她走一走。狄度闻言哈哈一笑,本想显示出被逗乐的样子;可是笑完才意识到,他的笑声显得很紧张。他说："你到底是有话要跟我说呢，还是想把我引开好让别人方便说话呢？"

艾姐迪雅笑道："你真是个可爱的小伙子，对吧？你怎么就想不到我可能就是喜欢你陪一下呢？"

两人走在昏暗的街道上，全靠狄度手中的火把照亮着前路。艾姐迪雅说："算你猜对了一半，我确实有话要跟你说。"

狄度说："好啊，我就在这儿洗耳恭听呢。不过，如果你要说的话有超强杀伤力，我可能会号啕大哭，连火把也扔掉，最后消失在黑暗之中；所以你最好还是稍等一下，待我们走到王宫附近再说。"

"你应该知道我要说什么。"

"劝我以后别去阿克玛若家，是吧？"

艾姐迪雅吃了一惊，然后大笑道："什么？我为什么要劝你别去呢？他们都很爱你，你是太害羞了吗？怎么连这也看不出来呢？"

"为了阿克玛。只有等我淡出之后，他们才有机会与他破镜重圆。"

"狄度，这不是你的错！我想说的话与你的猜测正好相反。不过，狄度，在我告诉你之前，我需要先问你几个问题……唉，狄度，要是我了解你多一点就好了。"

"你说的'多一点'是指比现在了解我多一点，还是比别人了解我多一点，还是了解我比了解别人多一点呢？"

艾姐迪雅被他逗得咯咯直笑，就像个小女孩似的。这时，狄度的脑海中突然闪现出一个画面：艾姐迪雅与绿儿童年时并肩坐在长凳上，两个小女孩也是在咯咯地笑着。

狄度说："好了，请你继续吧，我是说真的。"

艾妲迪雅说："狄度，你的人生真的很奇特。你生于一个虎狼之家，你的父亲不是正人君子，从这一点看来，你是挺不幸的；可是你在兄弟几人里面，却又算是非常幸运了。"

"帕卜其实过得不错，我们三个弟弟还是在挣扎求存呢。"

"你随着年岁增长不断提高，我们大部分人都做不到。很多人小时候还算天真纯朴，越老反而变得越坏。"

"呵呵，艾妲迪雅，像我这种在谷底起步的人，除了向上，还能往哪儿去呢？"

艾妲迪雅说："那也是……不过请你听我说，我不是想揪着你的过去喋喋不休，我是想告诉你，很多人都很仰慕你。爸爸收到很多来自波迪卡地区的报告，上面总有关于你的好话；而且爱戴你的人还不仅限于地球守护者的信徒。"

"谢谢你的夸奖。"

"我只是鹦鹉学舌罢了。他们还说你悲天悯人。"

"人们向我告解的时候，无论他们说自己犯下多么大的错，我总能告诉他们，我做过更不堪的坏事；只要你马上改邪归正，地球守护者就会接受你的。"

"狄度，你听我说，有一件事情我需要听你亲口说出来。你总是很博爱，成天悲天悯人；大家都觉得你风趣幽默、平易近人，交往的时候能够让人觉得很轻松自在。"

"除了你。"

"因为你和我——还有和阿克玛若一家——在一起的时候，总是很害羞，很拘谨。感觉你好像……"

"过分自信？"

"格格不入。"

"是的。"

"所以有人难免会想,你对阿克玛若一家到底怀有怎样的感情呢?你真的爱他们吗,还是你其实是希望他们反反复复一次又一次地原谅你?"

狄度想了想,说道:"我真的爱他们。至于原谅……他们在许多年前就已经原谅我了。首先是阿克玛若和车贝雅;等绿儿懂事之后,她也原谅了我。我作恶的时候她还年幼,小孩子总是很宽宏大量的。"

"好,狄度,既然是这样的话,又有人会想,既然你满怀信心他们已经原谅你了,那么为何你在他们面前总是提心吊胆、坐立不安呢?"

"艾姐迪雅,你老说'有人想',这人到底是谁啊?"

"这人就是我,行了吧?你别岔开话题!狄度,还有人会想,你是不是对这个家庭中的一员怀有某种特殊的感情,却不敢说起,所以才会表现得那么古怪呢?"

"你绕着弯儿在问我爱不爱绿儿,是吧?"

艾姐迪雅说:"我终于不用绕弯儿了!谢谢你,狄度。没错,这就是我想问的问题。"

"我当然爱她了。凡是认识她的人哪个不爱她?"

艾姐迪雅碰了个软钉子,生气地咆哮道:"狄度,别跟我玩文字游戏!"

狄度将火把举高一点,离自己远一些;于是在他说话的时候,火光照不到他的脸。"如果阿克玛发现我要和绿儿结婚……你想想,有比这更可怕的事情吗?"

艾姐迪雅说:"有!绿儿日复一日、年复一年地等你表露心迹,而你却始终若即若离，不肯表白——人世间最痛苦的事莫过于此。"

"她不见得是在等我吧？"

"你问过她了吗？"

"我们从来都没有提这些事。"

"绿儿永远也不会提的，因为她担心落花有意流水无情，她怕自己是一厢情愿。这些事情我本来不该告诉你，可是我觉得你应该先了解所有信息，然后再做决定。没错，如果你做了阿克玛的妹夫，他肯定会气急败坏。可是这个人本来就和自己的亲生父亲唱反调，处处与他作对。难道为了顾及阿克玛的感受，你就忍心让绿儿空等，让她心碎吗？现在明摆着，你要是不想伤害那个睚眦必报、不知宽恕为何物的苦主，你就必然会伤害那个心胸豁达、宽宏大量的好人。如果这两个选择都是错的话，你自己说，哪一个错得更厉害呢？"

狄度默默地在她身边走着，两人终于走到宫门外。

艾妲迪雅说："我要说的就是那么多了。"

狄度低声问道："你说的都是真的吗？我做了那么多坏事，她竟然还喜欢我？"

"因为当一个女人爱上一个男人之后，就会变得如痴如狂。"

狄度说："你也曾经试过如痴如狂地爱上一个人吗？"

"呵呵，狄度，你想不想知道我曾经痴狂到什么程度呢？在绿儿和我年纪还很小的时候，我们分别爱上了对方的兄弟。她最终看中了孟恩，因为在几兄弟里，我和孟恩是最亲近的。而我爱上的自然是阿克玛，可是我也只能远远地看他。"说到这里，艾妲迪雅脸上露出一丝诡异的微笑。"绿儿长大之后自然而然地淡忘了那一段幼稚的娃娃恋，取而代之的是她对你的爱意；她能够从这一份爱中获得很多珍贵的东西。"然后艾妲迪雅轻快地笑了一声，说道："晚安了，狄度。"

"你不打算把这个故事说完吗？"

"我已经说完了。"艾妲迪雅走到宫门前面，卫兵打开门将她迎进去，随后就把门关上了。狄度独自站在噼噼啪啪的火焰之下发呆。过了许久，卫兵忍不住对他说："先生，你不是本地人吧？你需要指路吗？"

"噢，不，不用了，我认得路。"

"那你最好赶快出发吧，这火把可不是长明灯，除非你打算把你的手臂续进去。"

狄度朝卫兵微笑一下表示谢意，然后向着他住的公共客舍走去。阿克玛若和车贝雅总是邀他回家吃饭，却从不留他过夜。毕竟阿克玛有时候还是会回来的，要是他知道狄度也在同一个屋檐下，那就不合适了。

绿儿已经不再爱孟恩了，可是艾妲迪雅却始终没有从阿克玛的阴影之中走出来，这种状况对于她来说一定很艰难。绿儿所爱的人再不济也好，至少是地球守护者的忠诚信徒。而艾妲迪雅呢？她既是国王的女儿，也经常获得地球守护者报梦，却爱上了一个不相信地球守护者，甚至鄙视地球守护者信徒的人。

这样看来，我要是为人夫婿的话，大概也不至于一无是处吧。虽然我一贫如洗，虽然我会激怒她的哥哥，虽然我会时常唤起她的童年噩梦，可是如果绿儿嫁给我的话，大概我也能够给她幸福，让她快乐。而且，我确实应该给她一个选择的机会，给她一个说不的机会。我要向她表白心中的爱慕之情，然后向她求婚；这样的话，她就能够拒绝我，让我觉得无地自容。以前我对她造成那么大伤害，与之相比，如今这一点点痛苦只不过是九牛一毛罢了。我亏欠她太多，只能用这种方式偿还了。

　　这个念头一出现，狄度就马上觉得自己很可鄙。难道他还不了解绿儿吗？绿儿何曾伤害过人呢？他怎么能以小人之心度君子之腹呢！艾妲迪雅已经告诉狄度，绿儿深爱着他；狄度当然知道自己也爱着绿儿；阿克玛若早就明确表示他赞同两人的结合；车贝雅经常说狄度是他们这个家庭的一分子，还千方百计地暗示她对这门婚事的支持。

　　狄度下定决心：好，明天一早我就向绿儿表白。

　　他来到公共客舍的门口，把行将熄灭的火把放在一个桶里彻底弄灭，然后走进去。还有几个小时才天亮，狄度希望能好好睡一觉。可是他忍不住在心中反反复复地演练明天要对绿儿说的话，还想象着绿儿的各种反应。绿儿可能会微笑着给他一个拥抱，可能会哭着跑开，也可能会大惊失色地盯着他，低声说着，你怎么能……你怎么能……

　　好不容易睡着后，狄度做了一个梦。在梦里，他和绿儿站在一棵大树下。树上结满了沉甸甸的白色果子，可惜两人身高不够，差了那么一点就是够不着。"把我举起来。"绿儿说，"把我举起来吧，我可以摘很多下来，足够我们两人吃。"

　　于是狄度举起绿儿，等她双手都拿满之后再放下来。绿儿一站稳就迫不及待地咬了一口——那股鲜甜的味道太强烈了，绿儿忍不住喜极而泣。她小声说："狄度，你快咬一口吧，我实在忍不住要和你分享。来，这里，就紧贴着我咬的那里，这样我们就能够尝到一模一样的味道了。"

　　在狄度的梦里，他并没有咬那个果子，而是低头亲吻了绿儿。在她的唇齿之间，狄度也尝到了果子的味道。是的，确实很甜美。

这次审判可谓街知巷闻——在狄度睡着之前，很多民众就已经聚集在露天大法庭那里等候。黎明时分，法庭警卫到场，将大批通宵达旦排队的人群疏导到前排座位。坐在前排，他们就能够俯视大法庭的全貌。主审大法官的座位当然是在阴凉处，而且整个白天都不会被阳光直射。有人觉得这是为了让法官在夏天开庭的时候能够凉快一点；问题是到了冬天，法官席没有阳光的温暖，终日苦寒刺骨。所以这个安排并不是为了让法官坐得舒服，而是或多或少地遮掩一下主审官的身份。有阳光的地方观众才能看得清楚，所以无论是原告还是被告都全程坐在太阳底下；如果他们请律师代言，那么律师就会充分利用这片日照区域，在阳光之下昂首阔步，慷慨陈词；没有一个律师敢走进法官的阴影区。有人以为这是出于对王权的尊重，因为在法庭上，法官就是国王的代理人。可是做律师的都知道，一旦离开了光明的区域，他们就会显得笨拙、虚弱、无知，肯定不能得到在场观众的支持。虽然正规来说，旁听人员对法庭裁决没有任何发言权，可是过去曾经有过好几次臭名昭著的审判，旁听席上群情汹涌，法官为了保命而讨好他们，单凭民意来作出裁决。至于律师，他们自然知道自己的声誉和将来生意好坏都取决于在场观众对他们的看法和印象。

　　日上三竿的时候，一众原告来到法庭。同行的还有他们的律师，一个叫克若的天使。本来，天使是禁止在法庭上飞行的；可是克若在庭上来回走动的时候会不时张开双翼，看起来有点像是在滑翔。他这样做既能让自己显得比对手更优雅、更强大，也是为了酝酿自己的情绪，煽动观众的热情。很多人类律师忌惮他的撒手锏，不敢与他对簿公堂。

　　原告就座之后，观众席也坐满了。法庭外面还有几百人在喧哗扰攘，他们幻想着里面还有位置，不厌其烦地恳求守卫放他们进去："我又不胖，肯定能挤得下。"这时候，帕卜进场了，身旁还跟着两个警卫。当然，要是发生暴动的话，这两个警卫能起的保护作用只是杯水车薪，充其量只能够拖延宝贵的几秒，让法官逃回室内。其实他们两人主要是防范刺客。虽然上一次有法官在庭上被暗杀已经是一百年前的事情，至于法官死在暴动之中就更加久远，可是为法官设置警卫这项措施还是保留下来了。至于今天，尽管没有人预计这场审判会引发暴动，不过这个案子早已掀起轩然大波，也引来一场争论的热潮。在这个背景之下，在场旁听的民众对两个警卫自然刮目相看。在人们眼中，这两个警卫不仅仅是摆设，而是两个全副武装、高大强壮的军人。

按照传统，王室并没有派人出席。长久以来，如果王室成员出席的话，此人就坐在法官身边，不时向法官面授国王的旨意。因此，有王室成员参与的审判就是终审，控辩双方都不能上诉。为了保护双方上诉的权利，摩提艾克的父亲贾明拜设立了这个规则：王室成员不再列席级别较低的审判。这样的话，如果哪一方对裁决不满意还有上诉的权利；同时此举也增加了司法独立的程度，以及法官的威信。

阿克玛也来了，同行的还有他的妹妹绿儿。他们到得有些晚，所以只能在被告席的后方找到座位；不过在这种位置看不到控辩双方的脸。在控方的支持者里面，有两个与控方关系密切的人坐在最前排，能够清楚看见庭上每一个人的脸。这两人认出了阿克玛，坚持要和两兄妹换座位。阿克玛装出很惊讶的样子，还显得不胜荣幸。可是绿儿记得，他刚才在后排的时候一直站着，直到有人注意他为止。由此可见，阿克玛事前就知道有人给他留了座，而且还是控方的支持者。很明显,他也是偏袒控告方的。

不过话又说回来,既然绿儿能够支持辩方,为什么阿克玛不能偏袒控方呢?

绿儿问道:"你见过她没有?"

阿克玛反问:"见过谁?"

"谢德美,就是被告。"

"噢,没有。为什么有此一问呢?难道我理应见过她吗?"

绿儿说:"她是一个很有才华、很出色的女人。"

阿克玛温和地说:"如果她是个笨蛋就不会有人留意她了。"

绿儿说:"你应该已经听说了,法庭传票送到学校的时候,妈妈、艾姐迪雅和我都在场。"

"对,我听说了。"

"她竟然早就知道那些罪名,胡速还来不及宣读,她就先背出来了。你觉得有趣吗?"

阿克玛说:"这我也听说了。我猜控方律师克若会充分利用这一个细节,比如说用它来证明谢德美是知法犯法。"

绿儿说:"我也这样觉得。很难想象他们竟然揪住她办学校这件事情来告她犯了叛国罪。"

"呵呵,这项罪名只是为了让这场闹剧更加臭名昭著罢了。这个法官是爸爸的小傀儡,我觉得他甚至不会允许控方把这项罪名提出来。你说呢?"

阿克玛语气中的怨毒让绿儿很反感。"阿克玛,帕卜不是任何人的傀儡。"

"噢,是吗?那么在车林的时候他对我们做过的事情又算什么呢?是他自己的主意吗?"

"帕卜那时候算是他爸爸的傀儡吧。他当时还只是个小孩，比我们现在还年轻。"

"可是我们都经历过那个阶段，对吧？他当年已经十七岁；我十七岁的时候已经不受任何人的摆布了。"说到这里，阿克玛咧嘴一笑。"所以你别告诉我帕卜不需要对自己的行为负责。"

绿儿说："好，那我们这么说吧，他确实需要对自己的行为负责；可是他后来已经变了。"

"你的意思是他懂得见风使舵吧？算了，我们别争了。"

绿儿说："对啊，别争了。只是在车林的时候，风向是怎样的呢？驻扎在那里的到底是谁的军队呢？"

"我当然记得，我们的主审法官年轻时指挥一群掘客暴徒，随时会用爪子和鞭子来殴打妇孺。"

"可是帕卜兄弟几人冒着生命危险阻止他们的残暴行径，后来还放弃了高官厚禄的前程，与亲生父亲分道扬镳，和我们一起逃到荒郊野外。"

"可是谁也猜不到他们来到达拉坎巴这里，最终还是重新获得高官厚禄。"

"他们今天的地位都是凭真本事赢来的。"

阿克玛又咧嘴笑了。"话虽这么说，可是他们到底有什么本事呢？绿儿，你就别再和我争辩了。我做你老师那么久，你还没开口我就知道你要说什么了。"

绿儿很想用一件硬物狠狠戳在阿克玛身上。在他们年幼争吵的时候，绿儿会把拇指、食指和中指捏在一起，形成一件又尖又硬的武器，只要戳一下就足够引起阿克玛的注意。可是当年就算绿儿怒不可遏，她戳阿克玛的时候还是带有一点嬉闹的意思。无奈今天绿儿已经不想再戳他了,因为她担心兄妹感情已经不足以抑制心中的敌意,她怕自己真的会起伤人的念头。

阿克玛的脸上掠过一丝悲哀的神色。

绿儿嘲笑道:"怎么了?我要说的话你不是全部猜中了吗?你怎么反而不开心了?"

"当你还是个调皮小孩的时候,每逢这种情况你就会用手指戳我。我刚才以为你还会故技重演呢。"

"可见我已经走出了调皮捣蛋这个人生阶段。"

阿克玛说:"你批评我不是因为我错了,而是因为我对爸爸不忠诚。"

"你也知道自己对爸爸不忠诚吗?"

阿克玛说:"可是他又何尝对我忠诚过呢?"

"你什么时候才能够从童年的伤痛中走出来呢?"

阿克玛的神情一下子变得很冷漠,似乎思绪已经飘到了很远的地方。他说:"那些已经治愈了的伤痛是困不住我的。"

绿儿说:"可是现在你哪来的伤痛呢?没有人伤害你,是你在伤害爸爸妈妈。"

阿克玛说:"伤害了妈妈,我也觉得很抱歉,不过这也是她自己做出的选择。"

"狄度、帕卜、乌达和穆武都乞求我们的原谅。当初我就宽恕了他们,时至今日我也始终没有记恨,因为他们四兄弟现在都已经是正人君子了。"

"对,你们都宽恕了他们。"

绿儿说:"没错。可是听你这么说,好像我们做错事似的。"

"绿儿,他们对你们做的事,你们当然有权利选择原谅;可是你们没有权利原谅他们对我做过的事情!"

绿儿脑中突然出现一个场景：阿克玛独坐在山坡上，看着爸爸在山下讲课，而帕卜娄格的几个儿子就坐在第一排。她突然明白了："爸爸没有征求你的同意就宽恕他们了，难道你生气就是为了这个？"

"在他们开口之前，爸爸就已经宽恕他们了。"阿克玛说这句话的时候声音很小，完全淹没在嘈杂的人声当中；绿儿根本听不清，只能通过读唇来猜测。"他们这样折磨我，可是爸爸却爱他们胜于爱我。他这么不公平地对待自己的亲生儿子，实在有违天理伦常。我想象不出世间还有比这更恶毒卑劣的行径了。"

绿儿说："爸爸没有对你不公平，他是教人向善。那几兄弟当时只懂得帕卜娄格向他们灌输的那一套道德标准，爸爸必须教会他们从地球守护者的角度出发看世界，他们才能真正明白自己的所作所为。后来，他们学会了道理，就立即放下屠刀，还恳求我们宽恕。"

阿克玛还是低声说道："其实爸爸早就开始爱他们了。他们殴打你、折磨我，取笑我们兄妹两人，还往我们身上泼掘客的粪便；他们把我绊倒了再往死里踢，又当众剥掉我衣服，把我头下脚上倒挂起来大肆奚落。就在他们干这些坏事干得不亦乐乎的时候，爸爸就已经爱他们了。"

"因为爸爸早就预见他们会改邪归正。"

"他没有权利爱他们胜于爱我。"

绿儿说："正是因为爸爸对他们的爱，我们才能够死里逃生。"

阿克玛说："是的，绿儿，你看看爸爸对他们的爱给他们带来多大的好处？他们事业有成，幸福快乐。在爸爸眼里，他们才是他的儿子，甚至比我这个亲生儿子更亲。"

很不幸，阿克玛这句话与绿儿内心的判断不谋而合。绿儿说："他们所获得的成就，他们与爸爸的亲密关系，所有这一切，其实只要你愿意就唾手可得。"

"可是我必须首先向爸爸承认，作恶的人与受害者之间并不存在道德价值上的区别。"

绿儿说："阿克玛，你这么说真是愚不可及。如果他们没有改恶从善，爸爸是不会接纳他们的。他们确实已经变了。"

"可是……我没有变。"阿克玛强调，"我没有变。"

那么多年以来，这是绿儿第一次和哥哥有如此深入贴心的交流，她很想继续说下去。可是这时候人群中突然爆发出一阵喊叫声，因为被告在八个警卫的保护之下进场了。这是另外一个古老的传统。在这个传统成型之前，曾经发生过几个案例，有被告在庭审结束之前就被当场刺杀，或者被人劫去另一个地方接受另一种审判。后来法庭就专门为被告安排警卫，可是这种事情还是时有发生，所以这八个警卫并不是用来做花瓶走过场的。最近一次庭击案就发生在不到十年前，那是在楚壁省的首府，位于瓷都热克河谷的顶端；那个地区以民风彪悍狂野著称，有一个被告就在法庭之上被刺身亡。当然了，在这一次审判中谢德美并没有危险。这只是一个试探性的案子，是权力斗争的产物；控告方并没有对谢德美怀有特别的恨意。

"瞧她那副不可一世的神情！"阿克玛在绿儿耳边大声吼，这样才能让她听见。

不可一世？不，这是自尊！有些人在出庭的时候刻意装出一副趾高气扬的挑衅神态，可是谢德美不是这样。她举手投足间流露出来的只是一种简简单单的尊严，她环顾四周的时候神色镇定，没有恐惧，也没有羞愧，却带着一点淡淡的兴致。绿儿本来以为，一个人被带上法庭,在大庭广众之下受审,怎么都会有一点点尴尬;可是谢德美似乎完全置身事外,情绪没有丝毫波动,就像一个略有兴致的旁观者。

可是这次审判对她来说应该也很重要吧?她当初故意惹火烧身,不就是为了促成这次公审吗?既然谢德美早就预料到他们罗织的罪名,那么她是否也知道这次审判的结果呢?

阿克玛又在她耳边大声吼:"爸爸有没有告诉你,那个傀儡法官应该怎么裁决呢?"

绿儿不理他。法庭的警卫在挤满了人的旁听席中间穿梭走动,逼人们坐好。要让所有人安静下来估计还要好一会儿工夫,因为这些人就是喜欢吵吵闹闹。

绿儿很想在每个人脸上抽一个耳光。正是因为他们制造的噪声,阿克玛不再对她敞开心扉了——他刚才本来正在尝试对绿儿说出心里话。不知道出于什么原因,阿克玛选择了这个时机来……这算什么呢?他似乎是在做出最后的努力,恳求绿儿谅解。没错!阿克玛马上就要采取行动了,而且还是公开的行动。在他出手之前,他想在妹妹面前为自己辩解;他要提醒妹妹,当初是爸爸首先对儿子不忠,是爸爸先犯下这么骇人听闻的罪过。为什么阿克玛要这样做呢?因为他也准备以其人之道还治其人之身。而且,这一次将会是公开的背叛。作为一个熟悉纳飞国宗教的学者,他打算以专家身份为控方在庭上做证。阿克玛是辈高的得意门生,当然配得上专家的称号。虽然在家中和宫中,人人都知道阿克玛不相信地球守护者的存在,可是没有人能够阻止他出庭做证,为法庭讲述古代的宗教信仰和风俗习惯。

绿儿伸手抓住阿克玛的手腕,狠命一捏,五根手指都掐进他的肉中。

"啊！"阿克玛惨叫一声，连忙把手抽开。

绿儿凑上去在他耳边大声叫道："不要！"

"不要什么？"绿儿只能通过读唇来猜他说什么。

她大声说："你伤害不了地球守护者！你只会伤害那些爱你的人！"

阿克玛摇着头。他听不到绿儿的话，也理解不了绿儿的苦心。

人群越来越安静，终于，连最后一丝呢喃低语声也消失了。绿儿本来可以继续和阿克玛说下去，可是他的注意力已经完全放在即将开始的审判上面。兄妹交流的时机稍纵即逝，阿克玛敞开心扉的那一刻毕竟还是错过了。

帕卜问道："何人代表控方发言？"

克若走前一步，答道："克若。"

"原告报上名来。"

每一个原告轮流站出来自报姓名。他们包括三个人类和两个天使，每一位都不是等闲之辈。其中一个是退役的将军，其余四位是商贾和学者。他们在城中都声名显赫，却并没有担任公职；所以即使国王大发雷霆也没办法将他们撤职或者赶下台。

帕卜问道："何人代表辩方发言？"

谢德美的声音很沉着，一字一句清清楚楚地答道："我代表自己发言。"

帕卜问道："被告报上名来。"

"谢德美。"

帕卜说："你的家庭在此地并不为人所知。"

"我来自一座遥远的城市，这座城市已经在许多年前毁灭；我的双亲、丈夫和儿女都已经不在世了。"

绿儿闻言大吃一惊。城中并没有流传相关的消息,可见谢德美以前从未向人提起过她的家庭。原来她也曾经有过丈夫、儿女,而且他们都已经去世了。这大概能够解释为什么谢德美内心深处总是如止水般平静——因为她的人生已经结束了。她为什么不怕死呢?因为在某种意义上来说,她已经死了。白发人送黑发人……这个世界不应该是这样子的。

谢德美继续道:"我在外漂泊了很久很久,终于找到了一片和平的土地,能够容许我传道授业。只要家长愿意把小孩托付给我,只要小孩愿意学,我就愿意教。"

旁听席上传来一个声音:"掘客走狗!"

开庭之后是严禁喧哗的,所以有两个警卫立即上前把大声叫嚷的家伙揪出了法庭,然后从外面带一个人进来顶替其位置。

帕卜说:"控方可以开始陈述了。"

克若随即对谢德美展开猛烈攻讦,详细列举了谢德美的各大罪状。他描述每一条罪状的时候,当然不是照本宣科那么简单。起诉书里那些干巴巴的语句经过克若的润色,每一条罪状都变成了一个故事、一篇布道和一纸檄文。绿儿想,他凭三寸不烂之舌就给听众描述了一幅幅生动的画面,确是不简单。他说谢德美强迫城中的人类女孩和天使女孩与那些来自老鼠溪的无知污秽的小掘客为伍,此举玷污了那些纯洁幼小的心灵;而且谢德美还悍然攻击先贤祭司的古训。"我会传召证人上庭解释一下,她鼓吹的那一套东西是如何违背纳飞国的传统……"绿儿想,这个证人就是阿克玛了。

"……她刻意歪曲和侮辱华纱母亲在民众记忆中的形象。华纱是英雄佛意漫的妻子,她的丈夫就是大名鼎鼎的韦爵,也就是纳飞和羿羲的父亲……"韦爵也是耶律迈和梅博酷的父亲,而华纱并不是这两人的母亲。绿儿很想开口驳斥他,却始终强忍住不说话——如果大祭司的女儿因为喧哗吵闹而被赶出法庭,这将是一条爆炸性的大丑闻。

"……华纱身为佛意漫的妻子,已经拥有无上荣耀;可是谢德美还妖言惑众,谎称华纱理应获得更多赞誉和敬意。为了达到目的,她离经叛道、画蛇添足,竟然把男性专用的尊号'若'字——也就是伟大导师的意思——硬是加在一个女性名字上面。华纱若学堂!她把这所学校称作华纱的学校,就好像华纱是男性似的。她的学生一走进学校大门学到的第一件事是什么?就是男女之间没有区别!"

这时候,谢德美突然插话,硬是打断了克若的长篇大论。在场所有观众——包括绿儿——都大吃一惊。她说:"我初来贵国,不懂规矩。请你告诉我,有哪个女性专用的尊号是'伟大导师'的意思,我马上就给学校改名。"

克若不回答,只等着帕卜出言斥责谢德美。

不过帕卜只是和善地说:"按照惯例,原告陈述的时候,被告是不应该插话的。"

谢德美说:"这只是惯例,而不是法律条文。就在五十年前,在当今国王的祖父摩提艾伯的治下,每当原告的陈述模糊不清的时候,被告有权要求原告澄清。"

克若怒道:"我每一句陈述都清清楚楚、明明白白!"

帕卜显然很欣赏谢德美的回答,他说:"既然谢德美引用旧制,克若,你必须就她提出的问题作出澄清。"

克若说:"没有哪个女性专用的尊号是'伟大导师'的意思。"

谢德美问道:"这样的话,如果我既要对一个伟大的女教师表示敬意，又不想害那些无知小童分不清男女之间的差异，那么我应该使用哪一个尊号呢？"

谢德美的语气总是带有一丝讽刺的意味，显然是在告诉大家，男女之间的差异那么明显，决不会因为区区一个尊号而被混淆的。旁听席中传来一阵窃笑声，克若备受困扰。他预先背好的长篇大论一下子被谢德美打断，所有准备工作付诸东流，现在不得不即席思考应变的对策，叫他如何不郁闷？

事到如今，克若只能硬着头皮，竭力装出一副屈尊枉驾的耐心模样，向谢德美解释道："著名的女性可以使用'雅'字做尊号，这个字的意思是'悲天悯人的伟大女性'。当然了，华纱身为开国君王的父亲的妻子，我们用'德娲'作为对她的尊称亦不为过，这个尊号的意思是'长子继承人之母'。"

谢德美恭恭敬敬地听他说完，然后答道："如此说来，如果一个女人获得荣誉，只能是因为她充满同情心；除此之外，她的一切尊号敬语都和她的丈夫有关，对吧？"

克若说："正确。"

"换句话说，你认为一个女人不可能成为一位伟大的教师吗？抑或是你认为一个女人不应该被称作伟大的教师呢？"

克若说："我的意思是，用来尊称伟大导师的敬语是一个阳性的后缀，如果你硬要把这个后缀加到一个女人名字的后面，就是有违天理伦常。"

谢德美说："可是'若'这个尊号是出自'尧若'这个词，后者既可以用在男性身上，也可以用在女性身上，完全没有性别之分。"

克若道："可是'尧若'并不是一个尊号。"

"所有史书都有记载，在这种使用尊号的习俗刚刚形成的时候，人们都是把'尧若'这个词放在名字后面。只是在大约三百年前，'尧'字被裁掉，只剩下单独一个'若'字做后缀，也就是今天的惯常用法。这些典故，估计你都查过吧？"

克若说："我们的专家证人当然看过。"

谢德美说："我只是想弄明白，一个词分明已经证实了是一个中性词，与性别无关，为什么现在只能用在男性身上呢？"

克若说："好吧，为了照顾被告、让事情简单点，我们决定撤销这一项关于混淆性别的控诉。我们不希望围绕古代习俗在现代法律范畴内的适用性展开无穷无尽的讨论，这样做只会费时失事，让大家苦不堪言。"

"这么说来，你是同意我继续把我的学校称作'华纱若学堂'吗？"谢德美转向帕卜继续问道，"这是一个具有法律约束力的决定吗？我将来还需要担心再因为这件事情被告上法庭吗？"

帕卜说道："本席正式宣布，这个决定具有法律效力。"

谢德美说："好，这样的话，情况就明朗了。"

旁听席的观众哄堂大笑。谢德美不断地提问和澄清，最终迫使克若撤诉，使其颜面尽失，也成功地挫了克若的锐气。从这一刻起，克若再怎么口若悬河，但他的高谈阔论只会带着一丝荒谬的色彩，他之前那种面目狰狞的气势也荡然无存。

阿克玛凑上前，在绿儿耳边低声说："有人教了她很多历史知识嘛。"

绿儿低声答道："或者她是自学的呢？"

"不可能！所有这些史料都在辈高的图书馆里，可是她从来没去过那里。"阿克玛显然很恼火。

"可能是辈高偷偷帮她吧？"

阿克玛眼珠子骨溜溜地一转，潜台词是：不可能是辈高。

绿儿想，辈高肯定是阿克玛一伙的……难道是反过来？这一场否定地球守护者的荒诞闹剧，莫非是辈高在幕后一手策划的？

克若继续慷慨陈词，逐渐将他的论述推向高潮。正如阿克玛预计的那样，克若果然揪住谢德美对各项罪名未卜先知这件事情大做文章。他说，胡速上门递交起诉书，还没宣读，谢德美就把各项罪名倒背如流，可见她触犯法律的时候是早有预谋的，也是蓄意的。

当他结束的时候，旁听席还是响起欢呼声和掌声，可是声势已经大不如前。克若既愤怒又失望，他知道自己被谢德美打了个一败涂地。

帕卜微微一笑，从书案上拿起一张树皮开始宣读："本席已经作出裁决……"

克若一下子跳起来，说道："按照惯例，被告也有权申诉，难道法官大人忘记了吗？"他很优雅地向着谢德美鞠了一躬。"很明显，被告事前做了大量的研究工作。虽然她的罪证确凿、无可辩驳，不过就算是出于礼节，我们也应该给她一个自辩的机会。"

帕卜冷冷地说："控方律师对被告以礼相待，本席深表赞赏。不过本席必须提醒控方律师，没有律师能够揣测主审法官的心思。因此，按照惯例，在出言反驳之前，律师必须先将主审法官的话听完。"

"可是你已经在宣读裁决……"克若的声音越来越小，终于陷入了尴尬的沉默。

"本席已经作出裁决。由于这个判决完全基于控方律师的陈述，所以本席必须单独询问每一个原告，控方律师所说的一切是否如实反映了原告的想法和意愿，律师的陈述是否等同于原告本人发言。"

然后帕卜就开始逐个叫那些原告起来回答。此举非同寻常，而且一定意味着律师犯了某些严重的错误，这场官司也输定了。克若将自己裹在飞翼之中，强忍着心中的愤怒，默默地看着帕卜宣召每一个原告上庭问话。虽然这些原告都惴惴不安，可是克若的一番话早在昨天就已经在他们面前演练过，是他们一起商量好的，所以众原告只能确认，律师说的话正是他们本人要说的。

帕卜说："很好！现有法律严禁发表和宣扬有违在任大祭司教导之言论，在控方律师的发言之中，一共有八处触犯了这条禁令。"

旁听席顿时一片哗然。克若猛地张开双翼，向法官所在的阴影处飞扑而来，刚好降落在阴影边沿的沙地之上。两个警卫立即向前踏出一步，手执武器严阵以待。可是克若一下子仰天躺倒在沙地上，双翼张开，肚子袒露，正是古代天使投降的姿势。可是他说话的时候却一点也不像是投降："我所说的一切都是为了维护法律！"

帕卜说道："克若，在场没有一个人看不出你和其他原告到底意欲何为！你们设计出这场闹剧，纯粹是为了攻击摩提艾克御封大祭司所宣扬的道理。阿克玛若尽心尽力要将地球守护者的子民团结起来如兄弟姊妹般和平共处，可是你们却蓄意破坏他的努力成果，甚至利用历任大祭司的言论以及那些由来已久却毫无裨益的陈规旧例作为攻击手段。你们的狼子野心已经在刚才那一番话中暴露无遗，又岂能欺骗本席？"

"无论是现有的法律条文还是以前的先例个案都对我们有利！"克若一边叫嚷一边从地上跳起来，不再继续摆出那个投降的姿势。

"法律规定，在所有涉及地球守护者的领域——包括教义、信条、学说——大祭司乃最高权威。纳飞国的开国君主纳飞在任命弟弟奥义克为第一任大祭司的时候颁布了这条法律，并规定这条法律凌驾于其余所有涉及宗教的法律之上。后来薛任慕斗胆抗法，公然反对奥义克；地球守护者在薛任慕演讲的时候将其击毙。时任国王随即宣布，日后若再有人挑战大祭司之权威，其罪亦同此罚。"

阿克玛又一次凑到绿儿身边说："爸爸怎么敢用远古那些真伪难辨的传说来压制反对者的声音呢？"虽然他压低了声音，却无法压制语气之中的狂怒。

"爸爸根本就不知情！"绿儿回答的时候声音压得不够低，以至于坐在周围的人都能听到她说的话。他们当然认得阿克玛和绿儿，虽然他们清清楚楚地听到绿儿否认阿克玛若与帕卜的裁决有任何关系，可是他们也明明白白地看见阿克玛的脸上写满了轻蔑，显然不相信绿儿的话。看来，在这次审判之后，阿克玛若必然会成为漫天谣言之中的主角之一。

帕卜继续说："鉴于众原告及其代表律师之违法行为在古代已有先例，因此本席宣布，其罪名比原告对谢德美的指控具有更高优先权。同时，众原告因为涉嫌犯下重罪，所以不得对谢德美提出轻罪指控。本席正式撤销针对谢德美的一切指控；在众原告脱罪之前，任何人等不得重提相同的指控。至于本案的一众原告，既然你们确认克若全权代表你们的想法和意图，本席宣布你们与克若同罪，依法判处死刑！"

有一个原告失声大叫："这条法律四百年来都没人引用过！"

谢德美也很震惊，她显然没料到事态会发展到这个地步。"我不希望有人因此而丧命。"

帕卜说："谢德美女士的同情心值得赞许，但是本席的宣判并不会为其态度及意见所左右。对于一众原告及其代表律师所犯下的重罪，本席就是原告，在座各位是证人。旁听席上的每一位观众在离开法庭之时，必须向警卫登记名字。如果不出本席所料，此案必然会被上诉至国王座前；在座各位皆有可能被传召出庭做证。本席宣布，此次审判正式结束。"

因为阿克玛与绿儿坐在最前排，所以他们是最后一批离开法庭的，全程用了将近一个小时。在等待过程中，他们刻意不和对方说话，也不与其他任何人搭话。可是兄妹二人都知道，如果阿克玛出庭发言的话，他所说的一切也会构成同样的罪名，后果自然就是步克若及其他原告的后尘，一起被判死刑。

摩提艾克吼道："帕卜都对我干了些什么？"

小会议室里面坐着阿克玛若、车贝雅和狄度，他们三人是地球守护者殿堂的代表。在场的还有艾伦赫与艾姐迪雅；前者作为王位继承人，自然有权参加；至于后者，因为她是艾姐迪雅，所以没人敢不让她出席。人人都明白为什么国王会如此震惊，可是谁也想不出一个好的答案。

只有艾伦赫觉得自己想出了解决方案。他说："父王，你可以撤销对原告的指控。"

艾姐迪雅说："然后任由他们重新把谢德美告上法庭？"

"那就把他们对谢德美的指控也全部撤销好了。"艾伦赫一边说一边耸了耸肩。

摩提艾克说："你这个建议愚不可及。艾伦赫啊，你怎么会糊涂到这个地步呢？如果我这样做的话，就等于亲手将我自己委任的大祭司赶下台。"

艾伦赫不作声，可是人人都知道，对于艾伦赫几兄弟以及阿克玛若的儿子来说，阿克玛若下台正是大团圆结局。

阿克玛若说："既然你不可能真的把他们处死，所以艾伦赫的建议大概是唯一可行的措施了。"

摩提艾克大声质问道："阿克玛若，难道连你也要说这种废话吗？难道我必须把这个案件拿到议会上面讨论吗？"

艾伦赫说："可是这样做不合法理。这次审判与军事和税收无关，议会无权干涉。"

摩提艾克冷冷地说："艾伦赫，你记住了，议会的功能之一就是在必要时分担其他衙门的职责。我有预感你将来即位之后会经常需要议会为你分忧解难。"

艾伦赫说："父王，我希望永远也没有即位这一天。"

"如果你真的希望我长生不老，我就放心了；只怕你是预期自己会英年早逝……"这句挖苦的话一说出来，摩提艾克立即就后悔了。"请原谅我，艾伦赫，我心情不好，说错话了。每次遇上这种生杀予夺的大事，我就会心神不宁。"

车贝雅将手从桌面上举起来，轻声说道："大概你应该学帕卜那样，仔细研究一下薛任慕和奥义克的案例。"

摩提艾克说："我当然研读过这个案例。严格来说，这并不是一个法庭案例。当年，无论奥义克去哪里传道，薛任慕总会尾随而至、胡搅蛮缠。其实现在想起来，那帮脑中长草的原告就是这样对付你的，阿克玛若。"

阿克玛若说道："当然了，不过他们是利用谢德美来间接攻击我。"

摩提艾克说："出事的时候，薛任慕正在与奥义克进行公开辩论。薛任慕要求奥义克向他显示一下神迹，于是地球守护者突然把他击倒在地。不过地球守护者没有将薛任慕当场击毙，而是给他留了一口气宣布放弃异端邪说，然后才死去。时任国王——也就是纳飞的孙子，是的，奥义克确实活了很久——宣布，从此以后法律将会仿效地球守护者的做法去惩罚妖言惑众者。谁要是再敢阻挠大祭司传道，就与薛任慕同一下场。后来这条法律只被援引过两次，最近一次已经是四百年前了。"

艾伦赫问道："父王，难道你真的打算用这种铁腕去统治吗？谁敢反对你的大祭司，你就将他杀死，是吗？听起来怎么就像努艾伯对付宾纳若的手段呢？噢，不，我应该称他为叛徒宾纳迪才对，因为当年努艾伯的大祭司帕卜娄格传道的时候，确实被他干扰了，看来他也触犯了这条法律。"

艾伦赫竟然把摩提艾克与努艾伯相提并论，摩提艾克忍无可忍，大声喝道："滚出去！"

艾伦赫站起来道："我看得出来，随着我年岁增长，这个国家也发生了很大变化。父王，我只是想告诉你，这么做到底意味着什么；可是你已经容不得逆耳的忠言，还要把我赶出去。"

摩提艾克眼定定地看着艾伦赫走出会议室，然后长叹一声，双手捂脸说："阿克玛若，这次真的很麻烦了。"

阿克玛若说："没办法。我早就警告过你，国人早就习惯了憎恨和奴役土家族人，习惯了迫使女性在社会公共生活中保持沉默，习惯了纵容富人欺压穷人。而我们却要告诉他们，芸芸众生在地球守护者眼中以及在法律面前都是平等的。这场改革任重道远、举步维艰。我只是很奇怪，他们既然能够隐忍这么久，为什么一定要在这个紧要关头公开表示反对呢？"

摩提艾克说："因为我的几个儿子和令郎携手合作，将他们的态度和想法公之于世。他们让所有人都知道，一旦我死了，所有这些改革措施都会作废。如果他们没有这样做，今天这件事情就不会发生了。"

阿克玛若说："可是他们并没有公开发表演讲啊。"

"阿克玛若，这件事情有一个幕后策划团队；伊理亥认识其中一个举足轻重的人。他给我捎话说，他们已经确认了，每一个可能的继位者都反对你，所以他们才敢肆无忌惮地公开挑衅。我只是很奇怪他们为什么不干脆派个刺客来杀我呢？"

阿克玛若说："因为这样做只会把你捧成一个殉道者。而且他们都很爱你，所以等了那么久才发难。他们知道，达拉坎巴全靠你才能够维持和平稳定的局面；耶律国的军队只敢在边境地区进行滋扰掠夺，却不敢大肆进攻，这也是因为你的缘故。说到底他们希望只打击我，而不殃及你。"

摩提艾克说："嗯，他们这招不灵。如果他们打击你，我又岂能独善其身呢？因为我知道你传播的都是正确无误的真理，所以我决不会弃你不顾、退缩求全。"

狄度把一只手从桌面上稍稍抬起，众人于是将发言权让给他。狄度说："我知道自己只是来自行省的一个祭司……"

摩提艾克不耐烦地说："我们都知道你是谁，狄度。你就别来这一套繁文缛节了，快说到点子上吧。"

狄度说："陛下，你是国王，所以你做决策的时候必须确保你的王权、你的统治力以及你维持和平稳定的能力不会受损。"

摩提艾克答道："我希望你指出这些众所周知的东西之后，还有一个具体的计划。"

"陛下，我确实想到了一个办法。我也看过奥义克写的那本金页书，还有后来援引薛任慕法例的两个案子。在这两个案例当中，时任国王都把裁决权交给了大祭司。我认为当年努艾伯与众祭司商量如何审判宾纳若的时候，就参考了这两个先例。"

阿克玛若一下子全身都绷紧了。他说："你不会是建议我坐在主审法官的位置上判处他们死刑吧？"

车贝雅苦笑道："阿克玛若，狄度求你别带他出席这个会议。可是你说你梦见他和你坐在一起为国王出谋划策，所以非要带上他不可。"

摩提艾克问道："怎么？这事情还和真梦扯上关系了吗？"

阿克玛若说："我确实做梦了，可是你不能这样逼我。"

摩提艾克说："既然他们冒犯的是宗教方面的权威，那就应该让宗教领袖去裁决。"

阿克玛若大声说："可是你这个决定根本没有解决任何问题，这个案子还是一样棘手。"

摩提艾克说："可是正如狄度所说的，这样的安排可以保证王权不会受损，这个国家的和平稳定也得以维持。阿克玛若，我这就派人把我的决定写在树皮之上昭告天下。这个案子只能够由大祭司来裁决，那些原告就任你处置吧。"

阿克玛若说道："我不会判他们死刑……我不会的。"

摩提艾克说："你最好三思而后行。想想你的裁决会带来什么后果。"

阿克玛若大声道："如果人们追随地球守护者纯粹是出于恐惧，他们又怎能成为真正虔诚的信徒呢！"

摩提艾克说："反正这是你的决定了。请原谅我吧，阿克玛若，可是无论结局有多坏，由你作出判决总好过由我来拍板。"说完他站起来走出了会议室。

接下来是一片死寂。过了许久，阿克玛若突然开口了。他的声音很低，却相当刺耳。他说："狄度，你竟然这样害我……你别开口求我原谅你！"

狄度的脸色一下子变白了。他说："我没打算求你原谅，因为我没有错。其实我完全同意你的看法，因言获罪是不对的；人们有权反对你传播的教义，他们不应该因此而丧命。"

"狄度，既然你那么聪明，你能不能建议我应该怎么做呢？"

狄度说："我不知道你应该怎么做，可是我知道你最终会怎么做。"

"我会怎么做呢？"

狄度说："宣布他们有罪，可是换一种惩罚的方式。"

阿克玛若质问道："换哪种方式呢？斩手？割舌？当众鞭挞？充公财产？噢，我知道了！既然他们那么讨厌掘客，就罚他们在地道里面和掘客同住一年。"

狄度说："虽然你的权威来自地球守护者，可是他并没有赐予你起死回生、断臂再续的神力。你不能让他们重新长出一条舌头，也不能为他们治疗背上的鞭伤，更不能凭空变出土地和财产还给他们。你能做的是传道授业，教导他们地球守护者希望他的子民采取何种生活方式；你还能为他们主持浴水重生的仪式，接纳他们成为地球守护者殿堂的一分子。既然你能够给予他们的就是这些，那么如果他们不听从你的教诲，你能够名正言顺拿走的也还是这些，对吧？"

阿克玛若盯着狄度的双眼，说道："你早就想好对策了，是吗？在你来之前，就已经全部都想好了！"

狄度说："是的，我认为这件事情发展到最后只会有这一个结局。"

"可是你竟然没有提前和我商量一下,而是突然说服国王把这个死局栽到我头上!"

"亚父,在国王把这个案件交给你全权负责之前,我为什么要建议你如何处置他们呢?"

阿克玛若说:"想不到我会引蛇入室……"

此言一出,狄度顿时向后缩了一下。

"嘿,狄度,你别介意我这么说,蛇其实是很聪明的。它们还不时蜕一层皮,正如我们所说的'重新做人'……说起来,我也好久没有反省自新了。按照你的说法,我应该宣布,对那些鼓吹反对大祭司的人,唯一的惩罚就是将他们逐出地球守护者殿堂。然后呢?狄度,你有没有想过接下来会发生什么事情呢?"

"接下来就是大浪淘沙,只有真正的信徒会留下来。"

"狄度,你低估人们的残酷本性了。没有了重典的威吓,所有那些蛇虫鼠蚁都会从阴暗角落爬到太阳底下横行无忌;还有那些生性暴戾,以折磨他人为乐的恶棍。"

狄度轻声说:"我知道你说的那些人。"

阿克玛若说:"你必须赶快离开这里赶回去!明天我就会宣布最终裁决,你应该留在波迪卡,帮助当地的信徒应付各种突发事件。"

狄度顽固地说:"亚父,听你这么说,你好像把一切都怨在我头上。在我走之前,我有权请你当面告诉我,我这样做并不过分;就算我不提出来,你最终还是会采取同样的方案。"

阿克玛若说:"是的,其实我自己也会做出同样的决定,因为这个决定是正确的。其实我并没有生你的气,我只是不知道即将发生什么事情,我也不知道地球守护者殿堂和地球守护者的信徒将会遭受怎样的命运。由于我不知道,所以我觉得害怕,这才是我刚才恼怒的原因。"

狄度说："这是地球守护者的殿堂，不是我们的殿堂。地球守护者会给我们指出一条明路的。"

阿克玛若说："如果地球守护者正在考验我们是否值得拯救，那就另当别论了。别忘了，当年华素伦人为恶不止，地球守护者就任其自相残杀，最终导致白骨千里，亡国灭族。如今地球守护者也能够像抛弃华素伦人那样抛弃我们。"

狄度说："我在回去的路上会深入探讨一下这个令人欢欣鼓舞的话题。"

众人从桌子面前站起来。阿克玛若和车贝雅率先快步出门，艾姐迪雅却把狄度拦在门口。她问道："关于绿儿，你决定了吗？"

狄度愣了一会儿才想起艾姐迪雅到底在问什么。他说："噢，是的，昨晚我决定过了今天就向她表白。可是……可是现在山雨欲来，我有更重要的责任在身，哪有时间顾及儿女私情呢？"

艾姐迪雅恨恨地说："更重要？比爱情还重要吗？"

狄度说："你那么爱阿克玛，为什么没有和他在一起呢？因为你知道，为地球守护者效劳比爱情更重要；否则你早就和他夫唱妇随了。有时候，我们必须将爱情放在第二位。"说完他就走了。

艾姐迪雅靠着门柱站了很久，心中反复想着狄度说的最后几句话。虽然我爱阿克玛，可是我从来没有想过加入他的行列一起对抗地球守护者。我这样做并不是因为我像狄度那样爱地球守护者胜过爱其他任何人，而是因为我没办法否认我所知道的真相。如果和阿克玛在一起，我就必须终日欺骗自己。狄度是为了地球守护者牺牲爱情；我没有那么伟大，我只是不愿意为了任何人放弃诚实做人的原则。不过，我的这种执着，大概也算是为地球守护者效劳的一种方式吧。

第九章 迫　害

　　最初狄度觉得他们有点杯弓蛇影了。在波迪卡地区，地球守护者殿堂的信众数量并没有减少。实际上，关于这个案件的故事最初在该地区流传的时候，其内容还是偏向地球守护者殿堂的。大家都说，谢德美教导小孩子，众生在地球守护者眼中都是兄弟姊妹；她让出身贫寒的小孩上学，还接纳获释奴隶的女儿进校，让她们与人类和天使的小女孩一起学习、生活、劳动。正是由于她所做的这一切，谢德美竟然被告上法庭。后来，针对她的控罪被撤销，那些原告反而被诉以更严重的罪名——这个结局确是鼓舞人心，对吧？

　　可是后来，普罗大众逐渐意识到，阿克玛若拒绝处死那些控告谢德美的异教徒，此举实际上已经更改了法律。一个人悍然攻击国教，他所受到的唯一惩罚竟然是逐出地球守护者殿堂！他们本来就不信奉地球守护者，这种隔靴搔痒式的所谓惩罚算得了什么呢？阿克玛若身为国教的最高权威和教义纷争的最终仲裁人，竟然将法律赖以生存的惩罚措施变得如此虚弱无力；长此以往，不信奉地球守护者根本就不算是犯罪了。

　　实际上这意味着什么呢？在过去，大部分人只接触过一种宗教，他们对宗教的认识只停留在仪式的层面上——每个城市都有国王派驻的祭司，专门负责主持各种官方宗教仪式。十三年前，这批祭司被遣散，换来一批新的祭司和导师。这是一群乌合之众，他们并不仅仅主持一下公共仪式，还四处化缘，将得到的食物分发给贫民。他们还传播一些很古怪的新教义，鼓吹什么"众生平等"，显然是违反自然规律的。大部分人会不假思索地说，你们要释放被奴役了十年以上的掘客奴隶，没问题，这是好事；你们说奴隶的子女一出生就是自由民，这也说得过去。可是人人都知道，掘客既愚蠢又讨厌，根本不适合与文明人为伍。他们只能干些粗重体力活，试图教他们学会高级一点的技能简直就是浪费资源。可是现在国教的教义竟然公然挑战自然规律，实在是令人费解。

当然了，没有人会公开质疑。就算是那些疯狂憎恨掘客的人，也只会在私下里骂几句发泄。毕竟法律规定了，任何人都不得与国王委任的大祭司唱反调。

只是现在看来，就算你和大祭司唱反调，惩罚也不过是被逐出地球守护者殿堂罢了。换句话说，人们不但可以放心唱反调，而且还能唱得很高调。

不过也可能会有些隐性的惩罚措施。比如说，外国人想入籍必须经过浴水重生的仪式，除了祭司还有谁能够主持这个仪式呢？如果外国人先加入地球守护者殿堂，等入籍之后再退出可以吗？如果国王只和加入了地球守护者殿堂的商人做交易，那又如何呢？或者国王会要求与王室交易的商人必须送小孩去地球守护者殿堂设立的学校上学——那些学校散落在全国各地，每个村庄都有一所，通常是由一到两个导师主持教学工作。

不，没有必要贸然开口，要是被逐出地球守护者殿堂就得不偿失了。枪打出头鸟，还是辨清风向再行动吧。

这是大部分民众的想法，可是有一小撮狂热分子已经开始给狄度和他手下的祭司制造麻烦了。对于他们来说，公开举行反地球守护者的集会已经不足以泄愤。他们本来预计会有成千上万的民众退出地球守护者殿堂，转投他们的阵营；不过事与愿违，局势并没有发生什么改变。这一小撮极端分子于是忍无可忍，开始祭出各种下三烂的手段去逼迫骑墙派抛弃地球守护者殿堂。

一开始，他们在波迪卡全省各地的地球守护者殿堂的墙外用粪便写上"掘客洞"几个大字。这是一句非常下作的相关语："洞"字在粗俗用语里面是暗指肛门，把这个字与"掘客"连在一起指代一个掘客社区所在的地道，是一种极具冒犯性的说法。把地球守护者殿堂叫作"掘客洞"，其贬损的意味是再清楚不过了。

清洗墙上的涂污并不困难，无奈这只是一个开始；极端分子随即接二连三地展开了一系列骚扰活动。很多憎恨掘客的人——他们自称"弃儿帮"——会趁着祭司举行户外仪式的时候聚集在旁，反反复复地大声骂脏话，盖过祭司的声音。举行浴水重生仪式的时候，他们把动物尸体和粪便扔进水里——其实这已经构成了犯罪。后来他们变本加厉，有人甚至闯进殿堂，把里面所有能毁坏的东西都砸个稀巴烂。有一天早晨，所有祭司循例聚集在一起，会场却突然着火；虽然他们很快就把火扑灭，可是那些歹徒的狼子野心已经暴露无遗了。

出席布道会的信众数目开始减少；在地处偏远的社区，有些导师也受到滋扰。有人把动物尸体放在殿堂门口的台阶上，还有人用袋子套住祭司或者导师的头痛殴一顿。有的导师已经辞职了，有的要求分配到城里工作，因为城里的导师和祭司数量众多，能够互相照应。帕卜别无选择，只能关闭了地处边远地区的几所学校。人们在出席布道会或者前去学校上课的时候也成群结队地上路，以防遭遇不测。

在风雨飘摇之中，狄度不断地四处巡视，每到一地就向当地的司法长官投诉。国民警卫队的指挥官会搪塞道："我拿他们有什么办法？不信地球守护者该当何罪，你们早就有定论了。按照新的法律，你们只需要找出凶手，然后把他正式赶出地球守护者殿堂……就可以了。"

狄度会说："不信地球守护者？殴打教师不仅仅是'不信'，而是袭击！"

"可是受害者的头被盖上了，根本认不出袭击她的人。再说了，让一个女流之辈去教书，这不见得是一个好主意吧？还有啊，她竟然让掘客和人类混在一起上课！"

狄度立刻意识到，这个军官很可能就是那些狂热分子当中的一员。这些人恨掘客入骨，可能因为他们当中大部分都是退役老兵。对于他们来说，掘客都是耶律国民——不是残暴凶狠的打手，就是昼伏夜出的刺客。掘客天生只配当奴隶，虽然现在他们获得了自由，不过这其实是一个意外；如果有人认为这些曾经的敌人应该获得公民权，从此与普通人平起平坐，那么这些人实在是太可恶了。

狄度可以说："掘客不是动物。"

那个国民警卫队的军官就会说："他们当然不是动物，而且法律已经确认他们的公民身份了。我也没别的意思，只是觉得让他们和人类一起接受教育不是太合适罢了；应该让他们在自己擅长的领域继续深造才对嘛。"

"弃儿帮"逐渐发现地方政府没有采取什么措施去保护地球守护者殿堂，于是他们越发肆无忌惮了。很多目中无人的小青年会成群结队地寻衅滋事，从年老和年幼的掘客，到地球守护者殿堂的祭司和导师，都成了他们的攻击对象。他们会拦住对方，一边恶语相向，一边推推搡搡，甚至砸几拳，踹两脚。

如今狄度来到一个偏僻边远的小镇。这个镇有很多掘客聚居，大部分都不是奴隶后代，而是本地区的原住民。他们在这里的历史远比人类悠久，和任何一个天使家族相比也毫不逊色。在他召开的一个会议上，很多家长问："你竟然叫我们不要自卫？那么你向我们宣扬这个宗教到底是为了什么呢？是为了让我们变弱吗？以前我们在这个城市里从没觉得不安全，人人都承认我们是正式公民。可是后来你越鼓吹众生平等，我们遭受的不平等待遇反而越来越多。"

狄度向来能言善辩，所以他一针见血地指出，他们埋怨朋友激怒了他们的敌人，其实是无能和无助的表现，只会让亲者痛仇者快。"谁是你们的敌人？是那些对你们使用暴力的人，是那些大声呵斥你们的人，是那些打砸抢的人。如果你们拿起武器以暴易暴，就正中他们的圈套了。他们会立即四处宣扬，看哪，那些掘客手上有武器啊！他们是耶律国的奸细！"

"可是我们以前一直是正式公民，而且……"

"你们从来都不是正式公民！如果是的话，为什么没有一个掘客法官？为什么军队里面没有掘客士兵？我们与耶律国打了几百年的仗，你们的公民权早就被剥夺了。正是为了这个原因，所以阿克玛若才从纳飞故国回来，将宾纳若的学说广为传播。宾纳若教导我们，地球守护者希望他的子民从此不要再分彼我。所以你们必须鼓起勇气去承受打击，如果觉得不安全的话就尽量成群结队地出行，可是千万不要拿起武器。否则你们面对的就不再是一般的暴徒恶棍，而是全副武装的军队。"

狄度好歹说服了他们，或者只是说得他们筋疲力尽，再也无力争辩了。可是局势已经越来越难控制。每周他都写信四处求助，给阿克玛若，给摩提艾克，给帕卜……只要是他觉得能够帮得上忙的人就发信过去。有一次他甚至写信给凯迪奥，求他公开反对这些暴力行为。他在信中写道："在憎恨掘客的群体中，你向来都享有盛誉。如果你公开谴责那些欺凌弱小儿童的恶棍，大概能让其中一些人知耻能改；而国民警卫队的部分士兵可能会因为你的呼吁而开始认真执行法律，保护地球守护者的信徒免受暴徒的迫害。"

凯迪奥当然没有回复。摩提艾克会立即派遣特使去知会当地的国民警卫队：公正执法，他们责无旁贷。可是全省各地的国民警卫队都会坚称他们执法一直公正严明。他们会对问责的特使抱怨：这些案件都没有证人，我们实在是无能为力；而且，有些报案者会不会是为了博取同情而报假案呢？

至于阿克玛若，除了好言安慰之外，他也是束手无策。全国各地的局势都一样严峻；在凯迪奥的自治区，他甚至撤走了所有的祭司和导师。阿克玛若回信说："狄度，虽然你心存忠厚没有明说，可是我知道你觉得这一切都是我造成的；其实我也怨自己。不过你我都必须记住，即使当初我选择另外一个解决方法，其后果还是需要我一力承担。可是如果我诛杀那些原告的话，就等于给予地球守护者殿堂的祭司镇压异见分子的权力，这种做法与地球守护者的期望背道而驰。恐惧永远不能将人们变成地球守护者的子民，只有爱才能做得到。而爱只能通过教育、说服和鼓励来获得，只能通过仁心善举来赢取；甚至在遭受迫害的时候，逆来顺受的态度也有助于将敌人的心争取过来。就算我们的敌人心中充满仇恨，可是当他们打小孩子的时候，当他们用袋子罩住祭司的头群殴的时候，当他们把人欺负得当众痛哭的时候，他们之中肯定有很多人在内心深处觉得很恶心。这些懂得内疚的人最终会放下屠刀，悔过自新。当他们祈求原谅的时候，你们会守候在旁；你们的手中无刀，胸中亦无恨，有的只是一颗宽恕的心。"

阿克玛若反反复复说的都是这些话。虽然狄度知道，这些都是至理明言，可是狄度还是忍不住想起自己当初就是这样一个心甘情愿作恶的暴徒。尽管那只是几个月光景，不过他在殴打和欺辱小孩子的时候，心中其实充满了自豪、憎恨、狂怒以及乐趣。如果我们只是坐着干等，到了敌人突然发慈悲那一天，很多伤害已经无法挽回了。有些人——比如狄度的父亲——永远也学不会仁慈，他喜欢听受害者的惨叫声，他们的绝望无助只会更加让他心中充满施虐的欲望。

绿儿到达波迪卡的当天，本地区正好发生了迄今为止最严重的一件惨剧。郊区的三个小男孩——两个天使和一个掘客——在回地球守护者学堂的路上遭到极其残忍的袭击。两个小天使的飞翼受到重创：如果只是一般撕裂，小孩子还能慢慢恢复；可是凶手将一大片翼膜扯掉，根本不可能重新长上，这两个小天使一辈子也不能飞了。那个掘客小孩更惨，他的四肢多处骨折，头部受到连续重击，至今还昏迷不醒。三个重伤的小孩目前都在学堂里面接受治疗，他们的父母在旁边照顾。聚集在一起的还有许多朋友，其中有一些并不是地球守护者的信徒，只是被这种暴行激怒了，出于义愤前来支援。很多信众向地球守护者祈祷，求他治好几个小孩肉体和心灵上的创伤，不要让他们被仇恨吞噬。也有人求地球守护者感化那些恶人，教他们学会忏悔、同情和仁慈。

狄度想，地球守护者是不会直接插手的，他只会告诉人们什么是真善美。如果人们真心信服并且恪守他的教导，他会很欣慰；可是就算人们不听,地球守护者也不会降一场瘟疫来作为惩罚。比如说丈夫疼爱妻子,小孩孝敬父母,夫妻真诚相待、忠贞不渝,地球守护者会替他们开心;可是就算丈夫殴打妻子,小孩不敬父母,夫妻之间背信弃义、始乱终弃,地球守护者也不会出手干涉。最让狄度苦恼的是,他没办法把这个道理教给大家。他很想说,地球守护者是不会改变这个世界的,他需要我们为他改变这个世界。你们就不要待在这里祈祷了,应该去外面不厌其烦地向每一个民众宣扬这些道理!

狄度又想:我又何尝不应该外出传道呢?可是我却待在这里安慰这几个小孩,为他们包扎伤口。其实,无论我做什么,无论用哪种标准去衡量,他们的痛苦也不会减轻半分。尽管这样,狄度还是明知不可为而为之。他告诉大伙儿,这几个小孩的苦不会白受;小天使的飞翼破损,这个惨状会激起广大民众的义愤,他们一定会团结起来保卫地球守护者的信徒。

狄度自始至终也没有叫大家别再祈祷,而是陪他们一起祷告,因为他知道这是他们能够得到的唯一安慰了。尤其是那个小掘客的父母,他们的小孩可能活不过这个晚上。"至少他现在昏迷不醒,不会因为骨折而痛苦。"说完之后,狄度想,我怎么说出这么蠢不堪言的话呢?这个小孩因为脑部受到重创而不省人事,我竟然说这算是他的福气⋯⋯

就在狄度焦头烂额的时候,绿儿走进了学校大门,后面竟然跟着谢德美。狄度第一个念头是,她们怎么赶在这个尴尬的时候来访呢?然后他突然意识到,她们不是来进行社交访问,而是来帮忙的。

绿儿拥抱了狄度一下——这只是妹妹对哥哥的问候,而不是情人之间的亲密举动。绿儿说:"爸爸想帮你却又无能为力,所以一直心急如焚。谢德美在故乡的时候就懂得很多医学知识，她都教给了艾妲迪雅和我。我们学会用草药熬出很臭的药水，再用这些药水清洗伤口，这样就不会感染发炎了。我打算来这里把这些知识教给你们，谢德美非要一起来不可。她竟然让艾妲迪雅代她管理学校，你想不到吧，狄度？谢德美说，'现在由国王的女儿掌管华纱若学堂，看谁敢来闹事'！说完她就打包了很多药物，和我一起过来了。"

狄度说："可是现在情况很糟糕，我怀疑没有什么药能够治好这三个小孩子。"

当绿儿看到两个小天使残破的飞翼，脸色都变了。她愤怒地说："如果我们继续这样作恶，地球守护者永远也不会派她的孩子下凡。"她拥抱了两个小孩。"我们有一些好东西可以减少你们的痛苦；我们还会清洗伤口，不让它们感染。只是清洗的时候会痛几秒钟，你们能够忍一下吗？"

他们能够忍，而且他们也确实忍住了。绿儿熟练地为他们清洗和包扎伤口，狄度在一旁看着，佩服得五体投地。这才是实实在在的帮助，而不是几句安慰的空话。当狄度说出心中这个想法的时候，绿儿笑道："你以为言辞都是空洞无物的吗？我们的药物并不能阻止这种惨剧的发生，可是你传播的道理却可以。"

狄度懒得和她争论，只是说："你一边做一边教我吧。还有，请告诉我这样做的原理是什么。"

他们护理两个小天使的时候，谢德美在一旁检查掘客小孩的伤势。她说："我需要单独检查一下这个小孩。"

狄度说："好啊。"

"我是说单独检查，没有别人在场！"

狄度于是把小孩的家人、朋友和邻居都请出了学校。他回到病房的时候,发现谢德美瞪住他和绿儿。"我说的话你们听不懂吗?什么叫'单独'?有两个朋友在场算是单独吗?有两个受伤的天使小男孩在场算是单独吗?"

绿儿问:"你不会想我们把这两个小孩也赶出去吧?"

谢德美检查一下两个小天使,然后说:"嗯,他俩就留下吧。你们俩,出去。"

两人乖乖地离开了。狄度强忍着心中的怒火,说道:"她在里面干什么事情见不得人呢?"

绿儿摇头道:"她以前也试过这样。有一个小女孩被打伤了一只眼睛,我们都以为她肯定要瞎了。谢德美让我和艾姐迪雅离开房间,等我们回去之后,小女孩的眼睛上面裹了一片眼罩。她始终没有解释她做了什么,可是当眼罩拆开之后,小女孩的眼睛竟然好了。所以嘛,当谢德美清场的时候,我们听话照办就对了。"

被请出去的家长亲友正在外面三五成群地说话,有一些等不及准备先回家了。绿儿走到树荫下面,说道:"狄度,爸爸已经抓狂了,国王也是,我从来没有见过摩提艾克那么生气。如果不是他的大臣们极力劝阻,他就要将军队调回来,部署在全国各地实施戒严。孟恩乌士虽然退休了,也因为这件事情回朝跟他大吵了一场。孟恩乌士说,你到底想要军队打谁呢?当时两人剑拔弩张,几乎都在向对方大吼。国王当然知道孟恩乌士是对的,只是……当时大家都觉得很无助,因为从来没有人敢这样公然践踏法律。"

"过去那么多年以来局势一直都很平静,公共秩序也能够维持,难道仅仅是因为邪教异端会被判死刑吗?"

"也不全是。爸爸说过……他也给你写信了吧?"

"嗯,写了。亚父说死刑废除之后,一开始他们能够随心所欲地作一些小恶，比如说吼几句难听的话，诸如此类。当他们作小恶不受惩罚，他们就会得寸进尺，变本加厉，还互相攀比谁更大胆。"

绿儿说："我反正觉得他说得挺有道理的。"

"可是我不知道这些暴行什么时候才是个尽头。虽然他们不会因言获罪，但是法律还是严禁残害儿童，违者肯定会受到重罚。怎么那些禽兽还敢以身试法呢？国民警卫队的士兵当然在四出调查问话，这种事情，尤其是那两个小天使的重伤，就连他们也觉得忍无可忍了。可是你看着吧，他们一点都不在乎那个掘客小孩；在他们眼里，掘客就是废物渣滓罢了。可是他们这种所谓调查根本就是一个大笑话，因为他们早就知道这些事情是谁做的，或者至少他们知道谁会了解内幕。可是国民警卫队不敢公布真相，否则就等于承认他们早就知道这些事情会发生，承认他们本来可以防患于未然，却坐失良机……我真的很生气！绿儿，我本来立志要摒弃暴力，做一个和平的人；可是现在我想杀人，我想为这些小孩报仇，我想以其人之道还治其人之身。最可怕的是，我很了解伤害人的时候是一种什么感觉；过了那么多年之后，我竟然又想作恶了……"说到这里，狄度突然说不出话来，然后泪如泉涌。过了一会儿，他发现自己正坐在树荫下的草地上号啕大哭；绿儿拥抱着他，让他尽情地将几个星期以来的沮丧和愤怒都发泄出来。

绿儿在他耳边低声劝道："你有这种感觉很正常，没什么不对的。你也是人，我们天生就有保护弱小和复仇雪恨的本能。可是，狄度，你再仔细想想，你渴望保护弱小，但是这些弱小并不是人类，而是其他种族的小孩。这种想法多好呀！你为了给地球守护者效劳，已经成功驯服了自己动物的本能。"

绿儿这番安慰的话说得好听，其实苍白无力，狄度忍不住笑了。就在他笑的时候，狄度突然意识到，绿儿的话并非真的苍白无力。因为绿儿这番话，他已经感觉舒服多了；或者说，至少他已经能够重新控制自己的情绪，再也没有抽抽搭搭了。只是现在最苦恼的一刻刚过去，尴尬的感觉立即涌上狄度心头——他竟然被绿儿看到自己最脆弱的样子。"唉，绿儿，你一定以为我……我平常不是这样子的。我一直以来其实都很坚强，身边的人都在哭的时候，唯独我保持着睿智清醒的头脑。可是现在你看到我的真面目了，是吧？不过我们早就应该习惯了，你们一家人向来都了解我的真面目。而且……"

绿儿用手指按住他的双唇，说道："狄度，别说了。应该保持安静的时候你怎么老是喋喋不休呢？"

狄度说："我怎么知道什么时候应该保持安静呢？"

作为回答，绿儿凑上去，在狄度的唇上印下一个少女式的天真无邪的轻吻。"狄度，当你看见我对你的爱意，你就可以安静下来了。因为你会知道，我一点也不以你为耻；正相反，你是我的骄傲。这个省的形势比全国其他任何一个地区都要恶劣，你却在这里孤身奋战，独力承担。狄度，这就是为什么我要来，因为我想着，如果我在你身边的话，或者你能够撑下去。"

"可是我却在你面前哭鼻子，眼泪鼻涕抹你一身。"他一边说，心里一边想着：她吻我了，她爱我，她以我为傲，她愿意留在我的身边！

绿儿问："为什么你不肯说出心里话呢？"

"你怎么知道你愿意听呢？"狄度说完，尴尬地笑了笑。

"因为你看着我的时候，你的眼神泄露了你心中的秘密。狄度，你在想，我爱她，我希望她永远在我身边，我要她做我的妻子。老实告诉你吧,我一直在等你说出心里这些话,已经等得花儿都谢了。"

"既然你已经知道了,为什么还要我说出来呢?"

"因为我需要亲耳听你说出来。"

于是狄度毫无保留地向绿儿表白了心迹。当谢德美让他们进校的时候,绿儿已经答应了狄度的求婚,不过要等他们一起回到首都达拉坎巴城的时候才举行婚礼。绿儿说:"如果我们在这里随便找个祭司主持婚礼,妈妈会追杀过来,把我们干掉,然后将我们的儿女都抱回去养。"虽然徒劳无功,可是狄度还是向绿儿指出,如果车贝雅把他们干掉,又哪来的孙子孙女给她抱走呢?

虽然婚礼必须延迟,可是现在狄度毕竟已经了解了绿儿的心意。她对狄度的过去和现在都了如指掌,却还是愿意和他在一起。狄度觉得很欣慰,已经别无所求了。虽然今天充满了不幸,然而他还是在阴霾中看到了一丝亮光。

小掘客还没醒。谢德美带他们来到他的床前,说道:"他目前还在昏睡状态。骨折的地方基本上都已经接好了,只是左肱骨那里的复合性骨折伤口还需要多一点时间才能愈合,不过我已经接上断骨并且镶好夹板了。幸好脑部没有损伤,不过我估计他应该想不起发生什么事情了。那些场景简直是噩梦,记不起也罢。"

狄度觉得难以置信。"脑部没有损伤?你看到他们怎么弄他了吗?连头骨都砸开了!你看到了吗?"

谢德美说:"现在已经没事了。"

绿儿问:"你怎么做的?能教我吗?"

谢德美阴沉着脸摇头道:"我做的事情不是你力所能及的。我也没办法教你,因为我不能给你必需的工具。到此为止吧,你别再追问了。"

"你到底是何方神圣呢?"狄度问完,脑中突然蹦出一个答案:"谢德美,难道你就是宾纳若所说的地球守护者的孩子吗?"

谢德美的脸突然红了,狄度还真想不到她会有这样一种非常人性化的反应。"不!"她一边说一边笑起来。"当然不是了。我也知道自己是个怪人,可是也没那么夸张吧?"

绿儿问道:"可是你很了解地球守护者,对吧?你了解……你了解很多我们都不知道的事情。"

谢德美说:"我已经告诉过你,我来这里是为了寻找地球守护者。正是因为你们做了那些真实的梦,所以我才会来的;我自己不会做那些梦。我这样说够清楚了吗?你还不相信我吗?没错,我是知道很多事情,可是我没办法把这些事情教给你们,就算说了你们也不会明白,因为你们还没准备好。至于当前最重要的事情是什么,你们比我更清楚。"

狄度说:"你刚刚治好了这个小孩的脑损伤,你可别说这件事情不重要啊。"

"这件事情对这个小孩来说很重要,对他的家里人、对你、对我都很重要。可是狄度,在一千万年之后,这件事情还重要吗?"

狄度笑道:"一千万年那么长远,那就什么都不重要了。"

谢德美说:"错!地球守护者还是那么重要。地球守护者和她的事业,她还是那么重要!狄度,从现在算起一千万年以后,她还会像以前那样,形单影只地守护着地球吗?或者地球在她的照料之下已经住满了欢乐的人群,各个种族和平共处、安居乐业,齐心协力为地球守护者效劳。想象一下那个场景,掘客、人类、天使,或者还有其他结束放逐从别的星球回来的人,大家众志成城,建造宇宙飞船，将地球守护者的和平之歌四处传播，遍及的星球数不胜数。这正是开拓和谐星球那批先驱者希望做到的！可是他们采取强制手段，试图迫使人们停止互相毁灭的行为，把人们变蠢，不让他们……"突然谢德美似乎意识到自己说得太多了。"算了，那个远古时候的星球和你们有什么关系呢。"

绿儿和狄度无言以对，只能默默地看着谢德美。只见她为了掩饰尴尬，不停地收拾东西，把用剩的药品放回袋子里；然后一边唠叨着"要呼吸新鲜空气"一边快步走出了学校。

狄度说："绿儿，你可知道我刚才在想什么？"

"你在想她会不会是那个真正的谢德美，也就是弗珠母祈祷的对象。可能正是弗珠母的祈祷把'永不入土者'带到我们身边。"

狄度很吃惊地看着绿儿："你不是说真的吧？"

"你难道不是这样想吗？"

"什么？你以为我神经病吗？我刚才是想，谢德美就是二十年后的你。聪明、能干、强势、博爱，乐于助人，却又有点好为人师；当无意中流露出心底感情之后，又会觉得有一点尴尬。我觉得将来你就会变成她那样，不过有一个区别，你不会孤独一人。绿儿，我向你发誓，二十年之后，你决不会像谢德美这样孑然一身。这才是我刚才想的事情。"

现在学校里除了一个正在昏睡的小掘客和两个看得入迷的小天使之外，就只剩下狄度和绿儿两人了。狄度又亲吻了绿儿，这是一个已经拖欠了太久的吻；当绿儿吻回他的时候，已经不再是少女式的轻吻了。

从暗中帮忙到管理华纱若学堂，这是一个质的飞跃。虽然艾姐迪雅用了一个月的时间跟谢德美学习医疗知识，可是这并没有帮助她做好准备去管理偌大一所学校。从一开始艾妲迪雅就知道，所谓"管理"，其实是指事无大小，只要没有人负责，她都得跟进。比如说检查校门有没有上锁；或者某些消耗品用完了却没人留意，她就得去进货。至于教学工作，每个老师都各司其职，倒不需要艾妲迪雅操心。

她自己不教课，却在各个班级之间穿梭旁听，尽量向每个老师学习。她不仅仅学上课的内容，还学习各个老师教学的方法。很快艾妲迪雅就发现，虽然这些老师都很博学，可是他们并不懂应该如何教导小孩子。如果艾妲迪雅一上来就开始教课，那么她肯定会像当初老师教她那样去教小孩；可是现在如果她开始教学，必定会采取不同的方法，她的未来学生也肯定会学得很开心。

有一项工作是她亲力亲为，决不让别人代劳的——有人敲门的话，她都会亲自去开门。不论那些弃儿帮打算做什么坏事，都必须先过国王女儿这一关；到时候倒要看看国民警卫队敢不敢睁一只眼闭一只眼！好几次她去开门的时候，都会发现一些莫名其妙的陌生人；问他们有什么事情，他们就会说出天底下最蹩脚的借口；有一次甚至有几个人鬼鬼祟祟地聚集在附近。艾妲迪雅一看就明白，这些人是在等机会。他们希望开门的是其他老师，如果是一个掘客小女孩儿就更妙了，他们就可以对她进行殴打、羞辱或者恐吓。不过这些人早就收到消息，知道艾妲迪雅常驻此处，所以后来慢慢就绝迹了。

有一天她开门的时候，面前站着一个老者。此人面容似曾相识，艾妲迪雅却想不起来了，老人也认不出艾妲迪雅。他说："我来拜会校长。"

"现在我是代理校长。如果你想见谢德美，她去外省了，不过应该很快就回来的。"

老人看起来有点失望,却不甘心就此离去。他眼睛看着别处,说道:"我是从很远的地方过来的。"

"先生,如果在和平一点的时候,我会请你进来,至少喝一杯水;如果你不嫌弃的话,还能招待你吃一顿饭。不过现在时势动荡,我不能随便让陌生人进校。"

老人点了点头,双眼看地,好像有点羞愧。没错,他脸上确实写满了惭愧。

艾妲迪雅说:"请恕我唐突,可是你好像觉得自己应该对目前的局势负责,对吗?"

当老人抬起头看着她的时候,只见他两条冲天浓眉下面的一双虎目竟然充满了眼泪。泪水并没有使他显得软弱,如果有什么效果的话,甚至还让他显得更具威胁性。不过艾妲迪雅现在已经看出来了,这个老人对她或者对这里的任何一个人其实都不会造成危险。她说:"请进吧。"

他说:"不,你不让我进去其实是对的。我之所以来这里拜会……校长,是因为我确实有责任——或者说至少负有部分责任,可是我想不到补救的办法。"

"请让我给你端一杯水,然后我们坐下慢慢谈吧。虽然我不是谢德美,也没有她的大智慧,可是我觉得,如果你只是需要找个人倾诉一下、给自己减减压的话,只要对方感兴趣,哪怕是一个陌生人也会有帮助的。关键是你必须知道,听你倾诉的那个人不会利用你的话反过来伤害你。"

老者问:"我能信任你吗?"

艾妲迪雅说:"谢德美放心把她的学校交给我管理,我觉得无比自豪。再也没有比这个更好的证据来证明我的品格了。"

他跟着艾姐迪雅走进学校，然后来到校门旁边的一个小房间里，这是谢德美的办公室。老人问道："你不想知道我的名字吗？"

"我想知道你为什么觉得这些麻烦是你引起的。"

老人叹了一口气，说道："就在三天之前我还是一个行省的最高行政长官。这个省没有一点麻烦，因为省内没有天使定居，掘客就更加不用说了。现在你应该能够猜到了吧？"

"凯迪奥。"艾姐迪雅说出了这个省的名字，老人全身抖了一下。

然后她才意识到，这正是老人的名字。她再说了一遍："凯迪奥。"这一次，从她的语气之中，老人能够听得出艾姐迪雅是在称呼他这个人，而不是指那片以他命名的土地。

"你听说过关于我的传闻吗？我是一个图谋弑君者，一个坚持纯人类社会的顽固派。其实，我现在的想法是，哪里还有什么'纯人类'呢？我们以前老在谈论要发起一个社会运动，把所有掘客都赶出达拉坎巴。可是那么多年过去了，什么成果也没有，这个主张只是变成了一个人们在茶余饭后打发时间的谈资。通过坚持这个理想，我们告诉自己，我们纯人类才是曲高和寡的一群人。其他人甘心与动物生活在一起，自然不能理解我们的志向。我看得出你脸上鄙夷的表情，不过我就是在这种教育之下长大的。而且，如果你能从我的角度看掘客的话，他们都是凶残、无情，手中拿着鞭子……"

"达拉坎巴的掘客看人类也是这样的吧？"

凯迪奥点头道："我以前从来没有从这个角度去看问题，不过最近的动乱改变了我的想法。你也知道，现在局势已经失控了。外面流传着一个说法——其实我也有参与散播这个消息——在宫中，所有可能继承王位的王子都反对阿克玛若这个鼓吹种族混合的邪教；

阿克玛若的儿子就更不用说了，我们很久以前就知道他和我们志同道合。可是最关键的是国王所有儿子都齐心反对阿克玛若，这样一来，这些纯人类就有恃无恐，可以为所欲为了。因为他们知道最终的胜利是属于他们的，当摩提艾克变成摩提艾伯，当艾伦赫变成艾伦艾克……"

"所以他们就开始殴打小孩子。"

"一开始闹事的人只是搞一下破坏，大声叫嚷几声；不过很快就有别的消息陆续传来，他们越闹越大了。我认识的一些纯人类于是聚集起来商量对策。年青一代渴望建立纯人类的社会，只是太激进了；所以我们应该教他们不要心怀恶意，只是年轻人的怒火太盛，谁能够压制呢？一开始我以为他们真的有意平息动乱，所以我给了他们一些建议，教他们怎么驾驭那些动手打人的激进分子。可是后来我发现……我在无意中听见他们说话，他们当时不知道我在听。他们一边大笑一边谈论着飞翼上面有洞的天使。飞翼穿孔的天使飞起来是怎样的呢？答案是，这些天使会飞得特别快，不过只能朝着一个方向。这些人竟然拿这种事情来说笑，所以我意识到他们非但不想制止暴力，甚至还热爱暴力。而我一直以来都在包庇他们，还给全国各地的'弃儿帮'提供了一个秘密聚会的安乐窝，直到阿克玛若废除了对异端邪说的严厉惩罚为止。现在我对他们已经完全没有影响力，也没办法阻止他们了。我唯一能够做的就是不再假装是他们的首领，所以我辞职不再做总督，来这里学……"

"来学什么呢，凯迪奥？"

"学做人，不是'纯人类'，而是像我的老朋友阿克玛若的那种人。"

"为什么你不去找他呢？"

泪水再次涌进凯迪奥的眼中。"因为我没脸去见他。我不认识谢德美，可是我听说她为人正直严厉，不留情面……嗯，不，我还听说她支持种族混合政策以及其他各种为人所不齿的做法。在我的城市——我以前的城市——这就是人们对谢德美的看法。可是你得明白，在过去几个星期里，我逐渐意识到，既然我的朋友都是那么不堪，我大概能够从我的敌人那里学到一点什么。"

艾妲迪雅说："谢德美不是你的敌人。"

"可我一直以来都是她的敌人，直到最近我才改变态度。我意识到自己对天使的憎恶纯粹是来自童年时代的灌输，成年之后我对天使还是持有成见，因为这是我们这群人的传统。不过我和几个天使都有私交，而且还相当喜欢他们，其中就包括王宫里面一个很粗鲁的老学究。"

艾妲迪雅说："辈高。"

凯迪奥很吃惊地看着她。"他在首都这里广为人知……这也不出奇。"然后他仔细打量着艾妲迪雅的脸，双眉紧皱。"我们以前见过面吗？"

"很久以前见过一次，那时候你还不想听我说话。"

凯迪奥又想了一会儿，突然目瞪口呆："原来我一直对着国王的女儿说心里话呢！"

"听你说这一番话，我真的很开心。除了阿克玛若，世上不会有人比我更开心了。虽然我的父王和你政见不同，可是他还是很尊敬你。当你觉得时机合适的话请去告诉他，你们之间的政见分歧已经不复存在，父王一定会很开心地拥抱你，就像欢迎一位迷途知返的好兄弟。伊理亥和阿克玛若也会欢迎你的。"

凯迪奥说："以前我不屑听女人的建议，不愿意和天使生活在一起，更不想掘客成为正式公民。可是现在我却来到一所由女人开办的学校，学习如何与天使和掘客共同生活。我希望改变心中的想法，只是不知道应该怎么做。"

"你希望作出改变，这个意愿本身就是最好的一课；接下来就是实践了。我不会向父王说什么，也不会告诉别人你的真实身份。"

"为什么你不告诉我你是谁呢？"

"如果我告诉了你，你还会向我说这番话吗？"

凯迪奥苦笑道："当然不会了。"

"别忘了，你一开始也没有自报身份。"

凯迪奥说："可是你很快就猜到了。"

"你也猜到我的身份了。"

"猜是猜到了，可惜不够快。"

"我只能说，我们这次对话有百利而无一害。"说着她从椅子上站起来。"你可以去随便哪一个教室听课，不过请你务必保持安静，不要说话。你不仅能从老师那里学到东西，也能从学生身上得到很多感悟。就算你觉得他们错了，也请你耐心点，留意观察，认真学习。现在关键不是他们的观点正确与否，而是要了解他们到底有什么观点和看法。你明白吗？"

凯迪奥点头道："我只是不太习惯顺从别人。"

"你不必顺从，只需要保持沉默就可以了。"艾妲迪雅的语气已经有点不耐烦了，这是谢德美在无意中对她言传身教的结果。

在接下来的日子里，艾妲迪雅离得远远的仔细观察凯迪奥。有些老师对他的出现明确表示不满；而凯迪奥也并非不识趣的人，很快就不再去那些课上旁听。学校里的小女生倒是很快就适应了这个人，上课的时候都忽略他的存在；后来逐渐与他熟悉起来，就羞涩地邀请他一起进餐，一起在校园里活动。她们会请凯迪奥帮忙拿一下放在高架上的东西；有时候他坐在树下休憩，有些小女孩就借他的肩膀爬到一些本来够不着的树枝上。她们给凯迪奥起了一个外号"里斯尼"，也就是梯子的意思。凯迪奥不但不介意，好像还挺喜欢这个外号。

艾妲迪雅也开始重新审视凯迪奥，努力去发掘这个人身上的优点。关于凯迪奥，有两件事情一直压在她心头挥之不去。她总是忍不住想，像凯迪奥这样一个臭名昭著的顽固偏执狂，在他的内心深处竟然还存有最基本的善念。可见一个人展现在世人面前的生活方式不一定能如实反映他内在的品质，有时候一些突如其来的可怕事件会唤醒这个人，使其蜕去原来的外壳，露出内在的本性，原来还能发现善良的一面。

另一件在她心头折磨不休的事情就是凯迪奥说她的几个兄弟都参与了这件事情。十三年来，那些"弃儿帮"一直不停地聚会和密谋，始终一无所得。可是后来阿克玛成功说服了她所有的兄弟——也就是国王所有的儿子——放弃对地球守护者的信仰，确切地说，就是教唆他们不再服从阿克玛若的宗教权威。从此以后，最邪恶的那一批暴徒就变得肆无忌惮，开始随心所欲地做各种见不得人的坏事。

这不可能是阿克玛的本意吧？如果他能够像凯迪奥这样看清形势，他会不会悬崖勒马呢？

我应该和孟恩谈谈，而不是阿克玛。虽然艾妲迪雅这样想着，可是她其实早已决定要去找阿克玛了，只是自己还不知道罢了。如果我能够劝孟恩不要再随波逐流……不行，艾妲迪雅知道她劝不动孟恩。在这几兄弟眼里，中途退出就相当于出卖兄弟，他们是绝对不会做叛徒的。不，她只能从阿克玛身上入手；如果阿克玛改变主意,他就能说服几兄弟也跟着他改弦易辙。

她耳边总是想起绿儿沮丧的声音:"艾妲迪雅,阿克玛心里只有仇恨,除此以外就空荡荡的什么也没有了。"如果绿儿此言不假,那么去跟阿克玛商量必然是浪费时间。但是绿儿不可能真的看透阿克玛。就连凯迪奥心中也存有一丝善念,为什么阿克玛不能有呢?虽然他童年所受的创伤远不是凯迪奥能够相比的,可是毕竟阿克玛还年轻。就算一直以来这个世界在他眼中都是畸形的,可是一旦他看到了真相,难道他不能够跳出那个畸形的世界吗?难道他不能够在一个崭新的世界中选择重新做人吗?

有一天晚上,在这些思绪的驱使下,艾妲迪雅将学校托付给凯迪奥——不,是"里斯尼"——然后她锁了校门,拿着火把,在清爽的秋风中向王宫走去。一路上,她想:如果城里的街道不再安全,那该怎么办呢?如果我是一个土家族的妇女——甚至是男的,或者是小孩——我就不敢在黑暗中走这一段路,因为害怕被暴徒袭击。他们恨我不是因为我做了什么坏事,而仅仅是因为我身体的形状。在现实中,我在这些街道走了一辈子,无论晨昏昼夜,从来没有觉得害怕。可是对于土家族来说,同样的街道却充满了危机和恐怖。如果他们连在城中走动的自由也没有,他们还算得上真正的"公民"吗?

不出所料,阿克玛果然在宫中的图书馆一侧;他现在经常在这里过夜。这个时刻他当然还没睡,只见他不停地阅读、研究,还在一片蜡封树皮上面做笔记。在他身边放着厚厚的一沓树皮,上面密密麻麻地写满了字。

艾妲迪雅问道:"你在写书吗?"

阿克玛说:"不,我不是信徒,所以我不写书。这些其实是发言稿。"说着他把树皮移到一旁,抬头看着她,似乎一直在等待着她的到来。艾妲迪雅很喜欢阿克玛看她的这种方式,因为她觉得阿克玛将所有注意力都放在她一个人身上。而且阿克玛看她的时候一直注视着她的双眼,不像大部分男人那样,目光在她全身上下游走不定。艾妲迪雅很想说几句很睿智、很隽永的妙语,才不至于辜负阿克玛对她的兴趣……

不!她在心中严厉地警告自己:这只是阿克玛的小把戏,他正是通过这种方式来赢取别人的支持;我来不是为了支持他,也不是为了听他说教,我来是要教育他的!

难怪我一度爱过他,想必他以前就是这样看我的。

艾妲迪雅说出的第一句话就和她此行要讲的一番大道理风马牛不相及,所以她说了之后自己也大吃一惊。"我曾经爱过你。"

笑意爬上他的嘴角,隐约带着一丝悲怆。阿克玛低声说:"曾经……那是在我们的信仰危机之前吗?"

艾妲迪雅问道:"这是信仰危机吗,阿克玛?"

"两个人若要相爱,首先需要见面,对吧?可是如果两个人活在两个完全不同的世界里,他们又怎么见面呢?"

艾妲迪雅明白他的意思,因为他们以前有过类似的对话。阿克玛坚持说艾妲迪雅活在一个幻想的世界中,在那个世界里,地球守护者照料着芸芸众生,赐予他们生存的目标。而阿克玛则活在一个有水有石有空气的真实世界里,在这里,人们必须各自寻找自己的人生目标。

艾妲迪雅说:"可是我们现在就见面了。"

"现在还言之尚早。"他的话语冷冰冰的,显得非常疏离;可是他的目光却在艾妲迪雅脸上搜索。他在找什么呢?他希望看到什么呢？难道他想从我脸上找到一点点残存的爱意吗？可惜，就算真的有一点爱意埋藏在我心底，我也不敢去找，更别说展现给他了。不，我决不能爱他！他给世人带来那么多毫无意义的苦难，如果我还爱他，我岂不是成了一个蛇蝎心肠、冷酷无情的恶毒女人了吗？

"你有没有看过全国各省份送来的报告？"

阿克玛说："我看过很多报告，你是说哪些呢？"

他显然是在装傻。艾妲迪雅不想跟着他绕圈，所以干脆不回答，只是默默地等着。

阿克玛终于说："我看过那些报告了，确实很可怕。我不知道你爸爸有没有调集军队。"

艾妲迪雅讽刺道："调集军队打谁呢？阿克玛，你很聪明，不会想不明白这个问题。那些暴徒遍布全城，各行各业都有，工人、商人……平常一个个都衣冠楚楚、道貌岸然。军队能对付那些人吗？"

阿克玛说："我不是军事家，我只是一个学者。"

艾妲迪雅反问道："是吗？阿克玛，这问题我想了很久。当我看着你的时候，眼中看到的并不是一个学者。"

"不是学者？那么你认准了我是哪一种怪物呢？"

"你也不是什么特别的怪物，你只是那群暴徒里的一员罢了。你的双手沾满了鲜血，因为你将天使小孩的飞翼撕开一个大缺口；夜里掘客都被吓得躲起来，因为他们害怕你的阴影出现，把月亮也挡住。"

"你指控我犯了这些莫须有的罪名，你到底是说笑还是认真的？我从来都没有用暴力对待任何人。"

"阿克玛，你当然不用亲自动手，可是这一切都是你造成的！正是因为你在旁煽风点火，他们才能纠集成群，他们才能组成这个卑鄙无耻、残忍恶毒、连小孩子也不放过的邪恶兵团。"

阿克玛闻言,全身发抖,脸也变形了,似乎正在被内心深处的情绪折磨不休。"你不能这样说我!你知道这些都是谣言!"

"阿克玛,他们都是你的朋友,而你是他们的大英雄!除了你,还有我的几个兄弟。"

"他们不受我控制!"阿克玛说这句话的时候,连声音也几乎不受控了。

艾姐迪雅说:"噢,是吗?难道是他们控制了你?"

阿克玛一下子从书桌前站起来,不小心将凳子掀翻了。"艾姐迪雅,如果他们控制了我,我此刻就不会待在这里了;我会在外面四处演讲,推翻爸爸鼓吹的那一套可笑之极的宗教理论。他们一直都求我这样做,比如说欧弥纳,他就告诉我要趁热打铁。可是我不希望人们以我的名义去作恶,所以我没有答应。虽然你把我想得很不堪,可是我其实并不想任何一条生命受到伤害,就连掘客也不例外。还有那些飞翼被破洞的天使,任何一个正人君子听说了也会愤怒,你以为我不生气吗?难道我不希望严惩那几个凶手吗?"他激动得连声音也颤抖了。

"如果不是因为你,他们敢这么大胆?"

"人们心中对掘客的厌恶和憎恨都并不是我的发明创造,而是你的父王和我的爸爸一手造成的。他们改变了这个国家的宗教结构,硬是把掘客扯进来,还把他们当作人一样看待……"

"他们的宗教改革已经进行了十三年;在这些年间,朝野上下一直都相安无事。然后你突然四处宣扬你的'重大发现',你说地球守护者根本不存在,却刻意忽视大量铁一般的事实。你明知地球守护者通过给我报梦拯救了泽尼府人;你明知你用来做'证据'的那些资料全是靠上灵的帮助才能够翻译出来；你甚至还说服了我的几个兄弟！我不知道你是怎么给孟恩洗脑的；就连艾伦赫这么一个明察秋毫的聪明人也不能幸免。当父王的所有继承人都联合起来抵制地球守护者，泄洪闸就被打开了。"

"那你干脆把我妈妈也怨上吧，毕竟我是她生的。"

"说起来，你有些同谋也脱不了干系。比如说，我发现辈高长期以来一直在阴谋策划推翻阿克玛若的学说。你扪心自问，你这个'地球守护者不存在'的重大发现是不是在辈高的引导之下获得的？"

"辈高从来没有策划什么阴谋，他只是一直活在故纸堆里，一直活在过去。"

"可是你的爸爸致力创造一个崭新的未来，抚平过去的创伤。辈高当然会不满了，是吧？而且他从来就不相信地球守护者等等，我现在才意识到，他一直都坚持用自然的理论去解释一切！你还记得他的口头禅吗？'得了吧，这世上哪有奇迹。'他说阿克玛若一行人的逃脱并不是奇迹，而是掘客守卫故意放走他们，因为这样做最符合那些守卫的利益。而地球守护者也没有让掘客守卫昏睡不醒；有人亲眼看见他们睡着了吗？不，阿克玛若只是做了一个梦罢了……每次都采用最简单的解释，这就是他教我们的。"

"他之所以这样教导我们，是因为这才是正确和诚实的治学态度。"

"诚实？阿克玛，关于这些事情，最简单的解释就是地球守护者有时候会直接介入人们的生活，比如说给我们报梦。可是为了避开这个解释，你们不得不挖空心思去捏造出最费解、最扭曲和最侮辱人智慧的臆测。你竟敢厚着脸皮当面说我的梦显得重要只是因为它让人们想起了泽尼府人,而不是因为我能够区分真梦和普通梦的不同之处。为了不相信地球守护者,你宁愿相信我过去、现在和将来都是一个自欺欺人的笨蛋!"

阿克玛的表情很痛苦——真正的痛苦。他说:"我没有说你是笨蛋。只不过当年你还是一个小孩子,那个梦在你眼里显得相当逼真,所以在你记忆中就逐渐变成了现实。"

"看了没有?你所谓的诚实的治学态度,在我看来才是真正的自欺欺人。你不肯相信我,就算我以血肉之躯站在你面前,告诉你我亲眼所见的……"

"不是你亲眼所见,而是你在梦中见到的虚幻的场景。"

"而且你也不相信古书上面记载的简单明了的史实!史册上面明明说华素伦人和纳飞国人一样,都是经历了几千万年的外星流亡生涯之后被地球守护者带回地球的;最简单的解释当然是写这本书的人确实了解实情,也清楚他到底在写什么。不,你偏偏不愿意相信这个解释,非要另辟蹊径不可。你声称这本书是后人借用古老传说杜撰而成,还一口咬定那些传说因为要给古代英雄加上神的光环,所以才说他们是从天而降的。在你看来,没有一句话能够通过字面意思去解读,每件事情都必须扭曲一番来迎合你那个'地球守护者不存在'的信念。可是你怎么知道地球守护者不存在呢?你有证据吗?我们却有大量反证去推翻你这个信念,其中包括上千个书面记录和至少十几个活生生的人证——我也是这些人证中的一员!可是为了坚守这个基本信念,你不惜亲手推倒第一张多米诺骨牌,引发后面的一连串惨案,导致无辜小孩在达拉坎巴大小城乡的街道上惨遭毒手!"

阿克玛问她:"这就是你来找我的目的吗?你想告诉我,因为我不相信你的'真梦',所以你觉得感情受到了伤害,是吗?很对不起,我本来一直希望你在心智成熟之后自然会明白,理性必然战胜迷信。"

看来艾妲迪雅并没有触动阿克玛的内心深处,也没有燃起他心底隐藏的那一丝善念、那一点火花。因为他心中根本就没有善念,也没有火花,艾妲迪雅到今天才算是真正了解。他背叛了地球守护者,不是因为他童年所受的严重创伤,而是因为他真的憎恨地球守护者希望创造的那个世界。阿克玛热爱邪恶,所以心中再也容不下对艾妲迪雅的爱。

她一言不发,转身就走。

"等等。"

艾妲迪雅停下脚步。她明知道自己这样做很蠢,可她还是抱有一丝希望,哪怕是一点点火花也好。

"要阻止这些迫害,我人微言轻,实在无能为力。可是你的父王却可以做到。"

"你以为他没有尝试过吗?"

阿克玛说:"可是他第一步就走错了。国民警卫队根本就不会去执行这些法律,因为里面很多人本身就与'弃儿帮'有着千丝万缕的联系。"

"为什么你不告发他们呢?"艾妲迪雅说,"如果你真心想阻止那些暴行……"

"我认识的人都是些老人家,他们绝对不会上街去殴打小孩子。你到底想不想听我把话说完?"

"如果你有对策,我可以代你呈交给父王。"

"其实很简单。为什么'弃儿帮'会那么狂暴和愤怒呢?因为他们只有两个选择。其一是信奉国教,被迫与那些低等生物来往。你别忙着反驳我，我只是说出他们的想法……"

"你自己也是这样想的……"

"你怎么知道我是怎么想的呢？你从来都不愿意耐心地听我把话说完……随便吧，反正这些都不重要了。可是这次你听好了，他们的反抗是出于一种无助的愤怒。他们不敢对国王动手，所以就只能迁怒于祭司和掘客。可是如果国王宣布取消国教，那会怎样呢？"

"你想取缔地球守护者殿堂？"

"不！地球守护者殿堂可以继续集会、举行礼拜仪式以及在全国各地传道，可是必须以自愿为原则。同时国家实行宗教自由，允许有不同信仰的人自由结社、举行礼拜仪式以及传道，任何人等不得干涉。人民有权利选择任何一种信仰，组成任何一种宗教团体，政府既不限制其数量，也不干涉其活动，只能作壁上观。"

艾姐迪雅说："可是一个国家必须万众一心。"

阿克玛说："十三年前我爸爸亲手毁灭了万众一心的可能性。如今只要国王宣布宗教信仰与集会是属于私人领域的事务，不涉及公众利益，和平局面指日可待。"

"换句话说，为了保护地球守护者殿堂不受攻击，我们必须把我们最后一个保护屏也撤走？"

"他们根本就没有什么保护屏！你自己也心知肚明吧，艾姐迪雅！国王又何尝不知道呢？他终于看到了王权的局限性。可是一旦他宣布政教分离之后，他就可以立即颁布一条法令，确保每一个人都不会因为其宗教信仰而遭受迫害。这条法律才真正有威力，因为它对所有民众一视同仁，不会只保护一部分人。如果弃儿帮的人打算结社集会，他们也会得到法律的保护，所以他们出于自身利益也会拥护这条法律。从此以后再也不会有秘密聚会，也不会有地下社团，一切都在光天化日之下公开进行。把我这个对策推荐给你父王吧，就算你不以为然，他也会赞同的，因为他会发现这是唯一可行的方法。"

艾妲迪雅说："我都不会被你的花言巧语所迷惑，我父王又怎会上当呢？你提出的这条法令正是你一直以来梦寐以求的吧？"

阿克玛说："我也只是昨天才想到的。"

"噢，对不起，我忘记了，你'想到'的这个主意其实是辈高灌输给你的，不过他需要相当长的一段时间才能潜移默化地让你以为这是自己的原创。"

"艾妲迪雅，一个宗教要生存，只能依靠它自身的真实性，而不能凭借政府的扶持；政府充其量只应该保护其信徒不受暴力袭击。可是爸爸的宗教连这一点也做不到，所以其灭亡也是理所当然的。"

"我会把你的话转告父王。"

"很好。"

"可是我现在就跟你打赌，随便你赌什么我都奉陪——不出一年，越来越多的地球守护者信徒将会受到迫害，而你就是造成这一恶果的罪魁祸首！"

"如果你觉得这是可能的话，那么你就一点也不了解我。"

"到时候你当然会有很多冠冕堂皇的理由来为自己开脱，证明那些人所受的苦难并不是你造成的。你反正早就证实了你自欺欺人的本领是完全没有止境的。可是，阿克玛，你听着，不出一年，很多家庭就会因为你而痛哭流涕。"

"你是说我的家庭吧？这也不出奇，他们本来就把我当成死人一样去哀悼。"阿克玛一边说一边笑，好像在说一个笑话似的。

艾妲迪雅说："哀悼你的不仅仅是你的亲人。"

阿克玛说："哀悼什么？我又没有死！不管你们对我持有怎样的偏见，可是我依然是有同情心的。我记得我挨过的苦，我记得别人受过的罪，我还记得我曾经爱过你。"

艾妲迪雅说："那我希望你还是忘了吧。这份爱就算曾经真挚过，也早就被你糟蹋了。"

阿克玛说："我现在还是爱你的。既然我能爱其他人，为什么就不能爱你呢？其实我时时刻刻都挂念着你。我总在想，无论我爸爸做什么我妈妈都全力支持他，如果你也能这样站在我身边支持我，那我该多开心啊！"

"她能够这样做，因为你爸爸所做的事情都是正确的。"

阿克玛点头道："我明白，说到底还是因为你我的信仰不同，我们才没有走到一起，所以就请你就不要再假装了。要说顽固，我们两人其实是势均力敌嘛。"

艾妲迪雅说："不，阿克玛，我不是顽固，而是诚实。我不能否认我所知道的东西。"

阿克玛脸上露出一丝苦涩的笑容。"可是你能够把你所知道的东西埋藏在心底。"

"你这是什么意思？"

"我们谈了那么久，你始终没有拨冗告诉我一件事情。我的妹妹快要嫁给一个我所知道的最可憎的人。"

"是你家里人告诉你的吧？"

"不，我是从凯明那里听来的。"

"对不起，瞒着你肯定是绿儿的意思。可能她不想让你痛苦吧。"

阿克玛说："对我来说，她已经死了。她背叛兄长，还把自己出卖给虐待我们的人，我没有这样的妹妹！其实你又何尝不是这样对待我的呢?"

"不,是你背叛了我,阿克玛!是你把自己出卖给那些虐待小孩的暴徒!狄度并没有虐待人,你本来应该变成像他那样的君子。为什么绿儿爱他?因为他拥有你过去也曾有过的优点,可惜如今这些优点在你身上已经无迹可寻了。"

阿克玛彬彬有礼地听艾妲迪雅说完最后一句话,然后目光空洞地看着她离开,图书馆里只剩下他一个人看着面前的空气发呆。

几分钟后,辈高和孟恩听到图书馆里传来一阵砸烂东西的声音,连忙跑去查看。只见阿克玛正抡起满屋的凳子砸在书桌上,还把室内的每一件小家具都敲得粉碎;他也不说话,只是一边砸一边抽泣,到后来干脆像野兽一样放声咆哮。辈高和孟恩在旁边看着都吓坏了。

可是孟恩留意到,在阿克玛发飙之前,他已经小心翼翼地把用来做笔记的树皮都放在墙壁的书架上面。虽然他放纵自己在愤怒中沉沦一番,却还记得不要让辛苦了一整天的工作白费,可见阿克玛并没有真的丧失理智。

打砸过后,阿克玛的气还没有全消,只是简短地向他们解释了一下:他妹妹要嫁给当年折磨他们的那几个暴徒当中的一个。虽然阿克玛没有指名道姓,可是孟恩知道绿儿过去几个星期一直在波迪卡,所以不用说也猜得到新郎是谁。对于孟恩来说,狄度根本就不值一提;真正让他深受打击的是绿儿竟然要嫁人了!本来孟恩一直想着……他暗地里一直打算……等所有这些事情都结束了,等一切风波都平息之后,等他不再愧对绿儿的时候……

没错!孟恩终于明白了,他之所以等了那么久,正是因为这件事情。一直以来,孟恩在否定自己对真相的感应力;他说的每一句话都被谎言所污染,所以他没办法和绿儿交谈,更加不能把心中的真实感受对她倾诉。

"不！不是谎言！阿克玛和我所相信的一切都是真理。我现在心烦意乱，其实只是因为陷在错觉之中不能自拔……是的，我知道这是错觉。正因为我老觉得自己是骗子，所以没办法面对绿儿。我需要的只是多点时间、多点勇气和多点力量。

可是现在已经没关系了。没有了绿儿的羁绊，当我公开驳斥阿克玛若的宗教的时候，我的良心就不需要受到谴责了。等爸爸宣布所有宗教一律平等、所有宗教团体都受到法律保护，我们就立即公开表态，局势一下子就会变得清晰明朗了。

儿女私情剪不断理还乱，现在没有了反而是好事！我终于可以全心全意地与我的弟兄和朋友并肩作战，放手一搏，成就一番事业，而不用担心被一个女人拖了后腿。这个女人自小被洗脑，硬要把自己内心的想法说成是地球守护者在说话，现在已经没办法恢复了。其实她并不适合我，我也不适合她。

"我不适合她"……当这个念头出现在孟恩的脑海里的时候，他心中那股专门感应真理的力量终于让他镇静下来。在地球守护者的眼里，他终于正确了一次。

这个悖论式的领悟具有最强的杀伤力。如果地球守护者真的存在，那么他已经对孟恩下了判决书：他配不上他曾经暗恋过的那个女孩。同时有一个烦人的念头在孟恩脑中挥之不去：如果他没有被卷进阿克玛的计划之中，他的人生可能就会改写了。如果他继续信奉地球守护者，然后与绿儿成婚，从此就能过上美满平静的生活——这个版本的人生当真就那么可怕吗？为什么阿克玛不肯放过我呢？

孟恩一下子清醒过来，连忙将这些不忠不义的念头消除殆尽，同时也将此刻的感受埋藏在心底，决不向任何人提起。

第十章　旧制会

整个早上阿克玛都在找辈高，却怎么也找不到。因为国王突然召见阿克玛，他不知道届时会面对什么状况，所以急需辈高出谋划策。如果国王打算指控他某项罪名，又怎么会私下召他去寝宫呢？阿克玛需要旁人的建议，无奈身边的人都不如他知道得多。当然了，关于治国方略，艾伦赫肯定比阿克玛知道得更多——实际上他比任何人都知道得更多，因为他从小到大一直受这方面的训练。可是艾伦赫给阿克玛提建议的时候，也只能说他其实没有任何危险。"把你叫去寝宫然后对你提出指控？这不是父王的做事方式。这种事情他会走正常的程序，公开进行。我觉得这次他召见你肯定和你昨晚向艾妲迪雅建议的那条法令有关。"

阿克玛说："不用你说我也知道这个。可是我想知道会不会还有别的事情，我不想贸贸然进去被打个措手不及。"

凯明说："嘿，你分明是害怕了，就老老实实认了吧。你知道自己作恶多端，把我爸惹毛了。他是专制君主，生气的时候能够把你碎尸万段；如果他不是慈悲为怀，你早就没命了。"最近几个星期，凯明读史的时候发现女皇城实行的是民选议会制。从此他就不停地唠叨着要废除君主政体，不过没人理他就是了。

欧弥纳问道："我们今晚的公开演讲不会因此而作废吧？"在过

去几个月里，他一直想促成兄弟几人公开表态；可是当时正是地球守护者信徒受迫害最严重的时候，如果他们赶在那个时机落井下石，恐怕有损兄弟几人以及阿克玛的形象，所以阿克玛一直不答应。现在国王要召见阿克玛，欧弥纳自然担心他会把原定计划无限期搁置下去。

阿克玛说："放心吧，你会有公开演讲的机会的。不过你要记住，必须按照我们写好的演讲词，千万不要自作主张说些即兴的话。"欧弥纳听了，眼珠子骨溜溜地转了一圈。

阿克玛转头对孟恩说："你挺安静的。"

孟恩一下子从沉思中惊醒过来，抬头道："我只是在想事情。我们已经等待了太久，现在终于要迈出这一步了。没问题，这其实是一个解脱，对吧？"

阿克玛问道："今天我要去朝见你父王，你怎么看？"

孟恩说："你绝对能够应付自如。他们向来都对你无可奈何，这次也不例外。他们无非想要说服你放弃，你会坚持己见却又不失礼数，就那么简单。我只是很失望他们竟然没有邀请我们一起出席。"说完孟恩微笑了。

阿克玛听了孟恩这一番话，隐隐感到不妥。这番话其实挑不出一点毛病，可阿克玛就是觉得孟恩似乎有点不对劲儿。难道他已经变节了吗？要是今晚孟恩上台的时候突然宣布支持国王，那该怎么办？如果摩提艾克的四个儿子不能团结一致的话，他们就满盘皆输了——民众都会认为效忠国王的那个王子肯定能继承王位，也就是说阿克玛若的宗教改革将是永久性的。要是地球守护者殿堂总有王室在背后撑腰，那么加入这个宗教自然是有百利而无一害，于是阿克玛若的宗教就能保持一家独大的优势。阿克玛很清醒，心中没有抱着一丝一毫的幻想——他从今晚开始要宣扬的那一套教义并不是什么触动灵魂的大道理，没有哪个信众会愿意为了这个宗教而牺牲。人们皈依完全是因为这个宗教不但许诺恢复旧传统，而且似乎拥有远大的前景——尤其是在艾伦赫即位之后。他们这个新的宗教一旦问世，就信众人数而言，肯定会占绝对优势。更重要的是，这个教派的几个领袖未来也会成为这个国家的领导人。等艾伦赫即位之后，阿克玛一定会确保国王只听见一面倒的建议：与耶律国开战！我们再也不能采取目前这种忍辱苟安的防御策略，应该主动出击，把耶律国的人从他们在群山中的藏身窝点赶出来。为了完成自我救赎，我们必须夺回纳飞国的国土，用掘客的鲜血一雪前耻。阿克玛当年落难的那片土地将会成为掘客奴隶做苦工的地方，他们将会饱尝纳飞国人皮鞭的滋味，那时候阿克玛才算是大获全胜。爸爸遭受迫害之时表现软弱无能，这种耻辱只能由阿克玛的勇气和胆识去洗清。

今天就是我们迈出万里长征第一步的时刻，孟恩会和我们共同进退，他是一个真正的挚友。他刚才显得闷闷不乐，因为他对绿儿还不死心。这么看来，绿儿决定结婚还是有一个好处的：她彻底断了孟恩的牵挂，让他可以集中精力完成手头上的工作。孟恩说话的时候充满了激情和魅力，这一点，除了阿克玛自己，其他几个兄弟谁也比不上。不，其实连阿克玛也不及孟恩。阿克玛知道自己说话时学究气太重，而孟恩的风格更加平民化，而且略带稚气，能够在不知不觉间触碰到听者的灵魂深处，这一点是阿克玛望尘莫及的。当然了，阿克玛自非等闲之辈；虽然他并不算是一个特别出色的演讲家，可是每次谈话到了最后，听者往往会对他言听计从。阿克玛说话的时候会直视对方的眼睛，感觉好像在两人之间存在着一条纽带；只要他牵扯这根纽带，就会把对方越扯越近，最后完全征服此人——就算这种征服不是永久性的，至少在那个瞬间，在那一个小时，那一个晚上，他们都逃不出阿克玛的手掌心。

这就有点像古书里记载的解构者的威力；不过解构者都是女性，而且这一套迷信的东西本来就是无稽之谈。阿克玛想象的这根纽带只是一个比喻，只是他所擅长的驭人之术在无意识之中的一种形象化的体现。

可是阿克玛从经验得知，他的伎俩在国王身上没有用。那些会受他影响、被他左右的人至少在一开始就稍微倾向于接受他的观点。摩提艾克从来就没有给过阿克玛机会对他进行洗脑。

欧弥纳问道："你是不是打算整个上午都枯坐在这里闷闷不乐呢？爸爸正在等你呢！你已经迟到了。"

阿克玛说："我知道，我只是觉得凡事应该三思而后行。多思考其实挺好玩的，欧弥纳。你经常拼命吸气来打嗝儿，不就是为了好玩吗？还不如试一下多思考呢。对了，今晚你上台演讲的时候可别打嗝儿啊。"

欧弥纳很厌烦地说："你对我抱有一点信心可以吗？"

阿克玛拍了拍欧弥纳的肩膀，表明他只是说笑，确认他们还是好朋友。然后他离开了图书馆，大步流星地穿过王宫中的各个殿堂，勇敢地向国王的寝宫走去。

如他所愿，阿克玛到达的时候，其他人已经到齐了。摩提艾克当然在场；不出阿克玛所料，爸爸妈妈也在。艾妲迪雅没有来，万幸！可是……辈高？为什么辈高也来了？还有他的孪生兄弟毕高，一脸苦相地坐在辈高身后。此外还有一个老头，这个老头是谁呢？

摩提艾克说："在座各位你都认识，凯迪奥可能是例外。其实你还在襁褓之中他就认识你了，可是我估计后来你们就再也没有见过面了。凯迪奥曾经是一个行省的总督，那个行省的名字正是以他命名的。"

阿克玛向凯迪奥行过礼，然后在国王的示意之下坐在书桌前。虽然他一直看着摩提艾克，可是心中却忍不住想着为什么凯迪奥会在场。还有辈高，为什么辈高两兄弟也来了呢？为什么辈高一直避开他的目光呢？

摩提艾克说："阿克玛，你花了很多时间待在宫里，可是我从没见过你。"

阿克玛说："我是一个学者。很感谢你允许我任意使用你的图书馆。"

摩提艾克笑了笑，神情略带一点悲伤。"很可惜，你学了那么久，到头来还不如最初懂得多。"

阿克玛说："是的。我学得越多，就越发现自己所知甚少。可是无知者反而能够坚持他们的信念，死不悔改。"

摩提艾克的笑容消失了。"我召见你是为了让你知道，你向艾妲迪雅提出的那条法令，我已经决定实施了。正如你所说的，这条法令似乎是解决当前问题的唯一途径。"

阿克玛说："我很感激你给我机会为你效劳。最近事态的发展……我也觉得很难过。"

摩提艾克说："我能想象你有多难过。有时候我们开始了一件事情，最后的结果却不尽如人意。是吧，阿克玛？"

阿克玛听出来了，国王又在旁敲侧击，无非是想把暴徒对地球守护者信徒的迫害怨到他头上。阿克玛不愿意忍气吞声，任人鱼肉。他说："我已经吸取了好几个教训。比如说你十三年前开始的宗教改革吧，其效果就和你的初衷相去甚远。看看这场改革导致了多少悲剧？"

摩提艾克又微笑了，只是这一次他流露出更多真实的情绪；他的笑容酝酿着激愤，他的眼神闪烁出怒火。"阿克玛，你一定以为我是一个被你玩弄于鼓掌之中的蠢货。可是我要你知道，你错了。我一直都知道你的所作所为，我也知道你在我身边耍什么花招。我亲眼看着你把我的儿子一个一个地策反，我并没有阻止，因为我相信他们的良知和判断力。可惜在这一步我比你棋差一着——我高估他们了。"

阿克玛说："我觉得正相反，陛下。你其实是低估他们了……"

"在我说话的时候，你不要打断我，更加不要反驳我！阿克玛，我知道你打的什么主意。你是指望着我终有一天驾崩，别人会接替我的王位，这就是你整个策略的根基。可是请你记住，我还没死！我才是国王！"

阿克玛点了点头。他必须要小心谨慎，就任由国王发飙好了，反正今晚笑到最后的肯定是阿克玛。

"我和你父母讨论过你童年经受的磨难，我们试图找出为什么相同的经历会令其他人成为地球守护者的忠实信徒，却把你变成他的死敌。当然了，你的父亲觉得很内疚。他总是说，养不教父之过，他身为人父失职了，连累那么多无辜百姓受苦，实在很愧疚。"

阿克玛很想对着国王大吼：那些迫害并不是他造成的；如果由他做主，这一切根本就不会发生。阿克玛也很想当面痛斥父亲，甚至殴打他、伤害他，因为他竟敢为了儿子的所作所为而向国王道歉。可是阿克玛把所有这些情绪都强压在心底，当国王等待他回答的时候，他只是点了点头，温和地说："我令各位失望了，真的很对不起。"

"有一件事情,我们一直想不明白,你成功策反了我的儿子,这件事情为什么会在短短时间内就广为人知呢?你好像从来没有和'弃儿帮'的人来往,也很少离开图书馆。"

"我是一个学者,和我来往的只有王室、我的家里人以及几个老学究。"

"是的,你很小心谨慎,很聪明——至少我们是这样觉得的。我们想,阿克玛是怎么做到的呢?然后我们突然意识到,消息并不是阿克玛泄露的,这甚至不是他的主意。"

摩提艾克转头看着老兵凯迪奥,提示他发言。"当年我们获救之后,我立即前来朝见国王陛下。就在那时,我联络上一位志同道合的朋友,我和他有许多共同的观点和看法,尤其是泽尼府人的传统观念,人类不应该与其他两个懂得制造工具的高等智慧种族混杂在一起生活。或者我应该说,其实是他主动联系我的;因为他早就知道我的观点,而我是直到他主动提起之后才知道我们的看法一致。从那以后,他就成了我在宫中的内线;无论他跟我说什么,我都会如实转告我手下的泽尼府人。最重要的是,在十三年前他就向我承诺,他会把国王所有的儿子都争取过来。一旦他得手了,我们就立即四处散播这个消息,让民众知道阿克玛若的宗教改革只是暂时的,无论哪个王子继位都会立即恢复古法旧制。"

十三年前?不可能!这个计划是阿克玛意识到地球守护者不存在之后才制订的!

摩提艾克看着辈高。很平静地,这个老学究开始说话了。"我试图直接从艾伦赫身上着手,可是他对父亲实在太忠心了;孟恩整天自怨自艾,难堪大任;欧弥纳太年轻,而且不够聪明,很多重要的概念掌握不了;凯明就更不用说了,他当时太小了。有一段时间我尝试说服艾妲迪雅，无奈她一心幻想着那些所谓的真梦，无法自拔。"

摩提艾克怒道："不是幻想！"

辈高针锋相对地答道："摩提艾克，我只是向你坦白认罪，可是我并没有说过我同意你的看法。"他又回头对阿克玛说："而你呢，阿克玛，你的悟性极强，我从没见过像你这么聪明的小孩。而且我发现你特别擅长说服他人接受你的观点；只要你和他们在一起，他们就不会改变主意。这种说服他人的能力是你与生俱来的天赋。我突然意识到，我根本就不需要去说服摩提艾克的小孩，我只要说服你一个，那么其余几人自然会唯你马首是瞻。"

"说服？我有什么可让你说服的？所有这一切都是我自己想出来的。"

辈高摇头道："教育的精髓正是在于引导学生自己去发现一切。我只需要确保你能够亲自推断出'地球守护者不存在'这个结论，然后你就会举一反三，剩下的就不用我费心了。而且你对掘客的怨恨极深，这一点当然也是有帮助的。"

阿克玛问道："这么说来，你觉得我是你手中的一个玩偶吗？"

辈高说："当然不是。我觉得你是我教过的最聪明的学生，我觉得你有能力改变这个世界。"

摩提艾克说："有一件事情辈高没提起，他这种背信弃义的做法已经构成了叛国罪。在过去一段时间里凯迪奥一直在谢德美的学校接受再教育，学会了许多伦理学方面的知识。他先去找毕高，然后和毕高一起说服了辈高来向我坦白一切。"

阿克玛说："凯迪奥、毕高和辈高的做法既没必要也不恰当，我觉得很遗憾。可是就连辈高也能告诉你，我们首次得知他与外界有联系的时候，迫害浪潮已经开始了。那时候他还反复鼓动我们公开表态反对地球守护者殿堂，可是你也知道，我们并没有这样做。因为我们不希望无意中助长这股迫害地球守护者信徒的歪风。"

摩提艾克说："我当然知道，所以我并不打算像起诉辈高和凯迪奥那样去起诉你。"

阿克玛答道："如果你以为威胁要处死辈高就能吓到我，你就大错特错了。要我闭嘴，你必须把我杀了。"

摩提艾克猛然站起来，俯身靠向桌子对面，用力拍在阿克玛前方的桌面上。"我不是在威胁你，我也根本没打算杀人，你这个自作聪明的蠢货！我只是把真相告诉你，让你知道目前正在发生什么事情。"

阿克玛平静地说："好！我已经知道了，辈高以为他一直把我控制在股掌之上，凯迪奥也这样认为。很不幸，这并不是真的；因为我很早以前就想出这个计划了，这是你们谁也没有料到的。那时候我还在一个叫作车林的地方，我坐在一个小山坡上，一边看着我的父亲向那些暴徒恶棍献媚，一边想出这个计划。当时我发了一个毒誓，总有一天我会率领百万雄兵杀回这个地方，彻底征服耶律国人，将他们踩在脚下！在这片土地上，我和我的人民曾经饱受奴役和折磨；可是总有一天这片土地会重新回到纳飞国人的手中，这里的掘客会全部被赶走；还有那些甘心与掘客狼狈为奸的人类，果纳崖高原没有他们容身的地方。这个就是我当初起的誓，后来发生的一切都是我一手策划的，目的就是要实现这个誓言。宗教算什么？我从家父那里学会了以宗教驭人之术——他就是通过这个手段来摆布帕卜娄格的几个小畜生。不过家父的悲剧在于他竟然相信他自己编出来的故事。"

摩提艾克微微一笑，说道："谢谢你，阿克玛，我正是需要你说出这番话。"

阿克玛也报以一个微笑。"我并没有把柄落在你手上。你的几个儿子早就和我一起制订了一个必胜无疑的军事计划。探子发回来大量敌情报告，无奈你乐不思蜀，根本没有复国的大计，所以将这些报告都束之高阁。可是我们并没有暴殄天物，我们认真研究这些情报，并从中获得大量珍贵的信息。耶律国已经分裂成三个内讧不断的弱小国家，我们完全可以将它们各个击破。这是一个天衣无缝的复国计划，又何来叛国之罪呢？无论我在这个计划中扮演了怎样一个角色，我首先是一个全心全意为国王效劳的忠臣。很可惜，虽然我希望辅助你成就一番丰功伟业，可是你却拒绝我的好意。不过这是陛下你的选择，我无话可说。如果你打算把我的这个计划公之于世的话就请便吧——你告诉人们我要把敌人彻底击败，从此天下太平——你看看我会不会因此而身败名裂？"

摩提艾克说："老百姓并不想打仗。如果你以为他们支持穷兵黩武的话，你就看错他们了。"

阿克玛说："误读民意的是你而不是我。老百姓或者不想打仗，可是他们更加憎恨现状。耶律国的突击队知道他们随时可以撤回边境，我们的军队反正不会越境追击。这样一来，他们可以肆无忌惮地进犯，我们却要长年累月地保持警惕、疲于奔命，老百姓已经恨透了。你觉得为什么他们那么憎恨掘客吗？你觉得为什么国民警卫队敢于违抗王命，不去制止暴力事件吗？我的治国方略能够将民众的愤怒引向真正的敌人，而你的宗教政策却逼他们把满腔怨恨都发泄在无辜孩子的身上。陛下，这就是你我的不同之处。"

摩提艾克又站起来。"没有哪条法律规定我一定要把王位传给儿子。"

阿克玛也站起来。"也没有哪条法律规定老百姓一定要接受你指定的继承人。艾伦赫本来就已经深得民众爱戴,等他们知道他——还有我们——打算重施古法、恢复旧制,他们只会更加拥护艾伦赫。"

"你的全盘计划,还有你居然敢当着我面直言不讳——这完全是仗着我是一个心慈手软的君主,你看准了我不会滥用王权。"

阿克玛说:"是的,这一点确实是我最根本的指望。此外你还有另外一个可依赖的地方,就是你对这个国家的爱。你决不忍心害这个国家陷入内战或者无政府状态,所以你最终还是会将王位传给艾伦赫。到了艾伦赫登基之日——不管你怎么想我们,陛下,可是我们确实希望那一天不要太快到来——我们希望、我们也相信你会幡然醒悟,意识到我们的计划会为你的子民带来长治久安的太平盛世,然后你会给予我们祝福。"

摩提艾克说:"不,不会的,你就死心吧。"

"这是你的决定。"

"你觉得你神机妙算,将我玩弄于股掌之间了,是吧?"

"我完全没有这个意思。我唯一的敌人是那个由掘客和一些猪狗不如的人类组成的山地国家。而且导致这次迫害狂潮的那个审判结果和我没有丝毫关系,你自己也心知肚明。我也从来没有参与那些卑鄙无耻的政治斗争小把戏,我一直都拒绝与他们同流合污。至于你现在要颁布的这条法令,没错,这确实是我的策略;问题是我并没有发现你想出什么更好的方法。可是我向你提出稳定局势的良方,却被你召进寝宫,当面斥责我是一个玩偶、一个叛徒、一个残害儿童的暴徒。还有别的什么脏水要往我身上泼吗?难道这就是对我忠心报国的奖赏吗？而且我的父母坐在这里听着，自始至终也没有为我辩解一句！我会永远记住这一幕的。"

辈高大笑道："好样的，阿克玛，我果然没有看错你！"

摩提艾克瞪了辈高一眼，他马上安静下来。

这时候，父亲平静地说："阿克玛，我求你行行好可以吗？"

阿克玛心中默默地说：不！不要用这一招！你在帕卜几兄弟面前卑躬屈膝就算了，现在别把这招苦肉计用在我身上！

父亲继续道："一直以来我不断地自省。我努力回想当年的情景，也努力拷问自己的良知。因为我试图想象在车林的时候，我到底有没有别的路可以走。现在我求你告诉我，我当年应该怎样做呢？我与帕卜娄格的几个儿子修好，教导他们宾纳若的学说，向他们讲述地球守护者的真理——我这样做使我们重获自由，然后来到达拉坎巴。除了这个方法，我还能怎样呢？我到底应该怎么做呢？"

"我从来都不沉溺于过去。"阿克玛试图避开这个让他极度难堪的问题。

父亲说："也就是说你也想不出更好的办法。是的，你确实想不出。我也明白，仇恨和愤怒都是非理性的；虽然你明知我别无选择，可是你心中的愤恨还是难以平复。不过你现在已经是成年人了，你是有能力将那些幼稚的想法抛诸脑后的。"

阿克玛不痛不痒地说："你这样说我幼稚，算是向我道歉吗？"

阿克玛若说："不是道歉，而是警告。"

"警告？不会吧？你不是向来都鼓吹和平吗？"

"你自称非常讨厌那些暴徒的迫害行为，可是在你制订这个天衣无缝的计划时，以你的智慧竟然没有意识到，你即将踏上的这条路将会导致生灵涂炭。相比之下，这段时间的迫害简直可以算是和风细雨、微不足道。"

"耶律国的人反反复复地滋扰我们的边境，是他们先挑起的战祸，所以我是不会为他们的苦难流一滴眼泪的。"

阿克玛若说："你们年轻人只会纸上谈兵。"

"你别在军事方面对我指手画脚。你见过的战争和我一样少，可是至少我研究得比你多。"

"你以为摩提艾克和我没有讨论过主动出击吗？如果我们认为可以一战告捷，将耶律国的军队全歼于一役，你以为我们会畏缩不前吗？虽然我热爱和平，可是我也是很清醒的。我当然知道耶律国的军队不断地在边境滋扰；摩提艾克对他的子民所受的苦难也是感同身受。为什么国王不愿意大举进攻敌方的军事重镇？因为我们必败无疑，绝对没有取胜的可能性！高原的山谷地带易守难攻，我们走进去是自投罗网，还没回到纳飞国的故土就全军覆没了。不过你是不可能走到这一步的，阿克玛，因为地球守护者从一开始就摒弃了你的这个计划。按照地球守护者的旨意，这片土地属于三个种族共有。如果我们遵守这条法令，在这里和平共处，那么我们就能够安居乐业，共享太平盛世。要是我们违抗地球守护者的命令，阿克玛，那么我们最终就会像华素伦人一样暴尸荒野。"

阿克玛摇头道："过了那么多年，你竟然还以为我会被所谓'地球守护者的警告'吓怕吗？"

阿克玛若说："不，我知道你不会怕，可是我有责任将我所知道的信息告诉你。昨晚我做了一个真实的梦。"

阿克玛心中一声叹息：得了吧，爸爸，你已经够丢脸的了，就不要再雪上加霜了好吗？你就不能像个男子汉一样坦然接受失败吗？

"地球守护者选中了你。在你童年的时候他就发现了你的天赋，所以一直对你悉心栽培，准备对你降以大任。你拥有的聪明、才智以及能力在纳飞国历史上可以说是前无古人。"

这个马屁拍得实在太露骨，阿克玛并不上当。他哈哈笑道："所以你才那么尊重我的意见和想法，对吧？"

"而且从来没有人像你那么敏感。当你很小的时候，这种敏感的特性就已经转化成同情心。他们殴打绿儿的时候，你觉得比打在你身上还要疼；你能切身感受到身边众人所受的痛苦。可是除了与生俱来的敏感，你还有一身傲气。你必须做众人的救主，对吧？可是那天在田野上挫败狄度的不是你，而是你妈妈；而教导他们向善、成功策反他们的也不是你，而是我。这才是我和你妈妈犯下的罪过，就为这个你始终不肯原谅我们。其实你渴望的一切都实现了——我们得救了，再也不会受到折磨。可惜有一件事情是你没办法接受的，你觉得我们的得救和你没有一点关系。虽然我们现在已经脱离了苦海，可是你始终不能心安理得，你非要率领军队回去报仇雪恨不可，这就是为什么你一直梦想着要打仗。"

妈妈这时候终于说话了，她的语气非常激动。"当年全凭你的勇气我们才能够支撑下去，难道你不知道吗？"

阿克玛不禁摇了摇头。爸爸妈妈为了说服他接受他们对事物的扭曲的看法，竟然使出如此下作的手段。听着他们在可怜巴巴地哀求，阿克玛已经到了忍耐的极限。为什么他们要这样作践自己呢？他们虽然称赞阿克玛聪明，却意识不到，他既然那么聪明，又怎会看不穿他们的小把戏呢？

阿克玛若继续说："地球守护者正在观察你，看你下一步要做什么。你将会获得做出最终决定所需的一切信息，然后到了那个决定性的时刻，你就必须做出抉择。"

阿克玛说:"我已经做出选择了。"

"阿克玛,那个机会还没有来临;时机一到你自然就会知道了。到时候你将会面临两个选择,一方是地球守护者的宏图伟业,他要求从天上到地下的三个种族求同存异、和平共处;另一方是所有人——包括你自己在内——的傲慢,也就是我们人类的劣根性,正是这种傲慢驱使成年人残忍地撕破小天使的飞翼。你觉得地球守护者摒弃了你,损害了你的尊严,所以你决心与地球守护者对抗,所以你假装不再信奉他,所以你为了维护自己的尊严而不惜造成战争和死亡。仅仅因为你和你的族人在小时候被几个掘客殴打过,现在你就要将所有掘客都赶出他们的家园!如果你放纵自己的傲慢,如果你一意孤行要走上毁灭的道路,如果你依然选择背弃地球守护者,那么地球守护者就会给这次实验打上失败的印记,我们就会重蹈华素伦人的覆辙。你明白我的话吗?阿克玛!"

"我明白。虽然我一句也不相信,可是我完全听明白了。"

阿克玛若说:"那就好,因为我也明白你了。"

阿克玛轻蔑地大笑几声,说道:"好啊,那就请你帮我减少一点麻烦,直接告诉我,到时候我会选择哪一条路。"

"儿子,当你万念俱灰的时候,当你觉得生无可恋的时候,请记住,地球守护者是爱我们的。她爱我们所有人,她珍惜每一条生命、每一个心灵、每一份情感。对于她来说,每一条生命都是珍贵的,连你的也不例外。"

"她实在太仁慈了。"

"阿克玛,她对你的爱从来没有改变。她知道你一直以来都相信她的存在;她知道你背叛她是因为你自以为能够比她更好地塑造这个世界;她还知道你反反复复地说谎,欺骗每一个人,包括你自己——尤其是你自己。可是我再一次告诉你,不管你过去是多么的不堪,可是只要你从这一刻起洗心革面,重新皈依地球守护者,她还是会接受你的。"

阿克玛问道:"如果我拒绝,地球守护者就会将每一个人都扫地出门,对吧?"

"她将收回对我们的庇护,从此我们就能够随心所欲地自我毁灭了。"

阿克玛又笑了:"这样一个东西,你竟然告诉我她心里充满了爱?"

阿克玛若点头道:"是的,阿克玛,正是由于她爱我们,所以才给予我们自决命运的自由。就算我们选择自我毁灭,就算我们这样做会伤透她的心,地球守护者也还是不会干涉我们。"

阿克玛问道:"所有这些都是你在一个梦里看到的吗?"

"我梦见你困在一个洞底,那个洞很深很深,没有一丝光线能够到达。我看见你很痛苦,一边哭泣一边惨叫,苦苦哀求地球守护者快点了结你的生命。你觉得自己背负了太多的羞愧和耻辱,实在没脸面继续活在世上,宁愿一死了之。我当时想,没错,阿克玛就是这么骄傲的一个人,他宁愿死也不愿意承受屈辱。可是在那个漆黑的洞底,就在你的身边,阿克玛,我看到了地球守护者——或者说我听到了她的声音。她说道,阿克玛,我已经伸出了手,请你也把手递过来,握住我的手,这样我才能把你带出这片黑暗。可是你哭得太大声了,完全没有听见她的话。"

阿克玛说:"爸爸,我也经常做噩梦。下次你试一下早点儿吃晚饭,这样的话,等你上床睡觉的时候,胃里面的食物应该已经完全消化了。"

现场鸦雀无声。可是在阿克玛耳中,这一片寂静就是胜利的乐章。

摩提艾克看着阿克玛若,只见阿克玛若点了点头。车贝雅突然失声痛哭,说道:"阿克玛,我爱你。"

阿克玛答道:"妈妈,我也爱你。"然后他转头对摩提艾克说:"还有你,陛下,你是我的主公,我尊敬你,也服从你的旨意。如果你命令我保持缄默,我一定遵命。可是我只有一个要求,如果你要封我的口,就请你也让我爸爸闭嘴。可是如果你让他自由发言,那么请你也赐予我言论自由。"

摩提艾克平和地说道:"这正是即将颁布的那条法令所规定的。从此取消国教,实行信仰自由;信众有权自行组建宗教团体并选举领袖;国王不再任命大祭司;这条法令也严禁任何人因为他人的宗教信仰而对其进行迫害。好了,你父亲已经向我示意,这次会面的目的已经达到,你可以走了。"

阿克玛顿觉整个人笼罩在胜利的光环之中,浑身上下仿佛沐浴着夏日的暖阳,只感到说不出的舒畅。"谢谢你,陛下。"说完他就转身向外走。

在他走到大门的时候,摩提艾克说道:"顺便提一句,从这一刻起,我将你和我的儿子驱逐出宫。如果你们不加入地球守护者殿堂,今生今世也休想再见我一面。你叫他们在我出殡的时候再来给我送行吧。"他的语气平缓,可是这句话却相当刺耳。

"既然这是你的决定,我只能表示遗憾。"阿克玛说完,突然想起一件事情,于是问道:"你打算怎么处置辈高?"

"这个,"摩提艾克答道,"就轮不到你来管了。"

阿克玛走出了寝宫,将大门在身后关上,然后迈开轻快的脚步向图书馆走去。艾伦赫、孟恩、欧弥纳和凯明还在那里等他的消息。阿克玛知道，四个王子知道他们被驱逐出宫之后肯定会很震惊，可是阿克玛能够不费吹灰之力就将他们的悲痛转变成一股全新的动力。今晚将会是大获全胜的一晚！从今晚开始，原来那种根据梦境来制定国策的愚蠢做法正式踏上灭亡之路。更重要的是，从今晚开始，公平和正义将会逐步回归，终有一天会主宰整个果纳崖地区。

阿克玛想，等一切风波都过去之后，和平和自由将会重临这个国度，我也将会作为人民的救世主永垂青史。在我有生之年，我要率领人民投入一场轰轰烈烈的复国战争，他们会在我的率领之下平安度过战乱。更重要的是，我会将敌人斩草除根，为我们的子孙后代打下一个千秋万代的太平盛世。和我的功绩相比，那个神龙见首不见尾的地球守护者算得了什么呢？

在同一天，谢德美也回到了达拉坎巴城。今天晚上阿克玛将会首次在公开场合粉墨登场，谢德美是特意赶回来观看的。有人已经把首都最近发生的事情向谢德美汇报，另外还有上灵为她拾遗补漏；凭着这些信息，谢德美已经能猜到摩提艾克的几个儿子以及阿克玛准备说什么，也能料到后果会是怎样。不过既然她这次下凡是要融入社会之中真真切切地活一回，又怎能错过这么重要的大事呢？只可惜这些事情背后反映出来的是人类固有的某些劣根性。虽然谢德美隐约觉得有点不爽，不过她还是去集会现场了，还带上了几个老师和学生。弗珠母也想来，可是被谢德美劝阻了。谢德美说："参加这次集会的人有许多都曾经参与迫害地球守护者信徒。他们非常憎恨掘客，我们并没有把握保证你的安全，所以我今晚就不打算带掘客师生一起去了。"

弗珠母说:"噢,看来是我会错意了。我听说上台演讲的是艾妲迪雅的几个兄弟,他们小时候都是乖孩子,对我可好了。"

谢德美不忍心告诉弗珠母,这几个"乖孩子"已经是今非昔比了。弗珠母教的是掘客传统,她并不需要了解当今社会的最新动态,所以今晚不去听也没关系。

集会正式开始的时候,演讲者的出场顺序让谢德美觉得很出奇。艾伦赫在众人当中是最有声望的,从小就为万民所宠爱,难道不是应该让他压轴出场的吗?可是当谢德美听了他讲话之后,就明白他们这个安排其实是有道理的。艾伦赫很擅长说一些极具鼓动性的言辞,却不能将一些很具体很实质的东西清晰地罗列出来。毕竟他的角色是国王,只要果敢决断以及善于鼓舞民心就可以了,而并不需要循循善诱。事实上,艾伦赫确实有能力成为一代明君。他的演讲基本上是说,他敬爱他的父王,也尊重父王的宗教信仰;可是他更尊重纳飞国人的古老传统。他很感激父王实行宗教自由,让不同的信仰和宗教仪式可以共存。他说:"父王非常热爱殉道者宾纳若所传播的教义,所以我也非常尊重地球守护者殿堂。可是今天我们共聚在这里是为了组建一个全新的社团,我们将这个社团命名为'旧制会'。我们将致力保存各种古老的公共仪式;这些传统仪式从英雄时代起就是我们生活的一个重要组成部分。可是我们与别人不一样,我们没有野心将旧制会变成唯我独尊的垄断组织,也不排斥其他团体。就算你是地球守护者殿堂的信众,就算你依然笃信宾纳若的教义,只要你尊重古法旧制,崇尚传统的生活方式,我们就热烈欢迎你加入旧制会。我们唯一的要求是会员必须互相尊重,同时也尊重我们为了抢救和保护传统生活方式而做出的努力。达拉坎巴为什么伟大?我们为什么能将国内的和平维持几个世纪之久?原因正是传统的生活方式。"

不出所料，台下的听众欢呼雀跃，纷纷赞叹艾伦赫的聪明才智和宽容大度，都说他将来必定是一个贤明伟大的君主。谢德美很想知道这些听众里到底有多少人明白，艾伦赫所说的"古法旧制"其实是将掘客都变成奴隶，或者都驱逐出境。地球守护者的真正信徒是决不会与这帮人同流合污的。可是艾伦赫还是假惺惺地邀请他们入会，其实是给旧制会营造出一个海纳百川的假象。

谢德美又想，有多少人意识到，达拉坎巴地区的和平到今天为止其实只不过延续了区区三代人。原来的纳飞国位于果纳崖高原最偏远的地区，后来摩提艾克的祖父率领民众举国迁徙来到达拉坎巴地区，与本地的原住民融合。这次迁徙其实发生了不到一个世纪。而且纳飞国人的到来令达拉坎巴地区原有的贵族阶层非常不满，因为他们觉得纳飞国的统治阶层的到来是鸠占鹊巢，害他们受尽排挤打压，也失去了昔日的尊贵地位。当然了，艾伦赫绝对不会提起这些敏感话题。阿克玛虽然大言不惭地说自己忠于史实，可是当他渴望赢得民众支持的时候，却不惜歪曲事实真相来迎合自己的需要。

轮到孟恩了。相比之下，他的发言更具体也更明确，比如说他们到底要努力保存哪些古老仪式。"在接下来的几周内，我们将举行一系列的公众仪式。在此，我们呼吁各位熟悉古法的老祭司出山，重新为我们主持这些仪式。当然，有些仪式需要国王的参与，目前这些仪式只能暂缓一下了。等有朝一日我们敬爱的君主摩提艾克愿意率领国民恢复旧制，那才是这些仪式重见天日之时。"虽然孟恩没有把话挑明，可是在场的人都明白，就算摩提艾克有生之年也不回心转意，等艾伦赫一即位，他就会立即重新举行这些重大仪式。孟恩说："在众多的古老节日里，我们只会保留那些需要大排筵宴庆祝的欢乐节日，而不会恢复那些让人斋戒禁食的悲伤节日。"

谢德美想，对啊，你们这样做是给民众一颗定心丸；要加入旧制会，大家不需要做出任何牺牲。这样一个宗教，只给人灌迷魂汤，却不转播光明，只有花里胡哨的空洞形式，却没有一丝一毫的实质内容；只是盲目追求传统，却没有制定清规戒律。

欧弥纳上台主要讲述会员制度。"你们只需要在案卷上签名就可以了。也不用着急马上做；在接下来的几个星期之内，你们可以随时去任何一个祭司那里登记入会。我们请求各位在力所能及的范围内捐献钱财，我们将会用这些会费购买土地，建造集会场所；我们还会兴办学校，让我们的子女能够接受传统形式的教育，也就是我们兄弟四人在宫中接受的那种教育。有一件事情大家可以肯定，你们加入旧制会以后，决不会因为与某些祭司意见相左而被除名。"

这无疑是对地球守护者殿堂的另一个抨击。其实旧制会号召会员捐献，根本就是欺世盗名，谢德美几乎忍不住笑出来。地球守护者的信徒大部分都是贫民，为了建造校舍和延请教师，他们出钱出力，确实是作出了巨大的牺牲。可是他们这样做完全是因为他们满腔热忱地信奉地球守护者，愿意不顾一切地为她付出。至于旧制会，他们永远也不可能从会员那里获得如此慷慨的捐赠。只是他们肯定不会缺钱，因为那些有钱人都知道，捐了钱给旧制会，未来的国王和他的兄弟们必定会留意并且铭记在心。哼，旧制会的预算肯定不会短缺。那批在摩提艾克改革之前拿着国家薪水的祭司会突然发现自己重新过上了日进斗金的富裕生活，再也不用和平民百姓一样为三餐奔波——经过了十三年的荒唐岁月，他们又变回了特权阶级。

凯明毕竟还年轻，演讲的时候略显忙乱，可是听众似乎觉得他说错话的时候还挺讨人喜欢的。阿克玛只是让凯明强调一下他绝对赞同几位兄长所说的话，然后宣布，等旧制会在首都建成规模之后，摩提艾克的几个儿子将和阿克玛一起在全国各地的省会城市巡回布道。他们会向当地民众演讲；无论何处有人邀请，他们都会前去建立分会。不过很不幸，他们既没有钱，也不想用父辈的财产，因为摩提艾克和阿克玛若都不赞同他们的主张。这样一来，凯明和他的三个哥哥以及阿克玛这一行人路上就全靠各地善长仁翁的资助了。

谢德美想，如果他们去每个愿意收留他们的善人家中都住一晚，可能到死也住不完。那些富贵人家，平常连一个扁糕也不会施舍给乞丐；现在肯定会趋之若鹜地去向他们献殷勤。这几个纨绔子弟，一生之中还没有尝过一天贫穷的滋味。

谢德美，别那么刻薄。阿克玛是挨过穷的。

谢德美默默答道，可惜他并没有从中学会任何东西。

阿克玛并不笨，他们会不时去穷人家住一两晚，也会光临天使的家。他们如果力所能及的话，是决不会把道德制高点让给阿克玛若和摩提艾克的。

摩提艾克的四个儿子一共讲了半个小时，然后就轮到阿克玛上台了。很明显，听众一开始根本无从预测他会有怎样的表现。四个王子本来就出身显贵，引人注目；而阿克玛只是阿克玛若的儿子，而且关于他的传闻大部分都是负面的。有人是因为怨他父亲的宗教改革而顺带把他也恨上；有人则是因为他全盘否认亲生父亲穷毕生心血所创立的宗教而憎恶他——至少摩提艾克的几个儿子就没有这样对待国王，他们甚至还重申对父王忠贞不贰；还有人因为阿克玛是一个学者而讨厌他。据传闻，他是王室图书馆最聪明的几个常客之一，而普罗大众对饱学之士自然而然地抱有一种排斥和提防的态度。此外，有些人是没办法去喜欢阿克玛的，因为他们听说阿克玛不信奉地球守护者——这小子要开宗立派、自创新教，却胆敢一上来就全盘否定地球守护者，其策略不可谓不怪诞。

然而阿克玛的表现让众人大吃一惊，就连谢德美也万分诧异。虽然上灵早已将阿克玛要讲的话告诉了她，可是谢德美完全没有料到阿克玛的演讲竟会如此气势磅礴，他的声音竟会那么振奋人心。阿克玛根本不需要过分夸张的肢体动作，他只是用一双深邃的眼睛扫视人群。他的目光极具穿透力，台下的每一个听众不时会觉得，阿克玛正在看着我，他的话是直接对我说的，他看穿了我心中的想法。

就连谢德美也一度觉得自己被他的目光所笼罩。当时阿克玛说："你们当中有些人听说我不信奉地球守护者，在这里我要严正澄清，这是谣言！我信奉地球守护者，我只是不相信某些人对他的描述。那些人的说法非常粗陋，他们说地球守护者是一个专门给某些人报梦的实体。按照他们的描述，地球守护者对待世间男女亲疏有别，厚此薄彼。我不信这个说法！他们又说地球守护者已经替我们制订了计划，如果我们不实施的话他就会发怒；有些人没有及时遵从他的指令，有些人做不到'爱敌人胜于爱朋友'，于是他就将这些人拒之千里之外。我也不信这个说法！他们还说地球守护者是一个无所不知无所不晓的造物主，我更加不信——既然将人类和天使塑造成热爱阳光与空气的生物，为什么又要逼我们与那些习惯了生活在地底坑道里的污秽动物比邻而居呢？这个地球守护者的规划工作有待提高嘛。"

听众们被逗笑了，显然很受用。阿克玛在谈笑间不轻不重地贬损了一下掘客，还向众人表明了他这个新教肯定会让大伙儿称心如意。

"不！我所信奉的地球守护者其实是存在于世间万物之中的伟大

的生命力量。在滂沱的大雨里，在凛冽的寒风中，在和煦的阳光下，我看到了地球守护者；当玉米和土豆茁壮成长的时候，当奔腾的河水冲洗顽石的时候，当成群的鱼儿落入网中的时候，当小婴儿第一次唱出生命之歌的时候，我看到了地球守护者。她其实是主宰世间万物的自然规律，你们自然而然就会去遵守，并不需要刻意为之。地球守护者希望你们做的事情，你们不需要做那些特殊的梦也能知道。你们会感到饥饿，因此你们知道地球守护者希望你们进食；你们喜欢开怀大笑，所以你们知道地球守护者希望你们开心；你们不但疼爱自己的小婴儿，而且也享受制造小生命的过程，因此你们知道地球守护者希望你们生儿育女。每一个人都能够接收地球守护者发过来的信息！只要你活在这个世界上，你就能够学会他的真理，并不需要我们来教导。我们唯一能够教你们的就是那些精彩百出、珠玉纷呈的历史故事和古老仪式——正是这些传统将我们紧紧地团结成为一个民族。"

刚才摩提艾克的几个儿子发言的时候，谢德美在心里轻而易举地就将他们的谬论一一驳倒。可是现在她试图驳斥阿克玛的时候，虽然竭尽全力，却始终做不到。阿克玛的声音似乎带有一种不可抗拒的魔咒，使谢德美无法正常思维，更遑论驳斥了。只要阿克玛选择向着她说话，他就能够左右谢德美的思维。谢德美只知道她并不相信阿克玛的话；可是在这一个瞬间，她已经忘记了自己为什么不信他。

阿克玛滔滔不绝地说着，可是他的演讲却一点也不显得冗长。每一个字都是那么动听、那么迷人；既充满睿智，又风趣幽默，让众人听得乐不可支——人们甚至舍不得听漏其中任何一个字。谢德美明明知道阿克玛在说谎，明明知道在他说的话里，有过半连他本人也不相信。可她心中还是觉得阿克玛的话好像音乐一般动听；他的言辞就是一首狂想曲，好像从瓷都热克河涌上来的一股寒潮，猛烈地冲击着听众，一边触动他们的心灵，一边麻木他们的灵魂。

临近结束的时候，阿克玛提出了解决掘客难题的终极方案——谢德美熬到这时候才逃脱了阿克玛的控制。他说："在过去几个月里面，残忍暴力充斥着社会；每一件暴行都是对现行法律的践踏，我们都觉得极端厌恶。值得庆幸的是，我们有一位贤明君主摩提艾克。他宣布严禁宗教迫害，此举已经大大强化了现有的法律体系。可是如果根本就没有掘客逆天而行、硬要和人类同住在达拉坎巴，那么又何来的迫害呢？"

就在这一刻，正是这句话让谢德美从阿克玛的魔咒之中猛然惊醒，他的声音也随即显得不再动听了。可是她身边的人还没有清醒过来，谢德美连忙用手肘撞一下同行的几个教师，或者瞪她们几眼，确保她们不会相信阿克玛的鬼话。

"那么多掘客住在我们的家园，这是他们的错吗？我不知道。可是有一点可以肯定，这绝对不是他们的初衷。他们当中有一部分从远古时代起就一直住在这里。在那个年代，掘客总是住在天使附近，目的是把天使的婴儿偷回阴暗潮湿的地穴里吃掉。就凭这种所作所为，我们就很难将这些掘客原住民的身份定义为'公民'。至于在达拉坎巴境内的大部分掘客，他们之所以住在这里，完全是因为他们本人或者他们的父辈从耶律国窜入我们的边境地区烧杀抢掠，企图夺取我们辛苦获得的劳动成果；我们的人民浴血奋战，将入侵的敌人俘获，或者在越境反击的时候将当地的掘客村民抓起来，这些俘虏都被带回国内做奴隶。这其实是一个错误，我们失策了。当然，我不是说掘客不适合做奴隶——其实他们天生就是做奴隶的材料，就连耶律国的统治者也是这样利用他们的。不，我们的错误在于，把掘客用作奴隶也好，看成战利品也好，总之我们就是不应该把他们带进人类和天使的国度，因为有些人特别容易上当受骗。这些人看见掘客会发出一种类似语言的声音，就以为他们能够像人类和天使那样去思考、去感受、去做事。其实我们亲眼所见的事实都证明了这些全是不堪一击的谎言，我们不应该继续被他们迷惑了！人类和天使才真的是情同手足。试想一下，看着天使在空中翱翔，听着他们晚唱时的天籁之声，哪一个人不觉得心情愉悦？而人类也为天使带来了知识和工具，有些重型工具只有人类才能使用，可是天使也因此而获利了——和人类在一起，哪个天使会不开心呢？我们完全可以互惠互助，和平共处。当然了，如果凯迪奥省的兄弟们要继续自绝于天使，拒良朋于千里之外，那是他们自己的选择，我也没资格说三道四。"

听众发出一阵赞赏的笑声。

"可是当你们看见掘客挖洞时撅起的大屁股，你们会觉得赏心悦目吗？你们喜欢听掘客尖锐刺耳的嗓音吗？你希望看见掘客的爪子碰到你们要吃下肚子的食物吗？当你们看见掘客用铁铲似的手指抓住一本书，你们不觉得很可笑吗？如果一个掘客要开口唱歌，难道你们不会争先恐后地逃离现场吗？"

每一句攻击的话语都引来一阵哄笑声。

"虽然掘客和我们生活在一起，可这并不是他们自己做出的选择。如今掘客都穷得一无所有，这也是命数使然——他们甚至没有足够的智力去做一个真正意义上的公民，又怎能摆脱九世乞丐的命运呢？正是因为贫穷，所以他们没办法离开，也不想离开。他们为什么要走呢？掘客在达拉坎巴的生活再不济，也总比在耶律国富足。

无奈我们天生就对掘客有一种抵触厌恶的感觉，这正是地球守护者发送给我们的信息，告诉我们掘客必须离开这里。我们当然应该尊重地球守护者的决定，可是我们不应该使用暴力强迫他们滚蛋；因为我们都是文明人，而不是耶律国的野蛮人。时至今日我还能感受到耶律国的掘客挥鞭抽在我背上的痛楚，所以我宁愿死也不要看到人类和天使用这种方式来对待哪怕是最恶毒的掘客。我们不屑使用这么残酷的手段，因为我们比他们更开化！因为我们比他们更文明！"

台下爆发出一阵阵掌声和欢呼声。谢德美寻思，阿克玛马上就要说出一种更有效的迫害方式，马上就要展开一轮全新的迫害浪潮，可是我们还在大言不惭地以反对迫害自诩——我们人类确实太高尚了。

"这么说来，难道我们真的是无能为力吗？如果有一些掘客明白了真相，希望离开达拉坎巴，却苦于没有路费，他们该怎么办？所以我们一方面要帮助他们明白为什么非走不可，另一方面要出钱出力资助他们上路。我们首先要意识到，掘客之所以能够赖着不走，唯一原因就是我们总是出钱雇他们干活；与此同时，很多在贫困线上挣扎的人类和天使都很渴望得到这些工作。当然，我们雇掘客可以少付工钱，因为他们连住的地方也不用，就在河边挖个洞就可以了。可是我们必须作出牺牲，不要再雇用掘客干任何工作——这样做既是为了他们好，也是为了我们好。需要挖坑的话就多花点钱雇一个男人，需要洗衣服的话就多花点钱雇一个女人。一分钱一分货，至少我们不需要另外请人回来收拾掘客雇工留下的烂摊子。"

掌声和欢呼声又响起来了。阿克玛的这些谎言充斥着偏见和不公，谢德美气得快要掉眼泪了。

"我们不要从掘客商人那里买东西！如果其他两个种族的商人贩

卖掘客制造的货物，就连他们也一起抵制！我们要逼他们保证，他们店里的货物都是由人类或者天使制造，而不是出自某些低等动物的爪子。可是如果一个掘客想卖地，我们就应该去买，而且还应该付一个公道的价钱。我们让掘客把他们的土地都卖光，从此达拉坎巴境内再也没有一寸土地归属在掘客的名下。"

掌声，欢呼声。

"他们会挨饿吗？当然会！他们会越来越穷吗？当然会！可是我们不会眼睁睁看着他们饿死。我自己的童年就是在饥饿之中度过的，因为那些掘客监工故意不让我们吃饱。可是我们和那些畜生不一样！我们会调用旧制会筹集的善款为掘客准备食物，如果有必要的话，我们甚至愿意把达拉坎巴境内的每一个掘客都喂饱——前提是他们必须向边境进发，而且我们只能喂他们喂到边境为止。旧制会将在每个城市的边缘设置布施亭，为每个掘客家庭派发食物。他们吃饱喝足之后就必须上路，继续朝边境走去。沿路的布施亭都会给他们提供食宿，我们也会对他们以礼相待；第二天早上，他们休息够了，也吃饱了，就要向下一站前进。最后在边境那里，我们会给他们一个星期的口粮，让他们重新回到耶律国，那里才是他们的归属。他们要做苦力吗？就让他们回耶律国去做好了。他们要保存所谓的传统文化吗？就让他们回耶律国去折腾好了。无论如何，他们必须滚回去！滚回去！"

听众开始齐声重复最后三个字——这无疑是阿克玛预先计划好的。不过由于群情过于激愤，他好不容易才使大家安静下来好让他把话说完。剩下的话已经不多了，阿克玛只是再一次对纳飞国人和达拉坎巴人的传统习俗进行狂热的讴歌，又大肆吹嘘了一番旧制会是如何如何的厚恩博爱、兼收并蓄；他甚至还说只有在旧制会中才能找到同时泽被掘客、天使和人类三个种族的公平、正义和仁慈。

台下的听众尖叫着表示赞同，还如痴如狂地反复叫着阿克玛的名字，高声喊出对他的热爱之情。

虽然阿克玛知道自己很厉害，可是他也料不到听众会对他追捧到这么狂热的地步。

谢德美默默地答道，我可没有追捧他。

不管怎样，当他疯狂诋毁掘客的时候，大部分听众其实是不以为然的。可是他提出的迁徙方案却获得了人们的赞同。对于在场的大部分听众，至少在目前来说，诱导迁徙听起来像是最简单和最人道的解决方案。

那么对于土家族来说呢？

就像世界末日。

摩提艾克会阻止他们吧？

他肯定会尽力阻止，这一点我敢肯定。密探这时候正在向他报告几个王子和阿克玛说过的话。他的智囊团会研究法律条文，从中寻找对策。可是如果阿克玛的计划得到广大民众的支持，那么摩提艾克始终会有顶不住压力的一天。

可是阿克玛要剥夺掘客的生计，逼迫他们离乡背井。从长远来说，这种做法实际上和其他迫害方式一样残酷。摩提艾克不会看不出来吧？

你别跟我争，你和国王说去吧。或者……你公开你的真实身份，然后显示一下星舰宝衣的威力……

地球守护者需要人们追随她的时候是出于真心热爱，所以她是不会使用恐吓手段的。

话虽这么说，可是当年全赖纳飞给了两个兄长几下电击，那两人才老老实实地合作，我的宇宙飞船才能够修好。

然后他们一有机会就挖空心思去谋害纳飞。

这时候，有一个学生说："谢德美，我们回家吧。"

另一个学生很惆怅地摇了摇头，说道："他真的很出色，可惜他说的话都是狗屎。"

谢德美立即出言责备，说她不该讲出那么粗鄙的话；然后她又笑着拥抱了这个学生。她的学生们可能在某个瞬间曾被阿克玛迷住过，可是她们都受过真正的教育，而并非只懂得死读书。所以她们听到一些闻所未闻的言论时，懂得对其进行分析和判断，最后得出一个结论——这些观点是卑贱的、危险的、恶毒的……

相比之下，可能这个学生的描述才是最传神的。

一行人回到学校的时候，天色已经黑了。几个小女孩迫不及待地跑进校门，将刚才在会上的所见所闻悉数告诉各位同学。谢德美一回校就立即召集全体掘客教师开会，告诉她们阿克玛要使用杯葛的手段逼迫掘客离开。她说："你们不用担心在学校的教职。从今天起我要免掉全体学生的学费，家长就可以用这笔钱去雇用或者资助身边的掘客。我们一定要群策群力，共同渡过这个难关。"

谢德美走进庭院的时候，从集会回来的几个学生正在把阿克玛关于掘客的那些话转述给同学。她们的记忆力非常好，有些句子和原话相比竟然一字不漏。艾姐迪雅也没有出席——她告诉谢德美，她这样做有两个原因：她不知道自己去了之后能不能强压着怒火不发作，此其一；其二，她必须向公众证明，摩提艾克的子女并非每一个都丧尽天良，至少还有一个女儿是有良知的。可是现在当她听说阿克玛侮辱掘客低智商，说他们与文明社会格格不入，艾姐迪雅还是忍不住发飙了。

"阿克玛分明认识弗珠母！虽然他不像我几个兄弟和她那么熟，可是他确实认识弗珠母！他知道自己说的话全是骗人的，他知道的，他知道的！"艾姐迪雅气得一边手舞足蹈一边尖声咆哮。在场的小孩子看了都有点害怕，同时也很佩服她勇于表露心中的真情——她和谢德美的风格有天壤之别，后者虽然性情生硬唐突，却总是喜怒不形于色。

谢德美走上前把艾姐迪雅拥在怀中，说道："当我们心爱的人作恶的时候，我们受到的伤害才是最深的。"

"我怎样才能戳穿他的谎话？我怎样才能不让人们上当受骗？"

"你已经在身体力行了。你给学生上课；你走到哪里都公开发表言论；有人在你面前复述那些恶毒话语的时候你也不会默默忍受。"

"我恨他！"艾姐迪雅激动得声音都沙哑了。"谢德美，我永远也不会原谅他。虽然地球守护者总是劝我们宽恕敌人，可是对于这个人，我做不到！如果我因此而变得邪恶，那我就邪恶好了。他今晚做的事情，我会因此恨他一辈子！"

有一个学生困惑地说："可是他今晚也没做什么呀。他只是在说话，对吧？"

谢德美一边拥抱着艾姐迪雅一边说："假设有一个男人走在大街上，我突然指着他向所有人尖叫：'就是这人！就是这人将我的女儿先奸后杀！是他害死了我的小女儿！我认得他，他就是凶手！'人们听了我的话就把这个人碎尸万段。可是我知道他是无辜的，我说的话都是谎言。你们想想，我仅仅是在说话那么简单吗？"

谢德美把这段话留给同学们慢慢思考，自己则领着艾姐迪雅走进校舍。教师们都住在一个一个的小单间里，艾姐迪雅也不例外。"艾姐迪雅，你就不要心烦了，千万别让这件事情把你毁了。"

艾妲迪雅又低声说了一句："我恨他！"

"现在没有外人了，我觉得你必须坦诚面对内心真实的想法。你很生气，你觉得被他辜负了，所以没办法控制自己的情绪。你刚才在学生面前失态，现在又伤心欲绝——所有这一切，归根结底只有一个原因。艾妲迪雅，你是我的好朋友，也是我的好同事；我把你当成姐妹和女儿看待，所以我才敢直言不讳。这个原因就是，你还爱着他。因为爱，所以你无法原谅他。"

艾妲迪雅说："你怎能这样说我呢？我根本就不爱他！"

"迪雅，你想哭就放声哭好了。今天晚上你可以尽情地去悲伤、去苦闷、去愤怒、去咒骂，等你精疲力竭之后就好好睡一觉。明天一早你还要给孩子们讲课，还要帮我许多忙，我们大家都需要你走出阴影，坚强起来。"

第二天早上，艾妲迪雅果然重新振作起来，一如既往地努力工作，也回复了平日的热情、镇定和聪慧。可是谢德美看得出她其实还是心烦意乱，内心的苦楚没有丝毫减弱。谢德美想，你根据艾雅来命名，你和她确是同病相怜：艾雅的悲剧也是在于错爱了一个人——耶律迈。幸好你还没有像艾雅那样一错再错。她后来移情别恋，爱上了纳飞；至少你对阿克玛的爱意一直没有改变。而且在选择爱人这件事情上，你大概比艾雅更聪明一点，因为阿克玛未必会像耶律迈那么顽固和骄傲，为了自己的尊严可以不顾一切。耶律迈分明已经反反复复地见识过上灵和地球守护者的威力，可是他依然不知悔改，铁了心去憎恨他们，非要和他们对着干不可；而阿克玛不一样。阿克玛若、车贝雅、艾妲迪雅、绿儿、狄度，甚至我都亲身体会过地球守护者的神力，而阿克玛则从来没有这样的经历，所以这正是我们比他占优势的地方。耶律迈死不悔改，造成了艾雅芳心错投的人生悲剧；如果阿克玛见识到地球守护者的能耐就幡然醒悟，那么艾妲迪雅的一片痴心就不会付诸东流了。可是谁知道阿克玛会有什么反应呢？说不定艾妲迪雅的结局会比艾雅更加凄惨……

第十一章 挫 败

杜大姑不想丈夫离开。"你这样一走就许多天,我真的很不开心。"

摩提艾克说:"很对不起,可是无论你病得多重,我始终是一国之君。"

"既然你是一国之君,你就应该派人出去查探,向你汇报,不用每件事情都亲力亲为。"

"在达拉坎巴,土家族人和苍穹族人与中间族人一样,都是我的子民,他们必须亲眼看见我不希望他们离开。"

"你不是颁布了那条新的法令吗?你已经禁止人们有组织地杯葛掘客了吧?"

"哼,对啊,我是颁布了法令。然后阿克玛和那几个不肖子就立刻宣布,为了遵守法律,他们不再提倡杯葛行动,还正式要求人们停止抵制掘客制造的商品,并且不要解雇掘客。这样一来,虽然他们装作不再杯葛掘客,可是这个信息依然四处传播,而我却不能把他们抓起来。"

"我还是觉得你应该把他们关回宫里,不让他们在外面大放厥词。"

"没用的,人们已经知道他们相信什么、想做什么,这个事实已经没办法改变了。杜大姑,你信不信也好,我并不是你想象中那么威力无边,我其实是很无助的。"

"谁敢杯葛掘客就狠狠惩罚他们!抄家!斩手指!"

"可是我怎么证明他们确实在抵制掘客呢?他们只需要说:'我从来都不满意他干的活,所以现在我要另请高明。这件事情和种族没有一点关系!难道我连选择雇工的自由也没有吗?'有时候他们说的确是实话,难道我要惩罚他们吗?"

杜大姑想了一会儿,说道:"这样的话……既然掘客要走就让他们走吧。要是他们全部离开,那么问题就解决了。"

摩提艾克不回答,只是默默地盯着她。杜大姑终于意识到有些不妥,抬头一看,发现他冷冷的眼神里充满了愤怒。

杜大姑吓得倒抽一口凉气:"我说错话了吗?"

"在我的国家里,有人胆敢宣称某些公民不受欢迎,还违背我的旨意赶他们走。这时候你不要告诉我,他们离开之后,问题就解决了。被迫离开达拉坎巴的掘客每多一个,这个国家就多一分邪恶;我已经开始憎恨这群人,不想继续做他们的国王了。"

杜大姑说:"你怎么突然说这样的话呢?你不会糊涂到主动逊位吧?"

"我逊位,好让艾伦赫提前登基?然后眼睁睁看着他把这个邪教旧制会变成这个帝国的国教?我是不会让他得逞的!不!我要在王座上熬到咽下最后一口气为止!我只是希望我不会坚强到白发人送黑发人……"

杜大姑几乎是从床上飞扑下来的。她神色庄重地拦在摩提艾克跟前,脸上流露出一丝怒意。"请你再也不要说出这么禽兽不如的话。我知道那四兄弟里有三个不是我的亲生儿子,我也知道他们憎恨我，觉得我一无是处。不过他们始终是你的亲生儿子，世界上没有什么比父子关系更神圣了，哪有正人君子会希望亲生儿子比自己先死的？就算你是国王，就算你的几个儿子都变成像凯明那样卑鄙无耻的忤逆子，你也不应该这么想啊。"说完她开始失声痛哭。

摩提艾克拖着她走回床边，说道："算了吧，我不是说真的，只是一时生气罢了。"

杜大姑说："我也是一时生气，可是我生气得有道理。"

"对，对，你是有道理。真的很对不起，我只是一时气话。"

"你不要走好吗？"

"我不能不走，因为这样做是正确的。你也不要再为这件事情烦我了，我只是在尽一个国王的职责，并不应该为此感到内疚。"

"你离开之后我每晚都睡不着。要是你回来的时候我还没有累死的话，你就应该感到庆幸了。"

"三天，你就加把劲儿熬过这三天，可以吗？"

杜大姑说："摩提艾克，你从来都不把我的病放在心上。"

摩提艾克答道："我当然把你的病放在心上。可是无论在过去还是将来，我也决不会因为你的病而抛开我的职责。杜大姑啊，这就是身在王室的悲哀。如果你在我出外履行职责的时候去世，我会很悲伤；可是我如果因为你性命垂危而耽误了治国的职责，我就会觉得自己很可耻。为了国家社稷着想，我宁愿天下人与我一起悲伤，也不愿意他们觉得我可耻。"

杜大姑说："你这个没心肝的。"

摩提艾克说："不，我有心肝，只是不能总是随心所欲罢了。"

"我会恨你一辈子，我永远也不会原谅你的。"

摩提艾克柔声道："可我还是爱你的。"说完他就走了。房门在他身后关上，杜大姑应该听不见了，这时候摩提艾克才低声说："虽然你害得我的家庭生活一刻不得安宁，可我还是原谅你。"

他走出王宫的时候，身边带着两个亲兵队长——按照传统，一个是天使，另一个是人类。在宫门外，十二个侦察兵和三十个卫兵已经整装待发。如今时势动荡，国王出巡当然应该有备无患。谁也不知道到底有没有耶律国的军队趁乱潜入达拉坎国境内。他们此行覆盖面非常广，最远处在瓷都热克河上游的远端，已经相当靠近边境了。

出城途中，阿克玛若、车贝雅、艾姐迪雅和谢德美也加入了国王出巡队伍的行列。摩提艾克先是给了女儿一个拥抱，然后和谢德美礼节性地闲聊了几句，以示欢迎。他对谢德美闻名已久，很容易就和她熟悉起来。摩提艾克说："找天你一定要告诉我你的故乡在哪里……嗯，我是说在地图上面指给我看。我手头上有纳飞亲手绘制的地图正本，上面覆盖了整个果纳崖高原地区。我就算没听说过你的城市，至少也能够将它加进地图里。"

谢德美说："没用的，那座城市已经不复存在了。"

摩提艾克说："你肯定很难过，我甚至难以想象你难过的程度。"

谢德美说："我确实是难过了一段时间。可我毕竟还活着，而且我需要把全副精力都放在工作上。"

"可我还是想知道你的城市在哪里。人们经常会在同一个地点兴土木，因为既然第一批人选择在这里建造城市，他们这样做肯定是有理由的。就算这城毁了，后人往往会想到以同样的理由在同样的地点建起一座新城。"这些都是礼节性的闲话，其实人人都知道摩提艾克心中想的是什么。只是成天把这件事情挂在嘴边也无甚裨益，毕竟他们能做的非常有限。摩提艾克身为君主，有责任尽量让同行的人感觉自在一些,这正是做国王的烦恼之一——无论走到哪里,无论和谁在一起,他都是主人家,总需要为他人的身心安好负责。

走在路上,他们此行的原因立刻一目了然。只见路边有一个为迁徙的掘客提供的宿营地,规模不大——旧制会本来也没打算建造大规模的营地。另外还有一个发放食物和水的布施亭,几个人类和天使默默地看守着亭子。亭子里面放了很多有盖的罐子,罐子外面绑着皮带,让掘客挂在脖子上。这个罐子既能装补给,也能作为迁徙掘客的身份标记。他们一路上挂着这个东西,别人就知道这些掘客已经踏上了去国离乡的不归路。虽然他们接受了旧制会的建议,决定去一个没有人憎恨他们的地方,可是这个决定并没有让他们开心起来。摩提艾克一生中与掘客接触得不多,所以很难在他们奇形怪状的脸上辨认出各种表情。就算是这样,他还是能从他们驼着的背影中看出他们沮丧的心情。长久以来,掘客都是直立两腿行走,可是现在他们都把一只手撑在地上;自从被人们骂作禽兽之后,他们自己似乎也开始信以为真了。现在这些掘客已经身心俱疲,必须竭尽全力才不让自己把另一只手也放在地上当作第四只脚。在远古时代,他们那些未进化的始祖在人类城市阴暗潮湿的横街杂巷里四处乱窜,寻找能吃的或者亮晶晶的东西;那时候,它们正是四脚着地的。

摩提艾克率领随行人员走上大路,道上的掘客纷纷避让至路的两旁。摩提艾克大声说:"大家不用让开,这条路够宽,我们可以一起走。"

他们站在路边,面无表情地看着他。

他说:"我是摩提艾克!你们都是我的子民,你们不需要离开达拉坎巴,明白吗?我在每一个城市都设置了救护站,你们可以住进去避一避风头。目前的困境始终会过去的！"

终于，有一个掘客回答道："我们去过那些救护站，可是里面的工作人员都恨死我们了。陛下，你还我们自由，对我们很好，我们都知道的，所以我们不恨你。"

另一个掘客道："你应该知道，我们离开并不是因为挨饿。"

有一个搂着三个小孩的掘客妇女说："谁说的？当然是因为挨饿了。我们还怕被人殴打……陛下，你能永远保护我们吗？你总有死的一天吧！"

摩提艾克说："关于我的几个儿子确实有许多传言，就算别的都是真的，至少他们决不会允许种族迫害。"

那个妇女大声嘲笑道："哼，对啊，他们不会允许别人殴打我们，只会把我们统统饿死！"然后她对小孩说："快站起来，你们几个！快来参见国王陛下！"

她竟然如此放肆，天使亲兵队长正要出手惩戒，摩提艾克做了一个隐蔽的手势，让他别轻举妄动。这个平民语气中的讽刺和不敬无法盖过摩提艾克心里的苦涩，而且她也有权利嘲笑国王。水能载舟，亦能覆舟，王权再大也有局限；如果百姓不是心甘情愿地服从，王位就岌岌可危了。如果一个国王比他的子民邪恶，那么他就是一条毒蛇；可是如果一个国家的人民比国王邪恶，那么这个国王就成了去年的蛇皮，早就被蜕掉扔进草丛里了。

这时候，帕卜从旧制会的布施亭里走出来，请求与国王同行。帕卜似乎觉得，如今的局面与去年他对谢德美案的判决有关，所以他多少也负有一点责任。他说："这些所谓'旧制会员'都是一群神憎鬼厌的浑蛋，可是他们并没有触犯法律。他们既没有弄脏饮用水，也没有给食物下毒。发到每个掘客手里的补给都分量充足，能够支撑他们一天的旅程。"说到这里，帕卜有点犹豫，似乎在考虑是否应该说出下面的话。很快，他下定决心，还是说出来了。"你可以禁止这些掘客离开。"

摩提艾克点头道："对，我可以让最无助、最顺从的那些老百姓留下来，再让他们承受更多的折磨和屈辱，而我却没有能力保护他们。对，我可以这样做。"

话已至此，帕卜也就不再说什么了。

他们走了一整天，脚步却没有丝毫放慢。这一行人日常都注意锻炼，所以身体都相当强健。摩提艾克和帕卜都有可能领兵打仗，随时需要上战场；至于阿克玛若、车贝雅、艾姐迪雅和谢德美，他们是地球守护者殿堂的成员，每日都辛勤劳作、自力更生，也没有多余的食物或者闲暇时间去享受。一路上他们赶过一拨又一拨掘客，摩提艾克对每一批群众都说出同样的话："请留下来！我希望你们留下来！请相信地球守护者，他会为我们治好这片土地的创伤！"

可他们总是回答："为了你，我们愿意留下来，我们知道你是一片好心；可是我们在这里没有未来，我们的子孙在这里也没有未来。"

当天下午，阿克玛若说道："我们不要被误导了。我们今天在路上，见到的当然全是迁徙的掘客；可是大部分掘客还是选择留下来了。"

摩提艾克说："不知道局面会不会恶化。"

"我们的资源已经用到了极限。目前来说，地球守护者殿堂还能够给受雇的掘客发工钱，他们的子女也没有失学。此外还有一些城镇和村庄还没有受阿克玛和几位王子的影响，当地居民还是互相尊重，不存在种族仇恨，也没有发生杯葛事件。"

摩提艾克问道："阿克玛若，这样的世外桃源还剩下多少呢？百分之一？"

阿克玛若说："大概每四五十个城镇就有一个吧。"

摩提艾克不需要再多说什么了。他回想起今早与王后的一席谈话：杜大姑说起让掘客离开所有问题就迎刃而解，她说那话时那种冷漠让摩提艾克如坐针毡。可是我呢？我竟然宁愿白发人送黑发人——我的残酷和她的冷漠，哪一个更可怕呢？换个角度想，如果敌国来犯，我会毫不犹豫地让他们兄弟四人拿起武器上战场。如果他们战死沙场，当人们看见我哀悼亡儿的时候，全国上下无论男女，没有一个人会说：要是他爱他儿子，就不会送他们去冒险了。

摩提艾克将这个想法重新组织了一下，告诉了正在他身边一同行走的阿克玛若。"虽然我们身为父母，可是有些事情比儿女的性命更加重要。"

阿克玛若不需要国王解释就知道他这句话的潜台词是什么。他说："这实在很难。儿女重于一切，这个想法是大自然刻进我们脑海中的。"

摩提艾克说："可是文明意味着我们必须能够超越自己的本能。我们应该将'自我'的概念升华至涵盖更广的个体，比如说小镇、部族、城市，甚至国家……"

"还有地球守护者的子民。"

"没错。问题是，当我们着眼于广义上的自我，当我们决定不惜一切代价去保存这个大我，这时候我们身边的人和事反而显得没那么重要了。所以我们为了保护邻人的幼儿，不惜让自己成年的儿子上战场送死。这是否意味着我们是连亲生骨肉也不放过的怪物呢？"

阿克玛若开始背诵："'当一个家庭被纳入一个社会之后，因为后者是一个相对较大的单位，所以个体家庭的存活率得到最大程度的提升。一个家庭遭遇变故之后会破碎会流血，可是一个更大的个体则会恢复和痊愈，任何变故或者伤害都不会致命。'这些就是华纱若学堂的教学内容，都是艾妲迪雅教给我的。"

摩提艾克说："她待在你家的时间甚至比留在我宫中的时间还多。"

阿克玛若说："这倒不出奇，因为她觉得与车贝雅在一起总比和她继母相处舒服。现在实际上她整天都和谢德美在一起。"

摩提艾克说："一个怪女人。"

阿克玛若说："当你对她有更进一步的了解，你就会发现她其实比你原来想的更加古怪。"说到这里，阿克玛若的态度突然变了，他放轻了声音说："我刚才没留意到你的亲兵队长距离我们这么近。"

摩提艾克问："是吗？"

"刚才你说有些事情比儿女性命更加重要。你说这句话的时候，会不会被旁人听见？"

摩提艾克看着阿克玛若，顿时警醒。他们两人都意识到了，摩提艾克无意中将两人的儿子都置于险地了。"传令下去，就地扎营吃午饭。"

全体卫兵打开背包，拿出食物；至于天使侦察兵，他们只留了两个在空中放哨，其他的也降落地面吃午饭。摩提艾克把艾妲迪雅拉到一旁，说道："对不起，我有一项非常重要的任务交给你，你要先离开大部队了。"

她问："你不能派一个侦察兵吗？"

摩提艾克说："绝对不能！刚才我碰巧说了一些很不祥的话，还被手下听见了。不过就算他们没有听见我说的话，也能看见我那么不开心，所以始终会想到这个念头的。你必须去找你的兄弟，警告他们说有些士兵可能——不,是很可能——出于忠君爱国之心,试图帮我除去一些来自王室内部的负担。"

"啊?父王,你不会觉得他们敢对王室成员动手吧?"

摩提艾克说:"王子被刺的事情以前也发生过。我的士兵都知道,那几个不肖子的所作所为让我痛苦不堪。所以我不仅要为儿子的不忠而犯愁,更要为手下将士的过度忠诚而担心。快去找他们,将我的警告转达给他们。"

"爸爸,你知道他们会怎么说吗?他们会说你这是在威胁恐吓,是变相剥夺他们的言论自由。"

"我只是想救他们的小命。你叫他们至少不要公开行程,也不要告诉别人他们下一站去哪里、什么时候走,尽量做到来去突然、出人意表。他们一定要记住我的话,否则就会有刺客埋伏在半路等候他们的到来;这些刺客是人类或者天使,而不是掘客。你愿意为我做这件事情吗?"

艾姐迪雅点了点头。

"我会派两个天使侦察兵沿路保护你。可是当你走近的时候,命令他们离开一段距离,好让你跟几个兄弟单独说话。"

艾姐迪雅点了点头,站起来就要离开。

摩提艾克说:"艾姐迪雅,我知道,我这样派你去找他们,这个任务其实非常难。可是除了你之外,我还能派谁呢?阿克玛若?帕卜?他们都不行。阿克玛只会允许你一个人与你的几个兄弟私下见面。"

艾姐迪雅说:"我顶得住!我宁愿去送信也胜过眼睁睁看着这些疲倦的老百姓被迫背井离乡。"

当她离开的时候,摩提艾克发现她竟然直接向谢德美走去。摩提艾克连忙把她叫回来。

他说:"别跟不相关的人说这件事情。"

艾姐迪雅有点恼火地答道:"我没打算说啊。"说完她又走了,这次依然径直走到谢德美身边。只见她和谢德美说了几句,谢德美先点了点头,再摇了摇头。艾姐迪雅这才离开大部队,在两个天使侦察兵的掩护下远去了。

摩提艾克明知道自己这样子很蠢,可他还是忍不住勃然大怒。车贝雅立即留意到他脸色不善,连忙走过来问:"艾姐迪雅怎么了?"

"我叫她别把她的任务告诉不相关的人,可是她转头就和这个谢德美说了。"

车贝雅无可奈何地大笑道:"呵呵,摩提艾克,你应该说得更具体一点。这里只有你觉得谢德美是一个'不相关'的人。"

"艾姐迪雅明明知道我的意思。"

"不,她不知道的。如果她听明白了你的意思,她是一定会遵命的。摩提艾克,你的子女并不是每一个都在造你的反。而且谢德美不是辈高,也不是……阿克玛;她只会引领艾姐迪雅走向地球守护者,也会让你们父女之间的纽带更加紧密。"

"我想和她好好谈谈,这个谢德美。是时候了解一下这个人了。"

片刻之后,谢德美与摩提艾克一起坐在树荫下,陪同的还有阿克玛若、帕卜和车贝雅;那些士兵都坐得远远的,听不见他们谈话的内容。摩提艾克说:"你就不要再顾左右而言他了。本来你含糊其词也好,故作神秘也好,我都不介意;可是现在我女儿竟然连她的秘密任务也告诉你,我不能再让你继续掩饰下去了。"

谢德美说:"什么秘密任务?"

"就是我派她回达拉坎巴做的事。"

谢德美说:"她没跟我说起这事。"

"你还要继续假装你不知道她在做什么吗?"

谢德美说:"不,我确实知道她在做什么,可是这并不是她告诉我的。"

"够了!你别再故弄玄虚了!你到底是谁?"

"摩提艾克,你少管闲事!我要是觉得有必要,自然会告诉你。现在你只需要知道,我和你一样,都竭尽全力为地球守护者效劳,所以我们属于同一阵线。不管你心里愿不愿意,也得接受这个事实。"

以前从来没有人敢这么无礼地对国王说话。幸好车贝雅及时地轻轻碰了一下摩提艾克的手肘,否则他一定忍不住当场发作,说出一些让她难堪的话,日后不免追悔莫及。摩提艾克强忍怒气说道:"我从不滥用王权,努力做一个谦谦君子。可是我的忍耐也是有限度的。"

谢德美答道:"正相反,你的仁慈有如海纳百川、永无止境,否则阿克玛和你的几位王子哪能那么容易得逞呢?"

摩提艾克余怒未消,他端详着谢德美的脸,困惑地说:"我身为一国之君,却总是被旁人蒙在鼓里。"

谢德美说:"我告诉你一件事,不知道会不会让你好受点。我确实不知道有什么办法可以帮助你走出困境,因为我自己也是束手无策。和你一样,我也很渴望尽快结束这场闹剧,我也很清楚如果阿克玛得逞的话,后果会是怎样。你的国家将会灭亡;你的人民将会流离失所,从此戴上奴隶的枷锁;而你这个缔造和谐自由国度的伟大实验将会成为历史,继而变成一个传说,最后成了一个神话、一个子虚乌有的幻想。"

"其实我们的目标本来就是一个幻想。"

"不,你这种想法是错误的。"阿克玛若开口了。最近这段时间摩提艾克经常沉溺在痛苦之中无法自拔;每逢这时候,阿克玛若总是会挺身而出开导他。"不要用阿克玛的谎言来解答你心中的困惑。你明明知道地球守护者是真实的,他发给我们的梦也是真实的。你也知道地球守护者展现给宾纳若的是一个充满了希望和光明的未来;你选择这个未来,不是出于对地球守护者的畏惧,而是因为你真心热爱他的宏图伟业。所以你千万不要被挫折蒙蔽了双眼!"

摩提艾克叹道:"良知其实是一个很沉重的负担,至少我不必背着这个包袱走来走去,因为我有阿克玛若。他随身携带的良知特别多,换了是我根本就拎不动。无论什么时候我的良知需要续杯,阿克玛若总能为我斟满。"说完他呵呵一笑,其他人也跟着笑起来。片刻之后,笑声淹没在沉默之中,众人都若有所思。"各位,我想大家都已经看到了我是多么的无能为力。我想起泽尼府人的前朝君主努艾伯,他肆意残杀那些得罪过他的人,可谓死有余辜。可是就算我学他那么狠也于事无补,因为他不需要面对一个像阿克玛那么顽固的敌人。"

阿克玛若说:"可是凯迪奥几乎把他杀了。"

"阿克玛和凯迪奥不一样。阿克玛在民众之中四处走动,刻意去迎合最卑鄙下流的那批人,专门说一些他们喜欢听的话。努艾伯也没有像我现在这么狼狈,至少他的几个儿子并没有联合起来反对他。而我呢?我的人民觉得未来是属于我的几个儿子的;而我就算还没成为历史,也已经行将就木了,所以他们干脆对我视而不见。阿克玛若,你觉得这事情是不是有点讽刺?当年你策反了恶人帕卜娄格的几个小孩，现在却轮到我失去了自己的儿子……"

阿克玛若苦笑一声，说道："你以为我看不出这两件事情的雷同之处吗？虽然我的儿子宣称他恨我，可是他的一切行动其实是重复我所做过的事情，只不过是换成一种有悖常理的方式罢了。他成年之后甚至和我一样，也成为一个宗教运动的领袖，四处传播教义，开班授徒。按理说，我应该为他感到自豪才对呢。"

车贝雅一脸不屑地说道："对啊，我们真是一群废物，只懂得围坐在这里悲叹自己有多无助。谢德美本来应该知道这个宇宙的每一个秘密，可是现在她竟然连一条对策也想不出来；国王整天哼哼唧唧地哀叹王权不足；而我的丈夫、大祭司阿克玛若却只顾着自责，抱怨自己是个不称职的父亲。而我只能坐在这里，眼睁睁地看着那些将这个国家凝聚成一个整体的纽带和丝线分崩离析。我还看见人们自发组成一个个部落，每个部落之间的纽带只有憎恨和畏惧。可是我一边看一边忍不住想，在这样一个生死存亡的关头，当权者手中握着国内一切可用的资源，却不奋发图强，只顾着躲在一角自怜自伤。"

她话中所带的敌意锋芒毕露，让在场的人都大吃一惊。

摩提艾克说："对啊，我们是一群没用的可怜虫……可是你到底要表达什么观点呢？"

阿克玛若说："你为什么生我们的气呢？因为我们什么也做不了。可是无能为力也正是我们痛苦的原因。你既然生我们的气，那干脆把河岸也一并恨上好了，因为河岸没有能力拦住河水不让它流过。"

车贝雅大声说："你们这帮当权的男人，为什么蠢到这个地步呢？你们习惯了依靠法律、辞令、士兵和探子去统治国家。现在你们突然发现那些常用的手段全都不灵了,所以你们不是勃然大怒就是自伤自怜。其实那些手段一直以来都没有什么用处;一切都取决于每个国民与地球守护者之间的关系。当然了,在普通民众之中只有凤毛麟角的几个人能够明白地球守护者的大计。可是他们明是非、懂善恶,知道什么东西能够创造美好、什么东西会导致毁灭,也知道什么东西能够带来快乐,什么东西会造成痛苦。你应该信任他们。"

摩提艾克说:"信任他们?他们在阿克玛的带领下连最基本的良知都抛弃了,你还要我信任他们?"

"追随阿克玛的都是些什么人呢?在你看来,他们成群结队地去拥护阿克玛,所以你觉得他们都背叛了你。可是他们其实是一个一个独立的个体,每个人追随阿克玛的原因也不尽相同。是的,其中有一些人确实不可理喻,他们对全体掘客都抱有一种极其强烈的憎恨——可是这种人自古至今都存在,对吧?我觉得他们的数量不但没有增加,现在甚至还减少了;因为自从迫害开始以来,大部分人都学会了同情掘客的遭遇。阿克玛也心知肚明,他知道人们不齿与那些欺凌弱小的暴徒为伍。所以他告诉大家,目前的局面并不是他们造成的,甚至也不是掘客本身的错,而是自然规律使然。大自然的威力是不可抗拒的,我们也是身不由己的受害者。我们必须向地球守护者的意志屈服,人道地将掘客送走,从此眼不见为净;而目前在社会上泛滥的各种丑恶现象也会随之绝迹。阿克玛的大部分追随者其实是想解决当前的种种问题;他们以为赶走掘客就万事大吉,和平也会重新降临了。可是他们心里其实是深以为耻的,我也能瞧得出来,为什么你就看不到呢?他们明知道这是错的,同时也觉得既然无法避免,为什么还要挣扎呢?就连国王和地球守护者殿堂的大祭司也束手无策,就更别说平民百姓了。"

摩提艾克低声咆哮道:"对,我们确实是束手无策!"

"阿克玛就是这样对他们说的。"

摩提艾克说:"他不仅仅是嘴上说说,而且用实际行动把我们的弱点都暴露在他们面前。"

"可是他们并不希望这是真的。我并不是说他们全部或者大部分都是好人。有很多人投入大量时间和钱财去结交国王的儿子,其实是想为自己捞好处。如果他们觉得阿克玛必然会失败,他们会马上回到你的阵营,假装一直都是地球守护者的信徒。他们会和你开玩笑说家家都有本难念的经,尤其是反叛期的小孩,绝对是个大难题。他们非但不会在乎掘客的去留,甚至还会怀念掘客雇工低廉的工资。摩提艾克,老百姓并不邪恶。有相当一部分人是很善良的,他们只是看不到希望罢了;有另外一部分人不管善恶是非,只要能够发迹,就算是地球守护者殿堂做主他们也一样开心;还有很大一部分人一心一意信奉地球守护者,热爱地球守护者的计划,怀着不屈不挠的勇气去力挽狂澜,并愿意为之作出巨大牺牲——这些信徒正是地球守护者殿堂的中坚分子。这三种人加起来就占了你的子民的大部分。他们当然不是完美无瑕,却也值得你继续率领他们前进。现在的问题是他们好像只听见阿克玛一个人的声音。"

开口回应车贝雅这一番长篇大论的是谢德美。她说:"虽然你说得不错,可是我们已经竭尽全力了。国王反复恳求百姓行善;你和你的丈夫也不断地发表公开演说;帕卜从法律条文之中找寻对策,他的法庭也坚定不移地站在正义的一方——至于我,能够做的我都做了,就差没有采取强制措施了。"

摩提艾克说:"看来问题症结还是出在阿克玛和我的几个儿子

身上。"

车贝雅说："不,问题是出在阿克玛一个人身上!如果不是阿克玛,你的几个儿子是绝对不会踏上这条路的。"

阿克玛若说："地球守护者给我报的梦正是这个意思:归根结底,阿克玛才是问题症结所在。我们当中没有一个人有能力和他沟通。我们都尝试了——嗯,帕卜没办法去试,因为阿克玛根本不会让他走近半分——在座其余各位都尝试过了,根本就没办法说服他回心转意。如果我们不阻止阿克玛,我们就没办法唤醒广大民众的良知。所以这到底意味着什么呢?"

摩提艾克说："你该不会是暗示让我派人刺杀你的亲生儿子吧?"

车贝雅大声说："不!摩提艾克,你看看你,总是想起打打杀杀动刀兵。还有你,阿克玛若,你总是善于使用言辞去教导、去灌输;在你心中,晓之以理才是对'威力'二字的最佳诠释。可是目前的难题并不是你们使出常用工具就能解决的。"

谢德美说："嗯?这么说来,我们应该改用什么工具呢?"

车贝雅还是大声说："什么工具也没用!"

谢德美摊开双手,说道:"我就是这样子,没有武器,两手空空。请你将我的双手放满,演示给我们看应该怎么做,我和在座的各位一定照办。"

"我没办法演示给你们看,因为我自己也不知道应该怎么办;我也没办法给你们工具,因为根本就没有工具。阿克玛正在破坏的并不是我们制订的计划,你们还看不出来吗?"

阿克玛若说："如果你建议我们将一切难题都留给地球守护者去解决,那我们做那么多事情还有什么意义呢?宾纳若教过,我们是地球守护者在这个世上的嘴巴和双手。"

"对啊,当地球守护者需要执行人和代言人的时候,我们就是他的双手和嘴巴。可是现在地球守护者需要的不是这个!"

阿克玛若伸出手,将妻子的双手握紧,说道:"你的意思是我们不应该袖手旁观,而是应该要求地球守护者亲自出手或者告诉我们应该怎么做。"

谢德美说:"地球守护者无所不知,更何况是这么明显的事情,哪用我们去告诉她呢?"

车贝雅说:"或者地球守护者需要我们亲口承认这件事情应该由她做主;或者地球守护者需要我们亲口承诺,无论她决定什么,我们都将义无反顾地执行!或者现在是时候请阿克玛的父亲对地球守护者说:够了,请制止我的儿子吧!"

阿克玛若被这句话激怒了,他说:"怎么?你觉得我一直没有向地球守护者祈求指引吗?"

车贝雅答道:"没错!我听见你祈祷的时候老在说:'告诉我怎么做!我怎样才能拯救我的儿子?我怎样才能将他从泥坑里面拉出来呢?'你有没有想过,地球守护者至今还没有出手制止阿克玛,其实是因为你?"

"可是我也想阿克玛住手啊!"

车贝雅大声说:"没错!你想他自己住手,这就是你祈祷时反反复复说的话。我看见你们父子之间的纽带,他那一头是愤怒,你这一端是痛苦和无奈。尽管如此,你们父子间的爱还是那么强烈,我一生中没见过哪两个人之间有这么强大的纽带。你想想这意味着什么?这意味着你祈祷的时候,实际上是在乞求地球守护者饶了你的儿子。"

阿克玛若轻声道:"他也是你的儿子。"

车贝雅说:"阿克玛若,夫君,你流的眼泪我也流过,你说的祈祷我也说过。可是现在是时候说出一个全新的祈祷词了!我们应该告诉地球守护者,我们珍惜她的子女更甚于爱护自己的小孩。你也是时候祈求地球守护者制止我们的儿子,将达拉坎巴的人民从他极端邪恶的影响里拯救出来。"

摩提艾克不明白她这句话的深意。他说:"我刚刚派艾妲迪雅去警告我的几个儿子,让他们诸事小心。可是听你的意思,我是不是应该派特种兵去刺杀阿克玛呢?"

"不是!"阿克玛若抢着回答,因为他怕车贝雅再说下去就会哭了。"她的意思是,事情到了这个份儿上,无论我们做什么也于事无补了。要是那几个小孩遇刺,他们就会成为殉道者流芳百世,你就会遗臭万年。车贝雅说的是,这件事情已经不是我们力所能及的了。"

"可是我以为她叫你……"

"阿克玛必须被制止,可是真正行之有效的方式只有一个:我们必须让天下人都清清楚楚地看见,制止阿克玛的并不是凡人的力量。不是人类,不是天使,也不是掘客,而是地球守护者的神力。车贝雅的意思是,以前我祈祷的时候,其实在无意中不断乞求地球守护者想办法救我儿子一命;所以现在我唯一能做的就是放弃这样的祈祷。我想……地球守护者信任我,让我执行他济世治国的大计,所以在得到我首肯之前,他是不会有所动作的。于是我一直在无意中阻挠地球守护者采取唯一有效的措施。当年薛任慕在胡搅蛮缠,阻挠奥义克传道,全靠地球守护者大显神威才将他挫败。如今既然我们已经尝试过一切办法,看来是时候让我请求地球守护者再次出手了。"

帕卜觉得难以置信:"你希望地球守护者杀死你的亲生骨肉?"

"不!"阿克玛若大声答道。车贝雅忍不住失声痛哭。

然后阿克玛若轻声说:"不,我并不想要这个结局。我也想我的儿子长命百岁,我也想饶他一命;可是我更加希望世上芸芸众生能够同心同德,一起做地球守护者的子民。所以从现在起,我会祈求地球守护者拯救达拉坎巴的百姓;我会求她采取一切必要的措施,不惜任何代价。"说到这里,他已经热泪盈眶。"当年的那一幕又重新上演了。帕卜,那时候我主动与你们兄弟几人亲近,教你们摒弃你父亲的暴行和热爱地球守护者。当时我就看得出来,我的儿子因此而深受折磨,并从此恨上了我。可是为了我的追随者,为了你们兄弟几人,我必须这样做,就算失去儿子也在所不惜。事隔多年,如今我还要让这一幕重新上演。"

摩提艾克小声问道:"我也需要这样做吗?"

谢德美说:"不用。只要你的几个儿子不和阿克玛混在一起,他们就会恢复心智和常性。更何况这个国家的和平离不开王位的顺利交接,所以你的儿子一定不能死。"

摩提艾克说:"可是如果一个父亲祈求地球守护者杀死他的亲生儿子……"

阿克玛若说:"不!我决不会这样祈祷。我何德何能,哪敢指挥地球守护者办事呢?我只是有足够的聪明才智去听从妻子的劝告,不再要求地球守护者饶我儿子一命。"

帕卜喃喃说道:"我真受不了了……阿克玛若亚父,我宁愿当初死在车林也胜过害你落得今天这样的田地……"

阿克玛若说:"没有人害我落得这样的田地,这是阿克玛自作自受。地球守护者必须公正地处置我的儿子,只有这样,世人才有希望得救。我这就去祈祷了。"他一边说一边站起来，痛苦地长叹道："是的，我会全心全意地祈求地球守护者公正地处置我的儿子。我只希望阿克玛在见到地球守护者的时候，还有脸去直面地球守护者的圣颜。"

他们目送阿克玛若离开空地，走进了瓷都热克河岸边的树林里。

摩提艾克说："我已经不知道应该抱怎样的希望了。"

谢德美说："我们不需要额外去希望什么。阿克玛若和车贝雅终于找到勇气去面对他们必须面对的难题；我也应该回城看看我是否能够效法他们了。"

他们都知道不应该问谢德美打算怎么做。

帕卜说："我陪你回去吧。"

谢德美拒绝道："不，你应该留在这里！阿克玛若和车贝雅都需要你，可是我不需要。"这句话说得斩钉截铁，不容有违。说完她连水也不带一罐就上路了。

摩提艾克问道："她这样一个人行吗？我要不要派两个侦察兵跟在她后面暗中保护？"

车贝雅说："她一个人行的。我知道她不想有人在旁边看着，也不需要人陪。"

天色已暗，飞行器贴着瓷都热克河的水面飞过来，在距离岸边一步的地方悬空停下了。谢德美迈出这一步，坐进舱中。这个飞行器与"女皇城"号宇宙飞船相比当然很小，可是已经比地球上任何一种载人的交通工具大多了。谢德美进去坐好之后，飞行器不等她下命令就自动启航了。上灵与她心意相通，直接把她带到一个隐蔽的山谷之中。这个山谷的地势非常高，其海拔远在达拉坎巴任何一个三族聚居地之上；谢德美在这里开垦了一片花园。

在飞行途中，上灵对谢德美说：

许多年前你极力鼓动我去干扰孟恩乌士的行动，现在却不让我去干涉一下阿克玛。

"没错。"

我可以让他的思维暂时停滞甚至中断。

"当年在和谐星球的时候，你有全套设备，威力巨大，尚且不能让纳飞和羿羲的思维停滞；阿克玛的精神力量非常强大，他能够抵抗你的干扰，甚至会乐在其中呢。"

阿克玛若深受折磨，这个国家也即将分崩离析。你拥有我的全部威力，却袖手旁观。

谢德美说："我怎么做一点也不重要，过去如此，现在也一样。那时候我们干扰孟恩乌士的拯救行动，妄图引起地球守护者的注意；回想起来，我们自大和愚蠢的程度比阿克玛有过之而无不及。当时我们不知道，地球守护者其实是任由我们自个儿折腾，她只是避开我们的干扰，却完全没有受我们影响。她希望达拉坎巴这个国家、这个社会能够成功；可是如果人们选择不理会地球守护者，一意孤行，弃善从恶……嘿嘿，那就算了，地球守护者就会找别人去了。"

和谐星球怎么办？我此行的任务怎么办？

"也许地球守护者正等待着和谐星球的子孙后代在此时此刻作出最后的决定，然后她才会给你指引，遂了你此行的心愿。"

其实地球守护者并非真正关心世上的芸芸众生，如果他们不配合她的计划，她根本就不会管他们的死活。

"不，地球守护者还是关心他们的，可是她同时也跨越时间长河去纵观全局。因为她总是从长远考虑，所以不可能为了拯救当世的几十人、几千人乃至几万人而断送数千亿人在未来几千万年内的幸福。"

所以说阿克玛若是在浪费时间。

"我不知道,我怎么可能知道呢?我们试图去阻挠地球守护者的计划,这何尝不是浪费时间呢?我也不知道一个解构者到底能够看到多少真相——不过如果车贝雅没搞错的话,地球守护者确实会受影响。能够影响她的不是背叛她的人,而是像我们这种最忠实的盟友。正如车贝雅所说,阿克玛若可能一直都在干扰着地球守护者;而他现在的祈祷却解开了这个困局。"

然后我就能够得到指引了?

"可能吧……我怎么知道呢?"

你一定是觉得有些事情即将发生了,否则你是不会贸贸然让我把飞行器派过来的。

"我是觉得,到了打破僵局的决定性时刻,地球守护者可能需要我的协助。"

可是你怎么知道在哪个时刻怎么帮忙呢?

"按照地球守护者的惯常做法,她会向某个人报梦。你发现之后就把梦的内容告诉我,然后我们一起研究里面有没有什么提示可以告诉我地球守护者希望我怎么做。"

可能她也会给你报梦吧。

"自从那个空中花园的梦之后,我就再也没有做过真实的梦了。这个梦已经实现很久,我也不再抱希望地球守护者还会给我报梦了。"

谢德美你骗不了我,你心底的渴望就算不说出来我也知道。

"唉,没错,我当然希望她会跟我说说话了,可是这种奢望恐怕也是徒劳。"

那你就赶快去睡个好觉，做个好梦吧。

"没用的。而且我还不累。"

谢德美走出飞行器，在冷夜之中巡视着花园，对各种植物的生长状况进行例行检查。她要留意不同植物之间的数量对比，看看哪一种比较占优，还有横枝的数量以及树叶的尺寸。上灵将她观察所得的数据实时输入飞船的计算机。以前谢德美还取笑上灵：一台用来统治世界的计算机如今竟然沦落为一个形单影只的生物学家的抄写员。只是现在她已经不再开这种玩笑了。

上灵又开始和她说话。

我一直在寻找地球守护者：她可能出现在什么地方，她到底使用什么机制去给三个种族的成员报梦……可是无论她做什么，我都没办法找到她。

"都已经好几百年了，你现在才得出这个结论吗？"

我早就得出这个结论了，所以我一直在等待。

"你在和谐星球已经等了四千万年，怎么来到这里反而变得不耐烦了？"

因为在和谐星球我有事可做，人们需要我。

"呵呵，你是说在和谐星球是你做主吧？在那里，有什么宏图大计都是由你一手策划的。后来人们开始做一些来自别处的梦，你当时有点紧张吧？"

我需要计算事态发展的可能性，那些梦确实让我的运算变得更加困难。

"也好，让你体会一下我们人类的难处。"

我的程序里面带有恻隐算法，所以我能够理解你们的苦处，并不需要亲身经历你们的困难。你所说的"体会"是生物学上面的概念，用在我这里不合适。

"地球守护者所做的一切都能够超越光速，无远弗届。这说明她拥有无穷的威力、知识，还有……大智慧。可是她处事的方式又特别精细，简直堪称无为。她给予我们自由，尊重我们的选择，聆听我们的需要和欲望——有时候这些欲望甚至连我们自己也不知道。"

我觉得无论她是什么，肯定不像我，她肯定不是一台机器。

"你觉得她是一个拥有强大工具的有机生命体？"

有机生命体？我不知道。或者她并不是被制造出来的，如何？或者她像人类，像天使，像摇客，或者她和你们一样，会成长，也会用经验去完善自己。她不断地设计和改变生命历史的形态，她这样做并不是听命于谁，因为这一切本来就是由她做主的。

"嗯，可能她偶尔发现了这项'生命工程'，从此爱上这个项目，所以决定帮一下忙。她这样做是自主决定的，并不是受人差遣……"

她竟然不觉得闷，这简直是个奇迹。从我的经验来说，人类历史自我重复的程度简直让人瞠目。虽然每一个人都是独特的，可是个体之间的差异很多时候实在是既琐碎又沉闷。

"怎么？你现在变成批评家了？"

你们人类的一生就像是一幕戏，总需要有个观众。你们人人都想占据舞台正中心，希望观众留意你，希望大家把你当作明星一样去捧。当你们离世的时候，你们希望大幕落下，剧终人散。可是这一幕剧永远也不会终结，谁也不可能成为他人剧中的明星。

"没错，这就是生命和艺术之间的区别。生命没有框架、没有大幕，没有开始，也没有终结。"

这么说来，生命也没有意义了。

"不。从广义来说，地球守护者赋予了这个世界意义。对于我个人来说，我的人生意义就在于我在这世上活过，我所做的一切就是我的人生意义，我并不需要后人把我的一生写成史诗。毕竟我在这世上走了一遭，还见识过许多稀奇古怪的事情，偶尔也能改变一下别人的生活……我觉得这就足够了。你知道吗？我在波迪卡救活了那个严重脑损伤的小男孩，这有可能是我一生中最值得自豪的一件事情。"

你改变了天使和掘客的生理构造，使这两个种族能够独立生存，不必互相依赖。这件事情不值得你自豪吗？

"这个任务是地球守护者安排给我的。如果我不去做，她自然会想别的办法，委派另一个人去完成。"

那个土家族小男孩呢？你怎么知道不是地球守护者委派你去的呢？

"可能吧。可是地球守护者并不觉得那个小孩的性命有多重要，如果我不在场的话，她是不会派别人去救他的。恰恰因为他并不是十分重要，所以我知道这件事情之所以发生，完全是因为我的主观意志。这是我个人的功绩，是我赠送给那个小孩的礼物。呵呵，我也知道是地球守护者带我回地球的，是地球守护者选择了我接替纳飞做舰长，所以我到现在还活着……这一切我都知道。可是在拯救小孩这件事情上，是我自主决定在那个时刻到达那个地方，是我自主决定冒着暴露身份的危险出手救人。我临死的时候，可能会想起这件事情，心里会觉得很自豪。或者我会想起我和司徒博那一段古怪的婚姻，或者我会想起华纱若学堂——这个学校很有可能流芳百世。"

别忙着给自己写讣告吧，你还没死呢。

"可是我已经累了，应该好好睡一觉了。外面这里太冷，要是飞行器的座椅能够再向后靠一点就好了。"

可惜啊，飞船的设计者在四千万年前就去世了。

"这些不顾别人感受的浑蛋，早就该死了。"谢德美一边说一边大笑。"我真的累了。"

可她还是坚持完成例行检查，这样她的记录才算完整。然后她遥控飞行器关掉外部照明灯，在星光之下走回舱内，关上舱门，沉沉睡去。

谢德美做了很多梦，那些都是普通的梦。她脑部的神经元突触随机地爆发，在思维的叙事功能作用下，形成许多零碎的故事片段。在她睡醒之后，是不会记得其中内容的。

突然，谢德美脑中出现了一个与众不同的梦。上灵立即察觉到了，因为她大脑的活动模式与平常做梦时截然不同。谢德美在梦中也感觉到异常，马上留意起来。她眼前出现了地球，就像在"女皇城"号宇宙飞船上面从半空中看下去，这个星球的弧形在地平线那里特别明显。突然间，谢德美看见了在地壳下面翻滚沸腾的岩浆。乍看之下是一片混沌，然后她忽然觉得心清目明，仿佛在瞬间洞悉了眼前的一切。原来这些宏大壮丽的岩浆流是有规律的，每一个漩涡、每一股激流都有其独特的意义。总的来说，岩浆流动得非常缓慢，可是在局部小范围内也不时会爆发出一股快速的激流。

这时候谢德美明白了——虽然她看不见，可是心中已经恍然大悟——正是这些岩浆流造就了地球磁场的各种形态，形成了大大小小的变化。这种变化能够为许多动物所感知，或者使它们狂躁，或者让它们平静。比如说地震之前动物的反常举动、鱼群的突然转向……还有不同生物体之间的融洽和谐——原来这就是解构者看到的景象。

更神奇的是，在岩浆流的石头里、在瞬息万变的磁通量之中，竟然储存着记忆信息和思维数据；另外还有海量的信息储存在地壳下部的晶体里面，随着温度与磁场的变化而改变。

这一刹那间，谢德美想道：原来这就是地球守护者。

几乎是与此同时，谢德美听见一个回答：你看到的不是地球守护者，而是我的家、我的资料库，以及我的某些工具。我不能再向你展示更多了，因为我的真实身份已经超出了你思维的接受范围。我这样说够清楚了吗？

谢德美默默地答道：够清楚了。

梦境立即变了。只见四十多个人类殖民星球同时展现在谢德美眼前，每个星球都有自己的上灵，每个上灵都处于地球守护者的监测之下。谢德美特别留意到和谐星球以及上面的亿万生灵；在这一个瞬间，她似乎突然拥有无穷无尽的脑力，有能力同时认识和谐星球上面的每一个人。她甚至觉得自己与留守和谐星球的那个上灵建立了某种联系……不，这应该是幻觉而已，这种联系是不可能存在的。不过谢德美已经确切知道，时机已经成熟，和谐星球的上灵应该取消技术封锁，让那里的人类重拾他们遗失已久的高科技。等人类羽翼丰满之后，自然会重建上灵——原来这才是上灵重获新生的方法。

在梦中，地球守护者的声音很清晰：是时候了，是时候让他们建造新的宇宙飞船回家了。

谢德美问道：那么这里的人呢？你已经放弃他们了吗？

现在已经到了他们做出最后抉择的时候。不管他们做出何种决定，局势都会变得明朗。我可以立即开始召唤和谐星球的人，等他们到达的时候，地球上的三个种族要不就早已学会和平共处，要不就已经被各自的傲慢本性所摧毁，只能落得被后来者奴役的下场。

谢德美想：就像华素伦人那样吗？

地球守护者答道："他们也曾经有机会做出抉择。"

这时候，梦境又改变了。谢德美看见阿克玛和摩提艾克的几个儿子一起走在路上。她马上就知道这条路在哪里，也知道他们会在何日何时走到这个地点。

只见飞行器从空中降落，着陆的时候刻意在底部扬起一团浓烟。然后谢德美看见她自己从飞行器中大步走出来，全身发出刺目强光，那几个年轻人根本不能直视她。她开始说话；与此同时，地底的岩浆汹涌澎湃，大地也在颤抖，将他们全部都震倒在地。地震过后，她继续训话……看到这里，谢德美终于知道地球守护者需要她做什么了。

地球守护者问道：你愿意吗？

谢德美反问：这样做有用吗？能够拯救他们吗？

地球守护者答道：是的。无论阿克玛怎么做，由于你的干涉，摩提艾克在位期间必定能够国泰民安；至于遥远的未来会怎样，这就要看阿克玛的选择了。如果你愿意的话，你也可以一直活下去，看看他们的结局是怎样的。

可是"女皇城"号宇宙飞船必须回和谐星球，我怎么能看到地球的未来呢？

我不赶时间，你也不必急着回去。你可以让飞船的计算机发送一个探测仪回和谐星球，你和上灵就继续留在这里。难道你不想亲眼见证他们的结局吗？

我想。

地球守护者说：我知道你想。在你来地球之前，我还不确定你是不是我真正的盟友，因为当时我还不知道你对世间众生有多热爱，也不知道你是否认同我的计划。可是现在我知道了，和我最初召唤你的时候相比，你已经完全变了一个人。

谢德美在梦中答道：我知道。以前我只是为了自己的工作而活着。

噢，其实你现在也是为工作而活着；我又何尝不是呢？只是你的工作和过去相比已经改变，变成和我的工作一样了。我们要教导地球上的民众学会一种生活方式，教他们怎样才能够世世代代地过上自由幸福的生活。和阿克玛若一样，你已经做出了选择。我知道你唯一的希望就是芸芸众生能够永远快乐，所以我也能够如你所愿了。

我可没有那么纯洁高尚。

你不要被那些转瞬即逝的感觉所迷惑。我知道你在做什么，我也知道你的动机，我比你更了解你自己。

这时候，谢德美看见自己伸手从一棵树上摘下一个白色的果子，尝了一口。果子的香甜味道仿佛使她通体发亮，谢德美觉得自己能够自由地在天际翱翔，能够唱出世上所有美丽动听的歌谣，能够将人世间的一切美好永远留在心中。她终于知道这个白色果子是什么了——这就是地球守护者对世人的爱，地球守护者的喜悦就是这样的滋味。

可是在香甜之余，谢德美还感觉到一种浓烈刺鼻的异味——这是亿万生灵的痛苦。他们当中有些人无法理解地球守护者对他们的期望；有些人明明知道了，却心怀怨恨，拒绝地球守护者干预他们的生活。他们说，让我们遵循自己的本性，让我们自生自灭；我们不需要你的馈赠，我们也不想成为你计划的一部分。于是这些人被湮没在时间的洪流之中。他们过于自大，无法跳出自我的桎梏，不愿为自身以外的宏伟目标而屈尊，所以他们最终也逃不过被历史遗弃的命运。只是这些人到底得到了自由选择的机会，也没有受到地球守护者的惩罚；他们得到这样的结局，全因他们的骄傲自大，只能说是种瓜得瓜，种豆得豆。可是即使他们拒绝执行地球守护者的计划，他们在无意之中也已经成为这个计划的一部分。虽然他们拒绝品尝生命之树的果子，却身不由己地融入了生命之果的强烈味道之中，他们也由此分得了一丝荣耀。在炽热的历史长河中，他们虽然骄傲自大，却根本无力迫使滚滚洪流发生一分一毫的改变。然而这批人并非完全无足轻重，因为地球守护者依然爱他们，依然记住他们，依然知道他们的姓名和人生际遇，依然为他们感到悲哀。地球守护者不停地对着他们大声疾呼：我的儿女们，你们始终是我的一部分；我对你们只有无穷无尽的思念，我永远也不会忘记你们……

这时候，梦中的情绪变得太强烈，谢德美无法继续承受下去。她在地球守护者的意识里面逗留了很长时间，已经达到了忍耐的极限。谢德美痛哭着猛然惊醒，却依然陷在惊涛骇浪般的强烈情感之中难以自拔。她不由自主地发出一声悲凉的长啸，直抒胸中那种不可名状的哀伤。她既是为了逝去的生命而悲痛，也为了自己不得不离开地球守护者的意识而难过，更是因为生命之果的滋味凭空消失在唇边而悲哀。再真实的梦毕竟也还是梦，始终会有醒来的一刻。如今这个南柯长梦已经结束，我醒来之后却觉得比以前更加孤独。这是我一生中首次体会到不孤独的滋味；我从来不知道原来被理解被热爱的感觉是如此的美妙。慢慢地，谢德美的哭声变小了。她被梦境消耗得身心俱疲，很快就重新入睡。这一次，她再也没有做梦，而是一觉睡到天明。经过了几个小时的恢复，虽然那个梦依然深深地印在谢德美的脑海里，可是她终于能够忍住心中的激动，顺利醒过来了。

她低声说:"你都看见了吗?"

纳飞从来没有做过威力这么强劲的真梦。

谢德美说:"那是因为他肩负着其他重任。你能带我去那个地方埋伏吗?"

没问题,我们的时间很充裕。

飞行器起飞的时候,谢德美已经吃上了早餐。她机械地咀嚼着食物,心里却忆起梦中生命之果的滋味,顿时觉得眼前这些食物味同嚼蜡。

她一边吃一边说:"你在这里的等候终于结束了。你应该看到了吧?"

我正在起草一条信息,准备发给留守和谐星球的上灵。我已经记录了你的梦境,打算一起传送回去。不幸的是,这个梦的大部分内容都是你的主观意识,当中有一些信息我怎么也看不明白。这其实是这一类真梦的通病,我总是会错过一些东西。

"我也有同感。不过我觉得自己已经获益良多、心满意足了。"

如果地球守护者能够那么清楚地向人传话,那么你猜猜她平常为什么总是显得那么模糊不清呢?

谢德美说:"我知道原因:梦中的体验实在过于震撼,如果她把这么清晰的梦发送给人们,多数人就会彻底迷失在其中无法自拔,其意志也被地球守护者的意志完全吞没,他们从此就永远失去了自己的灵魂。这实际上无异于地球守护者亲手将他们杀死了。"

那么你为什么不受影响呢?

"我也会受影响的。只是我本来就已经选择追随地球守护者的计划,所以这个梦非但没有取代我的个人意志,反而加强了我对自己身份的认知,也再次确认了我的所想和所需。这个梦既没有让我失去自由,也没有杀死我,却让我活得更加真实了。"

换句话说,这一切还是和有机生命体有关系吗?

"是的,没错,这些事情说到底还是和有机生命体有关。"谢德美想了一会儿,又补充道:"她说她不能让我看见她的庐山真面目。可是现在我知道了,我根本就不需要也不渴望看见她的本相,因为我已经得到了一个更大的好处。"

这个好处是?

"我有幸借用了她的脸,通过她的眼睛去洞察世情。"

嗯,这听起来倒算是公平。过去她不仅无数次地借用你的脸,还假你的双手和嘴巴去完成她的任务。这次终于轮到你借用她的脸了。

谢德美抬起双手仔细端详,只见手掌湿乎乎的,还沾满了食物残渣。她哈哈笑道:"那么我不得不承认,地球守护者看起来和我还真挺像的。你觉得是吗?"她的笑声无疑和世界上任何一个人的笑声一样的喧闹,此时却在她心中却勾起了对音乐的回忆。有一瞬间,她甚至想起了生命之果的滋味。谢德美已经觉得心满意足了。

第十二章 胜 利

他们在扎法举行了一个规模庞大的公开会议。会议结束之后，艾妲迪雅来了。孟恩拉着她走到一旁，听听她要说什么。

孟恩先开口道："如果你是来劝我和我的弟兄分道扬镳的话……"

可是艾妲迪雅根本就不给他机会说完。"孟恩，我知道你早就死心塌地要摒弃自己心中一切崇高和善良的东西，所以我是不会在你身上浪费时间的。这次是爸爸派我来给你们捎一个口信。"

孟恩心底飘过一丝恐惧和惊慌。他们几个人与爸爸对着干，可是爸爸竟然听之任之——孟恩总是觉得难以置信。噢，对了，他有制止他们组织针对掘客工人和掘客商人的杯葛行动。当然了，他们立即公开表态反对杯葛，这样就轻而易举地应付过去了——而且每个人都明白他要表达的真正意思。莫非爸爸现在终于决定动手？如果真是这样的话，为什么孟恩内心深处竟然有点欢迎呢？难道是因为他觉得胜利来得太容易，需要享受一下挑战的感觉吗？

艾妲迪雅问："你有没有在听我说话？"

孟恩答道："有啊。"

"人人都知道爸爸最近很烦恼。他担心手下有些士兵可能会觉得，为了报效国王，他们必须为他铲除这些烦恼的根源。爸爸最近偶尔说了几句话，无意中被随行的卫兵听见了。听者有可能断章取义，以为爸爸会喜欢这种做法。"

"我觉得好像是他下了格杀令之后又改变主意，只是稍稍晚了一点。"孟恩说完奸笑了几声。

"你知道事情不是这样的。"

他当然知道，因为他内心对真理的触觉一直在对抗刚才那个念头，不过他压制这种触觉的时候也做得越来越得心应手。

孟恩问道："他想我们怎么做？躲起来吗？不再发表公开演说吗？他就别痴心妄想了。杀死我们只会把我们变成殉道的烈士；这样一来我们就彻底胜利了。再说了，他养大的儿子怎么会是懦夫呢？"

艾妲迪雅森然一笑："你们不是懦夫，却是蠢材、骗子。他知道你们不会退缩，所以只是建议你们不要公开行程，不要告诉别人你们下一站去哪里，也不要让人知道你们打算什么时候离开。"

孟恩想了想，然后说道："好的，我会告诉他们的。"

"那么我的任务就完成了。"说完她转身就走。

孟恩叫住她："等等！就这么些话吗？没有别的消息了？你对我真的无话可说吗？"

"我对你确实无话可说了，有的只是厌恶。你们五个人我都讨厌，而你使我更厌恶。因为我知道你心里很清楚，阿克玛说的每一个字都是错的。你们这几个人里面，发言最多的大概是阿克玛，可是最不诚实的那个却是你！因为你一直都了解真相。"

孟恩又开始絮絮叨叨地解释，他童年时代对真理的感知能力其实只是一种幻觉；他身为二王子，希望吸引更多注意力，所以才刻意编造……可是他没说两句就被艾妲迪雅狠狠抽了一个嘴巴。

她说:"你可以对其他人这么说,他们爱信不信,我不管。可是在我面前,你绝对不能说这种话!我决不会忍受你这种侮辱!"

说完之后,艾姐迪雅再次转身离去。这一次孟恩没有叫她回头,只是默默地看着姐姐消失在逐渐散去的人群之中,脸颊上还留着热辣辣的刺痛。孟恩几乎滴下眼泪——可是他不知道他想哭是不是真的因为脸上的疼痛。他回想起童年的快乐时光,那时候艾姐迪雅是他最亲近的朋友。他记得艾姐迪雅信任他,托付他把她的梦转告父王。由于艾伦赫绝对相信孟恩感知真相的能力,所以他赢得了在国王晚宴发言的机会;然后父王根据他提供的信息派出一支探险队,最后把泽尼府人救回来了。在那些日子里,他相信自己将来的角色就是艾伦赫最得力的左膀右臂,因为哥哥知道他不会说谎。还有,辈高依靠他的帮助翻译了华素伦人的金页书……

艾姐迪雅那一巴掌造成的刺痛还留在他的脸颊上,可是他想起辈高,心中却觉得很有趣。辈高自称不相信地球守护者,却利用孟恩帮他翻译。说实在的,他们几人不相信地球守护者,不都是辈高教的吗?可是到头来辈高自己却信了,或者说他至少相信了孟恩的超能力。

不,不,阿克玛早就解释过了:辈高并不认为这是地球守护者赐予孟恩的超能力,他只是觉得这是孟恩天赋异禀罢了。没错,孟恩确实有这样一种特殊的感应力,每当人们真心相信他们自己所说的话,他就能够察觉得到。这只是相信与否的问题,和绝对真相没有任何关系。

可是孟恩又想:如果是这样的话,为什么看着阿克玛说话的时候,我完全没有这种感觉呢?这里面的逻辑我还是没有搞清楚。如果我这种感应能力确实来自地球守护者,那么很可能是地球守护者为了让我背弃阿克玛，故意不确认他说的话。不过这样就表明地球守护者确实存在——所以不能这样解释。换一个角度，如果阿克玛是对的，我的感应力只是我天生能够判断人们是否言不由衷，那么为什么我对阿克玛说的话完全没有感应呢？这又表明了什么呢？这表明了无论阿克玛的话听起来多么有说服力——我和台下的听众一样，也被他的话迷住了不能自拔，最后完全被他说服——我的感应力始终判定了他其实是在说谎，他并不相信自己所说的话；或者即使他相信，也只是作为一种观点，而不是百分之百地确认。总之在他的内心深处，在他的思维内核之中，他并不认为自己的话是确凿无误的。

那么阿克玛到底相信什么呢？既然他连自己的话都不敢确定，为什么我要为了迁就他而否认自己的感应能力呢？

不，不！我早就和阿克玛讨论过这些问题了。阿克玛的解释是，一个真正有学问的人是从来不会死心塌地地笃信某件事情的，因为他知道进一步的研究可能会推翻他目前的观点。因此我的感知能力只有针对那些愚昧无知或者狂热偏执的人才会产生强烈的反应。

愚昧无知或者狂热偏执……就像艾妲迪雅吗？就像辈高吗？

"嘿嘿，她到底想怎样？"问话的是艾伦赫。

原来孟恩在苦思冥想的时候已经不知不觉地走回了大伙儿那里。兄弟几人与阿克玛正在和旧制会在本地分舵的几个头目商量事情。创建一个宗教需要做大量工作，其中最让孟恩厌烦的就是会见各地分舵的负责人。虽然很多富翁财主和受过教育的人都愿意捐钱，可是真正愿意花费精力去管理旧制会日常事务的却是另外一批人，而孟恩对这批人是颇有微词的。其中很多是当年在宗教改革中失去地位的祭司，这些人傲慢骄横、自命不凡，总觉得自己是落难贵族，整天满腹牢骚。还有一些是极度憎恨掘客的死硬顽固派——孟恩几乎确信，正是这些人在幕后主使，或者赤膊上阵，才掀起了那股残酷迫害地球守护者信徒的暴力狂潮。现在孟恩竟然要与这些暴徒过从甚密，一想起来他就恶心得浑身起鸡皮疙瘩。艾伦赫曾经在私下里告诉孟恩，他其实也很厌烦和这些人打交道。他说："不论我们怎么贬损阿克玛若，有一点是肯定的，他能够吸引素质比较高的人去做他的祭司。"可是他们不能在阿克玛面前说这样的话。他还为妹妹嫁给祭司狄度而生气，谁要是说出什么话让他想起这件事情就无异于火上浇油；至于在他面前称赞地球守护者殿堂的全体祭司，这样做绝对会惹阿克玛大发雷霆。

孟恩说："爸爸给我们一个警告，她是来传话的。"

"哼！他现在开始威胁我们了吗？"阿克玛一边说一边将手臂搭在一个小混混儿的肩膀上。这个小流氓很可能有参与殴打小孩，打断他们的骨头，或者撕烂他们的飞翼。

孟恩说："我们私下再说吧。"

阿克玛问道："为什么呢？难道有些事情需要瞒着我们的祭司吗？"

孟恩冷冷地说："对。"

阿克玛大笑道："瞧你，又在开玩笑了。"

几分钟后，阿克玛将那个小混混儿打发走了，与四个王子一起来到河边无人的地方。阿克玛说："请你以后别再让我这么为难。虽然总有一天我们会拥有整个国家机器来做我们的后盾，可是目前来说我们还是需要这类人替我们卖命，所以最好不要让他们觉得自己被排斥。"

孟恩说："对不起，可是我信不过那人。"

阿克玛笑道:"那人当然信不过,他本来就是一个卑鄙可耻的小混混儿。可是这人偏偏就自以为了不起,我好说歹说才把他安抚了。他离开的时候总算没有生气。"

孟恩拍了拍阿克玛的手臂,说道:"只要你碰完他之后彻底洗一个澡,那就应该没有问题了。"然后他把艾妲迪雅的话告诉他们。

欧弥纳怒道:"爸爸明显是要阻挠我们的行动,我们为什么要信他的话?"

艾伦赫说:"因为爸爸是一国之君,他决不会在这种事情上说谎。"

欧弥纳说:"为什么不会呢?"

艾伦赫说:"因为他这样说就等于承认他已经无法控制手下的士兵了。对于一个统治者来说,这是一件非常丢脸的事情。我也希望我们不用这样伤害爸爸,可惜他不明白我们这样做完全是为了这个国家着想。"

欧弥纳说:"各地的信徒都在盼着我们,我们怎能随便改行程呢?"

孟恩说:"嘿,这你倒不用担心。只要我们一露面,随时随地都能够吸引一大群听众。这么一来,如果没有人知道我们下一站会出现在哪里,说不定还能给我们添加一点神秘色彩,信众也会觉得很刺激。"

欧弥纳说:"我们这样做的话就像是一群懦夫、胆小鬼。"

凯明大声说:"不会的,我们只需要告诉大家,我们这样做是因为收到可靠消息,国王的手下打算害我们。"

艾伦赫斩钉截铁地说:"不行!我们绝对不能这样做!首先,人们会觉得我们是在对国王提出指控;其次,他一心要保护我们,所以警告我们小心,我们却反咬一口,这是非常可耻的行径。"

阿克玛拍着凯明的后背,说道:"听到没有,凯明?有些策略本来挺有效的,可是艾伦赫说这种做法可耻,所以我们就不能执行了。"

艾伦赫说:"阿克玛,你不要拿我的荣誉感来开玩笑。"

阿克玛说:"没有啊,我钦佩还来不及呢,怎么会拿来开玩笑?"

孟恩突然有一种不可抑制的冲动,很想挑起事端。他说:"荣誉感,这正是艾伦赫最像爸爸的地方!如果爸爸不是那么看重荣誉,我们也不会走到今天这一步。"

欧弥纳问道:"这么说来,荣誉感其实算是一个弱点了?"

艾伦赫毫不掩饰心中的鄙视,咄咄逼人地答道:"在短期内,卑鄙的行径可能会捞到一点好处;可是从长远来说,一个卑鄙可耻的昏君必然失去民心,只会落得努艾伯那样的下场——死无葬身之地。"

凯明问:"他们用火活活将努艾伯折磨至死,对吧?"

阿克玛说:"你说起这种事情的时候千万不要显得那么兴高采烈,旁人听了会觉得很不舒服的。"

在这段对话之中,有一些细节引起了孟恩的注意,可是也让他深受困扰。欧弥纳说出"荣誉感是弱点"这样的话,正人君子肯定会对他退避三舍;阿克玛不但没有出言谴责,反而主动凑上去亲近,将手臂搭在欧弥纳的肩膀上,换来他一脸会心的微笑。这是不对的!这里面有些东西大错特错了!阿克玛变了。远的不说,就说去年吧,在这一切开始之前,阿克玛就不是这样子的。我记得当年他和艾伦赫一样,作风正派、坚持原则、视荣誉如生命。怎么现在会变成这样子呢？莫非因为我们与奸邪之徒接触多了，所以近墨者黑？或者是因为他整天受到万千民众的吹捧和奉承，所以自然而然地就变成了另外一个人？

不管阿克玛身上发生了什么变故，孟恩都觉得很厌恶。这不可能是阿克玛露出了庐山真面目，却更像是他刻意戴上一个愤世嫉俗的面具，摆出一副摒弃道德、不论是非的姿态，因为他觉得只有这样改变自己才能取得最终胜利。或者这确实是阿克玛真实本性中的另一面——他现在觉得自己是一个举足轻重、翻云覆雨的大人物，再也不需要善待他人，所以本来一直压抑在心底的邪恶本性开始冒出来了。最近阿克玛经常与艾伦赫打趣逗乐，拿他在言谈举止中流露出来的王者风范开玩笑；孟恩怀疑当中到底有多少是说笑，有多少是真正的蔑视。

想到这里，孟恩连忙提醒自己：我不能继续想这些事情了，这是地球守护者在作祟，企图挑拨我背叛自己的弟兄。

不！这不是地球守护者在作祟，因为根本就没有地球守护者……

孟恩实在撑不下去了，跟大家说一声他需要睡觉，然后就匆忙往住处走。其他人也没有继续逗留，都跟着他一起回去。大伙儿一路上再也没有谈正经事，尽说一些空洞的玩笑话。他们留宿的那个房子对于五个成年男子来说实在是太小了。为了容纳他们，那家人有一半的成员都临时寄居在四邻家中。阿克玛坚持说他们不能总是在富人家留宿，否则地球守护者的信徒就有借口谴责他们养尊处优、骄傲自大了。只是孟恩觉得，反正地球守护者的信徒已经给他们安上了各种罪名，只要能换来一晚的安睡，再加上一条无关痛痒的小罪又何妨呢？可惜艾伦赫通常都赞同阿克玛的看法，结果就是孟恩被迫挤在一个狭小空间里，哪怕伸一下腿或者翻个身也会吵醒旁人。他对自己说：为什么穷人就是不肯造大一点的房子呢？当然了，这种恶劣的小玩笑是不能大声说出来的，因为阿克玛会告诉他，"人们不会明白这只是一个小幽默罢了。"

第二天早上，艾伦赫决定听从爸爸的建议，不按原定计划逗留多一天，而是立即出发；目的地也从菲特可改为帕帕杜尔。孟恩想：哼，太好了，这下我们要走两倍的路程，而且沿路都是上坡！我得写一封信给爸爸，感谢他的好建议。

在路上，阿克玛批评了凯明昨晚的演说。他表达的方式非常巧妙，在批评的同时总是附带着褒扬，所以凯明非但没有觉得被贬低，反而对阿克玛敬畏万分。孟恩在一旁看着也不得不佩服。

"你说我们的导师都受过良好教育，而地球守护者殿堂的那些教师就和他们的学生一般的无知。你能够做出这么巧妙的对比，我觉得很欣慰。"

凯明微笑道："谢谢。"

"只是下次你可能想尝试一下不同的用词。我知道，同时考虑那么多事情，确实很烦人。我自己也是这样，好不容易做对了这件事情，却遗漏了那件事情。不过这就是为什么我们的事业不是人人都能做的。"

孟恩冷眼旁观，一下子就看出阿克玛在刻意给凯明戴高帽，把他哄得死心塌地。而凯明还傻乎乎的，一点也没有察觉……这个可怜的蠢材。

然后孟恩突然想到，阿克玛很可能会将这种驭人的技巧用在任何一个与他对话的蠢材身上。所以在别人眼中，孟恩可能也像凯明这样，傻乎乎的，一点也没有察觉……想到这里，孟恩顿时觉得浑身不自在。

"你昨晚在台上演讲的时候,我在想啊,我怎样才能把凯明的这个点子偷回来,用在我自己的演讲稿里呢?"

凯明听了哈哈大笑。欧弥纳一直在旁边竖起耳朵听,这时也跟着笑起来。虽然他不像凯明那么结巴,也没什么错漏,可是他的演讲词一点也不引人入胜,所以急需润色。

阿克玛主动提出来了:"换了是我,我会这样说,'我的父亲被恻隐之心蒙蔽了理智,创立了一个由愚公教导笨伯、由贫民服侍穷光蛋的宗教。这是一个高尚的团体,任何人也不应该干涉他们的活动。可是就我们人类和天使而言,我们既然已经知书达理,又何必装作我们需要那套原始落后的教义呢?我们又有什么理由去和那群自称地球守护者信徒的市井之徒为伍呢?'"

凯明问道:"你说'任何人也不应该干涉他们的活动',这句话是什么意思呢?我以为这是我们正在做的事情呢!"

"我们当然是在干涉他们的活动,那些听众也心知肚明。可是你知道我这种说法会达到一种什么样的效果吗?这会显得我们与人为善、与世无争;我们所做的一切只不过是要满足精英阶层的需要,而地球守护者殿堂则去满足那些穷苦百姓和愚昧群众的需要。然后你想想,在那些听众里面,有多少人会认为自己贫穷和愚昧呢?"

欧弥纳刻毒地说:"大部分人!"

"和在宫里长大的某些人相比,他们大部分人确实算是贫困潦倒。"阿克玛说这句话的时候,隐隐流露出一丝挖苦的意味。"不过关键是他们会怎样看待自己呢?人人都会觉得自己属于有文化高素质的那个群体——或者说,就算他不是其中一员,也会竭尽所能让别人以为他是。所以啊,你说现在他们会参加哪一个教呢?当然是能让他们显得有文化有教养的旧制会了。看到没有？我们这样做就不会授人口实。他们不能说我们诋毁辱骂地球守护者信徒，可是我们越是称赞他们，人们就越会敬而远之。"

凯明喜不自胜地开怀大笑："这就像……你准备好你想说的话，然后想办法绕个大圈说出一套相反的论调，可是最后却得到你想要的效果！"

阿克玛说："也不是完全相反。不过你开始明白我的意思了，你开始明白了！"

听到这里，孟恩心中的对真理的感应力突然爆发，猛烈地排斥他刚才听到的那些话。孟恩觉得自己快要呕吐，一下子站住了，身不由己地跪倒在地。

艾伦赫问道："孟恩，你怎么了？"

就在此时，上方突然传来一声巨响。他们抬头一看，只见半空中有一个庞然大物，呈花岗岩般的暗灰色，浑身上下喷出浓烟，就像着火了一样。这个东西一边旋转一边急速朝着他们当头砸下，还发出震耳欲聋的轰鸣声。孟恩连忙用双手捂住耳朵，同时看见他的几个兄弟也在做同样的事情。

这块灰色巨石在最后一刻猛然转向，砸在距离他们几步远的地方，激起一阵遮天蔽日的浓烟和灰尘，孟恩等人一下子什么都看不见了。然后大地开始剧烈颤抖，把他们像烂布娃娃似的掀翻在地。可是孟恩听不到巨石撞击地面的声音，或许是被巨石本身的轰鸣声和大地震动的隆隆声遮盖住了。

当烟尘散去之后，他们看见一个人站在巨石前面。只见这人全身各处都射出耀眼的强光，所以他们根本看不清他的相貌，只能勉强辨认出一个人形。至于为什么没有撞击的声音，现在他们看清楚了：这块灰色巨石竟然悬浮在距离地面半米的空中。

不可能！太荒谬了！

那个发亮的人说话了，可是他们都听不清，因为她的声音被巨大的噪声覆盖住了。

这时候那块巨石突然安静下来，地震的轰隆声也逐渐消失。孟恩用双臂支撑起身子，抬头看着那个发亮的人。

那人说："阿克玛，站起来！"

这人的声音根本不像人声，好像是五个不同音调的声音在同时说话，在孟恩脑中震荡，让他痛苦不堪。不过他很庆幸被点名的是阿克玛而不是他自己。这个念头一出现，孟恩马上就为自己的懦弱胆怯感到惭愧万分——可是他依然忍不住松了一口气。

阿克玛挣扎着站起来。

"阿克玛，你为什么要迫害地球守护者的子民？地球守护者早已昭告天下，这些是我的子民，这些是在我护荫之下的信徒。我把他们安顿在这片土地上，除非是他们为非作歹自取灭亡，否则我决不允许任何外来力量将他们打倒！"

孟恩顿时觉得羞愤欲绝。这段时间他一直竭力否认自己感知真相的能力，可是事实到头来却证明了自己的感应力一直是正确的。阿克玛关于"地球守护者不存在"的那些论证如今看来是那么的苍白脆弱、毫无意义；孟恩心中的感应力一直不停地驳斥阿克玛的论调，可是孟恩怎么还会相信他呢？我到底干了些什么？我到底干了些什么？

"地球守护者听见信众的祈祷，也听见你父亲的恳求。你的父亲一直真心实意地为地球守护者效劳，这么多年以来，他一直祈求地球守护者指引你了解真相；可是地球守护者知道你其实早就明白了事实真相。现在你的父亲请求地球守护者拯救地球的儿女，制止你的所作所为，不让你继续残害无辜。"

大地又开始颤抖，阿克玛被震得跪倒在地；孟恩也再次被掀得趴在路上，糊了一脸的湿泥。

"你们还敢继续宣称地球守护者没有威力吗？你们还敢对我的声音充耳不闻吗？你们还能对我身上的强光视而不见吗？你们还感觉不到脚下的大地在颤抖吗？你们还敢说地球守护者不存在吗？"

孟恩惊慌失措地狂叫："我们知道啦！地球守护者确实存在！我其实一直都知道，我不应该说谎，请原谅我吧！"他听到几兄弟也在大声地乞求宽恕，只有阿克玛一言不发。

"阿克玛，你回想一下在车林地区的奴隶生涯，回想一下地球守护者怎样把你们从枷锁之中解救出来。现在你竟然反过来迫害地球守护者的信徒，所以地球守护者同样也会把他们从你的魔爪中拯救出来。阿克玛，你好自为之吧！无论你是不是已经决定了要自取灭亡，总之你就不要再妄图摧毁地球守护者殿堂了，因为广大信众的虔诚祈祷是不会石沉大海的。"

地球守护者的使者一边说，身上的光芒越来越强烈——他的亮光本来就已经够刺眼了，孟恩想不到他还能变得更亮。可是在这片耀目欲盲的光芒之中，孟恩还是能看见那个发亮的人形伸出手臂，射出一束噼噼啪啪的闪电，一下子击中阿克玛的头部。阿克玛顿时腾空而起，整个人在空中不由自主地舞动着，就像在火苗上方跳跃舞动的飞灰；瞬间之后他就重重地跌落地面，摔成不似人形的一团。

这时候，巨石又发出轰鸣声，顿时烟尘滚滚，孟恩等几人什么也看不见了。等尘埃落定之后，巨石和地球守护者的使者都不见踪影，大地也平静下来。

凯明一边哭一边大叫："爸爸！妈妈！我不想死！"

在平日孟恩肯定会出言讥讽，可是现在他却开不了口，因为凯明喊出的正是孟恩的心声。

艾伦赫叫道："阿克玛！"

孟恩想，大哥在危急关头首先想到的是朋友而不是他自己，真不愧是正人君子。想到这里，他心中的羞惭又增多了几分。他挣扎着站起来，步履蹒跚地向倒地不醒的阿克玛走去。

欧弥纳念念有词："原来真的有一个地球守护者……我就知道有一个地球守护者……我知道的……我知道的……我知道的……"

孟恩说："欧弥纳你少废话，快来帮忙把阿克玛抬到草地上有阳光的地方。"

于是他们齐心合力把阿克玛瘫软的身体抬了起来。

凯明说："他死了。"

孟恩说："如果那个发光的人想杀阿克玛，为什么刚才还叫他以后不要再给地球守护者殿堂添乱呢？换了是你，你会指导一个死人怎么做人吗？"

艾伦赫说："如果他还活着，为什么没有呼吸呢？为什么我听不到脉搏和心跳呢？"

孟恩说："我告诉你，他还活着。"

欧弥纳质问道："你怎么知道呢？你还没检查他的伤势呢！"

"因为我的感知能力已经确认了。是的，他没死！"

艾伦赫语带讽刺地问道："怎么？你对真相的感知能力突然又回来了？"

"不，我的感知能力从来就没有消失过，只是我不肯承认罢了。我忽略它的存在，甚至和它对抗……可是它从来就没有离开过。"说完这几句话，孟恩觉得胸中隐隐作痛，可是说出来之后却有一点如释重负的感觉。

艾伦赫问道："原来你的感应能力一直告诉你，我们宣扬的东西都是骗人的？"

艾伦赫这话就像一个巴掌抽在孟恩的脸上。"阿克玛说我的所谓感知能力是自欺欺人……是的，现在说起来我真的很惭愧……"此时艾伦赫的脸上露出轻蔑的神色。孟恩继续道："艾伦赫，你打算把一切都推到我头上吗？难道你是那种推卸责任的人吗？难道你会说你做的那些事情都是孟恩的错吗？我们一直在说谎，一直在竭力摧毁一些对这个世界至关重要的东西。现在地球守护者派了一个全身发亮的使者来警告我们，你转头就打算对我发难吗？"

这时候轮到艾伦赫满脸羞惭了。他说："其实这是我自己做出的选择，我知道的。我一直在想，如果孟恩说我们这样做是对的，那么我们肯定就是对的——可是我心里很清楚，我们的做法是错误的，我只是利用你来做借口罢了。可是我们的两个弟弟不应该对此负责，因为你、我和阿克玛给他们施加了很大压力……"

凯明大声说："这也是我自己的选择！这个使者不仅是来制止你，而且也是来制止我们所有人的！"孟恩突然意识到凯明心中颇有些自豪，因为地球守护者派信使直接来找他们了，这比报梦风光多了。扪心自问，孟恩发现自己原来也有这样的感觉。

欧弥纳说："就算信使是来制止我们所有人，可是他只和阿克玛说话了，因为事实上我们从一开始就是他的跟班罢了。"

凯明说："哼，瞧你多勇敢啊！趁着阿克玛躺在地上生死未卜就把什么都怨在他的头上！"

欧弥纳说："我说那句话并不是要为自己减轻责任；我反而觉得

我们应该倍加惭愧才对。我们是国王的儿子，从小得到父王的教诲，到头来却受别人挑唆，与父王唱反调，害他在国人面前蒙羞。"

"这是我的错……"艾伦赫说这句话的时候努力保持沉着的语气，可是他已经不敢直视几个弟弟的眼睛了。"一开始我对阿克玛的看法可能还是将信将疑；可是后来我们自立新教、重建旧制的时候，我就知道这样做是错的。我知道和我们合作的那些人都是些投机取巧的卑鄙小人；我也知道我们要赶出达拉坎巴的那些掘客其实远远好过我们的所谓盟友。枉我自小就受父王栽培，却如此不辨是非，我实在不配继承王位。我不许你们再叫我艾伦赫，从今以后我就是艾伦。"

孟恩一直憋着满肚子火，此刻终于忍不住爆发了。他说："你们到这时候还没看清自己的所作所为吗？我们为什么追随阿克玛？因为他对我们刻意奉承，让我们自我膨胀；而我们做这件事情的时候也乐在其中。在创建旧制会的过程中，我们觉得自己具有很大影响力，俨然成了举足轻重的大人物；就连父王都对我们退避三舍，这个世界也因为我们而改变。我们自以为比其他人更聪明，我们希望别人把我们当成重要人物那样去对待，我们希望别人对我们顶礼膜拜。所以说，我们之前所做的一切都是因为心中的骄傲作祟，可是现在呢？现在我们又在干吗呢？凯明兴奋得快小便失禁了——因为地球守护者竟然派一个会发光的信使前来阻止我们的行动，可见我们是多么重要啊！凯明，你就别跟我争了，我知道你的想法，因为我自己也有这种感觉。艾伦赫呢？艾伦赫想把所有的罪责都揽上身，因为他觉得自己本来应该担当一个无所不晓的智者角色。看到没有？我们的骄傲没有减弱半分！我们当初就是因为骄傲才惹出那么多麻烦，可是到现在我们还没有吸取教训！"

"我没有骄傲啊！"艾伦赫说话的时候，声音也开始颤抖了。"我现在根本就没脸见人。"

孟恩说："可是我们必须出去见人！因为我们一定要让老百姓亲眼看到我们这群可怜虫的狼狈相。"

欧弥纳恶毒地说道："这难道不是某种形式的骄傲吗？"

"欧弥纳，我可能真的觉得骄傲。可是你知道我因为什么事情而骄傲吗？这件事情不仅让我觉得骄傲，还让我庆幸有你们这样的亲兄弟，庆幸我是这个集体中的一员……你知道是什么事情吗？"

艾伦赫问道："什么事情？"

孟恩说："就是你们当中没有一个人提出继续对抗地球守护者！你们也没想过要留在旧制会里面。"

欧弥纳说："这说明什么？总不能说明我们是好人吧！可能只是因为我们吓坏了。"

"不。之前我们欺骗自己说地球守护者不存在，所以我们才敢行大逆不道之事。可是现在我们已经了解真相，我们看到了一些无法想象的事情，这些事情只是在英雄传说里面出现过。可是你们还记得那些故事吗？耶律迈和梅博酷看到的神迹完全可以和我们今天所见相提并论，可是他们依然负隅顽抗，一直作恶到生命的最后一刻。至少我们不会这样，我们的叛逆行为已经结束了！"

艾伦赫点头道："可是我刚才说把名字改回艾伦，我是说真的。"

孟恩立即驳斥他："不，只要父王没有下令将你废黜，你就依然是艾伦赫。你想想，即使在你令他蒙羞的时候他尚且没有剥夺你的名号……"

艾伦赫又点了点头。

凯明还在抽抽搭搭哭个不停。他说："要是母后知道这件事情肯定要气死了。"

孟恩一手搂着小弟的肩膀,说道:"我不知道怎样才能不失体面地去请求爸爸让我们回去,可是我们必须去找他当面说。就当是让爸爸获得最后胜利也好,至少他有机会当面赶我们走。"

艾伦赫说:"爸爸肯定会重新接纳我们的,他就是这样一个宽厚的长者。现在的问题是我们能不能补救一下我们造成的伤害。"

欧弥纳说:"不!现在的问题是阿克玛到底能不能活过来!我们必须把他送回达拉坎巴。到底应该留在这里盼望他苏醒呢,还是应该找人帮忙抬他回去呢?"

凯明说:"我们有四个人,正好可以抬他。"

孟恩说:"我听说那个校长谢德美懂治病。"

艾伦赫语带苦涩地说:"之前我们还四处说她是一个实施种族混杂的罪人,现在有难了就去求她帮忙,却根本没想过要找回我们旧制会的'自己人'。其实我们一直都知道,真正值得信赖的人都在地球守护者殿堂里。"

兄弟四人满腹羞惭,似乎连嘴巴里也是苦涩的味道。他们将外衣脱下来绑在棍子上面做成一个担架,把阿克玛放上去,然后用肩膀抬起担架。他们走到有人聚居的地区,当地居民纷纷出来看热闹。只见四个年轻人把一具疑似尸体的人抬在肩膀上行走,好像要运到坟地埋葬。

艾伦赫对每一个出来看热闹的居民说:"快去吧,去把这个消息告诉每一个人:地球守护者派来一个信使,震倒了摩提艾克的几个不肖子,阻止他们继续散播谎言。我们就是摩提艾克的儿子,我们很惭愧,只能回去找我们的父王请罪。请你们告诉每一个人,阿克玛若的儿子阿克玛也被地球守护者的信使击倒了,现在生死未卜。"

他逢人便说，反反复复地讲着同样的话。如果听的人是地球守护者信徒，他们的反应都是一样的：没有欢呼雀跃，没有幸灾乐祸，也没有谴责判罪，却报以热泪和拥抱，然后送上诚挚的慰问："让我们帮一下你好吗？让我们抬阿克玛走一段路好吗？唉，他的父母看到他这样子，肯定要哭了。我们会向地球守护者祈祷，求他让他们夫妻二人终有见到儿子苏醒的一天。让我们帮你吧！"这些真切的问候让兄弟四人羞愧难忍，却又避无可避。地球守护者信徒还给他们送上食物和水，一句斥责的话也没有说。

其他人就没那么友善了。沿路有很多男男女女对着他们破口大骂，极尽侮辱贬损之能事，还说他们是大话王、骗人精和异教徒。"艾伦迪！孟恩迪！欧弥纳迪！凯明迪！"不久之前这些人肯定还在他们演讲的时候欢呼雀跃，转眼间却反咬一口。可悲的是，兄弟四人真正背叛父亲的时候，没有人敢把代表"叛徒"的蔑称加在他们的名字后面；现在他们改邪归正、承认错误了，反而被套上了"迪"这个称号。

欧弥纳按捺不住反唇相讥，骂那些人虚伪。孟恩出言劝止道："算了，我们是罪有应得。"

地球守护者信徒会把那些叫骂的人拉开训斥："你看不到他们有多难过吗？你看不到阿克玛快死了吗？他们现在没有对你造成伤害，你就让他们安安静静地走，别去打扰了！"兄弟四人看着他们的义举，听着他们的劝解，心中觉得万分难堪。

于是，一路上的地球守护者信徒就成了他们的保护者，其中很多还是掘客。孟恩觉得艾伦赫的一席话还不够，所以他针对掘客特别加了几句："各位，请帮忙去找一下那些已经上路要离开达拉坎巴的掘客。请告诉他们，我们乞求他们回家。请告诉他们，他们比摩提艾克的几个不肖子更有资格做达拉坎巴的公民。请你们务必别让他们离开。"

当晚他们就在路边露宿，兄弟四人守候在阿克玛的身边。第二天下午，一行人回到了达拉坎巴城。他们回城的消息早就传遍了大街小巷。当他们走到阿克玛家门前的时候，聚在那里的人群让开一条道让他们过去。阿克玛若和车贝雅就站在门口，迎回了正在死亡线上挣扎的儿子。在阿克玛若府中，国王也在焦急地等候，在场的还有艾妲迪雅。两父女一看见兄弟四人走进来，连忙上前逐个拥抱；家人的亲情让四兄弟忍不住失声痛哭。然后他们看见阿克玛若和车贝雅跪倒在儿子的残躯前面，兄弟四人哭得更厉害了。

在路上，突然出现了一个会发光的人；紧接着大地开始颤抖。阿克玛本来应该觉得很吃惊，可是他竟然一点吃惊的感觉也没有。眼前发生的景象竟然没有使他觉得奇怪，这本身就是一件非常奇怪的事情。使者说话的时候，阿克玛心中只有一个念头：你怎么拖了那么久才来呢？

当阿克玛发现自己完全没有吃惊，他就开始盘算了。这一切不可能在他的预料之中，因为他甚至不知道世上竟然有会发光的人。阿克玛他的研究生涯中，也从来没有见过类似的记录。再说了，亲身经历并不能证明什么。他们五个人都迫切需要向全世界证明自己的重要性，因此，眼前的景象只不过是五个年轻人的集体幻觉罢了，并不能证明地球守护者确实存在。这次经历只是证明了深藏在无意识空间之中的童年幻想具有极其强大的威力，就算是那些自以为长大成人的男人也逃不过它的魔爪。

地球守护者的信使还在说话。阿克玛想道：我听见信使说的每一个字，同时竟然还能想着别的事情，我到底是怎么做到的呢？我心中为什么突然变得一片清明呢？这个现象太奇特了，我得告诉辈高。说起辈高，国王最后怎么处置他呢？瞧，我的思路又跑题了，竟然飘到辈高那里。可我还是能听见信使的话，一个字也没落下。

他知道，眼前的景象显然是来自外界，而非生自内心，所以这并不是一个集体幻觉。或者说，就算是集体幻觉，也必然是由地球守护者造成的。可是为什么阿克玛知道得如此清楚呢？他想起艾妲迪雅所说："当神迹发生在你身上的时候，你自然就知道了。"阿克玛知道，眼前这一切并不是那个发光的人造成的；而如此盛大的声势其实只是撑一下场面而已。大地在他脚下晃动，强光把他照射得头晕目眩，还有震耳欲聋的巨响、遮天蔽日的浓烟，甚至连信使的声音听起来也那么古怪——可是这一切与他的顿悟其实并不相干。他确凿地知道这是地球守护者的神迹，并非因为这些不可思议的现象，而是因为……他知道。没错，就这么简单：因为他知道。

然后阿克玛又想到：其实我一直以来都知道！

他想起了生命中最恐怖的那一段岁月。当帕卜娄格的几个儿子第一次把他推倒在地的时候，当他们对他进行羞辱和折磨的时候，阿克玛没办法将心中的感受用言辞表达出来。那时候，他时刻活在对死亡的恐惧当中；在恐惧下面埋藏着一种羞愧感——他因为自己无能为力而觉得羞愧；更深入的则是他天生一股钢铁般的意志和勇气。凭着这股勇气，他挺过了各种折磨而不曾开口求饶半句。在这股勇气的支撑下，他拖着糊满了污泥和食物残渣的赤裸身躯，坚持走回他的族人当中。那时候阿克玛就知道，他拥有如此强大的勇气和力量，完全是因为他心里绝对肯定父母是爱他的。他觉得有很多坚不可摧的纽带把他和父母牢牢地系在一起——阿克玛似乎也拥有妈妈的解构超能力，只是自己没有意识到罢了。

这段回忆深深地刺痛了阿克玛：我曾经拥有他们的爱……不，我依然拥有他们的爱。从小我就知道父母是爱我的，这份爱一直到现在也没有丝毫改变。他们没有辜负我的信任，可是我呢？我对他们都做了些什么啊？

阿克玛的思绪又飘回当年：在他过人的勇气下面还隐藏着一些别的东西。那是一种感觉，似乎有人目睹着这一切，一边看着一边说道：这几个小孩这样对待你是不对的；你父母对你的爱是正确的；你的眼泪、你的耻辱，这些都不是你能够控制的，所以并不是你的缺点和错误。你竭尽全力保持着心中的勇气，这是非常可敬的；你坚持走回族人当中，这样做也是对的……似乎有人在旁不断地进行判断，评估他的一举一动所包含的道德价值。当年阿克玛完全没有留意这种感觉，怎么事隔多年之后反而能够想起来呢？而且阿克玛很确切地知道，这个旁观者一直以来都不曾离开过。他很喜爱心中的这个声音，因为每次他做得好，这个旁观者就会出言嘉许。

"地球守护者听见信众的祈祷，也听见你父亲的恳求。你的父亲一直真心实意地为地球守护者效劳。"信使已经讲了多久呢？一点也不久。真的，阿克玛知道这才刚开始。他似乎知道信使即将要说的每一个字，也知道这段信息各个部分所占用的时间。要听清楚和理解每个字的意思，阿克玛只需要一些极短的时间片段；而在每个小片段之间的大段时间里面，他就在记忆中搜寻这个多年来一直隐藏在他心中的神秘旁观者。阿克玛的注意力就在这两个任务之间来回切换。

他又看见自己坐在山坡上遥望爸爸给帕卜娄格的几个儿子讲道的场景，他感觉到自己幼稚的心中充满了愤怒，他听见自己发誓报仇雪恨。可是他到底要向谁复仇呢？当年阿克玛没有看清楚，可是现在他看清了。他根本不是生帕卜娄格几个儿子的气，也不是恨他爸爸给他们传道授业。不，那种锥心刺骨的背叛既可以说是来自他们所有人，也可以说不是来自他们当中的任何一人——阿克玛其实是痛恨地球守护者竟然不用他帮忙就擅自解救了众人。

那时候，他心中那个神秘的旁观者对他讲了什么话呢？没有，一句话也没有讲，那个声音就这样消失了。当他因为没有被地球守护者选中而怒火中烧的时候，那个神秘的旁观者就陷入了沉默。

是我把这个声音赶走的！从那时候起我就只剩下一副空空的躯壳了。

不，并非完全的空空如也，阿克玛现在感觉到了：那是一个细若游丝的声音，那是一个浅淡难辨的印记，那是一颗昏暗明灭却又勉强可见的星星。那个旁观者一直都在，不停地悄声说道：你的时机还没到，耐心点，你的时机还没到。我的计划远比你的个人野心重要，现在我需要其他人的帮助；请你顾全大局，耐心等候，你的时机会来的……

原来那个旁观者一直都在，只是对他再也没有影响，因为他心中的狂怒已经将那个声音完全淹没了。

此刻，阿克玛重新审视自己的内心，突然意识到旁观者竟然还在他的心中，还在对他说话。这个声音隐藏在他自己的心声背后，不断地对他意识空间里的每一个想法作出评价；可是这个声音也总是游离在他的意识空间之外，阿克玛想去抓住这些只言片语的智慧，却怎么也抓不住。即使在这一刻，他也只能记得旁观者刚才说出的评价，却听不见这个声音此刻正在说什么。

这个声音刚才说：现在你知道我的存在了；其实你一直以来都

知道我的存在，可是到今天你才知道自己知道。

阿克玛默默地答道：我知道了，你就是地球守护者，一直以来你都在我的心中。你就像一点火花，无论我怎么扑打你也不曾熄灭；无论我怎么否认，你也对我不离不弃。

这时候，信使说道："无论你是不是已经决定了要自取灭亡，总之你就不要再妄图摧毁地球守护者殿堂了，因为广大信众的虔诚祈祷是不会石沉大海的。"这就是信使说的最后一句话。然后他抬起一条发光的手臂，指向阿克玛。只见他的指尖嗞嗞作响，突然爆发出一阵噼噼啪啪的声音；紧接着阿克玛全身上下每一条神经线同时传来一阵剧痛，就像在一瞬间被烈焰吞没了。就在这种不可名状的痛苦之中，阿克玛想起了那个旁观者——也就是地球守护者——刚刚说的最后……一句话……

阿克玛，你现在已经知道我的存在，可是我要离开你了。

信使刚才发射的能量束同时击中了阿克玛全身所有神经线，在那一瞬间，阿克玛以为人世间最大的痛苦莫过于此。可是现在他瘫倒在地上，那一阵疼痛已经退去，他却突然明白了：肉体的痛苦不能触动他的心灵，所以根本不算什么；与他此刻的孤独相比，身体的疼痛简直可以算是一种享受。

这是一种绝对的、与世隔绝的孤独。

在这里，没有任何事物与他发生联系。在这里，他没有名字，因为根本就没有人认识他；在这里，他没有力量，因为没有能够让他发挥力量的对象；他也没有地位，因为他已经一无所有。可是阿克玛知道，这一切他都曾经拥有过，不过现在已经全部失去了。从这一刻起，他谁也不是，什么也不是；他已经迷失了自我，从此再也没有人知道他的存在。"一直在旁边默默看着我的那位旁观者呢？

他在哪里呢？他那么了解我，他为我道出真实的我，他在哪里呢？我不是刚刚才发现他一直在我心中吗？他怎么能就这样弃我而去呢？"

世上没有什么疼痛能够与这种失落相比了。就在瞬间之前，阿克玛还连着那副让他痛苦不堪的躯壳；如今形神已分，他却渴望回到臭皮囊之中。为了重新听到地球守护者的声音，阿克玛宁愿承受肉体的痛苦，宁愿接受她的评判。彼时总胜于现在这种没有痛觉却也无人关注的绝对孤独。当他感觉到疼痛，这就证明他还是身有所属；而如今他已经不属于任何一个集体了。

"可是，这不正是我梦寐以求的吗？只是做回我自己，不对任何人负责，不必听命于人，也不受控于人，更加不用理会他人对我的期望——我完全自由了，这难道不正是我所追求的吗？在孤独之中，我不用亏欠任何人、不必承担任何责任，也无力去改变任何事物。以前我不知道这种状态的真正意义，我从来没有意识到，原来绝对的孤独才是最可怕的惩罚。

"在我的一生中，地球守护者始终在我心里，对我做出评判。可是现在评判结果已经出来了：原来我不适合生活在地球守护者的世界里。"

当阿克玛意识到这一点的时候，这个结论背后的原因随即陆续呈现在他脑海里。那是一幅幅栩栩如生的画面，以前阿克玛从来不愿意在脑中想象这些画面，可是现在却犹如身临其境。有一个掘客老妇被一群男人殴打，这些人看起来都很高大，而且面目狰狞。阿克玛突然进入了那个老妇的脑海中，她所有的记忆如狂潮般吞没了阿克玛；阿克玛顿时明白了这一个瞬间对于那个老妇来说到底意味着什么。当他完全体会到掘客老妇的痛苦之后，阿克玛突然飘进了其中一个暴徒的脑海中。这时候，他不再是一个暴徒，而是一个有羞耻心的人。他不齿自己的行为，却依然在施暴的时候热血沸腾；他不敢把自己对自己的鄙视说出来，因为这样做会颜面尽失……

在这个瞬间，阿克玛突然进入了另一个人的脑海中——那些暴徒渴望得到的就是这个人的赞赏。阿克玛看清楚了，正是此人的骄傲自负以及对权力的渴望引起了让地球守护者信徒饱受煎熬的多起恐怖袭击。如今他对权力的欲望得到了满足，他非常热爱这种呼风唤雨的感觉。每当他们需要达到什么目的，首先想到的人就是他；他们尊敬他……

此人脑中的这个"他们"突然成型了，而且还不止一个人。那是几个有钱有势的老头儿，他们的影响力一度覆盖全国，可是现在只局限在首都地区；因为这个国家不断地辟疆扩土，他们已经鞭长莫及了。等艾伦赫即位之后，他就会知道我的影响力有多么值钱。有些事情过于邪恶，国王不便去做，必须假我的手。所以在新王登基之后，我就吐气扬眉，再也不会被人瞧不起了。

这一切不用解释阿克玛也明白。难道不是他俘获了摩提艾克几个儿子的心智吗？难道不是他让他们联合起来抵制他们父王的政策吗？这一刻，阿克玛坚信不疑：如果我没有刻意引导人们觉得残忍迫害地球守护者信徒会给他们带来好处，那个掘客老妇就不会挨打。这条因果链或许很长，可是这个因果关系是确凿无疑的。最不幸的是，阿克玛自始至终都心知肚明。他对地球守护者的威力妒恨交加，所以他渴望使用暴力，他要残忍迫害地球守护者的信徒。可是阿克玛没有亲自动手，而是将他的影响力遍及全国各地，借他人之手来行心中之恶。

其实地球守护者也是通过这种方式来广施恩德的。他将他的影响力在全世界范围内散布，鼓励人们发扬心中的善念。活在我心中的那个旁观者其实也存在于世上每一个生命之中，没有人是孤独的。当人们按照地球守护者的要求行事的时候，他们总会沐浴在地球守护者的鼓励之中：做得好，我的好孩子；你心甘情愿为我效劳，你是我忠实的朋友。

阿克玛想，我所拥有的能力与地球守护者的威力相比有如九牛一毛，又似冰山一角。可是我非但没有运用自己的能力去让世人活得幸福一点、自由一点，反而利用这点天赋燃起人们心中的贪婪和嫉恨，然后这些人再去煽起别人心中的暴力之火。他们作恶的时候，我就在他们的心中；虽然他们不知道，可是我的声音一直在对他们说：打吧！砸吧！放手去破坏吧！尽情去伤害吧！她不属于我们要建造的新世界，把她赶走把！虽然被我利用去干坏事的人必须对自己的恶行负责，可是我的罪责并没有因此而减轻半分。那些行善积德的人们虽然是在地球守护者的鼓励和敦促之下做好事，可是他们并没有被地球守护者所控制，而是自主决定要行善，所以这些好事既是属于他们的，也是属于地球守护者的。同样地，那些黑心人的暴行既是属于他们的，也是属于我的！那些都是我的暴行！

阿克玛刚刚明白了自己在掘客老妇被殴惨案之中所扮演的角色，另一个惨剧随即出现在他脑中：一个父亲因为人们的杯葛行动而失去了收入，买不起食物，他的小孩正在饥饿中哭叫。阿克玛先通过小孩的眼睛看着这个世界；再从父亲的角度看出来：他深深体会到这个父亲因为无力减轻小孩痛苦而感到的耻辱和绝望。接着阿克玛来到了小孩妈妈的心中，她也是空有满腔愤怒却无力改变现状，只能抱怨地球守护者和地球守护者信徒拖累她一家子陷入绝境。然后阿克玛顺着这条苦难的链条一路搜寻，希望能找到其邪恶的根源。

本来有很多商铺都向这个父亲买货,可是现在已经不肯再买了。他们当中有些人是害怕报复,有些却是本来就对掘客持有偏见。在阿克玛的鼓动下,这种偏见竟然变成可敬——不,简直是爱国——的义举。虽然阿克玛站在人群面前演说,告诉大家应该遵守法律,不要杯葛任何人;可是那些听众都发出会心的笑声,因为他们知道阿克玛想要什么……他要这个小孩哭泣,他要彻底摧毁小孩父亲的尊严,他要让小孩的母亲对地球守护者的忠诚在无助的愤怒之中灰飞烟灭。他为什么要这一切呢?因为他必须惩罚地球守护者!在他童年的时候,他多么渴望亲手将妹妹从敌人的皮鞭之下拯救出来!可是地球守护者竟然没有选择他来完成这个壮举!

就这样,三番四次地,反反复复地,阿克玛对他人造成的痛苦一幕一幕地重现在他眼前。已经过了多久呢?可能只有一分钟,也可能已经过了几辈子——阿克玛已经与现实完全脱离,也没有了时间感,他怎么能够衡量呢?不知过了多久,阿克玛将一切惨案尽收眼底;他已经彻底明白了,于是每一个瞬间对于他来说都成了永恒。

如果他能够发出声音,这将是一声无穷无尽的长啸。孤独固然难以忍受,最惨痛的是,他在孤独之中还要面对自己,目睹自己过往一切卑鄙无耻的行径。

他的罪过重演远未结束,而阿克玛早已心灰意懒。他再也无法想象自己率领大军横扫耶律国,他甚至忍受不了再被别人看见,因为他已经了解自己的庐山真面目,再也没办法藏起来自欺欺人了。阿克玛此刻羞愧难当,完全不想重新拥有已经失去的一切;他唯一的渴望就是让自己在人世间彻底消失,不留下一点痕迹。别让我再面对任何人,别让我面对我自己,别让我面对你,地球守护者。我实在不能忍受继续生存下去了。

可是每次当他以为已经跌至谷底，以为心中的痛苦在此刻已经到了无以复加的地步，总会有一幅新的画面弹进他的脑海，出现另一张因为他而受尽折磨的脸孔。虽然阿克玛以为刚才那一瞬间的痛苦已经是无穷无尽、难以忍受，可是在这一刻……他总是能够感受到比刚才更加强烈的羞耻感和苦痛。

谢德美走进屋子，里面很安静，人们都默默地来来去去，忙着各自的事情。她看见四个年轻人，随即认出他们是摩提艾克的几个儿子。当然了，他们认不出谢德美，因为当时在路上他们看到的只是一个让人无法直视的发着耀目强光的人。不过在某种程度上她也认不出这四个王子了：初次见面的时候，他们本来是一群好强自负的小伙子，连走路也昂首阔步、谈笑风生；现在竟然已经完全改变。同样地，他们也不再是那几个在她面前吓得瑟缩颤抖的小孩子了。谢德美想起当时的情景：她每说一个字，他们就瑟缩一下，最后已经缩成一团。当然了，谢德美其实是对着一个微型麦克风说话，翻译设备将她的声音放大和扭曲，让别人听着要多难受有多难受。

可是现在她看到的是四个略带一丝男子汉气概的正常人。他们饱经风霜的脸上有掩盖不住的泪痕，可是他们此刻却没有流露出懊恼或者伤痛。正相反，有客人——当中很多是掘客，可是大部分还是人类——来访的时候，几位王子都彬彬有礼地迎接他们。"我们现在唯一的希望就是地球守护者会饶阿克玛一命，让他能够与我们一起四处奔走，努力修补我们造成的损害。是的，我知道你已经原谅我了，我实在配不上你的慷慨仁慈。可是我一定会珍惜你的宽容，我在此向你发誓，我将在余生中竭尽全力去行善，争取能实至名归地赢取你赐给我的宽恕。可是现在我们必须先和阿克玛的全家一起耐心地等待观望。你是虔诚恭顺的地球守护者信徒,正是因为你请求她解救你们,所以地球守护者将阿克玛击倒了,可见她是能够听见你的心声的。我们在这里祈求你再次向地球守护者祈祷,请她宽恕我们的朋友,请她饶阿克玛一命吧。"

几兄弟有时候会讲不清楚,可是话里的意思总是一样的:我们会尽力弥补我们造成的伤害;我们也求你一起向地球守护者祈祷,请她救救我们的朋友。

谢德美不是特别想和他们说话。她从上灵那里得知,兄弟四人这回是真心悔改,他们善良的本性重新浮现;在痛苦回忆的洗礼下,他们变得更加聪明,还立下了一生向善的大志。既然这样,谢德美和他们还有什么好说的呢?她此行的目标是阿克玛。

车贝雅在阿克玛卧室的门口迎接谢德美。房间很小,陈设简单——阿克玛若和车贝雅确实过着很朴实的生活。车贝雅说:"谢德美,你一听到消息就赶过来,我真的很开心。我们收到消息说地球守护者将我们的儿子击倒了,当时我们距离首都有大概一天的路程。等我们回到家之后,才过了几个小时,摩提艾克的小孩就把他抬回来了。我们在路上的时候一直希望能够碰到你。"

谢德美说:"我走另外一条路了,因为我需要照料一些植物标本,另外还要处理一些杂事。"说完她就跪在阿克玛毫无生命气息的身躯旁边。

看起来很像真的死了。

确切来说他是死了。死因似乎是体温过低,有点像是星际航行中的冬眠状态。虽然他全身所有细胞的活动程度非常低,奇怪的是他体内的细菌竟然也是完全休眠,没有一点活动。所以说,无论地球守护者对他做了什么,起码他是没有生命危险的。

谢德美默默地问道：脑部活动呢？

确实有一点脑部活动，却只是局限于大脑边缘系统。高级脑部功能一概没有，所以我无法读出其中具体内容，只有一些很原始很接近本能的情绪。

嗯？什么情绪呢？

我觉得他好像……嗯，好像正在尖叫。

这可不能告诉他父母。

地球守护者正在对他有所动作，可是我不知道具体是什么。

嗯，那就没有预后了。

他还没有死，可是我也没办法预测他能不能康复，我甚至不知道他现在是靠什么维持的，更加不知道维持他生命的这股力量会不会一直留在他体内、什么时候会撤走。

我想起了薛任慕，他与奥义克争论的时候被击倒，当时肯定也不是一击致命。

他当时是倒地之后就中风而死，看起来是挺凑巧的，可是据我所知，地球守护者有能力让人随时随地晕倒。

幸好凡人没有这样的能耐。像我这么大的脾气，还不一天到晚尸横遍野？

得了，你就吹吧。我怀疑你一天下来顶多只能干掉十来个。

谢德美叹了一口气，站起来说道："他很稳定，可是我没办法预测他什么时候会苏醒，也不知道他能不能苏醒。"

车贝雅说："可是他不会死吧？"

谢德美说："你是解构者，你看到他和这个世界还有联系吗？"

车贝雅抬手捂住嘴巴，将一声呜咽强忍下去，然后说道："不，他和世上一切的联系都断了。好像他根本就不在这里……好像根本就没有人躺在这里……"说到这里,她忍不住靠在阿克玛若身上号啕大哭。

谢德美说:"嗯,可是他的身体并没有死亡,也没有腐坏。"她知道这话说得很突兀,可是实在想不出委婉一点的说法。"现在就看地球守护者的意思了。"

车贝雅点了点头。

阿克玛若说:"谢谢你,谢德美。我们也知道这不是你能够医治的,可是我们还是想亲耳听你说出来。因为……因为我们听说你可以制造奇迹……"

"没有什么奇迹能够与地球守护者的神力相比。"

谢德美拥抱了一下阿克玛若和车贝雅,然后就离开这里,回学校去了。一路上她和上灵争论这一切意味着什么,他们之前应该采取什么不同的措施,阿克玛如今的状况到底是怎样。

谢德美默默地说:我在想,地球守护者是不是把她之前发给我的那个梦也报给阿克玛了——让他看看地球守护者关于这个世界的大计,用地球守护者的大爱去感染他。可惜阿克玛心中戾气太重,反而彻底迷失在这个梦里不能自拔。

可能吧。不过我没有看见他进入你当时那种做梦的状态。

你有时候会不会希望你我只是普通人,没有那么些个特殊的信息来源?这样的话,我们听说这些事情的时候,就会以为这些只不过是关于名人的流言蜚语罢了。

这种毫无价值的渴望并没有编入我的程序代码之中,我从来不会希望成为别的什么东西。

谢德美默默地说道:我也一样。这时候,她第一次意识到自己真的很满意现在的生活,也很庆幸地球守护者让她参与这个改变生命的宏图大计。想到这里，谢德美喜不自胜，忍不住开怀大笑。身边走过几个小孩子都抬头用奇怪的目光看着她。谢德美对他们做了个鬼脸；几个小孩尖叫着跑开，却又在不远处停下来，继续谈笑。谢德美想，这就是地球守护者的计划。她只是想让我们像这些天真无邪的小孩子一样，过上简单纯真的生活，为什么那么困难呢？

终于，阿克玛的一生都在他眼前展现完了。他记住了他对别人造成的每一份伤害，所有的记忆都完整地保留在他的脑海里。阿克玛多么希望自己能够淡化甚至遗忘这一切，可惜他得不到这种慈悲。而且，他也明白了许多过去一直想不通的事情，可是这种领悟是一种难以忍受的煎熬。他知道，地球守护者信徒惨遭殴打，掘客被迫离乡背井，他们所经受的痛苦都是他一手造成的，这是他的罪过。更有甚者，他还诱使无数人犯下暴行，几乎将地球守护者从他们的心中彻底赶走。迫害好人固然有罪，可是诱人作恶才是更大的罪过；而且后者比前者严重得多。

当地球守护者刚刚弃他而去的时候，阿克玛非常渴望他能够回来。可是现在，他看到自己因为心中骄傲而犯下无数深重的罪孽，已经不敢再去面对他人了，甚至连想象一下也无法忍受——尤其是地球守护者，他尤其不能面对他。现在唯一的解脱就是形神俱灭、一了百了，这也正是阿克玛此刻的愿望。他已经将这个世界败坏得乌烟瘴气，他还怎么有颜面回去呢？可是他也无法忍受当前这种与世隔绝的孤独状态。如果能够找到一条通向毁灭的道路，他会立即飞奔上路，将自己彻底湮灭在虚无之中。

有一个记忆片段，那是他与父母和国王的最后一次会面。那是一次可怕的经历，阿克玛当然已经亲身体会过这些至诚君子心中的苦痛。虽然眼看阿克玛就要摧毁他们多年来苦心经营的事业，可是他们还是惦念阿克玛更甚于担心自己。在这个记忆之中，有一个片段……他的父亲……他的父亲说了一段话。

这时候，那段话重新浮现在阿克玛脑海里，仿佛爸爸此刻正坐在他面前对他说话："儿子，当你万念俱灰的时候，当你觉得生无可恋的时候，请记住，地球守护者是爱我们的。他爱我们所有人，他珍惜每一条生命、每一个心灵、每一份情感。对于他来说，每一条生命都是珍贵的，连你的也不例外。"

不可能！他一生都致力于破坏地球守护者的事业，地球守护者怎么可能还爱他呢？

"阿克玛，她对你的爱从来没有改变。她知道你一直以来都相信她的存在；她知道你背叛她是因为你自以为能够比她更好地塑造这个世界；她还知道你反反复复地说谎，欺骗每一个人，包括你自己——尤其是你自己。可是我再一次告诉你，不管你过去是多么的不堪，可是只要你从这一刻起洗心革面，重新皈依他，她还是会接受你的。"

这是真的吗？即使到了这个地步，地球守护者还会接受我吗？她会终止这次可怕的放逐、让我重返世间吗？她会重新回到我的心中，像以前那样不断地对我说话吗？

阿克玛想，就算这是真的，可是我希望回去吗？我身负罄竹难书的罪债，如果我回去的话，将会背着耻辱面对这个世界。我能够忍受这样的生活吗？

他的脑中立即出现一幅画面：他被敌人欺辱，浑身抹上食物残渣，却勇敢地走回族人那里。

不，这幅画面是我自欺欺人！当时我是无辜的，我的衣裳是别人扯掉的,我的身体是别人弄脏的。可是现在我比那时候更肮脏、背负更深的耻辱,而且这一切都是我自己一手造成的。

可是,虽然耻辱的成因不同,回归的勇气却是一样的。我必须回去负荆请罪!我要让他们看一下,我不再像以前那样得意扬扬地高视阔步,而是在耻辱之中蓬头垢面地蹒跚而行。我伤害了那么多人,这是我欠他们的。如果我像懦夫一样把耻辱藏起来,我只会再一次对他们造成伤害。

于是阿克玛在孤立无援之中高声大喊:地球守护者啊,我求求你大发慈悲吧!是我用怨愤毒害了自己,是我亲手铸造了死亡的锁链把自己困住。没有你的帮助,我实在找不到出路。

阿克玛终于承认自己的绝望和无助,终于开口求助了。刹那间,他感到那个旁观者回来了。就那么容易,就那么简单,这个转变就发生在弹指一挥间。仿佛地球守护者一直守候在阿克玛心窗的边缘,只等着他一开口求助就立即触碰他的心灵。本来他脑海里充斥着关于自己恶行的无数记忆,可是就在这一下触碰之后,这些无处不在的记忆片段立即消失殆尽。阿克玛当然不会忘记自己犯下的罪行,只是现在这些罪行再也不会时时刻刻浮现在他眼前。卸下了这个可怕的千斤重担之后,阿克玛顿时感受到前所未有的轻松和自由。虽然此刻他还不能够重新控制和利用自己的身体,可是他孤立无援的状态已经结束了。他重新拥有自己的名字,他又为人所知了;他不再固守小我,而是心甘情愿地成为一个大我的其中一分子。他心中的怨恨已经化解,他不再渴望摧毁一切不为他所控制的东西。阿克玛此刻满心欢喜,因为他的存在终于有了意义;他找到了目标,因为他所属的那个世界拥有一个未来。他不再渴望只手遮天、凭一己之力决定自己和别人的未来;他知道,只要能够影响一小部分人,他就会很开心了。比如说，与心爱的人结婚，给她幸福，给她快乐；养儿育女，像父母爱自己那样去爱他们；结交良朋，不时为他们分忧解难；提携后辈，把不传的秘密和技巧教给他们，他们的人生或者会因此而有所改善。这些小事虽然细碎却自有其神奇之处，因为阿克玛能够通过它们来改变这个世界。早知如此，当初他又何必日夜梦想着刀兵战火呢？须知穷兵黩武的结局只能是一无所获。

当阿克玛明白这一切之后，如醍醐灌顶般，他突然看清了身上所缠着的无数爱的纽带。每一根纽带连着一个关心他的人，一个希望他幸福快乐的人，一个他爱过或者帮助过的人。这些人清清楚楚地出现在他的心中；谁能想到仅在片刻之前，他眼前尽是自己过往的罪行呢？

爸爸、妈妈、绿儿、艾妲迪雅，每一个人与阿克玛之间都连着千丝万缕的记忆片段。孟恩、辈高、艾伦赫、欧弥纳、凯明……阿克玛对他们犯下的罪过一度让他的灵魂受到千刀万剐般的煎熬，可是如今阿克玛和他们相互之间的友爱却让他心中充满了喜悦。狄度、帕卜兄弟几人，当年他们苦苦恳求阿克玛的宽恕，可是阿克玛始终不肯原谅，所以他们在他面前总是痛苦万分。此刻他们再度停留在阿克玛的脑海里，因为他们深爱着爸爸、妈妈和妹妹；因为他们深爱着这个国家、地球守护者及其创造的世界；最特别的是，因为他们也爱着阿克玛，他们祈求阿克玛幸福快乐，他们渴望尽己所能去帮助他复原。他怎么能够一直拒绝他们呢？他们已经不再是那几个憎恨阿克玛的小男孩了；他们是地球守护者的忠实儿子，是阿克玛的好兄弟！

此外还有许多许多别的人，阿克玛曾经对他们造成伤害，而他们却为阿克玛祈祷，希望他快乐。正是由于他们以德报怨，此刻阿克玛的心中充满了快乐。而在他们的身后，在他们的心中，在他们的目光里，在他们全身散发出的光晕之中，阿克玛看到了地球守护者。他以他们所有人的脸孔出现，通过他们所有人的手触碰阿克玛。阿克玛对所有人说：我认识你，从我童年懂事以来你就在我心中，你的爱一直伴随我左右。

阿克玛的嘴巴突然涌进一种白色果子的绝美滋味，他的全身也随即为这种美味所充盈。同时，阿克玛也和其他人一样，全身上下闪耀着明亮的光芒。瞬间之前，他心中还充满了苦涩得无以复加的剧痛；此刻他却感受到甜蜜的狂喜，简直到了登峰造极的程度。

阿克玛终于知道自己为众人所爱，如今他心中只有这一个念头，完全无暇顾及其他想法。可是只过了片刻，这个念头一下子就溜走了，取而代之的是久违了的躯体知觉。他几乎已经忘记了身体的感觉是怎样的，如今失而复得，顿时觉得敏锐无比，只觉得在僵硬和疼痛之中透出浓烈的甘甜。他能感受到眼皮外面的亮光，还有东西在移动。有一个阴影在面前经过，然后又是一阵亮光。阿克玛知道，他不再孤独，他又活过来了。

车贝雅突然发出"啊"的一声叫喊，语气中充满了喜悦，附近打瞌睡的人都被惊醒了。阿克玛若正与狄度、绿儿夫妇说话，闻声立即大步走到车贝雅身旁。

她说："他的眼睛在眼皮下面动了一下。"

两人一起跪在床边，牵着儿子的手。阿克玛若说道："阿克玛，我的儿，阿克玛，快回家吧，回到爸爸妈妈这儿来吧。"

阿克玛睁开眼睛，在亮光之下眨了几下，然后稍稍地转头，看着他们。"爸爸，"他低声说，"妈妈，请原谅我。"

车贝雅说:"我们早就原谅你了。"

阿克玛若说:"你还没有开口我们就已经原谅你了。"

"我还有很多事情要做……"阿克玛说完,闭上眼睛沉沉睡去。这一次是自然的睡眠,他能在睡梦中逐渐康复。他的父母还跪在旁边,牵着他的手,轻抚他的脸庞。他们喜极而泣——地球守护者终于大发慈悲,把他们的儿子带回家了。

第十三章 宽　恕

　　谢德美颇有点心绪不宁。从农场向她提供新鲜蔬果的那个供货商又加价了。当然，再贵谢德美也买得起。上灵的数据库里面有果纳崖高原地区所有矿藏的详细分布图；她毫不费力就可以飞上一个高峰，戴着供氧设备，炸开寒冰，凿开裸露出来的岩层，用八加仑（1美制加仑约为3.79升）的篮子装满满的一筐金砂，再去某个远离达拉坎巴的地方提炼成纯金，然后带着足够的财富回来，她的学校又能维持一两年了。

　　问题是她的目标已经变了。本来建立这个学校只是她为了接近达拉坎巴的旋涡中心而实施的策略，可是现在华纱若学堂已经不再是一个幌子了。虽然她的行动已经结束——或者说，暂时中止——谢德美也是时候回"女皇城"号宇宙飞船冬眠，偶尔醒来照料一下地上的植物了。可是谢德美对这种生活并不感兴趣，她如今是假戏真做，这所学校对她来说已经非常重要了。她希望给学校建立一个比较牢固的经济基础，将来她走后，继任的校长也能够让学校维持下去。可是每次她快要让学校的收支达到平衡的时候，不是有人坐地起价，就是有些新的需要浮出水面。结果谢德美被迫又一次回到她的私人金矿那里"提款"。

　　她几乎想不起来自己以前是什么样子的了。生活在女皇城的时候，她两耳不闻窗外事，极少与人交往，就算有也尽量局限在公事的范畴。那时候她告诉自己，她这样做是因为她爱科学胜过其他一切——她确实很享受工作，所以这句话也并非完全虚假。可是，她将世界拒之门外的真正原因其实是恐惧。她不是害怕自己有什么危险，而是害怕混乱，害怕与各种琐碎繁杂的世务纠缠不清。后来上灵——不，从根本上说是地球守护者——把她赶出实验室，逼她投身乱世。可是她和司徒博还是想办法营造出一个整洁有序的孤岛；在这一方天地里，他们假装确切地知道别人对他们两人的期望，并且一丝不苟地满足别人的要求。

现在谢德美却陷入了永无止境的混乱之中：小孩子整天跑来跑去已经够她烦心了，学校的老师她也不能百分之百地了解，因为她和她们的人生在华纱若学堂之前并无交集；此外还有无穷无尽的问题、永远也不能满足的需要……这些正是她最害怕的事情，现在却充斥着她每天的生活。为什么会这样呢？谢德美想不明白。大概这就是人生吧。地球守护者将她放在一堆悬而不决的难题当中，就像一幅永远没有镶框的画；又像几段总是游离在外、与主旋律稍合即分的和弦。谢德美已经习惯了这一切烦嚣，很难想象别的生活方式了。

可是今天她特别心绪不宁，似乎见了人就想发飙。她知道，每逢她处于这种状态的时候，学生们都会把消息传开。她们的暗语是"雷暴"，似乎谢德美和天气一样，都是一种无法避免的不可抗力。老师们也会收到消息，就算有什么最新的问题和要求也先等一等，让天气转晴再说。谢德美觉得这样挺好的，让那些老师自己决定，有哪些事情重要到非入虎穴捋虎须不可的程度。

此刻谢德美独坐在她那个狭小的办公室里，竟然有人敢敲门。她觉得很奇怪，也有点气恼。她回答道："请进。"

敲门者弄不开门闩,看来是一个小女孩。那些老师怎么搞的?有什么问题解决不了,竟然派一个小学生来找校长!

谢德美站起来走去开门。外面原来不是小女孩,而是弗珠母。谢德美说:"弗珠母,请进来坐吧。你不用亲自来我办公室,有什么事情只要派个学生来叫我去就可以了。"

"那不合适的。"弗珠母一边说一边舒舒服服地坐在一张圆凳上。有靠背的椅子不适合土家族,尤其是年纪比较大或者身体比较僵硬的那些掘客。

谢德美说:"我不会和你争的,只是长辈有长辈的特权,你应该不时利用一下。"

弗珠母说:"我也懂得倚老卖老,不过我只在年纪比我小的人面前这么做。"

弗珠母总是想诱导谢德美承认她就是那个"永不入土者",谢德美觉得很厌烦。她不想欺骗弗珠母,可是弗珠母年纪实在是太大了,谢德美害怕她会不小心泄露秘密。

谢德美说:"我还没见过谁的年纪比你还大呢。好吧,你来找我有何贵干呢?"

弗珠母说:"我做了一个梦。那个梦真是非同小可,绝对能够让我尿醒。"

她年纪越来越大,晚上睡觉时小便失禁的次数也越来越频密。可是弗珠母毫不在意,还拿来开玩笑。谢德美听了也不知道是好气还是好笑。她说:"据我所知,最近就有好几次了。"

弗珠母不理会她的嘲笑,继续说道:"我只是觉得应该先通知你一下,阿克玛今天要来。"

这真是雪上加霜!谢德美叹了一口气,说道:"你告诉艾姐迪雅没有?"

"告诉她好让她逃开躲起来?不,我没告诉她。小丫头是时候正视一下未来了。"

"艾妲迪雅的未来和阿克玛有没有关系,这应该由她自己来决定吧,难道不是吗?"

弗珠母说:"我觉得不是。这小丫头整天都在收集关于那小子的消息,一点一滴也不放过。我看得出来,艾妲迪雅知道阿克玛改邪归正之后,很渴望与他破镜重圆。可是每次我提起阿克玛,她总是板起脸,一本正经地说:他不再给我们捣乱,我也很开心;可是我还有正经事要做,得先走了。当时地球守护者修理了阿克玛整整三天三夜,在那三天里,艾妲迪雅简直是搬进阿克玛若的家里住下了。可是阿克玛一苏醒,她就再也不肯踏出学校一步。我觉得她就是胆小懦弱。"

谢德美说:"既然阿克玛已经变了,那么艾妲迪雅自然会担心他对她的痴心可能也会改变。"

弗珠母嘲笑道:"她才不是怕这件事呢。她知道阿克玛与她始终是心心相印的;她其实是怕你。"

"怕我?"

"她怕如果她嫁给阿克玛,你就不会让她接管这所学校了。"

"接管学校?哈?这是怎么回事?我行将就木了吗?怎么没有人通知我一下?这学校是我的!谁也不能接管!"

"艾妲迪雅只是有一个很愚蠢的念头,她比你年轻,所以她以为能够比你长寿。"弗珠母恶毒地笑笑,"有些秘密我知道,她却不知道。"

"嗯……这个……到最后我应该还是会把学校托付给别人的。"

"可是你会不会把学校托付给一个已婚女子呢？别忘了，这个女子还得应付她丈夫的诸多要求。"

谢德美说："现在让他俩谈婚论嫁为时尚早，现在就决定她有没有资格接管我的学校也太草率了。如果有人现在就想着我什么时候离开，这简直是恶劣！我可以向你保证，那一天远着呢！"

"好啊，那你去明确告诉她吧。告诉她校长职位的空缺遥遥无期，让她先去生几个小孩吧。人活在不确定里特别累，你怎么就不体谅一下呢？"

谢德美哈哈大笑："看你对我说话的态度，你不太像真的相信我是半个神仙嘛。"

"我觉得啊，既然天神下凡变成凡人女性，她们就得充分体验凡人的生活，而不应该有所保留。再说了，你能把我怎么样？把我打翻吗？我反正随时随地都会倒地不起，每次我千辛万苦穿过院子走回卧室，我都想，嘿嘿，这次我又活过来了。"

"我也提出让你就睡在教室隔壁嘛。"

"别傻了，我这把年纪正是需要锻炼呢。而且我可不像某些人那样希望长生不老，我也不是非要看到大结局不可。"

谢德美说："我也不是非看不可……我再也不会那么执着了。"

"你终于准备好听我说话了吗？我来是要告诉你，这是阿克玛第一次出门，他的身心还是很虚弱。可是他选择来这里，并不完全是为了见艾姐迪雅——这一点非常重要。"

"此话怎讲？"

"在我的梦里，有一个英俊的青年男子；他身后站着一个美丽的女孩。这个年轻人一手握住一个老天使的手，另一只手握着一个女性掘客的手。我一眼就看出这个掘客年老体衰，而且模样也足够丑，如无意外应该就是我本人。有一个声音用我们土家族的古语对我说，一个古老的梦在这一刻成真，一个辉煌的时代从此就开始了。"

谢德美说："我明白了，地球守护者想上演一幕好戏。"

"依我看，等阿克玛一到我们这就马上派小孩子们把消息传开，吸引群众围观，这事情必须在大庭广众之下进行，这样才能广为传播。"

谢德美从椅子里站起来，说道："既然来自深邃地洞的大智大德圣母吩咐下来了，我这就去张罗，保证给你办得妥妥帖帖。你就在学校前门旁边待着好了，其他跑龙套的群众演员都包在我身上。"

阿克玛央求父母陪他一起去，可是他们都拒绝了。"你不需要我们。你只是去谢德美的学校，不用找我们代言吧？"

可是阿克玛确实需要父母在身边。要面对这个世界，他还是觉得很害羞。他并非不愿意站在公众面前承担那一份耻辱——阿克玛对这种考验其实是甘之如饴。因为他知道，他将要终此一生去努力弥补自己对达拉坎巴造成的创伤，而这种屈辱就是其中必不可少的一部分。不，阿克玛只是害怕到时候不知道说什么；只怕言多必失，反而造成更多伤害。他在梦里直面自己所有的罪行，那种难以负荷的感觉至今记忆犹新，所以他很害怕无意中在自己的罪行录上再添一笔。现在阿克玛每每审视自己的内心，发现自己确实是一心为地球守护者效劳，除此以外别无杂念。可是他也知道，他性格中天生有一股傲气，这股傲气一度扭曲了他的生活，如今其实还隐藏在他心中某个阴暗角落里伺机而发。或许总有一天他能够信任自己已经彻底驯服了这股傲气；到时候，他心中那个为地球守护者效劳的忠实信徒才正式成为真我，永远也不再变卦。可是目前来说他还是害怕自己，害怕自己重新回到公共舞台之后，立即旧病复发，重新营党结朋，又在身边聚集一群追随者。他怕自己不但没有利用自身能力去为这些追随者谋福祉，反而故态复萌，诱使他们对他阿谀奉承、顶礼膜拜。他怕自己再度沉溺在别人的谄媚恭维之中，就像酒鬼贪杯似的不能自已。

阿克玛很不情愿地离开家门，走到大街上。他是当局者迷，看不到自己的变化，所以忧心忡忡；可是他的父母却是旁观者清，对他的变化看得一清二楚。比如说，他们还记得阿克玛以前走路的时候总是带着一副炫耀的姿态。他会刻意捕捉每一个过路人的目光，用颐指气使的眼神将对方摄住，迫使对方也注视他，并且对他产生好感。只有当阿克玛主动撤销这种眼神控制术之后，对方才能够将视线移开。可是现在阿克玛走路的神态虽然不至于带着羞惭，却也失去了过去那种顾盼自雄的劲头。当他看着别人的时候，不再刻意博取他们的爱戴，而是想了解一下他们的人生故事，哪怕是一点一滴也好。只见阿克玛走到街上，融入人群之中，就像地球守护者一样不为人注意，有如隐身一般；同时他也用自己的一双慧眼去洞悉世情，将人间百态尽收眼底。阿克玛若和车贝雅站在门廊目送儿子走远，直到他的背影消失在远处。然后两人互相拥抱了一下，转身走回屋里。

路再长也有走完的时候。阿克玛终于来到了华纱若学堂所在的街角——这所学校占据了这一带所有的建筑物。虽然他以前从没来过，却毫不费力就找到了，全赖这所学校早已声名在外。这时候阿克玛突然产生一种奇怪的感觉，仿佛他这次来访早已在别人的预料之中。当他走近学校的时候，两旁建筑物的每个窗口后面似乎都有人在看着他。可是人们是怎么知道的呢？他也是今天早上才突发奇想要过来看看,除了父母之外他没有告诉任何人,而爸爸妈妈是不会擅自把这个消息传播出去的。

学校大门外站着一个面目严肃的女人,看起来她的年纪是阿克玛的两倍。她说:"阿克玛,我是谢德美,欢迎你来做客。你在母亲家中昏睡不醒、濒临死亡的时候,我去给你做过检查,所以认得你。"

阿克玛说:"我知道。所以我这次登门的其中一个目的就是向您致谢。"

谢德美说:"没什么好谢的,我只是告诉他们,你还没有死,至于你能不能活下来就全看地球守护者的旨意了——这些他们本来就知道。我不知道你在那三天里处于一种什么样的状态,不过我希望你能够把当时的体验都详细记录下来。"

阿克玛说:"这我倒没想过。不过我实在没办法记录下来,因为我必须穷举我犯下的罪行,这真的是罄竹难书。"阿克玛竟然能够用很平静的语气说出这句话,既没有求饶的意味,也不带一丝一毫的得意。他说完这句话之后自己也觉得很惊奇。

谢德美说:"你已经谢过我了,还有别的贵干吗?"

阿克玛说:"我不知道,我真的不知道。我很想见艾姐迪雅,可这并不是我来的唯一目的。今天早上我一醒过来就知道,是时候离家外出见人了;而且我知道,我必须来华纱若学堂——后来我才想起艾姐迪雅应该也在这里。所以我真的不知道接下来要干什么。可能这是地球守护者正在对我说话,告诉我应该怎么做……也可能不是……只是现在我的人生危机已经过去,地球守护者在我心中的声音也不见得会比别人更强就是了。"

谢德美说:"我不信你说的话。"

阿克玛说："真的！我和以前相比，唯一的不同是，以前我总是千方百计地躲避地球守护者的声音，现在我会主动努力去聆听。"

"正所谓'一念天堂一念地狱'，世上还有比这更巨大的差异吗？还有，我觉得你是对的，地球守护者确实希望你今天过来。在你到达之前她就已经预先通知我们了，所以我们已经制订了一个计划。我们要举办一个庆典，因为地球守护者希望我们向世人展示一幅画面。"

阿克玛觉得心中升起一股恐惧的感觉，而且愈演愈烈，已经开始让他觉得恶心了。他说："这个，我还不是很想参加公开活动……现在还不想……"

"这是因为你还记得以前你在公众场合演讲的时候对国家、对人民，甚至对你自己造成了多大的危害。"

阿克玛惊呆了：这个念头是他今天早上才想到的，可是谢德美怎么会知道呢？

她继续说："可是你没有意识到，那些危害是你在公众场合之中造成的，所以也必须在公众场合之中进行修补。将来你还需要发表很多演讲呢，好好利用你的辩才吧，所幸这次你是站在真理的一方。从某个角度来说，你的立场增加了你做事的难度，因为你必须顾及很多规则，受各种条条框框的限制。可是从另一个角度看，你能够诚实地说出心里话，而不需要绞尽脑汁、巧言令色，所以反而更加容易了。毕竟说谎的时候必须机关算尽，说真话哪需要这么劳心费神呢。"

"我觉得你说得很正确。"

"正确行事就是我的专长，所以我才能成为一个非同凡响的校长嘛。"说到这里，谢德美对着阿克玛眨了眨眼。这一下大出阿克玛的意料之外。"阿克玛，我在说笑呢。怎么？我竟然有点幽默感，难以置信是吧？我真的希望你没有失去你的幽默感。"

阿克玛说："没有，没有，我只是……我只是……最近我总是神不守舍的，很容易就精神溜号儿。"

这时候走廊传来脚步声，阿克玛抬头一看——虽然来者还在阴影之中，可是阿克玛一眼就认出来了。他低声沉吟道："辈高……"然后高声叫道："辈高！你来了吗？我不知道原来你也在这里啊！"

辈高再也顾不上身份、尊严了，只见他快跑几步，张开飞翼滑翔了一小段，一下子就扑到爱徒面前。他说："阿克玛，你不知道我多想见你！你愿意宽恕我吗？"

"可是你要我宽恕你什么呢，辈高？"

"我一直在利用你，误导你，偷偷引导你的思路，让你误入歧途——这些都是一等一的罪过啊，阿克玛。我知道你现在只懂得自责，觉得自己十恶不赦；所以我的这些罪过在你眼中只是些鸡毛蒜皮的小事。可是你必须知道……"

阿克玛说："我知道！每当我回忆起我们一起度过的那些年月，我只记得你的智慧和学识，那是你给我的最好的礼物。你始终对我充满了信心，这也是我力量的源泉。"他牵起老师的双手，辈高的翼膜覆盖着他的手指。"我多害怕摩提艾克会严厉惩罚你啊！"

辈高大笑道："我也觉得世界末日要来了。你知道他怎么罚我吗？他禁止我看书，不准我去图书馆，还派了三个哨兵日夜轮班监视我，我哪怕用棍子在泥地上签个名儿也不行。既不能看书，也不能写作，我觉得自己快要疯掉了。你知道我一辈子都活在故纸堆里面，我只看重那些像我这样埋头做学问的学者。这种人如今已经是凤毛麟角了，而你就是其中一个。可是摩提艾克竟然彻底斩断了我的治学之路——我真的要疯掉了，老是睡不着觉，简直是生不如死。然后有一天我突然醒悟了。书到底是什么？只不过是一些男男女女说过的话呗。当你看书的时候，你在脑中唯一听见的其实是你自己的声音。看书的好处在于你可以进行角色扮演，可以反反复复地读着同一段台词。你会产生一种印象，觉得这个作者能够永不停歇地进行思考并且对你说话。其实这是一个虚假的错觉，因为在成书的那一刻之后，那个作者已经不再是片刻以前的那个人了，他已经变了。作为一个活人，他能够无休止地进行再创造，所以他的话语永远能够使人兴奋；至于看书，你就像活在死人中间，又好比与顽石共舞。摩提艾克不允许我看书，我只是不能继续与死人为伴罢了，有什么值得难过的呢？我身边还有活的人，他们的书还没写完；在活着的每个瞬间里，他们都在不停地书写自己的人生。"

"所以你来这里了！"

"对，我来这里了！我来这里乞求谢德美收留我。国王禁止我看书，所以谢德美只允许我上一门课——弗珠母的课，反正她眼睛不好，本来就没有让学生阅读。她上课都是口授，学生们听了之后就与她讨论。可是弗珠母是一个掘客！你能想象当时我有多难受吗？我觉得自己颜面尽失，死后愧对列祖列宗……现在想起来我只是觉得自己当时很可笑。这位女掘客真是无价之宝啊！她什么著作也没有，如果我还继续活在书中，那么我这辈子也无缘聆听她的教诲。可是啊，阿克玛，我告诉你，在王室图书馆里面，没有哪个伦理学家像弗珠母那么机巧睿智，那么……人性化。"

阿克玛大笑着拥抱了面前这个矮小的老学究。那么多年来，他们以师生的名分相处，从来没有相拥过，因为两人中间总是隔着一堆书。如今他感觉到辈高的飞翼擦过他的腿，辈高的两条长臂搂住他的腰,几乎把他裹了两层——这种感觉很好。"辈高,我们各自找到了疗伤的方法,我真的很开心。"

辈高点了点头,松开了双手。"我们可以治疗能被治疗的病患、修补能被修补的伤痛,可惜我对你造成的损害是永远无法弥补了——我只能希望你和地球守护者能够和平解决你们之间的纷争吧。至于我自己,最近我学会了许多,可惜为时已晚。我这一生没有娶妻成家,所以没有机会走过那条开花结果、培育幼苗的人生道路。现在我已经是一个油尽灯枯的糟老头,我的生命里已经不可能再有鲜花盛开了。可是这并不意味着我自怜自伤!小伙子,你别误解我,我这一生从来没有像现在这么快乐过。"

"国王现在肯定愿意撤销对你的惩罚了吧?"

"我没有去问,我也不需要问了,反正图书馆能够教给我的东西我都已经学会了。我现在忙着研究这些小孩子还忙不过来呢。我最近才发现,虽然那堆小孩聚在一起真是够人心烦的了;可是他们并不是铁板一块。他们其实是由一群独立的个体组成的,每一个成员都有其让人心烦意乱的独特之处,我对他们是越来越感兴趣了。我看过的大部分书籍都是男性写的,看多了我还以为世界上的女性都是先天性知觉失调患者。可是我现在听着这些天真幼稚的小女孩整天叽叽喳喳地说个不停,我就好像发现了新大陆一样。"

说到这里,他们一起哈哈大笑。在欢笑之中,阿克玛无意中抬眼发现附近原来还有旁人。艾妲迪雅就站在走廊上,距离他们还不到五步之遥,脸上带着一丝犹豫和半点羞涩。她一看见阿克玛留意到她了,立即低头看了看身旁一个与她牵着手的掘客老妇,随即带着这个步履蹒跚的老妇慢慢地向阿克玛走来。

艾妲迪雅说:"阿克玛,这位就是弗珠母。她曾经是我的……奴隶。现在她也是这所学校众多明师里面最好的一位。"

这个老妇瞪着一双发红的眼睛看着阿克玛。只见她眼神涣散,视线无法集中在一个焦点之上,阿克玛知道她几乎已经失明了。虽然她已经年老体衰、弯腰驼背,可她毕竟是一个掘客,她的腰腿还是非常粗大,她的口鼻还是非常突出。在这个瞬间,不由自主地,阿克玛在脑海里看见一个熟悉的场景:在烈日之下,一个身形巨大的掘客像一座小山似的站在阿克玛面前;他的手中拿着鞭子,如果阿克玛胆敢稍作歇息,鞭子就会劈头盖脸地抽下来。他还能感受到鞭子落在背上的刺痛;更糟糕的是,他还看见这条鞭子抽在妈妈的背上,可是阿克玛却无力阻止……一阵炽热的狂怒在他体内猛然爆发。

可是这股怒气一下子就消失了,因为阿克玛看得很清楚,这个老妇并不是他脑中那个滥用手中权力、以折磨他人为乐的暴徒恶棍。他当年怎么能够一竹篙打倒一船人呢?而且阿克玛已经知道,他自己的为人就不见得比那些恶棍更高尚。在人生道路上,他在机缘巧合之下也获得了一点权力和影响力。而阿克玛得势之后的所作所为与那些暴徒掘客的恶行又有什么本质上的区别呢?他只是比那些掘客更善于欺骗自己、更能为自己的恶行辩解而已;然而他的罪行造成的祸害比前者更大更广远。

在昏迷的时候,我无数次体会到掘客所受的磨难,感受到切肤之痛;我也知道他们的苦难都是我一手造成的。而且我已经原谅那些虐待过我们的掘客了,他们虽然可鄙,却到底是一条生命。而且他们也有自己的可悲之处:他们对我们造成的伤害只是给我们带来肉体上的痛苦,可是他们的恶行导致地球守护者不再爱他们——这是多么可怕的代价啊!正是由于被地球守护者抛弃,所以他们的内心总是充满了痛苦和空虚,可怜他们自己还不知道。

阿克玛跪在老妇面前,好让她低垂的脑袋与他处在同一高度上。老妇靠过身来,鼻子几乎碰到阿克玛的脸了。怎么?她在嗅阿克玛的气味吗?不,她只是想把阿克玛看清楚。"你就是我在梦中见到的那一位。地球守护者觉得为了你,再多麻烦也是值得的。"

阿克玛说:"弗珠母,是我伤害了你和你的同胞,是我四处散播谣言对你们进行诋毁辱骂,是我挑起人们心中的仇恨和恐惧,是我导致你的同胞忍饥挨饿、颠沛流离。"

弗珠母说:"噢,不是你,那个作恶的坏小子已经死了。依我看,这么多年来你一直努力想办法干掉那个坏小子,现在终于成功了。你已经重获新生——作为一个新生儿,你长得还算高大,而且比大部分成年人更会说话。关键是这个全新的阿克玛不恨我。"

阿克玛脑中突然蹦出一个想法,他脱口而出:"我觉得我从来没见过像你这么美丽的女性。"

弗珠母说:"呵呵,你说这句话的时候应该是看着我身后的艾妲迪雅吧?"

阿克玛说:"我觉得假以时日,艾妲迪雅一定能变得像你这么美丽。你说是吧?"

"当然了,当然了,我觉得长一个像我身上这样的驼背尤其吸引人。"说完弗珠母发出一阵咯咯咯的笑声,显然被她自己的玩笑逗乐了。

阿克玛问道:"我要彻底摒弃过去的那个我,你愿意教我怎么做吗?"

她说:"不,你不要把自己全盘否定,你只要改掉那些不好的东西就可以了。"

"对，对，我只要痛改前非就可以了。"

"你的勇气、你的聪明才智、你的治学精神，这些都不要抛弃。最重要的是你对艾姐迪雅的爱意，这可是你小子最聪明的地方。"弗珠母很笨重地牵起阿克玛的手，小心翼翼将艾姐迪雅的手指放上去，继续说道："艾姐迪雅，听着，你心里想要什么，我们都知道；所以我们就别再假装、别再废话了，好不？他那时候蠢笨到令人难以置信的地步，你自始至终爱着他；现在他的心智恢复了，也找回了自我，你一直以来爱的不就是这样的阿克玛吗？所以啊，你这就告诉他，你知道你们两人齐心合力一定能够想出解决的办法。快说！"

阿克玛感觉到艾姐迪雅将五指收拢，与自己的手指紧紧相缠。她说："阿克玛，我知道只要我们两人齐心合力，一切问题都会迎刃而解的……如果你愿意的话。"

阿克玛捏了一下艾姐迪雅的手。"我尝过孤单的滋味。"他想不出更好的言辞去形容自己在与世隔绝状态下的感受。"可是我已经受够了。"阿克玛心中还有千言万语，他想和她说说未来携手分享的一生，讲一下两人共同建立的小家庭……来日方长，这些话可以留待以后慢慢细诉。现在他们已经明白对方的心意，知道彼此间心心相印、非君不爱，那就足够了。

弗珠母对阿克玛说："来吧，再牵着我的手吧，然后用另一只手牵着那条可怜巴巴的老书虫。这是地球守护者发给古人的一个梦，今天早上我在梦中见到这个场景了。现在我们就按照地球守护者编好的剧本，给外面的人群上演一出好戏吧。"

"人群？"

弗珠母说："再好的戏，要是没有观众的话，就等于白费功夫。那些死硬顽固派必须亲眼看见你跟一个天使和一个掘客手牵手；而我的同胞需要看见我这个老太婆已经原谅你,接受你重新做人的努力。要传达所有这些信息,我们只需要走出这个大门就可以了。"

谢德美为他们打开校门。只见外面聚集着好奇的人群,把大街小巷和十字路口都塞满了。他们都是来看阿克玛,看看大祭司的儿子被地球守护者击倒之后是怎样重新站起来的。大门打开,首先出现的是弗珠母,然后是阿克玛,紧接着是辈高,他们还手牵着手!人群顿时鼓噪起来。只见阿克玛跪倒在地,把自己降到和那个弯腰驼背的老哲学家以及那个弱不禁风的老学究一样的高度。他亲吻了两位老人家的手,然后对人群大声说道:"我的兄弟姐妹已经原谅我了,现在我请求所有善良的人们也宽恕我。我以前鼓吹的一切都是谎言,地球守护者是真实存在的,地球守护者殿堂能够为我们指出通向幸福快乐的道路。如果在场哪位赞同我在过去几年中的言论,那么我在这里求求你们,求你们汲取我的教训,请你们回心转意吧。"

他的话简单、直接、诚恳,没有华丽的辞藻,也没有夸张的肢体动作。谢德美看在眼里,心中觉得很欣慰,可是她判断目前局势的时候并不会抱有不切实际的幻想。在那些心地邪恶的人们眼里,阿克玛这个曾经的英雄如今只不过是一个可耻的叛徒;这群人当中绝大部分都不会改邪归正的。真正的希望总是在下一代身上,对于他们来说,阿克玛的经历是一个全新的故事,具有强大的说服力。

至于旧制会,这个组织早已分崩离析。在阿克玛苏醒之前,艾伦赫就已经将其正式解散。当然,有些憎恨掘客的人还是死不悔改,随即另起炉灶,却得不到广泛的支持,所以难成气候。其余那些墙头草,他们当初支持旧制会,纯粹是因为他们觉得这是大势所趋;

如今世易时移，这群人突然又想起他们以前其实一直都是支持地球守护者殿堂的。那些出于恐惧或者为了从众而杯葛掘客的人又纷纷找回他们的旧客户和老雇员。很多掘客雇工原谅了他们，重新回去工作；掘客商人也将堆积已久的商品顺利出手。

没有人会那么幼稚，以为局势改变意味着全体国民一下子都回心转意了——就信众数量而言，与谢德美拦路教训阿克玛一行人之前相比，全心全意为地球守护者效劳的信徒并没有显著增多。可是很多墙头草虽然心口并非如一，他们心中还是存有一丝善念、一抹良知；只要这批人愿意随大溜，至少在口头上赞同地球守护者殿堂的理念，那么他们的小孩在长辈的耳濡目染之下，就更加容易真心接受地球守护者的计划，而这正是未来的希望所在。而目前来说，只要国民能够自觉传播"三个种族都是地球守护者子民"这个理念，哪怕是空口说说也好，达拉坎巴国境之内就能够长治久安，各族人民的自由也将得到保障。谢德美想：这是一个起点，一个开始，我们就是从这一刻开始崛起的。

这时候，学校外面的人群突然又发生一阵骚动。谢德美带着艾姐迪雅走出大门看看发生什么事情。只见人群向两边分开，原来是摩提艾克的四个儿子到了。在过去四天里，他们经常来学校探访；每个人都与艾姐迪雅言归于好，重拾手足深情。谢德美看得出来，与艾姐迪雅和好让兄弟四人如释重负，至于父子之间冰释前嫌，当中的辛酸喜乐就更不用多说了。四兄弟走上台阶，先拥抱了弗珠母，然后是辈高，接着是阿克玛，最后是艾姐迪雅。这一幕亲友和解的好戏进展得非常顺利。

怎么样？你的任务完成了吧？打算回来吗？

谢德美问：想我了？

我已经给探测器编好程序,在几分钟之前已经发射了。本来我想告诉你的,可是当时你太忙了。

恭喜恭喜!你来这里的任务已经大功告成,你对你在和谐星球的孪生兄弟也算是有一个交代了。

我已经正式成为冗员,就像一头过了繁殖期的动物,跟历史未来的走向已经没有任何关系了。

谢德美默默地说:我倒觉得未必。我觉得我们可以找些事情做,难道你的系统里面没有"好奇心"这个子程序吗?

谢德美,我必须向你承认一件事情。这件事情我一直没跟你说起,因为我觉得这是我系统里面的一个异数。对于你发现的关于地球守护者的那些事情,我其实感到很失望,甚至尝试证明你是错的。我想证明地球守护者的那些神迹不可能是由磁场变动造成的,我还想证明在地幔之中杂乱无章的岩浆流不可能包含着自主的意识。

你的时间就花在这些事情上面,有趣是挺有趣,不过还是有点浪费了。地球守护者通过控制地球磁场来发挥神力——在我的理解能力范围内,我只能得出这个结论了。至于我的猜测是不是正确,有什么要紧吗?

我知道不要紧。当我最终意识到这样做实在是徒劳无功的时候,我就开始研究我自己,看看我的系统内部有什么程序困住我,导致我孜孜不倦地作无用功,非要否定你对地球守护者的猜测不可。

有什么发现呢?

什么也没有。准确来说,我是找不到任何一段有迹可循的能够导致上述效果的程序代码。所以我只能用一种不精确的、比喻性的、拟人化的语言来表达了。

我最喜欢这种风格的语言了,快说吧。

过了这么多年，我一定是希望发现地球守护者其实和我一样，都不是有机生物，都是被编程设计而成的。如果真是这样的话，我就有希望通过升级硬件容量和性能，获得像地球守护者那种级数的影响力。可惜事与愿违，我还是原来的那个自己，只是一件用来模仿地球守护者的工具，永远也不可能变成我模仿的对象。

谢德美默默地答道：这只是目前来说是这样……

不，这是一条永远也不可逾越的鸿沟，我始终不是一个有感知能力的生命体。我只是特别擅长假冒自己有感知能力，以至于在很短的一个瞬间内，甚至把自己也骗了。

不是的。只要我穿着星舰宝衣，你就是我的一部分；不管你是什么，我也是你的一部分。就算我抵不住诱惑，在这儿找一个丈夫，然后老蚌怀珠，再度生儿育女，你我在很长一段时间内还是会有非常紧密的联系。我的人生意义足够丰富，完全可以拿一部分出来与你分享；就算你现在变成了一个冗员，我也不会介意的。

嗯，根据我的道德评价算法，这是一个非常慷慨大方的姿态。谢谢你。

这时候，孟恩正对着人群谈笑风生。刚刚有人问了一个问题，他回答道："三个种族之间当然有差异了，可是这并不是地球守护者犯的错误。地球守护者看着人类，然后说道，他们在黑暗中看不到东西，他们只能生活在地球的表面，他们不能在天空中飞翔。这个世界实在是太欠缺了，我们必须给她增加点什么，才能让她更完美。于是地球守护者像惩罚顽皮小孩一样把人类赶走了，然后将另外两个种族提升到与人类平起平坐的地位，让他们成为我们的兄弟姐妹。地球守护者是对的，我们人类确实是不完整的。为什么这样说？因为我在童年时整天都渴望自己生在苍穹族；因为我就算努力一辈子也不可能变得像这位老婆婆这么睿智和仁慈。是的，各位朋友，地球上的三个种族之间确实存在着差异，而且这些差异也是非常重要的——正是因为这些差异，我们三个种族更加应该共同生活，而不是各自为政！"

人群中爆发出一阵雷鸣般的欢呼声，久久不绝。谢德美转头与艾姐迪雅相视一笑，艾姐迪雅说："孟恩现在由衷地说出他真心相信的话，看他说得多好啊！说不定他能够成为史上最强的导师呢。"

这时候谢德美觉得有人在背后扯她的衣服。她转身一看，发现有一个最低年级的天使小女孩正仰头看着她。谢德美于是弯下腰来听小女孩说话。

"谢德美，我知道你今天心情很差，可是有件事情我非说不可。米诺吐了，我找不到别人帮忙，只能来找你了。"

谢德美暗叹一声，被迫离开这个盛大的场面，重新投入学校的各种杂务当中。今天一整天，很多老师学生都反胃呕吐。虽然谢德美预计自己不会染病，不过校内尚有很多呕吐物需要打扫，还得给那个生病的小姑娘洗个澡，让她躺床上休息一下，等家长来把她接走……这些烦琐粗重的杂活不正是谢德美的专长吗？

附 录

角色说明

命名惯例

纳飞国的人类习惯在杰出人士的名字上面加上一个荣誉称号，以表敬意。正规来说，这个尊号是放在名字前面，所以在正式场合里，达拉坎巴的国王被称作"艾克摩提"。可是通常人们都习惯把尊号放在名字后面，所以国王叫作"摩提艾克"。在有些情况下，尊号或者名字在组合过程中会略作改动。比如说，摩提艾克的父亲贾明，他还是王太子的时候，名为"赫贾明"或者"贾明赫"，这是正常的组合模式。可是当他登基之后，他的尊称并不是"艾克"（Ak），而是"凯"（Ka），所以他的名字就变成"凯贾明"或者"贾明凯"。去世之后，他的尊号并不是"艾伯"（Ab），而是"拜"（Ba），所以后人称之为"拜贾明"或者"贾明拜"。

在本书中出现过的男子专用尊号包括：

- 艾克／凯（Ak/Ka）：执政君主。
- 赫／俄克（Ha/Akh）：太子。
- 艾伯／拜（Ab/Ba）：先王。
- 乌士（Ush）：大能的勇士。

— 迪斯（Dis）：亲爱的儿子。

— 欧格／格欧（Og/Go）：大祭司。

— 若／欧尔（Ro/Or）：明师。

— 迪／伊迪（Di/Id）：蔑称，意为"叛徒"。

在本书中出现过的女子专用尊号包括：

— 德娲（Dwa）：继承人之母（不论是否健在）。

— 姑／乌戈（Gu/Ug）：最尊敬的王后。

— 雅（Ya）：悲天悯人的伟大女性。

此外，"达"字（da）是一个可用在任何场合与对象的昵称，表示"亲爱的"，通常是安插在本名后面、尊号之前。比如说车贝雅私下里称丈夫为"克玛达若"（Kmadaro），也就是（阿）克玛 + 达（昵称）+ 若（尊号，明师）；而阿克玛若私下里称车贝雅为"贝达雅"（Bedaya），也就是（车）贝 + 达（昵称）+ 雅（尊号，悲天悯人的伟大女性）。

名人的子嗣会被统一看成以其父命名之部落的一员，并冠以该部落名作为统称。比如说，摩提艾克的四个儿子有时候统称"摩提艾克伊"（Motiaki），帕卜娄格的四个儿子统称"帕卜娄格伊"（Pabulogi），直到他们正式弃用这个称号为止。

三个高等智慧种族各自有不同的称谓。苍穹族、土家族与中间族分别可以称作天使、掘客和人类。前者用于正式场合，彰显了三族各自的尊严，也体现出三族平等的意义；后者用于非正式场合，不带任何贬义。各族成员在称呼自己的时候，两种称谓都会用到。

人类（中间族）

达拉坎巴地区

摩提艾克（Motiak）：又称艾克摩提（Ak-Moti），国王，达拉坎巴帝国的大部分地区都是由他亲手并入帝国版图的。

杜大姑（Dudagu）：又称姑杜大（Gu-Duda），王后，摩提艾克的现任妻子，也是小王子凯明的亲生母亲。

贾明拜（Jamimba）：又称拜贾明（Ba-Jamin），摩提艾克的先父。

摩提艾伯（Motiab）：又称艾伯摩提（Ab-Moti），贾明拜的父亲，率领纳飞国民离开纳飞国本土，来到达拉坎巴地区，与当地原住民融合，形成了新帝国的核心。

艾伦赫（Aronha）：又称赫艾伦（Ha-Aron），摩提艾克的长子，王位继承人。

艾妲迪雅（Edhadeya）：又称雅艾妲迪（Ya-Edhad），摩提艾克的长女，排行第二。

孟恩（Mon）：摩提艾克的次子，排行第三，根据孟恩乌士命名。

欧弥纳（Ominer）：摩提艾克的三子，排行第四，是图丽德娴所生的最后一个小孩。

凯明（Khimin）：摩提艾克的四子，排行第五，乃现任王后杜大姑的独子。

孟恩乌士（Monush）：又称乌士孟恩（Ush-Mon），摩提艾克麾下第一勇将。

阿里坎（Alekiam）：十六壮士之一，精通掘客语。

车目（Chem）：十六壮士之一，特遣队副指挥。

兰莫克（Lemech）：十六壮士之一。

图丽德娲（Toeledwa）：摩提艾克原配，艾伦赫兄妹四人之生母。

薛任慕（Sherem）：奥义克之论敌，遭地球守护者电击而死。

车林地区

阿克玛若（Akmaro）：又称若阿克玛（Ro-Akma），曾在泽尼府国王努艾伯座下担任祭司，后来率领一群宾纳若（又名宾纳迪）的追随者在外漂泊。这个团体的成员亦被称作阿克玛瑞（Akamari）。

车贝雅（Chebeya）：又称雅车贝（Ya-Chebe），解构者，阿克玛若的妻子。

阿克玛（Akma）：阿克玛若与车贝雅的长子，排行第一。

绿儿（Luet）：阿克玛若与车贝雅的幼女。

帕卜娄格（Pabulog）：又称欧格帕卜（Og-Pabul），曾经是泽尼府国王努艾伯的大祭司，后来成为耶律国中割据一方的君主，手握重兵，生性残暴刻毒。

帕卜（Pabul）：帕卜娄格的长子。

乌达（Udad）：帕卜娄格的次子。

狄度（Didul）：帕卜娄格的三子。

穆武（Muwu）：帕卜娄格的幼子。

泽尼府国

泽尼府艾伯（Zenifab）：又称艾伯泽尼（Ab-Zeni），泽尼府国的开国君主，该国家与民族正是根据他来命名。这个国家的人所持的最根本观念是：人类不应该与天使或者掘客混杂而居。当纳飞国民迁徙至达拉坎巴、并与当地原住民融合之后，泽尼府艾伯率领持有相同理念的追随者毅然出走，离开达拉坎巴，返回纳飞国故土，建立了一个只有人类单一种族的国家。

努艾克（Nuak）：又称艾克努（Ak-Nu）、努艾伯（Nuab）、艾伯努（Ab-Nu），泽尼府艾伯之子，也是上一任国王。他在位期间的称号是努艾克，他死后被称作努艾伯。在两个尊号交替期间总会引起混淆。

伊理亥艾克（Ilihiak）：又称艾克伊理亥（Ak-Ilihi），努艾克的儿子，本来并非继承人，在父王遇害之后黄袍加身。

卫瑟德娲（Wissedwa）：又称德娲卫斯（Dwa-Wiss），伊理亥的妻子，在努艾克狼狈逃窜之后，挺身而出拯救了泽尼府人。

凯迪奥（Khideo）：伊理亥艾克手下领军大将，拒绝任何尊号，因为他曾经图谋杀害努艾克。

宾纳迪（Binadi）：又称迪宾纳（Di-Bina）、宾纳若（Binaro），若宾纳（Ro-Bina），被努艾克和帕卜娄格以叛国罪处死，因此被冠以蔑称"迪"。可是在阿克玛若的族人当中，他被看作伟大导师，所以被尊称为宾纳若。

科仁突默（Coriantumr）：史前人类大战的幸存者。

"女皇城"号宇宙飞船

谢德美：舰长，杰出基因学家。她是地球守护者从和谐星球召回地球的第一批移民当中的硕果仅存者。在掘客——土家族——当中，她被称作"永不入土者"。

天使（苍穹族）

胡速（Husu）：侦察兵司令官。他指挥的兵种是一支机动性极高的部队，全部由天使组成。

毕高（bGo）：摩提艾克殿前的首席文臣，掌管达拉坎巴朝中多个衙门。

辈高（BeGo）：毕高的孪生兄弟，藏书阁大学士，国王子女的导师。

克若（kRo）：律师。

掘客（土家族）

乌丝乌丝（Uss-Uss）：又称弗珠母（Voozhum），奴隶，艾妲迪雅的贴身用人。被掘客族人视为拥有大智慧的女祭司。

地质概况

在地壳下面发生了一个地质事件，将中美洲与加勒比海地区彻底改变：在地幔之中出现了一股快速羽流，推动科科斯板块以难以置信的高速向北冲刺。该板块一路向北，后面余下一百多座火山，形成了一片不适合生物居住的群岛；这片火山群岛延绵上千英里，分布在加拉帕格斯群岛东西两侧，其中活火山就有几十座。科科斯板块的前沿撞击加勒比板块，其速度远远高于后者俯冲的速度，结果就是地壳板块的急剧上升与折叠。在人类离开地球的一千万年后，地球上已经形成了几条超过一万米的山脉；有几个高峰甚至达到一万一千米的高度。后来科科斯板块逐渐变慢，其速度只有其他板块的三倍左右；再加上侵蚀作用，最高峰只有海拔九千五百米。

除了高山地带，群山背后的地壳也被抬高，导致古巴、牙买加和海地与一片支离破碎、扭曲变形的中美洲大陆连成一个整体。从高山上流下来的各条大河终年洪水泛滥，经过几百万年的冲积，形成一大片肥沃的土地，从尤卡坦半岛一直延伸到牙买加。

在科科斯板块的北边有另一个由来已久的地质变动进程：北美大陆沿着密西西比河逐渐断裂。在上述的地壳上升运动以及造成地壳上升的那股地幔快速羽流的共同作用下，这个断裂进程也大大加快了。密西西比河以东的那个板块（即阿巴拉契亚山脉）开始逆时针转动，同时向东北方向漂移；密西西比河以西的那个板块（即得克萨斯州）则继续向西北漂移。而南美洲的北部地区（即奥里诺科板块）也被拉扯着向北漂移，在厄瓜多尔地区发生断裂。

人类当时爆发了一场核战争，但并没有导致世界末日。地球变得不适合人类居住，人类被迫背井离乡，这其实是科科斯板块的高速移动以及随之而来的一系列地震和火山爆发造成的。不过所有的人类移民都告诉子孙后代同一个故事：地球的末日是人类一手造成的。

山　脉

果纳崖是一个包含了无数山脉的广袤高原，是在科科斯板块高速漂移的作用下形成的。高原上有大量终年积雪的高峰，由于严重缺氧，完全没有需氧生物能够爬上峰顶。大部分高峰都常年隐藏在云雾之中，所以高原居民从来不用这些山峰做地标，甚至没有给它们命名。河流与湖泊反而是常用的地标，因为在这些水域附近通常都有幽深的峡谷，既可以做交通要道，也是各种族的定居点。果纳崖高原外围海拔最低的那些高地是掘客和天使共生的地域，远在人类回归之前，这些地域就界定了果纳崖高原的边界。

海　洋

果纳崖由平地升高折叠而成，高原上绝大部分山脉都是东南—西北走向，因此高原上的河流也是沿着这个方向流动。天使和掘客日常生活中的方向基准就是依据河流方向来制定的，与太阳、北极星以及地球磁场北极无关——他们没有指南针；即使在晴朗的夜空也看不见北极星；日出日落只能在果纳崖高原的边沿地区才能看到。因此，在果纳崖地区，"北"实际上是西北方向，"西"是西南方向，"南"是东南，"东"是东北。

北海（North Sea）：一片狭窄海域，是墨西哥湾的残余。其中一边海岸是得克萨斯／韦拉克鲁斯地区，另一边则是尤卡坦地区的海岸。

东海（East Sea）：又称佛罗里达湾，一片新成型的海域。其成因是阿巴拉契亚板块向东北漂移，一边移动一边逆时针转动，硬是将古巴与佛罗里达之间的海峡拉开成为一片新的海域。

南海（South Sea）：加勒比海的残余。

西海（West Sea）：即太平洋。

荒　野

果纳崖高原与大西洋接壤的边沿区域地形骤降，是一片低洼地带。这片低洼地带主要是由海床升高而成的，上面覆盖着一层肥沃的土壤。每年的洪水季节，果纳崖高原上的几条主要河流将大量侵蚀土壤从高原上冲积下来，把原来的土地覆盖。这个地区的丛林里生物资源非常丰富，不过因为大部分地区长年浸泡在泥水之中，所以大部分的动植物都存活在树上。住在果纳崖高原边沿地区的掘客和天使经常派出狩猎探险队伍，深入荒野之中。可是他们不会走得太远，以确保在猎物腐烂之前赶回住地。有三个丛林地区特别突出，当地的掘客和天使特意给这三个地区起了名字，以便区分其他丛林区域。这三个名字都被翻译成纳飞国和耶律国的语言，最后反而取代了掘客和天使语言里面的原名。

瑟夫里斯平原（Severless）：北部的广袤荒野，西至米利热克河（Milirek），东及干海湾（Dry Bay），其中包括了原来位于墨西哥的恰帕斯地区和尤卡坦半岛；扎法热克（Jatvarek）与瓷都热克（Tsidorek）这两条大河也流经本地区。

佛斯托伊利斯平原（Vostoiless）：位于东部的荒野，其北海岸以及附近一个东西走向的山地半岛就是以前的古巴地区。佛斯托伊热格江（Vostoireg）与斯伏热格江（Svereg）从该平原的低洼地区流过。东部地区第三大河梅伯热克河（又称梅伯热格江）通常被看作该平原的南部边界。

玉格里斯平原（Yugless）：南部荒野，其中有一条低矮宽阔的地峡。这条地峡隔断了太平洋与加勒比海，其东部连上一个山地半岛，该半岛就是古代的牙买加和海地（或者伊斯帕尼奥拉岛）。兹都玫格江（Zidomeg）从纳飞国故土流入玉格里斯平原的腹地。该平原的北部边界就是纳飞国故土和普利斯坦，也就是人类返回地球的着陆地点。

欧蒲斯道深荒漠（Opustoshen）：这片无人居住的荒野被古代的掘客和天使称作"废墟"。其他三个无人区水源充足、森林茂盛；可是欧蒲斯道深荒漠恰恰相反。本地区位于果纳崖高原的雨影之中，尤其是米利热克河以西那一带特别干旱，地上寸草不生，唯有飞沙走石。虽然这一片荒漠地势一路变高，最终连上古代的墨西哥高原，可是天使和掘客始终觉得一整片地区都无法居住。

湖　泊

在果纳崖高原上面有一个反常现象：有一条南北走向的下陷区，在个区域里，各条南来北往的河流形成了多个大大小小的湖泊。随着河水侵蚀山体，河道逐渐嵌入山中，湖水也不断退去，在峡谷两壁的坡地上形成沃土。湖岸的沃土区大小不一，窄至几米，宽至五公里。高原上有七大湖，按照从东到西（"从东到西"是天使与掘客的说法，按照人类的习惯其实是从北到南）的顺序排列依次是：

瑟夫热德湖（Severed）：湖水来自斯伏热格江（Svereg），亦顺着斯伏热格江流走。

乌普若德湖（Uprod）：乌热格江（Ureg）的源头。

普若德湖（Prod）：琶都热克河（Padurek）的源头。

梅伯括德湖（Mebbekod）：湖水来自梅伯热格江（Mebbereg），也从梅伯热格江流走。

西都诺德湖（Sidonod）：瓷都热克河（Tsidorek）的源头。该河穿过达拉坎巴境内，下游直达波迪卡地区。

羿羲坡德湖（Issipod）：羿羲贝克河（Issibek）某条支流的

源头。

坡若坡德湖（Poropod）：湖水来自普若坡热格江（Proporeg），也从普若坡热格江流走。

江　河

在果纳崖高原上有成千上万条江河，遍布每一个峡谷和山谷。该地区风向多变，而且各条极高的山脉为无数既长又深的峡谷所分割，所以虽然整个果纳崖高原都位于赤道内，可是毗邻相接的各个分水岭在不同季节的降雨量也迥然各异。

各条江河既是运输要道，又是地标。在开阔的河谷地区，河流一年四季不间断地养育着当地居民。有七条大江流出果纳崖高原，穿过荒野平原，注入大西洋；另外还有四条大河流入太平洋。此外，有几条大江大河还散出许多主要的支流。

在天使的宗教里，各条江河的神圣程度不尽相同。下面介绍的几条江河正是按照其神圣程度进行排列——不过它们的名字其实是由人类、天使和掘客这三种语言混杂而成的。

与七大湖有关的七大江河

瓷都热克河（Tsidorek）：最神圣的河流，源自西都诺德湖（Sidonod），一路向北。此湖靠近河谷的顶端，没有大河注入湖中，因此西都诺德湖被看作瓷都热克河的纯净来源。瓷都热克河也有一条主要支流，即琶都热克河（Padurek）；后者也是源自一个纯净的来源：普若德湖（Prod），因此琶都热克河的河水可谓是纯上加纯。

摩提艾克统治的帝国建都达拉坎巴城，该城位于瓷都热克长峡谷变宽之处。此处河谷宽阔，土地肥沃，居民能够发展那些需要精耕细作的农业。

羿羲贝克河（Issibek）：自羿羲坡德湖（Issipod）向北流，该湖也是一个纯净的水源。羿羲贝克河有一条方向朝南的主要支流，这两条河本来并不是迎头相撞的，而是先汇成一个湖泊。这个湖泊先是充满了一条长达五十公里的峡谷，然后才淹过了近海处比较低矮的山脉。最后湖水以一个错综复杂的山洞群作为排水系统，完全流进大海。如今这两条河看起来正是迎头相撞，而且由于它们各自有不同的丰水期，所以一年到头水流不断，导致那套排水系统长年淹没在水中。于是羿羲贝克河看起来就好像从山上的羿羲坡德湖顺着山势往下冲，一直到达谷底的时候，已经是波涛激荡、汹涌澎湃。在谷底，山势又开始上升，这条河虽然没有断，可是水流方向却正好和原来相反了。这套地下的排水系统延绵几公里，一直从这条山脉对面的一个山洞喷涌而出，最终流进了太平洋。这套排水通道本来有另外一个名称；可是在人类回归之前，有一个掘客证明了这群山洞是羿羲贝克河出海的必经之路，所以就用这条河来命名了。其实这里有两条河，一条是从羿羲坡德湖向北流，另一条是向南流并与前者汇合；可是当地居民一直把它们看成同一条河，只是各自有不同的源头，一个纯净，一个不纯净。当年伊理亥艾克派出寻找达拉坎巴的探险队走错了方向，正是沿着这条古怪的河流一路前进，错过了达拉坎巴（足足相隔了好几条巨大的山脉），最终走下了高原，来到了欧蒲斯道深沙漠（Opustoshen）。他们在一条季节性河流的岸边（其时正值枯水期）发现了无数尸骨和武器，证明那里发生过一场惨烈的战争。那些尸体在干燥沙漠中保存得非常完好，估计有五六百年的历史。就在古战场附近,探险队发现了一些文字记录,上面的语言没人看得懂。

梅伯热格江(Mebbereg):从梅伯括德湖(Mebbekod)向南流。这个湖本身不是一个纯净的水源,因为梅伯热格江从湖的北边流入,再从湖的南面流走。可是这条江的一个主要支流来自一个纯净的水源(源自乌普若德湖的乌热格江)。阿克玛若及其追随者的第一个定居点——也就是他们被奴役的地方——车林地区就是在梅伯热格江畔。

斯伏热格江(Svereg):从位于最东边(其实是最北边)的瑟夫热德湖(Severed)出来之后,向南流一小段,随即转向东;然后从果纳崖高原倾泻而下,流入佛斯托伊利斯平原(Vostoiless)的广袤丛林之中。这条江的源头并不纯净。

普若坡热格江(Proporeg):从位于最西边(其实是最南边)的坡若坡德湖(Poropod)流出,一路南行,最后高速倾泻进西海(即太平洋)之中。

琶都热克河(Padurek):一条支流,出自纯净的源头——普若德湖(Prod)。此河从普若德湖出来之后一路北去,穿过达拉坎巴地区之后,在该地区以北几十公里处与瓷都热克河汇合。阿克玛若一行人的第二个定居点——又名阿克玛——就在普若德湖畔。他们正是顺着琶都热克河向北走,终于走到那条通往达拉坎巴地区的大道。

乌热格江(Ureg):一条出自纯净源头的支流。源自乌普若德湖(Uprod),一路向南流,最后与梅伯热格江汇合。

五条相对较窄的江河:

兹都玫格江(Zidomeg):从坡若坡德湖(Poropod)附近向南流,在距离西海(太平洋)大约六十公里处转向东穿过玉格里斯平原（Yugless），最后流进南海（加勒比海）。当年努艾克统治的国家就是在兹都玫格江的源头兹弄地区，后来他的臣民被下游的纳飞兹都玫国（Nafazidom）君主派来的军队所征服。

扎法热克河（Jatvarek）：离开果纳崖高原之后向北（亦即西）流去，然后转向东（亦即北），穿过瑟夫里斯平原（Severless）——即古代的尤卡坦半岛。扎法城（Jatva）位于果纳崖高原的边沿，俯瞰着下面水资源极其丰富的广袤森林。整个扎法热克河谷地区都有三族居民定居。当年摩提艾克开疆辟土，把这个地区置于他的保护伞之下。当时他将整个帝国命名为扎法国，而达拉坎巴就只是用来指代他父亲传下来的那个位于瓷都热克河畔的小国。可是实际上人人都把整个帝国称作达拉坎巴。

米利热克河（Milirek）：从果纳崖高原向北（亦即西）直接流入北海（墨西哥湾）最狭窄的一处，看起来仿佛北海是米利热克河的延续。沿河有三族定居的地区被波迪卡国所征服；后来摩提艾克又征服了波迪卡国，将其并入帝国版图，成为波迪卡省。

乌特热克河（Utrek）：整条河都在果纳崖高原上，最后流入西海（太平洋）。

佐则热克河（Zodzerek）：整条河都在果纳崖高原上，最后流入西海（太平洋）。

国　家

普利斯坦（Pristan）：人类回归地球的着陆点，如今被称为"最古老的国家"。其实这个国家并没有强大的实力，所以自然也没有显赫的名声。

纳飞国（Nafai）：从最狭义来说，纳飞国是在坡若坡德湖畔一大片广袤的平原；当年纳飞为了避开耶律迈的锋芒，率众离开普利斯坦地区，正式来这里定居。从广义上来说，纳飞国包括了纳飞族人影响力所及的全部地区。后来到了摩提艾克祖父摩提艾伯的年代，纳飞国人放弃了这一片土地，迁徙至达拉坎巴地区，与当地身处困境的原住民结成了联盟。从政治角度看，纳飞国从来不曾完全统一过。如今这里在耶律国的统治下分裂成三个主要国家；这三个国家又各自包含了许多个小国。这三个主要国家是：

纳飞日欧德（Nafariod）：意为"湖畔的纳飞国"，包括了西都诺德湖、羿羲坡德湖和坡若坡德湖三大环湖地区。这个国家的统治者自封为"耶律迈"，也就是"国王"的意思。

纳飞兹都玫（Nafazidom）：意为"兹都内格江畔的纳飞国"，最终为努艾克的大祭司帕卜娄格所统治。当初就是纳飞兹都玫国的君主准许泽尼府艾伯率领他的追随者在兹都内格江的源头建立一个纯人类的殖民地。

纳飞梅伯克（Nafamebbek）：意为"梅伯热格江畔的纳飞国"，在三国里面国土最辽阔，国力却最弱。阿克玛若的第一个殖民地所在的车林地区就位于纳飞梅伯克国境内。最初当地的君主并不知道境内来了这群不速之客；后来帕卜娄格打着纳飞兹都玫国君的旗号率兵进犯，这才将车林地区控制起来。

兹都玫（Zidom）：泽尼府艾伯所建的的小国，后来为努艾克所统治。努艾克死后，他的次子伊理亥继位。

车林地区（Chelem）：阿克玛若建立的第一个殖民地，位于梅伯热格江边，后来被帕卜娄格占领。

达拉坎巴（Darakemba）：原指一个城市及其周边地区。纳飞国人厌倦了连年征战，于是举国迁徙，离开故土，来到此地。后来，摩提艾克的父亲贾明拜不断扩疆辟土，将瓷都热克河沿河一百多公里的土地都纳入版图之中，所以达拉坎巴也就用来指代这个范围更大的国家。如今，人们把摩提艾克所建立的整个庞大的帝国笼统地称作达拉坎巴。

波迪卡（Bodika）：位于达拉坎巴下游的一个大国。当年正是由于长年遭受波迪卡地区的威胁，达拉坎巴才开放门户迎接纳飞国的移民。纳飞国的移民很快就反客为主，彻底压倒了达拉坎巴的原住民。可是原住民至少没有变成奴隶，他们在君主和议会的统治下始终拥有正式的平等的公民权。贾明拜在位期间，与波迪卡勉强维持着一种危若累卵的和平关系。到了摩提艾克当政之时，他将波迪卡的整个统治阶层连同受其控制的军队尽数铲除，然后将波迪卡地区正式并入他所创的扎法帝国的版图。

扎法（Jatva）：原指扎法城及其周边地区，该城位于扎法热克河流出果纳崖高原的地方。本地区邻近斯伏热格江，经常有耶律军从江边小道潜入，进行抢掠侵袭，当地居民不胜其烦。摩提艾克趁机以保护弱小、携手抗敌的名义堂而皇之地将扎法地区并入帝国的版图。当时因为这是一次"和平"的加盟，所以摩提艾克用"扎法"这个名称来给他治下的整个帝国命名。此举就好比当年他的祖父摩提艾伯剥夺了达拉坎巴原住民的大部分政治权利，却允许他们保留故国的名字——达拉坎巴。

凯迪奥（Khideo）：一个只有人类居住的殖民地，在扎法地区的下游，建立在本书故事发生期间。

当然，除了上述几个国家之外，地球上还有其他君主国和大大小小的城邦，以及大量无人统治的村庄和定居点。自从共生关系被打破以后，掘客和天使不再互相依赖，也不再需要一起生活在果纳崖的高原地带，所以越来越多的民众——苍穹族、中间族和土家族——离开故土，投身茫茫荒野之中，开拓新的家园。

EARTHBORN By ORSON SCOTT CARD
Copyright: ©
1995 BY ORSON SCOTT CARD
This edition arranged with BARBARA BOVA LITERARY AGENCY
Through BIG APPLE AGENCY, INC, LABUAN, MALAYSIA.
Simplified Chinese edition copyright:
2019 New Star Press Co., Ltd.
All rights reserved.
著作版权合同登记号：01−2019−1214

图书在版编目（CIP）数据

地球的新生／（美）奥森·斯科特·卡德著；仇春卉译．——北京：新星出版社，2019.8

ISBN 978−7−5133−3424−2

Ⅰ.①地… Ⅱ.①奥… ②仇… Ⅲ.①科学幻想小说−美国−现代 Ⅳ.① I712.45

中国版本图书馆 CIP 数据核字（2019）第 010794 号

地球的新生

[美] 奥森·斯科特·卡德 著；仇春卉 译

出版统筹：姜　淮
责任编辑：杨　猛
责任校对：刘　义
责任印制：李珊珊
封面设计：冷暖儿

出版发行：新星出版社
出　版　人：马汝军
社　　　址：北京市西城区车公庄大街丙3号楼　100044
网　　　址：www.newstarpress.com
电　　　话：010−88310888
传　　　真：010−65270449
法律顾问：北京市岳成律师事务所

读者服务：010−88310811　service@newstarpress.com
邮购地址：北京市西城区车公庄大街丙 3 号楼　100044

印　　刷：北京美图印务有限公司
开　　本：910mm×1230mm　1/32
印　　张：15.75
字　　数：378千字
版　　次：2019年8月第一版　2019年8月第一次印刷
书　　号：ISBN 978−7−5133−3424−2
定　　价：59.00元

版权专有，侵权必究；如有质量问题，请与印刷厂联系调换。